샤이닝
걸스

THE SHINING GIRLS

로런 뷰커스 장편소설 | 문은실 옮김

샤이닝
걸스

단숨

차 례

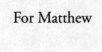
For Matthew

하퍼

1974년 7월 17일

그는 외투 주머니 속 플라스틱 조랑말을 움켜쥐었다. 오렌지색 말은 그의 손안에서 땀에 젖었다. 이곳은 한여름이고, 너무 더워서 옷차림에 신경 쓸 여유는 없었다. 하지만 그는 이 의식에는 유니폼을, 특히 청바지를 갖춰 입어야 한다는 것을 알고 있었다. 그는 발을 절룩거리면서도 자신이 가야 할 곳으로 성큼성큼 걸음을 내디뎠다. 하퍼 커티스는 나태한 부랑자가 아니었다. 시간은 아무도 기다려주지 않는다. 다만 기다려줄 때 빼고는 말이다.

여자아이는 땅바닥에 다리를 꼬고 앉아 있었다. 드러난 무릎은 하얗고, 새의 뼈처럼 앙상하고, 풀물이 들어 있었다. 소녀는 그의 부츠가 자갈에 저벅거리는 소리를 듣고 눈을 들었다. 그러나 잠시, 지저분하게 엉켜 있는 곱슬머리 아래 갈색 눈을 알아볼 만큼이었다. 눈을 내린 소녀는 그를 본 척도 하지 않고 하던 일로 되돌아갔다.

하퍼는 실망했다. 그는 다가가는 동안 소녀의 눈이 파란색이 아닐까 상상했었다. 물가에서 한참 떨어져 마치 대양 한가운데 있는 느낌을 주는, 매우 깊은, 호수의 빛깔 같은 파랑 말이다. 갈색은 지저분했다. 얇은 물에 진흙을 온통 휘저어놓은 것 같은, 속에 똥이 있어도 알아보기 힘든 색깔이었다.

"뭐 하고 있니?" 짐짓 밝게 꾸민 목소리였다. 그는 듬성듬성한 잔디밭의 소녀 옆에 쪼그려 앉았다. 정말이지 이렇게 미친 듯이 산발을 한 아이는 처음 보았다. 이 세상에서 소녀만 모래바람에 휩쓸린 꼴이었다. 게다가 모래바람은 소녀 주위에 온갖 잡동사니들까지 던져놓은 것 같았다. 녹슨 깡통 한 무더기, 그 옆에 망가진 자전거 바퀴가 널브러져 있고, 바퀴살은 떨어져 나와 있었다. 이 빠진 찻잔 쪼가리에 몰두한 소녀가 잔을 아래위로 뒤집어 돌리는 바람에 주둥이 부분에 은도금되어 있던 꽃이 잔디 사이로 모습을 감추었다. 찻잔 손잡이는 떨어져나가고 그 자리에 뭉툭한 흔적만 남아 있었다. "예쁜아, 티파티라도 하고 있니?" 그가 다시 대화를 시도했다.

"티파티 아니에요." 소녀가 체크 셔츠의 꽃잎 모양 칼라에다 입을 대고 웅얼거렸다. 그는 주근깨 있는 아이가 너무 솔직하면 안 된다고 생각했다. 어울리지 않으니까.

"그래, 아무려면 어때." 그가 말했다. "어차피 난 커피를 더 좋아하거든. 아가씨, 저도 한 잔 부탁드릴 수 있을까요? 블랙에 설탕 세 개요, 될까요?" 그가 이 빠진 사기잔에 손을 내밀자 소녀는 꽥 악을 쓰며 그의 손을 탁 쳐냈다. 뒤집힌 컵의 아래에서 화난 듯한 소리가 나직이 웡웡거렸다.

"이런. 그 안에 뭐가 들어 있는 거지?"

"티파티 아니라고 했잖아요! 이건 서커스란 말이에요!"

"그랬어?" 그는 미소를 지었다. 자신은 별 볼 일 없는 사람이니 너도 그렇게 생각해도 된다는 듯 모자라 보이는 미소였다. 하지만 소녀에게 맞은 손등이 따끔거렸다.

소녀는 수상하다는 눈빛으로 그를 노려봤다. 그가 누구인지, 자신에게 무슨 짓을 할까 봐 의심하는 것이 아니었다. 다만 그가 말을 알아먹지 못해 짜증이 났을 뿐이다. 그는 더 주의 깊게 둘러보고 뒤늦게 깨달았다. 소녀의 다 망해가는 서커스를. 공연 천막은 흙바닥에다 손으로 그려 표시해놓았고, 줄타기 곡예 줄은 두 개의 음료수 캔 사이를 잇는 납작하게 누른 빨대로 만들었다. 대관람차는 수풀 사이로 반쯤 몸을 내민 찌그러진 자전거 바퀴가 대신했다. 바퀴살 사이에는 잡지에서 찢어온 종이 사람들을 끼워 넣었고, 바퀴는 돌멩이 하나를 대어 제자리에 서 있도록 지탱해놓았다.

그 돌이 자신의 손에 꼭 맞는 크기라는 생각에 그는 눈을 떼지 못했다. 뾰족한 바퀴살이 젤리를 찌른 듯 소녀의 눈에 푹 박혀 들어가는 광경도 선히 그려졌다. 그는 주머니 속 플라스틱 조랑말을 세게 움켜쥐었다. 찻잔 아래에서 맹렬하게 윙윙거리는 소리가 척추를 따라 내려가며 사타구니를 끌어당기는 것 같은 느낌이 들었다.

찻잔이 덜컥 멈추고, 소녀가 양손으로 찻잔을 꽉 눌렀다.

"와!" 소녀가 웃었다. 정신을 차리게 하는 웃음이었다.

"그러게 말이야, 정말 와! 거기에 사자라도 들어 있니?" 그는 어깨로 소녀를 툭 건드리며 흘겨보는 얼굴에 미소를 지어 보였다. 아주 살짝 흘겨보는 눈길이었다. "너, 동물 조련사니? 불붙은 후프 안을 사자가 뛰어넘게 만들고 하는?"

그녀가 빙그레 웃었고, 새빨간 사과 같은 볼에 주근깨가 깨알같이 도드라지며 새하얗게 반짝이는 이가 드러났다. "아니에요, 레이첼이 성냥 가지고 놀면 안 된다고 했어요. 지난번 일이 있은 다음부터는 안 돼요." 앞니와 살짝 겹쳐 삐딱하게 난 송곳니가 보였다. 그녀의 미소는 지저분하고 탁한 갈색 눈을 잊게 해주고도 남았다. 그의 눈에는 그 미소 뒤로 불꽃이 타닥거리는 것이 보였다. 그 빛이 그의 가슴에 변절했다는 기분을 안겨주었다. 그는 '더 하우스'를 의심한 것이 후회스러웠다. 소녀는 분명 그들 가운데 하나였다. 그의 빛나는 소녀들.

"나는 하퍼라고 해." 그가 숨을 멈추고 악수를 하려 손을 내밀었다. 소녀는 악수를 하려고 잔을 잡은 손을 바꾸어야 했다.

"아저씨, 모르는 사람이잖아요?" 소녀가 말했다.

"이젠 더 이상 모르는 사람이 아니지. 안 그래?"

"난 커비예요. 커비 마즈라치. 하지만 나이가 되는 대로 로리 스타라고 이름을 바꿀 거예요."

"할리우드에 가게 되면?"

소녀가 땅바닥을 가로질러 찻잔을 자기 쪽으로 쭉 끌어당기더니, 새삼 엄청 화를 내며 잔 아래 갇힌 벌레를 저어댔다. 그는 자신의 실수를 깨달았다.

"아저씨, 우리 처음 보는 거 맞아요?"

"그러니까 서커스라 이 말이지? 로리 스타는 뭘 할 거지? 공중그네를 타나? 코끼리를 부릴 거야? 광대?" 그는 검지로 윗입술을 만지작거렸다. "콧수염을 단 여인이 되려나?"

"아니요오오." 소녀가 낄낄댔다. 그의 마음이 놓였다.

"사자 조련사! 칼 던지기 곡예사! 불 먹는 곡예사!"

"난 줄타기 곡예사가 될 거예요. 연습도 했어요. 보고 싶어요?" 소녀가 일어서려고 했다.

"아니, 잠깐만," 그는 갑자기 절박한 마음이 들었다. "네 사자를 보여주면 안 될까?"

"진짜 사자 아닌데요."

"그건 네가 하는 말이고." 그가 다그쳤다.

"좋아요. 하지만 아주 조심해야 돼요. 날아가버리면 싫으니까요." 소녀가 잔을 최대한 살짝 들어 올렸다. 그는 땅에 머리를 대고 눈을 찡그렸다. 짓이겨진 풀 냄새와 검은 흙의 냄새가 위안이 되었다. 잔 아래서 뭔가가 움직이고 있었다. 털이 난 다리에 노란색과 검은색이 언뜻 보였다. 벌어진 틈을 통해 더듬이가 밖을 살피러 나왔다. 커비가 숨을 훅 멈추더니, 잔을 다시 쾅 내리눌렀다.

"정말 커다랗고 늙은 땅벌이구나." 그가 엉덩이를 바닥에 대고 도로 주저앉으며 말했다.

"맞아요." 소녀가 뿌듯해서는 말했다.

"네가 꽤나 괴롭힌 모양인데?"

"얘는 서커스를 하고 싶지 않나봐요."

"내가 뭘 좀 보여줘도 될까? 날 믿어봐."

"뭔데요?"

"줄타기 곡예사가 되고 싶다고 했지?"

"안 돼요, 난……."

하지만 그는 벌써 잔을 들어 올렸고, 정신이 나가 허둥지둥하는 벌을 손안에 담고서 오므렸다. 날개를 뽑는데 앵두나무 줄기를 뽑는 소리처럼 둔탁하게 툭툭 터지는 소리가 났다. 그는 래피드 시에서 앵두나무 줄기 뽑는 일을 하며 한때를 보낸 적이 있었다. 이 빌어먹을 나라의 방방곡곡을 오르락내리락하며, 무더위 속에서 몹시도 고된 일을 하며 살아왔다. '더 하우스'를 발견하기 전까지의 일이다.

"뭐 하는 짓이에요?" 소녀가 외쳤다.

"이제 이 두 캔 사이 줄에다 붙일 파리 잡는 끈끈이만 있으면 돼. 이렇게 커다랗고 늙은 벌이라면 그 끈끈한 것에서 발을 뗄 수 있겠지. 하지만 땅에 떨어지는 것을 막아줄 만큼 접착력도 있을 거야. 끈끈이 있니?"

그가 찻잔 가장자리에 땅벌을 올려놓았다. 벌은 떨어지지 않으려고 안간힘을 쓰며 매달렸다.

"왜 그랬어요?" 소녀가 손바닥으로 그의 팔을 사정없이 쳐댔다.

그는 소녀의 반응에 적잖이 당황했다. "우리 서커스 놀이 하는 거 아니었어?"

"아저씨가 망쳐버렸잖아요! 가요! 가요, 가라고요, 가요, 꺼져버려." 소녀는 한 번 때릴 때마다 구호처럼 가라는 말을 반복했다.

"기다려, 잠깐, 그만해." 그는 웃었지만 소녀는 쉬지 않고 그를 후려쳤다. 그는 소녀의 손을 움켜잡았다. "그만하라고 했지. 이 빌어먹을 짓 당장 그만둬, 꼬마 숙녀야."

"욕하면 못써요!" 소녀가 소리를 지르더니 눈물을 터뜨렸다. 일이 그가 계획했던 대로 돌아가지 않고 있었다. 지금 이 상황은 그가 첫 만남들을 계획할 때 염두에 둔 선을 넘어섰다. 그는 예측을 빗나가는 어린아이들의 행동을 보면 질리는 기분이 들었다. 그것이 바로 그가 어린 소녀들을 좋아하지 않고, 그들이 다 자랄 때까지 기다리는 이유였다. 나중이라면, 얘기가 달라진다.

"알았다, 미안해. 제발 울지 마. 이거 봐봐." 그는 절박한 마음에 오렌지색 조랑말을 꺼냈다. 하지만 뜻대로 꺼내지지 않았다. 조랑말 머리가 주머니 어딘가에 걸려서, 확 잡아빼야 했다. "여기." 그가 조랑말을 소녀의 손에 찔러 넣었다. 모든 것을 한데 연결해주는 '그 물건들' 중 하나였다. 그런데 조랑말을 가져오는 것이 맞나? 그는 잠깐 동안 확신이 서지 않았다.

"이게 뭐예요?"

"조랑말이야. 몰라? 시시한 땅벌보다는 조랑말이 더 좋지."

"살아 있는 게 아니잖아요."

"나도 알아. 젠장. 그냥 받아둬, 알았어? 선물이니까."

"받기 싫어요." 그녀가 훌쩍거렸다.

"좋아, 그럼 이건 선물이 아니야. 담보물이야. 내 대신 네가 안전하게 간직하고 있는 거야. 은행에 돈을 맡기는 것과 비슷한 거지." 태양이 사정없이 내리쬐었다. 외투를 걸치고 있기에는 더럽게 더운 날씨였다. 정신을 차리고 있기도 힘들 지경이었다. 그는 일을 그저 어떻게든 해치우고 싶어졌다. 바닥으로 떨어진 땅벌이 풀에 거꾸로 박혀 허공에 다리를 저어댔다.

"알겠어요."

그의 마음이 바로 가라앉았다. 모든 것이 마땅하게 제자리를 찾았다.

"잘 간직해두어야 한다, 알았지? 정말로 중요한 일이야. 내가 나중에 가지러 올게. 알았지?"

"왜요?"

"왜냐하면 내가 필요하니까. 너 몇 살이니?"

"여섯 살하고 아홉 달 됐어요. 일곱 살 거의 다 됐어요."

"훌륭하구나. 아주 멋져. 그래, 네 대관람차처럼 돌고 돌아서 네가 어른이 되면, 우린 다시 만날 거야. 나를 기다려줘, 알았지, 아가야? 내가 너한테 다시 돌아올 테니까."

그는 일어서서 손에 묻은 먼지를 다리에 툭툭 떨고는 돌아서서 공터를 기운차게 가로질렀다. 다리도 약간밖에 절지 않았으며, 뒤도 돌아보지 않았다. 소녀는 그가 길을 건너고 철로에 이르러, 늘어선 나무들 사이로 사라질 때까지 지켜보았다. 소녀는 그의 손에서 축축해진 플라스틱 장난감을 바라보며 그의 뒤에다 대고 외쳤다. "그래요? 난 이런 시시한 말 따위 갖고 싶지 않아요!"

그녀는 조랑말을 바닥에 집어 던졌고, 조랑말은 바닥에서 한 번 통기더니 관람차 옆에 나가떨어졌다. 색칠한 조랑말의 눈이 땅벌을 멀거니 쳐다보았다. 땅벌은 이제 몸을 바로 세우고서 흙 위로 몸을 끌고 가고 있었다.

하지만 그녀는 나중에 조랑말을 찾으러 갔다. 당연한 일이었다.

하퍼

1931년 11월 20일

발이 모래에 푹푹 빠졌다. 사실 모래도 아니었다. 지독하게 차가운 진흙이 질벅거리며 그의 신발 안으로 스며 들어와 양말을 적시고 있었다. 하퍼는 사람들이 듣지 못하게 숨죽여 욕지기를 내뱉었다. 그들은 어둠 속에서 저마다 고함을 질러대고 있었다. "그놈 봤어? 찾았냐고!" 물이 지독스럽게 차갑지만 않았다면 위험을 무릅쓰고 헤엄쳐서 탈출했을 것이다. 하지만 그는 셔츠를 뚫고 들어와 할퀴어대며 괴롭히는 호수 바람 때문에, 이미 덜덜 떨고 있었다. 외투는 그 빌어먹을 피를 가리려고 주류 밀매 상점에다 버려두고 온 터였다.

그는 쓰레기와 썩어가는 잡동사니 사이로 길을 골라가며 물가를 헤치고 걸어갔다. 발을 내디딜 때마다 진흙이 철벅철벅 들러붙었다. 한동안 걷다가 물가에 있는, 종이 상자와 타르 종이를 얼기설기 이어 붙인 한 판잣집 뒤에 웅크리고 앉았다. 램프 빛이 이리 붙이고 저리 붙인 판지 틈새로 새어나와 모든 것을 은은하게 비추었다. 그는 왜 사람들이 호수 가까이에 뭘 짓는지 도대체 이해가 가지 않았다. 이제 더 떨어질 데는 없다고, 최악은 이미 지나갔다고 생각하는 듯했다. 얕은 물에 누가 똥을 싸겠냐는 듯. 빗물에 호수 좀 불어난다고 이 고약한 후버빌이 몽땅 쓸려가진 않을 거라는 듯. 이곳은 망각된 사내들의 거처였다. 그들은 뼛속까지 불운에 흠씬 젖어 있었다. 누구 하나 그들을 그리워하지 않았다. 거지 같은 지미 그레브를 그리워할 사람이 아무도 없는 것과 마찬가지로.

그레브가 그렇게 피를 쏟아낼 줄은 몰랐다. 그 개자식이 정정당당하게 싸웠다면 그런 일은 일어나지 않았을 것이다. 그러나 그는 뚱뚱한 데다 술에 취해 있었으며, 필사적으로 달려들었다. 그는 한 방도 제대로 맞히지 못하자, 하퍼의 사타구니를 노렸다. 하퍼는 두툼한 손가락이 가랑이를 움켜쥐자 욕설이 터져나올 만큼 아팠다. 사내가 싸움에서 너저분하게 나오면 더 너저분하게 받아쳐야 하는 법이다. 뾰족한 유리 날이 그레브의 동맥에 박힌 것은 하퍼의 잘못이 아니었다. 그는 그레브의 얼굴을 노렸다.

그 더러운 폐병쟁이가 카드판 위에 기침만 하지 않았어도 일어나지 않을 일이었다. 그레브는 소매로 피가래를 깨끗이 닦아냈지만, 정말이지, 모두 그가 폐결핵에 걸렸다는 사실을 알고 있었다. 피 묻은 네커치프에 자신의 감염병을 숨겨놓은 것도. 질병과 파산, 남자들의 금이 간 신경. 그것은 미국의 끝이었다.

이 동네가 제집인 듯 기고만장하게 구는 '자치회장님' 클레이턴과 그의 자경단원 패거리에게 말을 해볼 수도 있었다. 하지만 이곳은 무법지대였다. 돈도 마찬가지. 자존감도 없었다. 그런 표지들이 보였다. 비단 '압류'라고 적힌 표지들만을 말하는 것은 아니다. 말은 똑바로 하자, 그는 생각했다. 미국이 지금 겪고 있는 일은 자업자득이다.

빛줄기가 호숫가를 쓸고 지나가며 그가 지나쳤던 진흙길의 흔적에서 한동안 머물렀다. 손전등 불빛이 휙 돌아가 다른 방향을 훑는 사이, 판잣집 문이 열리며 온 사방에 빛을 풀어놓았다. 쥐같이 생긴 깡마른 여인이 나왔다. 그녀의 얼굴은 등유 램프 불빛을 받아 핼쑥한 잿빛을 띠고 있었다. 이 근방에 사는 사람들은 죄다 같은 꼴을 하고 있었다. 마치 모래폭풍이 그들이 재배한 수확물과 더불어 그들에게 남아 있는 개성의 흔적을 모두 날려버리기라도 한 것 같았다.

그녀의 거죽만 남은 어깨에 족히 세 사이즈는 더 커 보이는 짙은 색깔 외투가 숄처럼 둘러져 있었다. 두꺼운 모직 외투였다. 따뜻해 보였다. 그는 그녀가 장님임을 깨닫기 전부터 외투를 빼앗을 생각을 하고 있었다. 그녀의 눈은 텅 비어 있었다. 입김에서 양배추 냄새가 났고, 이는 썩어가고 있었다. 그녀가 그를 만지려고 손을 뻗었다. "무슨 일이죠?" 그녀가 말했다. "사람들이 왜 고함을 치고 있어요?"

"광견병 걸린 개가 나다닌다고 하던데요." 하퍼가 말했다. "개를 쫓고 있는 거예요. 안으로 다시 들어가세요, 부인." 바로 외투를 벗겨서 가버릴 수도 있었다. 하지만 그러면 그녀는 소리를 지를 것이다. 저항을 할지도 몰랐다.

그녀가 그의 셔츠 자락을 움켜잡았다. "잠깐만." 그녀가 말했다. "당신이에요? 당신이 바텍이라는 사람이에요?"

"아닙니다, 아니에요." 그는 그녀의 손가락을 떼어놓으려고 애썼다. 그녀의 목소리가 다급하게 높아졌다. 사람들의 주의를 끌지 않을 수 없는 소리였다.

"맞지. 아니긴 뭐가 아니야. 그자가 당신이 올 거라고 했어요." 그녀는 정신을 놓기 일보 직전이었다. "그가―"

"쉿, 괜찮아요." 하퍼가 말했다. 팔뚝으로 그녀의 목을 내리누르고 온 체중을 실어 그녀를 판잣집으로 밀어붙이는 것은 그에게는 일도 아니었다. 입만 벌리지 못하게 하자, 그는 생각했다. 호흡기가 막히면 소리를 지르기 힘든 법이다. 그녀의 입술이 불룩해지며 벌어졌다. 눈이 툭 튀어나오고 있었다. 저항을 하느라 식도가 꾸르륵댔다. 그녀가 빨래 쥐어짜듯 그의 셔츠를 비틀어 쥐었고, 그러다가 닭뼈 같은 손가락에 힘이 빠지며 벽으로 축 늘어졌다. 그는 그녀와 함께 바닥에 몸을 숙이고 그녀를 살짝 눕혔다. 그러는 동안에 그녀의 어깨에서 외투를 집어 들었다.

한 어린 소년이 그 돼지우리 같은 집 안에서 이 광경을 바라보고 있었는데, 그 눈이 사람 하나를 다 집어삼킬 듯 커졌다.

"뭘 쳐다봐?" 그가 외투 소매에 팔을 끼워 넣으며 쉭쉭거렸다. 옷이 너무 컸지만, 상관없었다. 외투 주머니에서 뭔가가 짤랑거렸다. 재수가 좋다면 굴러다니는 잔돈푼이리라. 하지만 그것은 잔돈푼 따위가 아니었다. 비교도 안 될 만큼 큰 것이었다.

"안으로 들어가. 어머니에게 물 좀 가져다드려라. 몸이 좋지 않으셔."

소년이 그를 물끄러미 바라보다가, 아까와 똑같은 표정으로 입을 벌리고 귀가 찢어질 듯 울어젖히는 바람에 그 빌어먹을 손전등 불빛이 이곳으로 방향을 틀었다. 빛줄기가 문간과 쓰러져 있는 여인을 비추었지만, 하퍼는 이미 걸음아 나 살려라 도망치는 중이었다. 클레이턴 패거리들 중의 한 명이거나, 아니면 스스로 임명한 자치회장님 자신이 행차했는지도 모른다. '저기다!' 하는 외침, 그리고 남자들이 그를 쫓아서 물가로 우르르 몰려왔다.

그는 운치도 없고 목적도 없이 서로 뒤엉켜 엎친 데 덮친 격으로 쌓여 있는 판잣집과 천막들 사이의 미로를 뚫고 내달렸다. 판잣집과 천막들 사이는 손수레 하나 지나갈까 말까 할 정도로 좁았다. 벌레들은 판단력이 더 좋다, 어림잡아 랜돌프 스트리트로 가는 방향으로 틀면서 그는 생각했다.

그는 흰개미처럼 행동하는 사람들을 믿지 않았다.

그는 눈앞에 나타난 웬 방수포에 발을 디뎠다가 둘레는 피아노 정도 되고 깊이가 꽤 깊은 구덩이 속으로 곧장 떨어지고 말았다. 누가 땅을 파내고 집 비슷한 걸 만들어놓고서는 그 꼭대기에다 포만 덮어둔 것이었다.

그는 세차게 떨어졌고, 끊어진 기타 줄처럼 날카롭게 튀어나온 허름한 나무 침대 끝에 왼쪽 발뒤꿈치를 정통으로 박았다. 강한 충격을 받은 그는 옆으로 굴러 얼기설기 만든 화덕 가장자리에 가슴우리를 부딪쳤고, 순간 숨이 쉬어지지 않았다. 총알이 발목을 깨끗하게 관통한 것처럼 느껴졌지만, 당연히 총소리는 들리지 않았다. 그는 호흡이 멈춰 비명을 지르지도 못한 채, 위에서 떨어져 내린 방수포에 점점 깊이 파묻혀 갔다.

사람들이 그곳에 있는 그를 발견했다. 그는 캔버스 천에서 허우적거리며, 제대로 된 판잣집을 지을 재료나 기술이 없었던 부랑자에게 욕설을 퍼부었다. 사람들이 이 은신처의 꼭대기로 몰려들었고, 손전등 불빛 뒤로 적개심에 찬 그림자들이 일렁였다.

"여기 와서 자네 하고 싶은 대로 마음껏 하고 살 수는 없지." 클레이턴이 일요일 설교용 같은 목소리로 최대한 점잔을 떨며 말했다. 하퍼의 숨통이 마침내 다시 트였다. 숨을 들이쉴 때마다 옆구리가 바늘땀을 뜨듯 불타올랐다. 갈비뼈가 부러진 것은 확실했고, 발은 더 심각했다.

"자네가 이웃을 존중하면, 이웃도 자네를 존중할걸세." 클레이턴이 말을 이었다. 하퍼는 그가 동네 모임에서 같은 말을 하는 것을 들었다. 건너편 동네의 사업체들과 잘 지내려고 노력해야 한다는 말을 하면서 덧붙인 말이었다. 그 사업체들이 관계 당국에, 이레 안에 모두 땅을 비우라는 경고장을 천막과 돼지우리 같은 집들로 보내라는 지침을 보낸 다음이었다.

"죽어서는 존중 같은 걸 하기도 어렵죠." 하퍼가 웃었다. 웃음이라기보
다는 쌕쌕거리는 소리였고, 배가 통증으로 바짝 조여왔다. 그는 그들이
산탄총을 들고 있지 않을까도 생각했지만, 그럴 가능성은 별로 없었다.
그는 자기 얼굴을 비추는 손전등을 보고서야 그들이 파이프와 망치로
무장했음을 알아보았다. 내장이 다시 꼬여왔다.

"경찰에 나를 넘기시오." 그가 한 가닥 희망을 품고 말했다.

"안 될 말이지." 클레이턴이 대꾸했다. "그 사람들이 여기에 볼일이나
있나." 그가 손전등을 흔들었다. "이자 끌어 올려. 중국인 엥이 이 구덩이
로 돌아와서 여기 있는 이 머저리 쓰레기가 제 집을 무단 점유하고 있는
꼴을 보기 전에."

그런데 여기 새로운 표지가 있었다. 다리 너머로 스멀스멀 떠오르고
있는 새벽만큼이나 분명한 징조였다. 클레이턴의 건달들이 3미터를 내
려와 그를 데려가려고 하는데 비가 내리기 시작했다. 칼로 베듯이, 차갑
고 따갑게 내리는 비였다. 야영지 저편에서 외치는 소리가 들려왔다. "경
찰이야! 단속이 떴어!"

클레이턴이 부하들과 상의를 했다. 주절주절 지껄이고 팔을 흔들고 하
는 모양이 꼭 원숭이들 같았다. 그런데 분출된 불꽃이 비를 이겨내며 솟
구쳐 올라 하늘을 환히 밝히는 바람에 그들의 대화가 중단되었다.

"여보시오, 당신들 놔둬—" 랜돌프 스트리트 건너편에서 외치는 소리
가 전해졌다. 또 다른 외침이 들렸다. "저 사람들, 등유 램프를 들고 있
어!" 누군가가 외쳤다.

"뭘 기다려요?" 내리붓는 빗줄기와 대소동의 틈바구니에서 하퍼가 조
용히 뇌까렸다.

"거기 꼼짝 말고 있어." 그림자들이 흩어지는 가운데 클레이턴이 파이프로 그를 쿡쿡 찔렀다. "너하고는 볼일이 아직 끝나지 않았으니까."

하퍼는 갈비뼈 긁어대는 소리를 애써 외면하며, 팔꿈치를 괴고 서둘러 몸을 일으켰다. 그는 벽 한편에 박힌 못에 아직 매달려 있는 방수포를 붙들고, 이게 떨어지면 어쩌나 두려워하며 잡아당겼다. 하지만 못은 방수포를 용케 버텨냈다.

위에서 우리의 선한 자치회장님이 아수라장을 뚫고, 보이지 않는 어떤 사람들에게 독재자 같은 말투로 외쳐대는 목소리가 들려왔다. "법원 명령은 받아 온 거요? 무작정 쳐들어와서 사람들 집을 다 태워버리면 그만이오? 이미 모든 것을 잃어버린 적이 있는 사람들 집을?"

하퍼는 방수포를 두껍게 말아 쥐고, 뒤집힌 화덕을 디딤돌 삼아 멀쩡한 발로 딛고 몸을 위로 끌어 올리기 시작했다. 발목이 흙벽에 가서 부딪히는 바람에 눈앞이 불타듯 환하게 번쩍거리며 통증이 몰려왔고 그러고는 깜깜해졌다. 구역질이 올라왔지만, 기다란 침 줄기와 붉은색이 섞인 가래만 올라왔을 뿐이다. 그는 방수포에 매달려, 시야에서 깜빡거리는 검은 구멍이 확실히 보일 때까지 세게 눈을 감았다 뜨기를 반복했다.

사람들이 외치는 소리가 퍼붓는 빗줄기 아래서 사라졌다. 시간이 없었다. 그는 젖어서 미끌미끌한 방수포를 한 손 한 손 척척 쥐어가며 몸을 끌어 올렸다. 1년 전이라면 꿈도 꾸지 못할 일이었다. 하지만 뉴욕의 트라이보로에서 12주간 대갈못 박는 일을 하고 나서, 그는 예전에 어느 농산물 박람회에서 본 더러운 오랑우탄만큼이나 힘이 세졌다. 맨손으로 수박을 반으로 뜯어내던 오랑우탄이었다.

캔버스 천이 불길한 소리를 내며 이 빌어먹을 구덩이에 그를 도로 떨어뜨리겠다고 협박하고 있었다. 그러나 그는 용케 계속 버텼고, 벌어진 셔츠 사이로 가슴을 긁어대는 못도 아랑곳하지 않으며 감사하는 마음으로 구덩이 가장자리에 몸을 올렸다. 나중에 안전해지고 나서 살펴보니, 못에 긁히고 찔린 자국은 열성적인 창녀가 남긴 자국처럼 보였다.

그는 맹렬히 두들겨대는 빗줄기를 온몸으로 맞으며 진흙에 얼굴을 처박고 누웠다. 외침들은 자리를 옮겨 갔지만 대기는 연기 냄새로 매캐했고, 여섯 채쯤 불이 붙은 곳에서 나오는 빛이 새벽의 잿빛과 섞이고 있었다. 듬성듬성 들려오는 음악 소리가 밤을 뚫고 흘러다녔다. 주민들이 구경거리를 즐기려고 밖을 내다보고 있는 아파트 한 곳에서 흘러나오는 것일 터였다.

그의 왼발은 그의 뒤에서 쓸모없이 질질 끌려가고 있었다. 하지만 그는 비와 어둠을 뚫고 불타오르고 있는 판자촌을 벗어나 계속 걸었다.

일어나는 모든 일에는 다 이유가 있다. '더 하우스'를 발견하는 것, 그게 그가 떠나지 않으면 안 되었던 이유다. 열쇠를 가지는 것, 그게 그가 외투를 빼앗은 이유다.

커비

1974년 7월 18일

어둠이 무겁게 느껴지면 이른 새벽이다. 기차가 달리기를 멈추고 길을 다니는 차들도 뜸해지고 난 뒤, 그러나 새가 울기 전의 시간. 모든 것을 태워버릴 듯한 진정한 열대야. 온갖 벌레를 기어 나오게 하는 끈적끈적한 더위였다. 나방과 날아다니는 개미가 현관등에 부딪치며 불규칙한 드럼 소리를 냈다. 천장 어딘가에서는 모기 한 마리가 앵앵거렸다.

커비는 뜬눈으로 침대에 누워 조랑말의 나일론 갈기를 쓸어내리며, 비어 있는 배 속처럼 꿍꿍거리는 빈집 소리에 귀를 기울였다. 레이첼은 그것을 '안정시키기'라고 불렀다. 하지만 레이첼은 집에 없었다. 늦은 시간, 아니면 이른 시간인가. 커비는 언제일지도 모를 만큼 한참 전에 아침으로 오래된 콘플레이크를 먹고는 종일 아무것도 먹지 못했다. 그리고 '안정시키기'라고는 할 수 없는 소리가 들려오고 있었다.

커비가 조랑말에게 소곤거렸다. "오래된 집이야. 아마 그냥 바람이겠지." 현관문에 걸쇠가 걸려 있으니 쿵쿵거리는 소리가 들려서는 안 되었지만 말이다. 도둑이 그녀의 방으로 까치발을 들고 살금살금 걸어오고 있는 것이 아닌 이상, 마룻바닥은 삐걱거리지 않아야 정상이었다. 도둑이 검은색 자루를 가져와 그녀를 집어넣어 잡아갈 것이 아니라면 말이다. 아니면 그녀가 봐서는 안 되는 무서운 TV 프로그램에 나오는 살아 있는 인형이 작은 플라스틱 발로 똑딱거리는 소리일지도 몰랐다.

커비는 이불을 걷어버렸다. "내가 가서 보고 올게, 알았지?" 그녀가 조랑말에게 말했다. 괴물이 온다는 생각에 견딜 수 없었다. 그녀는 문까지 살금살금 걸어갔다. 그들이 넉 달 전에 이사 왔을 때 그녀의 어머니가 이국적인 꽃들과 어지러이 뻗은 포도 덩굴을 그려 넣은 문이었다. 커비는 누가 계단을 올라오건 간에, 무엇이 올라오고 있건 간에 그 면전에다 대고 문을 쾅 닫을 준비를 했다.

그녀는 문이 방패라도 되는 듯 문 뒤에 서서 무슨 소리가 나는지 들어보려고 안간힘을 쏟아부으며, 거친 페인트 표면을 손으로 뜯어냈다. 참나리 꽃 그림 하나는 이미 다 벗겨져서 나무가 드러나 있었다. 손톱이 얼얼했다. 벨소리가 조용하게 난 것도 같았다.

"레이첼?" 커비가 기어들어가는 목소리로 불렀다. 너무 나직해서 조랑말 말고는 아무도 들을 수 없는 소리였다.

매우 가까운 곳에서 쿵 하는 소리가 들리고, 그러고는 쨔당 하는 소리, 뭔가가 부서지는 소리가 들렸다. "제길!"

"레이첼?" 커비가 좀 더 큰 목소리로 불렀다. 그녀의 가슴이 이른 아침의 기차처럼 덜거덕거렸다.

한참 동안 아무런 소리도 들리지 않았다. 그러고는 그녀의 어머니가 말했다. "도로 자, 커비. 나 괜찮아." 커비는 그녀가 괜찮지 않다는 것을 알았다. 하지만 그녀는 적어도 수다쟁이 티나, 살아 있는 살인마 인형은 아니었다.

커비는 복도에 칠해진 페인트와 패드를 뜯던 손을 멈추고, 깨진 유리

조각을 에두르며 발걸음을 놓았다. 냄새나는 화병 물이 만들어놓은 웅덩이 안 쭈글쭈글해진 잎과 스펀지 같아진 장미꽃 사이로 유리 조각이 다이아몬드처럼 흩어져 있었다. 문은 그녀가 올 줄 알고 살짝 열려 있었다.

새로 이사 가는 집은 한 단계씩 전 집보다 낡고 허름해졌다. 레이첼이 자신의 보금자리로 만들어보겠다고 문과 찬장, 어떨 때는 마룻바닥에까지 칠을 해대기는 했지만 말이다. 둘은 레이첼의 커다란 회색 화집에서 그림을 함께 골라냈다. 호랑이나 유니콘, 아니면 성인들, 머리에 꽃을 두른 갈색 피부의 섬 소녀들. 커비는 그림을 그들이 있는 곳을 알려주는 단서로 상기했다. '이' 집은 주방 오븐 위에 달린 찬장에 녹아내리는 시계가 달려 있다. 그것은, 냉장고가 왼쪽에 있고 욕실은 계단 아래 있다는 뜻이다. 마당이 있다거나 커비의 침실에 벽장이 딸려 있다거나 어떨 때는 운이 좋아서 선반까지 얻는 등 모든 집의 구조는 제각기 달랐지만, 레이첼의 방만큼은 한결같은 모습을 하고 있었다.

커비는 그곳을 해적들이 보물처럼 숨겨둔 해안(treasure cove)이라고 여겼다. ['귀중한 수집물(treasure trove)'로 어머니가 바로잡아 주었지만, 커비는 그곳을 마법으로 숨겨둔 해안이라고 상상했다. 행운이 따르고 지도만 제대로라면 항해해 들어갈 수 있는.]

집시 해적 공주가 난동이라도 부린 듯이 옷가지와 스카프가 여기저기 널려 있었다. 무대에서 착용하는 보석이 타원형 거울의 금색 소용돌이 장식에 걸려 있었다. 레이첼이 새로운 집으로 이사를 들어갈 때마다 예외 없이 망치에 손을 찧으면서도 기어코 달고야 마는 첫 번째 물건이 그 거울이었다. 때로 그들은 패션쇼 놀이를 했고, 레이첼은 커비에게 목걸이와 팔찌를 죄다 채워놓고서 그녀를 '나의 크리스마스트리 소녀'라고 불렀다. 그들은 크리스마스를 기념하지 않는 유대인, 또는 반쪽 유대인

인데도 말이다.

창문에는 색유리로 된 크리스마스 장식이 달려 있어서, 오후에 햇빛이 들 때면 방 안에서 무지개가 춤을 추었다. 경사진 제도용 책상과 레이첼이 당시 작업 중인 그림 위에 아른거렸다.

커비가 아기였고 아직 시카고에 살았을 적, 레이첼은 책상 주위에 놀이용 아기 울타리를 설치했다. 자신은 방해를 받지 않고, 커비는 방을 기어 다니게 해주려고 만든 것이었다. 그녀는 한때 여성 잡지에 그림을 그렸지만 지금은 아니었다. "내 스타일은 시대에 뒤쳐졌어, 아가야. 아주 변덕이 죽 끓는 듯한 동네거든, 거기가." 커비는 그 말의 소리가 좋았다. 변덕이 죽 끓는 듯하다. 변덕이 죽 끓는 듯하다. 그녀는 또 어머니의 윙크하는 웨이트리스 그림을 좋아했다. 모퉁이 상점으로 가다 보면 도리스의 팬케이크 하우스를 지나치는데, 거기서 그녀가 버터가 줄줄 흐르는 접시 두 개를 멋들어진 균형으로 들고 있는 모습이었다.

하지만 유리 장식품은 이제 차갑게 죽어 있었다. 침대 옆 램프에는 노란 스카프가 반쯤 걸쳐져 있고, 그 때문에 방 전체가 병이 든 것처럼 보였다. 레이첼은 아직 옷이며 구두며 아무것도 벗지 않은 채로 침대에 누워서 베개를 얼굴에다 대고 있었다. 마치 딸꾹질이라도 하는 듯, 그녀의 가슴이 검은색 레이스가 달린 드레스 아래서 들썩였다. 커비는 엄마가 알은체해주기를 바라면서 문가에 서 있었다. 어떤 말을 해야 할지 몰라 머릿속이 부어오르는 것 같은 기분이었다.

"침대에 신발 신고 들어가 있으면 어떡해." 고작 생각해낸 말이었다.

레이첼이 얼굴에서 베개를 떼고 퉁퉁 부은 눈으로 딸을 보았다. 화장이 베개에 검은색으로 번진 자국을 남겨놓았다. "미안, 아가야." 그녀가 레이첼표 쾌활한 목소리로 말했다. (명랑, 쾌활하다는 뜻의 'chipper'라는 단어를 들으면 커비는 깨진 이가 떠올랐다. 멜라니 오테슨이 밧줄에서 떨어졌을 때 이가 깨졌었다. 아니면 금이 간 컵, 마시기 위험한 금이 간 컵이 떠올랐다.)

"신발 벗어야지!"

"그래, 아가야." 레이첼이 한숨을 내쉬었다. "소리는 지르지 마." 그녀는 발가락을 꼼지락거려 슬링백 구두를 벗은 다음 바닥에 아무렇게나 떨어뜨렸다. 그녀가 몸을 굴려 엎드렸다. "등 좀 긁어줄래?"

커비는 침대로 올라가서 그녀 옆에 책상다리를 하고 앉았다. 어머니의 머리에서 담배 냄새가 났다. 커비는 손톱으로 구불구불한 레이스를 훑었다. "왜 울어?"

"울긴 뭘 울어."

"울면서."

그녀의 어머니가 한숨을 내쉬었다. "그냥 그날이라서 그래."

"엄만 맨날 그날이래." 커비가 샐쭉해하다가 뒤늦게 생각이 나서 말했다. "나, 조랑말 생겼어."

"나, 너한테 조랑말 사줄 돈 없어." 레이첼의 목소리는 꿈에 잠긴 듯했다.

"아니, 벌써 생겼다고." 커비는 짜증이 솟구쳐서 말했다. "오렌지 색깔이야. 엉덩이에 나비들이 붙어 있고, 눈은 갈색이고 머리는 금색이야. 그리고 어, 좀 맹하게 생겼어."

어머니가 무슨 생각이 들었는지 어깨 너머로 그녀를 힐긋 보았다. "커비! 뭐 훔친 거야?"

"아니야! 선물이었어. 갖고 싶지도 않았는데 주잖아."

"그럼 됐어." 어머니는 손바닥 끝으로 눈을 문질렀고, 눈에 칠해진 마스카라가 잔뜩 번져서 도둑처럼 보였다.

"그럼 가지고 있어도 돼?"

"그렇고말고. 넌 네가 원하는 것이면 거의 모든 일을 다 할 수 있어. 특히 선물은 말할 필요도 없지. 선물은 100만 조각으로, 10억 조각으로 부서뜨려도 상관없어." 복도에 깨져 있는 꽃병처럼 말이지, 커비는 생각했다.

"알았어," 그녀가 심각하게 말했다. "엄마 머리에서 이상한 냄새 나."

"참, 남 말 하고 있네!" 어머니의 웃음이 방을 가로질러 춤추는 무지개 같았다. "너 머리 감은 게 언제 적 일이야?"

하퍼

1931년 11월 22일

자애라는 뜻의 이름을 단 머시 병원은 그에 걸맞은 값을 하지 못했다. "돈은 내실 수 있어요?" 접수대에 피곤한 표정으로 앉아 있는 여자가 유리에 난 둥근 구멍을 통해 물었다. "치료비를 내는 환자들은 먼저 치료를 받을 수 있어요."

"얼마나 기다려야 하죠?" 하퍼가 앓는 소리를 냈다.

여자가 치료 순서를 정하는 대기 구역을 보았다. 의자가 없는 방이었다. 서 있지 않은 사람들은 너무 아프거나 힘이 들어서, 아니면 서서 기다리기에는 그저 너무 지루해서 주저앉아 있거나 바닥에 반쯤 쓰러져 있었다. 몇몇 사람이 희망 아니면 분노, 아니면 둘 다 섞여서 어떻게 해볼 수가 없다는 눈으로 올려다보았다. 다른 사람들은 그가 예전에 본 적이 있는 농장의 말들과 똑같은 체념의 눈빛을 하고 있었다. 안간힘을 쓰며 쟁기질을 하던, 틈과 고랑만큼이나 선연히 드러나는 갈비뼈를 하고 다 죽어가던 말들이 그런 눈빛을 하고 있었다.

그는 훔친 코트의 주머니를 뒤져 옷핀으로 고정한 구깃구깃한 5달러짜리 지폐와 10센트짜리 동전 세 개, 25센트짜리 두 개와 어쩐지 익숙한 느낌으로 닳은 열쇠 하나를 찾아냈다. 아니면 그냥 색이 바랜 것에 그가 익숙해져 있는 것인지도 몰랐다.

"이 정도면 '자비'를 얻기에 충분합니까, 아가씨?"그가 창으로 지폐를 밀어 넣으며 물었다.

"그래요." 그녀는 돈을 물리는 것이 조금이라도 부끄러울 일이 아니라는 듯이 그의 눈길을 똑바로 받았다. 바로 그 행동 자체가 부끄러운 짓임을 말해주고 있는데도 말이다.

그녀가 작은 종을 울렸고, 간호사가 그를 데리러 나왔다. 그녀의 편한 신발이 리놀륨 바닥을 찰싹찰싹 때리는 소리를 냈다. 배지에 달린 이름을 보니 E. 카펠이었다. 그녀는 평범한 미인상이었는데, 발그레한 볼을 하고 하얀 모자 아래는 체리색이 도는 갈색 고수머리를 정성스럽게 손질해놓았다. 너무 높이 들려서 동물의 주둥이처럼 돌출되어 보이는 코만 빼놓고는 썩 괜찮았다. 아기 돼지, 그는 생각했다.

"저와 함께 가시죠." 그가 그곳에 있다는 사실만으로도 짜증이 난다는 듯이 그녀가 말했다. 벌써부터 하퍼가 기껏해야 인간쓰레기라고 딱지를 붙여놓은 것이었다. 그녀가 몸을 돌려 성큼성큼 걸어가는 바람에 그는 그녀의 뒤꽁무니를 황급하게 따라가야 했다. 발을 뗄 때마다 통증이 중국 대포를 맞은 듯 엉덩이까지 솟아올랐지만, 그는 뒤처지지 않겠다고 굳게 마음을 먹었다.

지나치는 병실마다 환자들로 꽉꽉 들어차 있었고, 어떤 침대에는 두 명씩 들어가 발과 머리를 마주하고 누워 있기도 했다. 안에서 온갖 병증이 흘러나왔다.

야전병원보다 나쁘진 않네, 그는 생각했다. 피가 밴 들것에 화상과 썩어가는 상처로 악취를 풍기고, 똥과 토사물과 열 때문에 쉴 내 나는 땀을 흘리며 엉켜 있는 남자들의 야전병원보다야 나았다. 지독하게도 노래를 못 부르는 합창단처럼 끝도 없이 새어 나오던 신음 소리.

한쪽 다리를 날려버린 미주리 출신의 소년이 기억났다. 그는 비명을 누그러뜨리려고 애써볼 생각도 하지 않은 채 모든 사람들을 잠들지 못하게 했다. 하퍼가 위로라도 해주려는 듯이 다가갈 때까지도 쉬지 않고 비명을 질러댔다. 실제로 그가 한 일은 이 바보 같은 소년의 잘린 다리 위 허벅지에 총검을 꽂아서 동맥을 자르고 재빨리 뽑은 것이었다. 훈련할 때 밀짚 인형에 연습하던 것과 똑같이 했다. 찌르고 비튼다. 내장을 그렇게 찌르면 백발백중 죽는다. 하퍼는 상대방에게 정면으로 맞서는 방법이 총알보다 반드시 더 개인적인 행위라는 것을 배웠다. 덕분에 전쟁이 견딜 만했다.

그럴 기회가 이곳에는 없겠다고 그는 짐작했다. 하지만 골치 아픈 환자들을 처치할 길은 또 있었다. "그냥 다 마취를 시켜버리면 좋겠네요." 순전히 포동포동한 간호사의 짜증을 돋우려고 그가 말했다. "그럼 환자들이 고마워할 텐데요."

그녀는 개인 병실들의 문을 지나쳐 그를 인도하면서 경멸이 담긴 콧방귀를 뀌었다. 깔끔하게 정돈된 1인용 병실로, 대부분이 비어 있었다. "나 건드릴 생각 하지 마요. 지금 이 병원의 4분의 1은 격리용으로 쓰이고 있으니까. 장티푸스나 뭐 그런 감염 따위로요. 중독되어 죽으면 축복이게요. 하지만 외과의들에게 마취 얘기는 꺼낼 생각도 하지 말고요."

어떤 문 안으로 온통 꽃들에 둘러싸여 침대에 누워 있는 여자의 모습이 보였다. 꼭 영화배우처럼 생긴 여자였다. 찰리 채플린이 시카고를 떠서 캘리포니아로 가면서 시카고의 영화산업 전체를 함께 가져가버린 지 어언 10년이 넘은 때였기는 했지만 말이다. 그녀의 머리칼은 머리를 굽슬굽슬 둘러싸고서 축축하게 떡이 져 있었다. 창문을 뚫고 들어오려고 안간힘을 쓰는 겨울 햇빛 탓으로 얼굴이 한층 더 파리해 보였다. 그가 바깥에서 서성거리고 있는데, 그녀의 눈이 파르르 떠졌다. 그녀는 반쯤 일어나 앉더니 빛을 발하는 미소를 그에게 지어 보였다. 마치 그를 기다리고 있었으며, 곁에 앉아서 잠시 얘기하다 가도 좋다고 하는 듯한 미소였다.

카펠 간호사로 말하자면, 그런 따스함을 보여줄 리가 없었다. 그녀가 그의 팔꿈치를 붙들고 이끌었다. "이제 그만 얼빠지게 쳐다봐요. 저 여자한테 지금 제일 쓸데없는 게, 흠모하는 남자가 또 생기는 거니까."

"누구예요?" 뒤를 돌아보며 그가 말했다.

"누구긴 누구예요. 벌거벗고 춤추는 무용수예요. 제 몸에 라듐을 중독시켜버린 멍청이라고요. 자기가 사서 한 짓이죠. 어둠 속에서 빛나게 보이려고 제 몸에다가 페인트를 칠한 거예요. 걱정하지 마요. 곧 퇴원할 거고, 그때 가면 원하는 만큼 그녀를 볼 수 있을 테니까요. 말 그대로 그녀의 전부를요. 듣자 하니 그렇다더군요."

그녀가 하퍼를 의사의 진료실로 안내했다. 아주 하얀 방이었고, 소독약 냄새가 코를 찔렀다. "이제 앉으세요. 그리고 환자분이 자기 몸에 무슨 짓을 했는지 봅시다."

그는 불안한 마음으로 진찰대에 누웠다. 그녀는 그가 뒤꿈치에다 참을 수 있을 만큼 등자처럼 꽉 동여맨 더러운 넝마를 잘라내면서 집중하느라 얼굴을 찡그렸다.

"당신 멍청이군요, 그거 알아요?" 그녀의 입가로 작게 미소가 번졌다. 이런 일은 말로 할 필요가 없음을 안다는 미소였다. "이 지경인데 이제야 병원에 오다니. 이게 다 저절로 나을 줄로 생각했어요?"

그녀가 옳았다. 훔친 외투를 담요 삼아 이틀 밤을 종이 상자 위에서 한 뎃잠을 잔 게 도움이 될 짓은 아니었다. 하퍼는 클레이턴과 그 일당이 파이프와 망치를 들고 기다리고 있을까 봐 자신의 천막으로 돌아갈 수가 없었다.

청결한 은색 가윗날이 감은 헝겊을 사각사각 잘랐고, 헝겊 때문에 허옇게 퉁퉁 불은 발이 드러났다. 꼭 실로 묶어놓은 햄 덩어리 같은 꼴이었다. 누가 누구를 보고 아기 돼지라고 하는가? 전쟁에서도 영구적인 손상을 입지 않고 살아 나왔으면서, 웬 부랑아가 숨겨놓은 구덩이에 떨어져 절름발이 신세가 된 멍청함이라니, 그는 쓰라린 심정으로 생각했다.

의사가 문을 홱 젖히며 들어왔다. 늙수그레한 남자로, 뱃살을 넉넉하게 두르고 숱 많은 잿빛 머리칼이 사자의 갈기처럼 귀 주변을 온통 덮고 있었다.

"어디가 불편하신가요?" 미소를 동반하며 사람을 아주 바보로 만드는 질문이었다.

"흠, 어둠 속에서 빛나는 페인트를 칠하고 춤을 추지는 않았죠."

"앞으로도 그럴 기회는 아무래도 없어 보이는군요." 의사가 부은 발을 가져다가 이리저리 움직여보면서, 여전히 얼굴에 미소를 띤 채로 말했다. 하퍼가 아픔에 포효하며 주먹을 날리자, 그는 능숙하게, 하루 이틀 해본 장사가 아니라는 몸짓으로 피했다.

"귀가 잡혀 끌려 나가고 싶으면 계속 그런 짓을 하든가요." 의사가 얼굴에 미소를 그렸다. "돈을 내는 환자라도 그런 짓은 안 돼요." 그가 발을 위로 올렸다가 내렸다가 올렸다가 내렸다가 할 때 하퍼는 이번에는 후려갈기지 않으려고 이를 갈며 주먹을 불끈 쥐었다.

"발가락을 들어 올려볼 수 있겠어요?" 그가 골똘하게 살펴보면서 말했다. "아, 좋아요. 좋은 신호예요. 생각했던 것보다 낫네. 훌륭해요. 여기 보이나?" 그가 뒤꿈치 위에 움푹 파여 생긴 자국을 꼬집으며 간호사에게 말했다. 하퍼는 신음 소리를 토했다. "인대가 있어야 할 자린데 말이야."

"그럼요." 그녀도 그의 살갗을 꼬집어보았다. "만져져요."

"무슨 말씀들이십니까?" 하퍼가 말했다.

"환자분이 앞으로 몇 달 동안 병원에 누워 지내야 한다는 뜻이오. 하지만 환자분에게 그건 선택지가 아닐 것으로 보이는군요."

"공짜가 아닌 다음에야 아니겠죠."

"혹시 환자분이 회복하는 동안에 염려해주는 후원자가 뒷받침을 해준다면 모를까요. 가령 우리의 라듐 소녀라든지요." 의사가 눈을 찡긋해 보였다. "깁스를 해드리고 목발을 쥐여서 보내드릴 수는 있어요. 하지만 파열된 인대는 저절로 낫는 게 아니에요. 적어도 6주간은 발을 움직이지 말아야 합니다. 의료용 신발을 특수 제작하는 제조업자를 소개해줄 수도 있어요. 회복에 약간 도움이 되도록 뒤꿈치를 들어 올리게 해주는 신발을 만드는 사람 말입니다."

"어떻게 그럽니까? 전 일을 해야 해요." 하퍼는 자신이 우는소리를 내고 있음을 느끼면서 화가 치밀었다.

"지금 세상에 경제적인 어려움을 겪지 않는 사람은 없지요, 하퍼 씨. 병원 관리자들에게만 물어봐도 알 수 있는 일이에요. 할 수 있는 일이 있다면 해보시라고 권해드리는 겁니다." 그가 애석하다는 듯이 덧붙였다. "혹시 매독에 걸리시지는 않았는지?"

"안 걸렸습니다."

"안된 일이군요. 앨라배마에서 매독에 걸린 사람들에게 모든 의료적 비용을 물어주는 연구가 시작된다고 하던데 말이에요. 검둥이에게만 해당하는 얘기이긴 합니다만."

"전 검둥이도 아니군요."

"참 안됐습니다." 의사가 어깨를 으쓱했다.

"걸을 수 있을까요?"

"아, 그럼요." 의사가 말했다. "하지만 나라면 뮤지컬에 오디션을 보러 갈 정도는 되지 못할 거라고 생각하겠어요."

하퍼는 절뚝거리며 병원을 빠져나왔다. 갈비뼈는 붕대로 감았고, 발에는 깁스를 하고, 피에는 모르핀이 잔뜩 섞여 있었다. 그는 주머니에 손을 넣어 돈이 얼마나 남았는지 가늠했다. 2달러와 동전 몇 개. 그러다 그의 손이 삐죽삐죽한 열쇠의 이빨을 스쳤고, 그의 머릿속에서 무언가가 수신기처럼 열렸다. 모르핀 때문이었을까? 아니면 그것은 언제나 그를 기다리고 있었는지도 모른다.

전에 없이 가로등이 웅웅 콧노래를 하는 소리가 의식되었다. 낮은 주파수로 그의 안구 뒤를 파고드는 소리였다. 심지어 낮이라 불이 꺼져 있었음에도, 그 아래를 지나가는데 불이 확 솟아오르는 듯한 느낌이 들었다. 콧노래 소리는 그를 부르는 소리 같았고, 이 가로수에서 다음 가로수로 깡충깡충 건너뛰었다. *이 길이야.* 그리고 그는 치직거리는 음악 소리와, 주파수를 맞춰야 들리는 무전기처럼 그를 부르는 저 먼 곳의 목소리를 들었다. 정말 그랬다는 것은 맹세라도 할 수 있다. 웅웅거리는 가로등들을 따라 길을 걸어가면서, 있는 힘을 다해 속도를 높이려고 했지만 목발이 방해가 되었다.

그는 스테이트로 갔다가 웨스트 루프를 지나치고, 길 양옆으로 40층 높이의 마천루가 위협적으로 버티고 선 매디슨 스트리트의 협곡을 지나쳤다. 스키드 로에서 2달러면 한동안 쓸 수 있는 침대를 살 수도 있었지만, 웅웅대는 소리와 가로등들이 계속 끌어대고 있어서 발걸음을 멈출 수 없었다. 그는 허름한 술집과 카페들이 사라지고 켜켜이 쌓인 싸구려 집들이 대신 들어선 블랙 벨트에 도달했다. 거지나 다름없는 아이들이 길거리에서 놀고, 손으로 만 담배를 든 노인들이 계단에 앉아 그를 기분 나쁘게 쳐다보았다.

길은 좁았고 복작거리는 건물들이 보도에다 냉랭한 그림자를 드리우고 있었다. 위층 아파트 어디에선가 여자의 웃음소리가 들렸다. 느닷없고 추한 웃음소리였다. 눈을 돌리는 곳마다 표지판이 있었다. 공동주택들의 깨진 창문에, 그 아래 있는 빈 상점의 창문에 손으로 적은 공지 등등. '폐업', '또 다른 공지가 있을 때까지 휴업' 그리고 그냥 '죄송합니다'라고만 적혀 있는 것도 있었다.

염분을 머금은 축축한 기운이 호수 쪽에서 바람을 타고 날아와서 황량한 오후를 가르고 그의 외투 아래를 에었다. 창고들이 모여 있는 구역으로 깊숙이 들어갈수록 인적이 드물어지더니, 이윽고 완전히 없어졌다. 그리고 사람들이 없어진 자리에 음악이 울렸다. 감미롭고도 구슬픈 음악이었다. 이제 무슨 노래인지 분간이 갔다. 'Somewhere from Somewhere.' 목소리는 다급하게 속삭이고 있었다. '계속 가, 계속 가, 하퍼 커티스.'

음악이 그를 철로로 데려다놓았고, 웨스트사이드를 한참 들어가서 한 줄로 늘어서 있는 목조 공동주택들과 구분이 가지 않는 일꾼들의 숙소 건물 계단으로 그를 이끌었다. 건물들은 어깨를 다닥다닥 맞대고 있고, 페인트가 벗겨져 있었다. 나무판자로 막아버린 퇴창들과 '시카고 시의 저주를 받은 집'이라고 쓰여 있는 표지판이 건물들에 붙어 있었다. 표지판은 X 자로 못질해서 박은 널빤지에 붙어 있었다. 희망에 젖은 자들이여, 바로 이곳이 후버 대통령에게 보내는 흔적을 남길 곳이니. 음악은 1818이라는 숫자가 붙은 문 안에서 흘러나오고 있었다. 초대장.

하퍼는 X 자 모양의 널빤지 아래 손을 넣어 문을 열려고 해보았지만, 문은 잠겨 있었다. 계단 위에 선 하퍼는 무슨 수로도 피할 수 없을 것 같은 감각에 온통 사로잡혀 있었다. 거리는 철저하게 버려져 있었다. 다른 집들도 나무판자를 못으로 박아두었거나 커튼을 단단히 내려두고 있었다. 한 블록 너머로 차들이 지나가는 소리와 행상이 땅콩을 파는 소리가 들려왔다. "따뜻할 때 가져가세요! 걸어가면서 드세요!" 하지만 그 소리는 머리에 담요를 둘러쓰고 말하는 것처럼 둔탁하게 들려왔다. 반면에 음악은 날카로운 조각으로 날아와서 그의 뇌리에 곧장 박혔다. 열쇠가 있다.

그는 주머니에 손을 넣었다가 열쇠를 잃어버린 줄 알고 간이 덜컥 내려앉았다. 다시 찾아보니 열쇠는 여전히 주머니에 있었고, 마음이 놓였다. 예일 & 타운 마크가 새겨져 있는 청동 열쇠. 열쇠가 들어갔다. 그는 몸을 떨면서 열쇠를 돌렸다. 걸쇠가 풀렸다.

문이 어둠 속으로 홱 열렸고, 하퍼는 한참을, 무슨 일이 벌어질까 하는 생각에 마비된 듯 꼼짝도 하지 못하고 그 무시무시한 순간을 서 있었다. 이윽고 그는 서투르게 목발을 다뤄가며 널빤지들 아래로 몸을 굽히고 빈틈으로, 더 하우스로 들어갔다.

커비

1980년 9월 9일

가을이 시작될 무렵의 보송보송하고 맑은 날이었다. 나무들이 그런 좋은 날씨에 묘한 느낌을 뒤섞어 놓았다. 잎사귀들이 초록으로, 노란색으로, 갈색으로 어울리고 있었다. 커비는 레이첼이 취한 모습이라면 한 블록 앞에서부터 알아볼 수 있었다. 집에 떠도는 달큰한 냄새(결정적 증거)뿐 아니라, 안절부절못하고 마당을 서성이며 너무 길게 자란 풀밭에 널브러져 있는 웬 물건 따위에 야단법석을 떠는 모습을 보이면 취한 것이다. 도쿄가 흥분 상태인 그녀 곁을 뛰어오르고 짖어대고 했다. 그녀는 지금 집에 있을 시간이 아니었다. 가끔 가다가 그러듯이, 어딘가 떠나서 체류(sojourn)하고 있어야 했다. 커비는 어렸을 적에 이 단어를 잘 발음하지 못해서 '소-존(so-john)'이라고 말했다. 그래, 뭐 작년까지는.

커비는 레이첼이 떠나서 함께 '체류'를 하고 오는 남자가 혹시 자신의 아빠가 아닐까, 그리고 레이첼이 그와 자신을 만나게 해주려고 애를 쓰고 있는 것이 아닐까 하고 상상했다. 그런데 같은 학교에 다니는 그레이스 터커가 존이란 매춘부를 사는 사람이란 뜻으로 쓰이기도 하며, 커비의 엄마가 바로 매춘부라고 말했다. 커비는 매춘부란 단어가 무슨 뜻인지 몰랐지만 그레이스의 코피를 터뜨렸으며, 그레이스는 커비의 머리채를 한 움큼 뽑아냈다.

머리채 뽑힌 데가 벌겋고 쓰라려 하는 것을 보고도 레이첼은 커비가 과민 반응을 했다고 생각했다. 웃을 뜻은 없다고 말하면서도, "하지만 정말 웃기긴 웃기다"라고 말했다. 그러더니 여느 때와 마찬가지 방식으로 커비에게 설명을 해주었지만, 어느 하나도 설명되는 것은 없었다. "매춘부는 남자의 허황된 욕망에서 이득을 취하려고 자기 몸을 이용하는 여자를 말해." 그녀가 말했다. "하지만 '체류'는 정신에 활력을 다시 불어넣는 일이지." 하지만 그녀의 설명이 사실 근처에 가지도 않았음을 커비는 훗날 알게 되었다. 창녀는 돈에 섹스를 파는 사람이고, '체류'는 현실의 삶에서 휴가를 얻는 일이었다. 레이첼에게는 조금도 필요하지 않은 일. 휴가는 좀 덜 갖고 현실의 삶에 좀 더 신경을 쓰란 말이야, 엄마.

그녀는 휘파람을 불어 도쿄를 불렀다. 날카로운 음조로 짧게 다섯 번 부는 휘파람 소리, 그 소리는 공원에 개를 데리고 나온 모든 사람들이 쓰는 신호와는 달라도 너무 다르고 유별났다. 도쿄는 개만이 할 수 있는 수단으로 행복감에 젖어서 폴짝폴짝 뛰어왔다. 레이첼은 그를 '순혈의 잡종'이라고 설명하기를 좋아했다. 기다란 코에 모래색과 하얀색이 섞인 털, 눈 주위에 크림색 고리 모양이 있는 도쿄는 정신없이 까부는 개였다. 이름이 '도쿄'가 된 것은 커비가 어른이 되면 일본으로 이주를 해서 하이쿠 시의 번역가가 되고 녹차를 마시고 사무라이 칼들을 수집할 생각이었기 때문이다. ('흠, 히로시마보다야 낫겠네'가 그녀의 어머니가 한 말이었다.) 커비는 이미 자기 나름대로 하이쿠를 써보기 시작한 터였다. 아래 하나가 있다.

로켓선이 떠오르고
먼 곳으로 날 데려다주네
별이 기다리고 있어

다른 하이쿠도 있었다.

그녀는 사라지리라
종이접기처럼 접혀
제 자신의 꿈속으로

레이첼은 커비가 새로 쓴 하이쿠를 읽어줄 때마다 열광적으로 박수를 쳐주었다. 하지만 커비는 시리얼 박스 옆면에서 베껴 온다고 해도 엄마가 요란스럽게 칭찬을 퍼부어줄 것이라는 의심이 들기 시작했다. 특히 취해 있을 때는 더욱 그랬다. 레이첼은 요즘 들어 날이 갈수록 자주 취해 있었다.

커비는 '소-존'을 원망했다. 그의 이름이 무엇이건 간에 말이다. 레이첼은 그의 이름을 말해주지 않을 것이다. 새벽 세 시에 차를 대는 소리나 쉬쉬거리는 대화, 알아들을 수는 없지만 별로 우호적이지 않은 대화가 커비에게는 들리지 않는 줄로 아는 것 같았다. 그러고 나서 차 문이 쾅 닫히고 그녀의 어머니는 그녀를 깨우지 않으려 깨금발로 살그머니 들어왔다. 커비는 집세가 어디에서 나오는지 궁금해하지 않을 거라고 생각하는 걸까. 커비가 이런 식으로 산 것이 몇 년째인지 모를 거라고 생각하는 걸까.

레이첼이 자기가 그린 그림을 전부 늘어놓았다. 탑에 갇힌 샬롯의 여인(인정하려 들지는 않았지만 커비가 가장 좋아하는 그림이었다)처럼 커다란 그림도 포함되어 있었다. 이 그림은 청소 도구를 넣어두는 벽장 안쪽에, 그녀의 어머니가 시작했으나 끝내 완성하지 못한 다른 캔버스들과 함께 처박혀 있었다.

"마당에 내놓고 팔기라도 하려고?" 커비는 레이첼의 짜증을 돋울 질문임을 알았지만, 그냥 물었다.

"오, 아가야." 그녀의 어머니가 정신이 딴 데 팔린 듯한 미소를 반쯤 지어 보였다. 커비에게 실망을 느낄 때면 짓는 미소였다. 요즘 그녀는 어째서인지 커비에게 항상 실망해 있는 것처럼 보였다. "너는 아이다운 경이감을 잃어가고 있구나." 그것이 무슨 세상에서 가장 끔찍한 일이라도 되는 듯이, 2주 전에도 목소리에 날카로운 기색을 담고서 했던 말이었다.

레이첼은 정말로 심각한 문제에 빠져 있을 때는 신경도 쓰지 않는 희한한 재주를 보였다. 커비가 학교에서 싸움에 휘말리거나 파트리지 씨의 우편함에 불을 질렀을 때는 눈 하나 깜짝하지 않았다. 그가 도쿄가 자기 집 스위트피를 파냈다고 불평을 늘어놓자 불을 지른 것이었다. 레이첼은 야단을 부렸지만, 커비는 그녀가 즐거워하고 있다는 것을 알 수 있었다. 그녀의 어머니는 그 일을 팬터마임으로 재연하면서, '저만 잘난 줄 아는 옆집 떠버리'에게 벽을 통해 다 들리도록 커비까지 합세시켜 소리를 지르기도 했다. "미국 우체국의 공무를 방해하는 게 연방 범죄라는 거 모르시오?" 하고 그녀의 어머니가 꽥꽥거리면, 둘은 허리를 잡고 웃다가 손으로 입을 틀어막았다.

레이첼은 자기 맨발 사이에 내려둔 아주 작은 그림을 가리켰다. 그녀의 발톱은 밝은 오렌지색으로 칠해져 있었다. 그녀에게 어울리지 않는 색깔이었다. "이 그림 너무 잔인하다고 생각해?" 그녀가 물었다. "이하고 발톱이 너무 빨간가?"

커비는 그녀가 무슨 소리를 하나 싶었다. 엄마의 그림들은 서로 분간이 잘 가지 않았다. 죄다 기다랗게 출렁이는 머리칼에 머리 크기에 비해 곤충처럼 너무 큰 눈을 한 창백한 여인들을 그린 그림이었던 것이다. 배경은 하나같이 초록색과 파란색과 잿빛이 섞인 탁하고 우중충한 풍경이었다. 빨간색은 보이지도 않았다. 레이첼의 그림은 체육 시간에 교사가 커비에게 했던 말을 떠올리게 했다. 커비가 안마 올라타기에 번번이 실패하자 했던 말이었다. "거참, 너무 애를 쓰니까 그러지!"

커비는 엄마의 화에 기름을 붓게 될까 봐 말하기가 망설여졌다. "그냥 그 정도면 괜찮은 거 같은데."

"오, 하지만 괜찮은 건 아무것도 아닌 거나 마찬가지야!" 레이첼이 외치며 커비의 손을 부여잡고, 그림들 위에서 폭스트롯 자세에 들어가 그녀를 빙그르 돌렸다. "괜찮다는 건 변변치 못하다는 걸 정의해주는 말이야. 변변치 못하다는 걸 예의 바르게 하는 말이지. 사회적으로 받아들여질 수 있는 태도가 그런 거니까. 우리는 겨우 괜찮은 데서 멈추지 않고 더 밝고 깊게 살아야 해, 아가야!"

커비는 꼼지락거리며 그녀의 손에서 빠져나와, 그 모든 아름답고 슬픈 여자들을 내려다보았다. 꼭 사마귀처럼 가느다란 사지를 내뻗고 있는 여자들. "음," 그녀가 말했다. "그림 도로 집어넣는 거 도와줄까?"

"오, 아가야." 그녀의 어머니는 한심하다는 투, 멸시하는 투를 담아 말했다. 커비로서는 견뎌내기 힘들 만큼 강한 멸시를 담은 어조였다. 그녀는 덜거덕거리는 현관 계단을 달려서 올라가버렸다. 그 바람에 칙칙한 갈색 머리칼에 허리 위로 너무 높이 올려 입은 청바지, 권투 선수처럼 비틀어진 코를 가진 남자 얘기를 어머니에게 한다는 것을 깜빡했다. 남자는 메이슨의 주유소 옆 플라타너스 그늘에서 코카콜라를 빨대로 홀짝이며 그녀를 바라보고 있었다. 그가 자기를 쳐다보는 모습에 빙글빙글 돌아가는 놀이기구를 탄 것처럼 속이 확 뒤집어지고, 내장을 파내는 것처럼 느껴졌었다.

그녀는 그에게 열심히, 지나치게 쾌활하게 손을 흔들었다. 마치 '이봐요, 아저씨, 나 쳐다보고 있는 거 다 보여요, 이 변태야'라고 말하려는 것처럼. 그가 답례로 손을 들어 올렸다. 그러고는 커비가 평소에 가로지르던 골목 지름길을 놔두고 리지랜드 스트리트로 가는 모퉁이를 황급히 돌아 그의 시야에서 벗어날 때까지도 그렇게 손을 들고 있었다. 이루 말할 수 없이 소름이 끼쳤다.

하퍼

1931년 11월 22일

이웃한 집들에 몰래 숨어들고 있자니 다시 어린 시절로 돌아간 것 같았다. 하퍼는 조용한 집 주방 식탁에 앉아 있거나, 모르는 어떤 사람 침대의 시원한 이불 아래 누워보거나 서랍을 뒤졌다. 사람들이 갖고 있는 물건들은 그들의 비밀을 말해준다.

그는 사람이 있는 집은 귀신같이 알아냈다. 그래서 빈집만을 침입해서 먹을 음식과 더불어, 전당을 잡히려고 조심성 없이 늘어놓은 자질구레한 장신구들을 훔쳤다. 빈집에는 특유의 느낌이 있었다. 부재의 느낌이 농익었다고 할까.

이 집은 팔의 털을 곤두서게 하는 기대감으로 충만해 있었다. 누군가가 그와 함께 이곳에 있었다. 복도에 누워 있는 시체는 아니었다.

새로 광택을 내어 반짝이는 나무 바닥 위로 계단 위에 달린 샹들리에가 부드러운 빛을 뿌려놓고 있었다. 다이아몬드 문양의 초록색과 크림색 벽지도 새것이었는데, 심지어 하퍼 같은 사람이 보아도 안목이 높은 취향이었다. 왼쪽으로는 시어스 백화점 카탈로그에서 곧장 튀어나온 듯한 현대적인 주방이 있었다. 멜라민 수지 찬장에, 새 토스터 오븐과 아이

44

스박스, 오븐 위에는 은주전자가 있었다. 모든 것이 마련되어 있었다. 그를 기다리며.

그는 마룻장에 카펫처럼 배어든 피 주위로 목발을 넓게 휘저으며, 죽은 남자를 더 잘 들여다보려고 절뚝거리며 돌았다. 남자는 반쯤 언 칠면조를 쥐고 있었다. 회색과 분홍색의 칠면조 살갗은 도톨도톨했고 엉긴 피로 물들어 있었다. 드레스 셔츠와 멜빵 달린 회색 바지를 입고 정장 구두를 신은 사내는 허우대가 떡 벌어진 사람이었다. 외투는 없었다. 머리는 멜론처럼 짓이겨졌지만, 튼튼하고 넓적한 볼과 까칠하게 자란 수염과 엉망진창이 된 얼굴에서 충격에 핏발이 선 채 뜨여 있는 푸른색 눈은 알아볼 수 있었다.

'외투가 없다.'

하퍼는 절름거리며 시체를 지나쳐서, 응접실에서 흘러나오는 음악 소리를 따라갔다. 사내의 머리를 후려친 부지깽이를 무릎 위에 올려놓고 벽난로 앞 천을 씌운 의자에 앉아 있는 집주인을 보게 되기를 은근히 기대하면서.

벽난로에 불은 피워져 있는데, 방은 비어 있었다. 잔뜩 쌓여 있는 나무 시렁 옆에 그가 도착하기를 예상하기라도 한 것처럼 부지깽이가 놓여 있었다. 노래는 금색과 진홍색의 축음기에서 흘러나오고 있었다. 레코드에 '거슈윈'이라는 이름이 붙어 있었다. 뻔하구나. 커튼 사이로 못으로 박아 창문을 가린 싸구려 합판이 보였다. 합판들 탓에 햇빛이 다 가려졌다. 하지만 왜 이 집을 판자로 막은 창문과 파멸의 표지판 뒤로 숨겼을까? *다른 사람들이 발견해서는 안 되기 때문이다.*

사이드 테이블에 꿀빛 술을 채운 크리스털 디캔터가 하나뿐인 잔 옆에 놓여 있었다. 사이드 테이블에는 레이스로 뜬 덮개가 덮여 있었다. 저건 없애버려야겠다, 하퍼는 생각했다. 그리고 저 시체도 어떻게 해야 한다. 바텍, 그는 장님 여인의 숨을 막아버리기 전에 그녀가 불렀던 이름을 떠올렸다.

바텍은 이곳에 속해 있지 않은 자야, 그의 머릿속 목소리가 말했다. 하지만 하퍼는 이곳에 속한 사람이다. 더 하우스는 그를 기다리고 있었다. 목적이 있기 때문에 그를 부른 것이다. 머릿속 목소리가 '집'이라고 속삭였다. 이곳은 정말로 집처럼 느껴졌다. 그가 자란 가련한 곳이나 어른이 되어 내내 떠돌았던 싸구려 여인숙과 판잣집에 댈 바가 아니었다.

그는 목발을 의자에 기대어놓고 디캔터에서 술을 따랐다. 잔을 돌리자 얼음이 쨍그랑 부딪쳤다. 얼음은 반밖에 녹아 있지 않았다. 그는 천천히 마셨다. 입안에서 술을 굴리며 목구멍에 불을 붙인 듯 타고 내려가게 했다. 캐나디안 클럽. 최고로 질 좋은 수입 밀주였다. 그는 허공에 대고 건배를 했다. 씁쓰름한 뒷맛을 남기는 포름알데히드 자가 양조 술 말고 다른 술을 마셔본 지 오래였다. 쿠션이 푹신푹신한 의자에 앉아본 것도 얼마 만인지 몰랐다.

그는 오랫동안 걸어서 다리가 쑤셨음에도 의자에 앉지 않았다. 그를 몰고 가는 열기의 정체가 무엇인지 알 수 없었지만, 그것은 여전히 불타오르고 있었다. *더 있습니다, 바로 이쪽입니다, 신사분*. 마치 호객꾼처럼 손짓하고 있었다. *일어서세요, 놓치시면 안 되죠. 전부 당신을 기다리고 있어요. 계속해요, 계속해요, 하퍼 커티스*.

하퍼는 난간을 붙들고 계단에 올라섰다. 난간은 어찌나 반질반질 광을 냈는지, 나무에 그의 손자국이 남을 정도였다. 그러고서 기름기가 얼룩덜룩한 귀신 같은 자국은 벌써 희미해져가고 있었다. 그는 한 계단 한 계단마다 원을 그리듯이 발을 올려놓아야 했다. 목발은 뒤로 질질 끌려오고 있었다. 그는 힘이 들어서 이 사이로 가쁘게 숨을 뱉어냈다.

복도로 들어섰고, 욕실을 지나쳤다. 세면대에서 피가 도랑을 이루며 튀어나와 바닥에 놓여 있는 수건에 흠뻑 배어들고, 수건에서 분홍색 줄이 흘러나와 반짝거리는 검은색과 하얀색 타일을 가로지르고 있었다. 하퍼는 그 광경에 주의를 기울이지 않았고, 다락방까지 이어지는 계단에도, 베개가 눌린 자국이 있을 뿐 깔끔하게 정리된 방에도 관심을 보이지 않았다.

안방 침실의 문은 닫혀 있었다. 문 아래 틈을 통해 바닥을 이리저리 움직이는 빛줄기가 새어 나왔다. 그는 마음 한편으로 잠겨 있기를 바라면서 손잡이에 손을 가져다 댔다. 하지만 딸깍 하는 소리와 함께 손잡이가 돌아갔다. 그는 목발 끝으로 문을 밀어보았다. 여름 오후의 일렁임을 뒤집어쓰고서 어딘지 불가해해 보이는 방이 나왔다. 가구는 보잘것없었다. 호두나무 문을 단 벽장과 철제 침대.

그는 창 바깥에서 쏟아져 들어오는 갑작스러운 광휘에 눈을 찌푸렸다. 그러더니 먹구름이 지나가고, 은빛으로 비가 내리치고, 황혼이 붉은 줄기로 쏟아져 들어왔다. 마치 싸구려 조이트로프를 통해서 보는 광경 같았다. 질주하는 말이나 우쭐해하며 스타킹을 벗는 여자 그림 대신에 사계절이 휘감고 지나가는 광경. 더 참을 수가 없었다. 그는 창으로 다가가서 커튼을 쳤고, 그 전에 바깥 광경을 잠깐 내다보았다.

길 건너 집들이 시시각각 변하고 있었다. 페인트가 벗겨져나가고 스스로 색을 칠하더니, 눈과 태양과 나뭇잎이 얽힌 쓰레기들이 길을 날아다니면서 다시 헐벗었다. 창문은 깨지고 위에 판자가 박혀 있었으며, 화병에 담겨 창문을 장식한 꽃은 갈색으로 변해서 떨어졌다. 공터는 풀이 무성하게 자라났다가, 시멘트로 채워지고, 풀들이 바닥의 갈라진 틈으로 억세게 무리 지어 피고, 쓰레기가 엉켰다가, 쓰레기가 사라지고, 다시 돌아오고, 불길한 전조가 포악한 색깔들로 공격의 이빨을 드러냈다. 땅바닥에 사방치기 그림이 나타났다가 진눈깨비 속으로 사라지면서 시멘트를 구불구불 건너가 어딘가로 사라졌다. 계절과 계절이 흘러 소파 하나가 썩어갔고, 그러더니 불이 붙었다.

그가 커튼을 홱 치고 몸을 돌리다가 그것을 보았다. 마침내. 그의 운명이 이 방에서 풀려났다.

겉으로 나온 것이란 나온 것은 모조리 훼손되어 있었다. 웬 물건들이 벽에 못으로 박혀 있거나 줄로 매달려 있었다. 그 인공물들은 혀로 이 뒤를 훑을 때 같은 초조함으로 안달하는 것처럼 보였다. 모든 물건이 벽에 분필이나 잉크 또는 칼끝으로 긁은 선으로 연결되어 있었다. *성좌.* 그의 머릿속 목소리가 말했다.

그 옆에는 이름들이 휘갈겨져 있었다. 진숙. 조라. 윌리. 커비. 마고. 줄리아. 캐서린. 앨리스. 미샤. 낯선, 그가 모르는 여자들의 이름들이었다.

그런데 그 이름들은 하퍼 자신의 필체로 쓰여 있었다.

그것으로 충분했다. 깨달음. 마치 어떤 문이 속에서 열리는 듯했다. 열이 최고조에 달했고, 무언가가 목 놓아 울부짖으며 그를 통과해갔다. 그소리는 경멸과 진노와 불로 가득했다. 그는 빛나는 소녀들의 얼굴을 보았고, 그들이 어떻게 죽어야만 하는지 알았다. 그의 머릿속에서 고함이 터져나왔다. *그녀를 죽여. 그녀를 막아.*

그는 손으로 얼굴을 가리면서 목발을 떨어뜨렸다. 뒷걸음질을 치다가 침대에 털썩 주저앉았다. 침대가 그의 무게에 신음 소리를 냈다. 입이 바짝 말라 있었다. 정신은 피로 들끓었다. 벽에 달린 물건들이 두들겨대는 소리가 느껴졌다. 여자들의 이름이 찬송가의 코러스처럼 들렸다. 그의 뇌 속은 견디기 힘들 지경이 되도록 압력이 높아졌다.

하퍼는 손을 가져다가 제 눈을 가까스로 열었다. 침대 기둥을 붙들고 균형을 잡으며 몸을 일으켜 세우고, 물건들이 고동치고 깜빡거리는 벽으로 마치 다 알고 있었다는 듯이 절름거리며 걸어갔다. 그것들이 자신을 인도하도록 손을 뻗었다. 어딘지 더 날카롭게 느껴지는 것이 하나 있었다. 그것은 빼도 박도 못할 발기처럼 그를 괴롭히고 있었다. 그것이 무엇인지 발견해야 했다. 그것과 함께 따라오는 여자를 찾아내야 했다.

마치 평생을 술에 취해 흐릿하게 살아오다가, 이제 장막이 확 벗겨져 내린 것만 같았다. 섹스처럼, 혹은 그가 지미 그레브의 목을 땄던 순간만큼이나 전적으로 명징한 순간이었다. 방사능 페인트를 뒤집어쓰고 추는 춤처럼.

그는 벽난로 선반에 놓여 있는 분필을 들고 창문 옆 벽지에 적었다. 왜냐하면 그것을 적기 위한 공간이 거기에 있었고, 반드시 그렇게 해야만 한다고 느꼈기 때문이다. 그는 삐뚤삐뚤하고 비스듬한 글씨로, 그곳에 이미 있었던 단어의 유령 위에다 '타오르는 소녀'라고 썼다.

커비

1984년 7월 30일

잠을 자는 것처럼 보일 수도 있었다. 언뜻 보면 그랬다. 나뭇잎들을 통해 얼룩얼룩 들어오는 햇빛 때문에 시야가 가려져 눈을 찡그리고 있었다면. 그녀의 웃옷이 원래 갈색이 맞나 보다 하고 생각했다면. 만약 각다귀만큼 큰 파리들을 못 보고 지나쳤다면 잠자는 것처럼 보였을 것이다.

한쪽 팔이 뭘 들고 있기라도 한 듯 머리 위에 얹어져 있는데, 비스듬하게 기운 모습이 아름다워 보였다. 엉덩이도 같은 방향으로 돌아가 있고 다리는 무릎을 구부려 포개져 있었다. 난자당해 벌어진 배는 평온한 포즈와 딴판의 얘기를 하고 있었다.

파란색과 노란색의 작은 들꽃 사이에 너무도 로맨틱하게 누워 있는 것처럼 보이게 만들었던 그 태평한 팔에는 방어흔이 남아 있었다. 손가락들 가운데 마디가 뼈까지 잘린 것을 보아 공격자의 칼을 붙들려고 한 것 같았다. 오른손 끝의 두 손가락은 일부가 잘려나갔다.

이마는 둔기로 수차례 맞아 벌어져 있었다. 둔기는 야구 방망이인 것 같기도 했지만, 도낏자루나 두꺼운 나뭇가지일 가능성도 똑같이 배제할 수 없었다. 그중 아무것도 현장에서 발견되지 않았다.

손목의 쓸린 자국으로 보아 손이 묶여 있었다. 묶었던 도구는 보이지 않았다. 살갗을 파고든 것으로 보아 철사 줄이었을 것 같다. 얼굴에는 태아가 엄마 배 속에서 묻혀 가지고 나오는 양막처럼 피딱지가 형성되어 있었다. 그녀는 명치부터 골반까지 거꾸로 세운 십자가 모양으로 갈라져 있었는데, 이 때문에 경찰은 깡패들의 소행이라고 단정 짓기 전에 악마 숭배자들을 의심해볼 만하다고 생각했다. 특히 그녀의 위가 제거되어 있었다. 범인은 위를 시신 가까운 곳 풀 위에 해부해서 늘어놓았다. 내장은 크리스마스트리에 장식으로 다는 금실 은실처럼 나무에 매달아 놓았다. 경찰이 저지선을 칠 무렵에 내장은 이미 말라 회색빛이 되어 있었다. 범인에게 시간이 넉넉하게 있었다는 뜻이다. 그녀가 도와달라고 외치는 소리를 누구도 듣지 못했다는 뜻이다. 혹은 들었어도 아무도 대응할 생각을 하지 않은 것이다.

증거 목록에 들어간 것들은 더 있었다.

진흙이 쭉 흘러내린 하얀 운동화. 도망을 치다가 미끄러졌고, 신발이 벗겨졌으리라. 운동화는 시신에서 10미터쯤 떨어진 곳에서 발견되었다. 벗겨지지 않은 한 짝, 피가 튀어 있는 한 짝이 한 켤레였다.

가느다란 어깨끈이 달려 있고 가운데가 도려진 주름 장식의 조끼. 원래 하얀색이었을 조끼다. 탈색한 청 반바지는 피로 얼룩져 있었다. 오줌과 똥도 있었다.

그녀의 책가방에 들어 있던 물품은 다음과 같았다. 교과서 한 권(『수리경제 기본론』), 펜 세 자루(두 자루는 파란색, 한 자루는 빨간색), 형광펜 한 자루(노란색), 포도맛 립스틱, 마스카라, 남은 껌 반 통(리글리 사의 스피어민트, 세 개가 남아 있음), 금색 사각형 케이스의 콤팩트(거울이 깨져 있음, 공격 중에 깨졌을 가능성), 검은색 카세트테이프, '재니스 조플린-펄(Pearl)'이라고 라벨에 쓰여 있었다. 여학생 사교클럽의 건물 문을 여는 열쇠, 과제 제출 날짜가 표시된 학교 다이어리, 미국가족계획연맹과의 약속, 친구들 생일, 경찰이 하나씩 걸어볼 전화번호 다수. 다이어리에는 도서관 책 반납 기일을 넘겼다는 통지서가 끼워져 있었다.

신문들은 지난 15년간 이 지역에서 일어난 가장 잔혹한 사건이라고 대서특필했다. 경찰은 단서란 단서는 모두 쫓았고, 목격자가 나서주기를 촉구했다. 그들은 살인범을 신속히 찾아낼 수 있을 것이라는 강한 희망을 피력했다. 이 정도로 흉악한 살인범에게 전과가 없을 리 없었다.

커비는 전부 다 놓쳐버렸다. 그녀는 그레이시보다 1년 반 위인 그녀의 오빠 프레드 터커가 페니스를 넣으려고 안간힘을 쓰고 있을 때 정신이 약간 딴 데로 팔려 있었다.

"안 들어가겠어." 그가 빼빼 마른 가슴을 들썩거리며 숨을 몰아쉬었다.

"더 열심히 해봐." 커비가 날카롭게 쏘아붙였다.

"네가 도와주지 않잖아!"

"내가 더 어떻게 해줘?" 짜증이 확 났다. 그녀는 레이첼의 굽이 낮은 검은색 힐과, 안이 훤히 비치는 베이지골드 톤의 슬립을 걸치고 있었다. 슬립은 사흘 전에 마셜 필드 상점의 옷걸이에서 훔쳐 온 것이었다. 옷걸이는 옷 선반 깊숙한 곳에 처박아 두었다. 그녀는 파트리지 씨네서 장미를 가져다가, 꽃잎을 따서 시트에 흩뿌려 놓았다. 어머니의 침대 옆 서랍에서는 콘돔을 훔쳤다. 프레드가 직접 사러 가면 민망할 것 같아서였다. 그녀는 레이첼이 오후에 집에 오지 못하게 손을 써두었다. 심지어 손등에다 대고 키스하는 법을 연습하기까지 했다. 자기 몸을 간질이는 짓이 효과가 없는 것처럼 별로 소용이 없는 짓이었다. 그것이 다른 사람의 손가락, 다른 사람의 혀가 필요한 이유다. 오로지 다른 사람들만이 진짜를 느끼게 해줄 수 있다.

"난 네가 해본 적 있는 줄 알았지." 프레드는 그녀의 몸에 그대로 엎어진 채로 팔을 풀썩 접었다. 엉덩이뼈는 앙상하고 살갗은 땀으로 미끈거렸지만, 내리누르는 무게감이 기분 좋게 느껴졌다.

"네가 긴장할까 봐 했다고 말한 거지." 커비가 그의 아래서 몸을 빼고 협탁에 놓인 담배에 손을 뻗쳤다.

"담배 피우면 안 돼." 그가 말했다.

"그래? 너야말로 미성년자하고 섹스를 하면 안 되지."

"너 열여섯 살이잖아."

"8월 8일이 돼야 열여섯이지."

"세상에." 그가 말하며 그녀의 몸에서 황급히 내려왔다. 그녀는 그가 당황해서 양말과 콘돔만 걸친 채로 침실을 빙빙 도는 모습을 바라보았다. 그의 성기는 여전히 용감무쌍하게도 발기 상태였고, 당장이라도 사정을 할 태세였다. 그녀는 담배를 길게 한 모금 빨았다가 내뿜었다. 담배는 좋아하지도 않았다. 하지만 자신을 보호해줄, 앞에 내보일 쿨한 소품을 갖추고 있는 것은 중요한 일이었다. 그녀는 공식도 세웠다. 5분의 2는 애쓰는 것처럼 보이지 않으면서 주도권을 쥐는 것이고, 5분의 3은 주도권을 쥐는 것 따위야 아무려나 상관없다는 척하는 것이다. 그리고 말하자면, 오늘 프레드 터커에게 처녀성을 잃거나 말거나 별일도 아니었다.

(정말 대단한 별일이었다.)

그녀는 필터에 남겨진 립스틱 자국을 감탄스러운 눈길로 바라보았다. 그러고는 터져 나오려는 기침을 꾹꾹 눌러 삼켰다. "진정해, 프레드. 원래 재미가 있어야 하는 일 아니야?" 그녀가 능숙하게 연기를 해 보이며 말했다. 정작 하고 싶은 말은 '괜찮아, 난 오빠를 사랑하는 것 같아'였으면서 말이다.

"그러면 왜 심장마비라도 올 것 같은 기분이 들까?" 그가 가슴을 움켜쥐며 말했다. "우리 그냥 친구 사이로 지내야 할지도 모르겠다."

그녀는 그에게 안됐다는 마음이 들었다. 하지만 자신도 피차 안쓰럽게 느껴지기는 마찬가지였다. 그녀는 눈을 세게 깜박거리다가 담배를 비벼 껐다. 5분의 3이 들어섰다. 마치 눈물이 흘러내리는 것이 담배 연기 때문이라는 듯.

"영화 볼래?" 그녀가 말했다.

그리하여 둘은 영화를 보았다. 그리고 매슈 브로데릭이 컴퓨터로 세상을 구하고 있는 사이에, 소파에서 서로 더듬거리고 키스를 했다. 그들은 테이프가 다 돌아가고 치직거리는 정지 화면이 된 것을 알아채지 못했다. 그의 손가락이 그녀의 안에 들어가 있었고, 그의 입이 그녀의 살갗을 뜨겁게 달구고 있었던 까닭이다. 그리고 그녀는 그의 몸 위로 올라갔고, 예상했던 대로 아팠고, 바라던 대로 좋았다. 하지만 천지가 개벽할 만한 일은 아니었다. 끝나고 나서 그들은 키스를 한참 더 했고, 남아 있는 담배를 태웠다. 그가 기침을 하며 말했다. "내가 생각했던 거하고는 다르네."

살해당하는 것도 마찬가지다.

죽은 여자의 이름은 줄리아 매드리걸이었다. 그녀는 스물한 살이었고, 노스웨스턴 대학교에 다니는 중이었다. 경제학 전공. 그녀는 하이킹과 하키를 좋아했다. 출신이 캐나다 밴프였기 때문이다. 또 대학이 있는 에번스턴이 심심한 도시였던 탓에 셰리든 로드의 이런저런 술집에서 친구들과 어울려 놀기를 좋아했다.

그녀는 맹인 학생회를 위해 교과서 구절을 녹음할 의향을 항상 지니고 있었지만, 번번이 뜻을 이루지 못했다. 기타까지 사놓고도 끝내 코드 하나만 익히고 만 것과 마찬가지로 말이다. 그녀는 여학생 사교클럽 회장 자리에 출마 중이었다. 또 골드만 삭스 최초의 여성 CEO가 되겠다고 입버릇처럼 말했다. 또 자식 세 명과 커다란 집과 남편을 가질 계획을 세워두었다. 뭔가 흥미롭고 자기 일에 보완이 되는 일을 하는 사람, 외과의나 브로커 같은 사람을 남편으로 받아들이기를 원했다. 세바스천처럼 즐기기 좋아도 결혼 상대자는 아닌 남자는 아니었다.

그녀는 아버지와 똑 닮아서 목소리가 컸다. 파티에 가면 더더욱 그랬다. 유머 감각으로 말하자면 좀 무신경한 데가 있었다. 그녀의 웃음소리는 악명이 높았고, 다르게 표현하자면 전설적이었다. 여학생 사교클럽 건물의 반대편 저 끝까지 들릴 정도였다. 그녀는 사람들의 짜증을 자극하기도 했는데, 편협했으며 세상 모든 답을 다 가졌다는 식이기도 했다. 하지만 그녀는 눌러앉힐 수가 없는 그런 여자였다. 몸을 갈라내고 두개골에다 굴을 파놓지 않는 이상은 말이다.

그녀의 죽음은 그녀를 알았던 모든 사람들과 몰랐던 사람들 일부에게 엄청난 충격을 던졌다.

그녀의 아버지는 영영 회복할 길이 없을 것이다. 바비큐 파티에서 스포츠 얘기를 나누다가 멱살잡이라도 할 사람이었던, 목소리 크고 제멋대로인 부동산 중개인은 몸무게가 뚝뚝 떨어져서 파리한 겉껍질만 남았다. 그는 집을 파는 일에 완전히 흥미를 잃었다. 다단계 판매라도 하는 듯 모기만 한 목소리로 집을 홍보하면서, 완벽하거나 그렇지 못한 가족 사진들 사이의 빈 벽이나 방에 딸린 욕실 타일 사이의 선을 멍하니 바라보았다. 그는 슬픔을 걸어 잠그기 위해, 아닌 척하는 법을 익혔다. 집에서 그는 요리를 하기 시작했다. 독학으로 프랑스 요리를 익혔다. 하지만 뭘 먹어도 맛이 느껴지지 않았다.

그녀의 어머니는 슬픔을 속으로 끌어안았다. 가슴에 옭아매 둔 괴물은 보드카로만 누그러졌다. 그녀는 남편이 만든 요리를 먹지 않았다. 캐나다로 집을 줄여서 이사를 가고 나서 그녀는 남편과 다른 방을 썼다. 결국 그는 그녀의 술병을 더 이상 감춰두지 않았다. 20년 후에 그녀의 간이 기능을 멈추었을 때, 그는 위니펙의 한 병원에서 그녀 곁에 앉아 그녀의 손을 쓰다듬으며 과학 공식처럼 외우고 있는 레시피들을 읊조렸다. 달리 할 말이 없었던 까닭이다.

줄리아의 언니는 최대한 멀리 이사를 갔고, 쉬지 않고 옮겨 다녔다. 처음에는 주를 넘어갔다. 그리고 나라를 넘어가고, 바다를 건너 포르투갈에 가서 입주 도우미가 되었다. 그녀는 오 페어 노릇을 잘 해내지 못했다. 아이들과 유대감을 맺기가 어려웠다. 아이들에게 무슨 일이라도 일어날까 봐 너무도 두려웠다.

줄리아와 6주 동안 남자친구로 지냈던 세바스천은 증인들의 증언과 반바지에 묻은 기름때가 뒷받침해서, 세 시간의 심문 끝에 알리바이를 입증받았다. 그는 어떻게든 되살려내려 노력 중이던 1974년형 인디언 모터바이크를 손보고 있었고, 작업을 하는 동안에 차고 문이 훤히 열려 있었다. 그가 일하던 모습이 길거리로 다 내다보였던 것이다. 그런 경험을 하고 나서 그는 줄리아의 죽음을, 제 인생을 비즈니스를 공부하는 데 낭비하고 있다는 것으로 받아들였다. 그는 반아파르트헤이트 학생운동에 뛰어들어 반아파르트헤이트 여학생들과 섹스를 했다. 그의 비극적인 과거가 그에게 페로몬처럼 대롱대롱 매달려 있었고, 여자들은 그에게 저절로 몸을 던졌다. 그의 과거에 딸린 주제곡까지 있었다. 재니스 조플린의 'Get It While You Can'.

줄리아의 가장 친한 친구는 밤이 되어도 잠들지 못하고 죄책감에 시달렸다. 왜냐하면 충격과 비탄을 느끼는 와중에조차, 줄리아의 살해 의미를 통계학적으로 따져보면서 그녀 자신이 살해당할 확률은 88퍼센트가 낮다는 계산을 해버렸기 때문이다.

도시의 다른 동네에서는 줄리아가 졸업생 대표로 찍힌 사진만 졸업 앨범에서 보았고, 기사로 사건 얘기를 읽었을 뿐인 열한 살짜리 소녀가 그 사건에서, 또 인생에서 전반적으로 느끼는 고통을 상자 자르는 칼로 위팔뚝에 아주 정확하게 새겨놓았다. 티셔츠 소매 위쪽으로 새겨놓은 것이라서 아무에게도 보이지 않을 상처였다.

5년 후에는 커비의 차례였다.

하퍼

1931년 11월 24일

　그는 '그것들'을 외면하려고, 다른 방에서 문을 꼭 닫고 잤다. 하지만 그것들은 그의 뇌리로 파고 들어오는 길을 찾아내 벼룩처럼 집요하게 물고 늘어졌다. 조각조각 끊어지며 열에 들뜬 꿈을 꾸는 시간이 며칠처럼 느껴졌다. 그는 몸을 일으켰고, 침대에서 나와 절룩거리며 겨우겨우 계단을 내려갔다.

　머리가 테레빈유를 흠뻑 먹은 식빵 덩어리처럼 무거웠다. 목소리는 사라졌고, 타는 듯한 명료함의 순간도 더불어 사라졌다. 절뚝거리며 그 방을 지나쳐 가려는데, 그것들이 그를 낚아채기 위해서 손을 뻗쳤다. 아직은 아니야, 그는 생각했다. 그는 해야 할 일을 알고 있었지만, 지금 당장으로서는 텅 비어서 뒤틀리다시피 하는 배가 문제였다.

　매끈하게 빠진 전기냉장고는 프랑스 샴페인 한 병과 복도에 있는 시체와 똑같이 서서히 물러가고 있는 토마토 하나만 덩그마니 있었다. 시신은 바야흐로 썩어가며 코끝을 찌르는 냄새를 풍기기 시작했고, 푸르뎅뎅하게 변해가고 있었다. 하지만 이틀 전에는 나무처럼 뻣뻣하던 시체가 이제는 물렁하게 축 늘어져 있었다. 덕분에 칠면조를 빼내기가 한결

쉬워졌다. 죽은 남자의 손가락을 부러뜨려 빼낼 필요가 없어졌다.

그는 칠면조의 몸뚱어리에 붙은 피딱지를 비누로 씻어냈다. 그러고는 주방 서랍에서 찾아낸 오래된 감자 두 개와 함께 삶았다. 보아하니 바텍 씨는 아내가 없었던 것임이 확실했다.

그 집에서 찾아낼 수 있는 레코드는 이미 축음기에 올려져 있던 것이 유일했다. 그는 다시 레코드 바늘을 올리고 같은 음악을 틀어 벗을 삼았다. 그는 불 앞에 앉아서 포크니 나이프니 하는 것이 다 뭐냐는 듯이 맨손으로 고깃덩어리를 헤쳐가며 게걸스럽게 먹었다. 그러고는 얼음을 넣을 생각도 하지 않고 주둥이까지 가득 채운 위스키로 입가심을 했다. 따뜻했고, 속은 든든하게 채워진 데다, 머릿속은 알코올로 흐릿해지고, 경박한 음악이 그것들을 잠잠하게 해주는 듯이 느껴졌다.

그는 크리스털 디캔터가 비고 나자 샴페인을 가지러 갔고, 병이 바닥을 드러낼 때까지 벌컥벌컥 마셔댔다. 그다음에는 시무룩하게 취해서 앉았다. 바닥에는 먹어치운 새의 남은 부스러기가 흩어져 있었다. 그는 다 돌아간 축음기가 칙칙거리는 소리를 못 들은 척했다. 바늘이 아무 리듬도 내지 않는 판을 긁어대며 그를 내내 건드렸고, 그는 마지못해 일어섰다.

그가 서랍장으로 가다가 소파에서 휘청거리며 쓰러질 뻔하는 걸 발가락으로 카펫을 움켜쥐어 가까스로 버티는데, 그 와중에 소파 아래 쑤셔박혀 있던 낡아빠진 파란색 여행 가방이 삐져나왔다.

그는 소파 팔걸이 아래로 몸을 숙여 여행 가방의 손잡이를 잡아 끄집어내고 나서, 쿠션 위에 올려놓고 자세히 들여다보았다. 하지만 술기운과 기름이 덕지덕지 묻은 손가락이 미끄러지면서 싸구려 자물쇠가 탁하고 열리는 바람에 안에 있던 내용물이 바닥으로 쏟아져 내렸다. 돈뭉치들과 도박에 쓰는 빨간색과 노란색의 칩이 흩어졌고, 검은색 장부와 색지들이 휘날렸다.

하퍼는 욕설을 내뱉고는 무릎을 꿇었다. 본능적으로 든 생각은 가방에 다시 주워 담는 것이었다. 돈뭉치들은 카드 한 벌 두께만 했다. 5달러, 10달러, 20달러, 100달러짜리 지폐가 고무줄에 묶여 있었고, 5,000달러짜리 뭉치 다섯 개가 가방의 찢어진 안감에 박혀 있었다. 그로서는 평생 구경조차 한 적이 없는 액수였다. 누구였든 간에 바텍의 머리를 으스러뜨려 놓은 것도 놀랄 일은 아니었다. 하지만 왜 범인은 이 돈을 찾아다니지 않았을까? 술기운에 정신은 몽롱했지만, 앞뒤가 맞지 않는다는 것쯤은 그도 알 수 있었다.

그는 지폐를 더 자세히 들여다보았다. 같은 액수의 지폐끼리 묶여 있었지만, 다양한 방식으로, 모두 약간씩 다르게 나뉘어 있었다. 그는 손가락으로 가늠해보며 다른 점은 크기라고 추측했다. 지폐는 종이 재질, 인쇄된 글씨의 색깔 등 법정 통화와는 그림과 글씨가 아주 약간씩 다른 위치에 있었다. 가장 이상한 점이 무엇인지 알아내기까지는 한동안 시간이 걸렸다. 발행 날짜가 이상했다. 아까 창밖에 보였던 풍경과 같다, 그는 생각했다. 그러고는 곧바로 그 생각은 하지 않으려고 애썼다. 어쩌면 이 바텍이라는 자는 위조범인 모양이었다. 아니면 연극 소품 제작자였을지도 모른다.

그는 색지로 눈길을 돌렸다. 베팅한 금액을 적는 베팅 슬립이었다. 날짜는 1929년에서 1952년 사이에 군데군데 퍼져 있었다. 알링턴 레이스트랙. 호손. 링컨 필즈. 워싱턴 파크. 모든 슬립이 도박에서 이겼다고 표시되어 있었다. 터무니가 없어도 이렇게 터무니없는 경우는 없었다. 스코어가 너무 크고 너무 자주 나와서, 이러다가는 요주의 대상으로 찍히기 딱 십상이지 않겠는가 싶었다. 특히 이곳 시카고는 카포네의 도시가 아니던가.

검은색 회계 장부에는 각각의 슬립에 든 내용이 기입되어 있었다. 액수와 날짜와 출처가 깔끔한 필체의 굵은 대문자로 적혀 있었다. 이윤이 어디서는 50달러, 저기서는 1,200달러 하는 식이었다. 하나만 제외하고. 한 주소만이 달랐다. 빨간색으로 600달러라고 적혀 있는 1818번지 집. 그는 장부를 뒤져 그 슬립과 일치하는 기록을 찾아냈다. 더 하우스의 주인을 입증하는 증서. 1930년 4월 5일 바텍 크롤 취득이라고 되어 있었다.

하퍼는 뒤꿈치를 바닥에 대고 쭈그려 앉아서 10달러짜리 돈뭉치 끝을 엄지로 휘리릭 넘겨보았다. 어쩌면 미친 사람은 그일지도 몰랐다. 어느 쪽이거나 그는 놀라운 점을 발견한 셈이었다. 바텍 씨가 먹을 만한 음식을 사다 놓을 수 없을 만큼 바빴던 것도 이해가 갈 만했다. 그런데 그의 연승 기록이 중간에 이렇게 툭 잘리고 말았으니 참으로 안된 일이다. 하퍼로서는 행운이었다. 하퍼 자신이 도박꾼이었던 것이다.

그는 난장판이 된 복도를 쳐다보았다. 곤죽이 되기 전에 손을 써야 할 일이었다. 그 일은 다시 돌아와서 처리하기로 했다. 지금으로서는 바깥으로 나가고 싶어서 몸이 근질거렸다. 자신이 하고 있는 생각이 맞는지 확인하고 싶었다.

그는 옷장에서 찾아낸 옷가지를 입었다. 검은색 구두. 노동자의 청바지. 단추 달린 셔츠. 그에게 꼭 맞는 사이즈였다. 그는 사물들이 달린 벽을 다시 쳐다보며 그것들이 그 자리에 있는 것을 확인했다. 플라스틱 말을 둘러싼 주변 공기가 씰룩거리며 떨고 있는 것처럼 느껴졌다. 한 여자의 이름이 다른 이름들보다 더 도드라지게 읽혔다. 그 이름은 불꽃처럼 실제로 빛나고 있었다. 그녀가 그를 기다리고 있을 것이다. 저기 바깥세상에서.

아래층 현관에서 그는 펀치를 날리려고 몸을 푸는 권투 선수처럼 오른손을 초조하게 털었다. 열쇠를 주머니에 잘 넣어두었는지는 세 번 확인했다. 이제 준비가 되었다고 그는 생각했다. 어떻게 돌아가는 일인지 다 알았다는 생각이 들었다. 그는 바텍 씨처럼 될 것이다. 지나치게 덤벼들지 않고, 약삭빠르게. 지나치게 멀리 밀어붙일 생각은 없었다.

손잡이에 손을 뻗었다. 문이 번쩍이는 빛으로, 깜깜한 지하 창고에 터진 폭죽처럼 날카로운 빛이 고양이의 내장을 훑고 지나가듯이 홱 열렸다.

그리고 하퍼는 다른 시간대로 들어섰다.

커비

1992년 1월 3일

"너, 개나 또 키워야겠다." 그녀의 어머니가 벽에 기대앉아 미시간 호와 서리에 뒤덮인 호숫가를 내다보며 말했다. 그녀의 얼굴 앞으로 입김이 말풍선처럼 몽글몽글 새어 나왔다. 기상 예보에서는 눈이 더 올 것이라고 했지만, 하늘은 예보와는 달랐다.

"무슨," 커비가 나직하게 말했다. "어차피 개가 뭘 해준다고." 그녀는 이쑤시개를 더 부러지지 않을 때까지 일없이 계속 부러뜨리고 있었다. 세상 무엇도 무한하게 줄어드는 법은 없다. 원자까지 쪼갤 수 있다고 해도, 증발시킬 수는 없다. 물질은 어딘가에 박혀 있게 마련이다. 설령 부서져 흩어진다고 해도 달라붙는다. 어느 시점에선가는 조각들을 맞추어 놓아야 한다. 아니라면 그냥 떠나라. 뒤돌아보지 말라. 깨진 달걀 껍데기를 이어 맞추는 짓은 아서라.

"오, 아가야." 레이첼의 목소리에 깃든 한숨은 더 참지 못하겠다고, 더 밀어붙이겠다는 신호탄이었다. 기어코 더 밀어붙여야 직성이 풀리겠다는 신호탄.

"털 날리지, 냄새나지, 툭하면 뛰어올라서 얼굴 핥지. 징그러워!" 커비는 얼굴을 일그러뜨렸다. 그들의 대화는 늘 그 오래된 올가미에 갇히는 것으로 끝나고 말았다. 경멸감이 들 만큼 익숙하면서도, 그 나름대로 위안이 되는 방식으로.

그녀는 그 일이 있고 나서 한동안 도망치려고 애썼다. 학교에서도 배려하여 휴학을 제안했음에도 학업을 접고 차를 팔아버리고 짐을 챙겨서 떠났다. 하지만 멀리 가지는 못했다. 캘리포니아는 일본만큼이나 외국같이 느껴지기는 했지만 말이다. 캘리포니아는 꼭 TV 쇼에서 나오는 곳 같은데, 녹음한 웃음소리가 싱크가 맞지 않게 나오는 광경 같았다. 아니면 싱크가 맞지 않는 쪽은 그녀였을지도 모른다. 샌디에이고에 어울려 섞이기에는 그녀가 너무 어둡고 엉망진창이 되어 있었는지도 모른다. 그나마 LA에 안 맞을 만큼 엉망진창은 아니었다. 아니면 잘못된 방식으로든 LA는 맞는 구석이 있었는지도. 그곳에서 그녀는 완전히 망가졌다기보다는 비극적으로 불안정한 상태 정도라고 해야 맞았다. 속에 든 고통을 내보내려면 스스로 잘라내야 한다. 남들이 대신 해주는 것은 반칙이다.

계속 움직이지 않고는 견딜 수가 없었다. 시애틀로, 뉴욕으로. 하지만 시작했던 곳으로 되돌아오고야 말았다. 어쩌면 어렸을 적에 이사가 너무 잦았기 때문인지도 모른다. 가족이란 게 중력과 같은 인력을 발휘하기 때문인지도 몰랐다. 그저 범죄 현장으로 되돌아올 수밖에 없는 심정이었는지도 모른다.

사건이 일어나자 야단법석이 났다. 병원 사람들은 그녀가 받은 그 많은 꽃을 어디에다 두어야 할지 몰라서 난감해했다. 생판 모르는 사람들에게 온 꽃도 있었다. 그중 반절은 조의의 꽃다발이었지만 말이다. 그녀가 이겨낼 것이라고 예상한 사람은 아무도 없었고, 신문들도 잘못 짚었다.

일이 터지고 첫 다섯 주는 정신없이 지나갔고, 사람들은 그녀에게 뭐든 해주려고 필사적이었다. 하지만 꽃은 시들고, 관심도 이울어져갔다. 그녀는 중환자실에서 나왔고, 얼마 후에 퇴원했다. 사람들은 일상으로 되돌아갔고, 그녀도 그러기를 기대했다. 사람들은 그녀가 들쭉날쭉 쑤셔대는 통증 때문에 몸을 돌릴 때마다 잠에서 깨는 것쯤은 신경도 쓰지 않았다. 그녀는 극도의 통증에 마비 상태가 되어버리거나, 샴푸에 손을 뻗는데 진통제 약효가 갑작스럽게 다해 뭐라도 찢어버리지나 않을까 두려움에 떨고는 했다.

그녀는 상처에 염증이 생겨서 3주간 다시 입원해야 했다. 배는 외계인을 분만하기라도 할 것처럼 부풀어 올랐다. "외계 생명체가 길을 잃어버렸나 봐요." 그녀는 집합한 전문의들 군단 중 가장 새로 온 의사에게 농담을 던졌다. "왜 그 영화 있잖아요, 〈에일리언〉이던가?" 아무도 그녀의 농담을 알아듣지 못했다.

그사이에 그녀는 친구들을 잃었다. 오래된 친구들은 그녀에게 무슨 말을 해야 할지 몰라서 쩔쩔맸다. 모든 관계가 어색한 침묵의 갈라진 틈 사이로 사라져갔다. 부상이 너무도 무시무시했던 나머지 친구들이 입을 막지 않았다면, 그녀는 장에 뚫린 구멍으로 새는 배설물 얘기를 얼마든지 떠들어댈 수도 있었다. 친구들이 화제를 다른 방향으로 돌리는 게 무리도 아니었다. 사람들은 화제를 돌리고 호기심을 억누르면서, 옳은 일을 하고 있다고 생각했다. 그녀에게 정작 필요했던 것은 그 무엇보다도 말을 하는 것이었는데 말이다. 말 그대로 속을 쏟아내야 했는데도 말이다.

새로운 친구들은 관광객들이나 다름없었다. 그녀를 찾아와서는 얼을 빼놓고 바라보았다. 무심한 짓이었음은 그녀도 알았지만, 그런 실수를 저지르기란 얼마나 쉽던가. 때로는 답신 전화만 하지 않으면 되는 일이었는데 그렇게 하지 못했다. 좀 더 끈질긴 축은 계속 바람을 맞혀야 했다. 그러면 그들은 당황하고, 화를 내고, 상처를 입었다. 어떤 사람들은 그녀의 응답기에 고함을 질렀다. 슬픈 메시지를 남기는 것은 더 나빴다. 결국 그녀는 응답기의 전원을 뽑아 내다 버렸다. 그들도 나중에는 결국 마음을 놓을 것이라는 생각이었다. 그녀와 친구가 된다는 것은 재미있게 놀아보자고 열대 섬에 갔다가 테러리스트들에게 납치당하고 마는 꼴 비슷한 것이었다. 뉴스에서 보는 그런 일이야말로 그녀에게 진짜인 것이었다. 그녀는 트라우마에 관한 얘기를 아주 많이 읽었다. 생존자들의 사연을 읽었다.

커비로서는 친구들의 편의를 봐주고 있는 셈이었다. 때로 그녀는 친구들과 같은 출구 전략을 택할 수 있다면 좋겠다고 생각했다. 하지만 그녀는 여기에 꼼짝없이 붙들려서, 제 머릿속의 인질로 갇혀 있었다. 자기 자신에게 스톡홀름 신드롬을 안겨주는 것도 가능한 일일까?

"그러니까 어때, 엄마?" 호수 위의 얼음이 물 위를 떠다니며 깨진 유리로 만든 풍경처럼 갈라지는 소리로 음악 소리를 냈다.

"오, 아가야."

"최대 열 달 이내로는 엄마한테 돈을 갚을 수 있을 것 같아. 일정을 생각해보니까 그래."

그녀는 백팩을 뒤져 폴더를 찾아냈다. 그녀는 복사 가게에 가서 색깔 있는 종이에 사람 손글씨같이 보이는 멋진 폰트로 장식해서 스프레드시트를 만든 터였다. 어쨌거나 어머니는 디자이너가 아니던가. 레이첼은 커비가 건넨 시트를 예산안이 아니라 그림 포트폴리오를 들여다보듯이 세심하게 한 줄 한 줄 읽어 내렸다.

"여행 때 쓴 신용카드 빚은 거의 다 갚았어. 한 달에 150달러를 갚고, 거기에다가 학자금 대출이 1,000달러 남아 있어. 그 정도면 완전히 감당해낼 수 있어." 그녀의 학교는 그녀가 진 빚에 대해서는 방학을 주지 않았다. 그녀는 횡설수설하고 있었고, 팽팽하게 흐르는 이 긴장감을 견딜 수가 없었다. "그리고 사립 탐정에게 그만한 돈은 정말 아주 많이 쓰는 건 아니야." 보통 시간당 75달러인데, 하루면 300달러, 일주일이면 1,200달러를 받겠다고 그는 말했었다. 한 달은 4,000달러였다. 한 달이 지나고 나면 계속 쫓을 만한 가치가 있는지 알려줄 수 있을 것이라고 사립 탐정이 말했지만, 그녀는 세 달 치 예산을 짰다. 알게 될 것을 감안하면 크지 않은 대가였다. 그 빌어먹을 놈을 찾아낼 수 있다면 그 정도 돈은 치러도 되었다. 게다가 경찰에서도 연락이 끊겼다. 자신이 피해자인 사건에 지나치게 큰 관심을 갖는 것은 건강하지도, 사건 해결에 도움이 된다고도 생각하지 않는 것 같았다.

"아주 흥미롭구나." 레이첼은 폴더를 닫아 커비에게 돌려주려고 손을 내밀며 정중하게 말했다. 하지만 커비는 받지 않았다. 그녀의 손은 이쑤시개를 부러뜨리느라 여념이 없었다. 딱. 그녀의 어머니는 폴더를 그들 사이의 벽 위에 세워놓았다. 마분지로 눈이 금세 스며들었다.

"집 안에 습기가 점점 더 심해져가는구나." 레이첼이 화제를 돌렸다.

"그건 집주인이 해결해줘야 할 문제잖아, 엄마."

"뷰캐넌이 어떤지 너도 알잖아." 그녀가 얼굴을 찡그리며 웃었다. "집이 무너진다고 해도 오지 않을 사람이라는 거."

"벽을 무너뜨린 다음 어떻게 나올지 보면 어떨까." 커비는 목소리에 더이상 숨길 수 없이 쓰라린 기색을 담아 말했다. 어머니가 하는 헛소리를 당해낼 내면의 기압계가 한계점에 도달했다는 의미였다.

"그리고 내 화실 공간을 주방으로 옮길까 봐. 주방이 빛이 더 잘 드니까. 요즘 들어 볕을 더 쬐면 하는 생각이 들더라. 나 로블스 병에 걸린 걸까?"

"그 의학책 나부랭이 좀 치워버리라고 했잖아. 혼자서 마구 진단을 내릴 수는 없다고요, 엄마."

"그럴 가능성은 별로 없겠지. 강물에 사는 기생충하고 접촉할 일이 있었던 것도 아니고. 어쩌면 푸크스 근육이영양증인지도 몰라."

"아니면 그냥 늙어가는 것일지도 모르고, 근데 그건 견디고 살아야 할 일이지." 커비가 쏘아붙였다. 하지만 어머니는 너무도 큰 슬픔과 상실감에 빠진 것처럼 보였고, 커비의 말에 순순히 고개를 끄덕였다. "내가 와서 화실 옮기는 거 도와줄 수도 있어. 지하실을 정리해서 팔 물건을 찾아낼 수도 있겠고. 어떤 물건은 돈푼깨나 될 거라고 내가 장담할게. 그 옛날 조판 기계의 조판 하나만 해도 2,000달러는 족히 나갈걸. 엄만 돈방석에 앉게 될 거야."

"한두 달쯤 쉬어보면 어떨까. '죽은 오리'도 마침내 끝내고." 그녀의 엄마가 현재 작업 중인 작품은 모험심 강한 아기 오리를 그린 병적인 이야기였다. 아기 오리는 세계를 돌아다니며 죽은 것들이 어떻게 죽음에 이르게 됐는지 묻고 다닌다. 예가 있다.

　－코요테 씨, 당신은 어쩌다가 죽게 되었나요?
　－흠, 오리야, 그게 말이지. 난 트럭에 치였단다.
　길을 건너면서 차를 살피지 않았던 거야.
　이제 나는 굶주린 까마귀들의 간식거리가 되었지.
　너무 안타까워. 너무 슬퍼.
　하지만 난 지금 가진 것으로도 기뻐.

모든 이야기가 같은 식으로 끝이 났다. 모든 짐승들이 제각각 섬뜩한 방식으로 죽지만, 항상 같은 답을 내놓는다. 오리 자신도 마침내 죽어서 자기 역시 슬프지만, 지금 가진 것으로도 행복하다고 생각한다. 어린이 책 출판계에서 아주 잘 통할 만한, 사이비 철학 같고 어둡고 엉뚱한 이야기였다. 낙서가 잔뜩 된 공원 벤치로 썩어가는 신세가 될 때까지 희생하고 희생하고 또 희생하는 나무를 그린 그 헛소리 같은 이야기와 비슷하게 말이다. 커비는 그 이야기가 늘 싫었다.

레이첼에 따르면 그녀의 작품은 커비에게 일어난 일과는 아무런 상관이 없었다. 미국에 관한 이야기이고, 모든 사람들이 죽음을 싸워야 할 것으로 생각하는 문제를 다루고 싶었다고 했다. 죽음을 싸워야 할 문제로 보는 것은 내세를 믿는 그리스도교 국가로서는 이상한 생각이었다.

그녀는 죽음은 정상적인 과정임을 설명하려고 애썼다고 했다. 어떤 식으로 세상을 뜨든지 간에 마지막 결과는 반드시 똑같다.

그것이 그녀가 한 말이었다. 그러나 그녀는 그 말을 커비가 아직 중환자실에 있을 때부터 시작했다. 그러고는 사랑스럽도록 소름 끼치는 삽화를 한 장 한 장 전부 찢어버리더니, 다시 시작했다. 이 귀여운 죽은 동물들 이야기를 하고 또 하면서, 끝내지는 않았다. 길 필요도 없는 어린이 책이었는데도.

"그럼 안 된다는 말로 알아들으면 되겠네, 그렇지?"

"그냥 범인을 잡는 게 너의 시간을 보내는 최선의 길은 아니라는 말을 하고 싶었을 뿐이야, 아가." 레이첼이 커비의 손을 쓰다듬었다. "인생은 살기 위해 있는 거야. 소용이 있는 일을 해. 대학으로 돌아가."

"그렇고말고. 대학 공부야말로 소용 있는 일이겠지."

"게다가," 호수를 내다보는 그녀의 눈이 꿈길을 헤매고 있었다. "난 돈

도 없어." 커비는 얼얼해서 감각이 없어진 손으로 부러뜨린 이쑤시개 조
각들을 눈 속으로 떨어뜨리며, 어머니를 밀어낼 길은 없겠다고 생각했
다. 그녀의 어머니가 존재하는 가장 기본적인 상태는 부재였다.

맬

1988년 4월 29일

맬컴은 백인 남자를 곧장 알아보았다. 이 동네에 멜라닌 색소가 부족한 사람들이 돌아다니는 일이 워낙 흔하지 않기 때문만은 아니었다. 백인들은 보통 차를 타고 다녔고, 마약이나 살 시간만큼만 멈췄다가 떠났다. 하지만 걸어 다니는 사람들도 있었다. 약에 취해 눈은 누렇고 피부는 닭 껍질 같고 노인네처럼 손을 떠는 악령들 사이를 뚫고 값비싼 정장을 차려입은 여자 변호사가 매주 목요일, 최근에는 토요일에도 이 환자와 나머지 환자들을 만나러 시내에서부터 이곳까지 찾아왔다. 거리의 평등주의라는 게 그런 식이었다. 하지만 그들은 모임이 끝난 후에도 머물지는 않았다.

사내는 버려진 공동주택 앞의 계단 위에 마치 그곳의 주인인 양 서 있었다. 정말로 주인일 수도 있다. 카브리니 술집을 고급스럽게 개조한다는 소문이 떠돌고 있었다. 하지만 이 퇴락한 똥통의 잉글우드에서 뭘 해보겠다는 것은 어지간히 미친 작자가 아니고서는 할 수 없는 생각이었다.

맬은 사람들이 왜 아직도 건물을 판자로 막아놓고 있는지도 알 수 없었다. 파이프나 놋쇠나, 무슨 빅토리아 시대의 잡동사니라거나 하는 건

전부 벗겨 가버린 터였다. 깨진 유리창, 썩어가는 바닥, 꼭대기에 대대로 이어 내려온 쥐들의 가족이 엉겨 붙어 살고 있는 곳, 할머니와 할아버지, 엄마와 아빠, 새끼 쥐들이 살고 있는 곳이었다. 그리하여 정말로 돈에 지지리도 쪼들리는 작자들만이 그곳을 사격 연습장으로 삼으며 행운을 시험하고 있었다. 이곳은 난파선이었다. 그리고 이 동네야말로 난파선이라는 단어에 꼭 어울리는 곳이었다.

부동산 업자는 아니야, 남자가 갈라진 콘크리트로 내려서는 모습을 지켜보며 그는 생각했다. 그의 신발이 희미해진 사방치기 그림 위에서 질질 끌리고 있었다. 맬은 이미 그날의 약을 해치웠고, 배에 들어간 약은 시멘트처럼 천천히 굳어가고 있었다. 그리하여 하루가 송두리째 날아가버렸고, 웬 백인 남자가 괴이쩍은 짓을 하는 모습을 살펴볼 시간이 얼마든지 남아돌았다.

작자는 낡은 소파로 구획이 지어진 공터를 가로지르며 한때 농구 림이 달려 있던 녹슨 기둥 아래를 지나쳤다. 림은 동네 아이들이 떼어가 버렸다. 스스로에게 해코지를 한다는 것이 바로 그런 것이었다. 자기가 가진 것을 망쳐놓는 것.

차림새를 봐서는 경찰도 아니었다. 벙벙한 짙은 갈색 바지와 유행이 한참 지난 캐주얼 상의의 옷차림은 허접했다. 팔 아래 목발을 끼고 있는 꼴을 보자니, 어디 가지 말아야 할 곳을 갔다가 된통 당하고 자신도 조금은 갚아주고 온 모양새였다. 병원에서 준 지팡이는 진작 전당포에 맡기고, 웬 조잡하고 오래된 물건을 주워다 쓰는 것처럼 보였다. 아니면 숨길 것이 있어서 병원은 아예 가지도 않았을지 모른다. 그에게서는 어쩐지 구린 냄새가 났다.

맬은 흥미로웠다. 심지어 목표로 노릴 만한 허당인지도 모른다. 숨어

다니고 있는 것처럼 보이기도 했다. 전직 폭력배. 이런, 전 부인에게서?! 이 동네가 전 부인을 피해 숨어 있기에 좋은 장소이긴 하다. 저 낡아빠진 쥐들의 둥지에 돈을 쌓아두고 있을지도 모른다. 맬은 늘어선 집들을 바라보며 생각에 잠겼다. 백인이 볼일을 보러 돌아다니는 사이에 염탐을 해볼 수도 있다. 어쩌면 값만 나가지, 주인의 골치를 썩이는 물건을 좀 덜어 올 수도 있을지 모른다. 아주 몰래 가서 아무도 모르게 가져온다. 그에게 좋은 일을 해주는 셈인지 또 누가 아는가.

하지만 맬은 남자가 어느 문에서 나왔을지 알아내려고 궁리하는 사이에 기분이 이상해졌다. 아스팔트가 뿜어 올리는 열기 때문에 모든 것이 어른어른하게 보이는지도 몰랐다. 지진이 일어난 것도 아닌데, 비슷한 기분이었다. 토닐 로버츠에서 물건을 사다니, 뭘 한참 모르는 작자다. 그는 망해가고 있는 것이 확실했고, 그것은 곧 씀씀이를 줄여가고 있다는 뜻이기도 하다. 맬의 배가 누가 손을 집어넣어 비트는 것처럼 꽉 죄어왔다. 14시간 동안 아무것도 먹지 못했음을 상기시켜주는 통증, 약이 뒤섞이고 있다는 표시였다. 그동안에 그 작자는 거리를 걸어가며, 그에게 뭐라고 외치는 모퉁이의 아이들에게 미소를 지으며 손을 흔들었다. 맬은 좋지 않은 생각이라고 판단하고 포기했다. 적어도 지금으로서는 좋지 않은 생각이었다. 그가 돌아오기를 기다려 적절하게 확인해보는 것이 좋겠다고 맬은 생각했다. 지금은 화장실에 가고 싶었다.

그가 사내를 따라잡은 것은 한두 블록쯤 걸어간 다음이었다. 복잡할 것도 없는 눈먼 운이었다. 사내가 약국 유리창의 TV를 물끄러미 보고 있던 것도 시간 지체에 도움이 되기는 했다. 그는 홀린 듯이 TV를 바라보며 서 있었다. 맬은 그가 발작이라도 일으키지 않을지 걱정되었다. 사내는 자신이 사람들이 지나다니는 길을 가로막고 있다는 사실조차 의식하지 못하고 있었다. TV에서 대단한 소식이라도 나오고 있는 건가? 빌어먹을 제3차 세계대전이라도 터졌나? 그는 게걸음으로, 말하자면 아무 것도 모른다는 듯이 남자에게 다가갔다.

하지만 이 장래의 사냥감은 광고를 보고 있었다. 광고만 계속 뚫어져라 보고 있었다. 파스타 소스 광고. 올레이의 오일 광고. 마이클 조던이 시리얼을 먹고 있는 광고. 시리얼 먹는 모습을 생전 처음 보기라도 하는 듯한 표정이었다.

"괜찮아요?" 남자를 다시 시야에서 놓치지 않았으면 하는 조바심에 맬이 말했다. 하지만 그의 어깨를 두드릴 만한 용기는 차마 나지 않았다. 사내가 어찌나 흉포한 미소를 지으며 뒤돌아보는지, 하마터면 간이 쫄아들 뻔했다.

"놀랍군요." 사내가 말했다.

"아이고, 저게 아니라 치리오스 시리얼을 먹어봐야죠. 그건 그렇고 사람들 다니는 길을 막고 계시네요. 사람들 다니게 좀 비켜서는 건 어때요?" 맬은 롤러블레이드를 타고 질주하는 아이에게서 친절하게도 그가 길을 피하게 해주었다. 남자가 아이를 눈으로 좇았다.

"백인 사내아이에게 겁을 먹다니." 사내가 동의해주었다. 아니면 동의해주었다고 맬은 생각했다. "아닐 말이죠. 저건 어때요?" 그가 팔꿈치로 사내를 쿡 찌르는 시늉을 하면서, 하느님 자신이 손수 저 높은 곳에서 내려 보냈을 것이 분명한 젖가슴의 여자를 가리켰다. 그녀의 젖가슴이 탱크톱 아래서 이리저리 출렁거렸다. 하지만 사내는 그녀를 거들떠도 보지 않았다.

맬은 자신이 그의 주의를 잃었음을 감지했다. "선생님 타입이 아닌가 봅니다? 뭐, 그럴 수도 있죠." 그러고는 진작부터 갈아먹어 들어오고 있는 헤로인 탓에 묻고야 말았다. "자, 잔돈 1달러 정도 있으시겠죠?"

사내가 처음으로 그를 쳐다보았다. 보통의 백인 남자가 쳐다보는 눈빛이 아니었다. 저 속까지 곧장 파고드는 눈. "그럼요." 그가 재킷 안주머니에 손을 집어넣어 고무줄로 묶은 지폐 뭉치를 꺼냈다. 그는 지폐 한 장을 벗겨내 맬에게 건네며, 장난감 차를 진짜인 양 내미는 얼뜨기처럼 그를 열심히 쳐다보았다. 맬은 지폐를 쳐다보기 전부터 이미 잔뜩 경계하는 마음이 들었다.

"지금 장난하는 거요?" 그가 5,000달러 지폐를 노려보았다. "이걸로 뭘 하란 말이오?" 이제는 자신이 세우려던 계획 자체에 의심이 들기 시작했다. 이 작자는 미쳤다.

"이게 더 좋소?" 그가 돈다발을 휘리릭 넘기다가 100달러짜리를 맬에게 건네며 반응을 또다시 살폈다. 맬은 그에게 만족감을 주고 싶지 않았지만, 제길, 그가 찾는 것을 이 작자가 가지고 있다면 누가 또 아는가, 또 돈이 나올지. 그가 찾고 있는 것이 뭔지는 모를 일이었지만 말이다.

"그럼요. 이 정도면 됐습니다."

"후버빌이 저쪽 그랜트파크 옆에 아직도 있습니까?"

"무슨 얘기를 하시는지 모르겠는데요. 하지만 그 가지고 계신 것 중에 한 장을 또 주시면 제가 공원 여기저기를 모시고 다니면서 찾아내지요."

"그냥 어떻게 가는지만 일러주시오."

"그린 라인 전철을 타세요. 시내까지 가는 전철이에요." 그가 건물들 사이에 보이는 전철을 가리키며 말했다.

"도움이 많이 돼주셨습니다." 남자가 말했다. 맬이 당황스러워하고 있는 가운데, 남자가 돈뭉치를 재킷에 집어넣고 절뚝거리며 멀어져갔다.

"저기요, 기다려봐요." 맬이 뛰다시피 해서 남자를 따라잡았다. "다른 동네에서 오신 거 맞죠? 제가 가이드를 해드리죠. 길을 가르쳐드리겠다고요. 여자도 붙여드리고요. 선생님이 원하는 거면 뭐든지요. 해결해드린단 말씀입니다. 무슨 말인지 아시겠죠?"

사내가 그에게 돌아서며 무슨 기상 예보라도 전하듯이 사뭇 친절한 표정을 지었다. "그만두시오, 친구. 안 그러면 내가 길바닥에서 당신 내장을 다 뽑아낼 테니까."

으름장을 놓는 것이 아니었다. 그는 사실을 말하고 있었다. 신발 끈을 묶는 행위와도 같은 사실. 맬은 얼어붙은 듯 멈추어 서서 그가 가게 내버려 두었다. 이제는 관심을 둘 생각도 들지 않았다. 미친놈. 엮이지 않는 편이 신상에 좋겠다.

그는 사냥감이 절뚝거리며 길을 걸어가면서 그 터무니없는 5,000달러짜리 가짜 지폐를 보며 고개를 젓는 모습을 바라보았다. 그는 기념품으로서 그것을 간직할 것이었다. 작자가 없는 동안에 그 폐허의 집들로 돌아가서 뒤지고 다녀볼 수도 있다. 그 생각을 하자니 위장이 뒤틀려 왔다. 아니면 가지 않을 것이다. 돈이 넘쳐나는 마당에 뭐하러 가나. 가서 요기를 좀 할 것이다. 일년산 연어다. 싸구려 음식은 필요 없다. 똘마니인 래디슨과 마주치기라도 하면 그도 사 먹일 수도 있다. 안 될 게 뭔가? 맬은 후해지는 기분이 들었다. 그는 야무지게 돈을 쓸 작정이었다.

하퍼

1988년 4월 29일

하퍼에게 가장 괴로운 것은 소리였다. 이곳의 소리는 참호의 검은 진창에 빨려 들어가 허우적거리는 것보다 더 나빴다. 참호 안에 들어가서 다음 포병 사격을 알리며 높다랗게 울부짖는 소리와, 먼 거리에서 폭탄이 쿵 하고 떨어지는 소리, 탱크가 삐거덕거리면서 덜컹덜컹 굴러가는 소리보다 더 나빴다. 그가 와본 미래는 전쟁만큼 소리가 크지는 않았지만, 그 나름대로 절대로 수그러들지 않으면서 격분한 듯이 지독하게 몰아치는 면이 있었다.

이렇게 철저하게 꽉꽉 들어찬 것은 예기치 못했다. 집과 건물과 사람들이 서로 겹겹이 쌓여 있다. 거기에다 차들이 있다. 도시는 딴판으로 바뀌어 있었다. 건물마다 층층이 하늘 높이 올라서서 도시를 메우고 있었다. 사람들은 황급히 지나치고, 너무 빠르고 시끄러웠다. 시카고에 온 세상을 가져다주었던 철로는 이제 고속도로(그가 후에 가서 알게 된 단어)의 으르렁거림에 눌려 잠잠해져 있었다. 찍어낸 듯한 차량들의 물결이 그로서는 상상조차 하지 못할 곳에서부터 계속해서 밀려들고 있었다.

계속 걷다 보니 밑에 옛 도시의 그림자가 드리워져 있는 것이 언뜻 보였다. 페인트칠한 표지판들은 바래 있었다. 역시 판자로 가로막혀 있던 집이 아파트 블록으로 변해 있었다. 잡초만 무성하던 자리에는 창고가 들어서 있었다. 쇠락한 곳이었지만 재개발이 되었다. 공터만 있던 자리에 상점들이 무리 지어 들어섰다.

상점 진열장은 뭐가 뭔지 알 수 없었다. 붙어 있는 가격은 황당했다. 그는 편의점에 들어갔다가 도로 나와버렸다. 하얀 복도와 형광등과 통조림 음식과 내용물을 소리 지르고 있는 컬러 사진이 박힌 상자들이 잔뜩 있는 것을 보고 지레 질려버렸다. 그것들을 보고 있자니 속이 메스꺼워졌다.

모든 것이 이상했지만, 상상조차 못 할 정도는 아니었다. 세상 만물은 추론을 해볼 수 있게 되어 있다. 유성기 안에서 콘서트홀을 찾아낼 수 있는 마당인데, 상점 창문의 스크린 안에 영사기가 달려 있는 날을 보지 말라는 법도 없지 않은가. 그 물건에서는 청중을 끌어당기지 못할 너무도 평범한 광경이 흘러나오고 있었다. 하지만 아주 예기치 못할 것도 있었다. 그는 세차장에서 휙휙 돌아가며 비누 거품을 뿜고 닦아내는 기계를 보고 황홀해서 넋이 나갔다.

사람들은 다름이 없었다. 창녀들과 건달들은 여전히 있었다. 가령 하퍼를 쉬운 먹잇감으로 넘겨짚었던, 눈 툭 튀어나온 노숙자 소년처럼 말이다. 그는 하퍼가 떠나는 것을 보았다. 하지만 그는 그전에 돈에 찍힌 날짜나 자기가 어디에 있는지 하퍼가 추정한 내용을 확인해준 셈이었다. 그가 어느 시대에 와 있는지도. 그는 주머니 속 열쇠를 만지작거렸다. 그가 돌아갈 길. 가고 싶기만 하다면.

그는 소년의 충고를 받아들여 레이븐스우드 고가철도를 탔다. 고가철도는 더 빨라지고 더 힘해졌을 뿐, 1931년과 크게 달라진 것이 없었다.

기차가 구석으로 쏠리곤 했기 때문에, 하퍼는 앉아 있으면서도 기둥을 붙들었다. 다른 승객들은 그에게서 대체로 눈길을 피했다. 그를 피해 자리를 옮기는 사람도 있었다. 창녀같이 옷을 입은 여자 두 명이 낄낄거리며 손가락질을 해댔다. 그는 옷 때문임을 깨달았다. 다른 사람들은 더 밝고 환한 색, 그들이 신은 끈 달린 신발처럼 더 촌스러운 옷감의 옷을 입고 있었다. 하지만 그가 자기들을 향해 객차 안을 가로지르기 시작하자, 그들의 미소는 사그라졌고 다음 역에서 서로 수군거리며 내렸다. 어쨌거나 그는 그들에게는 관심조차 없었다.

그는 계단을 올라 길로 들어섰다. 목발이 쇠에 부딪혀 쨍그랑거리는 바람에 완전히 똑같은 색으로 차려입은 여자가 가련하다는 눈길을 보냈는데, 그러면서도 돕겠다고 나서지는 않았다.

철길의 철탑 아래 서서, 그는 시카고의 상업 중심지인 루프의 네온이 열 배 정도는 강렬해진 광경을 바라보았다. '여길 봐요, 아뇨, 여길 봐요.' 번쩍이는 불빛들이 말했다. 집중을 방해하는 것이야말로 질서이자 길이었다.

거리의 신호등이 어떻게 작동하는지 알아내는 데는 1분이면 족했다. 초록색 사람과 빨간색 사람. 어린아이들도 알아보라고 디자인된 신호였다. 이 모든 사람들이야말로 장난감을 손에 쥐고 시끄럽고 황급히 서두르는 어린아이와 정확히 똑같지 않은가?

시카고는 색깔 면에서 달라져 있었다. 더러운 하얀색과 크림색의 인간들에게서 백 가지 갈색의 그림자가 드리워져 있었다. 녹 같은 갈색, 똥처럼 갈색인 그림자가. 그는 후버빌이 정말로 사라졌는지, 흔적도 없이 사라졌는지 직접 확인하려고 공원을 따라 내려갔다.

이곳에서 바라본 도시의 광경은 무시무시했다. 하늘에 맞서 서 있는 빌딩들의 옆모습은 괴상했다. 번쩍거리는 타워들이 어찌나 높게 떠 있는지, 구름이 그 건물들을 집어삼킬 정도였다. 지옥의 풍경 같았다.

차와 서로 부딪쳐가며 걸어가는 사람들을 보니, 나무를 먹어가며 길을 뚫고 나가는 딱정벌레가 떠올랐다. 나무는 벌레가 낸 흉터로 숭숭 뚫려 죽어간다. 부패가 시작되면 이 역병의 장소 전체가 위로부터 무너져 죽어갈 것이듯이. 어쩌면 그는 도시가 무너지는 광경을 보게 될지도 모른다. 그것만 해도 어딘가?

하지만 이제 그에게는 목적이 있다. 그 물건이 머릿속에서 불타오르고 있었다. 전에도 해봤다는 듯이, 그는 어디로 가야 할지 알았다.

그는 시카고의 내장 안으로 들어가는 또 다른 열차를 탔다. 터널 안으로 들어간 기차는 더 덜커덩거렸다. 인공의 빛이 창문을 자르면서 사람들의 얼굴에 분열의 잔상을 순간순간 드리워놓았다.

기차는 하이드 파크까지 갔다. 그곳은 시카고 대학교가 노동 계급 얼뜨기들 사이에 분홍빛 안색을 한 부자 아이들 한 줌을 풀어놓은 곳이었다. 노동 계급 얼뜨기들은 흑인들이 압도적으로 다수였다. 그는 기대감 때문에 초조해지는 것을 느꼈다.

그는 모퉁이의 그리스 식당에서 블랙 커피를 사서 설탕 세 수저를 탔다. 그러고는 주택가를 지나쳐 벤치에 가서 앉았다. 그녀가 이곳에, 이곳 어디엔가 있다. 그래야 하므로 이곳에 있다.

그는 눈을 가늘게 뜨고 햇살을 즐기는 시늉을 하며 얼굴을 살짝 기울였다. 지나쳐가는 소녀들의 얼굴을 하나하나 관찰하고 있음을 들키지 않으려는 짓이었다. 윤기 흐르는 머리칼과 진한 화장 아래 환하게 빛나는 눈과 부스스한 헤어스타일. 그들은 아침에 일어나 양말을 꺼내 신듯이 자신들에게 주어진 특권을 입고 있었다. 그 특권이 그들을 무디게 한다고 그는 생각했다.

그러고는 그녀를 보았다. 그녀는 문이 찌그러진 상자 같은 하얀 차에서 나오고 있었다. 차는 그가 앉아 있는 곳에서 고작 3미터도 떨어져 있지 않은 주택 입구에 세워졌다. 알아보았다는 충격이 뼛속까지 전해졌다. 꼭 첫눈에 빠지는 사랑처럼.

그녀는 아주 자그마했다. 중국인, 아니면 한국인. 그녀는 하늘색과 하얀색이 얼룩덜룩한 청바지를 입고 검은 머리를 솜사탕처럼 부풀려놓았다. 그녀가 트렁크를 열고 종이 상자들을 바닥에 부려놓기 시작했다. 그녀의 어머니는 힘겹게 차에서 내려서 트렁크로 그녀를 도우러 갔다. 무거운 책들 탓에 밑바닥이 벌어진 상자를 드느라 낑낑거리며 짜증이 난 채로 애써 웃고는 있었지만, 그가 이제껏 보아왔던 껍데기뿐인 여자들과는 다른 종이라는 것이 확연하게 보였다. 그녀는 '생'으로 가득 차 있었다. 채찍으로 후려갈기는 것 같은 생으로 가득 차 있었다.

하퍼는 특정한 부류의 여자에게 선호를 정해놓고 욕구를 제한한 적이 없는 사람이었다. 말벌 같은 허리, 혹은 빨간 머리, 혹은 손가락을 집어넣어 쑤실 수 있는 풍만한 엉덩이를 가진 여자들을 선호하는 남자들도 있지만, 그는 손에 넣을 수 있는 것이면, 얻을 수 있는 때가 있다면 그 무엇보다도 시간을 들여가며 손에 넣었다. 더 하우스는 그보다 더 많은 것을 요구했다. 더 하우스는 잠재력을 원했다. 그들의 눈에서 불을 빼앗고 눌러 꺼버리고 싶어 했다. 하퍼는 그렇게 할 방법을 알았다. 칼을 사야 했다. 총검만큼이나 날카로운 칼이 필요하다.

그는 벤치에 등을 기대고 궐련을 말며, 비둘기들이 쓰레기통에서 낚아채 온 샌드위치 부스러기를 놓고 갈매기들과 일전을 벌이는 모습을 보는 척했다. 한 마리, 한 마리 유심히 보는 척했다. 그는 상자를 안으로 들여놓는다고 부산을 떨며 안절부절못하는 소녀와 그녀의 어머니 쪽으로는 시선을 돌리지 않았다. 하지만 소리는 다 들렸다. 또 담배를 말며 사색에 잠긴 척 신발을 내려다보면서 눈가 쪽으로 그들을 훔쳐보았다.

"좋아, 이게 마지막이에요." 소녀, 하퍼의 소녀가 반쯤 열린 상자를 차 뒤에서 꺼내며 말했다. 그녀는 상자 안에서 뭘 봤는지 손을 집어넣어 인형 하나를 꺼냈다. 그녀는 참으로 놀랄 만큼 발가벗은 인형의 발목을 붙들고 있었다. "엄마!"

"또 뭐?" 그녀의 어머니가 물었다.

"엄마, 구세군에 갖다주라고 했잖아요. 이 잡동사니를 나더러 다 어떻게 하라고 그래?"

"너, 그 인형 좋아하잖아." 그녀의 어머니가 그녀를 나무랐다. "가지고 있어야지. 내 손주들에게 물려주어야 하니까 말이야. 하지만 아직은 아니야. 먼저 좋은 남자부터 찾아내야지. 의사나 변호사. 네가 소시오패스나 공부할 걸 생각해서 말이지."

"그게 아니라 사회학이라고요, 엄마."

"그래, 그것도 문제야. 그런 형편없는 곳을 돌아다니겠다니, 아주 화를 자초하는구나."

"과민 반응하지 마요. 거기도 사람 사는 데야."

"왜 아니겠어. 나쁜 사람들, 총을 가진 사람들이 살겠지. 오페라 가수들이나 공부하면 좀 좋아? 아니면 웨이터들을 연구하는 게 낫겠다. 의사들도 좋겠지. 근사한 의사를 만나는 좋은 방법일 것 같은데 말이야. 네 수준에서는 별로 흥미로운 사람들이 아니니? 이 빈곤층 동네 개발 사업

같은 게 아니면 말이야.”

“한국인 엄마들과 유대인 엄마들이 비슷한 점을 공부해볼까 봐.” 그녀가 인형의 기다란 금발에 손가락을 집어넣고 아무 생각 없이 헝클어놓았다.

“너를 길러준 여인에게 버릇없이 군 죄로 따귀라도 한 대 때려줄까봐! 네가 이 꼴로 말하는 걸 할머니가 듣기라도 하면…….”

“미안해요, 엄마.” 소녀가 양순해졌다. 그녀는 손가락으로 인형의 머리채를 돌돌 말았다. “내가 바비 인형 머리를 검은색으로 염색하려고 했던 때 기억나요?”

“구두약으로 말이지! 그 인형은 내다 버려야 했지.”

“엄만 그런 게 아무렇지도 않아? 다들 똑같은 걸 열망한다는 거 있잖아.”

그녀의 어머니가 짜증이 나서 손사래를 쳤다. “그런 거창한 단어들로 대학생 티 좀 내지 말려무나. 그게 정 괴로우면 네가 프로젝트 때문에 만나는 아이들한테 흑인 바비를 가져다주면 되겠네.”

소녀는 상자 안에 인형을 도로 던져 넣었다. “나쁜 생각은 아니네, 엄마.”

“하지만 구두약은 쓰지 말고!”

“농담이라도 그런 말 하지 마요.” 그녀는 상자 앞으로 팔을 내밀고서 늙은 여인의 볼에 입을 맞추었다. 그녀의 어머니는 애정 표현에 무안해진 나머지, 그녀를 토닥이며 물리쳤다.

“얌전하게 굴어,” 그녀가 차에 올라타며 말했다. “공부 열심히 하고. 남자친구는 사귀지 마. 의사가 아니라면 말이야.”

“아니면 변호사요. 알아들었어요. 안녕, 엄마. 도와줘서 고마워요.”

그녀가 여인이 차를 몰고 사라질 때까지 공원 쪽을 향해 계속 손을 흔들고 있는데, 차가 난폭하게 유턴을 하더니 되돌아왔다. 그녀의 어머니가 창을 내렸다.

"깜빡할 뻔했다." 어머니가 말했다. "중요한 일이 아주 많은데 말이야. 금요일 저녁 식사 잊지 마. 그리고 한약 챙겨 마시고. 할머니께 전화드려서 이사 잘했다고 말씀드려라. 진숙아, 다 챙길 수 있지?"

"응, 그럼요. 다 챙길게. 안녕, 엄마. 정말, 참. 가요, 어서."

그녀는 어머니의 차가 떠나기를 기다렸다. 차가 모퉁이를 돌고 나자, 팔에 상자를 들고서 의지할 데가 없어진 것 같은 표정을 지었고, 상자를 쓰레기통 옆에 내려놓더니 집 안으로 사라졌다.

진숙. 그녀의 이름이 하퍼의 몸에 화끈거리는 열기를 불어넣었다. 당장이라도 그녀를 앗아갈 수 있었다. 복도에서 목을 조른다. 하지만 목격자들이 있다. 그리고 그는 저 속 깊은 곳에서는 세상일에는 규칙이란 게 있는 법임을 알고 있었다. 지금은 때가 아니다.

"여, 이봐요." 모래색 머리를 한 젊은 남자가 그다지 친절하지 않은 투로 말을 붙였다. 몸집에 당당한 자신감을 가진 남자로, 하퍼를 내려다보며 서 있었다. 그는 숫자가 새겨진 티셔츠와 무릎께서 잘라 하얀색 실을 너덜거리는 반바지를 입고 있었다. "여기 온종일 있을 생각이에요?"

"담배는 마저 피우려고요." 하퍼는 반쯤 발기한 것을 숨기려고 손을 허벅지로 내려놓으며 말했다.

"서두르셔야 하지 싶은데요. 캠퍼스 보안 경비들은 여기에 사람들이 어슬렁거리는 걸 좋아하지 않으니까 말이에요."

"자유가 있는 도시요." 그는 그것이 정말 사실인지 전혀 알지 못하는 채로 말했다.

"그래요? 내가 다시 돌아왔을 때 여기서 없어져 있는 편이 좋을 겁니다."

"갈 거요." 하퍼는 한 치도 움직이지 않으면서, 떠나겠다는 것을 증명하겠다는 듯이 담배를 길게 한 모금 빨았다. 젊은 골목대장을 누그러뜨리기에는 그 정도면 충분했다. 그는 알았다는 뜻으로 고개를 끄덕이고 상점들이 늘어선 곳으로 가다가, 어깨 너머로 한 번 힐긋 보았다. 하퍼는 땅바닥에 담배를 버리고 떠나려는 것처럼 느긋하게 발걸음을 뗐다. 하지만 그는 진숙이 상자를 내버린 쓰레기통 앞에서 멈추었다.

그는 상자 옆에 쭈그리고 앉아서 뒤죽박죽 섞인 장난감 더미를 쑤셔대기 시작했다. 그가 여기에 온 이유였다. 그는 지도의 지시를 따르고 있었다. 모든 조각이 제자리에 있어야만 한다.

그가 노란 머리를 단 조랑말을 찾아낸 참인데, 진숙(그 이름이 머릿속에서 노래처럼 울리고 있었다)이 죄책감이 담긴 표정으로 건물에서 나와 상자로 황급히 돌아왔다.

"저기요, 미안해요. 제가 마음을 바꿨거든요." 그녀가 사과를 하다가 말고 머리를 꼿꼿이 세웠다. 혼란스러운 표정이었다. 가까이에서 보니 그녀는 한쪽 귀에만 귀걸이를 하고 있었다. 파란색과 노란색 별들이 은고리에 걸려 달랑거렸다. 그녀가 움직이면 별들이 몸을 떨었다. "이거 제 물건인데요." 그녀가 그를 추궁했다.

"알지요." 그는 목발에 몸을 의지한 채로 절뚝거리면서 그녀에게 놀리듯이 작게 인사를 했다. "내가 대신에 딴 걸 가져다주지."

그는 말한 대로 했다. 하지만 1993년, 그녀가 시카고 주택사업부의 사회복지사로서 날개를 활짝 폈을 때가 되어서야 그는 그녀를 다시 찾아갔다. 그녀는 그의 두 번째 살인 대상이 될 것이었다. 그리고 경찰은 그가 그녀에게 남긴 선물을 찾아내지 못할 것이다. 또 그가 가져간 야구 카드도 알아채지 못하리라.

댄

1992년 2월 10일

〈시카고 선 타임스〉는 활자체도 추했다. 그 신문사가 눌러앉은 건물도 마찬가지였다. 워배시의 시카고 강 제방에 낮게 웅크려 앉은 흉물스러운 건물. 그야말로 거지 같은 곳이었다. 책상은 제2차 세계대전 때부터 써온 무겁고 오래된 철제를 여전히 썼으며, 책상에 놓여 있던 타자기는 컴퓨터로 바뀌어 있었다. 잉크 범벅이 된 통풍구로 공기가 들어왔다. 건물 전체를 흔들어놓는 윤전기가 돌아가면 통풍구까지 잉크가 묻었다. 일부 기자들의 혈관 속에도 잉크가 들어가 있었다. 〈선 타임스〉 직원들은 폐 속에도 잉크가 들어 있었다. 때마다 누군가가 한 번씩 직업안전위생관리국에다 불만을 넣었다.

추한 것에는 자부심이란 것이 있는 법이다. 특히 저 건너편에 네오고딕 양식의 부벽과 작은 탑들이 있는, 언론의 성당이라도 되는 양 서 있는 트리뷴 타워와 비교해보면 더욱 그랬다. 〈선 타임스〉의 사무실은 개방형으로, 경제부장 주변으로 책상이 정신없이 다닥다닥 붙어 있었다. 특집기사 팀과 스포츠 팀은 한옆으로 밀려나 있다. 난장판에, 소란스럽기 이를 데 없는 곳이었다. 사람들은 서로 고래고래 소리를 지르며 대화를 나넜고, 경찰 무전기가 꽥꽥거렸다. 텔레비전이 켜져 있고, 전화가 울려대고, 들어오는 기사를 받겠다고 팩스가 삐익삐익 소리를 냈다. 〈트리뷴〉에는 '칸막이'란 게 있다.

〈선 타임스〉는 노동 계급의 신문, 경찰의 신문, 쓰레기 수집가의 신문이다. 〈트리뷴〉은 백만장자들과 교수들과 교외 거주자들의 신문이다. 남쪽 대 북쪽의 대결이며, 둘은 결코 마주칠 일이 없다. 인턴의 계절이 오기 전까지는 말이다. 대대로 내려오는 인맥을 갖춘 부잣집 대학생 녀석들이 오기 전까지는.

"들어갑니다!" 맷 해리슨이 노래를 부르듯이 외쳤다. 그가 책상들 사이를 헤집고 온 길로 눈이 초롱초롱한 젊은 사람들이 엄마 치맛자락을 잡고 숨은 아기처럼 따라왔다. "복사기 좀 켜놔 봐! 서류철 정리 좀 해놓고! 커피 주문 준비해."

댄 벨라스케스는 짜증스럽다는 듯 끙 하는 소리를 내며 컴퓨터 뒤로 몸을 더 깊숙이 파묻었고, 실제로 뉴스룸에 있다는 사실에 어린 오리 새끼들이 흥분해서 꽥꽥거리는 소리를 못 들은 체했다. 그는 심지어 이곳에 있어서도 안 되었다. 그는 오늘 사무실에 나올 이유가 없었다.

그러나 편집장이 다음 시즌을 다룰 계획을 얼굴을 맞대고 세우자고 우겼다. 그가 스프링 트레이닝 취재로 애리조나로 날아가기 전에 나오라고 했다. 그곳에 간다고 뭐가 달라지기라도 한다는 듯이. 시카고 컵스의 팬으로 산다는 것은 모든 확률과 근거에 반하여 낙관주의자로 산다는 것에 관한 문제다. 그는 선수들 얘기 따위만 쓰게 하지 말고 칼럼을 쓰게 해달라고 해리슨을 들볶아왔다. 칼럼이야말로 글다운 글이 나오는 지면이다. 의견을 담은 기사. 스포츠(제길, 영화도 끼워주자)를 세계의 상태에 대한 알레고리로 사용할 수 있다. 문화적 담론에서 의미 있는 통찰력을 얻을 수도 있다. 댄은 의미가 닿는 통찰력을 찾고 있었다. 아니면 의견이라도. 그는 자신이 무언가 결여되어 있다고 생각했다.

"여, 벨라스케스, 내가 말하는 중이잖아." 해리슨이 말했다. "주문할 커피 정했나?"

"뭐라고요?" 그가 안경 너머로 바라보았다. 새 이중초점 렌즈를 마련한 그는 워드 프로세서를 처음 들여다봤을 때만큼이나 정신을 차리지 못하고 있었다. 워드 프로세서가 뭐 어떻다고? 그는 워드 프로세서를 좋아한다. 아니, 웃기는 소리다, 그는 올리베티 타자기가 좋았다. 그리고 빌어먹을 옛날 안경이 좋았다.

"자네 인턴 말인데." 해리슨이 유치원이나 갓 나왔을까 싶게 머리에 피도 마르지 않은 소녀를 짠, 하는 포즈와 함께 소개했다. 과연 머리가 온 사방으로 뻗쳐 있고, 색색의 줄무늬 스카프를 목에 매고 있으며, 그것과 짝을 이룬 손가락 없는 장갑에다가 지퍼가 다닥다닥 붙어 있어서 실용성과는 거리가 멀어 보이는 재킷을 입은 여자아이가 서 있었다. 설상가상으로 귀걸이는 코에 가서 걸려 있었다. 그로서는 뼛속부터 짜증을 불러일으키는 타입이었다.

"안 돼요, 안 돼. 제가 언제 인턴 두는 거 보셨어요?"

"이 친구가 자네 아래서 일하게 해달라고 부탁했네. 자네 이름을 꼭 집었단 얘기야."

"더더욱 하지 말아야 할 이유로군요. 이 친구 좀 보세요. 스포츠 좋아할 친구로 보여요?"

"만나서 정말 반갑습니다." 여자아이가 말했다. "커비라고 합니다."

"이름이 뭐건 무슨 상관이야. 나와는 말 섞을 일이 다시 없을 텐데. 전 오늘 여기 있을 일도 없었잖아요. 저 따위는 없는 셈 치시라는 얘기예요."

"시도는 좋았네, 벨라스케스." 해리슨이 눈을 찡긋했다. "이 친구는 완전히 자네 소관이야. 법적인 문제를 일으킬 짓은 꿈도 꾸지 말고." 그는 기자들에게 인턴들을 떨어뜨려 주려고 가버렸다. 다른 기자들은 댄보다 훨씬 더 자격이 있을 뿐만 아니라 인턴을 기꺼이 두고 싶어 했다.

"사디스트 같으니!" 댄이 해리스의 뒤통수에다 소리를 지르고 나서, 여자아이에게 마지못해 몸을 돌렸다. "훌륭하군. 환영해. 의자 잡아당겨 앉아봐. 어떻게, 올해 컵스의 라인업에 대해 의견을 품고 있을 것처럼은 보이지가 않군."

"죄송해요. 전 스포츠는 몰라요. 기분 상하시라고 드리는 말씀은 아니지만요."

"그럴 줄 알았어." 벨라스케스는 모니터에 깜빡거리는 커서를 노려보았다. 커서가 그를 비웃고 있었다. 종이로는 적어도 간단하게 끼적거리거나 해서, 그리고 그걸 구겨서 편집장의 머리에다 던져버릴 수나 있다. 컴퓨터 모니터는 꿈쩍도 하지 않는 난공불락이었다. 편집장의 머리도 마찬가지였다.

"그보다는 범죄 문제에 훨씬 더 관심이 많아요."

그는 바퀴 달린 의자를 천천히 돌려 그녀를 바라보았다. "그러셔? 아주 좋지 않은 소식을 알려줄 게 있어. 난 야구 기사를 쓰는 사람이란 거야."

"하지만 원래는 살인 기사를 다루셨잖아요." 여자아이는 물러설 기색이 없었다.

"그래, 또 한때는 담배 피우고 술 마시고 베이컨을 먹어도 이 빌어먹을 스텐트를 가슴에 끼워 넣지 않아도 됐고 말이지. 이게 다 살인 사건 따위를 노닥거린 것이 직접적인 원인이라는 얘기야. 잊는 게 좋을 거야. 너처럼 다정하게 생긴 하드코어 펑크 걸 워너비에게는 어울리지 않는 일이야."

"살인 사건 담당에는 인턴 자리가 없어요."

"그럴 만하니까. 너 같은 꼬맹이들이 범죄 현장을 뛰어다니는 게 가당키나 해? 젠장!"

"그러니까 기자님이 제가 그쪽으로 가장 가까이 다가갈 수 있게 해줄 분이에요." 그녀가 어깨를 으쓱했다. "게다가요. 기자님은 제 살인 사건을 다루셨거든요."

그는 흠칫했다. 하지만 아주 잠깐 동안이었다. "좋아, 꼬마야. 진지하게 범죄를 다루고 싶다면, 먼저 용어부터 똑바로 써야 해. '살인미수'라고 표현해야지. 그러니까 내 말은 네가 죽은 건 아니잖아. 그렇지?"

"기분은 그런 것 같아요."

"대단한 십자가로군." 그는 자기 머리채를 쥐어뜯는 시늉을 했다. 얼마 남지도 않은 머리였다. "시카고에서 일어나는 그 많은 살인 사건 중에 너는 어떤 사건이었는지 말해주겠어?"

"커비 마즈라치." 그녀가 대꾸했고, 그 이름이 오래오래 걸려 그에게 전해졌다. 그녀가 스카프를 풀어 목에 깔쭉깔쭉 솟아오른 부분을 보여주는 동안에 오래오래 걸려서. 미치광이가 벤 자국이었다. 그가 기억하는 의사의 기록에 따르면, 경동맥을 쑤시긴 했지만 자르지는 않았었다. "개와 함께 당했다던 그 일." 그가 말했다. 그는 목격자들을 인터뷰했었다. 쿠바인 어부가 있었는데, 인터뷰 내내 손을 떨었다. 댄은 TV 쪽 사람들이 왔을 때는 그가 다 추스르지 않았을까 하는 냉소적인 생각을 했었다.

그는 꿀럭꿀럭 피가 솟구치는 목을 부여잡고 숲에서 비틀거리며 나오던 그녀를 묘사했다. 찢어진 티셔츠 아래로 회색과 분홍색의 내장이 구불구불 나와 있던 것도 말했다. 품에 자기 개를 안고 있었다. 그녀가 목

숨을 건지리라고 생각한 사람은 없었다. 그녀가 진짜 죽었다고 보도한 신문들마저 있었다.

"휴," 그의 마음이 움직였다. "사건을 풀어보고 싶다 이 말이지? 살인 자에게 정의의 심판을 받게 하고 싶다고? 자네 파일을 슬쩍 보고 싶기도 할 테고."

"아니에요. 다른 피해자들을 보고 싶어요."

그가 커비의 말에 '아주' 깊은 인상을 받았다는 듯이 등을 기대자 의자 가 위태롭게 끼익끼익 소리를 냈다. 그리고 그는 조금도 흥미가 동하지 않았다.

"이렇게 하지, 꼬맹이 친구. 컵스 감독인 짐 르페브르에게 전화를 걸어 서, 컵스 라인업에서 벨을 뺄 거라는 소문에 대해 한마디를 따와봐. 그럼 그 '다른 사람들'에 대해서는 내가 알아봐주지."

하퍼

1931년 12월 28일

시카고 스타

글로 걸, 죽음의 춤에 붙들리다

—에드윈 스완슨

일리노이 주 시카고. 이 기사를 쓰는 시점에도 경찰은 저넷 클라라 양의 살해범을 찾아내려고 온 도시를 샅샅이 뒤지고 있다. 클라라는 '글로 걸'이라는 별명으로 알려져 있다. 이 어린 프랑스 무희는 깃털 달린 부채와 안이 훤히 비치는 베일, 커다란 풍선과 잡동사니 말고는 아무것도 걸치지 않은 알몸으로 신나게 춤을 추는 것으로 시카고에서 악명에 가까운 유명세를 얻었다. 그녀가 일요일 이른 아침에 캔자스 조 옆의 좁은 골목길에서 처참하게 살해당한 채 발견되었다. 캔자스 조는 미심쩍은 도덕적 취향을 가진 손님들을 상대하는 여러 특수 극장 가운데 한 곳이다.

그녀의 때 이른 죽음은 그럼에도 오히려 다행스러운 면도 있다고 할 수 있다.

느리고 고통스러운 죽음을 맞이할 수도 있었기 때문이다. 클라라 양은 여러 의사의 검시를 받았고, 의사들은 그녀가 라듐 중독의 희생양이 된 것이 아닌가 보고 있다. 공연 때마다 반딧불이처럼 반짝이게 보이려고 바른 가루에 방사능 성분이 있었던 것으로 보인다.

"라듐 여자들에 관한 얘기를 듣는 것도 지겨워요." 그녀가 지난주 병상에서 이루어진 언론 인터뷰에서 말했다. 그녀는 방사능 물질을 발랐다는 사실을 여러 차례 명랑하게 부인했다. 뉴저지의 한 공장에서 생산하는 야광 시계 침에 들어가는 성분을 바르며 방사능 물질에 중독되었다는 젊은 여자들 얘기도 부인했다. 방사능 감염으로 처음에는 혈액이, 다음으로는 뼈가 파괴된 젊은 여성 다섯 명이 미국 라듐 사를 상대로 125만 달러를 지급하라는 소송을 낸 일이 있다. 각각 1만 달러의 보상금을 받고 연간 600달러의 보조금을 받는 것으로 합의가 된 사건이다. 하지만 그들은 한 명 한 명 죽었고, 죽는 대가로 충분한 보상을 받았다고 여겼던 피해자가 있었다는 기록은 없다.

"라아즈-베-리이이즈." 빨간 손톱으로 진주처럼 하얀 이를 톡톡 두드리며 클라라 양이 코를 훌쩍거렸다. "제 이, 별이 떨어지는 것 같지 않아요? 전 죽고 있는 게 아니에요. 병조차 들지 않았는걸요?"

'약간의 수포'가 잡히기는 했다고 그녀는 털어놓았다. 그녀는 쇼를 마치면 항상 가정부에게 서둘러 목욕물을 받으라고 시켰다고 한다. 살갗에 '불이 붙은' 것 같이 느껴졌기 때문이다.

하지만 그녀는 기자가 병실을 방문했을 때 '그런 일'에 대해서는 말하고 싶지 않다고 했다. 병실은 팬들이 보냈을 꽃다발로 가득 차 있었다. 그녀는 무대에서 열심히 엉덩이를 흔들어 번 돈으로 최상의 치료를 받았다. 그리고 병동에서는 루머가 잦아들지 않았으며, 꽃다발도 역시 계속 답지했다.

대신에 그녀는 새로운 의상의 일부라면서 스팽글로 가느다란 선을 뜨고 라듐을 칠한 나비 모양 날개와, 작업 중인 새 안무를 보여주었다.

그녀를 이해하려면 그녀 같은 부류의 특징부터 꼭 알고 넘어가야 한다. 모든 공연자의 야망은 특별한 것을 발명하는 것이다. 한계의 영역을 뛰어넘는 확고한 것을 창조해내려는, 적어도 한 부류에서 최초가 되어 차별화되려는 야망을 품는다. 클라라 양으로 말하자면 글로 걸이 됨으로써 경쟁자들인 평범한 재능의 댄서들을 밟고 떠오르는 계기를 마련했다. 그녀는 가장 유연하고 조화가 잘 잡힌 댄서들마저 모두 물리치고 강자로 섰다. "그리고 이제 전 글로 버터플라이가 될 거예요."

그녀는 남자친구가 없다며 한탄했다. "그놈의 페인트 얘기가 터지는 바람에, 남자들이 나를 만나면 독에 중독된다고 생각하는 거예요. 얘기 좀 해주세요. 신문에다가요. 제가 그냥 중독되었을 뿐이고, 제 몸이 독을 뿜는 건 아니라고 말이에요."

의사들이 방사능이 혈류와 뼈까지 뚫고 심지어는 다리 한 짝을 잃을 수 있다고 경고를 했음에도, 한때 파리의 폴리 베르제르에서까지 공연해본 적이 있던 이 자그맣고 당찬 무용수는 "죽는 날까지 춤을 출 거예요"라고 말했다. 그녀는 미국으로 진격하기 전에 런던의 윈드밀에서(옷을 다소 더 걸쳐 입고) 춤을 추기도 했다.

그녀가 한 말은 처참하게 예지적인 말로 증명이 되고 말았다. 글로 걸은 지난 토요일 밤에 캔자스 조에서 앙코르까지 받으며 실컷 춤을 추었다. 이 불행한 여자의 마지막을 본 모든 사람들이 그녀가 늘 하던 대로 클럽 문지기인 벤 스테이플스에게 잘 있으라는 키스를 입으로 불어 날리는 모습을 보았다. 벤 스테이플스는 너무 열광적으로 달려드는 팬들로부터 뒷문을 지키는 일을 하는 사람이다.

그녀의 시신은 일요일 오전 이른 시간에 태미 허스트라는 기계공이 발견했다. 그녀는 야간 근무를 마치고 집으로 가려던 도중에 골목 안에서 새어 나오는 이상한 빛에 이끌려 들어갔다고 전했다. 자그마한 댄서가 코트 아래 페인트를 여전히 칠한 채로 심하게 훼손되어 시체로 누워 있는 모습을 보고, 허스트 양은 구역의 가장 가까운 관할 경찰서로 날듯이 달려가 눈물을 떨구며 시체가 있는 위치를 신고했다.

그날 밤 캔자스 조에서 그를 목격한 사람은 아주 많았다. 하지만 하퍼는 사람들이 일관성이 없다는 것을 알았다. 그들은 슬럼가나 탐방하며 하룻밤 즐기려는 상류층 사람들이었다. 그들은 부업으로 경호 일을 해주는 비번 경찰을 데리고 다녔다. 그 경찰들은 늘 지루해 보였다. 경찰은 그들에게 구경거리를 보여주고 죄와 방탕의 맛을 진탕 보여주었다. 이런 일은 왜 신문에 나지 않는지 모를 일이었다.

그런 군중 사이에서 관심을 끌지 않기란 쉬운 일이었다. 하지만 그는 목발을 바깥에다 두었다. 그는 목발이 좋은 소품이 된다는 것을 알아차린 터였다. 사람들은 목발을 보면 그를 그냥 지나쳤다. 그의 힘을 과소평가하게 되는 것이었다. 하지만 술집 안에는 훗날 추억 삼아서 곱씹을 거리가 아기자기하게 있었다.

그는 단속이 나오더라도 발뺌할 수 있도록 사기 찻잔에 담아서 나오는 진을 클럽 뒤편에 서서 홀짝였다. 금주법이 호령하던 시절이었다.

부자들이 무대 주변으로 무리 지어 서서 일반 서민들과 어깨를 부비고 있는 광경이 펼쳐졌다. 부자들은 너무 비벼대지만 않고, 좀 끼어들겠다고 양해를 구하면 내버려 두었다. 그런 일이 일어났을 때를 대비해서 경찰이 있는 것이었다. 그들은 빨리 쇼를 시작하라며 소리를 지르고 성화를 부렸다. 하지만 '저넷 클라라, 밤의 발광하는 경이, 창공의 가장 빛나는 별, 기쁨으로 빛나는 여주인, 이번 주만 출연'한다던 저넷 클라라 대신에 자그마한 중국 소녀가 수를 놓은 수수한 실크 파자마를 입고 무대 옆에서 나와서 무대 가장자리에 걸터앉아 다리를 꼬았을 때 좌중의 분노는 한껏 치솟았다. 무대 앞에 나무와 현으로 된 악기가 놓여 있었다. 그러나 조명이 흐릿해지자, 고주망태로 취한 사람이나 안절부절못하던 화려한 차림의 손님들이나 할 것 없이 기대감에 차서 모두 입을 다물었다.

소녀가 악기의 현을 뜯기 시작하면서 잉잉거리는 동양적인 멜로디가 흘러나왔다. 어딘지 기묘하게 사악하게 들리는 음악이었다. 무대 위에 멋들어지게 휘감은 하얀 천들 사이로 실루엣 하나가 빠져나왔다. 마치 아라비아 여인처럼 머리에서 발끝까지 검은색으로 차려입은 여인. 그녀의 눈이 뒤늦게 들어오는 사람들 때문에 열린 문과 함께 들어온 빛을 받아 잠깐 번득였다. 바에서 가장 뚱뚱한 문지기가 뒤늦게 도착한 사람들을 마지못해 들여보내 준 것이다. 헤드라이트에 붙잡힌 동물의 눈처럼 차갑고 도망 중인 듯한 눈이라고 하퍼는 생각했다. 그와 에버렛이 해도 뜨기 전에 얀크톤으로 차를 몰아가서 레드 베이비에 있는 농작물을 가지러 가던 때 마주치곤 하던 짐승들의 눈.

청중의 반은 무대에 누가 있다는 것도 알아채지 못했다. 그때 음악의 어떤 감지할 수 없는 변화가 큐 사인이 됐는지, 글로 걸이 기다란 장갑 하나를 벗더니 백열로 빛나는 신비로운 팔을 드러냈다. 구경꾼들이 숨을 죽였고, 무대 앞 가까이에 있던 한 여자가 날카로운 기쁨에 비명을 질렀다. 그 바람에 경찰이 깜짝 놀라서, 목을 길게 빼고 혹시 무슨 부적절한 일이 발생하지 않았는지 살펴보았다.

팔이 펼쳐지고 팔 끝의 손이 몸과 따로 움직이는 것처럼 관능적인 춤으로 뒤틀리고 돌아가고 했다. 손이 검은 윗옷을 돌아다니며 소녀 같은 어깨와 배의 곡선, 반딧불이처럼 환하게 칠한 입술을 살짝살짝 드러냈다. 그러고 나서 그녀는 다른 장갑도 벗어서 청중 무리에게 던졌다. 이제 팔꿈치부터 손까지 드러난 반짝이는 팔이 관능적으로 뒤틀리며 청중을 손짓해 불렀다. '가까이 와요.' 그들은 어린아이처럼 순종하며 무대를 둘러싸고 몰려들어 더 잘 보려고 서로 거칠게 떠밀고, 장갑을 공중으로 쳐올려 마치 파티 선물처럼 손에서 손으로 넘겼다. 장갑이 하퍼의 발밑에 와서 떨어졌다. 주름을 잡은 장갑은 라듐 페인트가 내장 같은 모양의 줄을 이루고 있었다.

"이봐요, 저기, 기념품은 안 됩니다." 거구의 도어맨이 그의 손에서 장갑을 낚아채며 말했다. "이리 내놔요. 이건 클라라 양의 소유물이니까."

무대에서는 그녀의 손이 머리에 쓴 베일로 꾸물꾸물 올라가 베일을 벗겨 내리고, 굽슬굽슬한 머리를 풀어져 내리게 하며 작고 뾰족한 얼굴이 드러나게 했다. 큐피드의 활처럼 생긴 입과 팔락이는 속눈썹 아래 커다란 푸른 눈동자가 드러났다. 그녀는 속눈썹 역시 방사능 물감을 발라 빛나게 했다. 참수된 어여쁜 머리가 무대 위를 으스스하게 떠다녔다.

미스 클라라는 엉덩이를 돌리고 팔을 꼬아 머리 위에 올리고서는 멜로디에 따라 긴장감이 고조되도록 기다렸다가, 손가락 사이에 끼우고 있던 심벌즈가 날카롭게 챙강 부딪치는 소리에 맞추어, 마치 나비가 검은 고치의 겹겹을 몸을 비틀어 빼내듯이 또 다른 옷 쪼가리를 벗었다. 그러나 하퍼에게는 그 동작이 나비보다는 허물을 벗고 꿈틀거리며 나오는 뱀의 모습을 떠올리게 했다.

그녀는 벗은 옷가지 아래 앙증맞은 작은 날개와 곤충 같은 장식이 달린 의상을 입고 있었다. 그녀는 손가락을 나풀거리며 커다란 눈으로 윙크를 하고, 휘감긴 천들 사이로 죽어가는 나방처럼 배배 꼬는 포즈를 취하며 사라졌다. 다시 나타났을 때 그녀는 팔에 끼운 투명한 천을 몸 주위

로 휘감아 놓고 있었다. 술을 내놓는 바 위로 프로젝터가 깜빡거리면서
켜지고, 망사 같은 천을 걸친 나비들의 흐릿한 형상을 쏘았다. 저넷은 휘
몰아치는 환상의 나비들 사이에 뛰어들고 돌진하는 피조물로 탈바꿈해
있었다. 하퍼는 역병과 역병의 창궐을 떠올렸다. 그는 주머니에 든 접이
식 칼을 손가락으로 만지작거렸다.

"감사합니다! 감사드려요!" 그녀는 쇼의 마지막에 물감과 하이힐만 신
고서 어린 여자아이 같은 목소리로 말했다. 가슴은 팔을 맞대어 가리고
있었다. 아직 보여주지 않은 구석이 있기는 하다는 듯이 말이다. 그녀는
청중에게 감사의 키스를 날렸고, 그 과정에서 분홍색 젖꼭지가 들끓어
오르는 환호를 향해 드러났다. 그녀는 눈을 크게 뜨고 교태를 부리며 키
득거렸다. 그녀는 재빨리 가슴을 다시 가리며 얌전한 체를 했고, 발꿈치
를 깡충깡충 차며 무대를 떠났다. 그녀는 잠시 후에 돌아와 무대를 돌면
서 승리감에 팔을 높이, 넓게 추켜올렸다. 턱은 들어 올리고 눈을 반짝반
짝 빛내며 자신을 바라보라고, 실컷 환호를 보내라고 요구했다.

그가 쓴 돈이라고는 캐러멜을 사는 데 든 1페니뿐이었다. 캐러멜 상자
는 밤 내내 외투 주머니에 처박혀 있느라 살짝 일그러져 있었다. 도어맨
은 앞 계단에 구토를 좍좍 쏟아내는 사교계 여인을 처리하느라 정신이
팔려 있었다. 그녀의 남편과 친구들은 그녀를 놀려대느라고 바빴다.

그는 클럽 뒷문에서 소품 가방을 끌며 나오는 그녀를 기다렸다. 그녀
는 스팽글 붙인 의상 위에 입은 코트 단추를 다 채우고도 추워서 몸을 잔
뜩 웅크리고 있었다. 얼굴은 지운 듯 만 듯 형광 물감과 땀이 뒤섞여 번
져 있었다. 형광 물질의 빛에 얼굴이 날카롭게 도드라지면서 광대뼈 아
래가 푹 꺼져 보였다. 그녀는 수심에 잠기고 녹초가 된 모습이었다. 무대
에서 보여준 활기는 티끌만큼도 보이지 않았고, 일순 하퍼는 그녀가 샤

이닝 걸이 맞는지 의구심에 빠졌다. 하지만 그녀는 그가 가져온 간식을 보았고, 허기에는 장사가 없었다. 그녀가 환해졌다. 이렇게까지 벌거벗었던 적은 없을 거야, 하퍼는 생각했다.

"저 주시려고요?" 그녀는 캐러멜에 너무 혹한 나머지 프랑스 악센트를 까먹어 버렸다. 그녀는 재빨리 정신을 차리고, 모음을 늘이는 보스턴 말투로 매끄럽게 넘어갔다. "너무 달지는 않죠? 쇼 봤어요? 좋았어요?"

"내 취향은 아닙디다." 그는 그녀가 통증과 놀라움이 엄습하기 전에 실망하는 모습을 보겠다는 마음에서 대꾸했다.

그녀를 무너뜨리는 것은 일도 아니었다. 그리고 세계가 이 일을 위해 요지경 상자의 렌즈를 통해 보는 것처럼 좁아져 있었기 때문에, 그는 그녀가 소리를 질렀는지 안 질렀는지도 알 수 없었다. 설령 그녀가 소리를 질렀다고 해도 나와서 보는 사람은 아무도 없었다.

그가 일을 끝내고 난 후에 몸을 숙여 그녀의 코트에 칼을 닦으며 흥분으로 손을 떨고 있는데, 그녀의 눈 아래 보드라운 살갗과 입 주위와 손목과 허벅지에 수포가 잡힌 것이 보였다. 기억해, 윙윙거리는 머릿속으로 그가 자신에게 말했다. 세세한 것까지 하나하나. 모든 것을 빠짐없이.

돈은 그대로 두었다. 그녀가 얻은 처량한 거액의 소득, 전부 1달러와 2달러짜리 지폐였다. 하지만 그는 나비 날개들은 슈미즈에 싸서 챙겼고, 쓰레기통 뒤에 박아둔 목발을 되찾으려 절뚝거리며 걸어갔다.

그는 더 하우스에 돌아와서 위층에서 오랫동안 샤워를 했고, 방사능 오염이 걱정되어 손이 분홍색이 되고 벗겨지도록 씻고 또 씻었다. 그는 욕조에 코트를 담갔다. 코트가 피가 드러나지 않는 어두운 색깔인 것에 감사하는 마음이 들었다.

그러고는 침대로 가서 기둥에다 나비 날개들을 매달았다. 그 날개들이 이미 매달려 있는 기둥이었다.

기호와 상징. 길을 건너도 좋다고 허가해주는 반짝이는 초록색 사람처럼.

현재 말고 시간이란 없다.

커비

1992년 3월 2일

　도넛 글레이즈로 덕지덕지 얼룩져 있는 부패의 길이랄까. 혹은 커비가 볼 수 있는 구실이 전혀 없는 서류들에 접근하려면 도넛 뇌물 상납 정도는 치러야 할 대가였다.

　그녀는 시카고 도서관에서 마이크로 필름을 들여다보느라 벌써 진이 다 빠져 있는 터였다. 20년 치 신문을 기계의 찰칵찰칵 돌아가는 셔터에 감고 하나하나 들여다보았다. 모든 필름이 분류되어 각각 박스에 담긴 상태로 서랍들 속에 있었다.

　하지만 〈선 타임스〉의 자료실은 더 깊이 거슬러 올라갔고, 신비에 가까운 자료를 찾아내는 재주를 갖춘 사람들이 관리했다. 고양이 눈처럼 생긴 안경을 쓰고 바스락거리는 스커트를 입고 다니며 그레이트풀 데드에 대한 은밀한 애정을 감추고 있는 마리사, 무슨 수를 써서라도 사람들과 눈길을 마주치지 않으려고 하는 도나, 길고 지저분한 머리를 얼굴에 늘어뜨리고 다니는 앤워 체티가 있다. 체트라고도 불리는 그는 새의 해골 모양 은반지로 손을 반쯤 덮었고, 검은색 옷이 많으며, 만화책을 늘 손 닿는 곳에 두었다.

하나같이 사회 부적응자들이었다. 하지만 그녀는 체트의 비위는 꽤 잘 맞출 수 있었다. 왜냐하면 그는 자신이 품은 포부와는 순전히 다른 사람이었기 때문이다. 그는 키가 작고 오동통했으며, 인디언 분위기의 얼굴은 그가 택한 백인 팝 문화 종족의 햇빛도 못 보고 산 것같이 하얀 얼굴이 되기는 영 글러먹었다. 커비는 게이 고딕 씬이 거칠어봤자 얼마나 거친 판일까 하는 궁금증을 참을 수 없었다.

"이거 스포츠 얘기 아니잖아." 체트가 카운터에 팔꿈치를 축 늘어뜨리고서 명백한 사실을 지적했다.

"그래요. 하지만 여기 도넛……." 커비가 도넛 상자를 열며 그의 얼굴에 들이밀었다. "그리고 댄도 괜찮다고 했어요."

"아무려나." 그가 도넛 한 개를 집으며 말했다. "도전하는 정신으로 해보겠어. 마리사한테 내가 초콜릿 도넛 가져갔다는 말 하지 말고."

그는 안쪽으로 들어갔다가 몇 분 후에 갈색 봉투에 담긴 종이 쪼가리들을 들고 나왔다. "요청하신 대로. 전부 댄의 기사야. 지난 30년간 자상으로 살해된 여자들 사건을 찾는 건 시간이 조금 더 걸릴 거야."

"기다릴게요." 커비가 말했다.

"내 말은 며칠은 더 걸릴 거란 얘기야. 큰 부탁이라고. 하지만 지금으로서는 제일 확실한 것들만 뽑아 왔어. 여기."

"감사해요, 체트." 그녀가 도넛 박스를 그에게 다시 밀었고, 그는 또 하나를 꺼내 들었다. 제사라도 지내듯이. 커비는 봉투들을 챙겨 들고 회의실로 들어갔다. 문에 달린 화이트보드에는 이 회의실에서 잡힌 일정이 없었다. 슬쩍해 온 자료를 한동안 파고들고 있어도 누가 들여다볼 염려가 없다는 뜻이었다. 30분쯤 자료를 파고 있는데, 해리슨이 들어와서 책상 한가운데 책상다리를 하고 앉은 그녀를 보았다. 잘라낸 신문 기사가 사방팔방에 흩어져 있었다.

"거기," 편집장이 그다지 당황한 기색 없이 말했다. "인턴, 탁자에서 다리 내리지그래. 이런 소식 전하기 참 그렇지만, 너를 지켜줄 댄은 오늘 없다고."

"알아요." 그녀가 말했다. "기자님이 저보고 출근해서 뭘 좀 조사해달라고 했거든요."

"그 친구가 자네보고 정말 조사를 시켰다고? 인턴이 할 일은 그게 아닐 텐데."

"이 파일 쪼가리들을 다져서 커피 메이커에 집어넣을까 했지요. 설마 카페테리아에 있는 커피보다 맛이 더 끔찍하겠어요?"

"신문의 세계에 입성한 걸 환영하네. 그래, 어떤 오래된 악한을 들여다보고 있는 거지?" 그가 그녀 곁에 흩어져 있는 파일과 봉투들을 훑어보며 말했다. '데니 식당의 웨이트리스, 죽은 채 발견', '엄마가 칼에 찔리는 모습을 목격한 소녀', '남녀 살해와 조직범죄 연루 가능성', '항구의 소름 끼치는 시체'…….

"좀 병적인 정도인데, 안 그런가?" 그가 눈살을 찌푸렸다. "이건 자네가 할 일이 아닐 텐데. 그 사람들이 내가 기억하는 바와는 아주 다른 방식으로 야구를 한다면 모를까."

커비는 눈 하나 깜짝하지 않았다. "마약과 조직범죄에 휘말릴 수도 있는 어린아이들에게 스포츠가 얼마나 유용한 배출구가 될 수 있을지 다루는 기사와 연관이 있어요."

"아하," 해리슨이 말했다. "댄의 예전 기사들도 그렇단 말이지." 그는 '경찰 총격 은폐'라는 기사를 톡톡 두드렸다.

그 말에는 커비도 약간 움찔했다. 댄이 경찰들을 건드렸다가 자기 이름을 진창에 빠뜨렸던 기사의 면면이 샅샅이 파헤쳐지기를 기대할 리는 없었다. 알고 보니 경찰은 약에 진탕 취한 경찰이 창녀의 얼굴에 실수로 무기를 발사한 일에 관한 기사는 좋아하지 않았다. 체트는 해당 경찰관이 조기 사직을 했다고 말했다. 댄은 관할 경찰서에 갈 때마다 타이어에 칼질을 당하는 일을 겪었다. 커비는 시카고 경찰국 전체를 소원하게 만드는 능력을 가진 사람이 자신 말고 또 있음을 알게 되자 기뻤다.

"있지, 그를 끝장낸 건 이게 아니야." 해리슨이 아까 커비에게 주의를 주었던 일은 잊고서 그녀 곁의 테이블에 걸터앉으며 말했다. "아니면 그 고문 기사도 아니었고."

"체트는 고문 기사에 관해서는 아무것도 주지 않았는데요."

"그거야 그가 끝내 기사를 제출하지 않았기 때문이지. 1988년에 세 달 동안이나 조사를 해놓고서. 골치 아픈 주제였어. 살인 용의자들이 앞뒤가 조금도 다르지 않게 절대 완벽하게 자백을 했다, 그게 전기로 성기를 지져 쇼크를 주는 어느 특정한 범죄 폭력 취조실에서 나왔으니 말 다 했지. '전해지는 바에 따르면' 그런 곳이 있더란 말이야. 그나저나 '전해지는 바에 따르면'이라는 이 말은 저널리즘 어휘 사전에서 가장 중요한 말이야."

"잘 기억해둘게요."

"경찰서에는 용의자를 약간 두들겨 패는 오래된 전통이 전해 내려오지. 경찰들은 성과를 올려야 한다는 중압감에 시달리고 있어. 그리고 어쨌거나 용의자로 온 놈들은 쓰레기다, 이런 생각인 거지. 무슨 죄인가는 지었을 것이다, 생각하고 보는 거야. 경찰은 모르쇠가 습관이라고나 할까. 하지만 댄은 '전해지는 바에 따르면'보다는 더 얻어내고 싶어서 매달렸지. 그리고 누가 또 아나? 그가 경찰 내부 포섭에 성공해서 올바른 경찰의 입을 열고, 기록으로까지 남기게 할 수도 있었는지 말이야. 그런데 그의 전화가 밤늦은 시간에 울리기 시작하는 거지. 처음에는 아무 말도 하지 않는 전화야. 그런 전화만으로도 대부분의 사람들은 알아듣고 물러날 테지. 하지만 댄은 고집이 센 친구야. 그다음에는 취재를 중단하라는 압력을 받았겠지? 그게 먹히지 않았으니, 살해 협박이 들어왔을 거고. 그가 아니라 그의 아내를 죽이겠다는."

"결혼하셨는지 몰랐는데요."

"흠, 지금은 아니야. 이혼은 협박 전화와는 무관하지만, '전해지는 바에 따르면' 말이지. 댄은 기사를 손에서 놓고 싶어 하지 않았어. 하지만 협박을 자기만 받았어야 말이지. 전기로 지져지고 맞았다고 말했던 한 용의자는 마음을 바꿨어. 그때 자기가 약에 취해 있었다고 말하고 나온 거지. 댄의 그 경찰 친구는 아내뿐만 아니라 아이들까지 두 명이 있었어. 그들에게 무슨 일이 일어날지도 모른다는 생각에 손을 턴 거야. 모든 문이 댄의 면전에서 쾅쾅 닫혔고, 우리는 믿을 만한 정보원이 없으면 기사를 실을 수가 없어. 그는 포기하고 싶어 하지 않았지만, 달리 선택할 길이 없었어. 그랬는데도 그의 아내는 어쨌거나 떠났고, 심장에 이상이 왔어. 스트레스, 실의 때문이지. 그가 퇴원했을 때 내가 다른 부서로 발령을 내려고 했는데, 그 친구는 시체 세는 일을 계속 하고 싶어 하지 뭐야. 참 얼마나 얄궂은 일이야. 자네가 최후의 희망이었던 것 같으니 말이야."

"포기하시지 말아야 했어요." 커비의 목소리가 어찌나 사납게 나왔는지, 그들 둘 다 놀랐다.

"포기라고 할 수는 없지. 그냥 다 타버린 거야. 정의는 아주 높은 곳에 있는 개념이야. 좋은 이론이지만, 실제 세상은 오로지 실용성이 관건이야. 그런 걸 매일 보다 보면……." 그가 어깨를 으쓱했다.

"또 엉뚱한 데서 이야기를 들려주는 거예요, 해리슨?" 사진 편집장인 빅토리아가 문가에 팔짱을 끼고 서 있었다. 그녀는 예의 단추 달린 남자 셔츠에 청바지를 입고, 하이힐을 신고 있었다. 약간 흐트러진, 약간은 엿먹어라 하는 모습이었다.

편집장이 죄지은 것처럼 몸을 웅크렸다. "나 알잖나, 비키."

"당신의 장황한 이야기와 깊은 통찰로 사람들을 지루하게 해서 눈물 짓게 만드는 거요? 알다마다요." 하지만 그녀의 눈은 다른 말을 하고 있었고, 커비는 무슨 이유에서인지 이 방에 블라인드가 쳐져 있음을 문득 깨달았다.

"여기 우리 볼일은 어쨌든 끝난 거지, 인턴?"

"네," 커비가 말했다. "자리 비켜드릴게요. 이것만 좀 챙기고요." 그녀는 서류를 모아 정리하기 시작했다. "죄송해요." 그녀가 작은 목소리로 말했다. 그 상황에서 내뱉을 만한 최악의 말이었다. 미안할 짓을 했음을 인정하는 꼴이었기 때문이다.

빅토리아가 이마를 찌푸렸다. "괜찮아. 어차피 나도 확인해야 할 레이아웃이 산더미야. 우린 나중에 시간 다시 잡으면 돼." 그녀가 조용히, 재빨리 나갔다. 해리슨과 커비 둘 다 그녀가 가는 모습을 물끄러미 바라보았다.

해리슨이 코를 킁킁거렸다. "기사를 조사하겠다고 이 수고를 다 치르기 전에 나부터 설득해 넘겨야 한다는 거 알겠지?"

"알아요. 이게 제 패가 될 수 있을까요?"

"그냥 좀 눠둬 봐. 뭘 좀 배우고 경험하고 나서 하라고. 그때 가면 얘길 해볼 수 있겠지. 그동안에, 저널리즘에서 가장 중요한 단어 또 하나가 뭔지 아나? 신중함이야. 말인즉슨 내가 한 말, 댄에게 한 마디도 하지 말라는 뜻이야."

아니면 사진부 편집장과 뒹구는 사이란 얘기를 하지 말라는 뜻이겠지,
그녀는 생각했다.

"가야겠다. 힘내, 일벌." 그가 냉큼 나갔다. 말할 필요도 없이 빅토리아
를 따라잡으러 간 것이다.

"그럼요." 커비가 백팩에 파일을 밀어 넣으며 숨죽여 말했다.

하퍼

아무 때

그는 부부 침실의 매트리스 위에 누워서 머릿속으로 그 일을 체험하고 또다시 체험했다. 스팽글 날개의 소용돌이무늬가 더듬어졌다. 그는 그녀의 얼굴에 명멸하던 실망감을 떠올리면서 자신의 성기를 잡아당겼다.

그 정도면 더 하우스를 만족시키기에 충분하다. 지금으로서는 그렇다. 물건들이 잠잠해졌다. 머릿속의 둔중한 압박감도 떨어져나갔다. 적응하고 탐사해볼 시간이 생겼다. 복도에서 부패해가고 있는 폴락의 시신도 치울 시간이 생겼다.

그는 그 눈 튀어나온 노숙자 소년과 마주친 후로, 자기가 오고 가는 것을 누가 보지 못하도록 조심하면서 나다녔다. 도시는 문을 열 때마다 바뀌어 있었다. 동네 전체가 일어섰다가 무너지고, 어여쁜 얼굴을 뒤집어 썼다가는 그 얼굴이 벗겨져나가며 질병을 드러냈다. 도시는 붕괴의 징후를 보였다. 벽에 달린 흉흉한 안내문들, 깨진 창문, 엉겨 붙은 쓰레기. 때로는 제대로 길을 따라갈 수 있었고, 때로는 풍경이 알아볼 수 없을 만큼 완전히 바뀌어 있어서 호수를 비롯해서 기억이 나는 랜드마크에 기대어 길을 잡았다. 검은 첨탑, 물결 모양의 쌍둥이 타워, 강의 모양과 굽이 등이 그것이었다.

이리저리 돌아다닐 때에도 그는 목적을 가지고 걸었다. 우선 정육점과 패스트푸드 레스토랑에서 먹을거리를 사는 것으로 시작했다. 그런 곳에 가면 그는 익명이었다. 그는 말을 나누거나 하면서 인상을 남기는 짓을 하지 않았다. 친절하게 행동했지만, 불필요한 관심은 끌지 않았다. 사람들을 자세히 관찰하고, 적절한 행동을 베껴서 따라 했다. 그가 그런 행동을 하는 때는 먹고 볼일을 보러 가야 할 때뿐이었고, 그것도 딱 원하는 것을 손에 얻을 동안뿐이었다.

날짜는 중요했다. 그는 가진 돈을 조심스럽게 확인했다. 신문을 보는 것이 날짜를 알아내는 가장 쉬운 방법이었지만, 관찰력 있는 사람에게는 다른 단서들도 있는 법이다. 길에 엉겨 있는 차의 수를 보아도 알 수 있었다. 노란색 바탕에 검은색 글씨의 거리 이름 표지판이 녹색으로 바뀌어 있다. 물건이 넘쳐난다. 거리에서 낯선 사람끼리 서로 반응하는 모습, 얼마나 마음을 여는지, 아니면 방어적으로 나오는지, 자기 혼자만 있으려고 하는지에 따라 시대가 달랐다.

그는 1964년의 공항 비행기 조망 구역의 플라스틱 의자에서 잠을 자면서, 비행기가 이륙하고 착륙하는 광경을 보며 이틀을 내내 보냈다. 철제 괴물이 사람들과 가방들을 집어삼켰다가 다시 토해냈다.

호기심을 발휘하여 많은 것을 익힌 그는 1972년 시어스 타워 골조 공사를 하던 현장에서 휴식을 취하는 건설 노동자들과 함께 거리낌 없이 잡담을 나누기도 했다. 그러고는 건물이 완공된 1년 후로 가서 엘리베이터를 타고 꼭대기까지 올라가 보았다. 전망을 바라보고 있자니 자신이 신이 된 것처럼 느껴졌다.

그는 한계를 시험해보았다. 머릿속에 어느 시간만 생각하면 문이 그때로 열렸다. 비록 그의 생각이 그 자신의 것인지 더 하우스가 그를 대신해서 결정을 내려준 것인지 알 수 없는 일이었기는 했지만 말이다.

시간을 거꾸로 거슬러 올라가는 것은 불안했다. 과거에 묶여서 빠져나오지 못하면 어쩌나 걱정이 되었다. 그리고 1929년 전으로는 가고 싶다고 해도 갈 수 없었다. 미래로 그가 갈 수 있는 가장 먼 곳은 1993년이었다. 이 동네가 철저하게 파멸하고, 사방이 다 빈집들이고 아무도 그를 건드리지 않게 되는 때였다. 어쩌면 그때가 묵시록의 때인지도 모른다. 온 세계가 붕괴해서 불과 유황으로 빠져버리는 때. 그는 그 광경을 보고 싶었다.

바텍 씨에게 종말이 온 것은 분명했다. 하퍼는 그자를 자신의 원래 평생에서 가능한 한 멀리 떨어뜨려놓는 것이 안전하겠다고 마음먹었다. 처리 과정은 고될 터였다. 그는 시체의 겨드랑이 아래와 다리 사이에 밧줄을 묶었다. 물러지고 있는 옷 안의 몸이 바야흐로 옷으로 배어나고 있었고, 그래서 그가 목발에 몸을 무겁게 기댄 채 시체를 현관으로 끌고 가는 사이 바닥에 끈적끈적한 줄기가 생겼다.

하퍼는 1993년 여름의 어느 날 여명도 오기 전에, 눈을 먼 곳에 집중하려고 애쓰며 바깥으로 나왔다. 아직 어두웠다. 새들이 부산을 떨며 일어나기도 전의 시각이었다. 어딘가에서 개가 짖는 소리, 헥헥대는 소리가 정적을 깨고 들려왔다. 하퍼는 그러거나 말거나 주변에 아무도 없는지 보려는 생각으로 현관 앞에서 긴긴 1분 동안 서 있었다. 그러고는 계단을 따라 시체를 어설프게 끌고 내려갔다.

두 블록 떨어진 골목에 봐둔 커다란 쓰레기통까지 땀을 줄줄 흘리며 끌고 가기까지 또 20분이 걸렸다. 그가 육중한 철제 뚜껑을 열어젖히는데, 이미 거기에는 시체 한 구가 있었다. 시체는 목이 졸린 얼굴은 보라색으로 부풀었고, 분홍색 혀가 이 사이로 삐져나와 있었으며, 눈은 충혈되고 개구리처럼 튀어나와 있었다. 하지만 갈기 같은 숱 많은 머리카락은 곧장 알아볼 수 있었다. 머시 병원의 그 의사였다. 그로서는 놀라야 당연한 일이었다. 그러나 그의 상상력에도 한계는 있었다. 이 남자의 시체는 여기에 있어야 하니까 있는 것이다. 그것으로 됐다.

그는 바텍을 들어 올려 의사의 몸 위에 얹고 쓰레기로 덮었다. 둘은 구더기들에게 제 몸을 먹이로 내주며 서로 벗을 삼으면 될 것이다.

그는 언제나 집으로 돌아왔다. 더 하우스는 아무 임자도 없는 곳이었다. 하지만 원래 자기가 살고 있는 시간을 생각하고서 밖으로 나서면 평소대로 몇 날이 흘러가 있었다.

그는 1932년 새해 첫날을 실수로 놓쳤다. 하지만 다음 날 밖에 나가서 스테이크로 저녁을 먹었다. 집에 돌아오는 길에 그는 어린 유색 인종 소녀와 마주쳤는데, 철렁 내려앉는 기분을 느끼며 번갯불처럼 알아보았다. 피할 수 없는 일이었다. 그의 소유 중 하나.

그녀는 소년을 곁에 두고 계단에 앉아 있었다. 둘 다 외투와 목도리로 둘둘 싸매고서 신문을 찢어 화살 같은 모양으로 접고 있었다.

"안녕, 아가야." 하퍼가 진짜 이웃답게 말했다. "뭐 하고 있니? 신문은 읽는 물건인 줄로 알았는데."

"저도 글은 잘만 읽어요, 아저씨." 소녀가 그의 눈길을 빤히 바라보며 말했다. 매를 부르는 그런 뻔뻔한 눈빛이었다. 그녀는 그가 생각했던 것보다 훨씬 나이가 많았다. 사실상 젊은 여자에 가까웠다.

"백인하고 말하면 안 돼, 이런." 소년이 날카롭게 속삭였다.

"괜찮아. 그런 형식적인 건 다 지키지 않아도 돼." 하퍼가 안심시켜주었다. "게다가 내가 먼저 말을 걸었지 않니, 안 그래? 그런 점에서 결례는 없었어. 그렇지, 애야?"

"비행기를 만들고 있었어요." 그녀가 손목을 획 돌리며 종이 장난감을 날려 보냈다. 종이비행기가 몇 초간을 멋들어지게 날다가 그의 앞 얼어붙은 보도에 코를 아래로 처박고 떨어졌다.

그가 대화를 조금이라도 늘려볼 속셈으로 자기도 한번 날려보면 안 되겠느냐고 물으려던 참에, 붙어 있는 집에서 이웃 한 명이 감자 깎는 칼을 들고 나왔다. 그녀 뒤로 망으로 된 문이 챙 하고 닫혔다. 그녀가 하퍼를 쏘아보았다.

"조라 엘리스! 제임스! 이제 안으로 들어가."

"내가 뭐랬어." 소년이 반쯤은 우쭐해하면서, 반쯤은 기분이 상해서 말했다.

"곧 또 보자, 아가야." 하퍼가 말했다.

그녀가 예의 그 냉정한 눈길을 또다시 보냈다. "그럴 일 없을걸요, 아저씨. 우리 아빠가 좋아하지 않을 거예요."

"아빠를 화나게 하면 안 되지. 아빠한테 안부 전해드려. 알았지?"

그는 떨리는 손을 멈추려고 주머니에 꼭 끼워 넣고 휘파람을 불면서 자리를 떠났다. 문제 될 것 없다. 그는 그녀를 다시 발견할 것이다. 그는 이 세상 모든 시간을 가졌다.

그러나 그의 머리는 그녀, 조라, 조라, 조라, 조라로 가득 찼다. 그래서 실수를 저질렀고, 그 바람에 더 하우스를 열고서 그 빌어먹을 시체가 복도에 돌아와 있는 것을 발견하고 말았다. 마룻바닥이 피로 젖어 있고 칠면조는 여전히 얼어 있었다. 그는 충격을 받은 채로 광경을 바라보았다. 그리고 몸을 숙여 문지방 너머로 몸을 다시 빼고, X 자로 박혀 있는 널빤지 아래로 손을 넣어 문을 닫았다.

　문손잡이에 열쇠를 다시 끼워 넣는 손이 떨렸다. 그는 오늘의 날짜에 골똘하게 집중했다. 1932년 1월의 둘째 날. 목발로 문을 쳐서 열자 바텍 씨는 사라지고 없었다. 마음이 놓였다. 그가 보였다! 그가 보이지 않는다! 마술의 슬라이드 쇼였다.

　착오. 축음기 바늘이 판에서 튀는 것처럼. 그는 이날로 다시 돌아오는 것이 맞았다. 모든 것의 시작. 그는 집중하지 않고 있었다. 한층 더 정신 차리고 집중해야 한다.

　하지만 강렬한 욕구는 여전히 그를 떠나지 않고 있었다. 이제 제대로 된 날로 돌아오고 보니, 물건들이 벌집처럼 두들겨대는 소리를 내고 있었다. 그는 주머니 안으로 접이식 칼을 떨어뜨렸다. 진숙을 찾으러 갈 것이다. 그녀에게 했던 약속을 완수하러.

　그녀는 솟아오르기를 원하는 부류의 여자다. 그가 그녀에게 날개 한 쌍을 달아주리라.

댄

1992년 3월 2일

댄은 지금 애리조나에 가는 짐을 싸고 있어야 했다. 스프링 트레이닝이 내일부터였고, 아침 일찍 떠나는 비행기를 타야 했다. 이른 아침 항공권이 가장 저렴하기 때문이다. 하지만 말이 나왔으니 말인데, 독신남의 휴대용 캐리어를 싸는 일은 참으로 우울한 일이다.

그냥 동계 올림픽 재방송이나 보려고 자리를 잡는데, 문에서 벨소리가 들렸다. 병든 것처럼 쌕쌕거리는 전자음. 시간이 흐르면서 소리가 그 모양이 되었다. 고쳐야 할 것이 또 생겼다. VCR 리모컨 건전지를 TV 리모컨에 바꿔 끼운 지가 얼마나 됐다고 말이다. 그가 몸을 일으켜 세우고 문으로 가서 모니터를 보니, 커비가 맥주병 세 개를 들고 서 있었다.

"댄, 들어가도 돼요?"

"이제 와서 그게 내 결정에 달린 일인가?"

"부탁이에요. 밖이 너무 추워요. 맥주 가져왔어요."

"나 술 안 마셔, 기억 안 나?"

"무알코올 맥주예요. 다시 상점에 돌아가서 맥주 대신 당근 스틱을 사오는 게 더 좋겠다고 하신다면 할 수 없지만요."

"아니야, 됐어." 그는 알코올이 없는 밀러 샤프를 '맥주'라고 부르는 것은 참으로 낙천적인 태도라고 생각하면서 말했다. 그가 스크린 도어를 밀쳤다. "집 안이 엉망이어도 괜찮다면 들어오지."

"안 괜찮을 리가 있겠어요." 그의 팔 아래로 빠져나가며 그녀가 말했다. "집 좋은데요."

댄이 코웃음을 쳤다.

"그럼, 혼자 살 곳이 있으니까 좋으시겠다고 해야겠네요."

"엄마하고 같이 사나?" 그는 예습을 해놓았다. 뉴스 기사를 보고, 가장 핵심적인 디테일은 조사해둔 터였다. 어머니인 레이첼과 나눈 인터뷰를 타이프한 기록에서 그는 적었다. '아름다운 여인! 정신이 딴 곳을 헤매는 여인(다른 사람들을 정신을 쏙 빼놓기도 하고). 개에 관해 계속 묻다. 비탄에 대처하는 방법인가?'

그 인터뷰에서 그녀가 한 말 중에 그의 마음에 가장 들었던 말이 있다. "우리 자신에게 이런 짓을 하고 있는 거예요. 사회는 유독한 햄스터 바퀴예요." 교열 기자가 단칼에 쳐낸 것은 말할 필요도 없다.

"위커 파크에 아파트가 있어요." 커비가 말했다. "밴드들과 코카인 중독자들 사이에서 이만저만 시끄러운 게 아니죠. 하지만 마음에 들어요. 사람들이 주위에 있으니까."

"사람이 많으면 더 안전하다라, 물론이겠지. 근데 왜 '혼자 살 집이 있으니 좋으시겠어요'라고 말하지?"

"그냥 나온 말 같아요. 왜냐하면 살 집이 없는 사람들도 있으니까요."

"혼자 살아?"

"제가 사람들과 잘 지내지를 못해요. 그리고 악몽을 꾸기도 하고요."

"상상이 가네."

"상상 안 가실 거예요."

댄은 맞는 말이라는 뜻으로 어깨를 으쓱했다. 어떻게 부정하랴. "그래서 우리 신문사의 도서관 친구들한테서 뭘 얻었지?"

"배 한 척에 실을 만큼이오."

그녀는 맥주 한 병을 집어 들고 다른 두 병은 내려놓았다. 그리고 자리에 앉아 병을 팔에 끼고 부츠를 벗었다. 그녀는 양말만 신은 채로 소파 위에서 몸을 접었다. 그 모습이 댄에게는 어쩐지 지나치게 스스럼없어 보였다.

그녀는 커피 테이블에 어수선하게 널린 물건들을 옆으로 치웠다. 청구서, 또 청구서, 복권 당첨 발표가 들어 있는 〈리더스 다이제스트〉 등. 복권은 금박을 긁어서 확인하는 종류였다(당신은 이미 당첨되었습니다!). 그리고 〈허슬러〉 한 권이 옹색하게 놓여 있었다. 그는 외롭고 어쩐지 그러고 싶은 마음이 들어서 충동적으로 잡지를 샀고, 당시에는 〈허슬러〉가 그래도 가장 덜 민망한 선택이라고 생각했다. 어쨌거나 그녀는 〈허슬러〉를 못 본 것 같았다. 아니면 그의 체면을 세워주느라고 못 본 척하고 지나간 것일지도 모른다. 아니면 그를 가련하게 여겼거나. 뭐 어쨌거나.

그녀가 서류철 하나를 가방에서 꺼내어 안에 든 것을 탁자에 늘어놓기 시작했다. 댄은 그것이 원본임을 알아보았다. 어떻게 해리슨을 거치지 않고 빼냈는지 영문을 모를 일이었다. 그는 더 잘 들여다보려고 안경을 썼다. 온통 칼에 난자당한 무시무시한 죽음들. 그가 한때 썼으며, 하나같이 우울한 기사들이었다. 보고 있자니 피로가 몰려왔다.

"어떻게 생각하세요?" 커비가 맹랑하게 물었다.

"아이고, 꼬맹이," 그가 오려낸 기사 몇 개를 집어 올리며 말했다. "네가 모은 피해자 파일을 보라지. 없는 게 없잖아. 놀이터에 버려진 흑인 창녀부터 자기 집 앞에서 칼에 찔린 주부까지 다 있군. 그 사건은 차량 탈취 사건으로 보였지. 그리고 이거, 1957년? 진심이야? 이건 심지어 수법도 달라. 그녀의 머리는 어떤 통에서 발견됐어. 게다가 네 진술에 따르면 너를 공격한 작자는 30대 초반이었다면서. 여기서는 얻을 게 아무것도 없어."

"아직은 아니죠." 그녀가 물러날 기색 없이 어깨를 으쓱했다. "넓게 잡고 시작해서 좁혀가려고 해요. 연쇄살인범은 저마다 스타일을 가지고 있죠. 전 그놈은 어떤지 알아내려 하고 있어요. 테드 번디는 여대생을 좋아했죠. 긴 머리에 가운데 가르마, 바지를 입은 여대생들을요."

"번디는 용의선상에서 제외할 수 있겠군." 댄은 입에서 나가고 나서야 얼마나 무신경한 말인지 깨달았다.

"지이잉." 커비가 더없이 무표정하게 전기의자 소리를 흉내 냈다. 그가 했던 말을 심지어 더 부적절한 식으로 우스꽝스럽게 만들었다. 그것이 그를 뒤흔들어 놓았다. 사람들이 이런 일을 얼마나 쉽게 말할 수 있는지, 실없는 농담으로 만들어버릴 수 있는지. 그렇다고 댄이 끔찍한 범죄를 매주 기사로 쓰면서 경찰과 함께 잘난 척하면서 그런 무시무시한 일을 농담거리 삼으며 찧고 까불지 않았던 것도 아니었다. 이때 다르고 저때 다른 게 인간이다. 무엇에나 익숙해지지 못할 일은 없다. 하지만 그것은 사건 당사자와 개인적으로 엮이지 않았을 때의 일이다.

"좋아, 좋아, 멋지군. 너의 그놈이 창녀, 약쟁이, 가출한 아이들, 노숙자같이 평범하고 쉬운 타깃을 노리지 않는다고 치자. 너와 같은 피해자 특성을 공유한 사람이 누가 있을까?"

"줄리아 매드리걸. 나이대가 비슷하죠. 20대 초반. 대학생이었고, 숲으로 뒤덮인 곳에 떨어져 발견되었고요."

"종결된 사건이야. 그녀를 죽인 놈들은 쿡 카운티 교도소에서 썩고 있으니까. 다음은?"

"아휴, 제발요. 그 판결 믿지 않으시잖아요."

"줄리아의 살인범들은 흑인들이고 너를 다치게 한 자는 백인이기 때문에 믿고 싶지 않은 게 아니라는 건 확실해?" 댄이 물었다.

"뭐라고요? 아니에요. 경찰들이 무능하고, 또 압박에 시달리기 때문이에요. 그녀는 훌륭한 중류층 가정 출신이었어요. 사건을 속히 마무리 지으려는 구실이었다고요."

"범행 수법은 어떻고? 동일범이라면, 그가 왜 네 내장으로 숲을 다시 장식하지 않았을까, 응? 이런 자들은 가면 갈수록 더 폭력적으로 변하게 마련 아니야? 그 밀워키에서 잡힌 인육 먹는 변태처럼?"

"제프리 다머요? 물론이죠. 오로지 강도가 점점 세져가는 것에 관한 문제죠. 갈급함을 달래고 난 후니까 더 정교해지기도 하고요. 게임은 계속 수준을 높여야 하는 것 아니겠어요?" 그녀가 일어서서 병을 흔들며 서성였다. 그녀는 그의 거실을 여덟하고 반걸음으로 가로지르고는 다시 돌아왔다. "그리고 아마 그도 다르지 않았겠지요, 댄. 저를 해칠 때요. 만약 방해를 받지 않았다면 그랬을 게 확실해요. 그는 무질서하고 체계적이고 망상적인 게 다 전형적으로 뒤섞인 놈이에요."

"조사를 해봤군."

"뭐랄까, 제가 할 수밖에 없는 일이었어요. 사립 탐정 고용할 돈을 긁어모을 길이 없었으니까요. 그리고 어차피 제가 더 열심히 달려들 수밖에 없는 일이라고 생각했고요. 그래서 말하자면, 체계적이지 않은 살인범들은 충동적이죠. 기회가 생겼을 때 우발적으로 죽이는 거예요. 그러니까 그런 놈들은 더 빨리 잡히겠지요. 체계적인 범인들은 준비를 하고 와요. 계획을 세우죠. 절제를 할 줄 알고요. 시체들을 더 세심하게 다루는 경향이 있지만, 두뇌 싸움을 좋아해요. 과시하려고 신문사에다 편지를 쓰는 사람들도 그런 사람들이죠. 암호로 편지를 보냈던 조디악처럼 말이에요. 그리고 그냥 막 헤매는 치들도 있죠. 'BTK' 데니스 레이더처럼 말이에요. 그나저나 이자는 여전히 도주 중이죠. 그의 편지는 온 사방에 퍼져 있고요. 그는 자기가 저지른 범죄를 과시하는 것부터 끔찍하게 후회하고 그 짓을 하게 만드는 머릿속 악령을 원망하는 것까지 왔다 갔다 하잖아요."

"좋아, FBI 요원님. 여기 골치가 좀 아픈 문제가 있어. 그 작자가 연쇄살인범이란 거 확실하게 아는 거야? 그러니까 내 말은 너에게 그 짓을⋯⋯." 그는 더듬거리다가 들고 있던 맥주를 그녀 쪽으로 흔들었다. 그는 무의식중에 내장을 파내려고 시도하는 몸짓을 따라 하려다가, 자기가 무슨 짓을 하고 있는지 이내 깨닫고는 병 주둥이를 제 입에다 밀어 넣었다. 이 빌어먹을 것이 술이면 좋겠다고 생각하면서. 2도짜리라고 해도 감지덕지할 판이었다. "⋯⋯그놈은 미친 정신병자야. 그건 말할 나위도 없지. 하지만 어쩌다가 기회를 잡아 일어난 우발적인 폭력일 수도 있어. 그게 우세한 이론 아니야? 환각제 같은 거 먹고 뛰어든 짓이라고?"

그가 사실상 판독이 불가능한 속기로 써 내려간 딕스 형사와의 인터뷰에서는 말이 더 험했었다. "마약과 관련됐을 가능성이 높아요." "피해자는 혼자 있지 말았어야 했어요." 저런, 마치 내장을 파가라는 초대장이라는 게 세상에 있기라도 한 듯이 말이다.

"지금 저를 인터뷰하시는 거예요, 댄?" 그녀는 맥주를 들고서 길게 한 모금 마셨다. 댄은 자신이 마시고 있는 가짜 맥주와 달리, 그녀의 맥주는 진짜라는 것을 알아챘다. "왜냐하면 전에는 하지 못했으니까."

"이봐, 넌 그때 병원에 있었어. 사경을 헤매고 있었지. 병원에서 네 곁으로는 얼씬도 하지 못하게 했어." 일부분만 사실인 얘기였다. 그로서는 얼마든지 요령을 부릴 수 있었고, 그런 짓은 그 전에도 백 번쯤은 했다. 안내 데스크의 윌리엄스 간호사라면 수작을 걸어서 눈을 딴 데 돌리게 할 수도 있었다. 왜냐하면 사람들이란 남들에게 원해지기를 바라게 마련이기 때문이다. 그러나 그는 그 모든 것에 넌더리가 나 있었다. 설사 진정한 한 방을 날리기까지 1년을 더 가진다고 해도 힘을 낼 수가 없었다.

모든 것이 우울하게 느껴졌다. 딕스 형사가 넌지시 말한 바에 따르면, 커비의 어머니는 최초의 충격과 멍한 상태를 박차고 나와서 오밤중에 그에게 전화를 걸어오기 시작했다. 경찰이 범인을 찾아내지 못하고 있었고, 어쩌면 그에게 답이 있을지 모른다고 생각했기 때문이다. 그러고는 그가 대답을 내놓지 못하면 소리를 질렀다. 그녀는 자신에게와 마찬가지로 그에게도 이 사건이 직접적인 문제라고 생각했다. 하지만 커비가 당한 일은 사람들이 서로에게 저지르는 그 많은 엿 같은 짓거리의 하나일 뿐이었으며, 딕스 형사는 그녀에게 달리 할 설명이 없었다. 하지만 그는 자신의 전화번호를 그녀에게 준 것이 바로 그녀가 섹시하다고 생각했기 때문임은 입 밖에 낼 수 없었다.

그리하여 커비가 중환자실에서 나올 즈음이 되자 댄은 그 모든 짓거리에 진절머리가 났고, 더 조사를 해볼 마음도 들지 않았다. 그리고 개가 있었다는 것도 감사할 노릇이었다. 매슈 해리슨 씨 덕분이었다. 보기 좋은 그림. 왜냐하면 개를 싫어하는 사람은 없거니와, 주인의 생명을 구하려고 달려드는 용감한 개들은 특히 사랑을 받는다. 〈래시〉와 〈텍사스 전기톱 연쇄살인 사건〉의 만남이 성사되는 그림이었다. 하지만 커비에게 이런 짓을 한 정신병자 자식을 붙잡는 것은 고사하고, 새로운 정보도 전혀 없고 경찰이 뭔가를 찾아냈다는 움직임도 없었다. 범인은 여전히 바깥세상을 버젓이 활개치고 다니며 다른 사냥감을 물색하고 있다. 그러니까 개는 갖다 치우고, 빌어먹을 스토리도 집어치워라.

그래서 해리슨은 후속 기사를 만들어내라고 댄 대신 리치를 보냈으나, 그 무렵에 이르러 커비의 엄마는 기자들은 모조리 쓰레기들이라고 마음을 정하고 누구와도 얘기를 하지 않으려고 했다. 댄은 속죄라도 하라는 의미에서인지, 코리아타운에서 일어난 일련의 총격 사건을 다루는 일을 배정받았다. 그냥 늘 있는 깡패 또라이들의 사건이었다.

그리고 올해 살인 사건 발생률은 더더욱 나빠져 있었다. 그래서 그는 살인 사건에 더는 묶여 있지 않게 된 것이 기뻤다. 스포츠로 말하자면 그 많은 여행을 해야 하는 데다가, 사람들 하기 좋아하는 말로 스트레스가 오히려 더 심하다고 했다. 하지만 스포츠 기사는 그에게 벗어날 구실을 주었고, 외로운 아파트에 처박혀 있을 생각을 하지 않게 해주었다. 감독들에게 비벼대는 일이나 경찰들에게 비벼대는 일이나 별반 다를 것도 없었다. 게다가 야구는 살인처럼 따분하게 반복적이지도 않았다.

"뭐, 그런 손쉬운 구실이 다 있어요?" 커비가 댄을 과거에서 현재로 끌어내며 불평했다. "마약 말이에요. 그는 약에 취해 있지 않았어요. 여하튼 저한테 익숙한 종류는 아니었다고요."

"전문가신가 보네, 응?"

"우리 엄마를 만나보시기는 했어요? 기자님도 덩달아 약을 했을걸요. 저로서는 약 하는 데 도통 소질이 생기지 않았지만."

"그 짓 해봤자 소용없어, 지금 네가 하고 있는 짓 말이야. 유머로 방향을 바꾸려는 짓. 그래봤자 네가 방향을 바꾸고 싶어 하는 것만 드러낼 뿐이니까."

"수년간 살인 사건을 다루다 보니, 그는 인간에 대해 예리한 안목을 가진 관찰자이자 생의 철학자가 되었다." 그녀가 어조를 두 옥타브쯤 내려, 영화 트레일러에 나오는 내레이터의 목소리로 읊조렸다.

"계속 그러고 있네." 댄이 말했다. 볼이 화끈 달아올랐다. 그녀는 그를 건드리며 극한까지 박박 긁어대고 있었다. 그가 대학을 갓 나온 애송이로 시작해, 늙은 박쥐 로이스와 사회면을 함께 일할 때가 그랬다. 그녀는 그가 제 부서에 있다는 사실에 극도로 짜증이 나서, 그를 늘 3인칭으로만 불렀다. 말하자면 "젬마, '저 친구'한테 결혼 발표 기사는 그딴 식으로 쓰면 안 된다고 말해줘".

"10대 시절에 한때 질풍노도를 겪었어요. 제가 교회, 그러니까 감리교회를 다니기 시작했는데, 그 때문에 엄마가 돌아버렸죠. 적어도 유대인 교회이기는 해야 할 거 아니냔 말이죠. 안 그래요? 저는 잔뜩 경건하고 용서하는 마음에 넘쳐서 집에 돌아와서는 엄마의 대마초를 변기에 넣어버렸어요. 그러면 둘이 세 시간 동안 고함지르기 경연을 펼치고, 엄마는 집을 뛰쳐나가 다음 날에야 돌아왔어요. 얼마나 나빠졌는지, 전 토드 목사님 부부가 사는 집으로 이사를 갔지요. 그분들은 말썽 많은 청소년들을 위해 사회 복귀 시설 같은 것을 만들려고 하고 있었거든요."

"내가 맞혀볼게. 목사라는 사람이 네 바지 속에 손을 집어넣으려고 했겠지?"

"참, 나." 그녀가 머리를 흔들었다. "교회 지도자라고 하나같이 소아 성애자는 아니거든요. 다정한 분들이셨어요. 저와 맞지 않는 사람들이었을 뿐이죠. 해도 해도 너무 진실한 사람들이었다고 할까요. 그분들이 세상을 바꾸고 싶어 하는 거야 그렇다 쳐요. 하지만 전 그 사람들의 애완동물 프로젝트가 되고 싶진 않았다고요. 그리고 왜 그런 거 있잖아요. 아버지 콤플렉스라든가, 뭐라든가, 그런 거."

"왜 아니겠어."

"그거야말로 종교가 기반을 둔 것 아니겠어요? 저 하늘 높은 곳에 계신 아버지의 기대에 부응하려고 애쓰는 거."

"이제 보니 누가 아마추어 철학자인지 모르겠네?"

"신학자를 말씀하시는 거겠죠. 제가 드리려는 말씀은 목사님과 일이 잘 풀리지 않았다는 거예요. 저는 제가 안정을 갈망하고 있다고 생각했지만, 그 안정이란 게 지옥처럼 지루하더란 말이에요. 180도로 확 돌았지요."

"좋지 않은 부류와 어울리기 시작하면서?"

"제 자신이 좋지 않은 부류였다고요." 그녀가 빙그레 미소를 지었다.

"펑크 음악이 그렇기는 하지." 그는 다 비어가는 병으로 그녀와 건배를 했다.

"말도 마세요. 약에 취한 사람들이라면 질리게 봤다고요. 이놈은 약쟁이가 아니었어요." 그녀가 말을 멈추었다. 하지만 댄은 이런 종류의 침묵이 무슨 뜻인지 알았다. 책상 가장자리에서 중력과 맞서며 불안하게 덜덜거리는 유리컵 같은 멈춤. 중력이라는 게 뭔가 하면, 단 한 번도 빠짐없이 이기는 것이다.

"또 다른 문제가 있어요. 경찰 보고서에는 있었지만, 신문에는 나지 않은 거예요."

그럼 그렇지, 댄은 생각했다. "그런 일이야 종종 일어나지. 중요한 디테일을 빼먹어서, 미친 듯이 몰려드는 전화를 막아버리는 거야. 진짜 단서를 가려내려고." 그는 그녀와 눈을 마주치지 못하고 얼마 남지 않은 음료를 마지막으로 들이켰다. 후에 나왔던 기사들을 하나도 읽지 않았다는 죄책감이 몰아치면서, 그녀가 무슨 말을 할지 두려운 마음이 들었다.

"그가 내게 뭔가를 던졌어요. 그 짓을 하고 난 후에……. 담배 라이터예요. 검은색과 은색으로 되어 있고, 빈티지 아르 누보풍이랄까요. 'WR'이라고 새겨져 있었어요."

"너에게 어떤 의미가 있는 이니셜인가?"

"아니요. 경찰이 잠재적인 용의자들, 그리고 희생자들과도 그 이니셜을 대조해봤어요."

"지문은?"

"있었죠. 하지만 너무 뭉개져 있어서 아무 소용이 없었어요. 뻔할 뻔 자 아니겠어요?"

"그의 지문이 경찰 기록에 있었다고 해도 실수로 사라졌다거나."

"경찰은 그를 찾아낼 수가 없었어요. 그리고 물으시기 전에 미리 말씀드리면요, 전화번호부에서 이 '시카고랜드' 안팎의 'WR'이란 WR은 샅샅이 뒤져보았어요."

"그리고 경찰이 아는 게 그게 전부래?"

"무슨 순회 홍보 행사에서 어떤 수집가를 만나서 그 라이터 설명을 해주었어요. 그는 그게 론슨 드-라이트 라이터일 거라고 말해주더군요. 세상에서 가장 드문 라이터까지는 아니지만, 200달러 값어치는 나갈 거라고 했어요. 그도 비슷한 것을 가지고 있어서 내게 보여주었어요. 1930년대, 1940년대쯤에 나온 거였어요. 250달러에 팔지 않겠냐고 하더군요."

"250달러? 난 아주 잘못된 길을 택했군."

"'보스턴 교살범'은 여자들의 목을 나일론 스타킹으로 졸랐어요. '나이트 스토커' 리처드 라미레즈는 현장에 펜터그램을 남겨놨고요."

"이쪽 일을 지나치게 많이 알고 있군. 이런 작자들의 머릿속에 들어앉아 너무 많은 시간을 보내서 좋을 건 없어."

"오로지 그놈을 제 머릿속에서 몰아내기 위해 하는 일이에요. 뭐든지 물어만 보세요. 시작하는 전형적인 나이는 스물네 살에서 서른 살 사이예요. 끝내는 것이야 할 수 있을 때까지 한 다음이고요. 대개 백인이고 남자예요. 감정 이입 능력이 없고, 그러다 보니 반사회적인 행동을 보이거나 극도로 자기중심적인, 일종의 매력을 풍기죠. 폭력과 무단 침입, 동물 고문, 거지 같았던 어린 시절, 성적인 장애의 역사를 가지고 있기도 하고요. 그렇다고 해서 사회의 일원으로 기능하지 못한다는 얘기가 아니에요. 결혼해서 아이들도 낳고 사는 정직하고 훌륭한 사회 지도층에서도 그런 놈들이 나오잖아요."

"선한 남자가 땅에다 고문 감옥을 파고 있는 동안에 이웃들이 피켓 펜스 너머로 미소를 짓고 손을 흔드는 그런 곳, 그런 끔찍한 일이 일어나면 누구 못지않게 충격을 받아서 안절부절못하는 이웃들이 사는 곳 말이지." 댄은 내 알 바 아니라고, 나 몰라라 하는 타입들을 특별히 혐오했다. 가정 폭력 사건을 하도 보다 보니 생긴 감정이었다. 반복에는 장사가 없다.

그녀는 서성이던 발걸음을 멈추고 소파의 그의 옆에 가서 앉았다. 스프링이 삐걱거리며 신음했다. 그녀는 마지막 남아 있는 맥주에 손을 뻗치다가, 그것이 무알코올 맥주임을 깨닫고는 멈칫했다. 어쨌거나 그녀는 병을 집어 들었다.

"나눠 마실래요?"

"난 괜찮아."

"그는 자기를 기억하게 해주는 물건이라고 했어요. 내가 기억하란 얘기는 분명히 아니었어요. 죽은 사람이 뭘 기억하겠어요. 희생자 가족이나 경찰이나 사회 전체를 얘기하는 거였죠. 세상을 향해 엿 먹어라, 하는 범죄 표식이었다고나 할까요. 왜냐하면 그놈은 우리가 자기를 결코 붙잡지 못할 거라고 생각해요."

이 말을 하면서 그녀의 목소리가 처음으로 갈라졌고, 그 때문에 댄은 다음에 할 말을 더더욱 조심할 수밖에 없었다. 그는 소리를 죽여놓은 텔레비전에서 경사로의 끝에서 날아오르는 스키 점프 선수들이 나오는데 이런 얘기를 한다는 것이 얼마나 이상한 일인지 생각하지 않으려고 했다.

"그냥 얘기하련다. 알았지?" 그는 해야 할 것 같은 기분이 들었기 때문에 말을 해보려고 애썼다. "그건 네가 할 일이 아니야, 꼬맹아. 돌아다니면서 살인범들을 잡는 일 말이야."

"그럼 그냥 놔줘야 한다는 말이에요?" 그녀가 목에 맸던 검은색과 하얀색의 스카프를 아래로 끌어내려 목을 가로질러 나 있는 흉터를 내보이며 말했다. "진심이세요, 댄?"

"아니야." 그는 그렇게 말하고 말았다. 왜냐하면 그게 누가 됐어도 놔줄 수 있는 일인가? 그 어느 누가 놔줄 수 있겠는가? 뒤에 묻어두라. 미련을 버리고 앞길을 가라, 사람들은 말한다. 그러나 세상에는 이런 종류의 거지 같은 일이 거지같이 하루도 빠짐없이 넘치게 벌어지고 있다. 그리고 이제 그들은 그런 일에 물을 먹여야 할 때였다.

그는 수습을 해보려고 애썼다. "좋아. 그게 네가 이 기사 쪼가리들을 파헤치면서 찾아보던 것 중 하나군. 골동품 라이터."

"실은요," 그녀가 스카프를 고쳐 매며 말했다. "엄밀히 말해서 골동품이라고 할 수는 없죠. 왜냐하면 100년도 안 된 거니까요. 빈티지라고 해야 맞지요."

"까불지 마." 댄이 한시름 놓으며 우르릉거렸다.

"좋은 헤드라인이 아니라고 말해보시죠."

"빈티지 킬러? 더럽게 끝내주는데?"

"그렇죠?"

"아, 아니야. 내가 널 도와준다고 해서 내가 그 지렁이 통조림을 열 거라는 뜻은 아니야. 난 이제 스포츠 기사를 쓰니까."

"재미있는 표현이라고 항상 생각해왔어요. 미끼로 쓰이는 지렁이니 뭐니 하는 것들이오."

"그래, 좋아. 난 미끼를 물지 않을 거야. 난 지금부터 아홉 시간도 지나지 않아 애리조나로 날아가서 몇 주를 보낼 거야. 선수들이 공을 찰싹거리는 걸 보러 가는 거지. 하지만 네가 할 일은 이거야. 옛날 기사를 계속 뒤져봐. 사서들에게 네가 찾는 걸 더 구체적으로 얘기해줘. 시신들에서 뭐 유별난 물건이 나오지 않았는지, 거기에 있기에는 엉뚱한 물건이라든지. 그 정도 계획은 세워둬야지. 매드리걸의 시신에서 뭐 비슷한 거라도 발견된 건 없대?"

"제가 읽은 기사들에서는 아무것도 없었어요. 그녀의 부모님과 접촉하려고 시도했지만, 이사를 가고 전화번호도 바꿔버렸더군요."

"좋아. 그 사건은 종결됐어. 그러니까 사건 관련 서류는 공문서가 됐다는 뜻이지. 법원 청사에 가서 살펴봐. 친구들, 목격자들과 만나서 얘기해보고, 담당 검사도 찾아가 볼 수 있겠지."

"좋아요."

"그리고 신문에 광고도 내보고."

"'재미 좀 보고서 종신형을 살겠다는 독신의 백인 연쇄살인범을 찾아주세요'? 그놈이 잘도 반응을 해오겠네요."

"정신 사납게 구네."

"오늘의 명언이신데요!" 그녀가 비아냥거렸다.

"피해자들을 사랑하는 사람들 보라는 광고야. 경찰이 관심을 기울이지 않는다고 해도, 그 사람들은 관심을 기울일 테니까."

"모두 훌륭해요, 댄. 감사합니다."

"실제 인턴 일을 빠져나갈 구실이라고는 생각하지 마. 내 호텔 방에 선수 성적을 업데이트해서 팩스로 보내. 그리고 야구가 어떻게 하는 스포츠인지도 속히 익혀두고."

"껌이죠. 공을 때린다, 골인."

"아이고, 머리야."

"농담이에요. 어쨌든 야구가 이런 일보다 더 이상하기야 하겠어요."

그들은 반짝거리는 파란색 점프슈트를 입고 헬멧을 쓴 남자가 몸을 잔뜩 웅크리고 거의 수직이나 다름없는 경사면으로 돌진했다가 굴곡진 부분이 그를 공중으로 날려줄 때 몸을 꼿꼿이 펴는 모습을 화면으로 보며 친구같이 다정한 침묵 속에 앉아 있었다.

"이런 짓은 누가 생각해낸 거래요?" 커비가 말했다. 그러게, 댄은 생각했다. 인간이 시도하는 짓의 우아함과 황당함이란.

조라

1943년 1월 28일

정박지에서 배들이 강철의 위용을 과시하며 초원 위로 떠오르고 있었다. 얼어붙은 옥수수 들판을 벗어나 항해를 떠날 준비를 마친 배들. 배들이 가는 곳은 일리노이 강으로 내려가 미시시피를 지나친 후 뉴올리언스로 가면 나올 대서양이었다. 바다를 척척 가르고서 세상 반대편의 적의가 도사리는 바닷가로 간다. 커다란 만으로 들어가면서 이물이 확 올려지고, 탑승 계단이 도개교처럼 아래로 내려가고, 얼음장 같은 파도와 총탄이 빗발치는 사선에 사람들과 전차들을 풀어놓았다.

시카고 교각과 강철 회사는 전쟁 발발 전에 급수탑을 잘도 지었던 것과 마찬가지로 배도 잘 만들어냈다. 하지만 너무도 빠른 시간 안에 생산하는 바람에 이름을 붙일 생각도 하지 않았다. 선체에 스튜어트 라이트 탱크 39대와 셔먼 탱크 20대를 실을 공간을 갖춘 배 일곱 척을 건조해냈으니 말이다. 조선소는 24시간 내내 돌아가면서 철커덕철커덕 소리를 내고, 갈고 조이면서 탱크 선적용 배를 있는 힘을 다해 밀어냈다. 사람들은 밤새도록 일했다. 남자들과 여자들, 그리스인들과 폴란드인들과 아일랜드인들이 일했지만, 흑인은 조라를 빼놓고는 한 명도 없었다. 세네카에서 흑인들을 차별하는 짐 크로 법은 서슬 푸르게 건재했다.

배 하나가 오늘 닻을 올렸다. 미국위문협회의 한 여성 고위 관계자가 앙증맞은 모자를 쓰고, LST 217호의 선미에다 샴페인 병을 쳐서 깨뜨렸다. 돛대는 갑판에 납작하게 누워 있었다. 5,500톤의 배가 좁디좁은 일리노이를 벗어나 물로 미끄러져 내리자, 사람들이 모두 박수를 쳐대고 휘파람을 불고 발을 굴러댔다. 배는 항만의 측면에 부딪치며 대포처럼 연기 기둥을 되풀이해 뿜어 올렸다. 연기는 기이한 모습으로 거대하게 굽이쳤고, LST는 물에서 미친 듯이 흔들리다가 몸을 바로잡았다.

실은 이번이 LST의 두 번째 출항이었다. 미시시피로 가던 중에 좌초되어 수리를 받으려고 예인되어 온 적이 있기 때문이다. 하지만 무슨 상관이랴. 파티란 무슨 구실을 갖다 붙여서라도 할 수 있는 법이다. 뒤에 음주와 춤이 버티고 있다면, 깃대에 깃발을 다는 것처럼 사기를 끌어올릴 수 있다.

조라 엘리스 조던은 그날 밤에 나가 놀고 즐기려고 '배를 포기한' 작업반 사람들 사이에 끼지 않았다. 집에 먹여 살려야 할 네 명의 아이들이 있고, 전쟁에서 영영 돌아오지 못하고 만 남편을 두고서 그럴 수는 없었다. 그가 탄 배는 살금살금 잠행하던 독일 잠수함 U 보트에 의해 날아가 버리고 말았다. 해군은 그의 서류들을 유품으로 보내왔고, 더불어 연금도 주었다. 훈장은 수여하지 않았다. 그가 흑인이었기 때문이다. 하지만 더없이 깊은 조의를 표현하면서, 배에서 전기 기사로서 조국에 봉사하다가 죽어간 용맹함을 칭송하는 정부의 편지를 함께 담아 보냈다.

그녀는 남편이 죽기 전에는 채나혼의 한 세탁소에서 일했다. 한 여인이 칼라 부분에 탄 자국이 있는 남자 셔츠를 가지고 왔을 때 어쩌다가 이렇게 됐느냐고 물었다. 배 만드는 일에 지원했을 때, 그녀는 용접을 할 건지, 양동이 나르는 일을 할 건지 하는 물음을 받았다. 그녀는 어느 쪽이 돈을 더 많이 주느냐고 물었다.

"이 전쟁통에 돈부터 따진다 이 말이지, 응?" 관리자가 말했다. 하지만 해리는 죽었고, 군이 보낸 위로의 편지에는 그녀가 해리의 아이들을 혈혈단신으로 어떻게 먹여 살리고 입히고 학교에 보낼지 구체적으로는 나와 있지 않았었다.

상관은 그녀가 일주일도 채 버티지 못하리라고 생각했다. "유색 인종 중에 그만큼 버틴 사람은 아무도 없으니까." 하지만 그녀는 그만둔 사람들보다 강인했다. 여자였기 때문일지도 모른다. 지저분한 눈길과 추접한 말들은 아랑곳도 하지 않았다. 침대의 빈 옆자리와 비교하면 그런 것은 아무 의미도 없었다.

하지만 유색 인종들에게는 숙소가 제공되지 않았다. 그 가족은 말할 것도 없고 말이다. 그녀는 세네카 변경에서 3킬로미터가 떨어진 한 농장에서 변소가 바깥에 있는 방 두 개짜리 작은 집을 세냈다. 매일 한 시간씩 걸어서 갔다가 돌아오는 길은 아이들을 볼 수 있다는 것을 생각하면 가치가 있었다.

시카고에 가면 지내기가 한결 수월하다는 것을 알았다. 간질병을 앓는 그녀의 오빠가 우체국에서 일하고 있었다. 그가 그녀에게 일자리를 구해줄 수 있다고 했었다. 그의 아내는 아이들 돌보는 일을 도와줄 수 있었다. 하지만 시카고에서 산다는 것은 너무 고통스러운 일이었다. 도시는 해리에 대한 기억으로 쫓기고 있었다. 적어도 이곳에서는, 하얀 얼굴의 바다인 이곳에서는 죽은 남편을 언뜻 보았다는 기분에 그를 따라잡으려고 황급히 달려갈 필요가 없었다. 팔을 붙들어 돌려보면 낯선 사람일 뿐이었다. 그녀는 자신에게 벌을 내리고 있다는 것을 알았다. 그것이 어리

석은 자존심이라는 것도 알았다. 그래서 뭐가 어떻단 말인가? 그 자존심이 그녀를 버티게 해주는 지지대였다.

그녀는 시급 1.2달러를 받았고, 잔업을 하면 5센트를 더 받았다. 그리하여 LST 217호가 출항하고 또 다른 배를 217호가 있던 정박지에 끌어왔을 무렵에 조라는 이미 또 다른 상륙용 주정의 갑판에서 헬멧을 쓰고 용접 불꽃을 튀기고 있었다. 몸집 작은 블랜치 패링던이 근처에 웅크리고 앉아서, 그녀가 손을 내밀 때마다 새 막대를 얌전하게 건네주었다.

각각의 전문 기술이 있는 일꾼들이 제 할 일을 하고, 다음 팀에게 일을 넘기면서 차곡차곡 배를 완성해갔다. 그녀는 갑판 위에서 일하는 편이 더 좋았다. 배 깊숙한 곳에서 용접을 하고 있다 보면 폐소공포증이 몰려왔다. 배선을 위한 굽도리 널이나, 바닥이 평평한 배가 대양을 건너가도록 조절해주는 바닥짐 탱크에 물을 흘러넘치게 하는 밸브 같은 것을 용접하고 있다 보면 그랬다. 쇠로 된 어떤 거대하고 얼어붙은 벌레의 껍질 아래로 몸을 웅크리고 내려가는 것 같은 기분이었다. 그녀는 몇 달 전에 용접 시험을 힘겹게 치러냈다. 용접을 하면 돈도 더 많이 받고 펑 트인 곳에서 일을 할 수도 있었다. 하지만 더 중요하게는 빌어먹을 나치들을 묵사발 낼 총포를 용접할 수 있다는 뜻이었다.

눈이, 함박 눈송이가 억센 남자들의 작업복에 내려앉았다가 녹으며 축축한 얼룩을 만들어놓고는, 용접으로 튄 불꽃이 그을음을 남기듯이 옷에 스며들어 갔다. 얼굴은 마스크로 보호가 됐지만, 목이며 가슴에는 작은 화상을 입어 자국이 남았다. 적어도 그녀는 작업하면서 추위를 느낄 겨를은 없었다. 블랜치는 그녀 곁에서 타오르는 불꽃 덕분에 퍼지는 약간의 온기를 나누어 쓰긴 했으나, 가련하리만큼 몸을 떨고 있었다.

"위험해." 조라가 발끈했다. 그녀는 리노어와 로버트와 애니타가 자신과 블랜치만 놔두고 춤을 추러 간 것에 화가 났다.

"전 상관없어요." 블랜치가 우울하게 말했다. 그녀의 볼은 추위로 벌게져 있었다. 둘 사이는 아직 서먹서먹했다. 블랜치가 지난밤에 그녀에게 키스를 하려고 했다. 공동으로 쓰는 장비를 넣어두는 창고에서 헬멧을 벗던 중인 조라의 입에 까치발을 들고서 제 입을 갖다댔다. 정말이지 살짝 댄 것에 불과했으나, 의도는 분명했다.

조라는 그 감정이 이해가 갔다. 블랜치는 사랑스러운 여자였다. 비록 비쩍 곯고 볼품없는 볼은 창백하며, 한번은 괜한 호기심을 부리다가 머리에 불이 붙은 적이 있기는 하지만 말이다. 화장을 해서 화상 자국을 없애려고는 했지만, 머리를 뒤로 질끈 묶고 다녔다. 하지만 아홉 시간을 일하고 아이들까지 돌보는 조라는 설령 짬이 난다고 해도, 그쪽으로는 발동이 되지 않았다.

유혹을 느끼기는 했다. 당연했다. 해리가 배를 타고 떠난 후에 그녀에게 키스를 해준 사람은 아무도 없었다. 하지만 배를 만드느라 레슬링 선수 같은 팔을 갖게 된 것이 조라를 레즈비언으로 만들어주는 것은 아니었다. 아무리 전국적으로 남자들이 부족해졌다고 해도 그랬다.

블랜치는 아직 어린애였다. 열여덟 살도 채 되지 않았다. 그리고 백인이었다. 자기가 무슨 짓을 하는지도 모르고, 게다가 그런 일을 조라가 해리에게 어찌 설명할 것인가? 그녀는 매일 아침 집으로 걸어오는 먼 길마다 그와 얘기를 했다. 아이들에 관해서, 배를 만드는 고된 일에 관해서 얘기했다. 배를 만드는 일은 쓸모가 있는 일이기도 했거니와, 해리가 많이 그립지 않게 마음을 돌려주기도 했다. '많이 그립지 않게'라는 말이 그녀 곁을 질질 끌어당기는 그 뼈아픈 공허를 행여라도 메워줄 수는 없었지만 말이다.

블랜치는 두꺼운 밧줄을 조라에게 끌어다 주려고 갑판을 달음질쳤다. 그녀는 조라 앞에 밧줄을 턱 내려놓으며 말했다. "사랑해요." 그녀의 귀에 대고 재빨리. 조라는 못 들은 척했다. 헬멧이 두꺼웠기 때문에 못 들었다고 해서 이상할 일도 아니었다.

다음 다섯 시간 동안 둘은 한 마디 말도 주고받지 않고 일만 했다. 일에 관계된 얘기만 간간이 오갔을 뿐이다. 그거 줘, 저거 건네줄 수 있겠어. 블랜치는 조라가 잘 겨누어 용접할 수 있도록 닻의 패드를 들고 있었고, 그다음에는 닻에 생겨난 슬래그를 망치로 두드려 떼어냈다. 오늘은 망치질이 시원치 않았고, 타이밍도 맞지 않았다. 견디기가 힘들었다.

마침내 근무가 끝났다는 호루라기 소리가 들렸고, 둘은 고통에서 놓여났다. 블랜치가 부리나케 사다리를 내려갔고, 뒤따르던 조라는 블랜치보다 천천히 내려갔다. 조라는 헬멧을 쓰고 250밀리미터인 자기 발 사이즈에 맞게 신문을 채운 남자용 작업화를 신고 있었다. 로퍼를 신은 여자가 떨어진 궤짝에 발뼈가 으스러지는 것을 보고 난 후에 마련한 방편이었다.

조라는 물기 없는 갑판으로 뛰어내려 교대하는 무리 사이를 걸어갔다. 환한 조명 옆 기둥에 달린 스피커에서 라디오에서 틀어주는 쾌활한 히트송들이 요란스럽게 흘러나왔다. 기운내서 열심히 일하라고 틀어주는 음악이었다. 노래는 빙 크로즈비에서 밀스 브라더스, 주디 갈런드로 매끄럽게 넘어갔다. 그녀가 장비를 넣어두고 조립 상태가 다양한 크레인들 사이의 통로를 걸어가는 동안에 스피커에서는 앨 덱스터의 노래가 흘러나왔다. '피스톨 패킹 마마'. 심장과 총. 내려놔요, 엄마. 그녀는 블랜치가 엉뚱한 생각을 하도록 유도할 생각은 추호도 없었다.

여자들이 카풀을 하러 가고, 근처의 허름한 직원 숙소로 가고 하면서 무리는 줄어들었다. LST의 선체에 용접해 고정한 침대들만 한 높이의 목재 2층 침대가 놓여 있는 숙소였다.

그녀는 메인 스트리트가 있는 북쪽으로 가서 세네카를 지나쳤다. 그곳은 영화관도 없고 학교도 없던 흑인들의 작은 거주 지역에서 11,000명이 북적거리는 노동 기지로 몸집이 불어나 있었다. 전쟁은 기업에는 이득이 되는 일이다. 노동자들을 위한 공식 숙소는 고등학교에 있었지만, 그녀 같은 부류에게까지는 혜택이 돌아가지 않았다.

그녀의 작업화가 서부를 문명화시키는 데 일조한 록 아일랜드 철도의 두꺼운 침목을 지나치면서 자갈을 바작바작 밟았다. 기차는 차량마다 이민자들, 백인, 멕시코인, 중국인들의 온갖 희망을 싣고 달렸다. 그중에서도 흑인들은 말할 것도 없었다. 빌어먹을 남부를 벗어나고 싶다면, 마법의 도시로 가는 기차에 몸을 싣고서 〈시카고 디펜더〉에 광고되는 일자리를 구해볼 일이었다. 아니면 그녀의 아버지처럼 〈디펜더〉에서 식자공으로 36년간 일하는 것이다. 철도는 이제 이미 갖추어진 지 오래된 부분이었다. 그리고 그녀의 아버지는 진작 세상을 떠서 땅에 묻힌 지 오래였다.

그녀는 밤의 이 시간쯤이면 으스스할 만큼 조용한 6번 고속도로를 건너 마운트 호프 공동묘지를 거치고, 농장으로 향하는 가파른 언덕을 올라갔다. 더 멀리 가서 살 뻔도 했다. 하지만 많이 멀리 갈 수는 없었다. 경사로를 반쯤 올라갔을 때 목발을 짚은 한 남자가 나무 뒤의 어두운 그림자에서 나와 모습을 드러냈다.

"안녕하세요. 잠시 함께 걸어도 될까요?" 그가 말했다.

"아, 아니에요." 그녀가 이 시간에 이곳에 볼일이 있을 리 없을 백인 남자에게 고개를 흔들며 말했다. 직업 덕분에 '강간범'을 떠올리기에 앞서서 '해코지하는 사람'부터 떠올랐다. "감사하지만 사양하겠습니다. 고된 하루를 보냈고 집에 아이들을 보러 가야 해요. 게다가 지금은 밤이 아니라 아침이랍니다." 사실이었다. 여전히 어둡고 살을 엘 듯이 추웠지만, 시간은 방금 6시를 지나친 터였다.

"그러지 말고요, 미스 조라. 저 기억하지 못하겠어요? 다시 만날 거라고 말했었는데."

그녀가 불쑥 멈추어 섰다. 지금 이런 거지 같은 일을 겪어야 한다니 믿어지지가 않았다. "아저씨, 전 지금 피곤하고 온몸이 쑤셔요. 아홉 시간 동안 일을 하고 왔다고요. 게다가 집에는 아이 네 명이 기다리고 있어요. 그런데 왜 자꾸 말을 걸어 피곤하게 하는지 모르겠군요. 그 다리 절뚝거리면서 꺼져요. 절 내버려 두라고요. 안 그러면 쓰러뜨려 버릴 테니까요."

"그러지 못할 거야." 그가 말했다. "너는 빛나. 나는 네가 필요해." 그는 성자 혹은 광인처럼 미소를 짓고 있었다. 그 미소가 이상하고도 그릇되게 그녀를 편안하게 해주었다.

"칭찬도 들을 기분이 아니에요, 선생님. 아니면 여호와의 증인이라든가 뭐 그런 분이라면, 종교 얘기를 할 기분도 아니고요." 그녀는 그를 묵살했다. 설령 대낮이었다고 해도 그녀는 12년 전 자기 아파트 바깥 계단 근처를 어슬렁거리던 남자를 알아보지 못했을 것이었다. 그날 밤 아버지에게 조심해야 된다고 호되게 꾸지람을 들었던 것이 몇 년간이나 그녀를 두려움과 반항심으로 채우기는 했지만 말이다. 한번은 웬 백인 가게 주인을 쳐다봤다는 이유로 손바닥으로 찰싹 얻어맞은 일까지 있었다. 하지만 그 일을 생각하지 않은 지도 아주 오래되었다. 그리고 지금은 어두웠고, 피로가 뼛속까지 가라앉아 있었다. 근육이 아프고 심장이 쑤셨다. 이런 짓이나 하고 있을 시간이 없었다.

그녀는 곁눈질로 외투에서 칼을 꺼내 드는 그를 보고서 피로가 싹 달아났다. 그녀가 놀라서 몸을 돌리는 바람에, 그는 그녀의 배에 칼로 완벽한 한 방을 먹일 기회를 얻었다. 그녀가 숨을 멈추고 고꾸라졌다. 그는 칼을 뽑아 들었고, 그녀의 다리는 조잡하게 용접을 한 것처럼 무너져 내렸다.

"안 돼!" 그녀는 그와 말을 듣지 않는 자기 몸에 맹렬하게 화가 나서 외쳤다. 그녀는 그의 벨트를 부여잡고 자신과 함께 그를 끌어 앉혔다. 그가 칼을 다시 들어 올리려고 발버둥을 쳤다. 그녀가 사력을 다해 그의 옆머리를 치는 바람에, 그의 턱이 빠지고 그녀 쪽에서는 손가락 세 개가 부러졌다. 손가락 마디가 전자레인지 안에 든 팝콘처럼 바스라졌다.

"이 계집년이!" 그가 소리를 질렀다. 자음 발음이 다 뭉개지고, 턱이 벌써부터 오렌지처럼 부어올랐다. 그녀는 그의 머리채 한 줌을 쥐고 그의 머리를 자갈에다가 처박으며 그의 위로 올라가려고 애썼다.

그는 공황 상태에 빠져 그녀의 겨드랑이 아래를 찔렀다. 엉성한 칼질이었다. 그녀의 심장까지 닿기에는 턱없이 얕게 찔렀다. 하지만 그녀는 비명을 지르며 본능적으로 겨드랑이를 부여잡고 물러났다. 그는 기회를 잡았고, 그녀의 몸을 굴려 그녀의 어깨를 무릎으로 눌렀다. 조라가 제아무리 레슬러 같은 몸을 가지고 있다고는 해도, 링에 서본 적이 있는 것은 아니었다.

"아이들이 있어요." 그녀가 옆쪽에 입은 부상 때문에 아픔에 힘겨워하며 외쳤다. 그가 그녀의 폐를 찔렀고, 그녀의 입술에 피가 보글보글 일어났다.

그렇게 무서운 적은 처음이었다. 그녀가 네 살 적에 시카고 전체가 인종 폭동으로 나름의 전쟁을 겪었을 때도 이만큼 두렵지는 않았다. 그녀의 아버지는 제 외투에 그녀를 꽁꽁 싸안고 달렸다. 폭도들이 흑인들을 전차에서 끌어내서 그 자리에서, 길바닥에서 죽을 때까지 두들겨 팼기 때문이다.

마틴 생각을 할 때도 이렇게 두렵지는 않았다. 5주 일찍 태어나서 너무도 작았고 죽어가던 마틴을 돌볼 때도 이렇게 두렵지는 않았다. 그녀는 방 안에 스스로 갇혀서 모든 사람들을 뿌리치고 자신이 할 수 있는 유일한 방식으로 시련을 견뎌냈다. 아홉 주 동안 1분, 1분을 견뎌낸 끝에 그를 살려냈다.

"이제 금방이라도 사람들이 깨어날 거예요." 그녀는 고통을 버텨내며 숨을 몰아쉬었다. "넬라가 어린것들을 위해 아침을 만들 거예요……. 학교에 가게 옷을 입히고……. 마틴은 혼자 해보려고 끙끙거리겠지만, 신발을 거꾸로 신을 거예요." 그녀는 반쯤 흐느끼며 가까스로 기침을 뱉어냈다. 그녀는 자신이 히스테리에 빠졌으며 횡설수설하고 있다는 것을 알고 있었다. "그리고 쌍둥이가 있어요……. 쌍둥이는 비밀스러운 삶을 살고 있어요, 그 애 둘은," 그녀는 생각을 제대로 모을 수가 없었다. "넬라 혼자 떠맡기에는 너무 큰 짐이에요……. 버텨내지 못할 거예요. 전 고작……. 스물여덟이에요……. 아이들이 자라가는 걸 봐야 한다고요. 제발……."

남자는 잠자코 머리를 흔들었고, 칼을 아래로 내렸다.

그는 그녀의 작업복 주머니에 야구 카드를 끼워 넣었다. 재키 로빈슨, 브루클린 다저스의 외야수. 최근에 오진숙에게서 빼앗은 것이었다. 반짝이는 별들은 시간을 통과해 서로 연결되어 있다. 살인의 성좌.

그는 야구 카드 대신에 오래된 조판에서 떼어낸 쿠퍼 블랙 폰트의 글자 'Z'를 가졌다. 조라가 부적처럼 몸에 지니고 다니는 것이었다. 그녀의 아버지가 〈디펜더〉에서 그녀에게 주려고 가져왔었다. 그는 '좋은 싸움에서 싸운다는 것'에 관해 자식들에게 얘기하면서 그들 이름 첫 자의 활자를 하나하나씩 나누어 주었다. 밑바닥에 반하트 브라더스와 스핀들러 도장이 찍혀 있는 조판. 지금은 망가져서 못쓰게 된 것이었다. "하지만 진보를 멈출 수는 없어." 그녀의 아버지가 말했었다.

조라에게 전쟁은 끝났다. 진보는 그녀 없이 계속될 것이다.

커비

1992년 4월 13일

"이봐, 인턴." 맷 해리슨이 파란색 양복을 차려입은 나이 지긋한 신사와 함께 책상 앞에 서 있었다. 말쑥한 스윙 재즈 뮤지션처럼 보이는 노인이었다.

"안녕하세요, 편집장님." 커비는 줄리아 매드리걸의 10대 살인자들로 알려진 이들의 변호사에게 쓰던 편지 위로 서류철 하나를 별일 아니라는 듯이 올려놓았다. 용의자들끼리 같은 변호사를 쓴다라, 뭔가 말해주는 것이 있었다. 짧은 형기를 받으려고 서로에게 등을 돌리지 않았다는 뜻이다.

그녀는 문화 담당 기자들의 책상 중 하나 앞에 쪼그려 앉아 있었다. 댄은 출장을 하도 많이 가는 바람에 책상이 사실상 없었다. 그녀가 함께 쓸 수 있는 것은 고사하고 말이다. 그녀는 컵스가 승리를 거두고 난 후에 새미 소사와 그레그 매덕스에 관해 긁어모을 수 있는 자료란 자료는 모두 쌓아놔야 했다.

"'진짜' 기사를 하고 싶어?" 편집장이 물었다. 발뒤꿈치로 느긋하게 선 그는 기분이 아주 좋아 보였다. 그의 주의를 끌어서는 안 된다는 것을 그

140

녀는 알고 있었다. 제기랄.

"제가 준비가 됐다고 생각하세요?" 진짜 기사를 하고 싶은지는 그의 대답에 달려 있다는 듯이 그녀가 말했다.

"오늘 아침 홍수 소식 들었나?"

"루프 지구의 반이 대피했는데 모르기가 어렵죠."

"수십억 달러의 피해가 날 거라고 예상들 하고 있어. 머천다이즈 마트 지하에 물고기들이 들어왔다는 보도도 있더군. 우린 시카고 대홍수라고 부를까 해. 시카고 대화재처럼 말이야."

"역사가 깃든 농담이네요. 마음에 들어요. 옛날 석탄 터널을 실수로 뚫었다죠?"

"그 바람에 강 전체가 쏟아져 나온 거지. 무슨 이런 기가 막힌 일이 있느냔 말이야. 하지만 여기 계신 브라운 씨께서는," 그가 더없이 우아하게 차려입은 노인을 가리켰다. "상황을 달리 보고 계셔. 자네가 이분을 인터뷰해주었으면 좋겠어. 시간이 난다면 말이지."

"진짜로요?"

"평소 같았으면 자네가 할 일 외에 다른 기사는 쓰지 않았으면 싶지만, 이 일은 워낙 큰일이야. 아주 질척거리기도 하고. 그리고 우린 모든 각도에서 다루려고 애쓰는 중이니까."

"그럼요." 커비가 어깨를 으쓱했다.

"옳지, 그래야지. 브라운 씨, 앉으시지요." 그가 의자를 하나 돌려놓더니, 팔을 포개고 섰다. "저는 신경 쓰지 마세요. 감독을 하는 거니까요."

"잠깐만요. 펜부터 좀 찾고요." 커비는 책상 서랍을 뒤적거렸다.

"제 시간을 낭비하는 게 아니면 좋겠군요." 노인이 맷을 쏘아보았다. 그는 눈썹이 아주 가늘었다. 있으나 마나 할 정도였다. 그 때문에 그는

한층 연약해 보였다. 손은 살짝 떨고 있었다. 파킨슨병일까? 아니면 그
저 많은 나이 때문이거나. 여든 살은 족히 넘은 것처럼 보였다. 그녀는
그가 이곳에 오려고 특별히 성장을 한 것인지 궁금했다.

"전혀 그렇지 않을 겁니다." 커비가 볼펜 머리를 누르고 종이 패드에
가져다 댔다. "선생님께서 준비가 되시면 바로 들어갈게요. 선생님께서
보신 것부터 얘기를 할까요?" 그녀가 말했다. "사람들이 터널을 부술 때
그곳에 계셨나요?"

"나는 보지 못했소."

"좋아요. 여기 어떻게 오시게 됐는지 말씀해주세요. 교각 수리 회사 때
문에? 댈리 시장이 가장 낮은 값을 부른 입찰자에게 회사를 넘겼다고 들
었는데요."

"조사 열심히 했군." 맷이 말했다.

"놀란 척하지 마세요." 커비가 쏘아붙였다. 그녀는 착한 브라운 씨를
놀라게 하지 않으려고 목소리에 미소의 기색을 담았다.

"그 일은 전혀 모르오." 그의 목소리가 떨려 나왔다.

"인터뷰의 기술학 개론. 이분이 말씀하시게 해." 맷이 조언했다. "벨라
스케스가 자네에게 가르쳐준 게 통 없던가?"

"죄송합니다. 무슨 말씀을 하고 싶으신지 제게 얘기를 해주셔도 될까
요? 귀 기울여 듣겠습니다."

브라운 씨가 안심을 얻으려고 맷을 바라보았고, 그는 '앤 괜찮아요'라
는 의미로 단단히 고개를 끄덕였다. 노인이 입술을 잘근거리다가 무겁
게 한숨을 내쉬고 몸을 커비 쪽으로 기울이더니 쉬쉬 말했다. "외계인."

그 말이 내려앉기가 무섭게, 커비는 사무실 전체가 내내 얼마나 조용
했는지 깨달았다.

"자아아아아 그럼, 이제부터는 자네 혼자서 해결해도 되겠군." 맷이 빙그레 웃으며 자리를 비켰다. 미친 노인에게 그녀를 내버려 두고서. 노인이 어찌나 세게 고개를 끄덕이는지, 머리 전체가 목줄기 위에서 요란하게 요동쳤다.

"아무렴. 외계인들은 우리가 강을 뒤지는 걸 싫어한다오. 강 아래 살거든. 그들은 수소를 기반으로 한 존재임이 틀림없어."

"틀림없어요." 커비는 등 뒤로 뉴스룸의 나머지 사람들에게 가운뎃손가락을 들어 올려 보였다. 사람들은 웃음을 터뜨리지 않으려고 데굴거리고 있었다.

"외계인들이 아니면 누가 강물의 흐름을 바꿀 수가 있겠어요? 공학이라고 하는 말들, 그거 믿지 마요, 아가씨. 공학이라는 게 다 그들과 타협을 본 결과라고. 하지만 그들을 자극하면 안 되지. 강물을 거꾸로 흐르게 해 도시를 물에 잠기게 할 수 있다면, 그놈들이 또 무슨 짓을 할지 어찌 압니까?"

"그러게 말이에요." 커비는 한숨을 내쉬었다.

"자, 받아 적어야지요." 브라운 씨가 안달이 나서 손짓하는 바람에, 죽자 사자 억누르고 있던 사람들이 몸부림을 쳤다.

싸구려 술집이었다. 퀴퀴한 담배 냄새와 진작 철이 지난 작업 대사가 난무하는 곳.

"진짜로 고약한 짓이었어요." 커비가 하얀 공을 있는 힘껏 치며 말했다. 재치 있게 대응할 말이 영 떠오르지 않는다면 그냥 정공법으로 나가는 게 맞다. "진짜 일이 있었다고요!"

근무가 끝나고 나서 사람들과 당구를 치러 가자고 제안한 사람은 맷이었다. 알고 보니 그녀와 빅토리아, 맷, 체트가 일행이었다. 엠마는 '진짜' 홍수를 취재하러 갔기 때문에 끼지 못했다.

"신고식이라는 것도 모르나, 인턴." 맷은 보드카 라임을 마시며 카운터에 기대어, 구석에 달린 TV에서 CNN을 보는 둥 마는 둥 하고 있었다. 그는 체트와 한편을 먹었으나, 차례를 자꾸 잊고 자기가 쳤다.

"브라운은 우리의 단골 중 한 분이시지." 빅토리아가 설명했다. "물과 관련된 기사가 날 때마다 찾아와. 하지만 그분 말고도 꼴통들은 쌓여 있지. 미친 사람들이 모이면 무슨 일이 일어날까?"

"미친 헛소리?" 커비가 답을 내놓았다.

"매년 10월에는 글씨를 알아볼 수도 없는 시를 잔뜩 휘갈긴 노트들을 고무줄로 묶어서 가져오시는 노숙자 여인이 있지. 모든 살인 기사와 광고 면에 나는 애완동물 실종 사건을 해결해주겠다고 전화를 걸어오는 영매도 있고. 나야 가짜 어린이 포르노 사진들만 다루면 되니 하늘에 감사할 따름이지."

"스포츠 얘기로 주접을 떠는 인간들은 또 얼마나 많아." 맷이 뉴스에서 잠깐 눈길을 돌리고 거들었다. "아직 그런 사람을 수비해본 적은 없지? 자네의 상관인 댄은 사무실에 들어앉아 있을 때면 전화를 아예 안 받아. 그 작자들이 전화를 걸어서 형편없는 심판들 욕을 하지. 형편없는 감독들. 형편없는 선수들. 형편없는 투구. 전체적으로 형편없는 거라면 다 욕해."

"저한테 최고는 우리한테 쿠키를 가져다주는 그 인종차별주의자 할머니예요." 체트가 끼어들었다.

"누가 그 사람들을 막으면 안 되나요?"

"이 얘기를 해주지, 인턴." 맷이 선언했다. TV에서 뉴스가 되풀이되고 있었다. 헤드라인 15분이 온 세상을 요약해주기라도 하는 듯이.

"아이구야." 빅토리아가 눈에 애정을 담아 흘겼다.

맷이 그녀를 무시했다. "〈트리뷴〉에 가본 적 있나?"

"지나치면서요, 물론." 커비가 말했다. 그녀는 하얀 공의 옆면을 쳤고, 공은 당구 테이블을 날카롭게 가로질러 왼쪽 코너의 포켓 옆에 몰려 있던 공들을 흩어놓았다.

"저런. 그냥 공만 치느라 급급하네." 빅토리아가 말했다. 그녀는 커비의 그립을 바로잡아 주었다. "이제 큐 위로 몸을 숙이고 똑바로 줄을 세우고 나서, 준비가 되면 공을 칠 때 숨을 고르게 내쉬어."

"감사합니다, 당구 박사님." 하지만 이번에 그녀는 14번 공을 포켓에 빠뜨렸다. 하얀 공이 매끄러운 궤도를 그리며 공을 살짝 맞혀 포켓에 빠뜨렸다. 커비는 몸을 세우고서 씨익 웃어 보였다.

"잘했어." 빅토리아가 말했다. "이제부터는 네가 넣어야 할 색깔에 집중하면 되겠구나."

깨달음이 들었다. "우리가 솔리드였군요. 젠장." 그녀는 무안해져서 고개를 떨어뜨리고 큐를 파트너에게 밀었다.

"내 얘기는 아무도 안 듣는 거야?" 맷이 툴툴거렸다.

"듣고 있어요!" 사람들이 일제히 외쳤다.

"좋아. 이제, 트리뷴 타워에 가면 바깥 포장도로 쪽에 역사적인 돌 조각들을 벽에 시멘트로 붙여놓은 게 보여. 대피라미드, 베를린 장벽, 알라모, 영국 의사당에서 가져온 벽돌 쪼가리, 남극에서 가져온 돌, 심지어는 달에서 가져온 돌덩이도 있다니까. 본 적 있나?"

"그걸 어떻게 도둑맞지 않는대요?" 체트가 뒤로 빼는 큐를 몸을 숙여 가까스로 피하며 커비가 말했다.

"모르지. 그게 중요한 게 아니야."

"중요한 건 상징이라는 거죠." 체트가 공을 포켓에 집어넣는 데 실패하고 나서 말했다. "신문 매체의 세계적인 영향력과 힘. 로맨틱한 이상이죠. 찰스 디킨스 시대 이후로 끝난 일이 아니냔 말이에요. 아니면 텔레비전이 생긴 후거나."

커비는 원하는 곳으로 공이 굴러가기를 바라며 큐를 내려다보았다. 공은 커비의 바람을 들어주지 않았다. 그녀는 짜증이 나서 일어섰다. "피라미드 조각은 도대체 어떻게 얻은 거래요? 유물 밀수는 불법 아니에요? 어떻게 국제적인 스캔들이 일어나지 않았을까?"

"그것도 중요한 게 아니야!" 맷이 강조를 하기 위해 안경을 홱 휘둘렀고, 커비는 그가 상당히 취했음을 알아챘다. "중요한 건 〈트리뷴〉은 관광객들을 끈다는 거야. 우리는 미친 사람들을 끌어들이고."

"그곳에는 진짜 경비가 있으니까요. 방문을 하려면 접수대에 가서 서명해야 하죠. 우리에게 오는 양반들은 그냥 엘리베이터에서 나와 뉴스룸으로 곧장 들어올 수 있고."

"우리는 민중의 신문이라고, 앤워. 접근이 용이해야지. 그게 원칙이야."

"취했어요, 해리슨." 빅토리아가 뉴스 편집장을 휘휘 몰아 자리로 데려가 앉혔다. "카페인 든 걸로 뭐라도 사드려야겠네. 젊은 사람들에게 자리 피해주고."

체트가 버려진 게임을 앞에 두고 큐를 흔들었다. "게임 계속할까?"

"아뇨. 전 너무 형편없어요. 밖에 나가서 바람 좀 쐴래요? 연기 때문에 죽겠네요."

***

　그들은 보도의 연석에 불편하게 섰다. 밤의 이 시간에 루프는 비어가고 있었다. 마지막 남은 비즈니스맨들은 홍수 때문에 이 길 저 길을 돌아 집으로 향했다. 체트가 새 해골 반지를 만지작거렸다. 갑자기 수줍어하고 있었다.

　"그러니까 말이야," 그가 말문을 열었다. "알아보는 법을 차차 익히게 될 거야. 그 얼빠진 양반들 말이야. 어떻게 할 생각이건 간에, 일단은 눈을 마주치지 말고, 혹시나 상대해주는 실수를 저질렀다면 최대한 빨리 다른 사람에게 떠넘겨 버려."

　"기억할게요." 커비가 말했다.

　"담배 피워?" 체트가 기대감을 보이며 말했다.

　"안 피워요. 그래서 바에서 나온 거잖아요. 이제는 못 피워요. 기침이 나면 배까지 아프니까요."

　"아, 그래. 그런 얘기 읽은 적이 있네. 그러니까 내 말은 네 기사를 읽은 적이 있다는 말이지."

　"짐작이 가고도 남네요."

　"내가 사서다 보니까."

　"그래요, 그래." 그녀는 너무 기대하는 것처럼 보이지 않으려고 애쓰면서 아무렇지도 않은 듯 물었다. "제가 이미 아는 것 말고 알게 된 거 혹시 없어요?"

　"응. 없는 것 같아." 그가 초조하게 웃었다. "그러니까, '거기' 있었던 사람은 너잖아."

　그녀는 그의 목소리에 경외감이 깃드는 것을 감지하고서, 오래되고 익숙한 절망을 느꼈다.

"물론 그랬죠." 그녀가 쾌활하게 말했다. 장단을 맞춰줄 생각은 없었다. 하지만 자신에게 일어난 일에 그가 경외감을 느끼다니 열이 뻗쳐왔다. 그렇게 대단한 일은 아니라고요, 그녀는 말하고 싶었다. 빌어먹을 항상, 여자들은 살해당한다고.

"어쨌거나 생각해본 게 있는데." 그가 벌어진 틈을 메우려고 일없이 애쓰며 말했다. 너무 늦었어, 커비는 생각했다.

"그래요?"

그는 황급히 달려들었다. "네가 읽어봐야 할 그래픽 노블이 있는 것 같아. 어떤 여자 얘긴데, 그녀에게 아주 끔찍한 일이 일어났었고, 그녀는 머릿속에 마법적인 꿈의 세계를 창조하는 거야. 거기에서 이 노숙자 아저씨가 있는데, 그가 그녀를 보호하는 슈퍼 히어로가 돼. 그리고 동물 정령들이 나오고. 아주 끝내줘. 정말로 끝내주는 그래픽 노블이야."

"멋질 것…… 같네요." 그녀는 그가 자신의 일을 두고 이렇게까지 한심하게 나올 줄은 몰랐다. 하지만 그렇게 생각하는 거야 그녀의 문제지, 그의 문제가 아니었다. 그의 잘못이 아니었다. 그녀는 몇 킬로미터 바깥에서부터 이럴 줄을 예상했어야 했다.

"흥미롭다고 생각할 것 같아서." 그는 안절부절못했다. "아니면 소용이 되거나. 입 밖으로 말하고 나니까 아주 바보 같기가 이를 데 없네."

"다 읽고 나서 저한테 빌려주실 수도 있겠지요." 그녀는 '제발 그러지 마세요'라는 투로 말을 했다. '제발 그냥 그 일은 잊으시고 다시는 얘기 꺼내지 마요. 왜냐하면 내 인생은 그 엿 같은 만화가 아니니까요.' 그녀는 두 사람 다를 구해주고 둘 사이에 아가리를 벌린 어색함의 구멍을 막아보겠다는 뜻으로 화제를 돌렸다. "그러니까 빅토리아하고 맷이란 말이죠?"

"아, 세상에!" 그가 확 밝아졌다. "몇 년 동안 헤어졌다가 만나고 그래. 세상에 그렇게 빤한 비밀도 없을걸."

커비는 사무실에 떠도는 가십에 열정을 보이려고 애썼다. 하지만 눈곱만큼도 관심이 생기지 않았다. 체트의 애정 생활을 물어볼 수도 있었으나, 그래봤자 자신에게 같은 질문이 되돌아올 것이 빤했다. 커비의 마지막 남자는 과학철학 수업에서 만난 남자였다. 성마르고 똑똑하고 좀 흥미로운 식으로 잘생긴 남자였다. 하지만 침대에서는 참을 수 없을 만큼 부드러운 남자였다. 그는 자기 혀의 수혜를 받아 그녀의 흉터가 마법처럼 사라지기라도 할 듯 키스를 했다. "여기, 난 여기 위에 있다고." 그가 퍼붓는 입맞춤을 견디고 난 끝에 그녀가 말했다. 그는 흉터 자국에 한 올 한 올 입을 맞추었다. "아니면 약간만 더 아래로 내려가든지. 네 마음이야." 말할 필요도 없이 그 관계는 오래가지 않았다.

"사람들이 내 앞에서 꾸며서 행동하는 걸 보면 정말 귀엽다니까요." 그녀가 겨우 말을 했다. 그래봤자 둘은 꼼짝 못할 침묵으로 다시 빠져들고 말았지만.

"아." 체트가 청바지 주머니를 뒤졌다. "이거 네가 한 거야?" 그가 토요일에 난 광고를 내밀었다.

구함 : 시카고 여자 살인 사건에 관한 정보
1970~1992년 사이. 시신에 별난 물건이 남겨져 있음.
모든 문의는 비밀에 붙여짐.
위커 파크 사서함 786 KM 앞으로, 우편번호 60622

물론 그녀가 〈선 타임스〉에 실은 광고였다. 그뿐만 아니라 다른 모든 신문들과 지역 신문들에도 냈고, 에번스턴에서 스코키에 이르는 식료품 점들과 여성 센터, 마약 가게들에 전단지도 붙였다.

"그래요. 댄의 생각이었어요."

"훌륭하네." 그가 말했다.

"뭐가요?" 커비는 짜증이 솟구쳤다.

"그냥 조심하라는 얘기야."

"그래요, 어쨌거나 좋아요. 가야겠어요."

"그렇군. 나도 가야지." 체트가 말했다. 두 사람 다 문자 그대로 마음이 놓였다. "사람들한테 인사하고 가야 될까?"

"안 그래도 될 것 같아요. 어느 쪽으로 가세요?"

"레드 라인 타고 가."

"전 방향이 다르네요." 거짓말이었다. 하지만 역까지 걸어가는 동안 대화를 이어나가려고 기를 써야 한다는 생각은 견딜 수가 없었다. 이제쯤 이면 사람들과 어울리는 법을 더 배워두었어야 하련만.

하퍼

1932년 1월 4일

"글로 걸한테 일어난 일 들었어요?" 포동포동한 간호사가 말했다. 이번에는 그에게 자기 이름을 알려주었다. 리본으로 묶은 선물이라도 주는 듯이 이름을 가르쳐주었다. 에타 카펠. 주머니 속에 든 돈이란 얼마나 큰 차이를 만들어내는가. 이를테면 가축 수용소에 갇힌 소들보다 더 빽빽한 병실로 끌려가는 대신 리놀륨을 깐 바닥에 거울 달린 서랍장이 있고 뜰이 내다보이는 개인 병실로 옮겨 가는 것이다. 부유한 사람들이 아는 것이 한 가지 있다. 돈이 말을 한다. 그리하여 돈을 가진 사람이 직접 말을 할 필요가 없다. 하룻밤에 5달러면 병자들의 궁궐에서 황제처럼 대접받는다.

"아아아아아." 하퍼가 침대 옆 트레이에 담긴 모르핀 유리병을 성마르게 가리키며 내뱉었다. 침대는 그가 앉아 있을 수 있도록 45도 각도로 세워져 있었다.

"밤에 살해를 당했다지 뭐예요." 그녀가 잔뜩 흥분한 목소리로 말하며, 그의 이를 고정하는 철사 사이로 고무 튜브를 목구멍으로 밀어 넣었다. 철사는 그의 턱에 곧바로 고정되어 있어서 면도도 할 수 없었다.

"으아악."

"아이고, 징징거리지 좀 마요. 탈구만 된 걸 천만다행으로 알아야지. 움직이지 마요. 참 그 여자는 그런 일 당할 법도 했죠. 그렇게 막 놀아나는데 어쩌겠어." 그녀는 손톱으로 유리병을 두드려 거품을 없애고 나서 메스로 꼭지를 자르고 주사기로 모르핀 액을 빨아들였다.

"그런 쇼 구경해본 적 있어요?" 그녀가 불쑥 물었다.

하퍼는 고개를 저었다. 그는 그녀의 어조가 바뀌자 흥미를 느꼈다. 그는 그런 여자 타입을 알았다. 도덕적으로 더 높은 곳에 있으니 아래를 더 잘 내려다볼 수 있다는 부류 말이다. 그는 약효가 오르는 것을 느끼며 침대에 몸을 파묻었다.

이곳에 다시 오기까지 극심한 고통에 시달리며 이틀을 보냈다. 이틀 동안 헛간에 숨어 지내며 고드름 조각을 빨아 먹고, 조선소에서 검댕이 묻고 기름기에 절어 있다가, 세네카에서 시카고로 오는 기차에 올라탔다. 기차에서 그의 보라색으로 부어오른 얼굴을 보고도 아무 말을 하지 않을 떠돌이 일꾼과 부랑자들 사이에 섞여 들었다.

이 주변으로 달아놓은 철사 때문에 그가 여자들을 낚을 능력은 현저히 줄어들 것이었다. 말을 할 수 있어야 했다. 일단은 몸을 사려야 할 것이다. 일하는 방식을 다시 고려해보아야 했다.

다시는 다치지 않을 생각이었다. 여자들을 제압할 길을 찾아야 했다.

적어도 모르핀의 몽롱한 기운에 통증은 거의 사라졌다. 하지만 빌어먹을 간호사가 그가 보기에는 별로 필요하지도 않은 일을 하며 침대 주변에서 수선을 떨고 있었다. 그녀가 왜 붙어 있는지 모를 일이었다. 그는 그녀가 가주기를 원했다. 그가 그녀에게 피로한 기색으로 몸짓을 했다. "뭐요?"

"자리를 편안하게 봐드리려는 거예요. 뭐 필요한 거 있으면 저 부르세요, 아셨죠? 에타를 찾으시면 돼요." 그녀는 이불 밑에 손을 넣어 그의 허벅지를 꼭 쥐더니 기운차게 방을 나갔다.

꿀꿀, 꿀꿀, 약기운이 확 올라와 몸 전체를 집어삼키는 사이에 그의 머릿속에 든 생각이었다.

***

병원은 두고 관찰을 해야 한다며 그를 사흘 동안 입원시켰다. 지갑을 관찰하려는 것이겠지, 그는 생각했다. 침대에만 누워 있으려니 좀이 쑤셨다. 더 하우스로 돌아오자마자 턱에 뭘 주렁주렁 달고 있는 처지였음에도 외출을 했다. 이제 온 사람들의 시선을 받을 참이었다.

그는 그때로 돌아가서 그녀의 살인 사건 기사를 읽었다. 대부분의 기사가 그저 단순한 살인 사건이며 인종 간의 전쟁 행위는 아니라고 했다. 부고를 낸 유일한 신문은 〈디펜더〉였다. 이 신문은 그녀의 장례식도 소상하게 다루었다. 그녀가 묻힌 곳은 그가 그녀를 죽인 묘지가 아니었다. 그곳은 백인들만 묻히는 곳이었다. 그녀가 매장된 묘지는 시카고의 버오크라는 곳이었다. 찾아가 보고 싶은 마음을 누를 수가 없었다. 유일한 백인인 그는 뒤에서 어슬렁거렸다. 당연히 누군가 그에게 어떻게 왔느냐고 물어보았다. 그는 입에 달린 철사를 통해 웅얼거렸다. "아는 분이었어요." 그러자 멍청이들이 호기심을 채우려고 달려들었다.

"같이 일했어요? 조의를 표하려고 온 건가요? 세네카에서 이 먼 곳까지요?" 그들은 놀라워하는 눈치였다.

"선생님 같은 분이 더 많아지면 좋겠어요." 모자를 쓴 여자가 말했고, 그들은 그의 등을 떠밀어 앞으로 보냈다. 그는 땅에서 6피트 아래, 백합이 놓여 있는 관을 바라보고 섰다.

아이들은 어렵지 않게 알아볼 수 있었다. 세 살짜리 쌍둥이는 무슨 일이 일어났는지 이해하지 못하고 묘비들 사이에서 놀고 있었고, 친척이 그들을 붙들고 무덤 곁으로 다시 끌고 왔다. 열두 살짜리 소녀는 무슨 일인지 '안다'는 듯이 그를 보며 울부짖었고, 그녀의 남동생은 충격이 너무 큰 나머지 울지도 못하고 누나의 손을 잡고 있었다. 그는 깊이 몸서리를 치며 숨만 내뱉고 있었다.

하퍼는 흙 한 줌을 집어 관에다 뿌렸다. 내가 너를 이렇게 만들었지, 그는 생각했다. 이 주변으로 단 철사 때문에 도저히 어찌해볼 수 없이 끔찍하게 일그러진 미소가 새어 나왔다.

땅에 누운 그녀를 보는 즐거움과 그 누구의 의심도 사지 않은 것 덕분에 기운이 났다. 살인을 곱씹어 보며 체험하고 있자니, 턱에 느껴지는 통증이 거의 다 보상될 정도였다. 하지만 그는 결국 또다시 들썩이기 시작했다. 더 하우스 안에만 오래 머물러 있을 수가 없었다. 물건들이 다시 홍얼거리기 시작하며 그를 밖으로 내몰았다. 다른 사냥감을 찾아 나서야 했다. 그리고 '찾는 일'이야 매력을 발휘하지 않고도 해낼 수 있는 일이 분명하지 않던가?

그는 식량 배급과 사람들 얼굴에 드리운 공포 때문에 진만 빠지는 전쟁을 지나쳐 1950년으로 갔다. 그는 그저 둘러만 보는 것이라고 속으로 생각했지만, 자신의 여자들 중 한 명이 이곳에 있다는 것을 '알았다'. 그는 항상 알았다.

그것은 그를 더 하우스로 이끌었던 것과 똑같은 인력이었다. 그가 있어야 할 곳으로 향해 갈 때의 그 날이 퍼렇게 선 인식, 그러고서는 '그 방'의 부적들 중 하나를 알아보면 그만이었다. 그것은 게임이었다. 다른 시대와 다른 장소를 거치며 여자들을 찾아내는 일은 게임이었다. 그들은 그가 그들을 위해 써 내려가고 있는 운명을 기다리며, 준비를 갖추고 그의 장단에 맞추어주었다.

일리노이 주 올드 타운의 한 카페에 스케치북과 와인 잔과 담배를 앞에 놓고 앉아 있는 그녀도 그를 기다리고 있었다. 그녀는 뒷다리를 들고 서 있는 말들 무늬가 들어간 스웨터를 입고 있었다. 몸에 딱 붙는 스웨터였다. 그녀는 다른 손님들이나 지나쳐 걸어가는 사람들의 스쳐 지나가는 인상을 그리면서 혼자 반쯤 미소를 짓고 있었다. 그림을 그릴 때면 검은 머리가 앞으로 흘러내렸다. 그녀의 어깨 너머를 슬그머니 보고 있자니, 캐리커처란 것이 그리는 데는 몇 초밖에 걸리지 않지만 참 재미있는 것이었다.

그녀가 인상을 찌푸리며 스케치하던 종이를 뜯어내 구겨서 버리자 그에게 기회가 왔다. 종이가 보도에 떨어졌는데, 그가 지나치다가 알아본 척할 수 있는 거리에 떨어진 것이다. 그는 몸을 굽혀 종이를 집어 들고 구겨진 종이를 폈다.

"아휴, 그러지 마세요." 그녀가 마치 팬티스타킹에 치마를 끼워 입었다가 발각된 것처럼 몹시 민망해하며 반쯤 웃는 소리로 말했다. 하지만 그녀는 그의 얼굴에 달린 쇠줄을 보고서 그만 놀라 입을 다물었다.

그림은 좋았다. 재미있었다. 양단 재킷을 입고 허영에 차서 오만한 모습으로 서둘러 거리를 지나쳐 가는 예쁜 여인의 모습을 잡아냈는데, V

자 모양의 턱과 뾰족하고 작은 가슴이 쌍을 이루고, 데리고 있는 작은 강아지도 그녀만큼이나 갸름했다. 하퍼는 그림을 그녀 앞에 내려놓았다. 그녀의 코에 아무 생각 없이 비비다가 난 잉크 자국이 번져 있었다.

"이거 떨어뜨리셨어요."

"네. 감사합니다." 그녀가 말하면서 반쯤 일어섰다. "잠깐만요. 아저씨를 그려도 될까요? 부탁이에요."

하퍼는 이미 발걸음을 떼며 고개를 저었다. 그는 그녀가 앉은 테이블에서 검은색과 은색의 아르 데코 라이터를 보았고, 자제가 되지 않는 기분이 들었다. '윌리 로즈'.

아직은 때가 아니었다.

댄

1992년 5월 9일

그는 그녀에게 벌써 익숙해져 있었다. 출장을 가서도 짜증스럽게 살펴보았어야 할 조사 결과를 그녀 덕분에 쉽게 볼 수 있다거나, 건수 올릴 코멘트를 따낼 전화 통화를 떠넘길 수 있기 때문만은 아니었다. 대체로 그녀가 곁에 있는 것이 편안했다.

그는 토요일에 빌리 고트에 그녀를 데려가 점심을 사주었다. 실제 게임의 기자석에 데려가기에 앞서서 '야구 문화'에 적응을 좀 해보라는 취지에서 데려간 것이었다. 그곳은 커다란 화면의 TV들과 스포츠 기념품, 초록색과 오렌지색의 비닐 의자와, 기자들을 포함한 오래된 단골들이 진을 치고 있는 곳이었다. 관광 명소 같은 곳이 되어버리기는 했으나, 술도 마셔줄 만했고 음식도 훌륭했다. TV 쇼인 〈SNL〉에 '치즈보거' 에피소드가 방영된 후 명소가 된 것이었다. 알고 보니 그녀도 본 에피소드였다.

"그래, 그것도 맞지. 하지만 그보다 오래전부터 명성이 자자했던 곳이란 말이야." 그가 말했다. "컵스의 역사였다고. 1945년에 이 술집의 주인이 진짜 살아 있는 염소인 빌리를 리글리 필드에 데려가려고 했어. 염소 몫으로 티켓도 한 장 사고 만반의 준비를 갖추었지. 하지만 구단주인이 리글리라는 양반이 동물은 냄새를 풍긴다고 하는 바람에 빌리가 그만 경기장에 들어가지 못하고 쫓겨나고 만 거야. 주인은 너무 화가 나서 그 자리에서 아주 근엄하게 맹세를 했지. 컵스가 월드시리즈 우승을 차지하는 일은 다시는 없을 거라고 말이야. 그리고 컵스는 그때 이래 지금까지 한 번도 우승을 하지 못했어."

"그러니까 그냥 못해서 우승을 못 한 게 아니란 뜻이죠?"

"이봐, 그런 게 바로 기자석에서 하지 말아야 할 얘기란 말이야."

"제가 야구의 일라이자 둘리틀이 된 기분이네요."

"누구?"

"〈마이 페어 레이디〉 영화 모르세요? 꼭 그 영화 여주인공처럼 저를 아주 전면 개조해서 사람들 앞에 보일 만하게 만드시려는 거잖아요."

"그러자면 내가 해야 할 일이 한두 가지가 아니겠군."

"기자님 자신도 사회적 수완을 좀 다듬으실 수 있을 텐데 말이에요. 안 그래요?"

"아, 그래?"

"꾀죄죄하면서도 거의 잘생길 뻔했다고 할까? 그런 것도 기자님에게 잘 맞지만요. 옷은 좀 더 좋은 게 필요해요."

"잠깐, 헷갈리네. 지금 너 나한테 작업 거는 거야, 아니면 욕하는 거야? 그리고 참 남 말하고 있다, 꼬맹아. 네가 가진 옷가지라고는 아무도 듣도 보도 못한 밴드들 티셔츠가 전부인 주제에."

"기자님이 못 들어보신 거겠죠. 제가 좀 교육을 해드려야겠어요. 공연에도 좀 모시고 가고."

"그럴 일은 없을 거야."

"아, 그러면서 가르치시겠다는 얘기가 나오다니. 게임 시작하고 제가 집중해야 하기 전에 제게 할당된 과제를 다 바로잡아 주실 수 있다고요?"

"네 숙제를 나더러 대신 해달라는 얘기야? 여기서?"

"벌써 다 했어요. 전 그냥 기자님이 제 글 교정 좀 봐주시라고 부탁드리는 것뿐이에요. 게다가 기자님은 인턴 교육에다가 연쇄살인범을 조사하고 쫓으려고 하고 있잖아요."

"그 일은 어떻게 돼가나?"

"천천히요. 광고에 아직 반응이 없어요. 매드리걸 사건의 피고인들 변호사를 만나기로 하기는 했지만요."

"검사들하고 얘기를 해야지."

"제 전화를 끊던데요. 제가 사건을 다시 열게 할 생각이라고 생각하나 봐요."

"흠, 맞잖아. 반쯤 구워낸 네 섣부른 그 이론으로 말이지."

"오븐에 더 좀 넣어두게 시간을 주세요. 제가 마실 거 가지러 가는 사이에 이 에세이들 읽어보실 수 있으세요?"

"사람을 잘도 부려먹네." 그는 심드렁하게 툴툴거렸지만, 어쨌거나 안경을 꺼내 들었다.

에세이들은 자유의지가 존재하는지(그렇지 않은 모양이었다. 실망스러운 발견이었다)부터 대중문화에서 성애의 역사까지를 왔다 갔다 했다. 커비는 그가 마실 다이어트 콜라와 자신이 마실 맥주를 가지고 와서 의자에 털썩 앉고, 에세이 내용을 읽으며 눈썹을 추켜올리는 그를 보았다.

"그거 아니면 '20세기의 프로파간다 전쟁영화'예요. 그리고 그런 영화 중에 꼽으라면 〈벅스 버니 대 나치〉인데, 그건 벌써 봤다고요. 당대의 걸작이었죠."

"네가 했던 선택을 나한테 설명해주실 필요는 없어. 하지만 이런 걸 누가 가르치는지는 몰라도 그저 학생들을 침대에 끌어들이려는 수작이군."

"사실을 말해드리면 여자 강사이고, 그녀는 레즈비언이 아니에요. 하지만 생각해보니 진탕 마시고 난잡하게 노는 파티에 다닌다고 자기 입으로 지나가다가 하긴 했어요."

그는 그녀가 자신의 얼굴을 너무도 쉽게 붉어지게 하는 것이 싫었다.

"좋아, 그 입 좀 다물어. 네가 쉼표를 너무 좋아한다는 점을 짚어두어야겠군. 내키는 대로 아무 데나 찍어 박는 게 아니란 말이야."

"여성학 교수님도 같은 말을 했어요."

"그 말은 듣지 않은 걸로 하지. 구두점은 수수께끼 같은 거야. 잘 파악해서 쓸 줄 알아야 한다고. 그리고 그 형식적인 먹물 스타일은 버려버리라고. '포스트모던적인 틀 짜기를 거세게 비난하는 가운데 이것을 맥락화해야만 한다' 같은 걸 봐. 이게 다 말이야, 방귀야?"

"있죠, 이런 글을 쓰려면 먹물 스타일은 저절로 따라오는 거거든요."

"아무렴. 하지만 신문 기사를 쓸 때는 너를 죽일 글투야. 단순하게 가란 얘기야. 네가 하려는 말을 해. 그런 점만 아니라면 꽤 괜찮게 썼네. 몇 가지 생각은 고루하지만, 넌 독창적인 생각을 가지고 성장할 거야." 그가 안경 너머로 그녀를 바라보았다. "그냥 하는 말인데, 1920년대의 성인영화부터 흑인을 빳하게 그리는 포르노까지에 대해 읽는 것도 재미는 있지. 하지만 이런 공부를 다른 진짜 학생들과 스터디 그룹을 만들어 해보는 것도 좋을 거야."

"참, 아니요." 그녀가 반기를 들었다. "안 그래도 학교 수업 가는 것만으로도 벅차요."

"바보같이 굴지 말고. 내 생각에는—"

그녀가 말을 잘랐다. "'생각이 있으면 친구를 만들어' 따위 같은 말 하려면, 빌어먹을, 하지 마요, 아시겠어요? 전 꼭 리무진도 없고 공짜 명품 옷도 못 얻는 다 망한 연예인 같은 꼴이라고요. 모든 사람들이 쳐다봐요. 하루도 빠짐없이. 모르는 사람이 없어요. 모두 수군거리고요."

"정말 그렇지야 않겠지, 꼬맹아."

"제가 어떤 경이로운 일을 해내는지 말씀드릴까요? 사람들이 제 곁으로만 오면 빽빽한 침묵의 구름에 둘러싸이고 만다는 거예요. 마법도 아니고 말이에요. 제가 대화에 끼어드는 순간 대화가 멈춰요. 아주 뚝. 제가 자리를 뜨는 순간 재개되고요. 약간 낮아진 말투로."

"잦아들 거야. 걔들은 어리고 멍청해. 넌 한때 지나가는 유행이라고."

"그로테스크한 괴물이죠. 유행과 괴물 사이에는 차이가 있다고요. 살아남지 말았어야 했어요. 그리고 만약 절대적으로 달라져야 했다면, 달라질 수도 있었겠죠. 우리 어머니가 빌어먹게 항상 그리는 그 비극적인 처녀들처럼."

"넌 그런 식으로 움츠러들 성격이 아니야, 오필리아여. 그건 확실하지." 그녀의 치켜 올라가는 눈썹을 보며 그가 말했다. "이봐, 나도 대학물 먹었어. 그런데 그때 난 스포츠 얘기를 쓰는 글쟁이들에게 둘러싸여서 다이어트 코크나 홀짝거리며 대학 생활을 낭비하진 않았단 말이지."

"낭비가 아니에요. 제 인턴십의 아주 소중한 부분인걸요. 대학 학점만큼의 값어치가 있다고요."

"내가 별 볼 일 없다는 건 빼놓고 말하는군."

"우우우……."

"흠," 댄이 짐짓 쾌활한 목소리로 말했다. "이제 우리의 가련한 오후가 시작되려 하는군. 야구 좀 볼 준비 됐나?"

바는 바야흐로 터져나갈 듯이 꽉꽉 들어차 있었고, 개중에는 라이벌 팀 색깔을 입은 팬들도 있었다. 커비가 미국 국가가 흘러나오는 동안에 소곤거렸다.

"라이벌 갱들이 따로 없군요."

"쉿." 그가 말했다.

하다 보니 그녀에게 야구를 설명해주는 일은 꽤 재미가 있었다. 규칙 같은 것뿐만 아니라 게임의 뉘앙스를 익히게 해주는 것도 재미있었다.

"감사합니다. 제 전용 해설가님." 그녀가 이죽거렸다.

바에 모인 모든 사람들이 반쯤은 신이 나서, 반쯤은 실망해서 들고일 어났다. 누군가 맥주를 쏟아서 커비의 신발에 묻을 뻔했다.

"저게 홈런이야." 댄이 스크린을 가리키며 그녀를 쿡 찔렀다. "골이 아니라고."

그녀가 주먹으로 장난스럽게, 하지만 세게 그의 팔을 쳤고, 그는 별생각 없이 그녀의 등에다가 같은 정도의 힘으로 주먹을 날려 앙갚음을 했다. 받은 만큼 돌려주라, 그의 누나들이 그에게 가르친 것이었다. 그들은 그에게 못돼먹게 주먹질을 해대고, 손목이 화끈거리도록 찰싹찰싹 때렸다. 그를 바닥에 내동댕이쳐서 몸싸움을 하고, 그의 머리카락을 잡아당겼다. 애정이 담긴 폭력. 안아주는 것만으로는 애정 표현이 성에 안 찼는지. 그런 것이 일종의 축하 카드 같은 것이라도 되는 듯이.

"아야, 뭐예요!" 그녀의 눈이 커다래졌다. "아프잖아요."

"아이쿠, 미안해, 커비." 그는 몹시 당혹스러웠다. "아프라고 때린 게 아니었어. 정신이 딴 데 가 있었나 봐." 잘하는 짓이다, 벨라스케스, 평생 들어본 중에 가장 끔찍한 공격에서 살아남은 여자아이를 치다니. 이러다가는 할머니들에게 주먹을 날리고, 강아지들을 걷어차겠군.

"그래요, 그래. 저도 아주 모르지는 않는다는 거 좀 알아주시라고요."
그녀가 코웃음 치는 소리를 냈다. 하지만 바 위에 높이 달린 TV 스크린
을 골똘하게 바라보고 있었다. 경기 중에 이미 두 번 나온 밀크보이 광고
였다. 그는 장난스러운 주먹질이 아니라 자신에게 놀림받은 것 때문에
그녀가 기분 상했음을 깨달았다.

그토록 쉽게 풀리는 일이었다. 그는 그녀의 무릎을 주먹으로 톡톡 쳤
다. "아주 무서운데, 응?"

그녀가 곁눈질로 미소를 지었다. 장난기가 가득했다. "하도 세서 아무
도 건드리지를 못하죠."

"우와. 농담이 약한데." 그가 빙그레 미소를 지었다. 자신을 열어버리
는 미소였다.

"기자님 주먹보다 약하려고요." 그녀가 응수했다.

"잘생길 '뻔했다'고?" 그는 고개를 절레절레했다.

윌리

1954년 10월 15일

1942년에 시카고 대학교의 대형 풋볼 경기장 아래 지어졌던 최초의 원자로가 이제 논란의 대상이 되고 있었다. 그때는 과학이 이루어낸 기적! 하지만 프로파간다가 빚어낸 기적으로 뒤틀리기까지는 오랜 시간이 걸리지 않았다.

공포가 상상력 속에서 곪아 들어갔다. 공포의 잘못이 아니었다. 공포란 그렇게 곪아가게 마련이다. 악몽이 새끼를 쳤다. 동맹이 적이 되었다. 어디를 가나 체제 전복 시도 딱지가 붙어 있었다. 편집증이 그 어떠한 박해도 합리화했고, '빨갱이들'이 원자폭탄을 가지고 있는 마당에 개인의 프라이버시란 사치였다.

윌리 로즈는 그런 일들이 할리우드에서나 일어나는 일이라고 생각하는 착오를 저질렀다. 미국의 이상을 보존하는 미국영화방송제작가연합에다 만화가들이 미키 마우스를 마르크시스트 쥐로 바꾸고 싶어 한다고 월트 디즈니 씨가 증언했다! 황당무계하기가 이를 데 없었다.

그녀도 물론 경력이 끝장난 사람들과, 미국과 미국이 표방하는 이상에 충성의 서약을 하지 않았다는 이유로 블랙리스트에 오른 사람들 얘기는 들었다. 하지만 그녀는 아서 밀러가 아니었다. 굳이 따지자면 스파이로 몰렸던 에셀 로젠버그도 아니었다.

그랬기에 수요일에 피셔 빌딩의 크레이크 & 멘델슨에 일을 하러 갔다가 제도대에 놓여 있는 만화책 두 권을 보고는 깜짝 놀랐다. 만화책은 그녀를 추궁이라도 하려는 것처럼 놓여 있었다.

『싸우는 미국인: 웃지 말라, 웃기는 이야기가 아니다! 독약 이반과 뜨거운 트로츠키』. 미국 국기 모양의 옷을 입은 슈퍼 히어로와 홍안의 조수가, 아래 있는 터널에서 기어 나오려는 끔찍하고 괴상하게 생긴 빨갱이 변종들과 대결을 하려고 준비하고 있었다. 다른 만화책의 표지에는 잘생긴 비밀 요원이 붉은색 드레스를 입고 총을 휘두르는 여자와 몸싸움을 벌이고 있고, 턱수염이 텁수룩한 러시아 군인이 카펫 위에 피를 흘리며 죽어 있었다. 벽난로 위에 하늘에 붉은 줄이 죽죽 가고 눈이 오는 광경을 그린 풍경화가 걸려 있고, 창밖으로는 눈에 확 들어오는 뾰족탑이 내다보였다. 『차하리아스 장군의 비밀 임무: 위협! 흥미진진! 미스터리! 액션!』 여자는 그녀와 약간 닮아 있었다. 새까만 머리 색부터 그랬다. 노골적이었다. 웃기지도 않았다. 하지만 웃기지도 않을 일이 아니었다.

그녀는 헐렁한 바퀴 때문에 한쪽으로 위태롭게 기울어져 있는 회전의자에 앉아서 심각한 얼굴로 만화책들을 훑어보았다. 그녀가 반쯤 의자를 돌리는데, 머리가 벗어져가고 파란색에 하얀 칼라가 달린 셔츠를 입은 거대한 남자가 정수기 옆에서 자신을 바라보는 모습이 눈에 들어왔다. 2미터 3센티미터의 키에 여간 밥맛없는 작자가 아니었다. 그는 그녀에게 회사가 여자 건축가를 고용하는 것은 오직 전화도 받게 하기 위해서라고 말했다. 아닌 게 아니라 전화를 아주 많이 받기도 했다. 아무런 경력도 없는 상태에서 일을 시작한 것이 여덟 달 전이었기 때문이다.

"저기요, 스튜어트, 당신의 이 웃긴 책들은 하나도 웃기지가 않다고요." 그녀는 연기를 하듯이 발치의 휴지통에 만화책을 내버렸다. 책이 마치 1톤은 나간다는 듯이 양손으로 들어서 버렸다. 그녀가 의식하지 못했던 긴장감이 깨지면서 남자들 몇 명이 싱글거렸다. 한없이 착한 윌리. 조지가 스튜어트의 턱에 원투 펀치를 날리는 시늉을 했다. 그 재수 없는 자식은 졌다는 척하면서 손을 들어 올렸고, 사람들은 대부분 일을 하러 제자리로 돌아갔다.

그녀의 상상이었는지 몰라도, 책상 위에 놓인 물건들이 약간씩 자리를 벗어나 있는 듯했다. 제도 펜이 티자와 계산자 오른쪽에 놓여 있었다. 그녀는 왼손잡이였기 때문에 보통은 왼편에 놓아두던 펜이었다.

이런 세상에, 그녀는 공산당원이기는커녕 사회주의자조차 아니었다. 하지만 그녀는 예술을 하는 사람이었다. 요즘 세상에서는 그것만으로도 충분히 상황이 나빴다. 예술가들은 온갖 부류의 사람들과 어울리니까 말이다. 이를테면 흑인들과 좌파 급진주의자들과 자기 의견을 내세우는 사람들과 만나는 것이다.

그녀는 윌리엄 버로스라면 난해해서 이해도 하지 못하며, 〈시카고 리뷰〉가 그의 수위 높은 포르노 관련 책을 싣겠다고 난리법석인 것도 똑같이 이해하지 못했다. 하지만 그런 것은 고려 대상이 되지 않았다. 그녀는 책을 별로 안 읽는 사람이었다. 하지만 57번 스트리트 지역에 친구들이 있었다. 작가와 화가, 조각가 들이었다. 그쪽 미술 상점에 스케치를 팔기도 했다. 여자의 나신을 그린 그림들이었다. 친구들이 모델을 서주었다. 그들 중 몇몇은 다른 사람들보다 더 친했다. 그렇다고 그녀가 빨갱이가 되어야 하는가? 제기랄. 그녀에게도 밝히고 싶지 않은 일이 없지는 않았다. 하지만 대부분의 사람들에게는 어쨌거나 초록은 다 동색이었다. 빨갱이. 체제 전복자. 호모들.

그녀는 떨리는 손을 진정시키려고 우드 힐 새 단층주택 단지를 작업 중이던 판지를 만지작거렸다. 그녀는 똑같은 스케치를 50장 그렸지만, 3차원으로 상상해보는 것이 더 쉽게 느껴졌다. 기회를 잡을 수 있기를 희망하며, 가장 유망한 아이디어에 기초해서 다섯 개의 모델을 이미 만들어둔 터였다. 조지가 원래 주었던 콘셉트와는 다방면에서 다른 구상이었다. 회사의 원칙에 따라 아주 구체적으로 지시를 전달받으면 독창적인 생각을 품기 어려운 법이다. 가령 바퀴를 다시 발명할 수는 없지 않은가. 하지만 나름대로 자신만의 변주를 약간 할 수는 있다.

노동자 계층 사람들이 살 단지였고, 파크 포레스트 지역에 기반을 두고 갖출 것은 다 갖추도록 공격적으로 진행되는 개발이었다. 은행 한 곳과 마셜 필드 백화점이 들어서기로 되었다. 조지는 가구부터 조명에 이르기까지 그녀가 독자적으로 작업하게 놔두었다. 그녀는 프레젠테이션을 하지는 못했지만, 프로젝트를 제대로 수행해낼 수 있을 것이라고 그가 말했었다. 오로지 회사의 나머지 인원이 정부가 진행하는 사무실 건물 프로젝트에 매달리느라 정신이 없었기 때문에 그녀에게 떨어진 일이었다.

우드 힐 프로젝트는 그녀의 취향과는 동떨어져 있었다. 그녀는 시카고 올드 타운의 아파트와 이 도시의 소란스러움과 분위기, 아름다운 소녀를 데리고 집에 몰래 들어가기가 쉬운 환경을 포기한 적이 없었다. 하지만 막상 하다 보니 성취감이 있는 작업이었다. 유토피아를 모델로 삼은 보금자리들. 이상적인 세계에서 작업했다면, 단지를 더 모듈 식으로 만들어서 입주자가 나름대로 이리저리 바꾸고 배치하고 다르게 만들 수 있게 하고 싶었다. 집 내부와 외부가 자연스러운 흐름으로 이어지게 하고 싶었다. 그녀는 최근에 모로코를 다룬 책들을 살펴보며, 시카고의 가혹한 겨울을 감안해서 집 가운데에다 마당을 넣는 방안을 생각하고 있었다.

그녀는 혼자 열심히 작업해서 자신이 가장 좋아하는 수채화 같은 인상의 디자인을 벌써 마친 터였다. 행복한 가족으로 채워지는 집, 엄마와 아빠와 아이 둘과 강아지, 집 진입로에 캐딜락이 세워져 있는 집이었다. 포근하고, 복잡해 보이지 않는다. 그녀는 아버지가 광대뼈가 높고 약간 독특한 분위기를 풍긴다고 상상해보았다. 그런 상상을 하는 것이 그녀의 잘못은 아니지 않는가?

이 일을 시작했을 때 그녀는 쉽고 편리한 집을 만들어야 한다는 채근에 시달렸다. 하지만 윌리는 자신의 방식으로 포부를 실현하고 싶어 하는 여자였다. 그녀는 저명한 건축가인 프랭크 로이드 라이트 아래서 일해보려고 했지만 퇴짜를 맞았다. (소문에 따르면 그는 어쨌거나 파산 상태였고, 이제 건물 하나도 만들지 못할 것이라고 했다. 그러니 그에게는 야유나 보내주면 된다.) 게다가 그녀가 미스 반 데어 로에가 될 일도 없었다. 다행스러운 일이라고 봐야 했다. 왜냐하면 시카고는 그렇지 않아도 차세대 반 데어 로에가 되고 싶어 하는 사람들로 넘쳐났기 때문이다. 눈먼 세 마리 쥐들처럼. 그녀의 표현이 아니다. 라이트라는 재미있고 꼬인 노인네의 표현이다.

그녀는 공공건물도 마다하지 않을 생각이었다. 박물관이나 병원도 좋았다. 하지만 그녀는 MIT에 들어가려고 발버둥 쳤던 것만큼이나 이 일자리를 차지하기 위해서도 발버둥 쳐야 했다. 크레이크 & 멘델슨은 그녀에게 면접을 한 번 더 보러 오라고 청한 유일한 회사였고, 그녀는 그것만으로도 괜찮다고 쳤다. 그녀는 아주 딱 달라붙는 펜슬스커트를 입고, 자신이 생각해낼 수 있는 가장 야한 농담에다, 자신이 그런 스커트와 농담 이상의 인재임을 입증해주는 포트폴리오를 가지고 갔다. 어쨌거나 회사가 그녀를 고용한 이유는 그녀가 바라던 이유와는 달랐지만 말이다. 상황이 그럴 때는 어떻게든 이득을 얻을 수 있는 쪽으로 온갖 수를 내보아야 한다.

가장 최근의 일은 그녀의 잘못이었다. 이 교외 개발 사업이 노동자 계층의 삶을 얼마나 변모시킬지 입을 나불거렸던 것이다. 그녀는 사람들의 일터 가까운 곳에 집을 짓는다는 생각이 마음에 들었다. 블루칼라가 화이트칼라같이 사는 꿈을 품고서 한 가족이 살아야 할 아파트에 열 가족이 끼어 사는 도시에서 벗어날 수 있다는 계획이 마음에 들었다. 이제 그녀는 그런 생각이 얼마나 친노동자적이며 친노동조합적으로 보일지 알게 되었다. 친공산주의자. 국으로 입을 닥치고 있어야 했다.

커피를 너무 많이 마신 것처럼 불안이 옥죄어 들어오고 있었다. 스튜어트가 마음이 약간 상했다는 눈길을 그녀에게 계속 쏘아 보내는 것이 문제였다. 그녀는 무시무시한 실수를 저질렀음을 깨달았다. 그는 가장 먼저 나서서 그녀를 벽에다 매달 사람이었다. 그게 요즘 사람들이 하는 짓거리였기 때문이다. 이웃들이 커튼 너머로 내다보고, 교사들이 자기 반 학생들을 밀고하고, 동료들이 한 책상 건너의 체제 전복자들에 관해 진술했다.

일을 시작한 첫 주에 직원들 전부 술을 마시러 갔는데, 그가 알딸딸하게 취해서 화장실로 들어가는 그녀를 따라 들어오자 비웃은 것이 화근이었다. 그는 금도금한 수도꼭지와 검은 타일이 깔린 세면대로 그녀를 밀어붙이며 그 얇고 메마른 입술로 키스를 하려고 했고, 그녀의 스커트를 끌어 올려 자기 바지춤으로 끌어당기려고 했다. 자잘하고 화려한 장식을 한 최신 유행 거울이 쉬지 않고 되풀이되는 그의 더듬거림을 비추고 있었다. 그녀는 그를 밀어내려고 안간힘을 썼고, 그가 단념하려 들지 않자 세면대에 올려둔 핸드백에 손을 뻗었다. 그가 들어왔을 때 립스틱을 새로 바르던 중이라 핸드백이 세면대에 놓여 있었다. 그녀는 핸드백에서 은색과 검은색으로 된 아르 데코 문양의 라이터를 움켜쥐었다. MIT 입학을 기념해서 그녀가 스스로에게 해준 선물이었다.

스튜어트는 날카롭게 비명을 지르며 뒤로 물러섰고, 손목 뒤 툭 튀어나온 뼈에 벌써부터 솟아오르는 물집을 빨았다. 그녀는 다른 남자들에게는 이 일을 말하지 않았다. 말수가 적은 편이 아니었지만, 언제 입을 다물어야 할지 정도는 알았다. 누군가 그가 망신스러운 마음을 어찌할 줄 모르고 화장실에서 나오는 모습을 틀림없이 본 모양이었다. 소문이 퍼졌다. 그 일 이후로 그는 그녀에게 완전한 적이 되었다.

그녀는 나가는 길에 그와 마주치지 않으려고 점심시간에도 내내 일했다. 배가 호랑이처럼 크게 꾸르륵 소리를 내는데도 나가지 않았다. 스튜어트가 마틴과 회의를 하러 들어갈 때만 가방을 집어 들고 문으로 향했다.

"지금 점심시간 아닌가?" 조지가 손목시계를 확인하며 사근사근하게 말을 걸었다.

"아주 금방 다녀올게요. 제가 나가는 걸 보시기도 전에 책상에 돌아와 있을걸요." 그녀가 말했다.

"그 만화 주인공 '플래시'처럼 말이지?" 그가 말했다. 옳거니. 만화책 두 권을 올려놓은 장본인이 자신임을 자백한 거나 다름없었다.

"꼭 그렇게요." 그 빌어먹을 만화책은 읽지 않았지만, 그녀가 말했다. 그녀는 그에게 교태를 부리는 윙크를 크게 한 번 보내고, 반짝이는 모자이크 타일을 깍쟁이처럼 걸어 사무실 문을 나서서 장식이 달린 금색 문의 엘리베이터로 갔다. 모자이크 타일은 물고기 비늘처럼 보였다.

"괜찮으십니까, 로즈 양?" 그녀가 건물 밖으로 나서려는데 안내 데스크에 있던 도어맨이 물었다. 그는 둥근 대머리를 늘 번쩍번쩍하게 광을 내놓았다.

"아주 좋아요, 로렌스." 그녀가 대꾸했다. "당신은 어때요?"

"독감에 걸렸어요. 이따 약국에라도 다녀와야 할까 봐요. 얼굴이 창백해 보이십니다. 로즈 양도 독감에 걸린 게 아니라면 좋겠군요. 아주 안 좋아요."

그녀는 피셔 빌딩 바깥 출입구의 아치에 기대어 서서, 깎아낸 용 장식을 등으로 느꼈다. 심장이 금방이라도 밖으로 튀어나올 기세로 방망이질을 쳐댔다.

그녀는 그냥 집으로 가서 엉망으로 흐트러진 침대 위에 몸을 말고 눕고 싶었다. (시트에서는 수요일 밤 사샤의 질이 남긴 냄새가 여전히 났다.) 한낮에 집으로 돌아오면 고양이들이 반갑다고 난리를 칠 것이다. 게다가 반쯤 남은 메를로 와인도 냉장고에 있었다. 하지만 하루의 한중간에 무단 조퇴를 해버리면 어떻게 비칠까? 특히 조지에게는 어떻게 비칠까?

이런, 좀 자연스럽게 행동해야 해, 그녀는 생각했다. 정신 똑바로 차려. 그녀는 지금도 벌써 시선을 끌고 있었다. 그 시선에 친절한 뜻이 담겨 있는 것이 더 좋지 않았다. 그녀는 아치 입구에서 몸을 일으켰다. 목에 깊게 주름이 패고 참견하기 좋아하게 생긴 노파가 다가와 괜찮으냐고 물어볼 것 같았기 때문이다. 그녀는 부러 고개를 세우고 거리를 걸어 몇 블록을 갔고, 동료들과 마주칠 가능성이 적은 어느 술집으로 들어갔다.

지하에 있는 술집이었는데, 창밖으로는 걸어 다니는 사람들의 신발밖에 보이지 않는 곳이었다. 바텐더가 그녀를 보고 놀란 얼굴을 했다. 그는 아직 문을 열 준비를 하는 중이었고, 닮은 의자를 똑같이 닮은 테이블에서 내리고 있었다. "아직 열지 않았……."

"위스키 사워요. 얼음 없이."

"죄송합니다, 미스—"

그녀는 20달러짜리 지폐를 바에 올려놓았다. 그는 어깨를 으쓱하더니 바 위에 놓인 병들로 몸을 돌려 그녀의 술을 섞기 시작했다. 필요 이상으로 공을 들이는 모습이었다. "시카고 분이세요?" 그가 마지못해 말을 건넸다.

그녀는 바를 툭툭 두드렸다. "저는 당신이 그냥 입 닥치고 내 술이나 만들어줬으면 하는 곳 출신이에요." 바 뒤의 얇은 거울로 다리들이 지나치는 모습이 비쳤다. 무늬가 새겨진 검은 남자 구두. 무두질한 갈색 여자 구두. 복사뼈에서 접은 하얀색 양말과 끈 묶은 신발을 신은 소녀. 목발을 짚은 남자가 발을 끌며 지나쳐 갔다. 그녀는 그 모습에 어떤 기억이 떠올랐는데, 고개를 돌렸을 때 그는 이미 가고 없었다. 그래서 뭐가 어떻단 말인가? 적어도 술은 나왔다.

윌리는 술을 들이켰고, 또 한 잔을 들이켰다. 세 잔째에 이르자 돌아갈 준비가 된 기분이 들었다. 그녀는 20달러를 카운터로 밀었다.

"저기요, 한 잔 더 하시는 건 어때요?"

"더 하고야 싶지요." 그녀는 말하고 나서, 유쾌하게 붕붕 뜬 기분으로 사무실로 휘적휘적 돌아왔다. 건물 문에 다다를 무렵에 약간 어질어질하기만 하던 것이 메스꺼움으로 바뀌었다. 메스꺼움이 천둥이 번개를 끌어모으고 있는 것처럼 무겁게 머리 꼭대기에서부터 내리눌렀다. 한 발 한 발 옮길 때마다 기압이 높아지는 것 같았다. 사무실 문을 열 때 밝은 얼굴로 바꾸어놓기 위해 마지막 한 방울 남은 의지력까지 다 쥐어 짜내야 했다.

세상에, 적이 누구인지 틀려도 어떻게 그렇게 틀리게 알 수가 있었을까? 스튜어트는 경멸이 아니라 염려를 담아 그녀를 바라보고 있었다. 어쩌면 그는 그날 밤 자신이 제정신이 아니었다는 것을 알고 있었을지도 모른다. 그녀는 그 후로 그가 오로지 신사처럼 군 죄밖에 없음을 깨달았다. 마틴은 자기가 찾을 때 그녀가 없으면 짜증을 부렸다. 그리고 조지가 있었다. 조지는 싱긋 웃는 듯하더니, 눈썹을 치켜세웠다. 그러니까, '뭘 하느라 이렇게 오래 걸렸지? 그리고 말이지, 내가 자네를 지켜보고 있어' 하는 표정이었다.

피지 위에 작업해놓은 설계 계획이 눈앞에서 흐릿하게 어른거렸다. 그녀는 화가 나서 설계도의 주방 벽에 파우더를 두드려댔다. 모조리 잘못됐고, 고쳐야 할 것밖에 눈에 들어오지 않았다.

"괜찮아?" 조지가 그녀의 어깨에 손을 얹으며 말했다. 과하게 친근한 몸짓이었다. "좀 불편해 보이는데. 집에 가야 하지 않나 싶을 정도로."

"전 아주 좋아요. 감사합니다." 어찌어찌 위트 있는 응수를 생각해낼 수도 없었다. 사랑스러운 조지. 안아주고 싶게 사랑스럽고 복슬복슬하고 사람 좋은 조지. 둘이 하트 프로젝트 때문에 늦게까지 남아서 일했던 밤, 마틴이 사무실에 두었던 스카치를 조지가 따고 새벽 두 시가 다 되도록 앉아서 이야기를 나누었던 밤이 생각났다. 무슨 말을 나누었던가? 그녀는 기억을 해내려고 머리를 짜냈다. 예술과 위스콘신에서 자란 이야기, 왜 건축가가 되고 싶었는지, 가장 좋아하는 건물들, 짓고 싶은 건물 얘기를 했었다. 아들러와 설리번 식의 높이 치솟은 건물과 조각한 세부 얘기도 했다. 이야기가 풀먼에게 옮아갔고, 그가 만든 주택에 사는 노동자들이 사람을 터무니없이 바보로 아는 규칙에 따라 살고 있다는 얘기까지 나왔다. 그는 그녀가 주절거리는 얘기만 듣고, 자신은 거의 한 마디도 하지 않았다. 그녀가 제 무덤을 파게 내버려 두었다.

마비가 오는 느낌이 들었다. 끝까지 지켜볼 수도 있었다. 사람들이 전부 퇴근하고 상황을 이해해볼 수 있게 될 때까지 책상에 그대로 남아 있자. 그 술집으로 다시 갈 수도 있다. 아니면 집으로 곧장 가서 뭐든 일탈적이거나 전복적인 것은 싹 다 없애버리자.

다섯 시가 되었다가 지나갔고, 동료들이 하나둘씩 사무실을 떠났다. 스튜어트는 가장 먼저 퇴근한 사람들 중 한 명이었다. 조지는 거의 마지막으로 나갔다. 그는 그녀를 기다리기라도 하듯이 계속 미적거렸다.

"나갈 건가, 아니면 열쇠를 자네한테 주고 가야 하나?" 그녀는 그의 이가 입에 비해 너무 크다는 것을 처음으로 알아보았다. 하얀 에나멜 판때기.

"먼저 가세요. 이 빌어먹을 게 저를 죽여버리기 전에 결판을 내야죠."

그가 인상을 찌푸렸다. "그거 종일 붙들고 있었잖아."

그녀가 결국 참지 못하고 터뜨려 버렸다. "당신인 거 다 알아요."

"응?"

"만화책 말이에요. 멍청하고 부당한 짓이에요." 분노로 눈에 눈물이 차오르고 있었다. 그녀는 눈을 깜빡거리지 않으려고 애썼다.

"그 만화책? 사무실에서 며칠째 돌고 있었던 거야. 그거 때문에 왜 그렇게 마음이 상했지?"

"아." 그녀가 내뱉었다. 어마어마하게 잘못 짚었다는 깨달음이 내려앉으며 숨이 멈춰졌다.

"죄의식인가?" 그가 그녀의 어깨를 꼭 붙들고 나서 서류 가방을 어깨에 휙 둘러멨다. "걱정 붙들어 매, 윌리. 자네가 빨갱이 아닌 건 내가 다

174

아니까."

"고마워요, 조지, 전—."

"기껏해야 분홍 정도랄까." 그는 웃고 있지 않았다. 그가 그녀의 책상에 열쇠를 내려놓았다. "우리 회사와 정부 프로젝트 사이에 끼어드는 게 아무것도 없었으면 좋겠어. 자네가 사생활에서 무슨 짓을 하건 간에 난 상관 안 해. 하지만 자네도 스스로 처신을 정리해야 할 거야. 알았지?" 그가 손가락으로 권총 모양을 만들어 그녀를 향해 쏘고 나서 문을 빠져나 갔다.

윌리는 아연실색해서 앉아 있었다. 급진적인 잡지들을 내다 버리고, 성적으로 뒤틀린 스케치를 찢어버리고, 침대 시트를 불태워버리자. 하지만 자기 자신은 무슨 수로 지울 것인가?

그녀는 주먹으로 문을 두드리는 소리에 펄쩍 뛸 만큼 놀랐다. 손글씨로 쓴 회사 이름이 붙어 있고 세로 홈들이 나 있는 유리 너머로 한 남자의 옆모습이 보였다. 'FBI야!'가 첫 번째로 든 생각이었다니, 부끄러웠다. 어처구니없는 생각이었다. 뭔가를 잊고 간 직원들 중 한 명일 것이다. 사무실을 둘러보니 에이브의 재킷이 그의 의자에 걸쳐져 있는 것이 눈에 들어왔다. 에이브일 뿐이야. 버스 패스가 담긴 지갑이 재킷 안에 들어 있겠지. 그녀는 재킷을 의자에서 집어 들었다. 자신도 이제 같이 나가야겠다고 생각했다.

문을 열고 보니 바깥에 서 있는 사람은 에이브가 아니었고, 목발에 기댄 지독하게도 깡마른 어떤 남자였다. 이 사이에 철사를 끼워 턱에 나사로 고정한 탓에 입술 양 끝이 올라가 있었다. 그는 그 기구가 아니었으면 미소가 됐을 법한 표정을 지었다. 그녀는 역한 혐오감에 뒤로 물러나며 문을 닫으려고 했다. 하지만 그가 고무 달린 목발 끝을 문틈으로 찔러 넣으며 밀치고 들어왔다. 문이 그녀 쪽으로 홱 열리며 그녀의 이마에 와서 부딪쳤고 안경에 금이 갔다. 그녀는 뒤로 쓰러지며 육중한 책상에 나가 떨어졌다. 철제 모서리가 허리에 부딪쳤다. 그러고는 바닥으로 굴렀다. 스튜어트의 책상까지 갈 수 있다면, 램프로 그를 후려칠 수 있을 것이다……

하지만 일어설 수가 없었다. 다리가 이상했다. 입에 철사 줄을 달고서 얼굴을 잔뜩 찌푸린 그가 절뚝이며 다가오는 동안에 그녀는 훌쩍였다. 그가 제 뒤로 문을 살짝 닫았다.

댄

1992년 6월 1일

댄과 커비는 덕아웃에 앉아 필드를 내다보며 저널리스트의 특권으로 누리는 혜택을 얘기하고 있었다. 따뜻하고 붉은 흙이 깔려 있고, 보송보송한 하얀 선들이 갈라놓은 필드는 말도 안 되게 초록이 짙었다. 벽돌 벽으로는 담쟁이덩굴이 더 자라고 있었다. 경기장 주변 건물들 옥상에서는 이미 파티가 시작되었지만, 익숙한 경기장 안은 아직 텅 비어 있었다.

기자들은 스타디움 높은 곳에 회색 의자들이 둥근 모양으로 놓여 있는 기자석에서 준비를 하고 있었다. 하지만 관중이 쏟아져 들어오기 시작하기까지는 40분이 족히 남아 있었다. 매점 상인들이 셔터를 올렸다. 핫도그 냄새가 일찌감치 공기를 코팅했다. 공간 전체가 잠재성으로 가득 차 있는 이 시간은 댄이 가장 좋아하는 시간 중 하나였다. 커비에게 반쯤 짜증이 나 있는 상태가 아니었으면 더 행복했을 것이다.

"내가 무슨 네가 〈선 타임스〉 도서관에 들어가게 해주는 패스도 아니고 말이야. 진짜 일을 좀 해야 한단 말이야." 그가 쏘아붙였다. "게다가 학점을 딸 생각이 있다면 더더욱."

"일하고 있었잖아요!" 그녀가 억울해서 으르렁거렸다. 그녀는 댄으로서는 이해가 가지 않는 펑크족 조끼에다 흉터를 가리는 목 높은 터틀넥을 입고 있었다. 가톨릭 신부의 옷에서 소매를 자른 것 같은 차림새였다. 기자석의 와이셔츠와 저지를 입은 군단과는 딱히 어울린다고 하지 못할 의상. 그는 이곳에 그녀를 데려오는 것이 불안했었다. 이제 와서 보니 그럴 만한 이유가 있었다. 그녀의 드러난 맨팔에 난 아름다운 금빛 털은 못 본 척했다.

"내가 승인된 질문 리스트를 줬잖아. 네가 해야 할 일은 그걸 읽고 물음표를 덧붙이는 것뿐이었어. 그러기는커녕 넌 내가 르페브르에게서 쓸 만한 한마디를 따내려고 엉덩이에 불이 나게 돌아다니는 동안에 파드레스 라커룸에서 카드놀이를 하고 선수들과 수작이나 부리더라고 사람들이 말해주더군."

"기자님이 주신 질문 다 했다고요. 다 한 다음에야 앉아서 포커를 한 거란 말이에요. 그게 다 멍석을 까는 작업이에요. 아주 굳건한 저널리즘의 원칙이라고 교수님들이 말해주었죠. 심지어 포커는 제 생각도 아니었어요. 샌드버그가 끼라고 했다니까요. 저 20달러 땄어요."

"귀엽고 순진한 소녀 연기를 하면 빠져나갈 수 있다고 생각하는 모양이지? 그런 연기로 네 평생 동안 이런저런 일에서 빠져나가겠다고?"

"저는 흥미를 가지고 흥미로운 일을 하면서 빠져나갈 수 있다고 생각했는데요. 호기심이 무지보다 나은 걸로 알고 있었다고요. 서로 흉터를 비교하는 것이 도움이 된다는 생각이 들더란 말이에요."

댄이 아주 약간 히죽거렸다. "그 얘기는 들었지. 새미 소사가 정말로 너한테 엉덩이를 까서 보여줬어?"

"우와. 뉴스를 선정적으로 만드는 사람이 어느 쪽인지 모르겠네요. 그 얘기는 누가 해줬어요? 그냥 허리 아래쪽, 엉덩이 바로 위였어요. 선수들이 샤워실에서 바로 눈앞에서 벌거벗는 그런 게 아니에요. 그는 그 커다란 쇠 쓰레기통에 부딪치는 바람에 아주 커다란 멍이 든 걸 보여준 거라고요. 친구한테 잘 가라는 인사를 하다가 쓰레기통을 못 봤대요. 반쯤 몸을 돌리다가 쾅 하고 부딪친 거죠. 자기가 가끔가다가 그렇게 어설프다고 하더군요."

"하. 혹시라도 그가 실수를 해서 경기를 죽 쑤면, 그 말을 기사에 넣어야겠군."

"기자님을 위해 심지어 받아 적기까지 했지요. 게다가 딴 흥미로운 얘기도 가져왔어요. 원정을 가느라 늘 여행을 다니는 얘기를 하고 있었는데요. 제가 그 사람들한테 LA의 한 비디오 가게 소파에 주저앉아 있다가 만난 여자와 일어난 재미나는 이야기를 들려줬어요. 그녀가 자기 남자친구랑 해서 저를 쓰리섬에 끌어들이려고 했고, 전 결국 새벽 네 시에 길거리로 나와 해가 떠오를 때까지 걸어 다녔죠. 도시 전체가 살아나는 광경을 보는 일은 정말이지 아름다웠어요."

"그 얘기는 듣지 못했는데."

"그런 얘기예요. 어쨌거나. 시카고로 돌아와서 좋다고 말했고요. 그리고 그레그 매덕스에게 여기 사는 기분이 어떠냐고 물었어요. 그런데 그가 좀 이상해지더라고요."

"어떻게 이상해지는데?"

커비가 노트를 확인했다. "라커룸 밖으로 나온 다음에 적어놓았어요. 그가 말하기를, '왜 내가 여기 말고 딴 곳으로 가고 싶어 한다고 생각들 하지요? 여기 사람들이 얼마나 친절한데. 팬들뿐만 아니라 택시 기사, 호텔의 짐꾼들, 길거리를 다니는 행인들마저 다 친절해. 다른 도시들은 사람들이 꼭 무슨 부탁이라도 들어주는 듯이 행동한다고나 할까.' 그러더니 윙크를 하고 자기가 제일 좋아하는 욕설 얘기를 하기 시작하더라고요."

"뭐 더 묻지 않고?"

"그가 입을 닫았어요. 더 묻고야 싶었죠. 야구 선수의 시카고란 어떤 곳일까, 좋은 기사가 나올 수 있을 거라고 생각했거든요. 시카고에서 최고로 봐야 할 곳 다섯 군데, 식당, 공원, 클럽, 가서 놀 만한 곳이든 뭐든 얘기를 따려고 했어요. 근데 그때 게임 준비를 하려고 르페브르가 다시 들어오는 바람에 쫓겨나고 말았죠. 그러고는 매덕스가 한 말이 좀 난데없고 웃긴다는 생각이 들었어요."

"그건 그렇기는 하네."

"그가 이적할 생각을 하고 있다고 보세요?"

"고려하고 있다고 볼 수 있겠지. 매드 독은 뭐든 다 제 손으로 해결해야 하는 사람이야. 최대한 밀어붙이는 걸 좋아하지. 철저하게 널 가지고 논 거야. 말인즉 그를 주의해서 계속 지켜봐야 한다는 말이지."

"발을 뺄 계획이라면 컵스로서는 좀 곤란해지겠네요."

"아니야, 나는 이해가 가. 자기가 뜻한 대로 야구를 할 최고의 기회가 있는 곳으로 가야지. 그는 지금이 최고로 잘나가는 때니까 말이야."

"아, 그래요? 그런 식으로 생각하신다고요?"

"이 천둥벌거숭이 아가씨야, 내 말 무슨 뜻인지 알잖아."

"그래요." 그녀가 제 어깨로 그의 어깨를 다정하게 툭 쳤다. 햇볕을 받은 그녀의 살갗이 어찌나 뜨거웠는지, 그는 셔츠를 통해 그 감촉을 곧바로 느낄 수 있었다. 그녀가 자신을 데게 하기라도 한 듯이.

"뭐 또 건져온 거 없나?" 그가 아무렇지도 않게 보이려고 애쓰면서 몸을 뺐다. '너 참 어처구니가 없군, 벨라스케스'라고 생각하면서. '너 뭐야,

180

열다섯 살이야?'

"기회를 주세요." 그녀가 말했다. "포커 게임이 또 있을 거예요."

"너한테 기회가 더 빨리 찾아오겠지. 난 속이는 데는 젬병이거든." 정말이지 젬병이었다. "자, 이제 가봐야지."

"저기서 경기 보면 안 돼요?" 커비가 센터필드 외야석 위에 떠 있는 녹색 스코어보드를 가리켰다. 그도 같은 생각을 한 적이 있었다. 스코어보드는 아름다웠다. 선명한 하얀색 글씨와 숫자가 들어가는 자리 사이로 열려 있는 창문들, 진정으로 미국적인 광경.

"너뿐만 아니라 다른 모든 관중도 같은 걸 바라고 있지. 하지만 그런 일은 일어나지 않을 거야. 저건 이 나라에서 마지막으로 남은 수동 스코어보드 중 하나야. 얼마나 조심스럽게 관리하는지 몰라. 아무도 들어가지 못한다고."

"하지만 기자님은 들어가 봤잖아요."

"그건 내 스스로 얻은 특권이었고."

"웃기시네요. 어떻게 들어간 거예요?"

"스코어판을 넘기는 사람을 분석했지. 몇십 년이나 그 일을 해온 사람이야. 그분은 전설이지."

"그분이 나도 한번 스코어보드를 넘기게 해줄 것 같아요?"

"너한테 기회가 올 일은 거의 없다고 봐야지. 게다가 이제는 네 정신세계가 어떻게 돌아가는지 내가 알아. 아무도 들어갈 수 없으니까 들어가 보고 싶은 거겠지."

"제 생각에 저기는 정말로는 미국에서 가장 힘 있는 사람들이 칵테일과 스트리퍼들과 함께 이 나라의 장래를 계획하는 비밀스러운 신사 클럽일 것 같아요. 아래서는 순결한 야구 경기가 벌어지고 있는 사이에 말이에요."

"바닥이 다 닳아빠진 그냥 방일 뿐이야. 그리고 더럽게 덥고."

"그렇게 말씀하시겠죠. 그게 바로 구단의 비밀을 보호하려고 애쓰는 사람이 할 법한 말 아니겠어요?"

"좋아, 내가 언제 너를 데리고 들어갈 수 있게 애써볼게. 하지만 통과 의례를 거치고 비밀 악수에 숙달하고 난 다음에야 데려갈 거야."

"약속해요?"

"저 하늘 위에 계신 분께 대고 맹세하지. 하지만 조건을 꼭 지켜야 해. 저기 기자석에 있는 내 동료들 앞에 가서, 프로답지 못하다는 이유로 내가 아주 너를 잡아먹지 못해 안달이라고, 회한에 가득 찬 척 연기를 해야 해."

"회한이 그득하죠." 그녀가 싱긋거렸다. "그렇게 들볶아 주시리라고 기대할게요, 댄 벨라스케스."

"내가 맞으니까 믿어."

그녀가 어울리지 못할 것이라는 불안은 쓸데없는 기우로 드러났다. 그녀는 실제로 잘 어울리지 못했고, 그것이 한층 매력을 더했다.

"꼭 UN 회의가 열리는 것 같네요. 전망은 더 확 트여 있고요." 대부분이 남자들이고 전화기들이 놓인 줄에 앉아 있는 기자들을 둘러보면서 커비가 내뱉었다. 그들은 소속 매체가 적힌 명패를 앞에 두고 앉아서 벌써부터 메모를 하고 경기 전의 시시껄렁한 얘기를 수화기에 대고 지껄이고 있었다.

"그래, 하지만 UN보다야 이게 훨씬 더 진지한 일이지." 댄이 말했다. 그녀가 웃었고, 그것이야말로 그가 정말로 원하는 전부였다.

"그렇죠. 어디 세계 평화 따위를 야구에다 가져다 대겠어요?"

"이 친구가 기자님 인턴이에요?" 케빈이 말했다. "나도 인턴 하나 둬야 겠네요. 이 친구가 세탁도 해다 주나요?"

"어디 믿고 맡길 수가 있어야지." 댄이 대꾸했다. "하지만 좋은 멘트를 따오는 재주는 좀 있지."

"좀 빌려주실 수 있어요?"

댄이 커비를 대신해서 발끈하려는 참인데, 그녀가 벌써 맞받아칠 대사를 마련해두었다. "그럼요. 하지만 봉급을 올려주셔야 돼요. 무급의 두 배가 얼마죠?"

기자석의 절반쯤에서 웃음이 터져나왔다. 안 그러면 이상할 일 아닌가. 경기가 진행되고 있었다. 컵스의 방망이들이 조금씩 딱딱 소리를 내기 시작하고 있었다. 기자석의 긴장이 고조되고, 불현듯 모든 사람들이 아래 다이아몬드 위에서 벌어지는 경기에 일제히 집중하고 있었다. 컵스가 이 경기를 이길 것도 같다. 그리고 그는 커비도 경기에 빠져드는 것을 보자 기뻤다. 마법 같았다.

경기가 끝난 후에 댄은 같은 일을 하느라 왁자지껄한 기자들 사이에서 노트에 적은 내용과 알아볼 수도 없이 휘갈겨 쓴 글씨를 전화로 읽어주었다. 커비는 그에게 악필에 처방전이라도 받아야 할 것 같다고 말했다. 경기가 극도의 투수전으로 늘어지던 끝에 컵스는 7회에 승기를 잡았다. 새로운 골든 보이 '매드 독' 매덕스의 공이 아주 컸다.

댄이 커비의 어깨를 토닥토닥 두드렸다. "잘했어, 꼬맹이. 너 어쩌면 이 일에 딱일지도 모르겠는데?"

하퍼

1932년 2월 26일

하퍼는 베어 브라더스와 프로디 상점(그곳은 그가 가진 돈의 색깔을 보기 전까지는 그를 개똥처럼 취급했다)에서 맞춘 양복을 입고서, 간호사 에타와 그녀의 하숙집 룸메이트를 데리고 저녁을 먹으러 갔다. 룸메이트인 몰리는 일리노이 주 브리지포트 출신의 교사로서, 빡빡한 친구에 비해 약간 거칠고 덜렁거렸다. 그녀는 그에게 짓궂은 미소를 날리며 자신이 에타의 샤프롱 역할을 할 것이라고 말했다. 그녀가 따라붙은 게 오로지 공짜 음식 때문임을 그가 모르기나 할 일이라고 말이다. 구두는 해어졌고 짙은 모직 코트에는 보풀이 양처럼 뭉쳐 있었다. 돼지와 양. 저녁으로 두툼한 양고기나 돼지고기를 먹을까 하는 생각이 들었다.

우유에 적신 하얀 식빵이나 으깬 감자 대신에 진짜 음식을 먹게 된 덕분에 그는 대체로 기분이 좋았다. 엄청나게 빠져버린 살은 턱이 낫기만을 기다리고 있었다. 철사 줄은 3주 후에 떼어냈지만, 최근까지도 제대로 씹지를 못했다. 셔츠는 헐렁해졌고, 어린 소년이었던 때 이래로 만져지지 않던 갈비뼈의 수를 셀 수 있을 정도였다. 아버지가 혁대로 때려서난 멍 덕분에 셈을 더 쉽게 할 수 있던 시절이었다.

그는 역으로 여자들을 마중 나가서 라 살르까지 눈이 오는 길을 걸어 갔다. 가는 길에 줄이 블록 절반까지 이어져 있는 새로 생긴 무료 급식소를 지나쳤다. 사람들은 창피해서 어쩔 줄을 몰라 신발에서 눈길을 들어 올리지 못했고, 추위 때문에 발을 동동 구르고 앞으로 끌어대고 했다. 가련하군, 하퍼는 생각했다. 그는 저 가련한 클레이턴 놈이 눈을 들어 자신을 봐주기를 바랐다. 양팔에 여자들을 끼고 새 양복을 입고 돈뭉치를 주머니에 넣고 다니는 자신을 봐주기를 바랐다. 호주머니에는 돈과 함께 칼이 들어 있었다. 그러나 그들이 바로 옆을 지나쳐 가는데도 클레이턴은 땅에다만 눈길을 박고 있었다. 그는 정액을 흘려보낸 성기처럼 칙칙하고 쪼글쪼글했다.

　돌아와 그를 죽일 수도 있었다. 어느 집 문간에서 새우잠을 청하는 그를 찾아낸다. 몸 좀 데우라고 집으로 그를 초대한다. 악감정은 남아 있지 않다고 구슬린다. 손에 위스키 잔을 쥐여주어 벽난로 앞에 앉게 하고, 망치의 못을 빼는 쪽으로 죽을 때까지 흠씬 두들겨 팬다. 클레이턴이 그에게 하고 싶어 했던 대로. 먼저 이를 뽑아내는 것으로 시작한다.

　"쯧쯧," 에타가 혀를 찼다. "점점 심해지네."

　"이 사람들 신세가 불쌍한 것 같아?" 그녀의 친구가 말했다. "학교 이사회가 우리 교사 전부한테 가증권으로 급료를 대신하는 방안을 논의하고 있어. 이제 진짜 돈 대신에 상품권이나 받아야 한다고?"

　"술로 월급을 받는 편이 낫겠네. 저 사람들 몰수하는 거 다 봐봐. 다 갖다버리고 누구한테도 소용이 없는 짓이지. 술은 몸을 따뜻하게 해주고 데워주기라도 하는데 말이야." 에타가 하퍼의 팔을 움켜잡으며 저 혼자만의 상상에 잠겨 있던 그를 끌어냈다. 그는 자신을 물끄러미 보는 클레이턴을 뒤돌아보았다. 그는 손에 모자를 들고서, 파리라도 들어갈 만큼 입을 벌리고 서 있었다.

하퍼는 여자들의 발걸음을 돌렸다. "내 친구에게 인사나 하러 가지."
그가 말했다. 몰리는 교태를 부리며 손가락을 꼼지락거리더니 순순히
따랐다. 하지만 에타는 인상을 찌푸렸다. "누구예요?"

"나를 조져놓으려고 했던 작자지. 이제 자기도 똑같은 맛을 볼 참이고."

"맛 얘기가 나왔으니까 하는 말인데……." 몰리가 에타를 쿡 찔렀다.
에타는 핸드백을 뒤적거리더니 '소독용 알코올'이라는 라벨이 붙은 작
은 유리병을 꺼냈다.

"그래, 그래. 우리 마시려고 독주를 조금 챙겨 왔어." 그녀는 한 모금 꿀
꺽 마시고 나서 하퍼에게 병을 건넸고, 하퍼는 병 주둥이를 코트에다 문
질러 닦고 입에 가져갔다.

"걱정하지 마요. 설마 진짜 소독용 알코올이겠어요? 병원에 약을 대주
는 회사가 갖다주는 물건이지."

술은 아주 독했고, 몰리는 탐을 부렸다. 그래서 그들이 동부 일리노이
의 마담 갈리에 닿았을 무렵에 새끼 양은 이미 고주망태가 되어가는 중
이었다.

식당 안 벽에는 한 이탈리아 오페라 가수의 커다란 캐리커처와, 도심
의 여러 극장에서 상연하는 공연자들의 사진이 걸려 있었다. 그들의 사
인이 환하게 빛을 발하는 얼굴 위로 휘갈겨져 있었다. 하퍼에게는 아무
런 의미도 없었지만, 여자들은 딱 알아보고서 구구거렸다. 그로 말하자
면, 웨이터가 추레한 코트들을 받아 들고 문 옆 옷걸이에 걸면서 아무런
말도 하지 않은 것이 감사할 따름이었다.

레스토랑은 벌써 반쯤 차 있었다. 변호사들과 보헤미안, 예술가 타입이
주된 손님들이었다. 응접실을 개조한 식당은 양편에 놓인 벽난로 덕분에

따뜻했고, 자리가 채워짐에 따라 왁자지껄하는 소리가 커져갔다.

웨이터는 그들에게 창 가까운 곳의 테이블을 안내해주었다. 하퍼는 한쪽에 앉고 여자들은 건너편에 나란히 앉아서 테이블 한가운데를 장식하고 있는 보기 좋은 과일 그릇을 바라보았다. 마담 갈리는 법도 제 맘대로 주무르고 있는 것이 분명했다. 웨이터가 술 장식장으로 특별히 개조한 책장에서 별다른 수선도 떨지 않고 키안티를 내온 것을 보면 말이다.

하퍼는 앙트레로 램 찹을 주문했고 에타도 같은 것을 주문했지만, 몰리는 똑같은 것은 시키지 않겠다는 반항적인 눈빛을 띠며 필레를 주문했다. 하퍼로서야 아무려나 상관없었다. 그에게는 다를 것이 없었다. 한 입당 다섯 가지 음식이 나오는 코스 요리가 1.5달러니, 이 머리 굴리기 좋아하는 처자가 뭘 먹고 싶어 하든지 간에 상관없었다.

여자들은 면을 돌리기 위해 태어났다는 듯이 포크로 열심히 돌려가며, 또 입맛을 쩝쩝 다시며 스파게티를 먹었다. 하지만 하퍼는 파스타 면이 미끄러워서 집어 올리는 데 애를 먹었고, 마늘 맛은 도무지 감당할 수가 없었다. 커튼은 담배 연기에 찌들어 지저분했다. 옆 테이블에 범세계주의자가 되려는 목표를 가진 젊은 여자가 코스 사이사이마다 담배를 태웠다. 그녀만큼이나 얼빠진 일행들은 지나치게 시끄럽게 떠들었다. 여기 모인 모든 얼간이들의 차림은 하나같이 가관이었으며, 저 잘났다고 쇼를 벌이고 있었다.

너무 오래됐어, 그는 깨달았다. 그는 거의 한 달 동안이나 아무도 죽이지 않았다. 윌리가 마지막이었다. 세계의 틈이 벌어져 씻겨나갔다. 더 하우스가 척추를 줄로 마디마디 묶는 것처럼 끌어대고 있는 것이 느껴졌다. 그는 잠자리를 아래 응접실 소파로 하면서 '방'을 피해보려고 애썼다. 하지만 꿈에서처럼 어느새 계단을 올라가 문가에서 그 물건들을 바라보고 있고는 했다. 곧 다시 저질러야 할 일이었다.

그동안에 테이블 건너편에 앉은 가축들은 속눈썹이 떨어져라, 서로 질세라 멍청하게 웃어대고 있었다.

에타가 입술을 좀 매만지겠다며 자리를 떴고, 그녀의 아일랜드 여자친구가 그의 옆으로 슬그머니 와서 앉았다. 그녀가 자기 무릎을 그의 무릎에 대고 눌렀다.

"커티스 씨, 당신 참 오늘의 발견이네요. 당신에 관한 모든 걸 듣고 싶어요."

"뭘 알고 싶지?"

"어디서 자랐는지, 가족은 어떻게 되는지. 결혼이나 약혼한 적 있어요? 돈은 어떻게 버는지. 뭐 빤한 얘기죠."

그녀가 하도 대담하게 질문을 던져대는 바람에 오히려 흥미가 발동했음은 부정할 수 없었다. "집이 하나 있어." 그는 막 나가고 싶은 기분이 들었고, 그녀는 너무 심하게 취해 있어서 다음 날 일어나서 그의 이름이라도 기억하면 요행이었다. 그가 한 말을 기억할 리는 만무했다.

"재산세를 내는 사람이다, 이 말이죠." 그녀가 재잘거렸다.

"집은 다른 시간으로 통해."

그녀가 알 수 없다는 표정을 지었다. "뭐가 뭐 어떻다고요?"

"더 하우스 말이야, 아가씨. 무슨 말이냐면, 난 미래를 안다는 거야."

"끝내주네요." 그녀가 그를 눈곱만치도 믿지 않는다는 듯이 가르랑거렸다. 하지만 장단을 맞춰주겠다는 뜻은 비쳤다. 그가 원한다면 지어낸 얘기가 아니라고 받아들일 태세였다. "그래, 깜짝 놀랄 만한 얘기를 좀 해봐요."

"아주 큰 전쟁이 또 다가와."

"아, 정말요? 걱정해야 돼요? '나의' 미래도 말해줄 수 있어요?"

"그건 널 열어봐야만 알 수 있어."

그가 예상한 대로 그녀는 그의 말을 잘못 알아들었다. 그녀는 좀 당황스러워하면서도 흥분했다. 그것 또한 예상할 만한 일이었다. 그녀는 손가락으로 아랫입술을 계속 훑어대며 미소를 거두지 않았다. "흠, 커티스 씨. 제가 당신 말을 믿을 마음이 들지도 모르죠. 하퍼라고 불러도 돼요?"

"지금 뭐 하자는 거야?" 에타가 붉으락푸르락해져서 그들 사이의 대화를 끊었다.

"그냥 얘기하고 있었어." 몰리가 키득거렸다. "전쟁 얘기를 하고 있었다고."

"이 싸구려 같은 년." 에타는 말을 내뱉고 나서, 선생 친구의 머리에 스파게티를 쏟아부었다. 스파게티가 몰리의 눈에서 질척였고, 토마토 덩어리와 간 쇠고기가 축축한 스파게티 면과 함께 머리카락에 엉겨 붙었다. 하퍼는 이 슬랩스틱 같은 폭행 사건에 놀라서 웃음을 터뜨렸다.

웨이터가 냅킨을 들고 부리나케 달려와서 몰리가 닦는 것을 도와주었다. "저런! 괜찮으십니까?"

여자는 분노와 망신스러움으로 몸을 벌벌 떨고 있었다. "이런 짓을 하는데 가만히 있는 거예요?"

"내가 보기에 이런 짓이야 이미 한 것 같은데." 하퍼가 말했다. 그는 리넨 냅킨을 툭 던졌다. "가서 씻고 와. 꼴사납네." 그는 웨이터의 손에 5달러짜리 지폐를 찔러 넣고서, 자기들한테 떠나달라고 말하라고 부탁했다. 팁은 기분이 한결 밝아진 덕택에 준 것이었다. 그가 에타에게 팔을 둘렀고, 에타는 넙죽 몸을 내맡겼다. 에타는 승리감에 우쭐해져서 미소를 지었다. 하퍼와 에타가 레스토랑을 나가 밤 속으로 거침없이 나서는 사이에 몰리는 울음을 터뜨렸다.

끈끈한 가로등 불빛이 길을 따라 비추고 있었고, 아무리 추워도 내처 호수까지 걸어가야 할 것처럼 느껴졌다. 신작로에는 눈이 두껍게 쌓여 있었고, 헐벗은 나뭇가지가 하늘을 배경으로 가느다란 레이스처럼 늘어 져 있었다. 키 낮은 건물들이 물가를 따라 어깨를 맞대고 늘어서 있었다. 버킹엄 분수의 단들이 하얀 포말로 부서지고, 거대한 청동 말이 어디로 도 움직이지 못하는 채로 얼어버린 물에 힘겹게 대항하고 있었다.

"꼭 아이싱 같네요." 에타가 말했다. "결혼식 케이크처럼 보여요."

"그저 디저트를 빼먹어서 아쉬운 거겠지." 그가 애써 정감 어리게 보이 려고 하면서 대꾸했다.

몰리를 떠올리고서 그녀의 얼굴이 어두워졌다. "걔가 자초한 일이야."

"그렇고말고. 너를 위해 그녀를 죽여줄 수도 있는데." 그가 간을 떠보 았다.

"내 손으로 죽이는 편이 좋겠어요. 그 싸구려 창녀." 그녀는 장갑을 끼 지 않은 맨손을 모아 갈라진 손가락을 호호 불었다. 그러고는 그의 손을 잡았다. 하퍼는 깜짝 놀랐지만, 그녀는 단지 분수에 기어오르는 지렛대 가 필요했을 뿐이었다.

"나랑 같이 올라가봐요." 그녀가 말했다. 그는 잠깐 망설이고 나서 그 녀의 뒤를 따라 기어올랐다. 에타는 눈을 헤치며 길을 만들고 얼음에서 미끄러지고 하며, 푸른 녹이 슨 해마까지 이르러 멈추고는 해마에 기댔 다. "타고 싶어요?" 그녀가 어린 여자아이처럼 말했다. 그는 그녀가 자기 친구보다도 심지어 더 교활하다는 것을 알았다. 하지만 그녀는 그의 흥 미를 자극했다. 그녀의 탐욕에는 어딘가 믿기 어려울 만큼 경이로운 구 석이 있었다. 비참함에 빠져서, 인류는 아랑곳없이, 자기 자신부터 앞세워 놓고 보는 이기적인 욕구의 여인. 자신이 그럴 자격이 마땅히 있거나 말거나 하는 것은 안중에도 없었다.

그때 그가 그녀에게 키스를 했다. 그 자신도 놀랐다. 그녀의 혀가 그의 입 안에서 민첩하고 미끈거리며 움직였다. 따뜻하고 작은 양서류. 그가 해마 쪽으로 그녀를 밀어붙였고, 한 손을 그녀의 스커트 아래로 집어넣어 더듬었다.

"우리 아파트로는 갈 수 없어요." 그녀가 몸을 뒤로 뺐다. "규칙이 그래요. 그리고 몰리도 있고요."

"여기서?" 그가 자기 지퍼를 더듬거리며 그녀를 돌려 세우려고 했다.

"안 돼요! 얼어 죽겠어요. 당신 집으로 가요."

발기가 사그라졌고, 그는 그녀를 불쑥 놓았다.

"절대 안 돼."

"뭐라고요?" 분수대에서 내려와 다시 미시간 애비뉴로 절뚝거리며 발걸음을 떼는 그의 뒤에 대고 에타가 기분이 상해서 외쳤다. "내가 뭘 어쨌어요? 이봐요! 그냥 가지 마요! 내가 무슨 창녀인 줄 알아요? 엿이나 먹으라고!"

그녀가 구두를 등에 던지는데도 그는 대꾸하지 않았다. 구두는 가련하게도 조금만 날아가다 말았다. 그녀는 눈밭을 가로질러 구두를 되찾아야 할 것이었다. 그녀가 느낄 망신을 생각하니 기분이 좋아졌다.

"엿 먹으라고!" 그녀가 다시 소리를 질렀다.

커비

1989년 3월 23일

잿빛 아침에 낮게 뜬 구름이 두둥실 뜬 배들처럼 호수 상공을 획획 지나쳐 가고 있었다. 7시가 될까 말까 한 시간. 개만 아니었다면 커비가 일어날 리 없는 시간이었다.

차 시동을 끄기도 전에, 주인을 세 번 거친 그녀의 닷선 자동차의 앞좌석으로 도쿄가 기어 올라와, 핸드 브레이크를 잠그려는 그녀의 팔을 크고 두툼한 발로 눌렀다.

"아야, 이 바보." 커비가 개를 떼어내어 의자에 앉히자, 개는 그녀의 얼굴에다 대고 방귀를 뀌는 것으로 보답했다. 개는 잠깐 죄책감을 내보이는 정도로 면피를 하고서, 내보내 달라고 창을 긁고 낑낑거리는 소리를 냈다. 쩍쩍 갈라지고 해진 좌석을 덮어놓은 양털 가죽 커버를 내리치며 꼬리가 흔들렸다.

커비는 개의 몸을 지나쳐 겨우 문을 열었다. 도쿄는 차 문틈에 코를 박아 문을 밀고 주차장으로 빠져나갔다. 그가 그녀가 앉아 있는 쪽으로 껑충껑충 돌아와서 뒷발로 점프를 하며 창문을 쳤다. 그녀가 차 밖으로 나가려고 하는데, 도쿄의 혀가 말려 있고 그가 내쉬는 숨에 차창에 김이 서렸다.

"너도 참 속수무책이다, 그거 알아?" 커비가 도쿄의 무게에 무겁게 문을 밀어 열며 투덜거렸다. 개는 기쁨에 젖어 컹 한 번 짖고 나서 풀이 난 길가로 한 번 달려갔다가 돌아와 그녀를 재촉했다. 이것이 그를 놔두고 가는 그녀의 이별 방식이었다.

마음이 매우 좋지 않았다. 하지만 레이첼의 집에서 나가려고 돈을 모으고 있었다. 3학년 기숙사는 털 많은 사람, 즉 남자는 룸메이트로 들이지 못한다는 게슈타포 식의 엄격한 규칙이 있었다. 그녀는 전철에서 아주 가까운 곳에 살 것이라고 스스로 다짐했다. 도쿄는 주말에 와서 산책을 시켜주면 된다. 그리고 건너편 집에 사는 아이에게 하루에 1달러를 주겠으니 도쿄를 데리고 동네 한 바퀴만 돌아달라고 구워삶아 놓은 터였다. 그래도 일주일이면 5달러고, 한 달이면 20달러다. 그 정도면 아주 많은 라멘을 먹을 수 있는 돈이었다.

커비는 마구잡이로 자란 호숫가의 풀 길을 헤쳐가며 도쿄를 뒤따라 걸었다. 물가와 더 가까운 곳에 차를 세웠어야 했지만, 그녀는 보통 주말 점심시간 무렵에 이곳에 왔었다. 물가 가까운 곳에 빈 구석을 찾을 수 없을 때다. 호수는 인파가 없으면 완전히 다른 곳이 되었다. 안개가 지고 풀을 벨 듯 훑고 지나가는 매서운 바람에 심지어 불길한 기분마저 들었다. 아주 열성적으로 조깅을 하는 사람들만 빼놓고, 모든 사람들을 몰아내는 냉기였다.

그녀는 더러운 테니스공을 호주머니에서 꺼냈다. 도쿄가 씹어서 뜯어지고 벗겨지고 질척한 공이었다. 그녀는 시어스 타워를 겨냥해서 호수 쪽 하늘에 높은 포물선을 그리며 공을 던졌다. 마치 시워스 타워를 무너뜨리기라도 하겠다는 듯이.

도쿄는 귀를 쫑긋 세우고서 집중하느라 입을 굳게 다물고 기다렸다. 그는 공을 쫓아 맹렬히 질주하는 동시에 수학적으로 정확하게 궤도를 예상해서 공중에서 떨어지는 공을 낚아챘다.

이때가 그녀가 돌아버리는 때였다. 공을 가지고 꼼지락꼼지락 장난만 치는 것이다. 공을 그녀의 손에 떨어뜨려 줄 듯 껑충껑충 뛰어왔다가, 그녀가 다가가면 한쪽에 몸을 수그리고서 목 깊은 곳에서부터 기쁨에 찬 우르릉거리는 소리를 냈다.

"개야! 내가 경고했다."

도쿄가 궁둥이를 하늘에 쳐들며 앞으로 몸을 수그렸다. 꼬리가 양옆으로 찰싹찰싹 흔들렸다. "으르르르르." 그가 말했다.

"공 줘, 안 그러면……. 널 러그로 만들어버릴 테니까." 그녀는 개에게 달려드는 시늉을 했고, 개는 두 발자국 뒤, 딱 그녀의 손이 미치지 않는 거리로 물러나서 몸을 떨어뜨리고, 다시 방금 전 같은 자세로 돌아갔다. 꼬리가 맹렬하게 돌아갔다.

"있잖아, 아주 난리도 아니야." 그녀가 청바지에 엄지손가락을 끼우고 관심 없다는 척, 그를 잡으러 가는 것이 절대로 아니라는 척하면서 물가를 한가로이 거닐었다. "북극곰하고 호랑이는 완전히 유행이 지났단 말이지. 하지만 개 가죽 러그, 특히 말썽 피우는 놈들 가죽으로 만든 러그 있잖니? 그게 품격이란 거란다, 아가야."

그녀는 도쿄를 잡으려고 돌진했지만, 넘어갈 도쿄가 아니었다. 흥분해서 깽깽거리는데, 이빨 사이로 문 공 때문에 소리가 둔탁하게 나왔다. 도쿄가 물가를 따라 쏜살같이 내뺐다. 그가 얼음처럼 차가운 파도를 찰싹거리고 있는 사이에 커비는 축축한 모래 위에 한쪽 무릎을 꿇었다. 도쿄가 짓는 강아지다운 미소가 얼마나 커다랬는지, 그녀가 있는 자리에서도 다 보일 지경이었다.

"안 돼! 못된 개야! 도쿄 스피드레이서 마즈라치! 당장 이리로 오지 못하겠어! 당장!" 도쿄는 말을 듣지 않았다. 생전 듣는 법이 없었다. 차 안에 푹 젖은 개를 들여놓는 것, 그녀가 잘도 좋아하는 일 가운데 하나였다.

"이리 오렴." 그녀가 날카로운 음조로 다섯 번 휘파람 소리를 냈다. 그가 복종했다. 말하자면 그랬다. 적어도 물을 헤치고 나와서 바랜 모래 위에 공을 떨어뜨리고, 개 스프링클러라도 작동하겠다는 듯이 세차게 몸을 흔들어 털었다. 그는 행복하게 컹 소리로 한 번 짖고 나서, 놀고 싶은 마음을 접지 않았다.

"아이고, 세상에." 커비가 내뱉었다. 그녀의 보라색 운동화가 진흙 속으로 잠기고 있었다. "잡히기만 해봐라—."

도쿄가 갑자기 머리를 다른 방향으로 홱 돌려서 한 번 짖더니, 근처의 풀밭을 가르고 달렸다.

노란색 바람막이 낚시꾼 옷을 입은 남자가 물가에 서 있었다. 옆에는 들통과 소화기가 담긴 수레가 있었다. 그가 봉돌을 무슨 쇠 파이프 같은 것에 넣고 소화기의 압력을 이용해 호수로 멀리 날렸다. 가만히 보자니 웬 괴상한 낚시 방법이었다. 소화기가 없었으면 그렇게까지 낚싯대를 멀리 던질 수 없었을 것이다.

"이봐요! 개 출입 금지예요!" 그가 마구 자라난 풀 사이에 바래가는 표지판을 가리키며 사근하게 말했다. 무슨 짓을 하는지 몰라도, 자신이 소화기를 가지고 하는 일은 합법적이라는 듯이 말이다.

"아니에요! 정말요? 어차피 쟤가 개가 아니란 걸 아시면 기쁘실 거예요. 개가 아니라 러그가 될 준비를 하고 있는 물건이니까요!" 그녀의 어머니는 그녀의 빈정거리기를 두고 '포스 필드'라고 일컬었다. 즉 1984년

이래로 남자아이들의 접근을 가로막는 장벽이라는 뜻이었다. 커비가 그런 사실을 깨달으면 그 짓을 멈출 것이라고 레이첼은 말했다. 커비는 다까진 테니스공을 집어 올려서 호주머니에 쑤셔 넣었다. 지긋지긋한 짐승 같으니.

기숙사에 들어가면 아주 속이 시원하겠다고 그녀는 생각했다. 아주 열렬하게. 이웃집은 도쿄라면 반색을 했다. 커비는 시간이 나면 주말에 와서 돌봐줄 것이다. 의지의 문제다. 하지만 누가 또 아는가? 주말에 도서관에 처박혀 있기라도 하면 일이 어찌 될지 말이다. 숙취에 시달릴 수도 있다. 잘생긴 남자와 달콤하고 어색한 아침을 즐기고 있게 될지도 모르는 일. 이제 프레드도 NYU 영화과를 가겠다고 떠나버린 마당이었다. 그것은 그녀의 꿈이었는데, 그가 입학 자격을 따내고 그대로 들어갔다. 최악은 그에게는 등록금을 낼 돈이 있었다는 것이다. 그녀는 설령 합격을 했다고 해도(그리고 합격해야 마땅했다. 제기랄. 그녀는 그의 전체 중추신경계가 가진 재능보다 더 많은 재능을 왼쪽 귓불 하나에 가지고 있었단 말이다), 돈을 감당할 길이 무슨 수로도 없었다. 그래서 그녀는 평생 갚아야 할 학자금 대출과 더불어, 다닐 날이 2년이 더 남은 드폴 대학교에서 영어와 역사를 공부하고 있었다. 졸업하고 나서 일자리 하나는 얻을 수 있겠거니 생각하며 다니는 학교였다. 물론 레이첼이야 오로지 힘만 되어주었다. 잘도. 커비는 레이첼을 괴롭히려는 뜻으로 회계나 비즈니스를 공부해볼까 고려할 뻔하기도 했다.

"도쿄오오오오!" 커비가 덤불 속으로 외쳤다. 다시 휘파람 소리를 내보기도 했다. "그만 까불어." 바람이 옷을 뚫고 파고들어, 팔에서 목까지 닭살이 쫙 올라왔다. 외투를 제대로 갖춰 입고 나왔어야 했다. 도쿄는 말할 것도 없이 조류 보호지로 들어간 것이었다. 그곳에서 줄을 풀어놓으면 황당할 만큼 비싼 벌금을 물렸다. 50달러, 혹은 두 달 치 산책시키는 돈이 깨진다. 라멘이 25개다. "넌 이제 장식품이야, 장식품. 이 개야!" 커비가 아무도 없이 텅 빈 물가에다 대고 소리를 질렀다. "내가 너랑 끝장을 보고 나면 넌 장식품이 될 거라고."

그녀는 보호지 입구 옆의 벤치에 앉았다. 벤치에는 긁어서 새긴 이름들이 있었다. '제나+크리스토, 영원하라.' 그녀는 벤치에 앉은 채 운동화를 다시 당겨 신었다. 모래가 양말 속으로 들어와 살갗을 쓸었고, 발가락 사이에 끼어 들어갔다. 덤불 어딘가에서 피위새가 노래를 부르고 있었다. 레이첼은 항상 새에 관심이 많았다. 새의 이름이라는 이름은 다 알았다. 그게 전부 그녀가 지어낸 이름임을 커비는 수년의 세월이 지나서 알아냈다. 그러니까 빨간 모자를 쓴 딱따구리나 수정 무지개 공작새 같은 이름의 새는 없음을 훗날에 가서야 알았다. 레이첼이 좋아서 갖다 붙인 단어들이었을 뿐이다.

커비는 발을 쿵쾅거리며 조류 보호지로 들어섰다. 새들이 지저귐을 멈춘 터였다. 여기 어딘가에 푹 젖고 말썽을 피우며 돌아다니는 개가 출현했으니 입을 다물밖에. 바람조차 잦아들었고, 저 뒤에서 파도도 마치 차량 행렬처럼 쉬쉬하는 소리로 작아졌다. "이리 나와, 빌어먹을 개야." 그녀는 다시 높은 음조로 휘파람을 불었다. 소리는 점점 높아져갔다.

누군가가 휘파람 소리로 응수를 해왔다. 정확히 똑같은 음조였다.

"참 귀엽기도 하시네요." 커비가 말했다.

휘파람 소리가 비웃듯이 다시 들려왔다.

"이보세요? 참 재수 없는 사람이네." 그녀는 불안감이 커짐에 따라 빈정거림의 수위를 높였다. "개 한 마리 못 봤어요?" 그녀는 잠깐 망설이다가 발을 떼어 빽빽한 덤불을 헤치며 휘파람을 불었던 사람이 대충 있을

법한 자리 부근으로 갔다. "있잖아요, 왜. 털북숭이 짐승, 당신 목을 뜯어
낼 수 있는 이빨을 가진 짐승 못 봤어요?"

대꾸가 없었다. 거칠게 숨을 몰아쉬는 소리만 들렸다. 목구멍에 헤어
볼이 박힌 고양이 소리 같았다.

관목 숲에서 한 남자가 나와 그녀의 팔을 붙들더니, 재빠르고 당해낼
수 없는 힘으로 그녀를 땅바닥에 내동댕이쳤을 때만 해도 비명을 지를
시간은 있었다. 본능적으로 몸을 보호하려고 손목부터 땅에 박았고 접
질렸다. 무릎이 돌에 얼마나 세게 부딪쳤는지, 시야가 잠시 동안 하얘졌
다. 눈앞이 다시 밝아졌을 때, 도쿄가 수풀 속에 모로 누워 들썩거리는
모습이 들어왔다.

누군가 도쿄의 목에 철사 옷걸이를 감아서 목을 베었고, 피가 털에 흥
건히 흘러나와 있었다. 머리는 돌아가 있었고, 어깨를 꿈틀거리며 몸을
빠져나오려고 애쓰고 있었다. 철사 줄이 쓰러진 나무의 툭 튀어나온 가
지에 감겨 있었다. 도쿄가 움직일 때마다 줄은 그의 살을 더 깊게 파고들
었다. 헥헥거리는 소리는 도쿄가 잘려나간 성대로 짖으려고 기를 쓰면서
나는 소리였다. 그녀 뒤에 서 있는 무언가를 향해 짖으려고 했던 것이다.

그녀가 팔꿈치를 괴고서 일어나려고 안간힘을 쓰는데, 남자가 그녀의
얼굴에 목발을 휘둘렀다. 충격에 광대뼈가 산산조각 부서졌고, 통증이
해골을 뚫고 솟아올라 폭발했다. 그녀는 축축한 흙을 움켜쥐었다. 그가
그녀의 등에 무릎을 꿇고 올라탔다. 그녀가 온몸을 비틀며 그의 아래서
발길질을 하는 사이에, 그는 그녀의 팔을 그녀의 등 뒤로 비틀어 잡아당
기고서, 손목을 철사로 묶는 동안에 끙끙거리는 소리를 냈다. "더러운 새
끼, 떨어져." 그녀가 흙을 덮은 덮개들과 나뭇잎들에 얼굴을 박고 내뱉었
다. 입에서 축축하고 썩은 맛, 물렁하고 모래 같은 맛이 났다.

그는 이 사이로 거친 숨을 내쉬며 그녀의 몸을 난폭하게 돌리고, 그녀가 소리를 지르기 전에 입에다 테니스공을 쑤셔 넣었다. 그 바람에 입술이 찢어지고 이가 하나 깨졌다. 공은 들어가면서 꽉 눌렸고, 입을 벌어지게 만들었다. 고무와 개의 침과 피 맛에 숨이 막혀왔다. 그녀는 혀로 공을 밀어 빼내려고 해보았다. 하지만 부러진 이빨 조각만 물었을 뿐이었다. 입안에 '자신의 뇌' 조각이 물려 숨이 막혔다. 왼쪽 눈이 흐릿해지고 보라색으로 보였다. 광대뼈는 안구 쪽으로 밀려 올라갔다. 하지만 어차피 어디 한 군데라도 그보다 성한 곳이 있는 것도 아니었다.

공을 물고 숨을 쉬기는 어려웠다. 그가 어찌나 단단히 묶어서 처박아 눕혀놓았는지 감각이 없어져버렸다. 철사 끝이 척추를 파고들고 있었다. 커비는 그에게서 빠져나가려고 어깨를 휘저으며 꿈틀거렸다. 흐느끼면서. 마음속에 목적지는 없었다. 하느님, 제발, 빠져나가게, 빠져나가게만 해주세요. 하지만 그가 그녀의 허벅지에 올라타 몸무게를 실어 내리누르고 있었다.

"너한테 줄 선물이 있어. 두 개야." 그가 말했다. 혀끝이 이 사이로 삐져나와 있었다. 그는 외투를 집으면서 높은 소리로 쌕쌕거렸다.

"뭘 먼저 할래?" 그가 그녀에게 보여주려고 양손을 내밀었다. 반짝거리는 은색과 검은색의 작은 케이스. 나무 손잡이의 접이식 칼.

"결정 못 하겠어?" 그가 라이터를 켰다. 상자를 열면 튀어나오는 스프링 인형처럼 불꽃이 확 치솟았다. 그는 라이터를 껐다. "이건 나를 기억하게 해주는 거." 그러고는 접이식 칼의 날을 폈다. "이건 그냥 해야 할 일이고."

그녀는 공 때문에 있는 대로 분노가 치솟아서, 그를 떨어뜨리려고 발길질을 했다. 그는 그녀를 바라보며 그녀가 하는 대로 내버려 두었다. 즐겁다는 듯이 그녀를 내려다보았다. 그러고는 라이터를 그녀의 눈구멍에 가져다가 모서리로 부러진 광대뼈를 쑤셨다. 고통이 턱에서 척추까지 포물선을 그리며 꿰뚫는 바람에 머릿속에서 검은 점들이 뭉게뭉게 폭발했다.

그는 그녀의 티셔츠를 걷어 올려서 살갗을 드러냈다. 겨울처럼 창백한 색이었다. 그가 손을 그녀의 배까지 끌어내렸다. 그의 손가락 끝이 그녀의 살갗을 탐욕스럽게 움켜잡으며 멍을 남겼다. 그러고는 그녀의 복벽에 칼을 박고 비틀었다. 그리고 손의 궤도를 따라 들쭉날쭉하게 벤 상처에서 칼을 뽑았다. 그녀가 공에다 대고 비명을 지르며 그를 걷어찼다.

그가 웃었다. "살살 하자고."

그녀는 알아들을 수 없는 말을 하며 흐느꼈다. 입으로는 고사하고 머릿속에서도 말이 되게 단어를 이어 붙일 수가 없었다. 하지 마요, 제발. 하지 마요, 하지, 옇같이, 감히, 하지 마, 하지 마, 제발, 하지 마.

그들의 호흡이 똑같은 박자로 나왔다. 그는 흥분해서 쌕쌕거리고, 그녀는 토끼처럼 숨을 들이마셨다. 피가 그렇게 뜨거울 줄은 상상도 하지 못했었다. 자기 몸에다가 오줌을 싸는 기분이었다. 그리고 상상했던 것보다 더 걸쭉했다. 어쩌면 그가 볼일을 다 보았을지도 모른다. 어쩌면 다 끝났을지도 모른다. 그는 그녀를 조금만 해치고 싶었던 것이다. 누가 대장인지 보여주려는 생각이었을 것이다. 여러 가지 가능성에 정신이 멍해졌다. 정신을 차리고 그를 볼 수가 없었다. 그의 얼굴에 드러나 있을 의중을 알아보기가 너무도 두려웠다. 그래서 그녀는 그냥 누워서 나뭇잎 사이로 언뜻 비쳐드는 창백한 아침 해를 바라보며 자신과 그의 거칠고 빠른 호흡 소리에 귀를 기울였다.

하지만 그는 아직 일을 끝낸 것이 아니었다. 그녀는 신음을 내뱉고 칼날 끝이 살갗에 닿기 전에 몸을 빼내려고 꿈틀거렸다. 그가 잔인한 미소를 띠며 그녀의 어깨를 토닥거렸다. 그의 머리카락은 떡이 져 흘러내려 있었고 고된 분투에 땀으로 젖어 있었다. "더 크게 소리 질러보렴, 아가야." 그가 귀에 거슬리는 걸걸한 목소리로 말했다. 입에서는 캐러멜 같은 냄새가 났다. "누가 네 소리를 들을지도 모르잖아."

그는 칼을 스윽 찔러 넣더니 비틀었다. 그녀는 있는 힘을 다해 비명을 질렀다. 공에 가로막힌 소리로 있는 힘껏 지르며, 그에게 복종한 제 자신에게 곧장 경멸의 감정을 느꼈다. 그러고는 소리를 지르게 해준 그에게 감사하는 마음이 들기도 했다. 그 때문에 수치심은 더욱 커졌다. 어쩔 도리가 없었다. 그녀의 몸은 그녀의 정신과 갈라선 짐승이었고, 수치스럽고 타협하는 덩어리였다. 멈출 수만 있다면 무슨 짓이든지 하겠다는 동물의 몸이었다. 살 수만 있다면 무슨 짓이든 할 수 있었다. 제발요, 하느님. 그녀는 눈을 감았다. 그가 집중을 하는 표정이나 그가 바지를 잡아당기는 모습을 보고 싶지 않았다.

그는 미리 결정해두었던 것 같은 방식으로 칼을 내리 찔렀다가 빼냈다. 여기에 온 것이 그에게 걸려들기 위해서인 것처럼 느껴졌다. 그녀는 이곳이 자신이 있어본 유일한 장소인 것처럼 느껴졌다. 상처의 예리한 통증 아래서 칼날이 지방 조직을 건드리는 것이 느껴졌다. 소의 등심을 도려내는 것처럼. 피와 똥 냄새가 나는 도살장. 제발, 제발, 제발.

끔찍한 소리가 들려왔다. 그가 숨을 쉬는 소리나 살덩어리가 칼에 썰리는 소리보다 더 끔찍했다. 그녀는 눈을 뜨고 도쿄 쪽으로 머리를 돌렸다. 도쿄는 몸을 벌벌 떨고 머리를 뒤틀며 발작을 일으키는 것처럼 보였다. 그가 만신창이가 된 목구멍으로 으르렁거렸다. 입술이 뒤로 젖혀져 이빨에 생긴 붉은색 거품이 드러나 있었다. 그가 묶인 통나무 전체가 그의 움직임에 따라 흔들렸다. 그가 묶인 철사 줄이 나무에 톱질을 하는 듯했고, 나무껍질 조각과 이끼가 투두둑 떨어져 내렸다. 선연한 피 거품이 그의 털에 무슨 음란한 목걸이처럼 방울져 맺혀 있었다.

"하지 마." 겨우 내뱉은 말이 뭉개져서 나왔다.

그자는 그녀가 자신에게 말을 한다고 생각했다. "이건 내 잘못이 아니야, 아가." 그가 말했다. "네 잘못이지. 너는 빛이 나서는 안 되었어. 내가 이런 짓을 하게 만들면 안 됐어." 그가 칼을 그녀의 목으로 옮겼다. 그는 도쿄가 마침내 몸을 풀고 자기에게 곧바로 올라타는 것을 알아차리지 못했다. 개는 그에게 올라타서 그의 외투를 뚫어 팔을 물고 놓지 않았다. 칼이 그녀의 목에서 흔들렸다. 아주 얇게 찔려서 경동맥을 슬쩍 긁은 정도에서 그가 칼을 떨어뜨렸다.

남자가 분노로 울부짖었고, 동물을 흔들어 떼어내려고 했지만, 도쿄의 입은 철통 자물쇠처럼 잠겨 있었다. 도쿄의 무게 때문에 그가 주저앉았다. 그는 다른 손으로 더듬거리며 칼을 찾았다. 커비는 칼을 굴려 보내려고 했다. 몸놀림이 너무 느리고 둔했다. 그가 그녀의 몸 아래서 칼을 잡아 들었고, 도쿄가 기다랗고 거친 한숨을 내쉬었다. 그는 개를 팔에서 떼어내고 개의 목에 꽂은 칼을 잡아당겼다.

그녀는 어떤 식으로든 싸움을 해볼 힘이 남지 않았다. 눈을 감고서 죽은 척 연기를 해보려고 했다. 연기는 볼로 흘러내리는 눈물 때문에 들통이 나고 말았다.

그는 팔을 쥐고서 그녀에게 기어왔다. "날 속이진 못해." 그는 진찰이라도 하듯이 그녀의 목에 난 상처를 손가락으로 쑤셨고, 그녀는 또다시 비명을 질렀다. 피가 꿀럭꿀럭 흘러나왔다.

"곧 피가 다 빠져나와서 죽을 거야."

그가 그녀의 입에 손을 뻗어 테니스공을 빼내더니 손가락 사이에 끼고 찌부러뜨렸다. 그녀가 그의 엄지손가락을 이로 갈듯이 있는 힘을 다해 물었다. 그녀의 입에 피가 더 흘러들었지만, 이번에는 그의 피였다. 그가 그녀의 얼굴을 주먹으로 쳤고, 그녀는 잠시 기절했다.

정신이 돌아오니 쇼크가 밀려왔다. 눈을 뜨자마자 통증이 내리눌렀다. 모루로 머리를 두들겨대는 것 같았다. 그녀는 눈물을 줄줄 흘리기 시작했다. 이 엿 먹을 놈이 한 손에 목발을 헐렁하게 쥐고서 절뚝거리며 멀어져가고 있었다. 그가 발을 멈추더니 돌아와서 자기 호주머니를 뒤졌다. "까먹을 뻔했네." 그가 말했다. 그는 라이터를 그녀에게 던졌다. 라이터는 그녀 머리 근처 풀에 떨어졌다.

커비는 죽고 싶은 마음으로 누워 있었다. 고통을 멈추기 위해 죽고 싶었다. 하지만 그녀는 죽지 않았고 아픔도 멈추지 않았으며, 도쿄는 자신도 죽지 않았다는 듯이 약하게 끙끙거리는 소리를 냈다. 그리고 그녀는 지독하게 열이 받기 시작했다. 죽일 놈.

그녀는 엉덩이에다 몸무게를 싣고 손목을 이리저리 돌렸다. 그 바람에 신경이 깨어나며 머리에 꽥꽥거리는 모스 부호가 후려쳐졌다. 그의 조치는 엉성했다. 그녀를 짧은 기간 잡아두려는 수단이었지, 계속 붙잡아두려는 것이 아니었다. 특히 그녀는 무게가 가벼운 상대였다. 손가락에 너무 감각이 없어서 제대로 풀 수가 없었지만, 피가 일을 더러 쉽게 해주었다. 결박에는 윤활유지, 이런 생각을 하면서 그녀는 스스로 놀라 쓰라리게 웃었다.

이런 일 따위 엿이나 먹어.

그녀는 손을 빼냈고, 일어나려고 시도하다가 기절을 해버렸다. 몸을 일으켜 무릎을 꿇는 데까지 4분이 걸렸다. 초를 세고 있었기 때문에 알

왔다. 그것이 계속 의식이 깨어 있게 스스로를 채찍질하는 유일한 길이었다. 그녀는 출혈을 막으려고 허리에 재킷을 둘러막았다. 묶을 수는 없었다. 손을 너무 떨고 있었고, 그 대단하신 운동신경이 못쓰게 되어 있었다. 그래서 안간힘을 다해 재킷을 청바지 뒤에 끼워 넣어보려고 했다.

그녀는 무릎을 질질 끌어 도쿄에게 다가갔다. 도쿄는 그녀에게 눈을 굴리며 꼬리를 흔들어보려고 애썼다. 그녀는 그를 끌어 올려 제 팔에 누인 후 가슴으로 끌어 올렸다. 그러고는 하마터면 그를 떨어뜨릴 뻔했다. 그녀는 파도 소리가 들리는 길을 따라 개를 품에 안고 비틀거리며 갔다. 그의 꼬리가 그녀의 허벅다리를 약하게 쳤다. "괜찮아, 아가야, 거의 다 왔어." 그녀가 말했다. 목소리에서 양칫물을 헹굴 때 부글부글하는 것 같은 지독한 소리가 흘러나왔다. 목으로 피가 흘러내려 티셔츠를 흠뻑 적셨다. 중력이 끔찍하게 느껴졌다. 백만 배는 강해진 것 같았다. 피로 떡진 개의 무게 때문이 아니었다. 세상의 무게 때문이었다. 몸 한복판에서 뜨겁고 미끄러운 것이 풀려나는 것이 느껴졌다. 그 문제는 생각할 겨를도 없었다.

"거의 다 왔어. 거의 다 왔어."

나무들이 끝나고 부두로 이어지는 시멘트 길이 나왔다. 낚시꾼이 여전히 그곳에 있었다. "도와주세요." 쉰 소리로 입을 벌렸지만, 너무 약해서 그의 귀에 가 닿지 않았다.

"도와주세요." 그녀가 소리를 질렀고 낚시꾼이 돌아보았다. 그가 입을 떡 벌리다가 파이프에 든 봉돌을 잘못 쏘아버렸다. 봉돌이 못써서 버린 청어 무리 껍질 사이의 시멘트 바닥을 통통 굴렀다. "아니, 이게 무슨?" 그는 낚싯대를 떨어뜨리고, 수레에서 나무 막대를 확 빼냈다. 그가 나무를 자기 머리 위로 휘두르며 그녀에게 달려왔다. "어느 놈이 이런 짓을 한 거예요? 어디 갔어요? 도와주세요! 누구 없어요?! 구급차! 경찰 불러요!"

그녀는 도쿄의 털에 얼굴을 묻었다. 그가 꼬리를 흔들고 있지 않다는 것을 깨달았다. 내내 흔들지 않고 있었다.

물리의 문제였다. 덜거덕거리며 한 발 한 발 옮기느라 도쿄가 꼬리를 흔든다고 느낀 것이었다. 같은 힘의 반대 방향으로 가는 반작용.

칼이 그의 목에 여전히 꽂혀 있었다. 척추뼈에 아주 깊게 박혀 있어서 외과 수술로 빼내야 할 것이고, 그래서 과학 수사에는 쓸모가 없는 증거품이 되고 말 것이다. 그것이 그 작자가 일을 멈추고 손을 털게 해서 그녀를 구해준 것이었다.

제발 그만, 하지만 그녀는 말을 하지 못할 정도로 철철 눈물을 흘리고 있었다.

댄

1992년 7월 24일

드리머즈 안은 말이 나오지 않을 만큼 더웠다. 그리고 시끄러웠다. 댄은 밴드가 아직 시작조차 하지 않았는데도 그들의 음악이 싫었다. 대관절 무슨 밴드 이름이 '벌거벗은 레이건(Raygun)'이란 말인가? 그리고 언제부터 일부러 더럽게 보이는 게 대단한 것이 됐는가? 괴상한 수염을 달고 검은 티셔츠를 입은 꾀죄죄한 남자들이 정작 밴드는 아직 등장하지도 않았는데 무대를 끝도 없이 왔다 갔다 했다. 밴드는 아이러니하게도 더 깔끔하게 차려입고 나와, 기타와 플러그들과 페달 보드를 만지작거렸다. 그 일 또한 끝날 생각을 하지 않았다.

신발이 바닥에 자꾸 들러붙었다. 사람들이 흘린 술과 담배꽁초가 나뒹구는 그런 바닥이었다. 그나마 실제 묘석이 깔려 있는 발코니와, 복사한 전단지가 벽지 노릇을 하는 화장실의 2층보다는 나았다. 가장 희한한 것은 방독면을 쓰고 힐을 신은 여자가 담긴 연극 전단지였다. 무대 위의 남자들은 비교를 하자면, 완전히 주류처럼 보일 정도였다.

그는 자기가 여기서 무슨 짓을 하는 건지 통 알 길이 없었다. 커비가 와달라고 부탁했기 때문에 왔을 뿐이었다. 그녀는 프레드를 만나기가 어색할 것 같아서 댄을 끌어들였다. 그리고 이런, 언제는 어색할 일이 아니었는가. 첫사랑이라고 그녀는 댄에게 말했다. 그렇게 말하면 댄이 더더욱 만나고 싶어질 텐데도 말이다.

프레드는 너무도, 매우, 정말이지 어렸다. 그리고 멍청했다. 어린 시절의 연인은 돌아와서는 안 된다. 영화학교에 다니는 연인은 더욱이 안 된다. 특히 그들이 할 이야기가 영화가 전부라면 안 된다. 댄은 들어본 적도 없을 영화들. 그는 전처의 생각은 어떨지 몰라도 그렇게까지 교양 없는 얼간이는 아니었다. 하지만 아이들은 예술영화 상영관을 얘기하던 중에 완전히 뜬구름 잡는 실험적인 똥 덩어리로 옮겨 가고 있었다. 프레드가 그를 대화에 끼어들게 하려고 계속 애쓰는 바람에 일은 더 나쁘게 돌아갔다. 프레드는 여전히 착했고, 그것이야 참작할 만한 점이었다. 그렇다고 해서 그가 그녀에게 어울리는 값어치가 있는 사람이 되는 것은 아니었다.

"레미 벨보 작품 아세요, 댄?" 머리를 하도 짧게 깎아놔서, 머리통에 솜털 같은 것만 덮여 있는 머리로 프레드가 말했다. 얼굴은 염소수염과 입술 아래 쇠로 만든 커다란 여드름처럼 보이는 피어싱으로 마무리되어 있었다. 보기에도 짜증스러운 피어싱이었다. 댄은 가까이 다가가 그것을 터뜨리고 싶은 충동을 억누르느라 혼났다. "그는 예산이 없어서 벨기에에 묶여 있어요. 하지만 그의 작품은 정말로 자신을 인식하고 있어요. 너무도 현실적이죠. 정말로 자신의 작품대로 사는 사람이에요."

댄은 자신도 자신이 하는 일을 실천하여 야구 방망이를 누군가의 얼굴에 휘두르는 장면을 상상해보았다. 따끔하게 본보기를 보여주는 것이다.

밴드가 공연을 시작해서 대화가 중단되었다. 축복이었다. 그리고 프레드를 죽여버리고 싶다는 욕구가 주체할 수 없이 몰려왔다. 첫사랑 씨는 열광으로 정신이 나가서 고래고래 함성을 질러대며 댄에게 맥주를 맡기고, 군중 사이를 밀치며 무대 앞쪽으로 갔다.

커비가 몸을 옆으로 기울여 그의 귀에다 대고 외쳤다. 어쩌고저쩌고, 복수, 어쩌고 하는 얘기가 들렸다.

"뭐라고?" 그도 외쳤다. 그는 레모네이드를 십자가상처럼 쥐고 있었다. (당연하게도 이 바가 저알코올 음료를 팔 리는 없었다.)

커비는 댄의 귀 윗부분 물렁뼈를 작은 고리 삼아 엄지로 누르고서 다시 외쳤다. "기자님이 절 끌고 다닌 경기들에 대한 복수라고 생각해요!"

"그건 일이었잖아!"

"이것도 일이에요." 커비가 기분 좋게 미소를 지었다. 무슨 재주를 부렸는지 몰라도, 그녀는 〈선 타임스〉의 라이프스타일 섹션에 공연 리뷰를 쓰겠다고 짐을 설득해냈던 것이다. 댄이 그녀를 노려보았다. 그녀가 실제로 관심 있는 것을 쓰게 되었으니 기뻐해주어야 마땅했다. 한데 그는 사실 질투를 하고 있었다. '그런' 식의 질투가 아니다. 그게 무슨 우스꽝스러운 짓인가. 하지만 그는 그녀가 곁에 있는 것에 익숙해져 있었다. 만약 그녀가 라이프스타일 기사를 쓰기 시작하면, 그가 원정 경기를 취재하러 미 대륙을 반쯤 건너가 있을 때 전화선 건너편에 있지 않게 될 것이다. 그에게 선수들의 부상 소문에 관한 최신 정보나 타율 기록을 알려주며 전화를 받을 그녀가 없어진다. 그의 소파에 거리낌 없이 발을 말고 올라가 앉아 옛날 경기 비디오를 보고, 순전히 그를 짜증 나게 하려고 야구에다 농구나 하키 용어를 갖다 붙이고 있을 그녀가 없어진다.

그의 친구 케빈이 요전 날 그녀를 놓고 그를 골린 일이 있었다. "그 애한테 마음 있죠?"

"무슨," 그가 말했다. "안됐다는 생각이 들어. 보호해주고 싶은 마음에 가깝지. 부성애 같은 거야."

"아, 그녀를 구출해주고 싶다 이 말이군요."

댄은 마시던 음료에다 입을 대고 코웃음을 쳤다. "자네가 한번 만나봐, 그런 말이 나오나."

하지만 그런 말로는 그가 벌거벗은 여자들이 벌이는 향연을 상상하며 자신의 외로운 침대에서 급한 일을 해결하고 있을 때 왜 머릿속으로 그녀가 번쩍번쩍 스쳐 지나가는지 설명이 되지 못했다. 그는 그럴 때면 심하게 죄의식이 들고 혼란스러워져서 손을 멈출 수밖에 없었다. 그러고는 찔리고 지독한 기분이 드는 가운데 손을 다시 움직이는 것인데, 그러면서도 그녀에게 입을 맞추고 팔을 둘러 제 가슴에 끌어안고 그녀의 가슴을 밀착시켜보면 어떤 기분일까 생각하는 것이었다. 그리고 그녀의 입에 혀를 밀어 넣는다……. 도대체 뭐 하자는 짓인가.

"그냥 그녀와 한번 해치우고 속에서 털어내 버리세요." 케빈이 철학자 같이 말했다.

"글쎄, 그런 게 아니래도." 댄이 대꾸했다.

* * *

하지만 이건 일이 맞았다. 그녀는 일을 받았고, 그 말은 지금 이곳에 와 있는 것이 프레드와의 데이트는 아니라는 뜻이었다. 잘난 척하는 이 얼간이가 때마침 시카고에 왔을 뿐이고, 오늘이 그가 그녀를 만나기에 가장 편한 밤이었을 뿐이다. 그렇게 생각하고 평안을 찾으면 그만이었다. 밴드의 청각 테러에서 살아남는다는 가정하에 말이다.

댄은 사랑스럽기 그지없는 빨간 머리 웨이트리스가 나르는 나초 접시를 바라보았다. 그녀는 양팔에 문신을 했고, 피어싱을 수도 없이 하고 있었다.

"저라면 관두겠어요," 커비가 귀를 또 아까같이 잡으며 말했다. 아주, 그녀가 잡은 귀 부분의 이름이 그의 머릿속에 갑자기 떠올랐다. 마치 십자말풀이의 힌트처럼, 그 조그만 물렁뼈를 부르는 이름이 바로 그것이었다. "입에 댈 만한 음식이 아니란 평이 자자해요."

"내가 웨이트리스를 쳐다본 게 아니라고 어떻게 장담하지?" 댄도 큰 소리로 외쳤다.

"알죠. 저 여자는 스테이플러 심보다도 피어싱을 더 많이 했잖아요."

"맞아. 나한테 호소력을 발휘하는 요소는 아니지!" 헤아려보니 14개월 동안 섹스를 하지 않았다. 애비라는 이름의 레스토랑 매니저와 했던 소개팅은 잘 풀렸다. 적어도 그는 그렇게 생각했다. 하지만 그녀는 후에 그가 건 전화에 답을 하지 않았다. 그는 그 후에 그 경험을 천 번쯤 생각해보며, 자신이 뭘 똑바로 하지 못했는지 알아내려고 애썼다. 단어 하나하나를 다 분석해보았는데, 섹스는 좋았기 때문이다, 아내인 베아트리스 얘기를 너무 많이 했나 싶기도 했다. 이혼을 하고 나서 너무 빨리 데이트를 나갔는지도 몰랐다. 허전한 마음에 여자를 만나보겠다는 생각이 들었다. 그처럼 여행을 많이 하고 다니는 사람에게는 기회가 숱하게 올 것이라고 생각하기 쉽겠지만, 알고 보니 여자들은 그에게 하룻밤 즐기는 것이 아니라 구애를 받기를 원했다. 싱글로 사는 일은 그가 기억하는 것보다 힘겨웠다.

그는 지금까지도 때로 베아트리스의 집을 차로 지나쳐보곤 했다. 그녀의 이름은 전화번호부에 있었고, 그녀를 찾아가는 것이 범죄는 아니었다. 몇 번인지 셀 수도 없을 만큼 무선전화기 버튼을 눌렀다가 끝내 통화

버튼을 누를 용기를 내지 못했다.

그는 노력했다. 정말로 노력했다. 그녀도 어쩌면 그를 대견하게 생각해줄는지 모른다. 이렇게 외출도 하고, 클럽에 가서 밴드 음악을 듣고 살인미수 피해자인 스물세 살짜리와 그녀의 어린 시절 연인과 함께 레모네이드를 마시고 있는 그의 모습을 본다면 말이다.

둘 사이에 얘기해볼 만한 거리가 되리라. 두 사람은 도무지 영문을 모를 이유로 이야기할 거리가 동이 나고 말았다. 그의 잘못이다. 그도 알았다. 해리슨이 인쇄를 허락하지 않은 기삿거리를 강박적으로 그녀와 나누고 싶었던 마음은 그에게는 일종의 퇴마 의식이었다. 세세한 사항은 더없이 소름 끼치고, 더 나쁘게는 더없이 슬픈 사건들이었다. 그는 다룰 명분이 없어진 얘기, 결국 미제로 남았거나 허공에 떠버린 사건, 마약 중독자 미혼모를 둔 아이들 얘기를 쓰려고 매달렸다. 아이들은 학교에 계속 다니고 싶어 했으나 결국 길바닥으로 내몰렸는데, 솔직하게 말해서 그들이 거기 말고 갈 곳이 어디였을까? 하지만 누가 된들, 그런 끔찍한 범죄 얘기를 얼마까지 버티며 들을 수 있을까? 실수였다. 이제 그도 깨달았다. 모질다 못해 끔찍한 클리셰였다. 그런 얘기는 함께 나누지도 말아야 하는 법이다. 사랑하는 사람을 그런 일에 휘말리게 하는 것은 고사하고 말이다. 그녀도 위협을 받고 있다는 얘기는 절대로 꺼내지 말았어야 했다. 만일에 대비해서 총을 샀다는 얘기는 하지 말았어야 했다. 거기서 그녀는 결정적으로 질려버렸다.

그는 정식으로 정신 상담을 받았어야 했다. (그렇다, 맞다.) 한 번이라도 귀를 기울여줄 생각을 했어야 했다. 그랬다면 그들에게 새 TV 장을 짜주던 목수 로저에 관한 이야기를 진지하게 들었을 것이다. "예수님이라고 할 판이네. 당신이 그 사람 얘기하는 걸 듣고 있자니 말이야." 그는 그

때 그렇게 말했다. 로저는 보기 좋게 기적을 만들어냈다. 그녀를 댄의 인생에서 곧장 사라지게 만들었던 것이다. 로저는 마흔여섯 살의 그녀를 임신시켰다. 이제까지 줄곧 댄에게 문제가 있었다는 뜻이었다. 그의 정자들이 힘이 없었다는 뜻이었다. 하지만 그는 그녀가 임신하겠다는 생각을 오래전에 접었다고 생각하고 있었다.

함께 더 자주 외출을 했더라면 상황이 달라졌을지도 모른다. 그녀를 여기 이곳 클럽 드리머즈(Dreamerz)에 데려왔으면 어땠을까. (세상에, 글자 끝에 s가 아니라 z를 붙인 것을 보고 그는 미쳐버릴 지경이었다.) 아니면 꼭 여기가 아니라도 어디 근사한 곳을 데리고 갔으면 어땠을까. 그린 밀에서 블루스를 듣는다. 아니면 호반에 산책을 나가고 공원에서 소풍을 하고, 까짓거 오리엔트 특급을 타고 러시아까지 갔으면 어땠을까. 일상에 콕 틀어박혀 있지 말고, 좀 로맨틱하고 모험적인 일을 벌였어야 했나.

"어때요?" 커비가 그의 귀에 대고 소리를 질렀다. 그녀는 박자에 맞추어 제자리에서 스카이 콩콩을 탄 듯 콩콩 뛰었다. 무대에서 나오는 저 소리에 박자라는 게 있다는 듯이.

"그래!" 그도 외쳤다. 무대 앞에서 사람들이 그야말로 핀볼 기계 안 핀볼들처럼 부딪치고 있었다.

"좋다는 그래예요, 나쁘다는 그래예요?"

"가사를 알아들을 수 있게 되면 대답해주지!" 금세 이루어질 일은 아니었다.

그녀가 두 엄지손가락을 추켜올려 보이고 나서 광란에 날뛰는 모싱핏에 뛰어들었다. 그녀의 산발한 머리와 프레드의 삭발에 가까운 버즈컷 머리가 무리 위로 둥실둥실 떠올랐다.

그는 처음에는 얼음이 너무 많아 마시기 힘들다가 이제는 얼음이 녹아

한껏 묽어진 레모네이드를 홀짝이며 구경을 했다.

밴드가 45분 동안의 공연에다가 앙코르까지 덧붙이고 난 후에, 두 사람은 땀에 흠뻑 젖어 미소를 지으며 돌아왔다. 댄의 심장이 가라앉게도 두 사람은 손을 잡고 있었다.

"아직도 뭐 드시고 싶어요?" 커비가 그의 잔에 남아 있는 것, 대부분이 녹은 얼음물인 것을 마시며 말했다.

그들은 다른 클럽들과 술집들을 최후까지 전전하던 몇몇 사람들에 휩쓸려 엘 타코 치노에 갔다. 그는 그곳에서 평생 최고의 멕시코 음식을 맛보았다.

"여, 있잖아, 커비." 프레드가 방금 전에 생각났다는 듯이 말했다. "너 있잖아. 넌 다큐멘터리를 만들어야 해. 너한테 일어난 일에 관해서 말이야. 그리고 너와 너희 엄마도 나오고. 내가 도와줄 수 있어. NYU에서 장비를 빌리고, 여기 한 두어 달 다시 와 있어도 돼. 재미있을 거야."

"아이고," 커비가 말했다. "난 모르―"

"참 거지 같은 생각이 다 있군." 댄이 불쑥 끼어들었다.

"죄송하네요. 영화를 만드는 자격이 기자님의 기준에는 어떤 것인지 저에게 다시 상기시켜주시겠어요?" 프레드가 말했다.

"영화는 몰라도 사법 제도는 알지. 커비의 사건은 아직 종결되지 않았어. 범인을 잡는다고 해도 영화 때문에 법정에서 불리해질 수 있단 얘기야."

"그렇군요. 그렇다면 대신에 야구에 관한 영화를 만들어야 할까 봐요. 야구가 뭐가 그렇게 대단한 일인지 말이에요. 기자님이 말씀해주실 수 있을 것 같은데요?"

그는 피곤하고 짜증이 나고 힘겨루기를 하는 것에도 관심이 생기지 않았기 때문에, 말재간을 부려 어물쩍 넘어갔다. "애플파이. 7월 4일의 불꽃놀이. 아버지와 캐치볼 하기. 그게 이 나라를 만드는 일부분이지."

"노스탤지어. 미국의 위대한 소일거리죠." 프레드가 비아냥거렸다. "자본주의는요? 탐욕, CIA의 암살 부대는 어떻고요?"

"그건 다른 일부지." 댄은 수염을 기른 이 바보 같은 남자애에게는 짜증도 아깝다는 생각이 들어 순순히 동의해주었다. 도대체 커비는 어떻게 이런 놈과 섹스를 할 수 있었을까?

하지만 프레드는 뭘 증명하겠다는 것인지, 싸움을 걸지 못해 계속 깝죽거리고 있었다. "스포츠는 종교와 같아요. 인민의 아편이죠."

"다만 스포츠광이 되는 데는 좋은 사람인 척할 필요가 없지. 그게 스포츠를 한층 더 강력한 것으로 만들어주거든. 누구든지 끼어들 수 있는 클럽이자, 사람들을 한데 뭉치게 해주는 훌륭한 도구지. 유일한 지옥은 응원하는 팀이 지고 있을 때뿐이야."

프레드는 그의 말을 한 귀로 흘렸다. "그리고 너무 빤하죠. 같은 얘기를 쓰고 또 쓰고 있자면 죽을 만큼 지겨울 것 같은데요? 선수가 공을 쳤다. 달렸다. 잡혀서 아웃됐다."

"그렇지, 하지만 영화나 책도 마찬가지잖아." 커비가 말했다. "세상에 플롯이 아무리 많다고 해도 한계는 있는 법이야. 플롯을 어떻게 펼쳐내느냐가 재미의 관건이지."

"바로 그거야." 댄은 그녀가 자기편을 들어주자 이루 말할 수 없이 기분 좋았다. "스포츠 경기는 어떤 식으로든 펼쳐질 수 있어. 주인공과 악당이 있어. 적을 혐오하며 주인공들의 눈을 통해 사는 팬들이 있고. 사람들은 스토리를 자신에게로 확장해. 팀에 죽고 살고, 친구들이고 낯선 사람들이고 할 것 없이 거대한 규모로 바로 그 자리에서 그들과 함께하는 거야. 남들 앞에서 스포츠 때문에 울컥하는 사람들을 본 적 없나 보군?"

"한심해 보여요."

"그게 다 큰 남자들이 재미를 보는 방식이지. 그렇게 뭔가에 빠지는 거야. 그러니까 다시 어린아이가 된 것처럼."

"남성성에 대한 서글픈 고발이네요."

댄은 다음과 같은 말을 하려다가 꾹 참았다. "네 얼굴이 서글픈 고발장이다." 이 자리에서 어른 노릇을 할 사람은 그였다. "좋아. 그럼 스포츠에 과학과 음악이 있기 때문이라면 어떨까? 스트라이크 존은 경기마다 바뀌고, 선수들은 어떤 공이 날아올 것인지 온갖 직관과 경험을 총동원해서 짐작해야 해. 하지만 내가 진짜 좋아하는 점이 뭔지 알아? 실패를 피할 수 없도록 만들어놓은 거야. 세상에서 가장 훌륭한 타자도, 보자, 공을 쳐서 35퍼센트? 그 정도밖에 안타에 성공하지 못하니까."

"시시해요." 프레드가 불평했다. "그게 다예요? 역사상 최고의 타자들이 공 하나도 치지 못한단 말이에요?"

"그게 마음에 드는 점이야." 커비가 말했다. "엿같이 일을 그르쳐도 세상이 무너지지는 않는다는 뜻이니까."

"즐기고 있기만 하다면 말이야." 댄이 포크에 얹어놓은 튀긴 콩으로 커비와 건배를 했다.

그에게도 기회가 있을지 모른다. 시도라도 할 수 있다는 뜻인지도 모른다.

커비

1992년 7월 24일

목덜미에 따스한 숨결이 느껴지고, 누군가의 손이 스커트 밑으로 들어와 있다는 기분은 정말이지 좋았다. 그의 차 안에서 키스를 나누고 있으니 10대 때 같은 어설픔이 느껴졌다. 익숙함이 주는 안전함의 감각. 노스텔지어, 전 국가적인 소일거리. "멀리 돌아왔네, 프레드 터커." 커비는 그가 브라를 더 쉽게 끄르게 해주려고 등을 말며 속삭였다.

"이봐! 무슨 그런 말을 해." 오래전에 처음으로 어색하게 섹스를 시도하던 때를 떠올리게 하는 말에 그가 몸을 뒤로 뺐다. 그는 참 그렇게도 크게 상처받았던 그 작은 굴욕을 담아둘 공간이 있었다. 그럴 수 있다는 건 틀림없이 좋은 일이라고 그녀는 생각했다. 그리고 곧바로 옹졸하게 군 스스로를 질책했다.

"바보 같은 농담이었어. 미안해. 다시 이리 와." 그녀가 그의 입을 자신의 입으로 끌어당겼다. 그가 아직 약간 화가 나 있다는 것이 느껴졌지만, 그의 청바지에 불룩하게 튀어나온 부분은 그가 한때 자존심에 입었던 상처는 아랑곳도 하지 않았다. 그는 핸드브레이크 너머로 몸을 기울여 그녀에게 다시 키스를 하고, 풀린 브라 안으로 손을 밀어 넣어 그녀의 젖꼭지를 더듬거렸다. 그녀는 그의 입을 맞추면서 훅 숨을 들이마셨다. 그의 다른 손이 그녀의 배를 탐사하러 아래로 내려가며 청바지까지 이르는데, 그가 돌출한 흉터로 뒤덮인 부분에서 흠칫하는 것이 느껴졌다.

"잊고 있었어?" 이번에는 그녀가 몸을 뺐다. 매번이었다. 그녀의 남은 인생 동안 언제까지나 이럴 것이다. 누구를 만나도 설명하지 않을 수 없다.

"아니야. 그러니까 이렇게……. 이렇게 드라마틱할 거라고는 예상하지 못했다고나 할까."

"보고 싶어?"

커비는 셔츠를 들어 올려 배를 그에게 보여주었다. 가로등이 제 살갗과 배를 가로질러 나 있는 화난 분홍색의 흉터들을 잘 비추도록 몸을 뒤로 젖혔다. 그가 손가락으로 흉터를 훑었다.

"아름다워. 그러니까 네가 아름답다는 말이야." 그는 다시 그녀에게 입을 맞추었다. 그들은 아주 오랫동안 키스를 나누었고, 더럽게 기분이 좋고 하나도 복잡하지 않은 기분이었다.

"집으로 올라갈까?" 그녀가 말했다. "이제 한번 해보자."

그녀가 차 손잡이로 손을 뻗는 사이에 그가 머뭇거렸다. 그는 시카고에 오면 엄마 집에 묵었다.

"원한다면 말이야." 그녀가 더 조심스럽게 말했다.

"원해."

"하지만 말이야." 그녀는 이미 방어 태세에 들어가고 있었다. "걱정하지 마. 사귀는 걸 바라는 게 아니야, 프레드. 뭐 처녀성을 가져갔다고 해서 영원히 사랑할 것 같아? 난 지금 네가 누군지도 모르겠어. 하지만 한때는 알았지. 그리고 너랑 이러는 게 기분이 좋아. 그게 정말로 내가 원하는 전부야."

"나도 좋아."

"그렇지만 여전히 '하지만'이겠지." 지금까지 아주 사랑스럽게 불타오르던 정욕을 뚫고 짜증이 치솟았다.

"트렁크에서 뭘 좀 꺼내야 돼."

"콘돔은 나한테 있어. 아까 샀어. 혹시 어쩔지 몰라서."

그가 가볍게 웃었다. "옛날에도 네가 샀었지. 그런데 콘돔이 아니야. 카메라지."

"네 카메라 훔쳐 가겠다고 트렁크 열 사람 없어. 우리 동네 '그렇게까지' 험하지는 않아. 뒷좌석에다가 훤히 보이게 놔둔다면 모를까."

그가 그녀에게 다시 입을 맞추었다. "너를 찍고 싶어서 그래. 다큐멘터리 말이야."

"그건 나중에 얘기하자."

"아니, 내 말은 우리가 하는 동안에……."

그녀가 그를 밀쳐냈다. "엿이나 먹어."

"나쁜 뜻으로 하려는 게 아니야! 넌 알아채지도 못할 거야."

"아, 미안해. 아마 내가 잘못 이해한 모양이네. 우리가 섹스를 하는 동안에 카메라로 찍고 싶어 한다는 말인 줄 알았지."

"맞아, 찍고 싶어. 네가 얼마나 아름다운지 보여주기 위해서. 자신감 넘치고 섹시하고 강한 네 모습을 말이야. 이건 네게 일어난 일을 바로 세우는 일이야. 너의 벌거벗은 몸을 보여주는 것보다 강력하고도 연약한 일이 어디 있을까?"

"지금 네가 무슨 말 하고 있는지 들리기는 해?"

"이용을 해먹으려는 게 아니야. 너도 모든 권리를 가질 거야. 그게 핵심이야. 내 영화이기도 하지만 네 영화이기도 해."

"참 사려 깊기도 하네."

"당연히 넌 엄마와 먼저 해결을 봐야겠지. 내가 그녀를 설득할 때까지
는 말이야. 하지만 내가 도울게. 몇 달간 돌아와서 영화를 찍으면 돼."

"윤리에 어긋나는 일 아니야? 네가 다큐멘터리를 찍으려는 대상과 자
는 거?"

"그 장면이 영화의 일부분이 되면 아니지. 모든 영화 제작자들은 어떤
식으로든 영화에 연루되는 거야. 세상에 객관성이란 건 없어."

"미치겠네. 너 아주 빌어먹을 놈이구나. 내내 이걸 계획하고 있었어."

"아니야, 그냥 이런 생각이 있다고 너한테 제안하려 했을 뿐이야. 끝내
주는 영화가 될 거야. 영화제에서 상을 탈 영화가 될 거라고."

"그래서 네 차에다가 우연하게 카메라를 가져왔다 이거구나."

"그 멕시코 식당에서는 다큐멘터리에 마음을 닫아둔 것처럼 보이지
않았잖아."

"그 얘기는 시작조차 한 거라고 할 수 없어. 게다가 넌 홈 포르노를 만
든다는 말은 꺼내지도 않았지."

"그 스포츠 기자 때문이야?" 프레드가 우는소리로 화제를 돌렸다.

"댄? 웃기지 마. 문제는 네가 말도 못 할 만큼 무신경한 얼간이인 거야.
말하자면 오늘 밤 섹스를 하긴 그른 놈이지. 참 비극이지 뭐야. 왜냐하면
난, 어쩌면 난 내가 좋아한다고 할 만한 사람과 머리 복잡하지 않은 섹스
를 한 번이라도 해볼 수 있지 않을까 생각했으니까 말이야."

"섹스는 여전히 해도 되잖아."

"만약 내가 널 약간이나마 좋아한다면 말이지." 그녀는 차를 뛰쳐나가
집까지 반쯤 가다가 돌아와서 차창으로 몸을 숙였다. "바람둥이 씨, 따

뜻한 팁 하나 주지. 다음번에 네 데이트 상대를 열 받게 할 게 꽤 확실한 그런 멍청한 아이디어를 꺼내려거든, 그녀하고 잠을 자고 난 다음에 하라고."

맬

1991년 7월 16일

중독을 벗어나는 일은 쉬웠다. 당신이 아직 아무도 엿 먹이지 않은 곳으로 꺼져버리는 것이다. 사람들이 당신을 받아들여서 당신을 보살펴주고, 밥도 좀 먹여주고, 심지어는 일까지 시켜줄지도 모를 곳으로. 맬에게는 노스캐롤라이나 주 그린스보로에 육촌이라든가 수양 이모라든가 하는 사람이 있었다. 어느 쪽인지는 잊었다. 가족이란 촌수가 멀건 가깝건 간에 상대하기가 까다롭다. 하지만 피는 피에 끌리게 마련이다.

패티 이모는 맬에게 다정한 편이었다. "네 엄마 말만 믿고 맡아주는 거다." 그녀는 그에게 지치지도 않고 시시때때로 상기시켜주었다. 그에게 대마초를 소개해주었으며, 서른네 살의 나이까지 참 오래도 살고 팔에 주사한 약이 잘못되어 골로 간 그 엄마를 두고 하는 말이었다. 하지만 그는 그 얘기를 꺼낼 만큼 물정을 모르지는 않았다. 게다가 그가 얘기를 하지 않는 것이 그녀가 애초에 그를 도와주는 이유일 것이었다. 죄책감은 인간이 행동하는 데 대단히 큰 동기 부여가 되는 요소다.

처음 몇 주는 되살아나는 죽음의 연속이었다. 그는 땀에 흠뻑 젖어 몸을 떨며 패티 이모에게 병원에 가서 헤로인 중독 치료제를 맞게 해달라고 빌었다. 그녀는 그를 병원 대신 교회에 데려갔고, 그는 신도석에 앉아 몸을 벌벌 떨었다. 그녀는 찬송가를 부를 때마다 그를 끌어 일으켰다. 하지만 그 사람들이 다 모여서 자신을 위해 기도해주는 일은 의외로 기분이 좋았다. 그로서는 상상도 하지 못했던 일이었다. 사람들이 당신의 미래에 정말로 관심을 쏟아주고, 병을 낫게 해주고, 예수를 찬미하며 당신을 대신하여 하느님을 외쳐 불러주는 것이다.

신이 중재에 나선 것이거나, 아니면 그가 아직 젊어서 조금 나쁜 일은 떨쳐낼 수 있거나, 아니면 마약이 애초부터 그에게 생각만큼 맞지 않았는지도 모른다. 상황이 아주 나쁜 것은 아니었나 보았다. 여하튼 그는 금단 증상을 이겨내고 정신을 되찾았다.

그는 슈퍼마켓에서 식료품을 포장하는 일자리를 얻었다. 사람들은 야무지고 단단한 그를 좋아했다. 뜻밖의 일이었다. 그는 계산원으로 승진했다. 심지어 동료이자 착한 다이애나와 데이트를 하기 시작했다. 그녀는 다른 남자에게서 벌써 아이를 얻었고, 열심히 일하며 지배인 자리에 오르고 어쩌면 본사까지 진출하고 싶다는 포부로 남는 시간에는 공부를 했다. 그녀는 아이에게 더 좋은 삶을 만들어주고 싶어 했다.

맬은 그녀에게 아이가 있다는 것은 상관하지 않았다. "우리들도 아이를 만들지 않는 이상은 말이야." 그는 항상 피임을 할 것을 다짐하며 그녀에게 말했다. 멍청한 실수라면 해볼 만큼 해보았다.

"아직은 아니지." 그녀는 그가 제 품에 들어온 것으로 알고 우쭐해하며 말했다. 그는 그런 것도 상관하지 않았다. 그녀의 생각이 맞을지도 몰랐기 때문이다. 전혀 나쁘지 않은 삶일 터였다. 그와 그녀가 가정을 이루고 그들의 길을 엮어나가는 것. 둘이 직접 상점을 차려봐도 좋을 것 같았다.

약에 계속 손을 대지 않는다? 그건 또 다른 문제였다. 스스로 찾아볼 필요도 없었다. 말썽은 알아서 제 발로 찾아온다. 곤경이란 저절로 생겨난다. 심지어 그린스보로에서도 마찬가지였다.

옛정이 아쉬워서라도 사고는 한 번쯤 난다.

늘 거스름돈을 적게 받았다고 우기는 늙은 한센 씨, 어차피 반은 장님이라서 숫자를 잘 알아보지도 못하는 사람이었다. "확실히 50달러였다니까, 맬컴." 그가 예의 떨리는 목소리로 말한다.

"아니에요, 영감님." 맬이 염려를 가득 담은 목소리로 따스하게 말한다. "분명히 20달러였어요. 금전등록기 열어서 보여드려요?"

그렇게 아무것도 아닌 일로 시작되는 법이었다. 옛날 버릇이 새로운 버릇들과 섞여서, 정신을 차리고 보니 어느새 안 좋은 기분을 뒤에 남겨두고 시카고로 돌아가는 그레이하운드에 몸을 싣고 있는 것이다. 주머니에서는 5,000달러짜리 은행권이 활활 타오르고 있는 채로.

그는 2년 전에 그냥 일 삼아서 전당포에 그 지폐를 가져갔다. 계산대에 서 있던 남자는 아무 값이 나가지 않는 모노폴리 돈이라고 말해주었다. 하지만 '진기한 가치'를 쳐서 20달러에 사겠다고 했었다. 덕분에 맬은 그 지폐가 값어치가 훨씬 더 나간다는 것을 알게 되었다.

수중에 땡전 한 푼 없이 20달러 정도면 지금으로서는 굉장한 돈일 수 있었다. 말할 수 없이 큰 돈이었다. 그러나 팔에 주사를 찔러 넣지 못하는 것보다 유일하게 나쁜 일이 있다면, 속임수에 당하는 것이다. 맬은 전당포 주인에게 갈취를 당할 생각이 없었다.

자리를 잡고 뭔가 일을 벌이기까지 2주가 걸렸다. 그는 아직 자신에게 빚이 있는 부하 래디슨을 다그쳐서, 장래의 건수가 될 그 작자를 찾아보게 했다.

그가 관심이 있다는 것을 알고서 약쟁이들이 1달러나 약간의 마약을 받고 그에게 아는 것을 보고했다. 맬은 그들이 지어낸 얘기가 아닌 것만 증명해낸다면 그쯤의 돈은 기꺼이 지불할 용의가 있었다. 그는 자세하게 알고 싶었다. 사내가 어떻게 다리를 저는지, 어느 쪽으로 목발을 짚는지, 목발은 어떻게 생겼는지 알고 싶었다. 쇠 얘기가 나오면 그들이 거짓말을 하고 있다는 뜻이었다. 그는 그들의 거짓말을 알아듣지 못할 만큼 머리가 안 돌아가지는 않았다. 사기꾼에게 사기를 칠 수는 없는 법이다.

그는 주로 그 집을 지켜보며 지냈다. 제 생각에는 찾아낸 것 같았다. 그는 그 안에 무언가가 있다는 것을 알았다. 근처를 배회하며 창문을 통해 슬그머니 들여다본 집은 난장판인 데다가 이미 초토화가 되도록 약탈을 당하기는 했지만 말이다. 하지만 그는 사내가 영리할 것이라고 짐작했다. 그는 물건을 잘 숨겨두는 사람이다. 마약이든 돈이든. 마룻널 아래일까? 아니면 벽 안쪽일지도 몰랐다. 그런 곳 어딘가에.

하지만 인간을 움직이는 또 다른 동기 부여 요소가 무엇이던가? 바로 그렇다. 탐욕이다. 그는 길 건너편의 한 집에서 계획에 착수했다.

그는 잠자리에 들 무렵 약을 빨고 확실하게 취한 다음에 잠자리에 들었다. 물어대는 쥐에 시달리고 싶지 않았다.

그리고 어느 비 오는 날에 남자가 밖으로 나오는 것이 보였다. 그랬다, 그가 나오고 있었다. 맬이 한탕 올리게 해줄 사내는 절뚝거리며 걸어 나왔고, 오늘은 목발을 짚지 않았다. 옷은 역시 우스꽝스러웠다. 그는 길을 건너려는 듯이 왼쪽, 오른쪽을 살피고 다시 왼쪽을 확인했다. 사내는 아무도 자기를 보고 있지 않다고 생각했지만, 맬이 보고 있었다. 맬은 그를 몇 달을 기다렸다. 머릿속에 그 집을 새겨둬, 단단히 새겨둬.

224

목표물이 모퉁이를 돌기가 무섭게 맬은 빈 배낭을 들고 쥐가 우글거리는 은신처를 나와 쏜살같이 길을 건너고, 그 오래되고 썩어가는 목조 공동 주택의 현관 계단을 올랐다. 문고리를 돌려보았으나 잠겨 있었다. 엑스 자로 못 박혀 있는 판자는 그저 눈가림이었다. 그는 집 뒤로 돌아가 그 같은 사람이 들어오지 못하게 쳐놓은 가시철조망을 넘고 깨진 창을 통해 집으로 들어갔다.

라스베이거스의 데이비드 코퍼필드 분위기가 풍기는 곳이었다. 아마도 거울 등등 때문이었으리라. 바깥에서 봤을 때는 폐허처럼 보였는데, 안으로 들어오니 호화롭기 그지없었기 때문이리라. 하지만 그 호화로움은 박물관에서 튀어나온 것처럼 구식이었다. 무슨 상관인가. 값나가는 것을 손에 얻을 수 있다면. 맬은 진짜로 재수 옴 붙은 집일지도 모른다는 생각은 떨쳐내 버렸다. 그리고 주머니에 든 5,000달러짜리 은행권은 그의 편도 티켓일지도 몰랐다. 약쟁이의 편집증.

그는 손에 잡히는 것이면 다 배낭에 쓸어 담았다. 촛대, 은 식기, 주방 조리대에 놓여 있던 지폐 뭉치까지. 가방에 쓸어 담는 와중에 머릿속으로 재빨리 계산했다. 카드 한 벌 두께의 50달러짜리 지폐 뭉치였다. 2,000달러는 쉽게 될 것이었다.

더 큰 물건들에 대해서는 계획이 필요했다. 구닥다리 물건들이었지만, 개중 일부는 꽤 돈이 나갈 것이었다. 축음기나 다리 달린 소파가 그랬다. 골동품 상인들과 의논을 좀 해봐야 하리라. 그다음에는 집에서 내갈 방법을 찾아야 한다. 수확의 철이 왔다.

그는 위층으로 모험을 가려는 참에 현관 쪽에서 들리는 발자국 소리에 생각을 고쳐먹었다. 하루 즐길 양의 재미는 다 누렸다. 그리고 사실을 말하자면 그곳은 그에게 무시무시한 기분을 주었다.

현관에 누가 있었다. 맬은 들어왔던 창으로 향했다. 질 나쁜 약을 했을 때처럼 심장이 벌렁거렸다. 나가지 못하면 어쩔 것인가? 악마는 제 발로 걸어온다. 다정한 예수님, 저를 집으로 데려다주세요, 그는 생각했다. 교회에서 하는 헛소리 따위는 믿지도 않았는데 저절로 기도가 나왔다.

그러나 그는 떠났던 그대로 1991년의 여름으로 빠져나왔다. 비가 억수같이 쏟아지고 있었다. 그는 몸을 피할 곳을 찾느라 황급히 길을 건넜다. 뒤돌아 그 집을 보니, 폐가나 다름없었다. 꽉꽉 찬 가방이 증거로 남아 있지 않았다면 자기가 환각 상태였다고 생각했을 것이다. 일 날 뻔했네, 그는 돌아보며 숨을 내쉬었다. 속임수, 특수 효과였다. 할리우드에서 쓰는 짓거리. 멍청하게 너무 신경 쓸 필요 없다.

하지만 그는 다시 가지 않겠다고 생각했다. 아무 소용 없는 짓이야, 그는 스스로에게 말했다. 당연히 다시 가볼 줄을 벌써부터 알면서도 그렇게 생각했다.

다시 틈이 생기기가 무섭게 가리라. 헤로인에 다시 취하기가 무섭게 창을 넘으리라. 마약은 봐주는 법이 없다. 사랑에도, 가족에게도, 두려움 앞에서는 더더욱 물러설 줄을 모른다. 링 안에 약과 악마를 넣어보라. 약이 이긴다. 한 번도 빠짐없이 매번.

커비

1931년 11월 22일

눈앞에 보이는 게 무엇인지 알 수가 없었다. 무슨 기념물 같기도 했다. 방 전체를 차지하고 있는 성지. 웬 기념품들이 뭔지 알 수 없는 배치로 벽에 박혀 있고, 벽난로 위 선반과 금이 간 거울이 달린 서랍장 위와 창턱에 줄지어 놓여 있었다. 철로 된 프레임이 그대로 드러난 침대에도 달려 있었다. (매트리스는 바닥에 놓여 있었고, 이불에 짙은 얼룩 자국이 있었다.) 벽지에는 분필이나 검은 펜으로 동그라미가 쳐져 있거나, 칼끝으로 찍어 낸 자국이 남아 있었다. 그 자국들 옆으로는 이름이 적혀 있었다. 그중 일부는 그녀의 머릿속에 외워져 있는 이름이었다. 다른 이름들은 모르는 사람들. 그녀는 그들이 누구일까 궁금했다. 그들이 맞서 싸워 이겨냈는지 궁금했다. 외워야 한다. 읽을 수 있을 만큼 그 단어들을 길게 붙들고 있을 수만 있었다면 얼마나 좋을까. 그놈의 빌어먹을 카메라만 있었다면. 집중을 하기가 힘겨웠다. 모든 것이 안개가 긴 듯 흐릿하고 점멸등처럼 초점이 들어왔다 나갔다 하며 깜빡거렸다.

커비는 손으로 허공을 저었다. 하지만 침대 기둥에 매달려 있는 의상용 나비 날개나 밀크우드 제약회사의 바코드가 새겨진 하얀색 플라스틱

신분증을 만져볼 수가 없었다.

당연하네, 그녀는 생각했다. 조랑말이 이곳에 있었다. 그런즉슨 라이터도 이곳에 있을 것이라는 뜻이었다. 그녀는 이성을 냉철하게 하려고 안간힘을 쓰며, 세세하게 보려고 애썼다. 사실만 확인해. 하지만 테니스공이 모든 것을 수포로 돌려놓았다. 공은 케이블 끊어진 엘리베이터처럼 그녀를 막무가내로 추락시켰다. 공은 솔기가 뜯긴 채 못이 박혀 걸려 있었다. 그녀의 이름이 그 옆의 벽지에 분필로 씌어 있었다. 글자의 모양을 알아볼 수 있었다. 그는 그녀의 이름 철자를 잘못 적어놓았다.

감각이 사라지는 느낌이었다. 최악의 일은 이미 일어난 것이 아니던가. 그녀가 찾던 것이 이것이지 않은가? 이것이 모든 것을 증명하지 않는가? 그러나 손이 하도 떨려오는 나머지 배에다 대고 꾹 눌러야 했다. 티셔츠 아래서 오래된 흉터들이 반사적으로 통증을 외쳐댔다. 그러고는 열쇠가 달가닥거리는 소리가 아래층에서 들려왔다.

환장하겠네. 커비는 방 안을 둘러보았다. 다른 문은 없다. 무기가 될 만한 것도 없다. 집 뒤편으로 향하는 계단으로 이어지는 내리닫이 창을 들어 올리려고 했으나, 창은 꼼짝도 하지 않았다.

그가 들어오면 돌진해서 밀치고 지나가면 어떨까? 아래층까지 제때에 내려갈 수만 있다면 주전자로 그를 내리치면 된다.

아니면 숨거나.

달그락거리는 소리가 멈추었다. 그녀는 겁쟁이의 길을 택했다. 매달린 셔츠들과 스타일이 똑같은 청바지들을 헤치고 옷장 안으로 기어들어, 몸을 한껏 웅크리고서 그의 신발을 깔고 앉았다. 비좁았지만 단단한 호두나무 옷장이었다. 그가 문을 열려고 하면 그의 얼굴을 겨냥해 힘껏 걸어차면 된다.

호신술 강사가 해준 얘기들이었다. 그녀를 상담해주던 정신과 의사가 스스로 몸을 지켜야 한다고, 배우라고 채근했다. "그냥 도망갈 시간을 버는 것만 목표로 해요. 놈을 넘어뜨리고 도망가는 거예요." 여자들에게 그런 끔찍한 폭력을 휘두르는 가해자는 언제나 남자였다. 여자들은 악한 짓이란 저지를 능력이 안 된다는 듯이. 강사는 다양한 방법을 시연해 보였다. 눈을 찌르고, 코 아래를 가격하거나, 손바닥으로 목을 치고, 발꿈치로 발등을 가격하고, 귀를 잡아 뜯고(물렁뼈는 쉽게 떨어져나간다) 뜯어낸 귀를 그의 발에 내던진다, 따위였다. 사타구니를 겨냥해서는 절대로 안 되는데, 남자들이 예상하고 보호하는 부분이기 때문이다. 수강생들은 치고 때리는 법을 연습했으며, 붙들렸을 때 빠져나가는 법을 훈련했다. 하지만 수업을 듣는 사람들이 하나같이 당장이라도 부서질 인형처럼 그녀를 대했다. 그녀는 그들에게는 너무 진짜였다.

  아래층에서 어떤 남자가 문 안으로 들어오려고 안간힘을 쓰는 소리가 들렸다. 폴란드 말인 것 같았다. 술에 취한 듯한 소리였다.

  '그놈이 아니야', 그녀는 자신이 지금 느끼는 감정이 아찔한 안도감인지 실망인지 분간할 수가 없었다. 남자가 안에 들어와 콰당콰당 비틀거리는 소리가 들렸고, 얼음이 부딪치는 소리를 보아 주방에 있는 것 같았다. 그는 응접실을 헤매고 다녔다. 잠깐이 지나자 음악이 흘러나오기 시작했다. 지지직 하면서도 부드럽고 달콤한 음악이었다.

  현관문이 또 열리는 소리가 들렸다. 이번에는 조심스러운 소리였다. 그러나 취했다고는 해도 폴란드 남자 역시 소리를 들었다. 옷장은 좀약 냄새가 났고, '그놈'의 땀 냄새가 희미하게나마 나는 것 같기도 했다. 그럴지도 모른다는 생각에 속이 울렁거렸다. 그녀는 문짝 뒤에 붙어 있는 그림을 손톱으로 께지럭거렸다. 온갖 초조한 습관이 돌아오고 있었다.

사건이 터지고 난 뒤에 그녀는 한동안 손톱 주변의 살을 피가 나도록 잡아당겼다. 하지만 피라면 그놈 때문에 흘릴 만큼 흘렸다. 평생 흘릴 피는 그때 다 흘렸다. 하지만 문짝은 그녀가 하는 짓을 묵묵히 받아낼 수 있다. 특히 그녀가 뛰쳐나간다든지 하는 무모한 짓을 막아줄 수만 있다면 다행이다. 이 어두움에는 수영장의 맨 밑바닥에 가라앉은 것처럼 무겁게 내리누르는 힘이 있었다.

"어이!" 먼저 와 있던 자가 집으로 들어오는 사람에게 뭐라 뭐라 소리를 쳤다. 그는 복도를 쿵쾅거리며 걸어가고 있었다. 높아졌다 낮아졌다 하는 소리가 들렸지만, 무슨 말들을 하는지는 알아들을 수 없었다. 구슬리는 소리. 느닷없는 대꾸. 그의 목소리일까? 분간할 수 없었다. 둔탁하게 내리치는 소리가 났다. 소의 머리에 스테이플 건이 박히는 소리, 꽥꽥거리는 소리, 높고 경박한 소리. 도살의 가격 소리가 또 났다. 그러고는 또 났다. 커비는 더 이상 담고 있을 재간이 없었다. 낮은 짐승의 소리가 그녀를 비집고 들어왔다. 양손으로 입을 누르고 턱을 움켜잡았다.

아래층에서 떡따는 소리가 뚝 끊겼다. 그녀는 소리를 들어보려 안간힘을 다했다. 터지는 울음을 막으려고 손바닥을 물어뜯었다. 둔탁하게 두들기는 소리. 일방적인 싸움, 끙끙거리고 욕설이 날아다니는 소리. 그리고 누군가 계단을 올라오는 소리가 났다. 걸을 때마다 탁탁 소리와 더불어 목발을 휘두르는 소리가.

하퍼

1931년 11월 22일

더 하우스의 문이 과거로 열렸고, 하퍼는 더러운 테니스공을 들고 절뚝거리며 들어왔다. 하지만 칼은 없는 채로. 들어서자마자 복도에서 웬 덩치가 산만 한 남자와 맞부딪쳤다. 그는 닭살이 오톨도톨 돋은 냉동 칠면조의 다리를 들고 서 있었다. 지난번에 봤을 때는 죽어 있던 남자였다.

남자가 휘청거리며 그에게 다가와 우렁우렁 소리를 지르며 칠면조를 곤봉처럼 흔들어댔다. "야! 코스 티 자 제덴트? 코 타이 투 쿠르와 로비스츠? 이슬리제, 제 모제스츠, 타크 소비에 웨스에 오 오제고 도무?"

"안녕하세요." 하퍼는 이 만남의 결과를 이미 아는 채로 살갑게 말했다. "제가 노름꾼이었다면, 당신이 바텍 씨라는 데 내기를 걸었겠어요."

남자가 번쩍 정신을 차리더니, 갑자기 영어로 말하기 시작했다. "루이스가 보낸 사람이오? 내가 설명을 다 해드렸어요. 속임수 쓰지 않았어요! 난 엔지니어요. 기계 만지는 사람들도 운은 다른 사람들과 똑같단 말이오. 계산을 해봐요. 심지어 경마와 파로 게임이라도 좋아요."

"믿어드리죠."

"내가 당신을 도와드릴 수 있고. 원하신다면. 내기를 걸어요. 내 방법은 실수를 할 수가 없어요, 친구. 아주 확실하다니까." 그는 희망이 담긴 눈으로 하퍼를 바라보았다. "술 좀 해요? 나와 한잔합시다! 위스키가 있어요. 샴페인도 있고! 그리고 이 칠면조를 요리하려던 참이에요. 두 사람이 먹고도 남을 음식이 있어요. 서로 좋게좋게 갑시다. 아무도 다칠 필요 없잖아요. 내 말이 맞죠?"

"유감스럽게도 잘못 생각하신 것 같은데요. 코트를 벗어주세요."

남자는 잠시 생각했다. 그는 하퍼가 제 것과 같은 코트를 입고 있음을 알아보았다. 아니면 미래에 변형을 가미한 같은 코트거나. 엄포를 놓던 그가 칼에 찔린 소의 위처럼 축 늘어지며 쪼그라들었다. "당신, 루이스 코웬이 보낸 사람이 아니군요?"

"아닙니다." 그는 만나본 적도 없는 그 조직폭력배의 이름을 알아들었다. "하지만 감사하군요. 이 모든 것에 말입니다." 하퍼가 목발로 복도를 가리켰고, 바텍이 마지못해 그의 몸짓을 따라 눈길을 돌리는데 하퍼가 목발로 그의 뒷덜미를 내리쳤다. 바텍이 꽥 소리를 지르며 쓰러졌고, 하퍼는 벽에 기대어 균형을 잡고 목발을 그의 머리에 내리쳤다. 내리치고 또 내리쳤다. 많은 연습이 바탕이 된 능숙한 솜씨로 내리쳤다.

코트를 벗겨내기까지는 오랜 시간이 걸렸다. 손등으로 얼굴을 닦아내는데 손에서 피가 묻어났다. 볼일을 보러 가기 전에 샤워부터 해야 할 일이었다. 이미 일어난 일에 착수하려고 장비를 챙기기 전에.

하퍼

1931년 11월 20일

후버빌을 떠난 이래로, 자신이 '떠나기' 전의 후버빌로 돌아온 것은 이번이 처음이었다. 그간의 경험 탓에 상황이 더 나쁘게 느껴졌다. 사람들은 더 야비하고 질이 낮은 것처럼 보였다. 잿빛 피부의 사람들이 감각이 마비된 조종자에 의해 움직이는 꼭두각시 인형처럼 움직였다.

그는 아무도 자신을 찾지 않는다는 사실을 떠올렸다. 아직은 아니다. 그럼에도 그는 오랫동안 다니던 길을 피하고 공원을 지나 물가로 꼭 붙어서 걸어갔다. 여자의 판잣집은 쉽게 눈에 띄었다. 그녀가 빨랫감을 밖으로 가지고 나오고 있다. 앞을 못 보는 그녀의 손가락이 아래를 더듬어 벗겨낸 거추장스러운 페티코트와 이로 뒤덮인 담요도 있었다. 이는 찬물에도 끈질기게 달라붙어 있다. 그녀는 능숙하게 빨래 하나하나를 개고 나서 옆에 서 있던 소년에게 건넸다.

"엄마. 누가 있어요. 누가 여기 왔어요."

여자는 공포에 가득 찬 얼굴로 그가 있는 쪽을 돌아보았다. 그는 그녀가 태어나면서부터 장님이었을 것이라고 짐작했다. 그래서 저항하고 말고 할 몸을 써본 적도 없을 것이다. 그 때문에 임무를 수행하기가 훨씬 더 짜증스러웠다. 이번에는 게임이 없다. 그는 이미 죽어 있는 이 지루한 여인에게 아무런 관심도 생기지 않았다.

"이 아름다운 저녁에 성가시게 해드리는 점, 실례를 구합니다, 부인."

"돈 하나도 없어요." 여자가 말했다. "강도질을 하러 온 거라면요. 그쪽이 처음도 아니라우."

"정반대입니다, 부인. 부탁드릴 게 좀 있습니다. 별일은 아닙니다만, 해주시면 돈을 지불해드리겠습니다."

"얼마요?"

하퍼는 숨길 생각도 없이 곧장 궁색을 드러내는 그녀를 보며 웃었다. "흥정도 없이 이렇게 곧바로요? 제가 뭘 해달라는 건지 알지도 못하시잖아요."

"다른 사람들과 마찬가지겠죠, 뭐. 걱정 놔요. 역에 구걸하라고 애를 보낼 테니까요. 얘가 그쪽 여자 입맛에 방해가 되진 않을 거예요."

그가 그녀의 손에 지폐를 찔러 넣었다. 그녀가 움찔했다. "한 시간쯤 뒤에 제 친구 하나가 여기를 지나갈 겁니다. 그에게 메시지와 함께 이 코트를 전해주세요." 그가 그녀의 어깨에 코트를 걸쳐놓았다. "이거 입고 있으세요. 그래야 그가 당신을 알아볼 테니까요. 그 사람 이름은 바텍이라고 합니다. 기억하실 수 있겠어요?"

"바텍," 그녀가 그를 따라 되풀이했다. "전할 말은 뭔데요?"

"그걸로 됐습니다. 소동이 벌어질 거예요. 소리로 들으실 수 있을 거예요. 부인은 그저 그의 이름만 말하면 됩니다. 이 코트 주머니에서 뭐라도 꺼내서 챙길 생각은 마세요. 뭐가 들어 있는지 제가 압니다. 내가 돌아와 당신을 죽일 거요."

"애 앞에서 그런 말 할 거 없잖아요."

234

"이 애가 목격자가 될 거요." 하퍼는 진짜 그럴 거라는 사실에 기분이
좋아져서 말했다.

커비

1992년 8월 2일

댄과 커비는 잔디를 깔끔하게 깎아놓은 진입로로 들어갔다. 잔디밭에는 팻말이 꽂혀 있었다. '빌 클린턴에게 한 표를'. 레이첼은 마당에 온갖 정치 정당의 팻말을 꽂아놓곤 했다. 무작정 사람들을 도발하고 싶어서였다. 또 선거운동원들에게 웬 정신 나간 또라이를 찍겠다고 말하고 다니기도 했다. 하지만 어느 할머니에게 장난 전화를 걸고 있는 커비를 붙잡고는 어린애처럼 굴지 말라고 훈계하기도 했다. 커비는 어떤 노파에게, 위성에서 쏟아지는 방사능이 집을 뚫고 들어오니까 모든 가전제품을 은박지로 싸라고 구슬리고 있었다.

집 안에서 어린아이들이 지르는 소리가 둔탁하게 흘러나왔다. 새로 칠한 페인트 때문에 소리가 그렇게 들리는 것일까. 하지만 현관에 오렌지색 제라늄을 담은 화분들이 있었다. 마이클 윌리엄스 형사의 과부가 문을 열어주었다. 미소를 짓고 있었지만, 어쩔 줄 몰라 쩔쩔매는 표정이 배어 있었다.

"안녕하세요. 죄송해요. 아이들이……." 그녀가 집 안으로 다시 들어가서, 물총을 들고 있는 아이 두 명을 질질 끌고 돌아왔다. 예닐곱 살쯤 되었을까, 커비는 어린아이들의 나이를 잘 가늠하지 못했다. "안녕하세요, 하고 인사해. 얘들아."

"안녕." 그들이 바닥을 내려다보며 중얼거렸다. 더 어린 아이 쪽이 말도 안 되게 긴 속눈썹 사이로 그녀를 슬쩍 올려다보았다. 커비는 오늘 목에 스카프를 하고 와서 다행이라고 생각했다.

"그만하면 됐어. 밖으로 나가, 고맙구나. 그리고 정원 호스를 써." 아이들의 어머니가 그들을 마당으로 밀어서 내보냈다. 그들은 엄마가 미는 힘에, 발사된 미사일처럼 고래고래 소리를 지르며 쌩 하고 나갔다.

"들어오세요. 방금 아이스티를 만들었어요. 커비죠? 전 샤머린 윌리엄스예요." 그들은 악수를 나누었다.

"이렇게 오게 해주셔서 감사합니다." 샤머린이 정원만큼이나 깔끔한 집 안으로 그들을 인도하는 동안에 커비가 말했다. 반발하는 마음으로 이렇게 정리를 해놓은 것이라고 커비는 생각했다. 왜냐하면 살인이 됐건 심장마비가 됐건 차 사고가 됐건 간에, 죽음이 문제였기 때문이다. 삶은 계속된다.

"아, 어떻게 소용이 있을지 모르겠지만, 저렇게 자리만 차지하고 있고, 서의 경찰들은 갖고 싶지 않다고 하네요. 솔직히 커비 양이 저한테 좋은 일 해주시는 거예요. 애들이 자기 방을 갖게 돼서 좋아할 테니까요."

그녀는 집 뒤의 골목이 내다보이는 작은 서재의 문을 열었다. 방은 바닥부터 쌓아 올린 종이 상자와 벽에 기대어 쌓여 있는 서류 더미로 점령당해 있었다. 창문 반대편에는 펠트 천을 씌운 판이 달려 있었는데, 가족 사진들과 1988년 시카고 경찰 볼링 리그 우승을 기념하는 파란 리본과 오래된 복권들로 장식되어 있었다. 불운의 경계.

"배지 번호로 복권 번호를 적었나요?" 댄이 판을 살펴보며 말했다. 그는 행복한 가족의 기념품들 사이에 있는 사진들, 그리스도처럼 팔을 활짝 벌리고 화단에 널브러져 있는 죽은 남자의 사진이나, 주거 침입 도구가 담긴 가방을 찍은 폴라로이드 사진 얘기는 꺼내지 않았다. 혹은 '창녀, 주검으로 발견'이라는 제목이 붙은 〈시카고 트리뷴〉의 기사 얘기도 하지 않았다. 그 기사도 판에 핀으로 꽂혀 있었다.

"아시네요." 샤머린이 인상을 찌푸리며 책상을 내려다보았다. 대형 마트에서 산 조립식 책상으로, 종이 더미에 가려져 거의 보이지 않았다. 그녀가 유독 바라보고 있던 것은 커피가 흘러내린 머그잔으로, 바닥에 곰팡이가 몽글몽글 피어 있었다.

"아이스티 가져다 드릴게요." 그녀가 머그잔을 홱 집어 들며 말했다.

"이상하네요." 커비가 지나간 수사를 고통스럽게 드러내고 있는 쓰레기 더미를 둘러보며 말했다. "뭐에 씐 것 같아요." 그녀는 비상하는 독수리 홀로그램이 들어 있는 유리 문진을 집었다가 내려놓았다. "꼭 그런 것 같아요."

"자료에 손을 대보자고 했잖아. 여기 있어. 마이크는 여자를 살해한 사람들을 아주 많이 수사했고, 모든 사건에 메모를 적어놓았어."

"대개는 증거로 보관되지 않나요?"

"중대한 수사의 증거물 같은 건 그렇지. 피 묻은 칼, 목격자 증언 같은 거. 수학하고 꼭 같단 말이지. 작업한 걸 모두 보여주어야 하지만, 거기에 이르기까지 아주 골치 아픈 과정을 겪게 돼. 아무런 의미도 없는 것처럼 보이는 인터뷰, 당시에는 관련이 없어 보이던 증거도 있고."

"기자님이 사법 체계에 그나마 남아 있던 제 믿음을 마저 다 죽여버리고 있군요."

"마이크는 그 체계를 바꾸자고 뛰던 그런 경찰들 중 한 명이었어. 형사들에게 모든 것을 알려야 한다고 닦달하던 사람이지. 경찰에 개조해야할 일이 아주 많다고 생각했어."

"해리슨이 기자님의 고문 조사 얘기를 해줬어요."

"그 양반 입도 참 가볍네. 그래, 이 마이크란 사람이 샤머린과 아이들이 협박을 받을 때까지 내부고발자였어. 마이크가 물러섰다고 해서 난 비난 안 해. 그는 나일즈로 전근을 가서 해당 경찰들을 그냥 놔줬어. 하지만 그 사이에 그는 자기가 맡았던 모든 살인 사건에서 자기 책상을 거쳐 간 모든 서류와 자기가 손댈 수 있는 자료를 다 챙겼지. 시카고 관할 경찰서 중 한 곳이 습기 문제가 있었는데, 그가 아주 많은 파일을 구출해서 여기 가져다놓은 거지. 어떤 건 읽기도 불가능해. 내 생각에는 그가 은퇴를 해서 이 자료들을 꼼꼼하게 살피고 미제 사건을 해결하려는 생각이 있었던 것 같아. 책을 쓸 생각이었는지도 모르지. 그러고는 차 사고가 나고 만 거야."

"그 사고에 어디 구린 데는 없었어요?"

"상대가 음주 운전자였어. 정면충돌을 해서 둘 다 거의 그 자리에서 죽었지. 그런 나쁜 일이 그냥 일어날 때도 있는 법이야. 어쨌거나 마이크는 살인 사건에 대해서는 약간 수집광 같은 데가 있었어. 네가 〈선 타임스〉의 자료보관소나 도서관에서 찾지 못할 게 더러 있을 거야. 대체로는 아무것도 아니겠지. 하지만 네가 말했듯이, 넓게 보자는 거지."

"판도라라고 불러주세요." 커비가 압도적인 양의 상자 더미에 주눅 들지 않으려고 버티면서 말했다. 하나하나가 비탄으로 묶여 있는 상자들. 지금이 바로 흰 수건을 던져야 할 때이리라.

잘도.

댄

1992년 8월 2일

독일식 제과점 위 3층 커비의 아파트까지 오래된 사건 파일 스물여덟 박스를 올려 나르는 데 열 번을 왔다 갔다 해야 했다.

"어디 엘리베이터 좀 있는 곳에 살 순 없었나?" 댄이 발로 문을 밀어 열고서, 조잡한 책상 비슷하게 보이는 가대 위에 끙끙거리며 상자를 내려놓으면서 불평했다.

집은 쓰레기통이 따로 없었다. 쪽모이 세공을 한 바닥은 닳고 온통 긁혀 있었다. 사방에 옷이 흩어져 있었다. 무슨 섹시한 속옷도 아니었다. 뒤집힌 티셔츠와 청바지와 추리닝 바지, 검은색 부츠 한 짝이 끈이 뒤엉킨 채로 소파에 반쯤 걸쳐져 있고 다른 한 짝은 온데간데없었다. 만사 귀찮다는 독신자 생활의 황량한 증후군이 엿보였다. 그는 지난 주말에 커비가 그 재수 없는 프레드를 침대에 데리고 왔는지, 그와 다시 사귀기 시작했는지 하는 흔적을 찾아보고 싶었다. 하지만 집이 엉망이어도 너무 엉망인지라, 그녀의 마음이 어느 쪽으로 기울어 있는지는 고사하고 섹스를 했다고 해도 알아볼 길이 조금도 없었다.

제각각 따로 노는 가구는 무슨 정신 줄 놓은 기발한 DIY를 보는 듯했다. 이 거리를 휩쓸어다 폐품을 재활용하고 용도를 바꿔 쓰는 것이었다. 우유 담는 플라스틱 상자로 만든 책장 따위가 아니었다. 거실 소파 앞의 작디작은 공간에 들여놓은 커피 테이블은 게르빌루스쥐 우리 위에다가 둥근 유리를 균형을 맞추어 올린 것이었다.

그는 어깨를 털고 재킷을 벗어 소파에 툭 던졌다. 재킷은 오렌지색 스웨터와 밑을 잘라낸 반바지 한 벌과 섞이더니, 그녀가 공룡 장난감과 가짜 꽃으로 꾸며놓은 입체 모형에 떨어져 내렸다.

"아, 그거 그냥 보고 넘기세요. 심심했거든요." 그녀가 당혹스럽다는 듯이 꼼지락거렸다.

"그게…… 흥미롭네."

부엌 조리대 옆에 놓인 나무 스툴은 열대 꽃들이 손으로 그려져 있고, 위태롭게 기울어 있었다. 욕실 문에는 플라스틱 금붕어가 붙어 있고, 부엌 커튼 위에 달린 꼬마전구는 크리스마스처럼 깜빡거렸다.

"엘리베이터 없는 거, 죄송해요. 이 집세로는 엘리베이터 있는 곳을 구할 수가 없어서요. 그리고 어느 날이고 갓 구운 빵 냄새를 맡을 수 있으니까요. 어제의 도넛 할인을 받을 수도 있고요."

"어디다 그렇게 돈을 뿌리고 다니나 궁금하더니."

"허리둘레에다가 뿌리고 다니죠!" 그녀가 티셔츠를 들어 배를 꼬집었다.

"계단 오르락내리락하다 보면 살이 다 떨어져나가겠지." 그는 청바지 위 탄탄한 엉덩이부터 이어진 그녀의 허리 곡선을 보지 않았다. 확실히 눈길을 주지 않으려고 했다.

"증거물을 가지고 운동하죠, 뭐. 상자가 더 필요하겠어요. 죽은 경찰 친구들 또 없어요?" 그녀가 그의 얼굴을 쳐다보았다. "죄송해요. 말이 너무 어둡게 튀어나왔어요. 아무리 저라고 해도요. 잠깐 계시다 가실래요?

이거 정리하는 것도 좀 도와주시고?"

"내가 더 좋은 갈 데가 어디 있겠어?"

커비가 첫 번째 상자를 열고 테이블에 펼쳐놓기 시작했다. 마이클 윌리엄스는 체계하고는 거리가 아주 먼 사람이었다. 이 잡동사니를 분류하고 정리하려면 30년은 족히 걸릴 성싶었다. 차들을 찍은 사진은 1970년대 것이 분명했다. 차 색깔이 금색에 베이지색들이고, 상자 같은 모양을 하고 있어서 알 수 있었다. 범인 식별용 사진에 담긴 사람들은 다양했고, 모두 사건 번호와 날짜를 달고 있었다. 앞모습, 왼쪽, 오른쪽 옆모습을 담은 사진들이었다. 커다란 안경을 쓰고 냉기를 발산하는 남자, 머리를 매끈하게 넘긴 잘생긴 남자, 아래턱이 살이 쪄서 늘어질 대로 늘어진 남자. 그 안에 마약이라도 몰래 숨겨 들어올 수 있을 것 같았다.

"그 경찰 친구란 분, 몇 살이었어요?" 그녀가 눈썹을 추켜올렸다.

"마흔여덟? 쉰 살? 평생 경찰 일밖에는 몰랐던 사람이야. 사람이 구식이었지. 샤머린은 그의 두 번째 아내야. 경찰 이혼율은 미국 전체 평균보다 높아. 하지만 둘은 잘 지내고 있었어. 사고만 아니었어도 계속 같이 살았을 것 같아."

그는 바닥에 놓인 상자들을 발로 밀었다. "아주 오래된 사건은 걷어내자. 이를테면……. 1970년대 전 건 제외하는 게 어떨까? 도움이 되지 않을 파일들이 섞여 있어."

"좋아요, 좋아." 그녀가 1987~1988이라고 표시된 상자를 열며 동의했다. 댄은 너무 오래된 날짜가 적힌 상자들을 옆으로 밀어 치웠다.

"이게 뭐예요?" 그녀는 수염을 텁수룩하게 기르고 짧은 빨간색 반바지를 입은 남자들이 일렬로 늘어선 폴라로이드 사진을 들고 있었다. "볼링장인가?"

댄이 눈을 가늘게 뜨고 사진을 보았다. "경찰 사격연습장. 경찰들이 용의자들을 확인하던 방식이야. 사람들을 세워놓고 그들 눈에 스포트라이트를 비춰서 용의자나 범인이 자기를 확인하는 사람을 못 보게 하는 식이었어. 약간 불편한 일이었겠지, 아마도. 한쪽만 보이는 유리라든가 하는 건 영화에나 나오는 거고, 경찰의 실제 예산에는 한계가 있단 말이지."

"우와," 커비가 남자들의 털 많은 다리를 곰곰이 들여다보며 말했다. "패션에 불친절했던 시절이었군요."

"네 범인을 보고 싶나?"

"그러면 좋지 않겠어요?" 그녀의 목소리에 섞여든 아쉬움과 쓰라림이 그를 후벼 팠다. 그는 그녀에게 아무것도 숨기지 않는 척해왔다. 그는 그녀를 바쁘게 돌렸다. 분주한 작업이었다. 현실적으로 그녀가 그 사이코를 잡을 기회는 없었기 때문이다. 더구나 상자 더미나 뒤지며 할 수 있는 일은 분명히 아니었다. 하지만 이 일을 해야 그녀가 만족하겠다고 하고, 또 그는 샤머린에게 안된 마음도 들었다. 그는 둘이 어쩌면 서로 도와서 각자의 짐을 속에서 떨어내면 어떨까 생각했다.

함께 나누는 독은 반으로 줄어든다. 아니면 그나마 모든 사람을 똑같은 정도로만 중독시킬지도 모른다.

"들어봐," 그는 자신이 무슨 말을 하는지도 알 수 없었다. "난 네가 이 일을 하지 않는 것이 좋다고 생각해. 바보 같은 짓이야. 이 온갖 거지 같은 걸 봐서 좋을 게 없다는 얘기야. 이렇게 해서는 아무것도 할 수가 없어. 그리고……. 빌어먹을!"

그때 그는 하마터면 그녀에게 키스를 할 뻔했다. 바보같이 놀려대는 제 입을 그렇게 해서라도 닫아버리고 싶었다. 그리고 그녀가 너무 가까이 있었기 때문이기도 했다. 그녀는 이곳에 너무도 현실로 있었다. 얼굴에서 그 환하고 굶주린 호기심을 온통 발산하며 그를 바라보고 있었다.

그는 가까스로 멈추었다. 판단력을 되찾았다. 착각에 빠진 병신 짓을 가까스로 면했다. 그녀가 잡아당겼다 놓은 고무줄처럼 자동적으로 따귀를 날리며 핀볼 범퍼처럼 그를 뿌리치는 일은 일어나지 않았다. 그녀도 때마침 눈치채지 못했다. 환장할 일이군, 무슨 생각이었는가? 벌떡 일어서서 나가려고 허둥지둥하는 바람에 재킷을 잊었다.

"젠장, 미안해. 늦었어. 일찍 일어나야 해. 기사 마감이 있어서. 또 보자, 곧."

"댄." 그녀가 놀라기도 하고 혼란스럽기도 해서 반쯤 웃었다.

하지만 그는 이미 나가며 문을 닫고 있었다. 너무 세게.

그리고 '커티스 하퍼 13 시카고 경찰 IR 136230 1954년 10월 16일'이라는 라벨이 붙어 있는 용의자 사진은 있던 자리에 그대로 남았다. 한쪽으로 치워놓은 박스 안에 묻혀서.

하퍼

1954년 10월 16일

너무 일찍 돌아간 것이 화근이었다. 윌리 로즈를 해치운 다음 날. 물론 그에게는 그렇게 느껴지지 않았다. 하퍼에게는 몇 주일이 흐른 후였다.

그는 그때 이래로 살인을 두 번 했다. 더 하우스의 복도에서 바텍을 처치(기쁨 없이 의무감으로 한 일)하고, 머리를 미친 듯 산발한 유대인 소녀를 유린했다. 하지만 초조한 기분이 들었다. 그는 조류 보호지로 유인했던 그녀에게 조랑말이 있기를 바랐었다. 그녀에게 어렸을 적에 준 조랑말로 원을 완성하려고 했다. 바텍을 죽이고 후버빌의 여인에게 외투를 돌려주는 것이 원을 완성하는 길이었다. 장난감 조랑말은 골치 아프게 뭔가 걸리는 실마리였다. 느슨하지만 골치 아픈 실마리. 그는 조랑말이 마음에 들지 않았다.

그는 그 빌어먹을 개에게 물려서 붕대를 감은 팔을 비볐다. 그 주인에 그 똥개였다. 또 한 가지 교훈을 배웠다. 그는 어설펐다. 돌아가서 그녀가 죽었는지 확인해야 했다. 새 칼을 사야 했다.

신경에 거슬리는 일은 또 있었다. 더 하우스에서 자질구레한 장신구들이 사라진 것이다. 결단코 사라져 있었다. 벽난로 위에 있던 촛대 한 쌍이 사라졌다. 서랍에서 숟가락들이 없어졌다.

확실함, 그가 바라는 것은 그것이 전부였다. 건축가 살인은 완벽했다. 그는 다시 가보고 싶었다. 신앙의 행위로서 다시 가보고 싶었다. 기대감이 발갛게 솟아오르는 것이 느껴졌다. 자신을 알아볼 사람이 아무도 없으리라는 자신감이 들었다. 턱은 다 나았고, 철사 줄이 남긴 흉터를 덮으려고 수염을 길렀다. 목발도 남겨두고 왔다. 그것으로는 충분하지 않았다.

하퍼는 피셔 빌딩을 지키는 흑인 도어맨의 모자에 팁을 넣고 3층까지 계단을 통해 올라갔다. 그는 그 건축회사 문 밖에 피를 다 닦아내지 못한 유리 같은 타일을 볼 수 있을지도 모른다는 생각에 살이 떨리도록 설렜다. 그 생각에 그의 물건이 아프도록 딱딱해졌고, 그는 바지에 손을 집어넣고 쾌감이 뱉어내는 작은 소리를 숨죽여 눌렀다. 그는 벽에 기대어 그의 손이 방금 전에 틀림없이 했던 동작을 가리려고 코트로 몸을 감싸고서, 그녀가 입었던 옷과 입술에 발랐던 빨간 립스틱을 떠올렸다. 립스틱은 피보다 밝은 색이었다.

크레이크 & 멘델슨 사의 문이 홱 열리며 머리가 벗어져가고 눈이 벌게진 거구의 남자가 그를 맞이했다. "지금 여기서 뭐 하는 거요?"

"실례합니다." 하퍼가 건너편 문에 붙은 이름을 읽으며 둘러댔다. "시카고치과협회를 찾고 있는데요."

하지만 도어맨이 그를 따라 올라와 있었고, 그에게 손가락질을 했다. "이놈이에요! 그 개자식이 이놈이라고요! 이놈이 미스 로즈의 피에 뒤덮여 건물을 나가는 걸 제 눈으로 봤단 말입니다!"

하퍼는 경찰서에서 팔다리가 길고 마른 경찰과 정수리가 벗어진 투실

투실한 형사에게 7시간 동안 취조를 받았다. 마른 경찰은 그를 흠씬 두들겨 팼고, 형사는 앉아서 담배를 피워댔다. 말과 구타가 오가는 취조였다. 그가 시카고치과협회에 볼일이 없었다는 점도 도움이 되지 않는 요소였다. 그가 숙박하고 있다고 주장한 스티븐스 호텔은 그 이름으로 불리지 않은 지가 오래였다.

"전 이곳 사람이 아니에요." 그가 미소를 지으며 빠져나가 보려고 하는데, 옆머리로 주먹이 날아들었다. 귀가 울리고 이가 얼얼해지며, 턱이 또다시 빠질 것 같았다. "말씀드렸잖아요. 저는 여기저기를 떠도는 세일즈맨이에요." 주먹이 또 날아왔다. 이번에는 가슴께로 날아들어 숨이 헉 멈춰졌다. "치아 위생 제품을 판단 말입니다." 다음 한 방에 그는 바닥에 나동그라졌다. "전철에 샘플 상자를 두고 내렸어요. 안 될까요? 제가 분실물 신고를 하게 해주신다면—" 배불뚝이 형사가 발로 그의 콩팥을 겨냥했으나 빗나갔다. 더 솜씨 좋은 친구한테 양보할 것이지, 하퍼는 여전히 빙그레 웃으며 생각했다.

"네놈한테는 이게 재밌나? 뭐가 그렇게 재밌는데, 이 새끼야!" 마른 경찰이 몸을 굽혀 하퍼의 얼굴에 담배 연기를 뿜었다. 그로서는 그저 견뎌내야 하는 일이라는 것을 어떻게 설명할 수 있겠는가? 그는 자신이 다시 더 하우스에 돌아갈 수 있을 것을 알았다. 왜냐하면 벽에 여자들의 이름이, 그들의 운명이 완수되지 못한 채로 남아 있었기 때문이다. 그러나 그는 실수를 저질렀고, 지금 당하고 있는 것이 그 벌이었다.

"아닌 사람을 잡아놓으셨으니, 왜 재미가 없겠어요." 그가 이 사이로 씩씩거리며 말을 뱉어냈다.

그들은 그의 지문을 떴다. 벽을 등지고 번호를 적은 판을 들고 서게 해서 머그 샷을 찍었다. "웃지 마, 이 자식아. 안 그러면 내가 네 얼굴에서 그 웃음을 그냥 쫙쫙 뜯어내 줄 테니까. 여자가 죽었어. 그리고 네가 한 짓이라는 거 다 알아."

하지만 그를 잡아둘 증거가 충분하지 않았다. 그가 건물을 들고 난 것을 본 목격자는 도어맨 말고도 더 있었다. 하지만 그들은 그가 어제는 말끔하게 면도를 하고 입에다 철사 줄로 된 장치를 하고 있었다고 하나같이 장담했다. 그런데 지금은 족히 2주는 길렀을 법한 털이 얼굴에 나 있었다. 혹시 본드로 붙였을지도 모른다는 의심에 경찰들이 두툼한 손가락으로 잡아당겨도 보았다. 게다가 그에게는 피 한 방울 묻어 있지 않았고, 살해 무기의 흔적도 전혀 없었다. 보통은 호주머니에 넣어 가지고 다니던 것이었다. 칼은 지금으로부터 35년 후에 죽은 개의 목에 박혀 있었다.

그는 개에게 물린 자국을 알리바이의 일부로 댔다. 샘플 가방을 되찾으러 기차로 달려가던 중에 웬 똥개에게 공격을 당했다고 했다. 그 불쌍한 여자 건축가가 살해당하던 바로 그 시간이었다고 말이다.

형사들은 그가 괴상한 변태인 것은 맞다고 입을 모았지만, 그가 사회에 위협이 되며 윌리 로즈 양의 죽음에 진짜 용의자임을 증명해낼 길을 찾지 못했다. 그들은 그에게 외설죄를 적용해서 머그 샷을 사건 기록으로 보관해두고, 그를 풀어주었다.

"어디 멀리 가지 마시오." 형사가 말했다.

"시카고를 떠나지 않겠습니다." 하퍼가 구타를 당해 평소보다 더 심하게 절뚝거리며 약속했다. 어떤 식으로든 지켜질 약속이었다. 하지만 그는 1954년으로는 다시 돌아가지 않았고, 수염을 밀었다.

그때 이래로 그는 훗날이나 과거를 방문할 때 사건이 일어난 전후 몇 년이 지난 시점을 골라서 갔고 때로는 몇십 년을 건너뛰기도 했다. 여자가 죽은 곳에 가서는 수음을 했다. 그는 기억과 변화를 병렬시켜보는 것이 좋았다. 그렇게 하면 당시 했던 경험이 더 벼려졌다.

경찰 기록에 지난 60년 동안 그를 찍은 사진이 최소한 두 장이 더 있었다. 하지만 그는 매번 다른 이름을 댔다. 한번은 1960년에 장차 공사장이 될 곳에서 외설적으로 제 몸을 만지다가 풍기문란으로 붙잡혔고, 다음은 1983년으로, 잉글우드에 가지 않겠다는 택시 기사를 때려 코를 부러뜨렸을 때였다.

그가 항복할 준비가 되어 있지 않은 한 가지 쾌락은 신문을 읽으면서 다른 관점에서 제가 저질렀던 살인을 다시 경험해보는 것이었다. 그것은 살인할 날에서 며칠 이상을 넘겨서는 안 되는 일이었다. 그렇게 해서 그는 커비에 관한 소식을 알았다.

커비

1992년 8월 11일

커비는 델가도, 리치먼드 & 어소시에이츠 사의 대기실에 앉아 있었다. 이름만 거창한 회사였다. 그녀는 3년 된 〈타임〉을 훑어보고 있었다. 표지가 '총격 살인'이라고 외치고 있었다. 그녀는 '새로운 소련'이나 '아세니오 홀'이라는 제목을 단 호가 아니라 그것을 집어 들어야겠다는 생각이 들었다. 비록 관심은 '칼에 의한 죽음'이었으므로, 화기는 그녀에게 별로 쓸모가 없었지만 말이다.

잡지만 철 지난 것이 아니었다. 가죽 소파는 몇십 년은 그 자리를 지키고 있었던 것처럼 보였다. 그리고 플라스틱 고무나무는 나뭇잎에 먼지가 켜켜이 쌓여 있고, 받침에는 담배꽁초가 어지러이 널려 있었다. 접수 담당자의 헤어스타일마저 80년대풍이었다. 커비는 사안도 사안인 만큼 어울리는 옷을 입고 왔으면 좋았겠다는 생각이 들었다. 그녀는 체크무늬 셔츠 아래다가 밴드 푸가지의 티셔츠를 입고 다니면서, 너절한 뉴스룸의 기준에서 보아도 한계로 밀어붙였다. 셔츠 위에는 모직 라인을 댄 가죽 바머 재킷을 입고 다녔다. 맥스웰 스트리트에서 산 싸구려였다.

변호사인 일레인 리치먼드가 직접 그녀를 마중하러 나왔다. 검은 바지와 블레이저를 입고, 나긋나긋한 음성으로 말하는 중년 여인이었다. 눈매는 날카로웠고, 앞머리를 내려 보브 스타일을 했다. "〈선 타임스〉라고요?" 그녀가 미소를 지으며, 커비의 손을 잡고 지나치게 열심히 흔들었다. 오래된 친구 집에 와서 자기가 모르는 방문자들에게 지나치게 관심을 보이는 미혼의 외로운 중년 여인 같은 느낌이었다. "와주셔서 얼마나 감사한지 몰라요."

커비는 그녀 뒤를 따라 복도를 걸어가 회의실로 들어갔다. 법률 책이 삐져나온 상자들이 책장 위에 있고, 바닥에도 들어차 있는 바람에 그 사이를 뚫고 걸어 다니기도 힘들었다. 그녀는 분홍색과 파란색으로 분류한 폴더들을 탁 내려놓더니, 열지는 않았다. 폴더 안에는 서류가 그득그득 들어차 있었다.

"자," 그녀가 말했다. "파티에 약간 늦으셨네요."

"아?" 커비는 뭐라고 답을 해야 할지 알 수 없었다.

"1년 전에 자멜이 자살 기도를 했을 때는 어디 있었어요? 그때였다면 조금 밀어붙여 볼 수 있었을 텐데요." 그녀가 유감스럽다는 웃음소리를 냈다.

"죄송해요." 혹시 완전히 엉뚱한 로펌에 온 것은 아닌지 생각하며 커비가 말했다.

"그 말은 그의 가족에게 하시고요."

"전 그냥 인턴이에요. 그냥 좋은 기삿감이 될 것 같다고 생각했을 뿐이에요." 그녀가 임기응변을 발휘했다. "정의가 유산되고, 그에 따른 끔찍한 후유증? 이런 식으로요. 인간애적인 관심이랄까요. 하지만 제가 최근의 사정에 대해서는 좀 어두워요."

"아무것도 없어요. 말하자면 검사가 관심을 가질 만한 건 없다는 뜻이에요. 끝난 일이 된 거죠! 하지만 봐요. 이 애들이 기자분에게는 살인자 타입으로 보이나요?" 그녀는 파일을 열어 생기 없는 눈으로 부루퉁하게 카메라 렌즈를 쳐다보고 있는 젊은 남자 네 명의 머그 샷을 펼쳐 보였다. 참으로 놀랍다고 커비는 생각했다. '10대다운 무관심'의 눈이 '차디찬 살인자'로 얼마나 쉽게 뒤바뀔 수 있는지 생각해보면 말이다.

"마커스 데이비스, 체포될 때 열다섯 살이었어요. 드숀 잉그램, 열아홉 살. 에디 피어스, 스물두 살, 그리고 자멜 펠레티어, 열일곱 살. 이들은 줄리아 매드리걸을 살해한 죄로 피고가 됐어요. 1987년 6월 30일에 유죄 선고를 받았고요. 소년원에 구금된 마커스만 빼놓고는 다 사형선고를 받았지요. 자멜은 자살을 시도했는데……." 그녀가 날짜를 들여다보았다. "작년 9월 8일에요. 마지막 항소가 기각됐다는 얘기를 듣고서요. 안 그래도 불안한 아이였어요. 하지만 법원에서 기각되자 그냥 무너져버리고 만 거예요. 감방에서 바지로 올가미를 만들어서 목을 매려 했어요."

"그 일은 몰랐어요."

"언론을 약간 타기는 했어요. 운이 좋으면 세 번째 페이지쯤에 파묻혀 있는 정도로. 많은 신문들이 아예 보도조차 하지 않았거든요. 대부분의 사람들이 그들을 끔찍한 악마의 씨앗이고, 유죄라고 믿는 것 같아요."

"하지만 변호사님은 아니시고요."

"내 고객들이 아주 건실한 젊은이들이었다고는 말하지 않겠어요." 일레인이 어깨를 으쓱했다. "약을 팔았죠. 남의 차를 따고 다니기도 했고요. 드숀은 열세 살에 주정뱅이 아버지를 때린다는 내용의 폭력적인 랩을 쓰기도 했어요. 에디는 여러 번 기소당했다가 기각이 되기도 했고요. 죄목은 강간부터 무단 침입까지 다양했지요. 그들은 윌메트 지역에서 차를 훔쳐 폭주를 하고 있었어요. 멍청한 짓이었죠. 흑인 소년 패거리가 백합같이 하얀 교외에서 좋은 차를 타고 다니니 주의를 끌 수밖에요. 하지만 그녀를 죽이지는 않았어요."

커비는 그녀가 한 마지막 말에 얼음 조각이 척추를 날카롭게 훑고 내려가는 듯한 감각이 들었다. "저도 그렇게 생각해요."

"압박이 큰 사건이었어요. 최우등생인 착한 백인 여자아이가 무시무시하게 살해당한 사건이니까요. 지역 사회에서 크게 이슈가 됐었고, 지역 전체가 팔을 걷어붙이고 들고일어났어요. 학부모들이 캠퍼스 안전을 놓고 비상전화를 설치하라고 요구하고, 딸들이 학교를 아예 그만두게 하는 사람들마저 나올 정도로 안절부절못했어요."

"누가 저지른 짓인지 짐작 가시는 데가 조금이라도 있으세요?"

"악마 숭배자는 아니에요. 경찰이 악마 숭배자들의 짓일 거라는 심증에 매달렸었죠. 그 헛것에 매달리는 짓을 멈추기까지 3주가 걸렸지만요."

"연쇄살인범?"

"당연하죠. 그런데 그 이론을 법정에서 입증할 방법이 조금도 없어요. 기자분 생각은 어떤지 말해주실 수 있나요? 만약 이 아이들을 도와줄 단서가 뭐라도 있다면, 당장 말해줘야 해요."

커비는 아직 제 생각을 펼쳐 보일 준비가 되지 않아서 꾸물거렸다. "좋은 친구들은 아니라고 말씀하신 줄로 아는데요."

"난 내가 변호하는 사람들 80퍼센트에 대해서 그런 식으로 말해요. 그렇다고 해서 그들이 정당하게 다뤄지면 안 된다는 뜻은 아니죠."

"제가 만나볼 수 있게 손 써주실 수 있나요?"

"그들이 기자분과 얘기를 하고 싶어 한다면. 저라면 그 아이들에게 하지 말라고 권하겠지만요. 기자분이 어떻게 할 생각인지에 달려 있어요."

"아직은 잘 모르겠어요."

하퍼

1989년 3월 24일

그는 기분 전환 삼아 가판대에서 신문을 잔뜩 사려고 1989년으로 돌아갔다. 열성적인 형사들에게 맞서서 생긴 멍이 아직 가시지 않은 상태였다. 그는 53번 스트리트의 그리스 식당 창가에 앉아 있었다. 저렴하고 부산스러운 식당이었다. 카운터에서 음식을 내주는데, 줄이 모퉁이를 돌아서까지 이어져 있곤 했다. 그가 일상적으로 한다고 할 만한 것에 가장 가까운 일이 이 식당에 오는 것이었다.

그는 이 대대손손 이어지는 식당에서 하나같이 텁수룩한 콧수염을 단 요리사들을 수염 색으로 구분했다. 새까만 색인지 희끗희끗한지에 따라 아들인지, 아버지인지, 할아버지인지 구분했다.

살인 사건은 저 먼 알래스카의 어느 만 근처를 다니다가 기름을 누출한 배 사건에 묻혀 있었다. 엑손 발데즈 호, 그 유조선 이름이 모든 신문의 1면마다 커다란 대문자로 박혀 있었다. 그는 신문을 한참 넘기고서야 기사 두 개를 발견했다. '잔혹한 공격'이라고 기사는 말하고 있었다. '개 덕분에 살아남다'. 다른 기사는 '살아날 희망 적어'라고 씌어 있었다. '이 주를 넘기지 못할 것으로 보여'.

이게 아니었다. 그는 기사를 다시 읽었다. 기사의 단어들을 자신의 벽에 걸린 그것들처럼 이리 옮겼다가 저리 옮겼다가 하고픈 심정이었다. 죽었다. 살해됐다. 사라졌다.

그는 낯선 시대에 가서 처음 보는 것들을 이리저리 다루는 데 능숙해진 터였다. 가령 전화번호부가 그랬다. 그는 그녀가 중환자실 아니면 시체안치실에 누워 있을 법한 병원을 전화번호부에서 찾았다. 기사에 따라 그녀가 중환자실에 누워 있을 수도 있고 시체안치실에 누워 있을 수도 있었다. 그는 식당 가장 안쪽 구석 화장실 옆에 달린 공중전화로 번호를 눌렀다. 하지만 의사들은 바빴고, 전화를 받은 여자는 "환자의 개인정보는 알려드릴 수 없습니다"라고 말했다.

그는 몇 시간이 지나도 쓰라림이 가라앉지 않자, 달리 방법이 없음을 깨달았다. 직접 가서 봐야 했다. 필요한 일이라면 마무리를 지어야 했다.

그는 아래층 선물 가게에서 꽃과 함께 '빨리 나으세요!'라고 쓰인 풍선을 샀다. 풍선에는 보라색 테디 베어가 달려 있었다. 빈손이 허전했기(수중에 칼이 없었기에 애가 다 타 들어가고 있었다) 때문에 산 것이었다.

"어린아이에게 주실 건가 봐요?" 덩치가 커다랗고 표정이 온화한 점원이 물었다. 그녀는 영원히 벗어지지 않을 듯한 슬픔의 분위기를 뒤집어쓰고 있었다. "아이들은 100퍼센트 장난감을 좋아해요."

"살해당한 소녀에게 줄 겁니다." 그는 말을 바로잡았다. "아니, 공격을 당한 소녀에게요."

"아, 너무 안됐군요. 그냥 정말 어떻게 그렇게 끔찍한 일이 일어났는지 모르겠어요. 많은 사람들이 그녀에게 꽃을 보내주고 있어요. 생판 모르는 사람들도 보내와요. 개 때문이겠지요. 어찌 그렇게 용감했을까. 말이

안 나올 만큼 놀라운 이야기예요. 저도 그녀를 위해 기도하고 있답니다."

"그녀가 어떤지 아시는 게 좀 있습니까?"

여인이 입을 꾹 다물더니 고개를 저었다.

"죄송합니다." 안내 데스크의 간호사가 말했다. "면회 시간 지났습니다. 그리고 가족이 아무도 들이지 말라고 요청하셨어요."

"저는 친척입니다." 하퍼가 말했다. "삼촌이에요. 그녀 어머니의 남동생 되는 사람이라고요. 소식을 듣자마자 최대한 빨리 온 겁니다."

햇살이 노란 페인트처럼 줄무늬를 그리며 바닥으로 쏟아져 들고 있었고, 그 위로 한 여자의 그림자가 어른거렸다. 그녀는 주차장을 내다보고 있었다. 하퍼가 기억하는 다른 시대의 그 어떤 병실과 마찬가지로 꽃 천지였다. 하지만 침대는 비어 있었다.

"실례합니다." 그가 말하자 창가에 있던 여인이 손을 부쳐 담배 연기를 쫓으며, 죄지은 얼굴로 뒤돌아보았다. 딸과 닮은 데가 보였다. 튀어나온 턱이나, 커다란 눈이나. 다만 머리는 짙고 부드러웠고, 오렌지색 스카프로 묶어놓았다. 그녀는 짙은 색 청바지와 초콜릿색 터틀넥을 입었고, 제각각으로 생긴 단추들을 이어 만든 목걸이를 하고 있었다. 그녀가 목걸이를 만지작거리자 달가닥거리는 소리가 났다. 그녀는 짜증이 난다는 듯이 연기 한 모금을 내뿜고 손을 저었다. "빌어먹을, 누구시죠?"

"커비 마즈라치를 찾아왔습니다." 하퍼가 꽃과 곰 인형을 들고 서서 말했다. "여기 있다고 해서요."

"또요?" 그녀가 쓰라린 웃음소리를 냈다. "여기 들어오려고 또 무슨 거지 같은 거짓말을 꾸며댔죠? 간호사들이 있어봤자 무슨 소용인지." 그녀는 창턱에 담배를 필요 이상으로 세게 비벼 껐다.

"그녀만 괜찮다면 만나보고 싶은데요."

"괜찮지 않아요."

그녀가 노려보았고, 그는 답을 기다렸다. "제가 방을 잘못 찾아온 건가요? 어디 다른 곳에 가 있나요?"

그녀는 화가 나서 미쳐버리겠다는 듯이 쏜살같이 방을 가로지르더니 그의 가슴을 손가락으로 쿡쿡 찔러댔다. "당신은 전부 다 잘못됐어. 꺼지라고, 아저씨!"

그는 그녀의 진노 앞에 뒷걸음질을 쳤다. 무력한 항의의 표시인 듯이 손에 공물을 들고서. 발뒤꿈치가 꽃을 담은 양동이에 가서 부딪쳤다. 물이 바닥으로 철벅거리며 튀었다. "속이 상하셨군요."

"당연히 속이 상하죠!" 커비의 어머니가 소리를 꽥 질렀다. "죽었어요. 알았어요? 그러니까 그냥 우리 좀 가만 놔둬. 여기에 스토리 같은 건 없다고, 이 하이에나 같은 자식아. 그 앤 죽었어. 속이 시원해?"

"삼가 조의를 표합니다." 거짓말이었다. 그는 물밀 듯이 밀려오는 안도감에 주체를 할 수 없을 지경이었다.

"그리고 다른 놈들한테 가서도 말해. 특히 댄이란 작자한테 가서, 내게 답신 전화 거는 수고 할 필요 없다고. 다 엿이나 처먹으라고."

앨리스

1940년 7월 4일

"엉덩이 좀 앉혀볼래?" 루엘라가 이 사이에 머리핀을 물고 말했다. 하지만 앨리스는 너무 흥분이 되어 가만히 앉아 있을 수가 없었다. 거울에서 쉴 새 없이 일어나서, 기분 좋은 표정으로 미소 지으며 박람회장으로 쏟아져 들어오는 촌뜨기를 빼꼼 내다보았다. 벌써 팝콘과 종이컵에 담긴 싸구려 맥주로 채비를 마치고 들어오는 그들을 2분마다 살폈다.

군중은 저마다 관심 있는 구역에 몰려들어 있었다. 고리 던지기와 트랙터 쇼, 혹은 3목두기를 하는 수탉을 넋이 나가 바라보았다. (앨리스는 이날 아침에 이 닭과 세 번 경기를 벌여 두 번을 졌지만, 이제 어떻게 할지 알아냈다. 닭아, 딱 기다리고 있어라.)

여자들은 목청 높여 살림살이를 선전하는 행상인들에게 몰려들었다. "주방을 탈바꿈시켜드리고, 그리하여 여러분의 삶도 확 바꿔드립니다." 돈 많은 남자들은 자동차 바퀴를 경매하는 곳으로 어슬렁어슬렁 걸어갔다. 그들은 챙이 넓은 카우보이모자를 쓰고, 방목장에는 들여놔 본 적도 없을 값비싼 부츠를 신고 있었다. 한 젊은 엄마가 갓난아기를 매달고, 상품으로 걸린 어마어마하게 큰 암퇘지를 울타리 너머로 구경하고 있었다. 돼지는 하얀 들창코에 아래로 늘어진 배에는 점들이 박혀 있고, 분홍색 손가락같이 생긴 젖꼭지를 달고 있었다.

소년과 소녀로 이루어진 10대 한 쌍이 버터로 깎아 만드는 데 사흘이 좋이 걸렸다는 소를 얼이 나가 바라보고 있었다. 버터 소는 태양 아래서 벌써부터 고통을 받고 있었다. 앨리스는 건초 더미와 톱밥과 트랙터 연기와 솜사탕과 땀과 동물 똥 냄새 사이에서 산패해가는 유제품 냄새를 맡았다.

소년이 버터 소를 보며 농담을 하는 모습이 보였다. 누구나 이미 했을 법한 빤한 농담일 거라고 앨리스는 상상했다. 저걸로 팬케이크 몇 장을 발라 먹을 수 있을까 하는 따위이고, 소녀는 킬킬거리고 나서 지지 않을 만한 클리셰로 응수한다. 자기에게 그냥 버터를 쳐보려고 그런 농담을 하는 게 아니냐고 맞받아칠지도 모른다. 그리고 그는 그녀의 대꾸가 몸을 앞으로 내밀어 그녀에게 입을 맞출 큐 사인으로 받아들인다. 그녀가 그의 얼굴을 한 손으로 밀어내며 그를 골리더니, 바로 생각을 바꾸어 살짝 다가가 그의 입술에 쪽 입을 맞춘다. 그러고는 슬쩍 물러나서 대관람차로 발걸음을 옮기다가 다시 그를 돌아보며 웃었다. 너무도 사랑스러운 장면에 앨리스는 딱 녹아내릴 것만 같았다.

루엘라가 브러시를 내리고, 짜증이 나서 혀를 찼다. "네 머리는 네가 할래?"

"미안, 미안해요!" 앨리스는 자신의 칙칙한 금발 머리를 펴고 핀을 꽂고 하는 도무지 탐나지 않는 임무를 루엘라가 재개할 수 있도록 의자에 도로 주저앉았다. 그녀의 머리는 너무 짧고 말을 잘 듣지 않았다. "아주 현대적이야." 그녀가 보았던 오디션에서 조이가 했던 말이었다.

"가발을 좀 써보면 어떨까." 위아래 입술을 맞부딪치면서 립스틱을 고르게 펴던 비비안이 말했다. 앨리스도 거울을 들여다보고 립스틱을 바르며 같은 일을 연습하고 있었다. 쾌활한 비비안은 손님들을 끄는 주요한 요소였다. 화려하게 조각된 공연장 앞에 그려진 그녀의 모습은 눈길을 끌었다. 윤기가 촬촬 흐르는 석탄색 머리와, 음란함과 순진함이 절묘하게 공존하는 아주 커다랗고 푸른 눈동자. 이제는 여섯 개의 도시에서 상연되며 목사들과 학교 교사들 사이에서 인기를 끌고 있는 새로운 형태의 연극에 좋은 외모였다. 그들이 특별히 초대를 받아 구경했던 공연들과는 달리 여자들이 구경거리가 되는 공연이었다.

"쇼오오오다, 숙녀분들! 쇼까지 5분 남았어." 그리스인 조이가 그렇지 않아도 북적북적한 트레일러의 문을 홱 열어젖혔다. 그는 옥색 반짝이 조끼와, 솔기가 해어져가기 시작하는 역시 반짝이는 검은색 바지에 몸을 꾹꾹 눌러 담은 것이, 꼭 호박벌처럼 보였다. 앨리스가 놀라서 작게 꺅 소리를 질렀다. 손이 가슴 앞에서 헤맸다.

"흠, 무슨 암망아지도 아니고 잘도 놀라네, 미스 템플턴." 조이가 말하며 그녀의 볼을 꼬집었다. "아니면 여학생 같아 보이기도 하고 말이야. 잘하고 있어. 그렇게 계속 잘 해봐."

"아니면 곧 거세당할 수망아지 같아 보이기도 하고요." 비비안이 혹평을 덧붙였다.

"그게 무슨 뜻이지, 비비?" 그가 눈살을 찌푸렸다.

"그냥 앨리스를 들여놓은 이유를 잘도 뽑아내시나 해서요." 비비안이 탱글탱글하게 잘 말렸는지 컬 하나를 풀어보며 말했다. 그녀는 흡족하지 않은지 아이언을 다시 말았다.

"내 댄스 스텝을 기억하고나 그런 말을 하는지 모르겠네요?" 앨리스는 새롭고도 환하게 증오심이 불타오르는 것을 느끼며 쏘아붙였다.

"자, 자." 조이가 손뼉을 쳤다. "내 아가씨들의 공연에 머리채 잡는 싸움은 없어. 그 구경거리에 웃돈을 얹어 티켓을 팔 게 아니라면 말이야."

과거에는 쇼에서 딴 짓도 했다는 것을 앨리스는 알고 있었다. 루엘라는 부인과 검사를 받듯이 제 다리를 들어 올리고 그 사이를 남자들이 들여다보는 횃불 쇼를 예전에 했었다. 하지만 최근에는 새침하게 내숭을 떠는 분위기가 새로 유행이 되었고, 조이는 능란하게 유행을 따랐다.

이 곡마단의 쇼는 가족처럼 느껴졌다. 모든 것을 기차에다 싣고서 새로운 전시 마당, 새 박람회장으로 옮겨 다니곤 했던 것이다. 앨리스는 케이로(이집트의 카이로가 아니라 일리노이 주의 케이로다. 조이가 그녀에게 기원전 14세기의 이집트 왕비 네페르티티 같은 광대뼈를 하고 있다고 말하기는 했지만 말이다)와 그녀를 아는 모든 사람들에게서 백만 마일은 떨어져 왔다. 그녀는 그곳에서 그냥 살았다면, 그저 골로 가버리고 말았을 것이다. 스티브 삼촌의 손에 실제로 죽음을 당했거나, 그도 아니면 순전히 지루해서 죽어버렸을 것이다. 1937년 홍수에 사람들이 대피했을 때, 앨리스는 지체 없이 케이로, '그리고' 그녀의 옛 삶에서 대피했다. 오하이오 강에 신의 가호가 내리길, 그녀는 생각했다.

에바가 힐을 신고 일어서려는데 조이가 그녀의 의상을 걷고서 좋다고 엉덩이를 주물렀다. 그가 앨리스에게 윙크를 했다. "공주님, 풍만한 곡선이야! 그게 남자들이 좋아하는 거지. 너는 케이크를 사 먹을 돈을 더 벌어야 해. 그래서 몸이 풍만해지고, 그러면 또 돈을 더 벌게 되지!"

"네, 미스터 말라마토스." 녹색과 하얀색의 치어리더 스커트를 입은 앨리스가 바짝 긴장해서 한쪽 다리를 뒤로 살짝 빼고 무릎을 구부리며 인사를 했다. 조이는 꼭대기를 주먹만 한 에메랄드로 장식한 지팡이에 몸을 기대면서 뭔가 알았다는 표정을 지었다. 조이는 그 에메랄드가 진짜라고 극구 주장했다. 그가 버라이어티 쇼에 나온 공연자처럼 눈썹을 위아래로 꿈틀꿈틀 움직였다. "교미하는 애벌레처럼 말이야." 그의 표현에 따르면 말이다.

그러더니 그가 그녀의 가랑이에 손을 뻗쳤다. 그녀는 속이 뒤틀리는 짧은 순간에 그가 자신을 더듬을까 봐 겁에 질렸으나, 그는 단지 그녀의 주름치마를 잡아 약간 내렸을 뿐이었다.

"훨씬 낫네." 그가 말했다. "공주님, 기억해. 이 쇼는 건전한 가족들 대상이라고."

그는 트레일러를 빠져나가, 선전용 무대로 가는 계단을 쿵쾅거리며 올라가서 미리부터 관객의 열기를 돋우었다. 무대에는 차양이 쳐져 있고, 비비안을 연상시키며 손님들의 상상력에 불을 붙일 그림들이 달려 있다. "앞으로 나오세요, 신사 숙녀 여러분, 오세요. 제가 오늘의 공연에 대해 한 말씀 드리겠습니다. 하지만 먼저 알려드려야겠습니다. 이 쇼는 동양풍의 음란한 쇼가 아닙니다! 다이빙을 하는 여자 공연자나 훌라 춤을 추는 댄서도 없어요. 금지된 오리엔탈 댄서들도 없습니다!"

"그럼 뭐가 있소?" 군중 사이에서 누군가가 야유를 보냈다.

"아이고, 선생님. 물어봐주셔서 기쁩니다!" 조이가 그를 바라보며 환하게 미소를 지었다. "선생님에게는 제가 또 훨씬 더 값어치 있는 것을 마련해두었습니다. 교육을 시켜드릴까 하는 거지요!"

약간의 야유와 술렁거림이 일었지만, 조이는 여자들이 무대로 올라오기 전에 좌중을 다독였다. "보십시오, 선생님. 가까이 오세요. 부끄러워하지 마시고요. 이 사랑스럽고 순수한 미스 앨리스에게 집중해주시라고 부탁드려도 되겠습니까!"

커튼이 확 잡아당겨졌고, 앨리스가 햇빛에 눈을 깜빡이며 무대 곁으로 나왔다. 그녀는 치어리더 복장을 하고 있었다. 초록색 벌레들이 그려진 모직 주름치마와 커다란 메가폰과 함께, 대학교 티셔츠와 비슷하게 브이 자(조이는 이 옷을 주면서 V가 '처녀virgin'를 의미한다고 놀려댔다)가 수놓인 저지를 입고, 발목에서 접어 신는 흰색 양말과 구두를 신었다.

"이리 올라와 인사 좀 드리지 않겠어?"

그녀가 사격연습장에 홀려서 이끌려온 아이들처럼 모이나 마나 하게 온 사람들 무리에게 명랑하게 손을 흔들며 계단을 깡충깡충 올라왔다. 무대로 올라선 후에 그녀는 깔끔하게 옆으로 재주넘기를 하여 조이 바로 옆에 가서 섰다.

"아이쿠야!" 그가 감동을 받아서 말했다. "자, 장단 좀 맞춰주세요, 여러분. 사랑스럽지 않습니까? 참으로 미국적인 소녀입니다. 달콤한 열여섯 살, 그리고 그 누구에게도 키스를 받아본 적이 없어요. 그러니까 그때까지는……."

"그러니까 뭐요?" 의심 많은 사람들을 가지고 놀면 일이 더없이 쉬워졌다. 그들의 환심을 사면 무리를 휘어잡게 되는 것이다. 앨리스는 과자 장수들이 입을 놀린 사람을 점찍어 두었다가, 그가 천막에 들어오는 순간에 해결을 본다는 것을 알았다.

조이가 무대를 휘젓고 다녔다. "자? 자, 자, 자." 그가 왈츠라도 추듯이 앨리스의 손을 잡고 빙그르 돌려 군중과 마주하게 했다. 그녀는 한 손을 볼에다 갖다대며 짐짓 얌전한 척 눈을 내리깔았지만, 반응을 살펴보고 싶어서 속눈썹 사이로 구경꾼들을 훔쳐보았다. 아까 보았던 어린 커플이 무리 바깥쪽을 맴돌고 있었다. 여자아이는 활짝 웃고 있고, 남자아이는 경계심이 든다는 표정이었다.

조이는 뭔가 일을 작당하는 것처럼 목소리를 낮추었고, 청중은 그의 말을 들으려고 덩달아 가까이 다가왔다. 그는 앨리스를 가운데 두고 원을 그리며 돌았다. "사실입니다. 순수를 파괴하기를 좋아하는 부류의 남자분들이 계시지 않던가요? 나무에서 농익은 체리를 따내듯이 '뽑아버리는' 것이지요." 그는 가상의 열매를 입에 가져가는 연기에다가 관능을 느끼고 있다는 시늉을 덧붙였다. 그러고 잠깐 동안 멈추었다가 가짜 과일을 입에서 빼내어 지팡이로 계단 아래를 가리키며 던져버렸다.

"아니면 정상적이지 않으며 '자제할' 수 없는 욕망에 휩싸여버린 젊은 주부는 어떨까요?" 허리를 졸라맨 실내복을 입고 구슬을 박은 마스크를 눈 위에 쓴 에바가 커튼을 젖히고 모습을 드러냈다. 그녀는 가슴에 손을 얹고 무대의 계단을 올랐다. 조이는 그녀의 손이 제 의상을 만지작거리며 가슴을 문지르기 시작하는 것을 보지 못한 척하면서 머리를 흔들었다.

"남아 있는 품위가 있기는 한지, 그것을 보호하겠다고 변장을 한 이 여인은 세상없이 애처로운 피조물입니다. 순전히 자신의 부패한 환상의 처분에 따라 살아왔죠. 색정증에 걸린 이 여인을 소개합니다, 신사 숙녀 여러분!" 그 말과 때를 맞추어 에바가 실내복을 벗어버리고, 안에 입고 있던 레이스 달린 네글리제를 드러냈다. 이 광경에 겁에 질린 조이가 재빨리 가서 그녀의 몸을 가렸다.

"정숙하신 숙녀분들, 점잖으신 신사분들. 이 쇼는 여러분을 흥분시키고 자극에 빠뜨리려고 하는 그런 저질 쇼가 아닙니다. 이 모습은 경고입니다! 퇴폐와 욕망의 위험, 그리고 더없이 아름답던 섹스가 어떻게 옆길로 샐 수 있는지를 보여드리는 쇼입니다. 아니면 선구적인 역할을……."

"소—개합—니다……." 빨간 립스틱을 바르고 펜슬스커트를 차려입고, 머리는 둥글게 말아 올린 비비안이 으쓱거리며 걸어 나왔다. "매춘부들! 아무렇게나 몸을 놀리는 여자들. 사악한 유혹자들! 상사에게 눈독들이는 야심에 찬 젊은 여자 회사원들. 남편과 아내 사이에 끼어들기를 꾀하는 여자들. 여자들이여, 그런 여자들을 알아보는 법을 배우십시오. 남자들이여, 그런 여자들에게 저항하는 법을 배우십시오. 이 립스틱을 바른 음탕한 포획자는 사회의 위협입니다!"

비비안은 손을 엉덩이에 걸치고 군중을 응시하며 핀을 풀어 머리칼을 어깨로 흘러내렸다. 가련하게 고통받는 색정녀 에바와 달리, 비비안은 다른 여자들이 밍크코트를 뽐내며 걷는 것과 비슷한 모양으로 탐욕을 걸치고 있었다.

조이가 떠벌리면서 분위기를 돋우었다. "지금 보신 전부에다 안에 더 있습니다! 극악하게 부도덕한 행위를 피하는 가르침을 만나십시오. 처신 방정했던 여인이 얼마나 멀리까지, 얼마나 쉽게 추락할 수 있는지 확인해보십시오. 창녀와 마약 중독자들! 살 떨리는 욕망에 굴복하고 만 희생양들! 만족을 모르는 검은과부거미 같은 여자들과, 순수함이 더럽혀지고 만 달콤하고 어린 것들을 보러 오십시오!"

10대 커플에게는 과했는지, 소년은 소녀를 끌고 다른 것을 보러 갔다. 역겹다는 눈길을 보내는 것으로 보아 이보다는 더 깨끗한 것을 보러 가려는 모양이었다. 다른 댄서들은 경멸에 내성이 생겼지만, 앨리스는 목에 뜨거운 구슬 목걸이를 달고 있는 듯이 수치심이 느껴졌다. 그녀는 얼굴을 붉히며 눈길을 떨어뜨렸다. 이번에는 척하는 것이 아니었다. 그리고 다시 눈을 들었을 때 그녀는 '그'를 보았다.

야위고 불량해 보였고, 옷을 잘 차려입은 남자였다. 흰 코만 아니라면 잘생겼을 남자. 그가 뒤편에 서서 그녀를 물끄러미 바라보고 있었다. 남자들이 으레 그러듯이 우습지도 않게 허세에 가득 차서 늑대처럼 굶주린 눈으로 바라보는 그런 것이 아니었다. 그는 홀려 있었다. 마치 그녀를 안다는 듯이. 그녀의 비밀 저 깊은 곳을 꿰뚫어 보고 있다는 듯한 눈길이었다. 그가 하도 전적이고도 열렬한 관심을 보이는 바람에, 앨리스 역시아주 놀라운 마음으로 그를 바라보았다. 조이가 마무리하는 소리도 저멀리서 들려오는 것 같았다. 얼굴 표정을 미소로 바꾸는데, 마음이 따뜻해지는 동시에 속이 거북해지고 어지러운 느낌이 들었다. 그녀는 눈길을 돌릴 수가 없었다.

"신사 숙녀 여러분, 이 쇼는 여러분의 '혼을 쏙 빼놓을' 것입니다!" 조이가 사람들 사이에서 어색한 표정으로 활짝 미소 짓고 있는 젊은 여자를 지팡이로 가리켰다. "여러분에게 '최면을 걸' 것입니다!" 그의 지팡이가 다시 홱 돌아가, 아까 입을 놀렸던 사람을 찌를 듯이 가리켰다. "여러분을 '마비시킬' 것입니다!" 그는 지팡이를 들어 올리면서 몸을 뻣뻣하게 하더니 살짝 떨었다. 하지만 그것은 잠깐 동안의 일이었고, 곧 지팡이를 휘두르며 통통한 몸을 아래쪽에 있는 천막 입구로 힘껏 기울였다. "하지만 티켓을 사셔야 보실 수 있습니다! 쇼는 세 가지뿐입니다, 신사 숙녀 여러분. 걸음을 떼세요, 들어오셔서 우리가 여러분을 가르치게 해주십시오!"

군중이 볼 준비가 딱 되어 티켓 부스로 몰려가는 사이에, 조이는 여자들에게 나설 준비를 시키며 다른 계단으로 서둘러 내몰았다. "계단 아래서는 재주넘기하지 말아야 한다?" 그가 앨리스를 지레 꾸짖었지만, 그녀는 어깨 너머로 그 낯선 사람을 보느라 정신이 팔려 있었다. 그가 티켓을 사려고 나머지 사람들과 앞으로 몰려가는 모습을 보고 그녀는 마음이 놓였다. 그녀가 계단을 내려가다가 에바의 발뒤꿈치를 밟는 바람에모두 우유병들처럼 와르르 구를 뻔했다. 호객꾼이 사기가 아님을 증명하려고 병들의 피라미드 꼭대기에 무거운 병을 올려놓는 쇼에서처럼 할 뻔했다.

"죄송해요, 죄송해요." 그녀가 소곤거렸다.

그녀는 커튼을 살짝 걷고서 좋은 자리를 차지하려고 복작거리는 구경꾼들 사이에서 꿈쩍도 하지 않고 있는 그를 보자 더욱 허둥지둥하는 마음이 되었다. 과자 장수들이 단기 사기극에 벌써 들어가 있었다. "초콜릿 사고 상품 받아 가세요!" 바비는 나이 지긋한 커플에게 작업을 거는 중이었지만, 미키는 홀로 서 있는 그 남자에게 다가가 건수를 올리려고 애쓰고 있었다. "여기 보세요. 뭐 좀 따고 싶지 않으세요? 새 당과가 나왔는데요. 애나 벨 리라고 해요. 시장에 아주 새로 나온 따끈따끈한 과자랍니다. 선생님이니까 말해드리는 건데, 분명 좋아하실 거라고 장담합니다. 깜짝 선물이 들어 있는 포장도 있으니까, 조건이 아주 좋지요? 남성용과 여성용 손목시계, 라이터, 펜 세트하고 5달러짜리 지폐가 들어 있다, 이 말입니다! 기회를 잡으세요, 행운을 누리실지 누가 또 압니까! 단돈 50센트! 아주 달콤한 거래지요. 어쩌시렵니까?" 하지만 사내는 장사꾼에게는 눈길도 주지 않은 채 손사래를 쳐서 쫓았다. 그의 얼굴은 무대 쪽을 올려다보고 있었다. 그는 그녀를 기다리고 있었다. 앨리스는 절대적으로 확신할 수 있었다.

어찌나 불안했는지 대사를 날려버릴 뻔했다. 조명이 켜져 관중을 볼 수 없게 되었지만, 그의 응시는 느껴졌다. 그녀는 자신에게 떨어지는 큐를 놓쳤고, 재주넘기 타이밍을 엉망으로 잡아 무대에서 하마터면 구를 뻔했다. 다행스럽게도 그녀의 역할과 들어맞는 실수였다. 마약에 찌들어가는 치어리더를 표현하기에 딱 맞는 연기였던 것이다. 주트 슈트를 입은 미키가 약속했듯이, 마지막 장면에서 그녀는 몸이 많이 드러나는 드레스를 입고 힐을 신고서 길거리 기둥에 기대어 서 있었다. 욕망에 무륜 꿇고 순수를 잃어버린 그녀의 모습에 조이가 숨 막히는 내레이션을 덧붙였다. "궁극의 타락으로." 소프트라이트가 그녀의 몸을 극적으로 적시고, 그녀는 정신을 잃은 색정녀가 무대로 옮겨지는 사이에, 다음 장면을 준비하려고 무대를 빠져나왔다. 무대 담당 스태프 두 명이 소파에 그녀를 퇴폐적인 자세로 뉘어놓았다.

"누구한테 숭배자라도 생겼나 보네." 비비안이 조롱했다. "그놈이 초콜릿 상자에 웬 거지 같은 상품이 숨어 있는 걸 아려나?"

그때였다. 앨리스가 그녀를 쓰러뜨리고 위에 올라타서 얼굴을 할퀴고 완벽하게 만 머리를 잡아당기고 안경을 부서뜨려버렸다. 비비안이 관객이 있는 저 앞에서도 들릴 만큼 세차게 쓰러지는 바람에, 조이는 목소리를 더 높여야 했다. "……남편과 아내의 첫날밤, 가장 친밀하고 사랑스러웠던 순간과 경험이 장차 이 만족을 모르는 굶주림을 풀어놓으며 그녀의 안을 지끈거리게 할 것이라고 누가 생각이나 했겠습니까?"

루엘라와 미키가 앨리스를 뜯어냈다. 비비안이 두 발을 딛고 일어나서 뺨의 할퀴인 자국을 어루만지며 미소를 지었다. "그게 다야, 앨리스? 진정한 여자는 어떻게 싸우는지 아무도 가르쳐주지 않은 모양이지?" 루엘라와 미키가 흐느적거리며 흐느끼는 앨리스를 붙들고 있는 사이에, 비비안이 반지를 잔뜩 낀 손을 그녀에게 날리며 얼굴을 갈랐다.

"환장하겠네, 비브!" 미키가 씩씩거렸다. 하지만 그녀는 자기 역할을 하러 나가는 중이었다. 에바가 무대에서 네글리제를 벗어 내리고 조명이 탁 꺼지는 바로 그 순간이었다. 거기 모인 시골뜨기들에게 순간의 추파만 던져주었을 뿐이지만, 그 절묘한 연출에 사람들이 충격을 받아 흠칫 숨을 멈추었고, 무리 사이에서 휘파람과 환호성이 터져 나왔다. 비비안은 에바가 벌거벗은 채로 환한 웃음을 지으며 무대를 빠져나오는 사이에 오만한 자세로 걸어 나갔다. "제길, 벌거벗은 여자라고는 2초도 못 본 사람들 같네……. 이런 염병, 젠장, 앨리스, 괜찮아?"

루엘라와 에바는 앨리스를 분장실 바닥에 누이고 피를 닦아내고서, 루엘라의 소장품 중에서 무슨 연고를 꺼내 발라주었다. 루엘라는 약재상이나 된 듯이 로션과 오일들을 쓸어 모았다. 앨리스는 그들이 아무 말도 하지 않는 것으로 보아 상태가 좋지 않다는 것을 알 수 있었다.

최악은 아직 다가오지도 않았다.

공연이 끝난 직후에 그녀를 트레일러에 호출한 조이의 표정이 심각했다. 예의 움직거리는 눈썹도 없었다. "옷 벗어." 그녀는 한 번도 들어본 적 없는 냉정한 목소리로 그가 말했다. 그녀는 여전히 '타락한 여자'의 의상을 입고 있었다. 빨간 하이힐과 몸에 딱 달라붙는 드레스.

"그런 종류의 쇼가 아닌 줄 알았단 말이에요." 앨리스가 스스로도 넘어가지 않을 것 같은 웃음을 반쯤 터뜨리며 저항했다.

"저기, 앨리스."

"벗을 수 없어요."

"이유 알잖아."

"제발 부탁이에요, 조이."

"내가 모를 줄 알았나? 왜 화장실에 가서 혼자서 옷을 입을까? 왜 어디를 가나 고무줄을 들고 다닐까?"

앨리스가 단호하고도 짧게 고개를 저었다.

조이의 목소리가 약간 다정해졌다. "내가 좀 보자."

앨리스는 몸을 떨며 드레스를 벗어 바닥에 떨어뜨렸다. 납작한 가슴과 성기 주위에 정성껏 두른 붕대와 고무 밴드가 드러났다. 조이의 미간이 찡그려졌다.

그녀는 이런 일이 벌어지지는 것을 막으려고 평생 동안 싸워왔다. 그녀 속에 살고 있는 루카스 지젠푸스라는 사람과 싸워왔다. 아니면 그의 물리적인 몸을 원망하며 그의 안에 그녀가 살아왔다. 두 다리 사이에 매달린 그 끔찍하고도 증오스러운 것, 칭칭 동여매기는 했지만 끝내 잘라낼 용기는 내지 못한 것.

"아, 좋아." 조이가 옷을 다시 입으라고 손짓했다. "네가 여기에 있는 건 낭비야. 넌 시카고로 가야 해. 브론즈빌에 특수 전공의 쇼들이 있어. 아니면 카니발을 다녀. 아직 여장남자, 그런 걸 하는 데가 있어. 아니면 수염 기른 여자로 쇼에 나가. 수염은 자라나?"

"전 괴물이 아니에요."

"이 세상에서는 그렇단다, 공주님."

"있게 해주세요. 단장님도 모르셨잖아요. 아무도 알 필요 없어요. 전 해낼 수 있어요. 해낼 수 있다는 거 아시잖아요, 조이. 제발요."

"누구한테 들키기라도 하면 무슨 일이 일어날 거라고 생각하지? 아니면 비비안이 무심코 누설이라도 하면? 네가 그녀를 제대로 열 받게 했지. 그녀가 얘기하고 다닐 거라는 거, 너도 모르지 않잖아."

"다음 동네로 빨리 내빼면 되잖아요. 지난번 버튼에서 미키가 클럽 회계 담당자의 딸과 놀아났을 때 그랬던 것처럼 말이에요."

"공주님, 이건 다른 문제야. 사람들이 속고 봐주는 것도 어느 정도까지야. 다닐 동네가 없어질 테지. 아마 린치도 당할 거고. 그냥 촌뜨기 하나가 네가 몸을 싸매는 걸 보거나, 웬 구경꾼이 네 치맛자락 아래로 손을 집어넣거나 하는 날엔 말이야. 바비가 네 얌전한 몸을 보호해주겠다고 끼어들 겨를도 없이 그런 일이 일어나면 어쩔 거냔 얘기야."

"그러면 공연은 안 할게요. 과자 팔러 다니면 되잖아요. 청소하고 요리하고, 여자들이 의상 갈아입는 걸 도와주고 화장을 해줄게요."

"미안하다, 앨리스. 우리가 하는 건 가족용 쇼란다."

***

그녀는 참을 수가 없었다. 그녀는 엉엉 울면서, 마술사의 소맷부리에서 날아오르는 비둘기처럼 트레일러를 뛰쳐나갔다. 곧장 달려든 곳이 그의 품이었다.

"저기, 아가씨. 조심해야죠. 괜찮아요?"

그녀는 앞에 서 있는 그를 보고 제 눈을 믿을 수가 없었다. 사실은 그가 그녀를 기다리고 있는 것이었다. 그녀는 입을 벌려보려고 애썼지만, 흐느낌만 주체할 수 없이 터져 나왔다. 그녀는 손으로 얼굴을 가렸고, 그는 그녀를 품에 꼭 끌어안았다. 그토록 순전히 어딘가에 속해 있다는 느낌은 평생 처음이었다. 얼굴을 들어 그의 얼굴을 바라보았다. 그 역시 금방 울기라도 할 듯 눈가가 젖어 있었다.

"울지 마요." 그녀는 절박한 동정심으로 차올라서, 길고 가느다란 손가락(계집애 같은 손이라고 그녀의 삼촌은 항상 말했다)으로 그의 볼을 어루만졌다. 그녀 안의 모든 것이 이것을 원했다. 그의 안으로 사라져버릴 수도 있을 것 같았다.

그녀는 자신 못지않게 압도되고 있는 그의 모습에 감동을 받았다. 그녀는 불쑥 제 입술로 그의 입을 가로막았다. 그녀의 입에 맞닿은 그의 입은 뜨거웠다. 그가 충격과 의아함에 휩싸여서 몸을 뒤로 뺐다. 입술을 떼기 전에, 그의 숨에서 캐러멜 향이 맡아졌다.

"놀랍기 그지없는 소녀야." 그가 말했다. 그가 속으로 어떤 고통에 시달리고 있는 것이 그녀의 눈에 보였다. '내려놔요', 그녀는 생각했다. '다시 입 맞춰줘요. 난 당신 것이에요.'

그도 루엘라가 가졌다고 우기는 초자연적인 재능을 지니고 있는지도 몰랐다. 왜냐하면 그가 꼭 그녀의 마음을 듣고서 결단을 내린 것 같았기 때문이다. "나와 함께 가자, 앨리스. 이런 짓 할 필요 없어."

좋아요, 말이 입으로 나오기 직전이었다. 그런데 조이가 모든 일을 망쳐놓았다. 트레일러 계단 꼭대기에서 무기력한 딱정벌레같이 생긴 그림자가 나타났다. "이봐, 지금 무슨 빌어먹을 짓을 하고 있는 거지?"

낯선 이가 품에서 그녀를 풀었다. 조이가 우스꽝스러운 보석을 단 그 지팡이를 휘두르며 느릿느릿 내려왔다. "이건 그런 식의 쇼가 아니란 말이오, 친구. 손 떼요, 어서."

"이건 그쪽하고는 아무 상관이 없는 일인데요."

"거, 죄송하오만. 내가 잘 이해가 가지 않게 얘기한 건가? 손 떼란 말이야, 당장."

"안으로 들어가세요, 조이." 앨리스가 말했다. 너무도 차분한 기분에 아찔할 정도였다.

"미안, 공주님. 그냥 빠져나가게 둘 수 없는 일이야. 다음에는 또 무슨 일이 벌어지겠어. 촌뜨기들이 너도나도 나서서 뭔 떡고물이라도 얻으려고 달려들 거 아니야."

"괜찮아." 그녀의 연인이 조이의 엄포에 반발하는 뜻으로 모자를 바로 잡으며 말했다. 하지만 앨리스는 그가 떠날 것임을 알았다. 완전히 공황에 사로잡혀서 그의 팔을 붙들었다.

"안 돼요! 떠나지 마요."

그가 그녀의 턱 아래를 톡 건드렸다. "널 찾으러 돌아올 거야, 앨리스."
그가 말했다. "약속하지."

커비

1992년 8월 27일

커비는 매달 첫째 주 토요일에 광고를 실었고, 매주 목요일에 사서함을 확인했다. 때로는 우편이 겨우 한두 통 와 있었다. 첫 달에 가장 많이 받았는데, 열여섯 통과 반 통이었다. 엽서 하나를 반 통으로 쳤다. 대부분이 외설적인 내용을 휘갈겨 보낸 편지였다.

댄이 시카고에 있을 때면 그의 집으로 가서 함께 우편을 재확인해보았다. 오늘 그는 그녀가 낑낑거리며 작업하는 동안에 홀아비의 주방을 바스락거리며 메기 요리와 으깬 감자를 만들고 있었다.

우편을 확인하는 날의 첫 번째 임무는 분류하는 것이었다. 슬프고도 쓸모가 없으며, 흥미롭기도 했다. 그리고 병적이었다.

많은 편지가 애끓는 내용이었다. 가령 총에 맞은 여동생을 둔 남자 얘기가 그랬다. 그녀가 차량 총격 사건 와중에 길을 잃고 날아온 총탄에 어떻게 쓰러졌는지, 앞뒤로 여덟 장을 손으로 꼭꼭 채운 편지였다. 현장에서 발견되었던 물건은 뜬금없는 것도 아니었다. 탄피들이었다고 적었으니 말이다.

일부는 애매했다. 좀도둑질이 잘못 돌아가는 바람에 어머니를 잃은 여자는 어머니의 영혼이 고양이 밥을 꼭 주라고 나타난다고 썼다. 강도들이 자기 손목시계를 빼앗아 가게 내버려 두었다면 총이 발사되지 않았을 것이고, 그러면 그녀도 여전히 살아 있을 거라며 자신을 원망하는 남자친구도 있었다. 그리고 이제는 어디를 가나 같은 손목시계밖에 보이지 않는다고 했다. 잡지에서, 상점의 진열창에서, 광고판에서, 다른 사람들의 손목에서. 신이 저를 벌주시는 방식일까요? 그는 적었다.

커비는 이 편지들과 애초부터 볼 장 다 본 다른 편지들에 대해서도 간단하고 진실한 답장을 보냈다. 시간을 내어 편지를 적어준 점에 감사의 뜻을 표시했다. 무료 상담과 지역의 희생자 지원 그룹들 정보도 곁들였다. 체트가 그녀를 위해 찾아다준 정보였다.

몇 달이 흐르는 내내 건질 만한 편지는 딱 두 통밖에 없는 것 같았다. 어느 나이트클럽 바깥에서 칼에 찔린 여자가 있는데, 고전적인 러시아식 십자가를 목에 달고 있었다. 그러나 편지는 그녀의 러시아 깡패 남자친구에게서 온 것이었다. 경찰로부터 십자가를 되돌려 받기 위해, 커비가 협상을 해주었으면 하는 꼼수였다. 십자가가 어머니로부터 받은 것이고, 애초에 그의 사업상 거래 때문에 그녀가 죽었으므로 경찰에게 접근하기가 껄끄러웠기 때문이다.

다른 편지는 아이들이 스케이트보드를 타며 몰려 노는 터널에서 발견된 10대 소년 얘기였다(그녀는 별로 관련이 없는 사건이라고 생각했다). 입에 납으로 만든 장난감 병정이 쑤셔 박힌 채 맞아서 죽은 소년이었다. 부모는 페루식 덮개를 덮은 거실 소파에 앉아서 정신이 다 나가 있었다. 손가락이 다 녹아 들러붙은 듯 양손을 꽉 끼고서, 커비에게 답이 있는지를 물었다. 제발, 그것이 그들이 원한 전부였다. 왜? 그가 이런 짓을 당해도 쌀 무슨 짓을 했는가? 극도로 고통스러운 일이었다.

"오늘은 J한테서 사진 안 왔어?" 댄이 그녀의 어깨 너머를 보며 말했다. J는 그들의 단골로서, 검은색 눈 화장을 진하게 한 빨간 머리 여자의 살해 현장 사진들을 지속적으로 보내오는 사람이었다. J가 여자라고 가정한다면 사진에 찍힌 당사자일 수도 있고, J의 친구거나 할 것이었다. 하늘하늘한 하얀색 드레스를 입고 머리카락을 물에 온통 흩어트린 채로 익사해 양어장에서 둥둥 떠다니는 여자의 사진. 검은색 레이스 드레스에 팔꿈치까지 오는 장갑을 낀 손으로 하얀색 장미를 꼭 쥐고, 암만 봐도 페인트처럼 보이는 피 웅덩이에 파묻혀 죽어 있는 여자의 사진.

검은 봉투 안에 들어 있던 오늘의 사진은 J가 스타킹과 군화를 신고 가죽 의자에 다리를 벌리고 앉아 찍은 것이었다. 머리는 뒤로 젖히고 빨간색으로 튄 자국이 그녀 뒤의 벽에 점점이 흩어져 있었다. 늘어뜨린 손가락에는 리볼버가 매달려 있었다. 손톱에 칠해진 매니큐어는 완벽했다.

"미술 배우는 학생 놈일 게 틀림없어요." 커비가 투덜거렸다. 그들은 J에게는 한 번도 답신을 하지 않았다. 그럼에도 그녀는 굴하지 않고 뒤틀린 사진들을 보내오고 있었다.

"영화과 애들보다야 낫지 뭘 그래." 그가 생선을 발라내며 별일이냐는 듯 말했다.

"아직도 미치겠나 봐요? 안 그래요?" 그녀가 씨익 웃었다.

"뭐가?"

"내가 걔하고 잤나 아닌가 하는 거 말이에요."

"당연히 잤겠지. 네 첫사랑이야. 그건 뉴스 속보라고는 할 수 없는 얘기잖아, 꼬맹아."

"제가 무슨 뜻으로 한 말인지 아시잖아요."

"내가 상관할 바 아니야." 그가 아무런 일도 아니라는 듯 어깨를 으쓱했다. 거기에 그녀가 발끈했다. 솔직히 말하자면 그녀로서는 꽤 크게.

"좋아요. 그럼 말하지 않을게요."

"여전히 다큐멘터리는 하지 않았으면 좋겠다고 생각해."

"농담하세요? 〈오프라 윈프리 쇼〉도 이미 거절했는걸요."

"아, 제기랄!" 그는 감자 삶은 물을 따라내다가 증기에 얼굴이 델 뻔했다. "정말이야? 그건 몰랐군."

"엄마가 거절했어요. 제가 아직 병원에 있을 때요. 기자들에게 질려버렸거든요. 다들 나쁜 놈들이래요. 인터뷰를 따려고 병실을 불쑥불쑥 쳐들어오거나, 그게 아니면 엄마한테 다시는 연락을 되돌려주지 않는 식이라고요."

"아." 댄은 죄책감을 느꼈다.

"나더러 나와달라고 한 토크 쇼가 한둘이 아니었다고요. 하지만 이건 뭐 관음증도 아니고. 그렇지 않아요? 그게 내가 그런 걸 물리친 이유 중 하나예요. 그냥 모든 것에서 다 벗어나고 싶었다고요."

"이해가 가네."

"그러니까 걱정하지 마세요. 프레드한테는 끝난 일이라고 잘 말해뒀으니까요."

커비가 복숭아색 봉투를 코에 끌어 올렸다. "이 봉투는 냄새까지 좋네. 틀림없이 좋지 않은 징조겠죠?"

"내가 만든 음식에도 같은 말을 하지는 않았으면 좋겠군."

커비가 숨죽여 키득거리며 봉투를 열었다. 답신 주소는 세인트 헬렌 양로원으로 되어 있었고, 오래된 느낌의 편지지 두 장이 담겨 있었다. 편지는 두 페이지의 양면을 채우고 있었다. "뭐 해, 읽어봐." 댄이 감자를 으깨며 말했다. 그는 감자를 덩어리 없이 곱게 으깨는 일에 유달리 자부심을 가지고 있었다.

　친애하는 미스터 KM,

　이런 편지를 다 쓰다니 나로서는 별난 일이고, 망설임이 없지 않았다는 점을 고백해야 하겠네요. 하지만 당신의 (그나저나 좀 둔감하다고 할) 광고를 신문에서 보고는 답을 하지 않을 수 없었어요. 비록 당신이 구체적으로 적은 시간대와는 거리가 먼데도, 내가 집착하던 어느 가족의 미스터리를 하도 긴밀하게 연상시켰거든요.

　이 정보를 무슨 의도를 가지고 있는지 알 길 없는 당신과 나누자니 두려움도 약간 드네요. 광고를 내신 목적이 뭔가요? 학업에 상관이 있는 건지, 아니면 몹쓸 호기심인지? 시카고 경찰의 형사인가요, 아니면 어떤 만족을 얻으려는지 몰라도 사람들의 상처를 사고파는 사기꾼인가요?

　내가 더 나아간 추측을 당신에게 제공해보려고 합니다. 이것도 일종의 기회라고 생각하기 때문입니다. 모든 기회가 저마다의 위험을 안고 있듯이 이 기회도 마찬가지로 위험이 있다고 생각하지만, 당신이 제 이야기를 일단 읽으면 답신을 줄 것임을 믿습니다. 제 편지가 당신의 관심을 분명히 해줄 때의 얘기겠지만요.

　내 이름은 벨라 오우수라고 합니다. 결혼 전 성은 조던입니다. 양친 다 제2차 세계대전 때 돌아가셨어요. 아버지는 외국에 나가 군 복무를 하다가, 어머니는 1943년에 세네카에서 여전히 미제로 남은 살인 사건 때 돌아가셨지요.

　우리 남매들은 여러 고아원과 위탁 가정을 전전하며 살았지만, 성인이 되어 어찌어찌 다시 만나게 되었어요. 내가 일어났던 일을 제대로 기억하지 않고 있을 수도 있어요. 하지만 나는 장녀예요. 어머니를 내가 가장 잘 기억한다는 뜻입니다.

당신의 광고는 '뜬금없는 물건'이 현장이 있었는지 여부를 구체적으로 묻고 있더군요.

흠, 우리 어머니가 땅에 묻히고, 돌려받은 어머니 소지품 중에 뜬금없는 물건이 있었다면, 야구 카드였어요.

이 말을 하는 것은 우리 어머니가 야구에는 전혀 관심이 없었기 때문이에요. 돌아가실 당시에 야구 카드를 도대체 왜 지니고 있었는지 짐작조차 할 수가 없어요. 이 얘긴 당신과 내가 더 의논해볼 수 있겠지요. 당신이 품은 의문점을 내게 더 얘기해줄 수 있다면 말이에요. 그리고 나도 그럴 마음이 생긴다면 말입니다. 최근에 내 몸이 그리 좋지 않다는 점을 얘기해두지 않고 넘어갈 수가 없군요.

당신의 동기가 무엇인지 짐작만 하고 있을 필요 없도록 답장을 주시면 좋겠어요.

마음을 담아,
N. 오우수

"장난 정보군." 댄이 커피 테이블에 접시를 내려놓으며 선언했다.

"전 모르겠어요. 확인해볼 가치가 있는 것 같아요."

"혹시 심심하다면 내가 할 일을 찾아줄 수도 있어. 다가올 세인트루이스 경기를 대비해서 사전 조사가 필요하거든."

"그보다 이걸 다 가지고 뭔가 써보면 어떨까 싶은데요. '살인 일기'라고 제목을 붙이면 어떨까 싶기도 하고요."

"〈선 타임스〉가 실어줄 거 같아?"

"아니겠죠. 하지만 덕후 잡지 같은 데면 또 몰라요. 〈룸펜 타임스〉나 〈스티브 알비니 생각에 우리는 구려〉 같은 거 있잖아요."

"어떨 땐 대체 어느 나라 말을 하는지 모르겠다니까." 댄이 입 한가득 음식을 우물거리며 말했다.

"TV도 좀 보고 사세요, 아저씨." 그녀가 어깨를 으쓱하며 바트 심슨을 완벽하게 모사했다.

"영어, 말, 할 줄, 아세요?" 댄이 외국 여행 간 관광객처럼 소리를 쳤다.

"언론에는 대안적인 작은 잡지들이 있다고요."

"오, 그래? 생각나는 게 있네. 너무 시답지는 않은 얘기에 대안적인 거 얘기한다는 주제가 나왔으니 말이야. 체트가 전해달래. 자기가 아는 사람 중에 칼에 찔린 사람은 아무도 없으니, 뉴스 룸에서 괴상한 걸 알아줄 사람은 너밖에 없다고 하네." 그는 낡아빠진 가죽 서류 가방에서, 오려낸 기사 한 장을 꺼내 들었다.

마약 단속에 걸려든 옛날 돈

잉글우드: 경찰이 지역 마약 밀매 소굴을 급습했다가 코카인과 헤로인 캡슐 이상을 건졌다. 마약상으로 알려진 토닐 로버츠의 아파트에서 권총 여러 정을 압수했을 뿐만 아니라, 600달러에 상당하는 유통 만료된 돈도 발견했다. 그 옛날에 '은증권'이라고 불리던 형태의 돈이다. 앞면의 푸른색 봉인 때문에 통화 만료된 지폐임을 쉽게 알아볼 수 있다. 경찰은 옛날에 어디 처박혀 있다가 출현한 돈으로 보고 있으며, 지역 상점 주인들에게 이 돈이 합법적인 것이 아니라는 경고를 보냈다.

"참, 체트가 정말로 좋은 일을 해주었는데요." 그녀는 진심이었다.

"있잖아. 네가 대학을 졸업하고 나면 신문사에서 진짜 일을 하게 해줄 수 있어." 댄이 제안했다. "어쩌면 라이프스타일 부서에서 일을 하게 해줄 수 있을지도 몰라. 네가 정말 거기서 일을 하고 싶다면 말이야."

"너무 고마우신 말씀이세요, 댄 벨라스케스."

그는 어찌할 바를 모르고 얼굴을 붉히며 포크를 내려다보았다. "〈트리뷴〉이나 그 언더그라운드 잡지들에 갈 생각 없다는 가정하에 말이야."

"그건 별로 생각해본 적도 없는 일인걸요."

"그랬겠지. 이제 생각해보기 시작하는 게 좋을 거야. 사건을 해결한다고 치자, 그럼 그다음에는 어쩔 건데?"

하지만 그녀는 그가 말하는 품으로 보아 사건을 풀 수 있을 것이라고는 믿지도 않는다는 것을 알 수 있었다.

"생선 참 맛있네요." 그녀가 말했다.

하퍼

1932년 4월 10일

그는 처음으로 살인이 내키지 않았다. 쇼걸이 그에게 입을 맞춘 방식이 문제였다. 사랑과 희망과 욕망으로 가득 찬 키스였다. 그런 것을 원하는 것이 그토록 잘못된 일인가? 그는 자신이 일을 미루고 있음을, 피할 수 없는 일을 지연시키고 있음을 알고 있었다. 그는 무슨 상관이냐는 듯이 그녀의 미래를 쫓고 사냥하고 있어야 했다. 그러기는커녕 스테이트 스트리트를 거닐고 있었다.

그러고서 본 꼴이라고는 통통한 간호사가 다른 남자의 팔에 딱 붙어서 윈도쇼핑을 하고 있는 모습이었다. 그녀는 예전에 비해 좋은 코트를 입고 있었고, 더 토실토실해져 있었다. 패딩이 그녀에게 잘 어울린다고 그는 생각했다. 그리고 그런 생각이 사실은 갈망임을 깨달았다. 그녀의 신사 친구는 사자 갈기 같은 머리칼을 한 예의 그 병원 의사였고, 근사한 캐시미어 스카프를 매고 있었다. 하퍼가 기억하기로, 마지막으로 보았을 때 그는 1993년의 한 쓰레기통에서 멍하니 위를 올려다보고 있었다.

"안녕, 에타." 하퍼가 그들의 발을 밟을 듯이 바짝 다가서며 말했다. 그녀에게서 향수 냄새가 났다. 너무 심하게 단 감귤 같은 냄새였다. 음탕하기 짝이 없는 냄새. 그녀에게 잘 어울렸다.

"아." 에타가 내뱉었다. 그녀의 표정에 사계절이 왔다 갔다 했다. 그를 알아보고는 당황스러우면서도 말할 수 없이 고소하다는 표정이 스쳤다.

"당신 아는 사람이야?" 의사가 지을까 말까 하는 미소를 보였다.

"제 다리를 고쳐주셨잖아요." 하퍼가 말했다. "저를 기억하지 못하신다니 섭섭한데요, 의사 선생님."

"아, 그래요." 그가 버럭 했다. 하퍼가 누군지 모를 리 있겠느냐는 듯한 목소리였다. "그래, 다리는 어떻고?"

"아주 좋아졌습니다. 목발도 거의 필요 없을 것 같아요. 뭐 여전히 다른 쓸데야 있지만요."

에타가 의사의 품으로 더 파고들었다. 하퍼를 거슬리게 하려는 수작이 빤히 보였다. "막 무슨 공연을 보러 가려는 참이었어요."

"오늘은 양쪽 신발을 다 신고 있네." 하퍼가 지적했다.

"오늘은 다 신고 춤을 추려고 하지요." 그녀가 코웃음을 치며 응수했다.

"흠, 우리가 춤을 추러 갈지는 잘 모르겠는걸." 하퍼와 간호사 사이의 대화에 심사가 꼬인 의사가 말했다. "하지만 당신이 원한다면. 못 할 게 뭐 있겠어?" 그는 맞장단을 쳐주기를 바라면서 에타를 쳐다보았다. 하퍼는 그런 부류를 딱 알았다. 실뜨기 놀이처럼 여자의 손에 기꺼이 놀아나는 치들이다. 하퍼 눈에는 그가 에타에게 꼼짝을 못하는 것 같았다. 그는 자신이 통제권을 쥐고 제대로 해내고 있다고 생각하고, 그녀가 반하게 만들려고 애쓴다는 점에서 그녀와 달랐다. 그는 이 세계 안에서 자신이 안전하다고 생각한다. 그러나 세상이 어디까지 갈 수 있는지 모른다.

"제가 방해가 되면 안 되겠군요. 미스 에타. 의사 선생님." 하퍼는 정중하게 고개를 숙이고는, 상대 남자가 공세를 취할 힘을 되찾기 전에 발걸음을 뗐다.

"만나서 참 반가웠어요, 커티스 씨." 에타가 어깨 너머로 외쳤다. 도박을 걸듯이. 그를 도발하려는 듯이.

그는 다음 날 밤에 근무를 끝낸 사람 좋은 의사를 집까지 따라갔다. 그는 자신을 잘 치료해줘서 감사하다는 의미로 저녁을 대접하고 싶다고 했다. 의사가 하퍼의 초대를 정중히 사양하려고 들자, 하퍼는 새 칼을 꺼내 들 수밖에 없었고, 칼로 더 하우스까지 같이 가자고 설득할 수밖에 없었다.

"잠깐만 들렀다 가시지요." 그가 문을 가로막은 널빤지 아래로 남자의 머리를 쑤셔 넣으며 말했다. 그는 문을 닫았다가 의사를 이미 기다리고 있는 60년 후의 미래를 열어젖혔다. 그는 저항도 하지 않았다. 아주 많이는 아니었다. 하퍼는 의사를 쓰레기통으로 데려간 다음, 그가 맨 바로 그 스카프로 그의 목을 졸랐다. 가장 어려웠던 부분은 죽이고 난 후에 쓰레기통에 그를 처박는 일이었다.

"걱정 마세요." 그는 얼굴이 암갈색으로 변한 시체에다 대고 말했다. "벗이 곧 생길 테니까요."

댄

1992년 9월 11일

비행기에 몸을 싣고 날아갈 때는 세상이 달리 보인다. 아래 세상은 작
디작고 저 아래 어디 먼먼 곳에 있는 소녀는 창공에 씻겨나가는 구름처
럼 비현실적이다.

비행기 안은 일이 돌아가는 규칙이 분명하게 있는, 전혀 다른 우주
다. 가령 재앙이 터졌을 때 따라야 하는 지침이 있다. 조끼를 부풀리세
요. 얼굴에 마스크를 쓰세요. 몸을 둥글게 웅크리세요. 비행기가 화염에
휩싸이는데 그게 참 소용이 되는 일이라는 듯이 말이다. 안전벨트를 계
속 매고 계세요. 앞의 트레이를 위로 올려놓으세요. 승무원에게 작업을
걸려는 시도를 하지 마세요. 시간이 당신 편이고 머리카락이 온전히 다
붙어 있고, 딱 맞게 비즈니스석에 앉아 있고, 말쑥하게 반짝이는 로퍼
를 신고, 그 넓은 공간에서 다리를 한쪽으로 말끔하게 기울이고 앉아서
명품 양말을 은근슬쩍 과시할 능력이 되지 않는 이상은 작업을 걸면 안
된다.

그는 이코노미석 가장 앞줄에 자리를 잡는 것은 이번이 마지막이 되리
라고 생각했다. 커튼 너머로 샴페인을 드시겠느냐는 소리가 들리고, 질

285

척거리는 칠면조 대신 진짜 음식 냄새가 흘러나오는 곳이다. 특히 야간 비행 편은 더 안 좋았다.

"그거 참 거슬리네." 그가 케빈 들으라고 중얼거렸다. 하지만 케빈은 디스크맨을 듣고 있었기 때문에 그의 말을 듣지 못했다. 이어폰에서 베이스가 무겁게 둥둥 새어 나오는데, 그 때문에 실제 음악보다 한결 더 추하게 들렸다. 케빈은 음악을 들으며 기내 잡지에서 자신으로서는 꿈도 꾸지 못할 호텔들을 뒤적이고 있었다. 덕분에 댄은 홀로 남겨져 자신만의 생각에 잠길 수 있었는데, 솔직히 댄이 오로지 바랐던 것은 그것과는 정반대였다. 머릿속에서 그녀와 함께 남겨지는 것은 그가 지금 유일하게 바라지 않는 것이었다.

정신을 딴 데 팔려고 해봤자 잠깐뿐이었다. 메모를 해볼 수도 있고, 선수들 기록(스포츠가 멍청하다고 말하는 사람은 타율과 타점의 방정식을 한 번도 풀어보지 않은 사람이다)으로 마음을 느슨하게 풀어보아도 좋을 일이었다. 하지만 상처가 덧난 데를 참지 못하고 계속 잘근거리는 개처럼, 그의 생각은 제자리를 맴돌았다. 최악은 팝송이 심금을 울린다는 점이었다. 그가 얼마나 한심해졌는지 보여주는 대목이었다.

할리우드의 샛별들과 프랑스 알프스의 별 다섯 개짜리 스키 리조트에서 휴가를 보내고 싶다는 케빈의 꿈만큼이나 가능성이 없는 일. 꼭 이혼을 오롯이 다시 겪고 있는 것만 같았다. 이혼하면서 가장 힘겨웠던 부분은 절망과 배신과 서로 주고받았던 끔찍한 말들이 아니라, 말도 안 되는 희망의 작은 잔재였다.

터무니가 없어도 아주 없는 일이었다. 그는 완전히 너덜너덜해져 있었고, 그녀는 너무도 젊었다. 그들은 둘 다 정말이지 조진 인생이었다. 그는 동정심과 연애 감정의 열병을 혼동하고 있다고 생각했다. 잠자코 기다리면 저절로 무감해지리라. 사라지리라. 인내심을 가지고 무모한 바보짓만 피하면 된다. 시간이 낫게 해준다. 연정은 누그러지게 마련이다. 작은 지저깨비들은 알아서 사라질 것이다. 하지만 그렇다고 해서 그것들이 가려운 흉터까지 남기지 않는다는 뜻은 아니었다.

세인트루이스의 호텔에 들어갔을 때 전화 메시지가 그를 기다리고 있었다. 공격적일 만큼 무미건조한 벽 장식과 주차장이 내다보이는 전망의, 기분 좋게 특색 없는 또 다른 방. 그가 머물렀던 다른 모든 방들과 이 방의 유일한 차이는 전화기에 달린 붉은색 플래시 불빛이었다. 그녀다, 그의 가슴이 말했다. 그러고는 스스로 대꾸를 했다. '입 닥쳐.' 하지만 그녀가 맞았다. 흥분해서 숨이 막혔다. "저기요, 댄. 저예요. 메시지 들으시는 대로 저한테 전화해주세요."

'숫자 1을 누르면 재생, 3을 누르면 전화를 겁니다. 7을 누르면 삭제됩니다. 4를 누르면 저장됩니다.'

"안녕," 그녀가 새벽 두 시에 쌩쌩하고도 말짱하게 깬 목소리로 말했다. "전화 한 통 하는 데 뭐 이렇게 오래 걸려요?"

"내가? 요즘 전화를 통 안 받는 사람은 너인 줄 알았는데." 그는 하품이 나게 지루했던 9회 때 기자석을 나와 그녀와 통화를 하려고 시도했던 일은 말하지 않았다. 그리고 인터뷰가 끝나고 기자들끼리 술을 마시러 간 술집 바깥에서 공중전화로도 또 걸었었다. 술집에서 그는 다이어트 콜라를 홀짝이며, 이날 화제의 꽃이었던 오지 스미스가 도루에 또 성공한 것이나, 올리바레스가 미친 듯한 투구를 선보였던 이닝 얘기에 열정을 모아보려고 애썼다. "2루 있던 아리아스를 꼼짝 못하게 묶어두는 거 보셨어요?" 케빈이 침을 튀며 열을 올렸다.

아니면 술집에 있는 사이사이에 그녀의 메시지를 여섯 번 들었던 것은 또 어떤가. 1-4-1-1-1-1. 그가 그러고도 자기 팀의 승리에 더 흥분한다고 할 수 있겠는가.

　"죄송해요." 그녀가 말했다. "한잔하러 갔었어요."

　"프레드하고?"

　"뭔 소리예요. 그 얘긴 이제 그쯤 해두자고요. 〈스크리밍〉 지의 에디터와 마셨어요. 그녀가 살인 일기 기사에 관심이 있어 해서요."

　"좋은 생각인 것 같아? 네 할 일을 죄다 젖혀두고 할 만큼? 좀 적당히 해둘 수는 없나?" 그가 슬슬 발동을 걸었다. 텔레비전 기자들이 그러는 모양을 본 적이 있었다. 무례하지 않게 손을 떼면서도, 눈썹을 치켜뜨는 것이다.

　"장기전이에요. 내보내려고 해도 준비가 되어야 내보낼 수 있죠. 만약 준비가 되기나 한다면 말이에요. 만약 기분이 내키면요."

　"그래, 그 야구 카드 여자 얘기는 어떻게 되어가는지 말해봐."

　"듣고 보니 아주 슬픈 사연이었어요. 그곳은 사실은 은퇴한 사람들의 타운이 아니었어요. 양로원에 가까웠지요. 그녀의 남편분이 저를 마중 나와줬어요. 벨몬트에 가나 레스토랑을 소유하고 있는 분이에요. 그분이 말하기를, 그녀는 예순 몇 살밖에 되지 않았지만 일찍이 알츠하이머병에 걸렸대요. 유전이래요. 정신이 들어왔다 나갔다 해요. 어떤 날은 아주 멀쩡하기도 하고, 다른 날은 아예 딴사람이 된대요."

　"네가 봤을 땐?"

　"별로 좋지 않았어요. 우린 차를 마셨는데, 저를 계속 마리아라고 불렀어요. 그녀가 한때 가르치던 성인 문학반의 학생이었대요."

　"저런."

"하지만 남편이 아주 좋은 분이었어요. 그녀와 얘기를 나누고 나서 그분과 한 시간쯤 얘기를 더 나눴어요. 편지에 적힌 대로였어요. 그녀의 엄마가 1943년에 살해를 당했고, 아주 끔찍한 사건이었나 봐요. 경찰들이 마침내 그녀의 소지품을 가족에게 전달해주러 왔었는데, 그녀의 시신에서 다른 물건들과 함께 발견되었다던 야구 카드 한 장이 있었어요. 숙모와 삼촌이 오랫동안 간직하고 있다가, 돌아들 가시면서 오우수 여사에게 물려주었대요."

"무슨 카드였어?"

"잠깐만요. 제가 프런트에 있는 여자분한테 복사를 해달라고 졸랐어요." 가방 속 종이를 뒤지는 소리가 났다. "여기 있다. 재키 로빈슨. 브루클린 다저스."

"말이 안 되잖아." 저절로 튀어나온 말이었다.

"그렇게 씌어 있다니까요." 그녀가 지지 않고 나왔다.

"그녀가 죽은 건 1943년이고?"

"맞아요. 사망진단서 사본도 받아놨어요. 무슨 말씀 하실지 알아요. 제가 생각하는 가설이 얼마나 가능성이 적은지도 알아요. 하지만 들어보세요. 공범 살해는 있는 일이잖아요, 그렇죠? 힐사이드 교살범들은 LA에서 여자들을 강간하고 목 졸라 죽인 사촌 사이였어요."

"네가 그렇다니까 그렇겠지."

"제 말 믿어주세요. 제 생각에는 그런 종류인 것 같아요. 제 사건요. 아버지와 아들의 팀일 수도 있다고요. 나이 든 사이코패스가 어린 쪽에 사사를 한 거죠. 꼭 가족 사이일 필요는 없을 것 같지만요. 그놈은 지금쯤 아흔 살일지도 모르고, 죽었을지도 모르죠. 하지만 그의 파트너가 시체에다 뭔가를 남기는 전통을 이어가고 있는 거예요. 빈티지 살인범들,

복수라고요, 댄. 나이가 적은 쪽이 저와 줄리아 매드리걸을 해친 거고, 다른 피해자들이 있을지 누가 또 알아요? 전 밀쳐놓았던 더 오래된 상자들을 살펴보겠어요. 아주 오래 전까지 거슬러 올라가야 할 일인지도 몰라요."

"미안한데, 커비. 그건 아니야." 그가 최대한 상냥하게 말했다.

"무슨 말씀이세요?" 그녀가 따졌다.

댄이 한숨을 내쉬었다. "유령 야구 선수라는 말 들어봤어?"

"문자 그대로의 뜻일 것 같진 않네요. 덕아웃에 공포영화처럼 귀신이 출연한다거나, 해골 얼굴을 한 야수라거나, 불붙은 지옥의 공을 투구하는 악마나 뭐 그런 건—,"

"그래." 그가 그녀의 말을 잘랐다.

"기자님이 제가 듣고 싶어 할 말을 하실 것 같진 않네요."

"그렇겠지. 그렇다면 참 안타까운 일이야. 제일 유명한 인물은 루 프록터란 사람이야. 클리블랜드 주에 사는 전신 기사였는데, 1912년 클리블랜드 인디언스의 출전 명단에 자기 이름을 집어넣었지."

"하지만 그는 존재하지 않았잖아요."

"진짜 사람으로는 존재했지, 하지만 야구 선수로서는 아니었고. 장난질이었어. 그게 1987년에 걸렸고, 기록에서 삭제되었어. 그의 15분은 75년의 가치와 맞먹었던 거야. 꼭 그렇게 사전에 계획하지 않은 다른 경우들도 있었어. 기록을 엉성하게 관리했거나, 누가 이름을 잘못 썼다거나 타이프 치다가 실수를 했다거나 해서 말이야."

"이건 빌어먹을 오자 따위가 아니라고요, 댄."

"착오야. 그 양반이 틀린 거라고. 그 불쌍한 양반이 알츠하이머병에 걸렸다는 건 네 입으로 한 말이야, 젠장. 들어봐. 재키 로빈슨은 1947년에 가서야 메이저리그에서 뛰기 시작했어. 메이저리그 역사상 최초의 흑인 선수였지. 뛰면서 아주 애를 먹었다고. 소속 팀마저 그를 물 먹이려고 했으니까. 다른 팀들은 베이스에 슬라이딩을 하면서 신발로 그의 다리를 난폭하게 찌르려고 시도하고 말이야. 내가 찾아볼 테지만, 장담할게. 1943년에는 그의 이름조차 들어본 사람이 없었어. 야구 선수로서 존재하지도 않았다는 뜻이야."

"그 숫자 놀음에 참 자신만만도 하시네요."

"이건 야구야."

"다른 카드랑 섞여서 헛갈렸는지도 모르죠."

"그게 내가 하려는 말이야. 경찰이 저지른 실수일지도 몰라. 어쩌면 누구네 집 다락방에 몇 년 동안 앉아서 썩고 있었는지도 모르지. 그분, 위탁 가정에서 자랐다면서? 다른 잡동사니와 엉켜서 다락방에 쑤셔 박혀 있었던 걸 거야."

"그러니까 시체에 카드는 없었다는 말이죠?"

"몰라. 경찰 보고서에 있었다고 적혀 있어?"

"경찰이 1943년 기록을 그다지 잘 챙겨놓지는 않았더라고요."

"그럼 나로서는 네가 존재하지 않는 것에 희망을 걸고 있다고밖에는 말하지 못하겠군."

"젠장." 그녀가 가볍게 내뱉었다.

"미안해."

"상관없어요. 별일도 아니에요. 다시 작업으로 돌아가야죠. 돌아오시면 술 한잔 사주세요. 제가 새로운 개소리로 즐겁게 해드릴 테니까요."

"커비—."

"그냥 제멋대로 구는데도 받아주신다는 거, 제가 모를 줄 아셨어요?"

"누군가는 빌어먹게도 해야 하는 일이니까." 그가 성질을 이기지 못하고 바로 쏘아붙였다. "적어도 난 삼류 영화 프로젝트로 널 이용해먹으려는 생각은 없어."

"저 혼자서도 할 수 있어요."

"그렇겠지. 하지만 네 그 미치광이 이론은 도대체 누가 들어줄 건데?"

"사서들이오. 그 사람들, 미치광이 이론이라면 환장을 하거든요." 그녀의 목소리에 미소가 배어들었다. 덕분에 그도 빙그레 미소가 지어졌다.

"환장하는 건 도넛이지! 그건 다른 거라고. 그리고 세상 모든 도넛을 갖다 바쳐도 네 흰소리는 통하지 않아, 내 말 믿어."

"글레이즈 바른 도넛도요?"

"거기다가 크림을 집어넣건 초콜릿에 두 번 담갔다 빼서 무지개색 가루를 뿌리건 간에 소용없다고!" 그는 그녀가 마치 자신을 볼 수 있기라도 하다는 듯이 팔을 휘두르며 전화기에 대고 고함을 질렀다.

"못되게 굴어서 죄송해요."

"너로서도 어쩔 수 없는 일이지. 넌 스물몇 살이잖아. 그 나이에 저절로 따라오는 걸 어쩔 수가 있나."

"좋군요. 나이 가지고 디스라니."

"뭔 말을 하는 건지 모르겠네." 그가 툴툴거렸다.

"다른 야구 카드가 있을지도 모른다는 생각은 안 드세요?"

"내 생각에는 네가 카드를 사건 해결에 쓸모가 있다기보다는 그냥 흥미로운 것으로 받아들이는 게 좋을 것 같아. '와일드카드' 상자 하나를 만들어서 네 미친 이론들을 다 따로 담아놓고, 진짜 가로막지 못하게 해보는 거야." 지금의 내 마음처럼, 그는 생각했다.

"알았어요. 기자님이 옳아요. 감사합니다. 제가 도넛 한 개 빚졌어요."

"한 다스거나."

"안녕히 주무세요, 댄."

"잘 자라, 건방진 애송이야."

하퍼

날짜 미상

농장에 발작을 하곤 하던 어린 밴텀 수탉이 있었다. 놈의 눈에다 플래시 불빛을 비추면 발작을 일으킬 수 있었다. 하퍼는 여름이면 머리를 몽롱하게 만들던 기다란 풀 위에 배를 깔고 엎드려 있곤 했는데, 깨진 거울 조각으로 수탉에게 경기를 일으켰다. (그가 병아리 다리를 잘라낼 때 썼던 것과 같은 파편이었다. 그는 낡은 셔츠로 손을 감싼 다음 은색이 칠해진 유리 뒷면으로 병아리의 다리를 찍어 눌렀다.)

닭은 흙바닥을 할퀴며 닭들이 으레 그러듯이 바보 같은 모양으로 씰룩거리다가, 갑자기 텅 비고 멀건 눈이 되었다. 텅 빈 존재. 바로 잠깐 사이에 수탉은 제정신으로 돌아와, 방금 전에 있었던 일은 망각했다. 뇌 안의 셔터.

그 방의 느낌이 그랬다. 셔터를 내리는 것 같은.

그는 침대 가장자리에 앉아 자신이 모아놓은 갤러리를 바라보며 몇 시간이고 있을 수 있었다. '물건들'은 언제나 여기에 있었다. 그가 가지고 나갔을 때도 있었다.

여자들의 이름들에 선을 긋고 그어 글자들이 닳아 없어질 지경이 되었다. 그는 그 짓을 했던 것이 기억났다. 그는 그 짓을 했던 기억이 전혀 없었다. 둘 중 하나는 사실이어야만 했다. 시계 속의 장치 하나가 너무 꽉조인 것처럼, 그의 가슴속에서 뭔가가 죄어왔다.

그는 분필 가루로 반들반들해진 그 이름들을 손가락 끝으로 찾아 문질렀다. 이제는 분명하게 느껴지지 않았다. 이름들이 파멸처럼 느껴졌다. 오로지 무슨 일이 벌어질지를 보고 싶어서 그 일을 하는 것처럼, 반발심이 들었다. 에버렛과 트럭에 했던 짓처럼.

그의 형이 그가 작은 병아리에게 하던 짓을 잡았다. 하퍼는 몸을 잔뜩 말고서, 짤막한 날개를 퍼덕거리며 삐악삐악 몸을 앞으로 끌고 가고 있는 병아리를 내려다보고 있었다. 잘린 다리가 흙바닥에 짙은 핏자국을 남기며 질질 끌려갔다. 그는 에버렛이 신발을 질질 끌고 오는 소리를 들었다. 뒤꿈치가 벌써 벗겨진 신발 소리는 으레 그를 그냥 지나쳐 갔었다. 그는 아무 말도 하지 않고 자신을 내려다보며 서 있는 형을 눈을 찡그리며 올려다보았다. 그의 머리 뒤로 바로 해가 떠 있어서 표정을 읽을 수가 없었다. 병아리가 꽥꽥거리며, 엉망으로 파닥이며 마당을 가로질러 가고 있었다. 에버렛이 사라졌다. 그는 삽을 가지고 돌아와서 단 한 방에 병아리를 납작 뻗게 만들어버렸다.

그는 짓이겨진 털들과 끈적끈적한 내장을 집어서 닭장 뒤 기다랗게 자란 풀 사이로 던지고서, 하퍼가 엉덩방아를 찧을 만큼 세게 찰싹 때렸다. "우리 계란이 어디에서 나오는지 몰라? 멍청한 놈." 그가 하퍼를 끌어당겨 일으키고, 앞섶에 묻은 흙을 떨어주었다. 그의 형은 그에게 난 화가 오래가는 법이 없었다. "아빠한테 말하지 마." 에버렛이 말했다.

하퍼는 그날 일을 생각해본 적이 없었다. 사고가 일어나던 날에 핸드

브레이크를 올릴 생각이 나지 않았던 것과 마찬가지였다.

하퍼와 에버렛 커티스는 사료를 사러 시내로 차를 몰고 가고 있었다. 동요의 시작과 비슷했다. 에버렛이 하퍼에게 운전대를 주었다. 하지만 열한 살쯤인가 했던 하퍼는 레드 베이비의 한 코너를 너무 세차게 돌았고, 차가 배수로 가장자리를 스쳤다. 그의 형이 핸들을 붙잡고 트럭을 길로 되돌려놓았다. 그러나 타이어에 펑크가 났다는 것은 하퍼조차 알 수 있었다. 고무 면이 납작해지고, 손으로 돌리자니 핸들이 축 늘어져 있었다.

"브레이크!" 에버렛이 외쳤다. "더 세게!" 그는 핸들에 몸을 바짝 붙이며 버텼고, 하퍼는 발로 페달을 찍어 눌렀다. 에버렛의 머리가 옆 창에 가서 튕기며 유리가 깨졌다. 트럭이 보도로 미끄러지며 나무가 휙휙 돌고 합쳐지며 흐릿해졌고, 그러다가 차는 길 한복판에서 요동을 치다가 멈추었다. 하퍼는 시동을 껐다. 엔진이 달그락거리다가 칙칙 하는 소리를 내며 꺼졌다.

"네 잘못이 아니야." 에버렛이 제 옆머리를 부여잡으며 말했다. 머리에 난 상처가 이미 부풀어 오르고 있었다. "내 잘못이야. 너한테 운전대를 주면 안 됐어." 그가 차 문을 벌컥 열고 안개 낀 흐린 아침으로 나섰다. 벌써부터 습도가 오르고 있었다. "여기 있어."

하퍼는 운전석에 앉은 채 몸을 돌려 에버렛이 스페어타이어를 뒤지는 모습을 보았다. 산들바람이 옥수수 밭에 잔물결을 일으키고 지나가는데, 너무 약해서 열기가 살짝 흩어지다 말았다.

그의 형은 잭과 스패너를 가지고 앞쪽으로 돌아왔다. 그가 트럭 아래를 받치고 끌어 올리며 끙끙거리는 소리를 냈다. 첫 번째 너트는 쉽사리 빠져나왔다. 하지만 두 번째 너트가 돌다가 걸려서 멈춰버렸다. 그의 어깨가 기를 쓰느라 꽉 조여들었다. "그냥 거기 있어. 내가 할 수 있어." 그가 외쳤다. 하퍼는 움직일 생각도 없었다.

에버렛이 스패너 손잡이를 발로 차기 시작했다. 그때 트럭에서 잭이 풀려버렸다. 차가 서서히 구르고, 다시 배수로 쪽을 향하기 시작했다.

"하퍼!" 에버렛이 화가 나서 소리를 질렀다. 그러고는 트럭이 계속 굴러가자 목소리를 높였다. 그는 당황해 있었다. "핸드브레이크를 잡아당겨, 하퍼!"

하지만 그는 핸드브레이크를 잡아당기지 않았다. 에버렛이 보닛을 붙들고 트럭을 뒤로 밀려고 안간힘을 쓰는 동안에 그냥 꿈쩍도 하지 않고 앉아 있었다. 트럭의 무게가 에버렛을 밀어버려 그의 발에 올라서고 그의 몸을 지나쳐버렸다. 그의 골반에서 벽난로 속 솔방울처럼 날카롭게 부러지는 소리가 났다. 에버렛의 비명에 다른 소리는 들리지 않았다. 비명은 계속되고 계속되었다. 결국 하퍼는 나가서 보았다.

그의 형은 오래된 고기 색깔을 하고 있었고, 얼굴은 푸르뎅뎅하고 흰자는 붉게 핏줄이 터져 있었다. 뼛조각이 허벅지를 뚫고 나와 있었다. 뼈는 충격적일 만큼 하얬다. 그의 엉덩이에 걸터앉은 타이어 주변으로 걸쭉한 기름 웅덩이가 져 있는 것이 보였다. 아니, 기름이 아니었다는 것을 하퍼는 알아보았다. 안에 있는 것이 바깥으로 나오면 모든 것이 똑같게 보이는 모양이었다.

"뛰어," 에버렛이 껙껙거리며 말했다. "도움을 청해, 뛰어가라고, 젠장!"

하퍼는 물끄러미 보았다. 그는 걷기 시작하다가 뒤를 돌아보았다. 매혹된 채로.

"뛰어!"

크롬비 농장까지 가서 사람을 데려오기까지 두 시간이 걸렸다. 에버렛에게는 너무 늦어버렸고, 다시는 걷지 못하게 되었다. 그의 아버지는 하퍼를 살갗이 벗겨지도록 무두질을 했다. 불구가 되지 않았었다면 에버렛도 팼을 것이었다. 사고 때문에 사람을 사서 쓰게 됐기 때문이다. 하퍼는 심부름을 더 해야 해서 화가 났다.

에버렛은 하퍼를 모르는 사람 취급했다. 너무 오래 내버려 놓아 쉬어버린 으깬 감자처럼 싸늘해졌고, 침대에 누워 창밖만 내다보았다. 1년후에 그들은 트럭을 팔아야 했다. 3년 후에는 농장을 팔았다. 대공황이 농부들이 겪은 곤경의 시작이었다는 말은 어디 가서 하지도 말라.

창문들과 문들에 널빤지들이 박혔다. 그들은 이웃에게 빌린 트럭에 모든 것을 실었고, 팔 수 있는 것이란 팔 수 있는 것은 죄다 내다 팔았다. 에버렛은 너무 큰 짐이었다.

하퍼는 가다가 만난 첫 번째 마을에서 뛰어내렸다. 전쟁터에 나갔고, 하지만 자기가 왔던 곳으로는 다시 돌아가지 않았다.

그것도 한 가지 가능성으로 염두에 둘 만하다. 그렇다고 그는 생각했다. 더 하우스를 떠나서 다시는 돌아오지 않는 것. 돈을 들고 튀어라. 착한 여자와 정착한다. 더 이상 살인을 하지 않는다. 칼을 꽂아 비틀고 여자의 뜨거운 내장이 쏟아져 내리는 것을 느끼지 않는다. 그녀의 눈 속에서 꺼져가는 불꽃을 앞으로 더 이상 보지 않는다.

그는 벽을, 일제히 웅얼거리고 있는 물건들을 바라보았다. 카세트테이프가 그에게 달려들며 긴급하게 독촉했다. 다섯 개의 이름이 남아 있었다. 다섯 개의 이름 다음에는 무슨 일이 일어날지 그는 알지 못했다. 하지만 그는 시간을 누비며 그들을 사냥하는 일로는 더 이상 충분하지 않다는 것을 알았다.

일을 약간 뒤틀어 보아도 좋겠다는 생각이 들었다. 바텍 씨와 그 착한 의사 덕분에 이미 발견한 올가미 안에서 놀아볼 요량이 있었다.

그들을 먼저 죽이고서 그 전으로 돌아가 볼 수도 있다. 자신에게 무슨 일이 닥칠지 모르는 때의 그들에게로 돌아가 본다는 말이다. 그렇게 해서 더 젊고 착하던 그들과 더 정중하게 대화를 나누고, 그가 그들에게 이미 저지른 일에 착수할 수 있다. 그들이 죽어가던 이미지를 머릿속에서 가지고 놀며. 거꾸로 되돌리는 사냥, 일을 더 흥미롭게 꾸며보는 것이다.

더 하우스도 동조를 해주는 듯했다. 지금 그에게 데려가 달라며 가장 빛나고 있는 물건은, 공중을 나는 돼지가 그려져 있고 빨간색과 하얀색과 파란색이 칠해진 배지였다.

마고

1972년 12월 5일

마고 내치는 자기들을 따라오는 남자가 있음을 알아챘다. 다섯 블록 떨어진 103번 스트리트의 역에서부터 내내 따라오고 있었다. 네 블록쯤이라면 모르겠다. 하지만 우연히 가는 방향이 같다고 하기에 다섯 블록은 너무 길다고 그녀는 생각했다. 오늘은 낙태 수술이 있는 날이었기 때문에 유달리 조심스러운 기분이 드는지도 몰랐다. 아니면 이 밤중에 로즈랜드에 와 있다는 것이 그녀의 신경을 밴조처럼 퉁기고 있는지도 몰랐다. 하지만 제미의 상태를 보고도 그녀를 혼자 집에 가게 할 생각은 추호도 없었다. 사람들이 여자들을 좀 봐주려고 애쓰기는 했다. 하지만 낙태는 그래도 아프고, 여전히 무섭고, 여전히 불법이었다.

그녀는 남자가 그들과 정확하게 똑같은 길을, 그들과 정확히 똑같은 밤 시간에 쏟아지는 빗속을 따라 걷는 것이 완벽하게 있을 수 있는 일이라고 생각해보았다.

그녀는 머릿속으로 노래를 흥얼거리며, 제미의 집 계단에 도달하기까지 할 수 있는 일을 요모조모로 굴려보았다. 제미는 다 늙은 여자처럼 그녀의 품에 안겨 배를 부여잡고 발을 질질 끌고 있었다. 긴 재킷을 보아서는 경찰일 수도 있었다. 아니면 변태거나. 하지만 그는 몸싸움을 한 자국이 있었고, 그러므로 변태 아니면 갱일 것 같았다. 단체에서는 제인이 돈을 벌지 못하고 있음을 마침내 알아챈 듯했다. 한 번 수술에 500달러를 받아먹는 '존경할 만한' 의사들과는 달리 말이다. 그들은 사람을 시켜서 수술받을 여자들을 길거리에서 데려오고, 데려온 사람들에게 돈을 지불했다. 자기들 얼굴을 알지 못하게 여자들의 눈을 가린 다음, 자궁 속을 긁어내고, 내보내는 것이다. 처음 뵙겠습니다, 좋은 하루 보내세요, 이런 말 따위도 없다. 아니면 그는 그저 오다가다 지나치는 남자일지도 모른다. 그림의 떡 같은 부류의 남자랄까.

"다시 말해보실래요?" 제미가 아파서 숨을 헐떡거리며 말했다.

"아이고, 입 밖으로 말이 나와버렸나 보네. 나는 조금도 신경 쓰지 마, 제미. 아, 봐봐, 집에 거의 다 왔어."

"있잖아요, 그런 사람 아니에요."

"뭐가 아니라고?" 마고는 반쯤 흘려듣고 있었다. 남자가 그들과 보조를 맞추느라 신호도 무시하고 길을 건너며 속도를 높이고 있었다. 그는 발목 깊이의 웅덩이에 발이 빠지자 욕설을 내뱉으며 신발을 털었다. 그러고는 경계심을 누그러뜨린답시고 얼빠진 미소를 지어 보였다.

제미는 그녀에게 화가 나 있었다. "언니가 말한 대로 그림의 떡 같은 사람이죠. 우린 약혼했어요. 그가 돌아오면 결혼할 거예요. 내가 열여섯 살이 되는 대로."

"그거 끝내준다." 마고가 말했다. 그녀는 정신이 아주 맑은 상태가 아니었다. 보통 때 같으면 이런 경우에 제미를 닦달했을 것이었다. 어른 남자가 미성년자를 흔들어놓고 배에 올라타 베트남으로 가다니 말이다. 콘돔을 살 돈도 없는 주제에 그녀에게 세상을 다 가져다주겠다고 약속했다. 제미는 열네 살이었다. 그녀가 대리 교사로 일하는 써굿 마셜 중학교의 아이들보다는 약간 더 클 뿐이었다. 하지만 그녀는 설교 분위기로 갈 정신이 없었다. 왜냐하면 뒤를 따라붙고 있는 이 남자가 어디선가 본 듯 낯이 익었기 때문이다. 그래서 아까 했던 생각이 다시 떠올랐다. 갱, 변태, 잠복근무 경찰. 아니면 더 나쁜 것일 수도 있었다. 배 속이 널을 뛰었다. 불만을 품은 배우자. 전에도 그런 일이 있었다. 이사벨 스터릿의 남편이 그녀가 한 짓을 알아내고서 그녀의 얼굴을 죽사발을 만들어놓고 팔을 부러뜨려 버렸다. 남편이 그런 짓을 하는 것이 그녀가 그와 또 아기를 만들고 싶어 하지 않는 바로 그 이유였다.

아, 제발, 웬 미치광이 남편이 아니기를.

"우리……. 우리 잠깐 멈추면 안 될까요?" 제미는 핸드백 속에서 녹아버린 오래된 초콜릿 색깔이 되어 있었다. 이마에 난 여드름 사이로 땀과 빗물이 번들거렸다. 차가 고장 났고, 우산도 없었다. 오늘 하루가 여기서 더 나빠질 수도 있을까?

"거의 다 왔어, 알았지? 아주 잘 해내고 있어. 계속 이렇게만 하자. 딱 한 블록만 더 가면 돼. 할 수 있겠어?"

제미는 마지못해 그녀에게 끌려갔다. "저랑 집에 같이 들어갈 거죠?"

"엄마가 이상하게 생각하시지 않을까? 웬 백인 여자가 배가 쥐어짜듯 아픈 너를 집에까지 데려다준다고?"

마고는 사람들의 기억에 남을 만한 여자였다. 키 때문이었다. 180센티미터가 넘고, 딸기색 도는 금발을 양 갈래로 묶었다. 그녀는 고등학교에서 농구를 했지만, 너무도 무사태평한 성격이라 진지하게 뛰어들지를 못했다.

"그래도 같이 들어가면 안 돼요?"

"네가 원한다면 그렇게 할게." 그녀가 열의를 보이려고 애쓰면서 말했다. 가족들에게 설명하는 일은 늘 잘 풀리지만은 않았다. "어떻게 할지 두고 보자, 알았지?"

그녀는 제미가 자기들을 더 일찍 발견했더라면 얼마나 좋았을까 생각했다. 그들의 서비스는 '제인 하우'라는 이름으로 전화번호부에 올라 있었다. 하지만 모르는 일을 무슨 수로 안다는 말인가? 대안적인 신문이나 빨래방에 풀로 붙인 광고지도 마찬가지였다. 제미 같은 여자아이가 개인적인 알음알음 말고 그들을 찾아낼 길은 어디에도 없었으며, 그사이에 시간이 세 달하고도 반이 흘렀다. 그들의 명분에 동감하는 어떤 대리직 사회복지사가 있었기에 제미가 그들을 알게 된 것이었다. 어쩔 때 그녀는 정규직 직원보다는 대리직이 변화를 만들어낸다고 생각했다. 대리교사와 대리 사회복지사들과 대리 의사들. 새로운 관점, 넓은 그림, 용기 있게 나서기. 설사 변화가 일시적이라고 해도 말이다. 때로는 일시적인 것만이 필요한 것의 전부일 때도 있다.

15주면 아슬아슬한 경계였다. 아무렇게나 덤벼들 수는 없는 노릇이었다. 그들은 하루에 스무 명씩 수술을 했고, 아직 한 명도 잃지 않았다. 감염이 너무 심해서, 병원에 가서 치료를 받고 나으면 돌아오라고 했던 한 여자를 셈에 넣지 않는다면 그랬다. 그들은 나중에 여자가 병원에서 죽었다는 것을 알았다. 그들이 그녀를 더 일찍 만났더라면. 제미처럼.

제미는 손을 써볼 수 있는 마지막 부류였다. 쉬운 환자는 일사천리로 흘러갔다. 하이드 파크에 있는 '빅 제인' 병원의 아늑한 거실에 모든 자원봉사자들이 앉아 있고, 제인의 아이들 사진이 책꽂이에 놓여 있고, 재니스 조플린의 '나와 바비 맥기'가 전축에 올려져 있었다. 자원봉사자들은 차를 마시며, 말을 사고파는 것처럼 어떤 환자들을 받아들일지 옥신

각신했다.

레이크 블러프 교외에 사는 5주 된 스무 살짜리 남녀공학 여학생은? 별말 없이 결정이 가장 빨리 나는 경우였다. 하지만 일곱 명의 아이들에게 닳아빠져 더는 해낼 수 없는 지경에 이른 마흔여덟 살의 주부는? 의사가 말하기를 배 속의 22주 된 아이가 너무 심한 기형이라 태어나도 한 시간도 채 살지 못할 거라는데도 분만일까지 끌고 가겠다는 농장주 여인은? 웨스트사이드에 사는 열네 살짜리는 1센트가 가득 담긴 유리병을 들고 왔다. 그것이 그녀가 가진 전부이고, 엄마에게 말하지 말아달라고 하는 그녀는? 공론이 돌고 돌았고, 빅 제인이 마침내 격노해서 으르렁거렸다. "'누군가'는 맡아야 할 일이야." 그동안에도 전화 자동응답기에는 메시지가 계속 들어오고, 내일과 그다음 날 처리해야 할 일은 계속 쌓였다. 우리가 연락드릴 수 있는 성함과 전화번호를 남겨주십시오. 우리가 도와드릴 수 있습니다. 답신 전화 드리겠습니다.

마고는 이제까지 몇 명이나 처리를 해주었던가? 예순 명? 백 명? 그녀가 실제로 소파술을 하는 것은 아니었다. 그녀는 아주 서툴렀다. 몸집이 문제였다. 세상은 그녀에게 맞게 만들어지지 않았고, 그녀는 자신을 믿고 앙증맞은 외과 도구를 다룰 수가 없었다. 하지만 환자의 손을 잡아주고 설명을 해주는 데는 선수였다. 그것이 도움이 된다는 것을 그녀는 알았다. 그녀는 환자에게 몸에 어떤 처치를 할 것이며 왜 하는지 잘 알려주었다. 그 아픔에 이름을 붙여보아요, 그녀는 농담을 했다. 그녀는 여자들에게 비유를 해주었다. 발가락을 찧는 것 정도? 반한 사람이 마음을 알아주지 않는다는 알게 된 것에 비유하기도 했다. 종이에 베인 정도? 절친한 친구와 절교한 것 정도? 자신이 엄마처럼 되어간다는 걸 깨달은 적이 있어요? 그녀의 말에 여자들이 정말로 웃어주었다.

대부분의 여자들은 그럼에도 끝이 나면 울었다. 후회스럽거나 죄책감이 들거나 무서워서 울었다. 가장 확실한 이유는 의구심이었다. 그런 마음이 들지 않으면 인간적이지 않을 터였다. 그러나 대개는 순전한 안도감 때문에 흘리는 눈물이었다. 어렵고 끔찍한 일이었지만, 어쨌거나 이제 끝이 났고 이제는 평상시의 삶으로 돌아갈 수 있었기 때문이다.

일이 점점 힘겨워지고 있었다. 조직폭력배들이 힘을 앞세워 개입하려 들기 때문만은 아니었다. 경찰이 열심히 뒤를 쫓고 있어서만도 아니었다. 이벳 쿨리스의 자기만 잘난 줄 아는 언니가 그들이 그녀에게 낙태 수술을 해주었다는 사실에 불같이 화가 나서 시의회에 편지를 쓰고 보는 사람마다 쑤셔대고 다닌 통에 경찰도 손을 놓고 있을 수가 없었다. 가장 좋지 않은 부분은 그녀가 일선에 머물게 되면서, 친구들이나 남편들이나 남자친구들이나 엄마들, 때로는 아버지들과 씨름하는 일이었다. 여자들이 기운을 얻겠다고 데려오는 사람들이었다. 그들은 그녀를 대피시키려고 다른 아파트를 은신처 삼아 얻어야 했다. 그 후로 경찰들이 냄새를 맡고 다니기 시작했다. 마치 큰 키가 강력계에 들어갈 자격이라는 듯 세상에서 가장 키가 큰 남자들이 트렌치코트를 맞춰 입고 이게 웬 시간 낭비냐는 못마땅한 표정으로 몰려다니는 것이었다.

그러나 그것조차도 가장 큰 문제는 아니었다. 뉴욕에서는 이제 낙태가 합법이라는 점이었다. 좋은 일이고, 일리노이 주도 같은 길을 따를 수 있는 일 아닌가? 하지만 그것은 돈이 있는 여자들은 기차나 버스나 비행기에 올라타 뉴욕에 갈 수 있으며, 아주 절박한 여자들만이 제인에게 오게 된다는 의미이기도 했다. 가난하고 어리고 늙고 배가 너무 많이 부른 여자들.

그런 여자들이 그녀를 가장 힘들게 씨름하게 만들었다. 제인이 제아무리 급진적이어도 그랬다. 그건 확실했다. 티셔츠를 수의 삼아 태아를 싸서 5킬로미터 떨어진 곳에 있는 쓰레기통에 버리고 어떻게 될지 지켜본다. 한 여자를 절망의 구렁텅이에 떨어뜨리는 일을 지켜보는 것이 좋다고 말할 사람이 어디 있겠는가.

그때 남자가 그녀의 팔을 붙들었다. "실례합니다. 이걸 떨어뜨리신 것 같은데요." 그가 손에 든 것을 그녀에게 보이며 말했다. 그녀는 그가 어느 결에 자기들을 따라잡았는지 알 길이 없었다. 그리고 그녀는 한쪽으로 일그러진 그 미소를 분명히 알아볼 수 있었다.

"마고?" 제미가 겁에 질렸다.

"집에 계속 가, 제미." 마고가 최선의, 최대한 권위적인 학교 교사 같은 목소리를 냈다. 그녀의 나이가 스물다섯인 점을 감안하면 별로 효과를 발휘하지 못하는 목소리였다. "내가 바로 따라갈게."

지금쯤이면 아무런 합병증도 생기지 않을 것이다. 하지만 병원에 가야 한다고 해도 역시 큰 문제는 없었다. 제인은 룬바크의 처방을 시행하기 시작한 터였다. 통증 없고, 피도 없고, 문제도 없으며, 유산이 됐는지 알 길도 없는 방법이었다. 제미는 괜찮을 것이다.

그녀는 제미가 멀어져가고 있는지 확인하고서, 그에게 얼굴을 돌리고 그의 손에서 어깨를 빼냈다. 그리고 몸을 꼿꼿이 펴서 같은 높이에서 그의 눈을 똑바로 쳐다보았다.

"제가 뭐 도울 일이라도?"

"내가 널 내내 지켜보고 있었어. 이걸 돌려주고 싶어서."

그녀는 그가 자기 얼굴에 들이대는 물건을 마침내 보았다. 직접 만든 것으로, 시위 때 쓰는 배지였다. 자신의 손으로 직접 그림을 그린 것이었기 때문에 알아볼 수 있었다. 날개 달린 돼지. '대통령을 위한 피가수스'

라는 글귀가 볼드 대문자로 왼쪽에서 오른쪽으로 가파르게 기울어지며 적혀 있었다. 1968년에 신좌파의 젊은이들이 자청하여 밀었던 후보였다. 그들 생각에는 돼지가 실제 정치인들보다 못할 이유가 없었다.

"이거 알아보겠어? 언제 마지막으로 봤는지 말해줄 수 있을까? 나 기억하나? 기억이 나지 않을 리가 없어." 그가 꽉 비틀어 짜듯이 물었다.

"그래요." 그녀는 숨을 멈추었다. "민주당 전당대회에서였죠." 그 일이 마치 따귀를 맞은 것처럼 되돌아오고 있었다. 힐튼 호텔 바깥에서 벌어진 소동. 동상에 기어오르고 있는 사람들을 향하여 정렬하고서 그들을 끌어내리는 경찰들에게, 공원에서 썩 나가라고 리더인 톰 헤이든이 말하던 상황이었다.

그는 경찰이 만약 그들에게 최루탄을 발사하면 도시 전체가 최루탄에 휩싸이게 될 것이라 외쳤다. 그랜트파크에 피가 뿌려지면, 시카고 전체에 피가 뿌려지게 될 것입니다! 7,000명의 인파가 거리로 쏟아지고 경찰이 맞서 밀어붙이고 있었다. 마틴 루터 킹 암살에 대한 분노가 여전히 사그라지지 않고 있던 웨스트사이드가 불타오르고 있었다. 콘크리트 벽돌이 줄에 묶여 홱 빠져나가기라도 하는 듯이 그녀의 손에서 날아갔었다. 그녀는 경찰이 달려드는 것을 보았고, 곤봉이 옆구리로 떨어졌지만 아무런 아픔이 느껴지지 않았다. 나중에 샤워를 하다가 멍을 보고서야 아픔이 느껴졌다.

그녀는 호텔 계단으로 몰려드는 뉴스 카메라와 조명, 군중과 함께 폐가 찢어져나가도록 구호를 외쳤다. "전 세계가 지켜보고 있다! 전 세계가 지켜보고 있다!" 그러고서 경찰들이 거기 모인 모든 군중에게 최루액을 분사했다. 신좌파들이고 구경꾼들이고 기자들이고, 너 나 할 것 없이 최루액을 뒤집어썼다. 롭이 격격거리는 소리가 들렸다. "저 돼지 새끼들,

창녀들." 하지만 눈물을 흘려대고 밀쳐대는 사람들 사이에서 그가 보이지 않았다. 스포트라이트가 온 사방에 깔린 파란색 헬멧을 비추고, 곤봉 세례가 기계적으로 떨어져 내렸다.

마고는 밸보아에 서 있던 어느 차 후드에 기대어, 고개를 숙이고 침을 뱉으며 티셔츠 자락으로 눈을 문질렀다. 설상가상으로 더 따갑기만 했다. 웬일인지 그녀는 눈을 들었고, 그를 보았다. 절뚝거리며 그녀를 향해 곧장 다가오는 그를. 흉포한 의도로 가득 찬 키 큰 남자가 다가오고 있었다. 줄에 매단 벽돌처럼.

그는 그녀 앞에 멈춰 서서 삐딱한 미소를 지어 보였다. 악의는 보이지 않았다. 심지어는 매력적으로 보이기까지 했다. 이 난장판에 너무도 난데없는 일이었기에 그녀는 앓는 소리를 내며 그를 밀쳐내다가, 경찰이나 군중이나 탈 듯이 따가운 눈과는 다른 방식으로 가슴을 무너뜨리는 위협을 느꼈다.

그가 그녀의 손목을 붙들었다. "우리 전에 만난 적 있죠. 당신은 기억하지 못할 테지만요." 무슨 그런 말을 하는가 싶었고, 그 말이 그녀에게 박혀서 머리를 떠나지 않았다.

"여기요." 그는 그녀를 일으켜 세워주겠다는 듯이 그녀의 옷깃을 붙들었지만, 사실은 그녀의 배지를 잡아 뜯어내고 있었다. "바로 이거야." 그가 너무 불쑥 손을 놓는 바람에 그녀는 차 위로 떨어졌다. 그녀는 너무도 화가 나고 충격을 받아서 흐느꼈다.

그녀는 한 시간 동안 샤워를 하고 소파에 쓰러져 마음을 가라앉히기 위해 마리화나를 피울 것을 고대하며 집으로 비틀거리며 걸어갔다. 하지만 문을 열고 구슬로 된 발을 걷고 들어가는데, 롭이 그들의 침대에서 어떤 여자와 섹스를 하고 있었다. "아, 자기. 여긴 글렌다라고 해." 그는 삽입을 멈출 생각도 하지 않고 말했다. "같이 할래?" 그녀는 거울에다가 립스틱으로 '개자식'이라고 썼다. 어찌나 세게 눌렀는지 립스틱이 반으로 쪼개졌다.

글렌다가 마침내 눈치를 채고 나간 다음부터 그들은 다섯 시간 반 동안 싸웠다. 화해를 했다. 훗날 좋지 않은 결과로 이어진 화해의 섹스를 했다. (알고 보니 글렌다에게는 사면발이가 있었다.) 그러고는 일주일 후에 헤어졌다. 그 후에 롭은 징병을 피하려고 토론토로 내뺐고, 그녀는 대학을 졸업하고 교사가 되었다. 세상은 바꿀 수가 없었고, 환상은 깨졌다. 제인을 발견하기 전까지는.

그리고 자기가 만든 배지에 너무 반해서 폭동 한복판에서 그것을 훔쳐갔던 무서운 절름발이 남자와의 일은 디너파티나 회의에서 그녀가 입에 올리곤 하는 일화가 되었다. 그러고는 더 좋은 이야기들, 뭔가 더 말이 되는 이야깃거리가 생겼다. 그녀는 아주 오랫동안 그 일은 생각조차 하지 않았다. 지금까지는.

그는 그녀가 받은 충격을 노렸다. 그녀의 팔에 자기 팔을 휙 걸치며 그녀를 끌어당기고 배에다 칼을 꽂았다. 비가 내리는 길거리 한복판이었다. 믿어지지가 않았다. 입을 벌려 소리를 지르려고 했지만, 그가 칼을 비트는 바람에 소리조차 나오지 않았다. 택시 한 대가 라이트를 켜고 마고의 붉은 바지에 물을 튀기며 지나갔다. 피가 바지 허리춤에 고이며 코듀로이 바지를 물들이고 있다는 것을 까맣게 모르는 채로 지나갔다. 피는 선정적일 만큼 따뜻했다. 그녀는 제미를 눈으로 찾았으나, 그녀는 이미 모퉁이를 돌아 사라진 터였다. 안전하다.

"미래를 얘기해줘." 그가 그녀의 귀에 더운 김을 뿜으며 속삭였다. "네 내장에서 읽게 만들지 말고."

"웃기지 마요." 머릿속에서 상상했던 것과는 달리 말이 물렁하게 새어 나왔고, 그녀는 숨을 혹 들이마시며 그를 밀어내려고 애썼다. 하지만 힘이 다 빠져버렸고, 그도 그것을 알았다. 설상가상이었다. 그는 이제 자신이 무적이 되었음을 알았다. "네 방식대로 하든지." 그가 여전히 미소를 지우지 않은 채로 어깨를 으쓱했다. 그는 그녀의 엄지를 뒤로 꺾어서─참을 수 없을 만큼 아팠다─공사장으로 향하는 길을 가게 했다.

그는 토대를 다질 자리의 진흙탕에 그녀를 밀어 쓰러뜨려 철사 줄로 묶고 재갈을 물리고 나서 시간을 들여 살인을 했다. 일을 끝내고 나서는 그 자리에 테니스공을 남겨놓았다.

그녀가 발견되지 않게 꽁꽁 숨겨두려는 뜻은 없었다. 그러나 굴착 책임자는 다음 날 아침에 구덩이에 돌무더기를 밀어 넣다가 붉은 기 도는 금발 머리를 진창 사이에서 언뜻 본 듯도 했으나, 죽은 고양이라고 생각해버리고 말았다. 그러고는 가끔 밤에 멀거니 깬 채로, 죽은 고양이가 아니었다고 생각하는 것이었다.

그녀의 살인자는 필요한 물건을 챙겼고, 핸드백을 어느 공터에다 버렸다. 오가던 사람들이 기회다 하고서 내용물을 털어갔고, 마침내 어느 선량한 시민이 핸드백을 경찰서에 가져다주었다. 하지만 그 무렵에는 쓸 만한 것은 다 사라져 있었다. 경찰은 그녀가 만든 카세트테이프로도 그녀를 찾아내지 못했다. 하이드 파크 아파트의 빅 제인의 플레이어에서 나오는 음악을 복사한 테이프였다. 테이프덱에서 LP로 엉성하게 연결해놓은 것이라 지직거리고 소리가 좋지 않았다. 마마스 앤 파파스, 더스틴 스프링필드, 더 러빙 스푼풀, 피터, 폴 & 메리, 재니스 조플린이었다.

제미는 불법 낙태를 받은 날 밤에 먹은 게 단단히 잘못되었다고 구시렁거리며 일찍 잠자리에 들었다. 그녀의 부모님은 질문을 하지 않았고,

영영 진실을 알아내지 못했다. 그녀의 애인은 베트남에서 돌아오지 않았고, 혹시 돌아왔을지도 모르지만 그녀에게는 돌아오지 않았다. 그녀는 학교에서 좋은 성적을 받고 전문대학교에 들어갔지만, 중퇴를 하고 스물한 살에 결혼을 했다. 아이를 세 명 낳았고, 복잡한 문제는 없었다. 서른네 살에 학교로 되돌아갔고, 시의 공원 부서에서 일하게 되었다.

제인에서 일하는 여자들은 걱정이 되어 돌아버릴 직전이기는 했지만, 마고가 질려서 일을 다 청산했거나 캐나다의 전 남자친구를 만나러 갔을지도 모른다고 생각하지 않을 이유도 없었다. 게다가 그들은 그들대로 골칫거리를 쌓아놓고 있었다. 1년 후에 제인은 단속을 당했다. 여덟 명이 체포되었다. 그들의 변호사는 시간이야 얼마가 걸리건 간에 재판을 질질 끌면서, 여자들은 제 몸을 영원히 제 뜻대로 할 수 있다는 판결을 기어코 받아냈다.

커비

1992년 11월 19일

1구역은 쿡 카운티 교도소에서 가장 오래된 부분이었고, 넘쳐나는 수감자들을 수용하려고 최근 새 건물 두 채를 확장했다. 알 카포네가 시가대는 재정으로 거리와 직접 연락을 취하면서 이곳에서 잘 먹고 잘 지냈다. 이제 최대 경비 시설이 된 이곳은 꼭대기에 가시철조망이 달린 3중울타리로 바리케이드가 쳐져 있다. 한 번에 한 입구씩 통과해서 들어가야 한다는 뜻이었다. 울타리들 사이의 풀은 듬성듬성하고 누렜다. 고딕체의 글씨가 붙어 있고 사자머리상이 있으며 창들이 다닥다닥 붙어 있는 정면부는 우중충하고 색이 바래 있었다.

이 역사적인 건물은 필드자연사박물관이나 시카고미술연구소 같은 대접이나 관심을 받지 못했지만, 방문자에게는 앞선 곳들 못지않은 규칙을 두고 있었다. 취식 금지, 만지기 금지.

커비는 엑스레이 기계를 통과할 때 신발을 벗어야 한다는 것을 생각지도 않고 있었다. 신발 벗고 그다음에 다시 신고 끈을 묶기까지 5분이 걸렸다.

인정하고 싶지 않았지만, 생각했던 것 이상으로 겁이 났다. 문화적인

312

충격이었다. 영화에서와 똑같았지만, 한층 더 긴장되고 한층 더 냄새가 고약했다. 땀과 분노로 후끈한 공기를 내뿜고 있었으며, 너무 많은 사람들이 닭장 같은 곳에서 복작거리며 내는 둔탁한 소음이 두꺼운 벽을 뚫고 빠져나왔다. 안전문에 칠해진 페인트는 흠이 나고 긁혀 있었고, 특히 자물쇠 부분이 더욱 심했다. 그 때문에 간수가 그녀를 들여보내 줄 때 무겁게 쿵쿵거리는 소리가 났다.

자멜 펠레티어는 면회실의 한 탁자에서 그녀를 이미 기다리고 있었다. 그는 체트가 그녀에게 내준 〈선 타임스〉 기사의 사진보다 안색이 더 좋지 않아 보였다. 레게 머리는 사라졌고, 머리카락이 짧고 단정했다. 하지만 피부는 번들거렸다. 이마에는 자잘한 여드름이 퍼져 있고, 짙은 속눈썹이 달린 눈은 커다랬으며, 지저분한 눈썹 때문에 고통스러울 만큼 어려 보였다. 벌써 20대 중반인데도 말이다. 커비보다도 나이가 많았다. 황갈색 수의가 자루처럼 그에게 매달려 있고, 수인번호가 가슴에 굵게 박혀 있었다. 으레 악수를 하려고 손이 나갔으나, 그는 왠지 보기 즐겁게 당황스러워하며 얼굴을 비비고 머리를 흔들었다.

"젠장. 제가 벌써부터 규칙을 어겼군요." 그녀가 입을 열었다. "만나주셔서 감사합니다."

"생각했던 것과는 다른 모습이네요." 그가 말했다. "혹시 초콜릿 같은 거 가지고 왔어요?" 그의 목소리는 허스키하게 갈라져 나왔다. 바지를 봉에 걸고 목을 매어 후두를 망가뜨렸으니 그런 소리가 날 법도 했다. 이런 곳에서 8년을 더 있어야 한다는 생각에 고려해볼 만한 선택이기도 했다.

"죄송해요. 생각이 짧았어요."

"나 도와줄 거예요?"

"노력해보려고 해요."

"내 변호사가 그러는데, 당신과 얘기하면 안 된대요. 아주 화가 많이 났다니까요."

"제가 거짓말을 해서요?"

"맞아요. 그 사람들은 직업적으로 그 일을 하는 사람들이잖아요. 왜 변호사를 엿 먹이려고 해요, 참."

"당신 사건을 알 수 있는 최선의 길처럼 보였거든요. 죄송해요."

"내 변호사하고 해결을 본 거예요?"

"메시지는 여러 번 남겼죠." 커비가 한숨을 내쉬었다.

"그녀하고 괜찮지 않으면, 나하고도 괜찮지 않아요." 그가 자리를 뜨려고 일어섰다. 그는 얼굴에 짜증이 가득한 간수에게 고개를 흔들어 보이고는 그에게 다가갔다. 간수가 허리에 찬 벨트에 손을 가져갔다.

"잠깐만요. 제 얘기 듣고 싶지 않아요?"

"당신이 보낸 편지만 봐도 빤한 거 아니에요? 웬 사이코 살인범이 당신에게도 똑같은 짓을 했다고." 하지만 그는 말을 내뱉는 동시에 망설였다.

"펠레티어," 간수가 짖어댔다. "들어갈 거야, 말 거야?"

"잠깐 있을게요. 죄송해요, 모. 계집년들이 어떤지 간수님도 아시면서." 그가 그녀를 향해 음흉한 미소를 지어 보였다.

"그런 건 별로예요." 커비가 목소리에 평정을 유지하려고 애쓰며 말했다.

"내가 빌어먹을 신경이나 쓸 줄 알고." 그가 이를 드러냈다. 하지만 잠깐 허가 드러나기도 했다. 여전히 어리고, 여전히 미칠 듯이 무서워하고 있다고 커비는 생각했다. 그녀는 그렇게 쓰인 티셔츠를 가지고 있었다.

"범행을 저질렀나요?"

"장난하나? 여기 있는 누구라도 붙잡고 얘기해봐요, 자기가 유죄라고 할 사람이 있을 것 같아요? 내가 말 좀 합시다. 나를 위해 뭘 해줄 수 있는지 당신이 생각해내면 도와주겠어요."

"기사를 써드릴 수 있어요."

그가 그녀를 물끄러미 바라보더니 미소를 지었다. 어찌나 커다랗게 미소를 짓는지 잡아먹기라도 할 것 같았다. "썅. 장난해요? 그 얘긴 이미 했잖아."

"운동 좀 해요? 제가 기사로 쓸게요." 사실 괜찮은 기사가 되지 말라는 법이 없었다. 감옥 안의 농구. 그 정도라면 해리슨이 고개를 끄덕여줄지도 몰랐다.

"뭔 소리야. 난 역기를 든다고."

"좋아요. 당신을 프로파일 하는 인터뷰예요. 당신 쪽의 얘기. 꼭 신문이 아니라고 해도 잡지에 실을 수도 있죠." 그가 〈스크리밍〉에 얼마나 큰 돈을 가져다줄지는 몰라도, 그녀는 절박했다.

"흠," 그가 아직 재보는 표정으로 말했다. 하지만 커비는 세상 사람들 모두 '누군가는' 자신의 얘기를 들어주길 바란다는 것쯤은 알았다. "뭘 알고 싶은데요?"

"살인 사건이 일어나던 당시 어디 계셨나요?"

"샨테하고 있었어요. 예쁜 여자를 벽에 세워놓고 궁둥이에다 대고 떡을 치고 있었단 말이야." 그가 손바닥을 마주 대고 찰싹거리며 어설프게 섹스 하는 소리를 냈다. 기분 나쁠 만큼 희한하게 실제 같은 소리가 났다. "알죠, 아가씨?"

"저도 당신처럼 아주 쉽게 일어서 버릴 수 있다고요."

"우우우. 내가 기분 상하게 했어요?"

"여자들을 난도질하고 다니는 사이코들이 잡히지 않고 빠져나간다는 생각에 기분이 상하죠, 이런 얼간이 같으니. 전 살해범을 찾으려고 노력 중이란 말이에요. 저를 도와주실 생각이 있어요, 없어요?"

"진정해요. 그냥 장난친 것뿐이니까. 샨테와 있었던 건 맞아요. 하지만 그녀는 증언을 하고 싶어 하지 않았어요. 가석방 상태였고, 나랑 놀고 다니는 게 규정에 위반됐거든요. 내가 전과가 있기 때문이죠. 내 아이의 엄마보다는 내가 감옥에 가는 편이 나을 테니까요. 우린 어쨌거나 그녀가 증언을 해도 소용없을 거라고 생각했어요. 기소 자체가 다 거짓말인데 뭘 어쩌겠어."

"알아요."

"차 훔친 거, 그건 맞아요. 나머지? 나머진 아니에요."

"하지만 줄리아가 살해당하던 날에 현장 주변을 돌아다닌 건 맞지요. 당신이 본 사람은 없어요?"

"더 분명하게 터놓고 말해줘야지요. 우린 아주 많은 사람들을 봤어요. 많은 사람들이 우리를 본 게 문제였지. 호안 쪽에나 죽치고 있어야 했나, 그런 일이 일어날 거라고는 꿈에나 생각했겠냐고요. 하지만 우린 기어코 셰리든까지 기어 올라가고야 말았죠." 그가 생각에 잠겼다. "오줌을 누려고 근처 숲에 차를 세우기는 했어요. 아마 살해 현장 바로 근처였을 거예요. 어떤 놈을 봤어요. 행동이 이상했죠."

커비의 위가 뒤틀렸다. "다리를 절었어요?"

"맞아요." 자멜이 갈라진 입술을 부비며 말했다. "맞아요. 맞아. 기억해요. 다리를 절었어요. 다리를 절룩거리는 병신이었죠. 그리고 약간 씰룩거리기도 했어요. 계속 주위를 두리번거리면서."

"얼마나 가까이서 봤어요?" 가슴이 죄어들었다. 마침내. 빌어먹을 마침내.

"꽤 가까이서 봤어요. 길 건너편이니까. 당시에는 우리가 그 일은 별로 생각하지 않았나 봐요. 하지만 다리를 절었어. 눈에 띄게요."

"옷은 어떻게 입고 있었어요?" 그녀가 문득 신중해지며 말했다. 사람은 뭔가를 진실이라고 믿고 싶어 할 때가 있는 법이다⋯⋯.

"왜 그런 벙벙한 검은색 재킷 있죠? 그거하고 청바지요. 왜 기억하냐면, 더운 날이었고 이상한 차림이라고 생각했거든요. 피를 숨기려고 그렇게 입은 게 틀림없었던 것 같아요. 제가 맞아요?"

"흑인이었어요? 아주 짙은 피부색의 흑인?" 커비는 증인을 유도하고 있었다.

"한밤중처럼 새까맸죠."

"이런 나쁜 놈." 그녀는 그에게 불같이 화가 났다. 그러고는 자기가 듣고 싶어 하는 얘기를 그에게 수저로 떠서 먹인 자신에게도 화가 났다. "지어내기나 하고."

"마음에 들었잖아요." 그가 등을 의자로 풀썩 기댔다. "내가 웬 수상한 미친놈을 봐놓고도 경찰한테 말을 안 했을 것 같아?"

"말했다고 해도 믿어주지 않았겠죠. 이미 당신을 옭아 넣기로 작정을 했으니까."

"옭아 넣기로 작정한 사람은 당신이에요. 이봐요, 나에 관한 기사를 써볼 수도 있죠."

"그건 이제 생각 없고요."

"젠장. 계집년한테 듣고 싶은 얘기를 들려줬더니, 죽일 듯이 달려든다니까. 내가 진짜 원하는 게 뭔지 아쇼?" 그가 몸을 앞으로 숙이더니 손을 살짝 쥐는 시늉을 하며 그녀에게 가까이 다가오라는 뜻을 나타냈다. 누가 엿듣지 못하게 하려는 것이었다. 잠깐 동안 망설이던 그녀는 그가 무

슨 역겨운 얘기를 들고 나올 것임을 알면서도 가까이 다가갔다. 그가 그
녀의 귀에 바로 입을 가져다 댔다. "내 애기를 좀 돌봐줘요. 릴리. 이제
여덟 살이고, 곧 아홉 살이 될 거예요. 당뇨병이 있어요. 개한테 약을 가
져다주고, 개 엄마가 코카인을 얻으려고 내 딸 약을 파는 짓을 막아줘."

"난—" 자멜이 웃음을 터뜨리자 커비는 뒤로 흠칫 물러났다.

"마음에 들어요? 눈물 짜는 얘기 하나 나오지 않았어요? 내 조그만 어
린애가 철망 사이로 손가락을 집어넣는 가슴 찢어지는 사진들을 넣는
거예요. 통통한 볼 위로 눈물이 흘러내리고, 머리는 양 갈래로 땋고, 색
색의 머리띠를 하고 찍은 사진이오. 청원이 들어가게 해주는 거예요. 감
옥 바깥에서 피켓이나 뭐나 든 시위자들도 생기고. 항소할 거리를 어서
가져다줘요, 알았죠?"

"안 됐어요." 커비가 말했다. 그가 이렇게 적대적으로 나올 줄은 모르고
미처 준비를 하지 못했다. 이곳의 제대로 비참하게 조진 인생들의 앙심
에 대비하지 않았다.

"안됐다라." 그가 덤덤하게 말했다.

그녀는 탁자를 밀며 일어섰고, 아무 생각 없이 서 있는 간수에게 눈짓
을 했다. "아직 8분 남았는데요." 그가 시계를 쳐다보며 말했다.

"제 일은 끝났어요. 죄송합니다. 가야 해요." 그녀가 어깨에 가방을 멨
고, 간수는 문을 따고 흔들흔들 열어서 그녀를 내보내 주었다.

"안됐다는 말이 무슨 소용이야!" 자멜이 그녀의 뒤에 대고 외쳤다. "다
음에 올 때는 초콜릿을 가져와. 리즈 피넛 버터 컵 말이야! 그리고 사면
장도! 알아들어?"

하퍼

1932년 8월 16일

풍성한 나무고사리의 길게 갈라진 잎이 콩그레스 호텔 내부의 꽃집 창
두 쪽에 무대의 커튼처럼 늘어져 있었다. 그곳은 사람들이 로비로 가는
관문 같은 역할을 하고 있었다. 그는 벌거벗겨진 것처럼 느껴졌다. 그곳
은 너무 덥고 꽃향기는 너무 달달했다. 냄새가 육중하고도 답답하게 눈
알 뒤쪽으로 파고들었다. 최대한 이곳을 빨리 빠져나가고 싶게 만드는
것 천지였다.

하지만 앞치마를 두른 뚱뚱한 요정은 색깔과 종류별로 다양하게 나뉜
온갖 가능성을 다 보여주겠다는 결심을 굽히지 않았다. 감사에는 카네
이션, 로맨스에는 장미, 우정이나 충실한 사랑에는 데이지. 남자의 걷어
올린 소매 아래부터 음모처럼 꼬불꼬불한 털이 손가락 마디까지 뻗쳐
있었다.

그것은 충동이었다. 그가 다른 모든 일에는 그토록 조심을 기울이면서
도 감수하는 위험이었다. 그는 의심을 사지 않으려고, 너무 안달 난 것처
럼 보이지 않으려고 네 달을 기다렸다.

그녀 안에는 빛이 없었다. 그의 여자들과는 달랐다. 그럼에도 그녀는

하루하루를 터덜터덜 살아내는 가난하고 지루한 멍청이들보다는 더한 무언가가 있었다. 옷만 봐도 다 고만고만하고 비슷한 시카고의 여느 여자들과는 달랐다. 그는 그녀의 풋내 나는 사악함이 마음에 들었다. 또 자신이 뭔가에 반항하는 듯한 행동을 하고 있다는 느낌도 좋았다.

하퍼는 옅은 분홍색과 노란색의 꽃다발을 무시하고, 백합 꽃잎을 외설적으로 벌리며 만졌다. 그의 손길에 수술이 검은색과 하얀색의 타일에 금빛 가루 같은 것을 흘렸다.

"조화를 보내시려는 건가요?" 플로리스트가 물었다.

"아뇨, 초대를 하려고 보내는 겁니다."

꽃의 꼭대기를 집어 다물리는데, 그 안에서 뭔가가 그를 물었다. 그는 손을 털며 꽃을 짓이기다가 양동이에 담긴 몇 줄기를 쓰러뜨렸다. 손톱 끝으로 따끔함이 떨듯이 지나갔고, 독이 작게 부풀어 오르며 진물이 흘러나왔다. 바닥에 짓이겨져 흩어진 꽃잎들 사이에서 벌 한 마리가 기어나왔다. 날개가 찢어져 다리를 끌고 있었다.

플로리스트가 발로 벌을 밟았다. "이놈의 벌레! 정말 죄송합니다, 손님. 밖에서 들어온 게 틀림없어요. 얼음 좀 가져다 드릴까요?"

"그냥 꽃이나 주시오." 하퍼가 고개를 젓고 따끔거리는 손끝을 쐈다. 맹렬하게 쓰라렸다. 하지만 덕분에 머릿속의 무거움도 씻겨나갔다.

"에타 간호사님께," 카드에 이렇게 쓰고 나니, 그녀의 성이 기억나지 않았다. "콩그레스 호텔 엘리자베스1세 룸. 저녁 8시. 마음을 담아, 당신을 흠모하는 사람으로부터."

그는 나가는 길에 독으로 욱신거리는 손을 부여잡고 보석 파는 상점에서 머뭇거리다가, 앞 유리창에 주문처럼 걸려 있는 은팔찌를 샀다. 그녀가 나와준다면 내릴 상이었다. 그의 방 벽에 이미 걸려 있는 것과 같은 팔찌인 것은 우연이라고 그는 생각했다.

　그가 도착했을 때 그녀는 벌써 테이블 앞에 앉아 있었고, 무릎에 올려
놓은 핸드백을 꼭 그러쥐고서 주위를 힐끔힐끔 둘러보고 있었다. 그녀
는 팔이 좀 조이기는 해도 몸매를 돋보이게 하는 베이지색 드레스를 입
고 있었다. 그는 조이는 팔 때문에 빌린 옷이 아닐까 하고 생각했다. 그
녀는 체리빛 감도는 갈색 머리를 자르고, 핑거 웨이브로 스타일링을 했
다. 자신을 흠모한다던 사람이 그라는 것을 알고서 그녀는 즐거워 보였
다. 밴드가 준비를 하는 동안에, 피아니스트가 달달하고 아무 느낌 없는
노래를 깔짝깔짝 쳤다.
　"당신일 줄 알았어요." 그녀의 입이 비틀렸다.
　"알았다고?"
　"알았어요."
　"운을 시험해보아야겠다는 생각이 들었지." 그가 참지 못하고 물었다.
"당신의 신사 친구분은 어떻게 지내지?"
　"의사요? 그 사람 사라졌어요. 몰랐어요?" 그녀의 눈이 샹들리에의 노
란 불빛 아래서 반짝거렸다.
　"그런데 날 그렇게 오래 기다리게 했나?"
　"웬 여자를 임신시키고 그녀랑 달아났다는 소문이던데요. 노름에 빠
졌다는 얘기도 있고."
　"있을 수 없는 일은 아니군."
　"나쁜 놈. 죽어버렸으면 좋겠어요."
　웨이터가 레모네이드를 가져왔다. 하퍼는 아까 술을 섞으라고 돈을 더
얹어준 터였다. 술이 너무 셌다. 멈추어야 하는데 테이블보에 계속 뱉어

낼 수밖에 없었다.

"당신에게 뭘 좀 가져왔어." 그가 호주머니에서 벨벳 보석함을 꺼내 테이블로 밀었다.

"저는 참 운이 좋은 여자네요." 그녀는 건드리려고도 하지 않았다.

"열어봐."

"좋아요." 그녀가 박스를 집어 팔찌를 꺼내 들고 샹들리에 불빛에 비춰 보았다. "이걸 왜 주는 거예요?"

"당신은 내가 보기에 흥미로운 사람이야."

"전에 나를 가질 수 없었기 때문에 원하는 것일 뿐이에요."

"어쩌면. 어쩌면 내가 그 의사를 죽였는지도 모르지."

"그러세요?" 그녀가 팔찌를 손목에 두르고서 걸쇠를 걸어달라고 그에게 손을 뻗쳤다. 그녀가 손을 뒤로 젖히니 살갗 아래 힘줄과 핏줄이 문득 도드라지게 드러났다. 그녀가 무슨 생각을 하는지 통 알 길이 없었다. 그의 카리스마는 다른 여자들과는 달리 그녀에게는 통하지 않았다. 그녀는 그에게 호락호락하지 않았다.

"고마워요. 춤출래요?" 그녀가 말했다.

"아니." 그들 주위로 테이블들이 채워지고 있었다. 여자들은 스팽글이나 가느다란 끈이 달린 드레스로 그녀보다 더 잘, 더 위험하게 차려입었다. 남자들은 양복 위에 음란한 자신감을 걸쳐 입고 있었다. 실수였다.

"그럼 당신 집으로 가요."

그는 그녀가 시험을 하고 싶어 한다는 것을 알아챘다. 그에게와 마찬가지로 그녀에게도 테스트였다. "정말 그러고 싶어?" 그가 말했다. 그의 손이 아까 벌에 쏘인 통증을 기억해냈다.

그는 길거리가 텅 비어갈 때까지 그녀를 데리고 아주 오래오래 돌았다. 그녀가 하이힐 때문에 불평하다가 마침내 벗어버리고 스타킹마저 벗고서 맨발로 걷도록 오랜 시간이었다. 그는 마지막 몇 블록은 그녀의 눈을 가리고 걸었다. 한 노인이 그들에게 사나운 눈길을 던졌지만, 하퍼는 에타의 머리에 입을 맞추었다. "봐요," 그가 말했다. "그냥 연인들 사이의 게임이라고요." 어떤 면으로는 틀리지 않은 생각이었다.

열쇠 구멍에 열쇠를 넣고 문을 가린 널빤지 아래로 그녀를 거들어 들여보내는 순간에도 그는 그녀의 눈을 계속 가리고 있었다.

"뭐예요?" 그녀가 킬킬거렸다. 가볍게 헐떡거리는 것으로 보아 그녀가 흥분해 있음을 알 수 있었다.

"곧 알게 될 거야."

그는 문을 닫고 나서 그녀의 눈에서 손을 뗐다. 응접실 쪽으로 가는 길에 파이고 찌그러진 나무 위에 짙은 색 새틴이 붙어 있는 복도를 지났다.

"근사하군요." 그녀가 세간을 둘러보며 말했다. 그녀는 그가 채워놓은 위스키 디캔터를 힐금거렸다.

"한잔해야 하지 않겠어요?"

"아니." 그가 그녀의 가슴을 부여잡으며 말했다.

"침실로 가요." 그가 소파로 잡아끌자 그녀가 말했다.

"여기가 좋아." 그가 그녀를 밀어 눕혔고, 옷을 벗기려고 했다.

"지퍼 달린 옷이에요." 그녀가 고리를 잡아 지퍼를 내리고, 드레스를 엉덩이까지 끌어내리느라고 꼼지락거렸다. 그는 정신이 나가기 시작하는 것을 느꼈다. 그는 그녀의 손을 비틀어 등 뒤로 돌렸다.

"가만히 있어." 그가 쉭쉭거렸다. 그는 눈을 감고 여자들의 이미지를 불러왔다. 그의 아래로 배가 열려 누워 있는 여자들. 내장이 다 쏟아져

나와 있다. 그들이 울고불고 몸부림치던 모습을 상상했다.

　너무 일찍 끝나버렸다. 그는 바지가 발목에 걸쳐 있는 채 몸을 돌려 빼며 신음 소리를 냈다. 그는 그녀를 때리고 싶었다. 그녀 잘못이었다. 헤픈 것.

　하지만 그녀는 몸을 돌려 그 능글맞고 재빠른 혀로 그에게 키스를 했다. "좋았어요." 그녀는 그의 허벅지까지 입을 가져갔고, 그는 비록 계속 딱딱하게 세우고 있을 수가 없었지만 아주 만족스러웠다.

　"뭐 좀 보고 싶어?" 그가 고환에 뭉개진 립스틱을 아무 생각 없이 문지르며 말했다. 그녀는 바닥 그의 발치에 앉아 있었고, 원피스를 어깨에 걸친 채로 담배를 말고 있었다.

　"벌써 봤잖아요." 그녀가 음흉하게 웃었다.

　그가 몸을 빼냈다. "옷 입어."

　"좋아요." 그녀가 담배를 한 모금 길게 빠는 동안에 팔찌가 손목에서 쟁그랑거렸다. 그녀는 입술을 동그랗게 말고 연기 구름을 뿜어냈다.

　"비밀이야." 그는 그녀에게 말하면서 스릴을 느꼈다. 규칙 위반이었고, 그도 모르지 않았다. 하지만 그는 공유를 해야만 했다. 그의 커다랗고 끔찍한 미스터리를 누군가와 나누지 않고는 견딜 수 없었다. 비밀을 나눌 사람이 없다면, 가령 세계에서 가장 돈이 많은 사람인데 돈을 쓸 데가 단 한 군데도 없는 것과 다를 바 없었다.

　"좋아요." 그녀가 다 안다는 듯한 뜻으로 입가에 주름을 잡으며 말했다.

　"지금 보면 안 돼." 그는 그녀를 너무 멀리 데리고 가지는 않을 생각이었다. 그녀의 한계가 어디까지인지 알 필요가 있었다.

　그는 문을 나서면서 이번에는 그녀의 얼굴을 모자로 가렸지만, 그녀는 그래도 새어 들어오는 빛에 흠칫했다. 그들은 산들바람이 쉴 새 없이 불고 봄의 빗발이 흩어지는 훈훈한 오후로 나왔다. 그녀는 바로 알아차렸다. 하퍼는 그녀가 알아차릴 것임을 알았었다.

"뭐예요?" 그녀는 거리를 바라보며 말했다. 그녀의 손가락이 그의 팔을 파고들었다. 입술이 벌어지며 혀가 앞뒤로 이를 쓸고 또 쓰는 것이 그의 눈에 보였다.

"넌 아무것도 보지 않은 거야." 그가 말했다.

그는 그녀를 시내에 데리고 나갔다. 전과 크게 다르지는 않았다. 그들은 노덜리 아일랜드 공원으로 군중을 따라갔다. 새로운 만국박람회가 열리는 곳이었다. 1934년 봄. 그는 전에 이리저리, 이 시간 저 시간을 떠돌다가 이곳에 온 적이 있었다.

'진보의 세기.' 현수막은 선언하고 있었다. '무지개의 도시.' 그들은 깃발이 나부끼는 통로를 인파에 둘러싸여 흥분하고 행복해져서 걸어 다녔다. 그녀는 온도계처럼 생긴 가느다란 타워의 옆면에 빨간 불이 깜박거리는 것을 보며 그에게 눈을 껌뻑거렸다. "여긴 지금이 아니죠?" 그녀가 경이에 차서 말했다.

"옛날이 아니겠지."

"어떻게 한 거예요?"

"말해줄 수 없어." 그가 말했다.

그는 새롭고 놀라운 것에 금방 질려버렸다. 단지 신기해 보일 정도였다. 건물들이 낯설어 보인다. 잠깐 동안만 그랬다. 그런 것들이 잠시 동안만 신기하고 말 뿐임을 그는 알았다. 그녀는 꼬리를 흔들고 머리를 좌우로 움직이는 공룡들을 보고 소리를 꽥 지르며 그에게 매달렸지만, 그는 그 조잡한 기계들을 보고 감흥이 없었다.

'레드 인디언'들이 들어가 있는 요새 모형과, 부러져서 살이 온통 뻗쳐

나온 우산처럼 생긴 황금색 일본 건물이 있었다. '미래의 집'은 없었다. 제너럴 모터스 사의 전시는 우스꽝스러워 보였다. 일그러진 꼭두각시 같은 얼굴을 한 커다란 소년이 거대한 붉은색 플라이어 왜건에 다리를 쫙 벌리고 앉아서 어딘지도 모를 곳을 가고 있었다.

그녀를 데리고 이곳에 오면 안 되는 일이었다. 한심한 곳이었다. 이곳에서 미래는 상상력의 한계로, 창녀처럼 하나같이 천박하게 칠해져 있었다. 그로 말하자면 미래를 몸소 본 사람이다. 빠르고 빽빽하고 추한 미래를.

그녀는 그의 기분을 알아채고 되돌려보려고 애썼다. "저거 좀 볼래요?" 그녀가 호수 양쪽에 세워진 육중한 두 개의 철탑 사이에 매달린 로켓 모양의 케이블카를 가리켰다. 케이블카들이 앞뒤로 흔들거리며 지나갔다. "저기 올라가 보고 싶지 않아요? 전망이 아주 끝내줄 것 같아요."

그가 내키지 않은 채로 티켓을 끊었고, 엘리베이터는 정신이 아찔한 속도로 부리나케 그들을 끌어 올렸다. 이 위쪽 공기가 더 깨끗했는지도 모른다. 아니면 높은 곳이 그저 그의 생각을 넓혀주는지도 모른다. 그들 앞에 도시 전체, 박람회 전체의 모습이 한눈에 들어왔다. 이 높이에서 보니 기이하고 새로웠다.

에타가 그의 팔을 붙들고 몸을 밀착했다. 그는 따스한 온기를 느꼈고, 그는 그녀의 옷에 손을 집어넣고 가슴을 주물렀다. 그녀의 눈이 반짝거렸다. "당신이 지금 뭘 가졌는지 알기나 해요?"

"알아." 그가 말했다. 파트너. 이해해줄 사람. 그는 그녀가 잔인한 사람이라는 것을 이미 알고 있었다.

커비

1993년 1월 14일

"안녕하세요, 키어스티. 죄송합니다. 까맣게 잊고 있었네. 시간이 이렇게 지나갔는지 몰랐어요." 자신을 '셉'이라고 부르라는 세바스천 윌슨이 그녀에게 문을 열어주기가 무섭게 속사포처럼 말했다.

"커비예요." 그녀가 바로잡았다. 아래 로비에서 30분을 기다리고서야 접수원이 그에게 전화를 걸어주었다.

"아, 그렇지. 미안해요. 머리가 어디 갔다 온 건지 모르겠네요. 아니, 사실 알기야 하지요. 이 계약 건을 마무리 짓느라고 말이에요. 들어오세요. 방이 지저분해서 미안합니다."

그의 방은 틀림없이 이 호텔에서 가장 호화로운 방 가운데 하나일 것이다. 꼭대기 층에 강을 내려다보는 전망과 거실이 딸려 있는 객실이었다. 그 거실은 유리 커피 테이블이 놓여 있을 것 같은 곳, 유리 위에는 용도에 맞는 면도날에 긁힌 자국과 최상급 코카인 가루가 흩어져 있을 것이었다.

지금은 마약이 여러 겹의 스프레드시트와 서류 더미 아래 숨겨져 있으리라. 침대는 흐트러져 있었다. 협탁의 아주 커다란 램프 주위로 빈 미니

327

어처 술병이 어지러이 널려 있었다. 그는 하얀색 가죽 소파 위의 서류 가방을 옆으로 치워 그녀가 앉을 자리를 마련해주었다.

"뭐 좀 드릴까요? 한잔하실래요? 뭐가 남았나……." 그는 빈 술병들을 보고는 민망해져서 완벽하게 헝클어진 머리를 손가락으로 쓸었다. 그 바람에 관자놀이께서 때 이르게 머리가 벗어지기 시작한 부분이 드러났다. 피터 팬이 다 자라서 기업가로 변신했군, 그녀는 생각했다. 하지만 고등학교 시절 나쁜 소년의 모습을 어른거리고 싶어 하는 피터 팬.

비싼 양복을 입고 있기는 했지만 한때는 튼튼했을 근육이 물렁이 물렁해진 것이 옷 아래로 커비의 눈에 보였다. 특히 복부 주변이 그랬다. 그녀는 그가 마지막으로 오토바이를 손본 것이 언제일까 궁금해졌다. 아니면 그가 백만장자가 되는 대로 그 시절로 돌아가자고, 서른다섯의 나이에 은퇴를 하자고 스스로에게 다짐하는 것은 아닐까 하고 생각했다.

"저에게 시간을 내주셔서 감사합니다."

"뭘요. 줄리아를 돕는 것이라면 무엇이든지요. 비극이에요. 전 아직도…… 있잖아요. 벗어나지를 못했어요." 그가 머리를 흔들었다. "그날을 말이에요."

"선생님을 찾아내는 데 애를 먹었어요."

"알아요, 그랬겠죠. 이 덩치 큰 합병 때문에 말이에요. 회사가 보통은 이 중부 쪽에는 흥미가 없었는데요. 우린 보통 서부나 동부 해안 쪽에 중점을 두거든요. 하지만 농부들도 모기지가 필요하기는 여느 사람들과 다르지 않으니까요. 아마 제가 무슨 말을 하는지도 모르겠죠? 어떤 공부를 하고 있는지 다시 말씀해주실래요?"

"언론학이오. 하지만 사실 방금 중퇴를 했어요." 말이 입에서 튀어나오고 생판 모르는 사람에게 털어놓기 전까지는 자신이 그런 결정을 내렸다는 것도 떠오르지 않았었다. 하지만 그녀는 한 달 넘게 수업에 들어가지 않고 있었다. 두 달간은 과제도 제출하지 않았다. 재수가 좋다면 학교에서 유예 기간을 줄지도 몰랐다.

"아, 알겠어요. 나로 말하자면 그 시절에 정치적인 시위니 뭐니 하는 잡일에 완전히 빠져 있었죠. 쓸모 있는 일이라고 생각했으니까요. 온갖 분노를 품고서요."

"그런 문제에 아주 솔직하시네요."

"제가 그렇게 이해해주실 만한 분한테 얘기 중인 거 맞겠죠? 많은 사람들이 이해해줄 수 있는 일은 아니니까요."

"그러게요."

"내 말은 그러니까, 기자님도 경험해봤을 테니까."

문이 열리고 필리핀인 메이드가 고개를 들이밀었다. "아, 죄송합니다." 그녀가 재빨리 물러서며 말했다.

"한 시간 있다가 와요. 알았죠?" 세바스천이 외쳤다. 지나치게 큰 목소리로. "한 시간 있다가 다시 와서 방 좀 치워주세요!" 그가 커비를 보고 희미하게 미소를 지었다. "무슨 얘기를 하는 중이었죠?"

"줄리아. 정치. 화가 난다는 것."

"그래요. 그거였죠. 하지만 내가 어째야 했겠어요? 내 인생 전체를 멈추어야 했나? 줄스라면 내가 그대로 살아나가면서 내 미래를 준비하기를 원했을 거예요. 그리고 지금 나를 봐요. 그녀가 자랑스러워하지 않겠어요?"

"그럼요." 커비가 한숨을 내쉬었다. 어쩌면 죽음은 모든 것을 응축시키는지도 몰랐다. 상처입고 온갖 것으로 외로움을 숨기고 있을지언정, 더 이기적인 얼간이가 되게 만드는 것이다.

"그래, 다니면서 피해자의 가족들과 얘기를 해봤나요? 여간 우울한 일이 아니겠어요."

"살인자가 잡히지 않고 빠져나가는 일보다 우울하기야 하겠어요? 오래전 일이라는 거 압니다. 하지만 경찰이 시신을 발견한 것과 관련해서 좀 이상하다고 뇌리를 스치신 게 무엇이라도 있는지요?"

"그걸 말이라고요? 그녀를 찾아내는 데 이틀이 걸렸어요. 그것만 해도 부당해요. 그 숲 속에 오로지 혼자서 그렇게 누워 있었을 걸 생각하면."

그의 입에서는 상점에 오랫동안 진열되어 때가 탄 물건처럼 말이 나왔다. 커비는 그 때문에 거슬렸다. 그러니까 그가 너무도 많이 해서 의미를 잃고 만 말. "그녀는 죽어 있었어요. 죽은 사람이 그게 문제는 아니었겠죠."

"냉정하시네요."

"하지만 사실이기도 하지요. 그게 어쩌겠어, 잊어지고 살아야지, 라고 말들 하는 이유고요."

"진정해요. 젠장. 우리가 연결되어 있는 게 있다고 생각했는데요."

"무엇이라도 별난 구석은 없었나요? 몸에 지니고 있을 법한 물건이 아닌데 있었다든지, 그녀 물건이 아닌데 거기에 있었던 물건이 혹시 없나요? 라이터. 보석. 무언가 오래된 물건이오."

"그녀는 보석에는 취미가 없었어요."

"좋아요. 감사합니다." 커비는 피로를 느꼈다. 지금까지 이런 인터뷰를 몇 번이나 했던가? "아주 큰 도움이 돼주셨어요. 시간 내주셔서 감사드립니다."

"그 노래 얘기를 제가 했던가요?" 그가 불쑥 내뱉었다.

"말씀해주셨으면 제가 기억을 했겠지요."

"이제 제게는 아주 큰 의미가 생긴 노래예요. '겟 잇 와일 유 캔(가질 수 있을 때 가져라).' 재니스 조플린 노래죠."

"조플린을 들으실 타입으로는 보이지 않는데요."

"줄리아도 마찬가지였어요. 심지어 그녀의 필체도 아니었죠."

"뭐가 아니라는 말씀이세요?" 커비는 희망의 불꽃이 튀는 것을 눌러 막았다. 아무것도 아니야, 아무것도 없어. 자멜하고 똑같을 테지.

"그녀의 핸드백에 들어 있던 테이프요. 누가 그녀한테 만들어서 줬겠지요. 기숙사 사는 여자애들이 어떤지는 아시죠?"

"그럼요. 테이프를 바꿔 듣고 속옷 차림으로 베개 싸움을 하고 그러고들 살죠." 커비는 흥미가 동하는 모습을 감추려고 쏘아붙였다. "경찰한테는 말씀하셨어요?"

"뭐라고요?"

"그녀의 글씨체가 아니란 거 말이에요."

"그녀를 죽인 놈들 중 한 놈이 재니스 조플린의 팬이라고 생각해요? 제 생각에 그보다는……." 그는 바지 주머니에서 총을 꺼내 드는 시늉을 했다. "빵, 빵! 경찰 따위는 엿이나 먹어, 요!" 그는 되지도 않는 흑인 흉내를 내놓고 지레 웃었다. 슬픔으로 얼굴이 일그러졌다. "이봐요, 좀 더 있으면서 나랑 한잔할 생각 진짜 없어요?"

무슨 꿍꿍이인지가 보였다.

"도움이 되지 않을 거예요." 커비가 말했다.

하퍼

1993년 5월 1일

　그는 차들과 기차들과 비행기가 윙윙거리는 오헤어 공항이 있는 덕분이기도 했겠지만, 그들이 서로서로 얼마나 가까운 곳에 있는지 알고서 놀랐다. 그들을 찾아내기가 쉽다는 것은 예전에 알았다. 그들은 대부분 시골 쪽으로까지 확장에 확장을 거듭하는 도시에 이끌려 들어왔다. 도시는 식빵 조각을 차지해 들어가는 곰팡이처럼 불어났다.

　그가 일에 착수할 때 처음 하는 일은 전화번호부를 들여다보는 것이었지만, 캐서린 갤러웨이-펙은 전화번호부에 없었다. 그래서 그는 대신 그녀의 부모에게 전화를 걸었다.

　"여보세요." 그녀의 아버지 목소리가 전화기를 통해 아주 깨끗하게 들려왔다. 바로 그의 뒤에 서 있는 것처럼 들렸다.

　"캐서린을 찾고 있습니다만. 어디에 가면 찾을 수 있는지 말씀해주실 수 있나요?"

　"내가 전에도 당신들한테 입이 닳도록 말했는데, 그 앤 여기 살지도 않고 우리는 절대로, 조금도, 그 애가 진 빚하고는 상관이 없소. 알아들어요?" 수화기를 세차게 딸깍 하는 소리가 들리고, 단조로운 톤의 전화 신호음이 뒤따랐다. 그는 남자가 수화기 저편에 더 이상 없다는 것을 깨닫고는 25센트짜리 동전을 공중전화기의 작은 구멍에 다시 집어넣고 같은 과정을 되풀이했다. 다른 손가락들에 의해 더럽혀지고 닳은 숫자를 눌렀다. 신호가 가는 소리가 오랫동안 계속되었다.

"네?" 펙 씨의 목소리는 조심스러웠다.

"그녀가 어디에 있는지 아십니까? 그녀를 찾아내야 해요."

"이런 베드로 님, 예수님." 남자가 말했다. "좀 알아들으란 말입니다. 우릴 그냥 내버려 두란 말이오." 그는 그녀의 아버지가 입을 열기를 소용없이 또 기다렸다. 두려움이 들 만큼 오랫동안이었다. "여보세요?"

"여보세요."

"아. 전화를 안 끊었는지 몰랐소." 그는 망설였다. "애는 괜찮아요? 무슨 일이 터진 건 아니죠? 오, 세상에. 그 애가 무슨 짓이라도 저지른 건가요?"

"캐서린이 왜 일을 저지른다는 말씀이죠?"

"나도 모르오. 왜 일을 치고 다니는지 나도 몰라요. 거기 가는 돈을 우리가 대줬어요. 이해하려고 애썼지요. 그 애 잘못이 아니라고들 했어요. 하지만—,"

"어떤 곳이오?"

"뉴호프 회복 센터 말이오."

하퍼는 가만히 수화기를 내려놓았다.

그곳에 그녀는 없었다. 하지만 그는 뉴호프의 사회 복귀 중간 과정 시설과 제휴하는 모임에 나가서, 모임의 성격대로 익명으로 울고 짜고 하는 얘기를 들으며 조용히 앉아 있다가 그녀의 새로운 주소를 알아냈다. 애비게일이라는 이름의 약쟁이 출신 노파가 캐서린의 '삼촌'이란 사람이 그녀에게 온정을 베풀고 싶다는 얘기에 아주 기뻐하면서 크게 도움을 주었다.

캐서린

1993년 6월 9일

캐서린 갤러웨이-펙은 텅 빈 캔버스 앞에서 서성였다. 내일은 헉슬리에게 그림을 가져다가 20달러에 팔 것이었다. 그것도 높게 잡은 액수이기는 했지만 말이다. 하지만 그는 그녀가 안됐다는 생각에 한 번 치 약도 내줄 것이었다. 오럴 섹스를 해주어야 할지도 모른다. 하지만 그녀는 창녀가 아니다. 그런 일은 호의로 해주는 것이다. 친구들이란 서로 돕고 사는 법이다. 친구가 기분이 좋아지라고 돕는 것이다.

게다가 예술이란 우울증과 약물 남용을 연료로 삼는 법이다. 케루악을 보라. 아니면 사진작가인 로버트 메이플소프는 어떤가. 해링! 베이컨! 바스키아도 있다! 그런데 어째서 텅 빈 캔버스를 들여다보는데, 그것이 머릿속에서 음이 안 맞는 피아노로 한 음을 치는 것 같은 소리를 내는가?

시작이 관건인 문제조차 아니었다. 그녀는 열두 번도 더 시작했다. 어떻게 그려야 할지 모두 구상해두고 과감하고 훌륭하게 시작했다. 머릿속에서 모두 펼쳐지는 것이 보였다. 색채는 서로 어떻게 겹치게 할지, 온 길을 달려와 끝까지 데려다줄 다리들처럼 머릿속에 다 그려졌었다. 하지만 그러고는 하나같이 다 미끄러져버렸다. 급정거를 하며 미끄러졌다. 구상은 계속 쥐고 있지 못했고, 색깔은 진창이 되어버렸다. 그녀는 한 박스에 1달러를 주고 산 쓰레기 같은 소설책에서 종이를 뜯어내서 그 위에 그리고 또 그리면서 인쇄된 글자를 지워가는 것인데, 남은 것은 결국 설익은 콜라주뿐이었다. 구상은 작은 구멍들에서 그녀만이 알 수 있는 새로운 문장들이 새어 나오는 라이트박스를 만드는 것이었다.

문을 열고 그가 서 있는 모습을 보자 안도감이 몰려왔다. 그녀는 문을 열기 전에는 헉슬리가 그녀의 욕구를 미리 덜어주려고 온 것이겠지 하고 생각했다. 아니면 가끔 커피와 샌드위치를 가져다주는 조애나일지도 몰랐다. 요즘은 찾아오는 횟수가 줄어들고, 올 때마다 눈빛이 점점 더 엄해지기는 했지만 말이다.

"들어가도 될까요?" 그가 물었다.

"네." 그녀는 말하며 문을 잡아당겼다. 그가 칼을 쥐고 있고 분홍색 토끼 머리핀을 들고 있었는데도 그를 들여놓았다. 따져보면 그녀가 8년 전에 가지고 있던 핀인데, 그가 어제 막 상점에서 사 온 것처럼 보였다. 그녀는 자신이 그를 기다려왔음을 깨달았다. 열두 살 이래로, 불꽃놀이가 벌어지는 동안에 그가 풀밭의 그녀 곁으로 와서 앉았던 때 이래로 기다려왔다. 그녀는 아버지가 이동식 화장실에서 돌아오기를 기다리고 있었다. 칠리 핫도그는 그의 속과는 언제나 궁합이 맞지 않았다. 그녀는 낯선 사람과 말을 하면 안 되며 경찰을 불러야 한다고 말했지만, 그가 보여주는 관심에 우쭐한 기분이 들었다.

그는 그녀가 하늘에서 터지며 풀을 환하게 물들이는 불꽃보다도 더 환하다고 했다. 그는 저기 저쪽에서부터 그녀가 빛나는 것을 볼 수 있었다. 그것은 즉 그녀를 죽여야 한다는 뜻이었다. 지금은 아니다. 하지만 나중에 죽일 것이다. 그녀가 다 자란 어른이 되었을 때. 그러나 그녀는 낯선 그를 경계해야 했다. 그가 손을 내밀자 움찔하며 물러났다. 그는 그녀를 만지려던 것이 아니었고, 머리에서 토끼 머리핀만 뺀 것이었다. 그가 했던 불가해하고 끔찍한 말보다 더 끔찍했던 것이 그것이었다. 그는 주체할 수 없이 우는 그녀를 남겨두고 떠났다. 얼굴은 파리해지고 땀을 흘리고 배를 움켜쥐고 마침내 돌아온 그녀의 아버지가 놀라서 어쩔 줄 몰라 했다.

그리고 그 일이 그녀를 이런 길로, 하염없이 아래로 추락하는 이 소용돌이로 이끌었던 것이 아니었는가? 공원에서 자신을 죽일 것이라고 말했던 남자 때문이 아니었는가?

아이한테 무슨 그런 끔찍한 말을 했을까, 그녀는 생각했다. 하지만 그녀의 입에서 나온 말은 "뭐라도 좀 마시겠어요?"였다. 물감 묻은 컵에 따라줄 물밖에 없는 주제에 예의 바른 여주인 노릇을 하고 있었다.

그녀는 2주 전에 침대를 팔았는데, 길가에서 망가진 소파를 발견하고는 헉슬리를 구슬려서 계단으로 소파를 날랐고, 소파에 신고식을 올렸다. 이봐, 캐서린, 그가 공짜로 그 고생을 해줄 리는 없잖아.

"내가 빛이 난다고 말했었죠. 폭죽처럼 말이에요. 테이스트 오브 시카고 축제에서요. 기억해요?" 그녀는 방 한가운데서 발레 동작처럼 한 바퀴를 빙그르 돌다가 하마터면 넘어질 뻔했다. 마지막으로 음식을 먹은 것이 언제였나? 화요일?

"하지만 그건 사실이 아니지."

"그래요." 그녀가 말했다. 그녀는 소파에 무겁게 주저앉았다. 쿠션이 바닥에 흩어져 있었다. 약 부스러기라도 찾으려고 쿠션 솔기를 다 뜯어냈었다. 그 전에 약 조각 하나를 잃어버렸었다. 그녀는 진공청소기로 마루 사이의 틈을 빨아들이고 먼지 주머니를 뒤졌다. 정말로 절박할 때 하던 짓. 하지만 약을 어쩌다 잃어버리게 됐는지 생각해낼 수가 없었다. 그녀는 이야기의 반쯤이 뜯겨나가 못쓰게 된 페이퍼백들을 멍하니 쳐다보았다. 책들 역시 바닥에 흩어져 있었다. 거기다가 꼭 그림을 그리지 않아도, 책을 뜯어내는 일은 카타르시스를 주었다. 파괴는 자연스러운 본능이다.

"너는 이제 더 이상 빛나지 않아." 그가 그녀에게 머리핀을 내밀었다. "그래도 나는 여전히 돌아가야 해." 그녀에게 화가 난 채로 그가 말했다. "고리를 이어 붙이기 위해서."

그녀는 멍하게 핀을 받아 들었다. 분홍색 토끼는 X 자 모양으로 눈을 감고 있었고, 입에도 X 자가 붙어 있었다. 캐서린은 그것을 먹어볼까 하고 생각했다. 소비자 사회를 위한 영성체. 생각해보니 좋은 발상 같기도 했다. "알아요. 미안해요. 아마도 약 때문이겠죠." 하지만 그녀는 그것이 사실이 아님을 알고 있었다. 약을 하는 이유가 그것이었다. 그림에 대한 구상이 미끄러져버리는 것과 마찬가지로, 그녀는 세상일에 맞추어 들어갈 수가 없었다. "그래도 절 죽일 거예요?"

"왜 내가 시간을 낭비하겠어." 질문으로도 나오지 않은 말이었다.

"여기에 왔잖아요. 안 그래요? 그러니까 여기에 당신이 있다고요. 지금 내가 상상하고 있는 게 아니잖아요." 그녀는 칼날을 손으로 말았고, 그는 칼을 빼냈다. 그녀는 손을 베는 상처에 아주 오랫동안 느끼지 못했던 방식으로 살아 있다는 느낌을 받았다. 깨끗하고 맹렬했다. 손가락 사이 살갗에 주삿바늘을 꽂을 때와는 또 달랐다. 주사할 수 있는 액체로 만들려고 코카인에다 하얀 식초를 섞었다. "약속했잖아요."

그녀가 그의 손을 잡았고, 그가 코웃음을 쳤다. 하지만 순간적으로 그의 얼굴에 당황스러운 기색과 함께 혐오감이 뒤섞였다. 그녀는 그런 표정을 알았다. 버스비를 구걸하며, 강도를 당했고 집에 돌아가야 한다고 사정을 들려주면 사람들의 얼굴에 그런 표정이 떠올랐다. 그녀가 기다려오던 일이 아니었나? 살인의 시간. 머릿속에 그려지는 그림이 뜻이 통하는 곳으로 갈 필요가 있었다. 그가 그곳에 그녀를 데려다주어야 했다. 캔버스에 피가 튀었다. 이거 받아, 잭슨 폴락.

진숙

1993년 3월 23일

시카고 선 타임스

열정적인 사회복지사의 잔인한 죽음, 시카고를 뒤흔들다

— 리처드 게인

카브리니 그린: 젊은 사회복지사가 어제 아침 웨스트 실러와 노스 올리언스가
만나는 엘 라인 철로 밑에서 칼에 찔려 죽은 채 발견되었다.

오진숙(24세)은 시카고 역사상 가장 악명 높은 주택 사업 가운데 하나인 시카
고 주택사업부에서 일하는 사회복지사였다. 하지만 경찰은 이 살인 사건이 갱과
연루되었을 가능성에 대해서는 함구했다.

"지금으로서는 모든 가능성을 열어두고 수사해야 하기 때문에 세부 사항은
공개하지 않겠습니다." 래리 아마토 형사의 말이다. "어떤 정보라도 가지고 계
신 분은 속히 경찰에게 말해주시기를 부탁드립니다."

그녀의 시체는 올드 타운의 트렌디한 레스토랑과 코미디 클럽들이 밀집한 구

역에서 두 블록 떨어진 곳에서 발견되었다. 아직 목격자는 한 명도 나타나지 않고 있다.

시카고 주택사업부 관계자들과 카브리니 그린 주민들은 이 살인 사건을 듣고 경악에 빠져 있다. 시카고 주택사업부 대변인인 앤드리아 비숍은 "진숙은 영민하고 젊은 여성으로서, 그녀의 열정과 통찰력은 정말로 큰 영감을 주었습니다. 우리는 그녀를 잃은 데 깊은 슬픔과 경악을 금할 수 없습니다"라고 말했다.

카브리니의 주민인 토냐 가드너는 지역 사회에서 오 씨를 뼈아프게 그리워할 것이라고 말했다. "그녀는 사업 얘기를 친절하게 설명해주었어요. 덕분에 일이 어떻게 되어가는지 알 것 같았죠. 그녀가 해줄 수 있는 일은 아무것도 없었지만요. 아이들과도 잘 어울렸어요. 아이들에게 항상 작은 선물을 가져다주었지요. 책이나 뭐 그런 것들이오. 아이들은 사탕을 원했지만요. 여하튼 아이들을 북돋울 만한 것들을 가져다주었어요. 마틴 루터 킹의 전기나 아레사 프랭클린의 CD 같은 거였죠. 아이들이 우러러볼 강한 흑인의 본보기 있잖아요, 왜."

오 씨의 부모는 아무런 말도 해줄 수 없는 상태다. 한국인 사회는 그녀의 가족을 지원하기 위해 결집하고 있고, 목요일에 베서니 장로교회에서 촛불 추모식을 열 예정이다. 누구나 참여할 수 있는 추모 행사다.

기사와 함께 담요에 덮인 시신의 사진이 게재되어 있었다. 시신은 엘라인의 버팀대 아래 금방이라도 주저앉을 것 같은 집과 주차장 사이의 공터에서 발견되었다. 울타리가 쳐진 곳이었지만, 사람들은 아랑곳없이 쓰레기장으로 쓰고 있었다. 모퉁이에 있는 집하장까지 가지 못한 쓰레기봉투가 고장 난 세탁기 옆에 고이 누워 있었다.

화가 나고 녹초가 된 젊은 경찰이 사진 찍는 것을 막겠다고 손을 휘휘 저으며 사진기자를 쫓아냈다.

기자의 카메라가 왼쪽으로 몇 센티미터만 돌아갔어도, 바람에 날려 울타리에 가서 매달린 희가극용 나비 날개를 잡아낼 수 있었을 것이었다. 알아보지 못할 정도로 찢겨나가고 고무줄로 묶은 슈퍼마켓 비닐봉투에 반쯤 가려져 있기는 했지만, 그것은 방사능 물감으로 여전히 희미하게 빛나고 있었다.

그러나 전차 레드 라인이 머리 위로 덜컥거리며 지나가면서, 나비 날개는 이 도시의 나머지 폐기물들과 합류하려고 멀어져갔다.

강도 같지는 않았다. 그녀의 가방은 그녀 곁에 쏟아져 있었지만, 지갑에 들어 있던 지폐 63달러와 잔돈은 건드린 흔적도 없었다. 그녀의 것으로 판명될 긴 검은 머리 몇 가닥이 엉켜 있는 브러시와 티슈 팩, 코코아 버터 립밤, 그녀가 일하고 있던 가정들에 관한 시카고 주택사업부 서류, 도서관에서 빌린 책(옥타비아 버틀러의 『씨 뿌리는 자의 우화』), 흑인들만 드나드는 동네 클럽을 다룬 비디오테이프가 그대로 있었다. 포부가 컸다고 알려진 그녀가 가지고 다닐 법한 물품들이었다. 경찰은 저명한 아프리카계 미국인 선수의 야구 카드가 사라진 것은 알아채지 못했다.

커비

1993년 3월 23일

"가진 거 다 토해내요." 커비는 체트에게 득달같이 갔다.

"진정해, 친구. 이거 네 기사도 아니잖아." 체트가 말했다.

"어서요, 체트. 누군가는 그녀의 인간 스토리를 다뤘을 거 아니에요. 한국계 미국인 여자가 시카고의 가장 험한 동네 중 한 곳에서 일했다? 물리치기 힘든 주제잖아요."

"안 돼."

"왜요?"

"왜냐하면 댄이 오늘 아침에 전화해서, 애들 쓰는 안전 가위로 내 고환을 잘라서 그걸로 내 목을 매달 거라고 했거든. 기자님은 네가 관여하는 걸 바라지 않으셔."

"참 고마우시기도 하네요. 그리고 눈곱만큼도 그분이 상관할 일이 아니라는 점도 있고요."

"넌 기자님의 인턴이야."

"체트. 내가 댄보다 무서운 사람이란 거 알고 있죠?"

"좋아!" 그가 손사래를 쳤다. 매달린 장신구들의 무게에 그의 손짓이

무뎌졌다. "여기서 기다려. 그리고 벨라스케스한테는 말하지 마." 그녀는 그가 자료 더미에서 발휘하는 신비로운 능력을 과시하지 않고는 못 배긴다는 것을 알았다.

그는 10분 후에 카브리니와 시카고 주택사업부의 총체적인 재앙을 다룬 갖가지 기사를 들고 나타났다.

"로버트 테일러 홈즈가 쓴 것도 가져왔어. 카브리니에 원래는 주로 이탈리아 사람들이 살았던 거 알았어?"

"몰랐네요."

"이젠 알겠지. 그와 관련한 기사도 가져왔고, 뭐 백인들의 교외 대이동에 관한 건 대체로 다 쓸어다 왔지."

"까불지 마세요."

그는 우쭐대면서 마닐라지 봉투 하나도 내놓았다. "짠. 〈코리안 데이〉 1986년. 그녀는 에세이 대회에서 2등을 차지했었어."

"어떻게 그런 것까지 찾아냈대요?"

"말해주고 나면 널 죽여야 해." 그가 일부러 헝클어트린 머리를 『스웜프 싱』에 다시 파묻으며 말했다. 그는 그녀를 쳐다보지 않고 덧붙였다. "안 될 일이야, 정말로."

그녀는 아마토 형사부터 시작했다.

"네?" 그가 말했다.

"오진숙 씨 살인 사건 일로 전화드렸습니다."

"그래서요?"

"그녀가 어떻게 살해됐는지 정보를 좀 더 얻었으면 합니다만—"

"뿅 가고 싶으면 딴 데 가서 알아봐요, 아가씨." 그가 전화를 끊어버렸다.

그녀는 다시 전화를 걸어 전화 담당 경관에게 실수로 전화가 끊겼다고 설명했다. 아마토의 책상으로 다시 전화가 연결되었다. 그가 바로 전화를 받았다.

"아마토입니다."

"제발 끊지 말아주세요."

"20초 드릴 테니 날 넘겨봐요."

"제 생각에 형사님이 지금 다루시는 사건은 연쇄살인범의 소행인 것 같아요. 오크 파크의 딕스 형사님과 얘기를 해보시면 제 사건을 확인해 주실 거예요."

"그런데 당신은?"

"커비 마즈라치입니다. 저는 1989년에 공격을 당했어요. 그리고 같은 놈이라고 확신해요. 시신에 뭐 다른 물건 남겨진 건 없던가요?"

"기분 상하라고 하는 말은 아니지만, 아가씨. 우리 경찰에도 절차란 게 있어요. 그런 정보는 일러줄 수가 없단 말이에요. 하지만 딕스 형사와는 얘기를 해보리다. 그쪽 전화번호 줄 수 있어요?"

그녀는 자신의 번호와, 내친김에 〈선 타임스〉의 전화번호도 주었다. 이 기회에 신문사에서도 자신이 하는 일을 진지하게 받아들여 주었으면 하는 심정이었다.

"고마워요. 연락드리죠."

커비는 체트가 파내 온 기사들을 훑어보았다. 오진숙에 관해서는 아무것도 알아낼 수 없는 기사들이었다. 비윤리적인 부동산 투기와 시카고 주택 사업의 다채로운 역사를 알고 싶었던 것보다 더 많이 알게 되었을 따름이다. 이 조직 안에서 일을 해보려고 한다면 물정 모르고 고집만 부리거나 이상주의자가 되어야 할 일이었다.

그녀는 안절부절못하는 심정이 되었다. 살해 현장에 가보고 싶은 마음이 들었으나, 대신 전화번호부를 찾았다. 전화번호 안내에는 오 씨가 네명 있었다. 맞는 번호를 찾아내기는 쉬웠다. 전화를 받지 않으려고 수화기를 내려놓았기에 알지 못할 수가 없었다.

전화를 걸다 지친 커비는 택시를 타고 레이크뷰 돈과 줄리 오의 집으로 향했다. 그들은 전화도 받지 않았고 초인종에도 응대를 하지 않았다. 그녀는 날이 얼어붙을 듯 춥고 손가락이 곱아서 겨드랑이에 끼워 넣고 있으면서도 아랑곳하지 않고 바깥에 앉아 있거나 집을 돌아 뒤쪽으로 가보거나 하면서 기다렸다. 그리고 98분 후에 오 여사가 실내복 차림에 앞에 장미 문양을 수놓은 코바늘 뜨개질 모자를 쓰고서 뒷문으로 나왔을 때도 커비는 그녀를 기다리고 있었다. 한 걸음 한 걸음 내디딜 때마다 걷고 있다는 것을 스스로 상기시켜야 한다는 듯이, 여인이 작은 슈퍼마켓까지 걸어가는 길은 하염없이 오래 걸렸다. 커비로서는 그저 눈에 띄지 않고 뒤를 밟는 수밖에 없었다.

상점에서 오 여사는 차와 커피를 진열한 통로에 서 있었다. 재스민 차를 들고서 거기에 해답이라도 새겨져 있다는 듯이 물끄러미 바라보고 있었다.

"실례합니다." 그녀가 오 여사의 팔을 건드렸다.

여인이 그녀 쪽으로 몸을 돌렸다. 앞도 보이지 않는 것 같은 눈이었다. 그녀의 얼굴은 비탄으로 뒤덮여 온통 깊은 고랑이 패어 있었다. 커비는 오싹해지는 기분을 누를 수 없었다.

"기자는 안 돼요!" 여인이 정신을 차리고서 미친 듯이 고개를 흔들었다. "기자는 안 돼요!"

"부탁드립니다. 전 기자가 아니에요. 엄밀하게 말하면요. 누군가 저를 죽이려고 했었어요."

나이 든 여자의 얼굴이 겁에 질렸다. "그놈이 여기 있어요? 경찰을 불러야 해요."

"아뇨, 잠깐만요." 상황이 걷잡을 수 없이 곤두박질치고 있었다. "저는 몇 년 전에 저를 공격한 놈의 손에 따님이 살해당했다고 생각하고 있어요. 하지만 그녀가 칼에 어떻게 찔렸는지 알아야 해요. 살인범이 내장을 꺼내려고 했던가요? 몸에 뭔가를 남겨놓고 가지는 않았나요? 따님 몸에 지니고 있기에는 엉뚱한 물건은요? 여사님이 아시기에 그녀의 것이 아닌 물건이 없던가요?"

"괜찮으세요?" 계산원이 카운터에서 나와 이쪽으로 오더니, 오 여사를 보호하려는 듯이 팔을 둘렀다. 늙은 여인이 얼굴이 온통 상기되어 몸을 떨며 울고 있었기 때문이다. 커비는 자신이 소리를 지르고 있었음을 깨달았다.

"정신병자 같으니!" 오 여사가 커비를 보고 소리를 질렀다. "이 짓을 한 놈이 몸에다 뭘 남기고 갔느냐고? 그래, 있다! 내 심장이야. 내 가슴에서 곧장 뜯어내 갔다고. 내 하나밖에 없는 아이를! 알아들어?"

"죄송합니다. 정말로 죄송합니다." 젠장, 빌어먹을. 어떻게 이렇게 일을 말아먹을 수 있단 말인가?

"나가시는 게 좋겠습니다." 계산원이 경고했다. "어디가 잘못된 사람이면 이런 짓을 하죠?"

자동응답기라도 있었으면 다음 날 벌어진 상황은 피할 수 있었을 것이다. 하지만 그녀는 자동응답기가 없었고, 다음 날 〈선 타임스〉에 도착했을 때 로비에서 자신을 기다리고 있는 댄과 마주쳤다. 그는 그녀의 팔꿈치를 붙들더니 바깥으로 끌고 나갔다.

"담배 휴식 시간."

"담배 안 태우시잖아요."

"평생 한 번이라도 그냥 말 좀 들어봐. 대꾸하지 말고. 산책 좀 가자. 담배야 피우고 싶으면 피우고 아니면 말고."

"좋아요, 좋아." 그녀는 건물을 나서 강둑으로 가는 동안에 몸을 흔들어 그에게 잡힌 팔을 빼냈다. 건물들이 서로를 비추고 있었다. 거울에 붙들린 무한한 도시.

"흑인들을 입주시켜서 백인들을 쫓아내는 방식으로 건물을 헐값에 사는 투기 수법 알아요? 야비한 부동산 업자들이 백인들만 사는 동네에다가 흑인 가정을 이사시켜서 동네가 지옥이 될 거라는 두려움을 주민들에게 심어놓고, 밑지고 집을 팔게 해서 수수료를 단단히 한몫 챙긴다고 하더라고요."

"지금은 그러지 말자, 커비."

물결을 스치는 공기가 싸했다. 뼈를 뚫고 골수까지 바로 파고드는 공기. 화물선이 다리 아래를 매끈하게 가르고 물보라를 일으키며 천천히 지나치고 있었다.

커비는 말없는 그의 질책에 지레 항복했다. "체티가 절 꼰지른 거죠?"

"뭘 꼰지르는데? 옛날 기사를 가져다줬다고? 그건 법을 어긴 게 아니야. 하지만 살인 피해자의 어머니를 괴롭힌 건⋯⋯."

"젠장."

"경찰이 전화했어. 못마땅해한단 말이야. 해리슨은 하늘이 무너졌다는 듯이 야단이고. 대체 무슨 생각이었지?"

"풍이 올 지경인 것 같던가요?"

"내가 한 말은 무슨 뜻인지 내가 정확히 알아. 이제 불길이 네 꽁무니에 몰아칠 거야."

"그게 뭐 딱히 새로울 건가요? 전 이 짓을 1년 내내 하고 있다고요, 댄. 줄리아 매드리걸의 전 남자친구도 찾아냈는걸요. 슬픈 쪽으로다가 참 못난 사람이더군요."

"하느님, 성모님, 제게 인내심을 내려주시옵소서. 일 참 어렵게 몰고 가네." 댄이 뒤통수를 문질러댔다.

"그러지 마세요. 그러다가 대머리 되겠어요." 커비가 쏘아붙였다.

"너 좀 진정할 필요가 있어."

"그래요? 진짜 하시려는 말씀이 지금 그거예요?"

"아니면 정말로 적어도 제정신인 사람처럼은 굴란 말이야. 네 행동이 얼마나 정신 나간 것처럼 보이는지 모르겠어?"

"모르겠어요."

"좋아. 네 마음대로 해봐. 해리슨이 이사회실에서 널 기다리고 있다."

형사와 경제부장, 한 스포츠 기자가 회의실로 들어왔다. 농담을 하며 까부는 절차도 없었다. 그저 대대적인 피바람이 그녀의 머리에 떨어질 참일 뿐이었다.

아마토 형사는 정복 유니폼에다 방탄복으로 마무리한 차림으로 지금 상황이 얼마나 심각한지 그녀에게 한눈에 보여주었다. 그의 얼굴에 사포질을 한 것처럼 오래된 여드름 흉터가 있었다. 그래서 카우보이처럼 비바람을 맞고 산 얼굴로 보였다. 짱짱한 역사를 살짝 드러내면 격이 좀 있어 보이는 법이지, 커비는 생각했다. 하지만 볼이 푸석푸석하고 눈 아

348

래 달린 주머니를 보아하니 잠을 잘 못 자는 것처럼 보였다. 짐작 갈 만한 일이었다. 그녀는 설교가 이어지는 동안에 대체로 그의 손만 쳐다보았다. 덕분에 고개를 숙이게 되고, 더 뉘우치고 있는 것처럼 보이게 되었다.

금으로 만든 그의 결혼반지는 긁혀 있고, 그의 손가락을 파고들 듯이 끼워져 있었다. 오랫동안 끼어왔던 반지다. 손등에 검은 잉크 자국이 있는데, 전화번호라든지 자동차 번호판이라든지 서둘러 숫자를 썼던 자국이었다. 그 자국 때문에 그녀는 그가 더 좋아졌다. 연설은 앤디 딕스에게 전에 다 들었던 얘기였다. 그가 그녀의 전화를 여전히 받아주던 때의 일이다. 그는 이제 어떤 하급 경관에게, 그녀에게 전화가 오면 메시지나 받아두라고 떠넘겼다. 그녀는 이 자리에서 살짝 고개를 끄덕이는 것 말고는 그 어떤 반응도 보여서는 안 되었다.

부적절한 행동입니다, 아마토 형사가 말했다. 그는 그녀의 사건을 맡고 있는 딕스 형사와 얘기를 나누고 왔다고 했다. 그렇다. 경찰은 '여전히' 사건을 수사하고 있다. 그가 아마토 형사가 모를 만한 부분을 채워주었다. 그녀가 겪어내고 있는 일을 그들보다 더 잘 알 사람들은 없다. 그들은 이런 일을 항상 감당하고 살아야 하는 사람들이다. 나쁜 놈들을 벽에다 처박기를 바라면서. 그들을 찾아내기 위해서라면 무슨 짓이든지 할 사람들이다. 하지만 절차라는 것이 있다.

그는 그녀가 온갖 추리로 증거를 뒤틀어 놓고, 증인들을 뒤죽박죽으로 만들어놓고 있다고 했다. 맞다. 희생자는 칼에 찔리고 배와 골반 쪽에 난도질을 당했다. 사건들에 공통점이 있는 것은 맞다. 하지만 진숙의 시신에 남겨진 물건은 없다. 커비에게 가해진 수법과는 완전히 다르다. 결박을 하지 않았다. 사전에 계획을 세우고 저지른 범행이라는 흔적이 없다.

그리고 너무 정직하게 말해서 미안하지만, 커비에게 일어난 범죄에 비하면 진숙의 살해는 아마추어 같았다고 그는 말했다. 심지어는 어설프다고도 했다. 이제 막 발을 들여놓은 살인자. 끔찍하고도 우발적인 범행이다. 모방범의 소행일지도 모른다는 점을 배제하지 않고 있다. 경찰이 있는 힘을 다해 입을 다물고 있는 이유가 그것이다. 사람들을 더 자극하는 것은 원하지 않기 때문이다. 그리고 그는 이곳에 비공식적으로 왔으며, 여기서 한 얘기는 전부 비공개로 한다는 점을 꼭 염두에 두기를 바란다고도 말했다.

칼로 찌른 것은 맞다. 하지만 칼을 쓰는 사건이 어디 한둘인가. 경찰이 경찰 일을 하도록 믿어주어야 한다. 그러면 경찰이 자기 일을 할 것이다. 제발 자기를 믿어달라.

형사가 제 몫의 얘기를 다 했기 때문에 나가고 싶어서 안절부절못하고 있는 동안에, 해리슨은 장장 10분에 걸쳐 사과를 했다. 커비가 공식적인 고용인이 아니고, 〈선 타임스〉는 시카고 경찰의 노고에 항상 지지를 보내며, 혹시라도 신문사에서 할 수 있는 일이 있다면 이 명함을 가져가시고 어느 때라도 전화를 달라고 했다.

경찰이 나가는 길에 커비의 어깨를 꽉 쥐었다. "우리가 그놈 잡을 거네." 하지만 그녀는 지금까지도 잡지 못했는데, 그가 그런 말을 했다고 해서 어떻게 위안을 느껴야 할지 알 수 없었다.

해리슨은 그녀가 무슨 말인가 해주기를 기대하며 바라보았다. 그러다가 터뜨렸다.

"대체 이런 미친, 무슨 생각이었던 거야?"

"옳은 말씀이에요. 제가 준비를 더 잘해 갔어야 했어요. 아직 생생할 때 그분에게 접근하고 싶었어요. 새 사건 정도가 아니라 아직도 그렇게 쓰라릴 줄은 생각을 못 했―." 위장이 꼬여왔다. 그녀는 자기가 당했을 때 레이첼도 같은 표정이었을지 궁금해졌다.

"지금은 자네가 나한테 말대꾸나 하고 있을 때가 아니야." 해리슨이 버럭 화를 냈다. "자네는 이 신문에 오명을 뒤집어씌웠어. 우리와 경찰의 관계를 위험에 빠뜨렸단 말이야. 살인 사건 해결에 해를 끼쳤을 수도 있어. 비탄에 사로잡힌 늙은 여인을 건드리는 게 무슨 짓이야. 자네 똥까지 필요하지 않은 사람에게 말이야. 자네는 따라야 할 규정을 위반하기도 했어."

"기사를 쓰고 있던 건 아니었어요."

"그게 무슨 상관이야? 넌 스포츠를 다뤄야 해. 살인 피해자의 가족들이나 인터뷰하고 다닐 일이 아니라고. 그게 우리한테 경험 많고 다른 사람 마음 신경 쓸 줄 아는 진짜 범죄 담당 기자들이 있는 이유야. 자네 일이 아닌 데 코를 들이밀지 말란 말이야. 알아들어?"

"제가 쓴 그 벌거벗은 레이건 기사는 실어주셨잖아요."

"뭐라고?"

"펑크 밴드 있잖아요."

"나를 아주 돌아버리게 할 작정이야?" 해리슨은 기가 막혀서 입을 다물어버렸다. 댄은 곤혹스러운 표정으로 눈을 감고 있었다.

"좋은 기사가 될 거예요." 그녀가 부끄러운 줄도 모르고 말했다.

"뭐가?"

"풀리지 않은 살인 사건과 후일담이오. 개인적인 비극을 가미해 넣고요. 퓰리처상 감이잖아요."

"이 친구 이렇게 항상 구제 불능이야?" 해리슨이 댄에게 물었다. 하지만 그녀의 눈에는 그가 그 기사를 생각해볼지 말지 머리를 굴리고 있는 것이, 고려하고 있는 것이 보였다.

하지만 댄은 장단을 맞춰주지 않았다. "잊어. 절대 안 돼."

"흥미롭기는 한데 말이야." 해리슨이 말했다. "경험 많은 기자와 함께 해야겠지. 엠마나 아니면 리치나."

"이 친구 그 기사 못 해요." 댄이 단호한 목소리로 말했다.

"이보세요. 제 대신 얘기하지 마세요."

"넌 '내' 인턴이야."

"이런 쌍, 뭐예요, 댄?" 커비는 소리를 지르기 일보 직전이었다.

"제가 하는 말이 이거예요, 맷. 얘는 아주 엉망진창이라니까요. 적당한 스캔들을 원해요? 〈트리뷴〉의 헤드라인감이네요. '컵스 기자가 이성을 잃다. 경제부장이 그녀의 신경쇠약에 책임을 지다. 살인 피해자의 어머니가 충격을 받아 입원하다. 한국계 미국인 사회가 들고일어나다. 시카고 강력 사건 해결이 20년 후퇴하다.'"

"알았어, 알았어. 알아들었다고." 해리슨이 파리를 쫓아내듯이 손사래를 쳤다.

"기자님 말 듣지 마세요! 왜 이분 말을 국장님이 들어줘야 해요? 개뼈다귀 같은 소리잖아요. 심지어 설득력도 없잖아요. 제발요, 댄." 그녀는 그가 자신에게 눈길을 돌리게 하고 싶었다. 자신의 눈과 마주치기만 하면 이 빌어먹을 거사에 그를 설득할 수 있다. 하지만 댄은 해리슨만 쳐다보면서 결정적인 한 방을 날렸다.

"감정적으로 불안정한 애예요. 이젠 학교도 나가지 않는다고요. 제가 이 친구 교수와 얘기를 해봤어요."

"뭘 했다고요?"

그가 그녀의 눈을 쳐다보았다. "네 소개장을 써달라고 부탁하려고 했어. 여기서 진짜 일자리를 얻게 해주려고. 알고 보니 이번 학기 내내 수업이나 과제 활동에 나타나지 않았다고 하더군."

"엿 먹어요, 댄."

"그만 됐어, 커비." 해리슨이 데드라인 때 쓰는 것과 똑같은 말투로 말했다. "자넨 기삿거리를 찾는 데 좋은 감이 있어. 하지만 벨라스케스가 옳아. 자넨 이 일에 너무 빠져 있어. 자네를 해고할 생각은 아니야."

"저를 어떻게 해고해요? 전 돈을 받고 일하는 게 아니라고요."

"하지만 자넨 잠시 쉴 거야. 타임아웃이야. 학교로 돌아가. 그냥 하는 말 아니야. 생각을 좀 더 해. 필요하다면 상담의도 만나. 자네가 하지 말아야 할 일은 살인 사건 기사를 쓰거나, 피해자 가족들을 기웃거리거나, 내 말이 떨어지기 전에 이 건물에 발을 들여놓는 거야."

"길 건너 신문사로 갈 수도 있어요. 아니면 〈더 리더〉에 기사를 가지고 갈 수도 있고요."

"좋은 걸 일깨워 주었군. 내가 그 사람들에게 전화를 걸어서 자네를 상대해주지 말라고 해야겠어."

"정말로 말도 안 돼요."

"그럼, 그렇고말고. 상관 아래서 기게 된 걸 환영해. 정신 똑바로 차릴 때까지 이곳에서 자네 볼 일 없기를 바라네. 알아듣지?"

"어련히 알아 모시려고요, 영감님." 커비는 쓰라린 기분을 감추려고 할 생각도 없이 말했다. 그녀가 나가려고 일어섰다.

"이봐, 꼬맹이." 댄이 말했다. "커피 한잔할까? 얘기 좀 하고? 나는 네 편이야."

그는 마음이 좋지 않아도 싸다, 그녀는 분노로 발을 쾅쾅거리고 걸으며 생각했다. 바람피운 전 애인들의 차 앞 유리에 뜨듯하게 덕지덕지 칠해진 똥 같은 기분이어야 마땅했다.

"기자님하고는 말고요." 그녀가 방을 나갔다.

하퍼

1932년 8월 20일

하퍼는 근무가 끝난 에타를 병원에서 데리고 나와 더 하우스로 함께 갔다. 언제나 눈은 가리고, 언제나 다른 길을 따라서 갔다. 그런 다음에는 그녀의 하숙집이 있는 거리까지 데려다주었다. 그녀에게는 새로운 룸메이트가 생겼다. 몰리가 스파게티 사건 후에 이사를 갔다고 그녀는 말했다.

그는 불안감을 그녀에게 해소했다. 불만족스럽게 미끈거리던 것이 화끈한 안도감으로 변하면서 다른 모든 것을 지워버렸다. 그녀 안에서 들썩거릴 때는 지도를 잘못 읽지는 않았는지, 빛나지 않던 캐서린이라든지 하는 것을 걱정하지 않아도 되었다. 그녀를 죽이는 데는 아무런 쾌감도 없었다. 의식도 거행하지 않고 갈비뼈에 칼을 쑤셔 넣어 심장을 찔렀을 뿐이다. 그녀에게서는 아무것도 가져오지 않고 아무것도 남기지 않았다.

되돌아가서, 밤하늘에 폭죽이 번쩍거리고 있는 공원의 어린 그녀에게서 토끼 머리핀을 빼앗아 온 것은 그냥 순전히 기계적인 행위였다. 어린 캐서린은 다시 보아도 의심할 여지 없이 분명하게 빛이 났다. 그녀에게 재능을 잃게 될 것이라고 경고했어야 할까? 내 잘못이야, 그는 생각했다. 사냥은 결코 거꾸로 시도해서는 안 될 일이었다.

그들은 응접실에서 섹스를 했다. 그는 에타가 2층으로 올라가지 못하게 할 셈이었다. 그녀가 오줌을 누고 싶어 하면 주방 싱크대에서 일을 보게 했다. 그녀는 원피스를 걷어 올리고 싱크대에 앉아 방광을 비우는 동안에 담배를 피우고 수다를 떨었다. 그녀는 환자들 얘기를 했다. 애디론댁 족 출신의 한 광부는 검댕과 피가 뒤섞인 가래를 기침으로 토해낸다고 했다. 사산아 얘기도 했다. 오늘 했던 절단 수술 얘기도 했다. 길거리의 부서진 하수구 격자에 빠져 그만 다리가 걸려버린 소년이었다. "아주 슬픈 일이죠." 하지만 그 말을 하는 동안에 그녀는 미소를 짓고 있었다. 그녀는 그가 입을 열 필요도 없이 쉴 새 없이 떠들고 지껄였다. 그가 물어볼 필요도 없이 몸을 숙여서 스커트를 걷어 올렸다.

"어디 좀 데려다줘요, 자기." 일이 끝나고 나서 그가 몸을 빼고 있는데 그녀가 말했다. "그래줄래요? 계속 감질만 나잖아." 그녀가 그의 청바지 앞섶을 손으로 둥글게 말아 쥐었다. 그가 자신에게 빚을 졌다는 것을 상기시키는 짜증스러운 몸짓이었다.

"어디를 가고 싶은데?"

"신나는 곳. 당신이 골라요. 어디든 당신이 내키는 곳으로."

막상 해보니 여간 짜릿한 일이 아니었다. 그녀뿐만 아니라 그에게도 그랬다.

그는 그녀를 데리고 잠깐 견학을 갔다. 모름지기 처음만 한 것은 어디에도 없다. 30분, 20분 정도, 즉 가까운 곳에 머무르고 있다는 뜻이었다. 그는 고속도로를 보여주었고, 그녀는 몰려드는 차량을 보고 그의 어깨에 턱을 묻었다. 혹은 빨래방에서 덜컹덜컹 돌아가는 세탁기를 보면서는 잘 계산된 여성적인 표정으로 손뼉을 치고 발을 동동 구르며 기뻐했다. 가식적인 그녀의 반응은 두 사람이 함께 느끼는 음흉한 쾌락이었다. 그녀는 그가 필요한 부류의 여자를 연기했다. 하지만 그는 그녀의 썩어 빠진 가슴을 모르지 않았다.

있을 수 있는 일일지도 모른다고 그는 생각했다. 어쩌면 캐서린으로 끝이었을지도 모른다. 여자들 중 그 누구도 이제 더는 빛나지 않을지도 모르고, 그는 자유의 몸이 될 수 있을지도 모른다. 하지만 방은 그가 올라가면 여전히 콧노래를 불렀다. 그리고 이 빌어먹을 간호사는 조르고 성가시게 하는 짓을 멈출 생각이 없었다. 그녀는 간호사 유니폼 사이에 맨살로 묵직하게 삐져나온 가슴을 소매를 걷어 올린 그의 팔에 밀착하며 어린 여자아이 같은 목소리로 물었다. "그거 하기 어려워요? 2층에 무슨 보일러처럼 돌리는 다이얼 같은 게 있는 건가?"

"나만 할 수 있는 일이야." 그가 말했다.

"그러면 어떻게 하는 건지 나한테 말해줘도 손해 날 일 없겠네."

"열쇠가 있어야 해. 그리고 필요한 곳으로 시간을 옮기려는 의지가 있어야 하고."

"내가 한번 해봐도 돼요?" 그녀가 졸라댔다.

"네가 할 일이 아니야."

"2층 방에 올라가지 못하는 것처럼?"

"계속 그렇게 질문을 해대면 곤란해."

그는 주방 바닥에서 깨어났다. 볼은 차가운 리놀륨에 눌려 있고, 눈 뒤에 작은 사람들이 있어서 망치로 두드려대는 것 같았다. 그는 기진맥진한 채로 일어나 앉아서 뺨에 묻은 침을 손등으로 훔쳤다. 마지막으로 기억나는 것은 에타가 술을 한 잔 만들어준 것이었다. 그들이 처음으로 데이트를 하러 갔을 때 마셨던 독주였지만, 뒷맛이 썼다.

그녀라면 당연히 수면제에 손을 대고도 남았다. 그는 어떻게 그렇게 멍청하게 굴 수 있었느냐며 자신에게 욕을 퍼부어 댔다.

그가 방으로 들어서자 그녀가 움찔했다. 하지만 잠깐 동안이었다. 여행 가방이 매트리스 위에 열린 채 놓여 있었다. 그가 집 안에서 물건들이 사라지는 것을 알고 나서 아래층에서 끌고 올라온 여행 가방이었다. 돈은 뭉치별로 정리되어 있었다.

"아름다워요." 그녀가 말했다. "이걸 봐요. 믿어지지가 않아요." 그녀는 방을 가로질러 오더니, 그에게 입을 맞추었다.

"여기까지 올라와서 이게 무슨 짓이지? 내가 올라오지 말라고 했을 텐데." 그는 그녀를 손바닥으로 쳐서 쓰러뜨렸다.

그녀는 볼을 양손으로 감싸 쥐고 다리를 접은 채 바닥에 주저앉았다. 그녀는 그에게 미소를 번득였지만, 그 미소에는 처음으로 확신이 서려 있지 않았다.

"자기," 그녀가 달랬다. "당신 짜증 난 거 나도 알아요. 괜찮아요. 봐야 했어요. 당신이 보여줄 생각을 하지 않으니까. 하지만 이제 봤고, 내가 당신을 도울 수 있어요. 당신과 나? 우리가 이 세상 전부를 차지할 거야."

"안 돼."

"우리 결혼해야겠어요. 당신에게는 내가 필요해요. 당신은 나와 있어야 더 잘할 수 있어요."

"안 돼." 그녀의 말이 사실임에도 그는 되풀이해 말했다. 그가 그녀의 머리채에 손가락을 찔러 넣었다.

침대의 철제 프레임에 오래오래 치고 나서야 그녀의 머리가 깨졌다. 그는 이 순간에 영원히 간힌 것 같았다.

　그는 눈이 툭 튀어나온 노숙자 남자를 보지 못했다. 그는 마지막 남은 약에 취해 더 좋은 약을 구하기를 희망하며 더 하우스에 다시 기어 들어왔다가, 복도에서 방을 들여다보고는 겁에 질려버리고 말았다. 하퍼는 맬이 몸을 돌려 날 듯이 계단을 내려가는 소리도 듣지 못했다. 자기 연민에 허우적거리며 흐느끼고 있었기 때문이다. 눈물과 콧물이 범벅이 되어 얼굴로 흘러내렸다. "네가 이 짓을 하게 만든 거야. 네가 만든 거야. 이 개 같은 년."

앨리스

1951년 12월 1일

"앨리스 템플턴?" 그가 확신이 서지 않는 목소리로 말했다.

"네?" 그녀가 몸을 돌렸다.

일생을 통해 그녀가 기다려오던 순간이었다. 그녀는 머릿속 영화관에서 그 순간을 재생해왔고, 테이프를 감아서 재생하고 또 재생했다.

'그가 초콜릿 공장에 들어서고 모든 기계가 저절로 공감하여 삐걱거리며 일제히 멈춘다. 그리고 그가 성큼성큼 걸어 들어와 그녀의 몸을 내려뜨리고 "내가 돌아온다고 했잖아"라고 말하고 제 입술을 그녀의 입술에 누르는 광경을 다른 모든 여자들이 우러러본다.

아니면 그녀가 립스틱 구입에 자신의 주급보다도 더 많은 돈을 쏟아부을 사교계 여인에게 루주를 발라주고 있는 사이에 그가 화장품 진열대에 껄렁껄렁하게 기대어 말한다. "실례합니다, 아가씨. 내 필생의 사랑을 찾아 온 사방을 헤매고 다녔는데요. 저를 도와주실 수 있겠습니까?" 그리고 그가 그녀에게 손을 내밀면, 그녀는 진열대를 기어 올라와 혀를 쯧쯧 차는 부인 곁을 지나친다. 그는 기쁨에 젖어 그녀를 바라보며 그녀를 팔에 안아 들고 휙 돌려 바닥에 내려놓는다. 그들은 손을 잡고 깔깔 웃으며 백화점 안을 달린다. 그러면 경비원이 말한다. "하지만 앨리스, 아직 근무 시간 안 끝났잖아." 그러면 그녀는 금색 명찰을 떼어 그의 발에 홱 던지며 말한다. "찰리, 나 일 그만둬요!"

아니면 그가 비서실에 들어와서 말한다. "여자가 필요해요! 그리고 이 여자가 바로 그녀예요."

아니면 신데렐라(신데렐라와 달리 그녀는 대걸레를 사용했다는 점은 못 본 체 넘어가기로 하자)처럼 식당 바닥을 여기저기 닦고 있던 그녀의 손을 잡고 부드럽게 일으켜 세운다. 그러고서 이루 말할 수 없이 감미롭게 말한다. "이제 이런 일 할 필요 없어."

그녀는 터벅터벅 일을 하러 가는 길에 그가 찾아오기를 기대한 것은 아니었다. 그를 보고서 안도감에 눈물을 펑펑 흘리고 싶어졌다. 하지만 낭패스럽기도 했다. 이 순간에 그녀는 하필이면 끔찍하게 추레한 행색을 하고 있었다. 머리에는 감지 않아 축 처진 머리카락을 가리려고 스카프를 두르고 있었다. 신발 안에서 발가락은 얼어붙을 지경이었다. 손은 갈라지고 손톱은 물어 뜯겨 있었다. 화장도 거의 하지 않았다. 하루 종일 전화로 얘기하는 직업이다 보니 사람들은 그녀를 목소리로만 판단할 뿐이었다. "시어스 위시 북 상점입니다. 무엇을 주문해드릴까요?"

한번은 트랙터에 달 새 회전속도계를 주문하려 전화를 걸었다가 그녀에게 청혼을 하기에 이른 농부가 있었다. "귀에다 대고 당신의 목소리를 들으면 잠자다가도 깨어날 거예요." 그가 선언했다. 그는 자신이 다음에 시카고에 오면 만나달라고 간청을 했지만, 그녀는 그를 비웃어버렸다. "저 그렇게 대단한 여자 아니에요." 그녀는 말했다.

앨리스는 전에도 그녀를 그녀 아닌 다른 사람으로 기대하는 사람들과 만나서 좋지 않은 경험을 했던 적이 있었다. 좋은 일도 있었지만, 대개는 자신이 지금 무슨 짓을 벌이고 있는지 눈치가 있고, 그래서 잠깐 동안의 정열적인 만남을 원하는 경우뿐이었다. 그녀는 노래 제목처럼 '일요일 같은 사랑'을 원했다. 토요일 밤의 진 같은 키스들을 지나치고 나서도 살아남는 사랑을 원했다. 그녀가 연애를 가장 오래 했던 기간은 열 달이었고, 그는 그녀의 가슴을 계속 아프게 했다가 돌아오고 하는 짓을 반복했다. 앨리스는 더 많은 것을 원했다. 전부 다 원했다. 그녀는 샌프란시스코에 가려고 저축을 하고 있었다. 듣자 하니 그곳은 그녀 같은 여자들이 지내기에 더 수월하다고 했다.

"어디 있었어요?" 그녀가 참지 못하고 물었다. 자기 목소리로 밀려드는 성마른 기색이 몹시 마음에 들지 않았다. 하지만 기다리고 희망을 품어온 지가 10년이 넘었다. 군 박람회에서 자신과 딱 한 번 키스를 하고 사라져버렸을 뿐인 남자를 향한 꿈에 목을 매는 자신을 질책하기도 한 세월이었다.

그가 유감스럽다는 듯이 미소를 지었다. "해야 할 일이 있었어. 지금 보니까 다 하찮은 일처럼 느껴지네." 그는 그녀의 팔을 부여잡고 다른 방향, 호수 쪽으로 돌려세웠다. "나와 함께 가자." 그가 말했다.

"어디 가는데요?"

"파티에 가지."

"이런 꼴로 파티에 어떻게 가요." 그녀가 멈추어 서며 울부짖었다. "촌뜨기 같잖아요!"

"사적인 파티야. 딱 우리 둘만 하는. 그리고 넌 근사해 보이기만 해."

"당신도 마찬가지예요." 그녀가 얼굴을 붉히며 말했고, 미시간 호로 향

하는 그를 얌전히 따라갔다. 그녀는 자신의 옷차림 따위는 그에게 문제
가 되지 않는다는 것을 알 수 있었다. 그것은 더없이 확실했다. 그가 저
오랜 세월 전과 마찬가지로 자신을 바라보고 있음을 알 수 있었다. 그리
고 그의 눈에 여전히 담겨 있었다. 환한 욕망과 받아들임이.

하퍼

1951년 12월 1일

그들은 수의에 덮인 시신들처럼 덮개에 덮여 작동하지 않는 에스컬레이터를 지나쳐 콩그레스의 로비를 활보했다. 아무도 그들에게 눈길을 주지 않았다. 호텔은 리노베이션 중이었다. 전쟁 중에 군인들이 방마다 한바탕씩들 해놓고 다녔을 장면을 하퍼는 상상했다. 술이 진탕이었을 것이고, 담배에다 오입질까지.

담쟁이덩굴 모양과 흰목대머리수리로 장식한 금색 엘리베이터 위에 회전식 다이얼이 달려 있었다. 그것이 각 층을 밝히며 그들에게까지 내려왔다. 그녀가 떠나야 할 순간. 하퍼는 흥분을 감추려고 바지 앞섶에서 손을 깍지 끼었다. 그는 그 어느 때보다도 대담했다. 그는 줄리아 매드리걸의 것이었던 원반 모양의 플라스틱 약통을 주머니 속에서 더듬거렸다. 되돌아갈 길은 없다. 모든 것은 운명대로 되어야 한다. 그렇게 하기로 그 스스로 결심했듯이.

그들은 3층에서 내렸고, 그는 육중한 미닫이문을 밀어 그녀를 골드 룸으로 안내했다. 그가 더듬더듬 전기 스위치를 찾았다. 일주일 전에, 20년 전에 에타와 술 탄 레모네이드를 마셨을 때와 그다지 달라진 점이 없었다. 다만 테이블과 의자들이 쌓여 있고, 발코니로 나가는 창의 두꺼운 커튼이 닫혀 있었다.

그곳은 조각된 나뭇잎들 사이로 나신의 인물들이 새겨진 르네상스식 아치가 세워져 있었다. 고전적인 로맨틱함, 하퍼는 생각했다. 고문에 고통스러워하고, 자신들에게 허용되지 않은 위안을 얻고자 손을 뻗고, 음악이 없는 곳에서 길을 잃은 것처럼 보이기는 했지만 로맨틱했다.

"이게 뭐예요?" 앨리스가 놀라서 숨을 들이마셨다.

"연회실. 연회실 중 하나야."

"아름다워요." 그녀가 말했다. "하지만 아무도 없네요."

"너를 누군가와 공유하고 싶지 않으니까." 그가 그녀의 목소리에 스며든 의구심을 쫓아내려고 그녀를 휙 돌려 세우며 말했다. 그는 콧노래를 흥얼거리기 시작했다. 그때 당시 아직 쓰이지 않은 노래, 그가 어디선가 들어본 적이 있는 노래였다. 그러고는 그녀를 데리고 방을 누볐다. 왈츠라고 하기는 어렵지만, 그 비슷한 것이었다. 그는 다른 모든 것과 더불어 춤 스텝도 배웠다. 다른 사람들이 하는 것을 보고 비슷하게 따라 하는 것이었다.

"나 유혹하려고 여기 데려온 거예요?" 앨리스가 물었다.

"그랬으면 좋겠어?"

"아니요!" 그녀는 아니라고 말했지만, 그렇다는 것을 그는 알 수 있었다. 그녀는 당황해서 눈길을 돌리고, 그를 곁눈질로 힐끔거렸다. 그녀의 볼이 추워서 발그레하게 물들어 있었다. 그 때문에 그는 화가 나고 혼란스러웠다. 어쩌면 그녀를 유혹하고 싶었는지도 몰랐기 때문이다. 에타는 그에게 만신창이가 된 기분을 남겨놓았다.

"네게 줄 것이 있어." 그가 그런 기분을 애써 떨쳐내며 말했다. 그는 주머니에서 벨벳 보석함을 꺼내서 열었다. 고리들에 장식이 달린 팔찌였다. 팔찌는 불빛 아래서 흐릿하게 빛이 났다. 내내 그녀의 것이었다. 에타에게 줬던 일은 실수였다.

"고마워요." 그녀가 약간 얼떨떨해서 말했다.

"차봐." 그는 너무 서두르고 있었다. 그녀의 손목을 너무 꽉 쥐었고, 그 바람에 그녀가 움찔했다. 그녀 안의 무언가가 자리를 옮겨 갔다. 이제 그녀는 자신이 10년 전에 본 낯선 이와 버려진 볼룸에 있다는 것을 깨닫고 있었다.

"하고 싶지 않은데요." 그녀가 조심스럽게 말했다. "당신을 다시 보게 된 건 정말 좋지만…… 세상에, 난 당신 이름조차 알지 못해요."

"하퍼야. 하퍼 커티스. 하지만 그건 신경 쓸 거 없어. 네게 보여줄 것이 있어, 앨리스."

"아니요, 정말로—" 그녀는 그의 손에서 손을 비틀어 빼냈고, 그가 달려들자 의자 더미에서 의자를 빼내 그 앞에 떨어뜨렸다. 그가 엉켜 있는 가구 더미를 헤치고 나오려는 동안에, 그녀는 옆문으로 뛰었다.

하퍼는 그녀를 쫓아 문을 밀치고 나가 관리자들이 드나드는 복도로 나섰다. 천장의 파이프 비계에 전선줄이 매달려 있었다. 그가 칼을 폈다.

"앨리스," 그는 다정함과 명랑함을 한껏 담은 목소리로 불렀다. "돌아와, 아가야." 그는 살짝 뒷짐을 지고, 위협적이지 않은 자세로 복도를 천천히 걸어갔다. "미안해, 내 사랑. 너를 겁주려던 생각은 아니었어."

그는 코너를 돌았다. 갈색 얼룩이 진 누빔 매트리스가 벽에 세워져 있었다. 그녀가 머리가 있는 사람이라면, 그 뒤에 숨어서 그가 지나쳐 가기를 기다렸을 것이다.

"내가 너무 안달하면서 들이댔지? 나도 알아. 너무 오랜만이잖아. 너를 기다려온 세월이."

더 가면 창고가 있었는데, 살짝 열린 문 사이로 쌓여 있는 의자들이 더 보였다. 그녀는 의자들 사이에 쭈그리고 앉아서 다리 사이로 밖을 훔쳐보고 있을지도 몰랐다.

"내가 너에게 한 말 기억해? 너는 빛이 나, 아가야. 나는 어둠 속에서도 너를 볼 수 있지." 어느 면으로는 틀리지 않는 말이었다. 그녀를 드러내는 것은 빛이었다. 그리고 그 빛이 옥상으로 향하는 계단에 그림자를 드리우고 있었다.

"팔찌가 마음에 들지 않으면 말을 하지 그랬어." 그는 건물 저 안쪽으로 멀어져가는 것처럼 속이는 목소리를 내다가 계단으로, 그녀가 숨어 있는 곳으로 부서질 듯한 계단을 쏜살같이 달려 올라갔다. 한 번에 세 개씩.

네온 불빛이 적나라했고, 그것이 그녀에게는 도움이 되지 않았다. 네온 불빛은 그녀가 더 두려움에 질린 것처럼 보이게 했다. 그는 칼을 휘둘렀지만, 재킷 팔 부분에 맞아 소매만 스쳤다. 그녀는 공포에 질려 비명을 지르며 더 멀리 도망치다가 철컥철컥 소리를 내는 보일러를 지나쳤다. 보일러는 구리 마개가 달려 있고 검댕으로 그을려 있었다.

그녀는 지붕으로 향하는 육중한 문을 확 잡아서 열고 눈이 부신 낮의 햇살 아래로 들어섰다. 그는 바로 1초 뒤에 따라붙어 있던 찰나였지만, 그녀는 그의 왼손이 끼게 문을 쾅 닫았다. 그는 외마디 비명을 지르며 손을 뺐다. "개 같은 년!"

그가 다친 손을 겨드랑이에 낀 채로 햇빛에 눈을 찡그리며 나왔다. 멍만 들었을 뿐, 부러지지는 않았다. 하지만 지옥같이 아팠다. 이제는 칼을 숨길 생각도 하지 않았다.

그녀는 둥근 통풍구가 늘어서 있는 벽 가장자리에 섰다. 통풍구의 팬이 느리게 돌아가고 있었다. 그녀는 벽돌을 말아 쥐고 있었다.

"이리로 오렴." 그가 칼을 든 손으로 손짓했다.

"싫어요."

"일을 어렵게 만들고 싶구나? 힘들게 죽고 싶어?"

그녀는 그를 향해 벽돌을 휙 던졌다. 벽돌은 경사진 지붕 위를 굴러갔다. 그를 맞히기에는 어림도 없었다.

"좋아." 그가 말했다. "좋다고. 해치지 않을게. 이건 그냥 게임이야. 이리로 와. 그래줄래?" 그는 그녀에게 손을 뻗치며 더없이 사람 좋은 미소를 지어 보였다. "사랑해."

그녀가 환한 미소로 되받아주었다. "그 말이 정말이면 좋겠네요." 앨리스가 말했다. 그러고는 몸을 돌리더니 지붕 가장자리에서 뛰어내렸다. 너무 놀라서 그녀의 뒤에다 대고 소리를 지를 겨를도 없었다.

저 아래 어디에선가 비둘기들이 허공으로 푸드덕 날아올랐다. 그러고는 그와 빈 지붕밖에 남지 않았다. 아래 거리에서 한 여자가 비명을 질렀다. 사이렌처럼 쉴 새 없이 질러댔다.

이런 식으로 되어서는 안 될 일이었다. 그는 피임약이 든 약통을 주머니에서 꺼내어, 일주일의 하루하루를 표시한 둥근 약통에서 무슨 징조라도 읽는 것은 아닌가 싶게 물끄러미 바라보았다. 하지만 약은 아무것도 일러주지 않았다. 그것은 둔하고 죽은 사물이었을 뿐이다.

그가 하도 세게 움켜쥐는 바람에 플라스틱이 부서졌다. 그는 넌더리가 나서 그녀의 뒤에 약을 던졌다. 약통은 어린아이의 장난감처럼 빙글빙글 돌며 떨어져 내렸다.

커비

1993년 6월 12일

    날씨가 푹푹 쪘다. 레이첼의 지하실조차 사정은 다르지 않았다. 어지러이 널린 온갖 물건들이 열기를 흡수하고 썩을 듯이 감상적인 노스탤지어를 풍기며 주변을 빨아들이고 있었다. 언젠가 그녀의 어머니는 세상을 떠날 것이고, 이 모든 잡동사니를 정리하는 것은 커비의 몫이 될 것이다. 지금부터 없애버리는 것이 훗날을 도모하는 길이다.

    그녀는 상자들을 바깥 잔디로 옮겨 정리하기로 했다. 무너져 내릴 듯 낡은 나무 사다리 계단으로 짐을 실어 올리다 보면 허리에 무리가 가지 않을 리 없었지만, 금방이라도 덮칠 듯한 물건들의 탑에 처박혀 있느니 숨통이 트였다. 최근에는 남아 있는 것들의 상자를 뒤지는 것이 하는 일의 전부였다. 이 일이 마이클 윌리엄스 형사의 효력 없는 증거 서류에 기록된 부서진 목숨들보다 심지어 더 고통스러운 방식으로 옛일을 환기시키는 것 같다는 생각도 들었다.

    레이첼이 잔디밭으로 나와 그녀 옆에 다리를 꼬고 앉았다. 청바지와 검은 티셔츠 차림은 웨이트리스처럼 보였고, 머리는 포니테일로 아무렇게나 묶여 있었다. 기다란 발은 아무것도 신지 않았고, 손톱에는 너무 짙어서 검은색에 가까운 광택 매니큐어를 발랐다. 그런 행색은 그녀가 머리를 염색할 시간이 왔다는 신호, 평소의 밤색보다 갈색에 가까워진 머리로 흰머리가 솟아나기 시작했다는 의미였다.

"아이고, 진짜 잡동사니가 엄청나네." 그녀가 말했다. "불태워버리는 게 낫겠다." 그녀는 담배 마는 종이를 찾아 주머니를 뒤졌다.

"정말 그렇게 하는 수가 있어." 커비가 말했다. 생각했던 것보다 말이 독하게 나왔다. 하지만 레이첼은 눈치도 채지 못했다. "우리가 머리가 좀 돌아가는 사람들이라면, 테이블 하나를 놓고 상자에서 곧장 꺼내서 전시만 해놓으면 될 텐데 말이야."

"뭐하러 이걸 다 파헤치니." 레이첼이 한숨을 내쉬었다. "그냥 상자에 처박아 쌓아두고 있는 편이 훨씬 속 편하잖아." 그녀는 담배 끝을 떼어내고, 담배 마는 종이에 마리화나 반과 담배 반을 섞어 뿌렸다.

"엄마가 지금 무슨 말을 하고 있는지 알고는 계셔?"

"정신분석의 흉내 낼 생각 하지 마. 너한테 안 어울려." 그녀는 대마초에 불을 붙이고 아무 생각 없이 커비에게 건넸다. "아, 미안. 내가 깜빡했다."

"괜찮아." 그녀는 한 모금을 빨았다. 연기가 머릿속에서 달콤하고 TV가 백색소음으로 바뀌었을 때처럼 지지거리도록 폐에 가두어두었다. 그 백색소음이 당밀을 통해 전송되는 CIA의 암호화된 신호라도 되는 듯이. 그녀는 마리화나에 엄마처럼 내성을 가져본 적이 없었다. 대개는 그녀를 편집증에 빠뜨렸고 지나치게 분석적으로 만들었다. 하지만 생각해보면 엄마와 함께 있을 때 취했던 적은 한 번도 없었다. 그동안 내내 제대로 피우지 못한 탓일 수도 있고, 아주 오래 전에 거쳐야 했을 엄마와 딸 간의 비밀스러운 지식 전수를 빼먹고 넘어갔기 때문인지도 모른다. 가령 디스코 머리를 땋는 방법, 남자애들의 궁금증을 계속 자극하는 방법

같은 것 말이다.

"아직 신문사는 출입 금지야?"

"근신이지. 무슨 대학 스포츠 시상식들 리스트를 작성하기로 했지만, 학과 수업을 충족할 때까지는 오지 말라고 하네."

"널 생각해주는구나. 다정하네."

"빌어먹을 어린애 취급하는 거지."

레이첼은 상자에서 보드게임 쪼가리들과 크리스마스트리 장식을 꺼내기 시작했다. 크리스마스 장식은 유대교에서 쓰는 촛대와 한데 뒤엉켜 있었다. 원색의 루도 게임 조각들이 잔디에 떨어져 흩어졌다.

"있지, 너한테 유대교 성인식을 해주지 않았구나. 해보고 싶니?"

"아니, 엄마. 그러기엔 너무 좀 늦었지." 커비가 다른 상자에서 테이프를 홱 벗겨내면서 말했다. 세월이 흐르는 동안 점성이 없어졌지만, 떨어지는 소리는 참으로 요란했다. 골든 북스 시리즈 책들과 닥터 수스의 책들이 담겨 있었다. 『딘의 카우보이 금고』, 『괴물들이 사는 나라』, 『역겨운 노래』.

"너를 위해 보관해둔 거란다. 네가 아이들을 가지면."

"가능성이 아주 높진 않군."

"그걸 네가 어떻게 알아. 너도 예정에 있던 아이는 아니었단다. 네가네 아빠한테 편지를 쓰곤 했던 거, 기억하니?"

"뭐라고?" 커비는 머릿속에서 웅얼거리는 소리를 물리치느라 애썼다. 그녀의 어린 시절은 오리무중이었다. 기억은 조작되었다. 이 모든 물건을 모아 쌓아놓고 있는 것은 잊는 것을 막기 위해서인 법이다.

"편지는 물론 내가 다 갖다 버렸지."

"왜 그럴 생각을 했어?"

"터무니없는 생각 하지 마. 그걸 어디에다 보내니? 차라리 산타클로스 한테 편지를 쓰는 게 나았겠다."

"나는 소-존이 우리 아빠라고 영원히 생각했었지. 알잖아. 피터 콜리어. 그의 뒤를 밟기도 했으니까."

"알아. 그가 말해줬어. 그렇게 놀랐다는 표정 짓지 말렴. 우린 아직도 연락을 하고 지내니까. 네가 열여섯 살 적에 자기를 찾아왔다며, 친부 확인을 하고 양육비를 대라고 우겨서 기억에 깊이 새겨졌다고 하더구나."

그 일은 커비도 기억하고 있었다. 사실 열여섯이 아니라 열다섯 살이었다. 레이첼이 열성적으로 찢어놓은 잡지의 프로필을 쓰레기통에서 꺼낸 다음 조각조각 이어 붙여서 그가 누구인지 알아냈었다. 그녀의 어머니가 사흘 동안 머리가 깨지도록 걷잡을 수 없이 울기만 한 다음의 일이었다.

칭찬 일색인 기사에 따르면 한 시카고 대형 에이전시의 천재적인 기획자였던 피터 콜리어는 30년도 넘게 획기적인 광고들을 만든 공이 있으며, 다발성 경화 탓에 비극적으로 불구가 된 아내를 사랑하는 남편이었다. 기사는 그가 커비의 어린 시절을 어슬렁거리던 후레자식이었던 것은 얘기하지 않았다.

그녀는 그의 비서에게 전화를 걸었고, 낼 수 있는 가장 묵직하고 직업적인 목소리를 동원하여 '수익성이 아주 좋은 새로운 사업'(잡지 기사에서 훔쳐 온 단어들이었다)을 의논해보고 싶다면서 그와 만날 약속을 잡았다. 그녀가 생각할 수 있는 가장 호화로운 레스토랑에서.

웬 10대가 테이블에 앉자 그는 처음에는 어리둥절해했다가, 짜증스러워했다가, 그녀가 요구 목록을 쭉 늘어놓자 재미있어했다. 그녀의 요구는 그 없이는 레이첼이 비참한 기분이므로 그녀를 다시 만나고, 양육

비를 대고, 같은 잡지에 혼외로 딸을 두었음을 인정하라는 것이었다. 그
녀는 앞선 사실과는 상관없이, 성은 바꾸지는 않을 것임을 그에게 알
려주었다. 왜냐하면 마즈라치라는 성에 익숙해져 있고, 그 성이 자신에
게 어울리기 때문이었다. 그는 점심을 사주고, 그녀가 이미 다섯 살이었
을 적에 레이첼을 만났다고 설명해주었다. 하지만 그는 그녀를 마음에
들어 했다. 그가 혹시 무엇이라도 필요한 일이 있으면…… 하고 말하고
있는데 커비는 따끔한 말을 쏘아붙이고는 그가 위에 올라서게 하지도
않고 자존심도 고스란히 보존한 채 자리를 떠났다. 혹은 그녀 생각에는
그랬다.

"누가 네 병원비를 대줬다고 생각하니?"

"이런 제기랄."

"왜 그렇게 감정적으로 받아들여?"

"왜냐하면 그 사람이 엄마를 이용했으니까. 거의 10년 가까이."

"어른들의 관계는 복잡한 거야. 우리는 서로에게서 필요한 걸 얻었어.
열정이지."

"아이고, 미치겠네. 그런 얘기 듣고 싶지 않아."

"안전망 같은 거야. 위안 같은 거. 사람은 세상에 나가면 외롭단다. 하
지만 세상은 나 몰라라 제 갈 길을 가지. 우리 관계가 지속되는 동안에는
아름다웠단다. 하지만 모든 것에는 끝이 있는 법이야. 삶, 사랑, 이 모든
게." 그녀는 갖가지 상자를 향해 손짓을 하는 듯 마는 듯 하면서 말했다.
"슬픔도 마찬가지야. 비록 행복보다 놓아주기가 더 힘들지만 말이야."

"아이고, 엄마." 커비는 어머니의 무릎에 머리를 얹었다. 대마초 때문
에 이런 짓을 하고 있는 것이다. 보통은 절대로 하지 않는 짓이었다.

"괜찮아." 레이첼이 말했다. 그녀는 놀란 듯 보였다. 하지만 불쾌해서

놀란 것은 아니었다. 그녀가 커비의 머리를 쓸어내렸다. "이 산발한 곱슬머리를 봐. 이 머리를 어쩌해야 할지 도통 알 길이 없었지. 나한테서 물려받은 건 아니야."

"아버지는 누구예요?"

"아, 모르겠어. 몇 가지 가능성이 있지. 이스라엘의 한 키부츠에서 생활했던 때가 있었어. 그 사람들은 연못에다 물고기를 양식하는 사람들이었지. 하지만 그 후에 텔아비브에서였을 수도 있어. 아니면 그리스로 가는 길이었거나. 시간이 약간 가물가물하구나."

"정말 참, 엄마."

"솔직하게 말하는 거야. 한번 해보는 게 차라리 더 나을 것 같아, 있지."

"뭐를?"

"네 아버지를 찾으러 가보는 거야. 그 자식……. 너를 해친 작자를 찾아다니는 대신에."

"엄마가 찾을 기회를 주지 않았잖아."

"몇몇 이름을 말해줄 수 있어. 최대 다섯 개까지. 네 개. 아니 다섯 개. 성은 모르고 이름만 아는 사람들도 있어. 하지만 키부츠에 아마도 기록이 있을 거야. 거기에서 만났던 사람이 맞는다면 말이야. 순례를 떠나보는 거지. 이스라엘도 가고 그리스도 가고 이란도 가봐."

"이란도 갔었어?"

"아니. 하지만 신날 것 같지 않아? 여하튼 여기 어딘가 사진들이 있는데. 볼래?"

"그래, 보고는 싶네."

"여기 어디에……." 레이첼은 무릎에서 커비를 살짝 들어 올리고서 상자들을 뒤지다가 앨범 하나를 찾아냈다. 인조 가죽처럼 보이게 만든 빨간색의 비닐 앨범이었다. 그녀는 머리를 풍성하게 풀어 내리고 하얀색 수영복을 입은 젊은 여자의 사진을 펼쳐 들었다. 그녀는 비웃는 듯한 표정으로 햇살 속을 노려보고 있었다. 태양은 그녀의 몸과 그녀가 기어올랐던 콘크리트 부두를 대각선으로 날카롭게 가르며 그림자를 드리워놓고 있었다. 하늘은 씻겨 내린 듯 파랬다. "코르푸 항구에서 찍은 사진이야."

"엄마 얼굴 짜증 나 보여."

"암지가 내 사진 찍는 게 싫었거든. 하루 종일 내 사진만 찍어대서 미칠 지경으로 성가셨지. 그리고 물론 나더러 가지라고 한 장 줬지."

"그들 중 한 명이야?"

레이첼은 생각에 잠겼다. "아니. 그땐 이미 구역질이 나기 시작했어. 우조 술 때문인 줄 알았지만."

"대단하시다, 엄마."

"몰랐어. 그때 네가 분명 들어섰던 거야. 나 모르게."

그녀는 앨범을 넘겼다. 사진은 시간순으로 되어 있지 않았다. 이루 말할 수 없이 민망했던 커비의 펑크 댄스파티 사진들부터 걸음마할 무렵 벌거벗고 찍은 사진까지 다양하게 뒤섞여 있었다. 그녀는 고무 풀 안에서 호스를 들고 짓궂은 표정으로 카메라를 쳐다보고 서 있었다. 레이첼은 풀 옆의 줄무늬 캔버스 천 의자에 앉아 있었다. 머리는 사내아이처럼 짧고, 얼룩무늬의 커다란 선글라스를 끼고 담배를 피우고 있었다. 교외 생활의 반짝거리는 불안. "네가 얼마나 귀여웠는지 봐봐." 그녀가 말했다. "넌 항상 심성이 고운 아이였단다. 심하게 개구지기도 했고. 네 얼굴에서 온통 뿜어져 나오는 게 보이니? 너를 어떻게 해야 할지 알 수가 없었지."

"그거야 내가 잘 알지."

"못되게 굴지 마." 레이첼이 말했다. 하지만 화가 나서 하는 말은 아니었다.

커비는 그녀의 손에서 앨범을 가져와 넘기기 시작했다. 스냅사진의 문제는 실제 기억을 대체한다는 데 있다. 순간을 가두고, 찍힌 것만이 그 순간에 있었던 전부가 되어버리고 만다.

"아이고야, 내 머리 좀 봐."

"내가 밀라고 한 거 아니다. 학교에서 정학을 맞을 뻔했잖아."

"이건 뭐야?" 뜻하지 않게 말이 날카롭게 튀어나왔다. 하지만 충격은 대단했다. 허우적거리며 늪에 빠져드는 것처럼 두려웠다.

"으응?" 레이첼이 그녀에게서 사진을 빼앗아 들었다. 사진은 누렇게 바랜 카드 위에 붙어 있었다. 카드에는 구불구불 흘려 쓴 친숙한 폰트로 "위대한 미국이 새해 인사를 합니다! 1976년!"이라고 적혀 있었다. "그 거 놀이공원이잖아. 롤러코스터를 타기 싫다면서 울었지. 네가 멀미를 해서 긴 여행을 하지 못하는 게 얼마나 싫었는지 몰라."

"아니. 내 손에 든 이게 뭐냐고?"

레이첼은 테마 파크에서 울부짖고 있는 소녀의 사진을 들여다보았다. "모르겠다, 아가야. 플라스틱 말?"

"이거 어디서 났어?"

"솔직히 말하자면, 내가 네 모든 장난감들의 근원을 알지는 못해."

"제발, 생각 좀 해봐. 레이첼."

"네가 어디서 가지고 왔더라. 다른 장난감과 사랑에 빠질 때까지 아주 오랫동안 가지고 다녔지. 넌 언제나 그렇게 변덕이 있었어. 다른 장난감 은 금발과 검은 머리칼이 섞인 인형이었지. 멜로디였나? 티파니였나? 그런 이름이었어. 옷이 정말 대단했지."

"그건 어디 있는데?"

"이 상자들 중에 없으면 분명 버렸겠지. 나라고 모든 걸 지고 사는 건 아니란다. 뭐 하는 거니?"

커비는 상자들을 뒤지며 안에 있는 것들을, 깎지 않아 무성한 잔디 위에 쏟아부었다.

"이건 좀 이기적인걸." 레이첼이 차분하게 지적했다. "나중에 치우는 일은 재미가 훨씬 덜할 텐데."

포스터 지관통들. 갈색과 오렌지색 꽃들이 그려진 흉측한 찻잔 세트들은 덴버에 사는 커비의 할머니가 보내준 것이었다. 커비는 열네 살 적에 할머니와 함께 살아보려고 한 적이 있었다. 높다란 구리 물담뱃대는 마우스피스의 가장자리가 깨져 있었다. 쇠락해가는 제국의 냄새를 풍기는 바스러진 향, 찌그러진 은색 하모니카, 오래된 붓과 촉이 말라버린 펜들, 춤추는 작은 고양이가 그려진 타일 조각도 있었다. 레이첼이 그린 그림이었다. 그 타일들은 사실 동네 공예품점에서 꽤 잘 팔렸었다. 인도네시아 새장, 그림이 새겨진 코끼리 아니면 흑멧돼지의 엄니(어쨌거나 진짜 상아였다), 비취색 부처, 그림 도구함, 문자 스티커, 찢은 종이가 서표로 끼워져 있는 무거운 미술 책과 디자인 책 한 무더기, 얽히고설킨 모조 보석, 새가 얼기설기 짠 둥지, 커비가 열 살 때 둘이 함께 만들며 여름을 보냈던 여러 개의 드림캐처. 어떤 아이들은 길가에 레모네이드를 놓고 파는데, 커비로 말하자면 크리스털 유리가 매달린 가짜 거미줄을 팔려고 했었다. 그러면서 왜 자신이 오늘날 이런 사람이 됐는지 궁금해하고 있다니.

"내 장난감들은 어디 있어, 엄마?"

"누구 줘버리려고 생각하고 있었어."

"엄마가 그럴 시간을 냈을 리가 없어." 커비가 무릎에 묻은 풀을 떨어내며 말했다. 그녀는 사진을 쥐고 집으로 들어가 지하실로 내려갔다.

색이 바랜 플라스틱 트렁크를 찾아냈다. 그것은 레이첼이 창고같이 쓰던 망가진 냉장고 안에 처박혀 있었다. 트렁크는 커비가 한때 쓰고 놀았던 갖가지 모자로 가득 찬 쓰레기봉투 아래 깔려 있었다. 바퀴가 달리고 반쯤 부서진 트렁크는 골동품 수집가에게는 뭐 '어떤' 식으로든 가치가 있을지도 몰랐다.

레이첼이 계단 꼭대기에 앉아서 무릎에 얼굴을 얹어놓고 그녀를 바라보았다. "내게 너는 아직도 수수께끼야."

"입 다물어, 엄마."

커비는 몹시 큰 도시락을 열듯이 트렁크 뚜껑을 살며시 열었다. 그 안에 커비의 모든 장난감들이 담겨 있었다. 아기 인형이 있었다. 그녀는 갖고 싶지 않았지만, 학교에 다니는 아이들이 하나같이 다 가지고 있던 인형이었다. 바비 인형과, 바비와 비슷한 싸구려 인형들이 있었다. 온갖 직업으로 차려입은 인형들이었다. 분홍색 서류 가방을 든 비즈니스우먼, 아니면 인어. 인형들은 전부 신발이 없었다. 반은 팔다리가 없었다. 머리카락을 바꿀 수 있는 인형은 이제는 옷이 없어져서 벌거벗고 있었고, UFO로 변하는 로봇, '씨 월드' 로고가 달린 트레일러트럭에 스텐실로 박혀 있는 살인 고래, 털실로 머리카락을 만들어 땋아 내린 수제 나무 인형, 하얀 방한슈트를 입은 〈스타 워즈〉의 레아 공주, 금빛 살갗의 이블린. 여자아이들에게는 아무리 많아도 가지고 놀 인형이 충분하지 않은 법이다. 역시 할머니가 준 선물로서, 반쯤 만들다 만 레고 탑이 있었다. 그 안에는 납을 주물해서 만든 인디언 전사들이 들어 있었다. 그리고 그탑 아래 플라스틱 조랑말이 있었다. 말의 오렌지색 털이 무언가 마르고 끈적거리는 것으로 뭉쳐 있었다. 주스일까. 하지만 조랑말은 예전과 똑같이 슬픈 눈에 바보 같은 비애가 담긴 미소를 짓고 있었고, 엉덩이에 나비들이 붙어 있었다.

"세상에." 커비가 비로소 숨을 내쉬었다.

"그거야, 맞다." 레이첼이 계단을 내려서면서 조바심을 쳤다. "그래서?"

"그놈이 나한테 준 거야."

"너 대마초 피우지 못하게 할 걸 그랬다. 익숙하지도 않은데 말이야."

"좀 들어봐." 커비가 외쳤다. "이걸 그놈이 나한테 줬다고. 날 죽이려고 했던 그 빌어먹을 자식이 말이야."

"무슨 말을 하는지 모르겠구나!" 혼란스럽고 속이 상한 레이첼이 지지 않고 외쳤다.

"이 사진 찍을 때 나 몇 살이었어?"

"여섯 살? 일곱 살?"

커비는 카드에 있는 날짜를 확인했다. 1976년. 아홉 살이었다. 하지만 그가 조랑말을 준 것은 더 어렸을 때였다. "엄마 수학 실력 참 끝내주네." 그 오랜 세월 동안 그 생각이 떠오르지 않았다니, 믿을 수가 없었다.

그녀는 말을 돌려보았다. 말굽에 전부 대문자로 된 도장이 찍혀 있었다. 메이드 인. 홍콩. 특허 출원 중. 헤즈브로 1982년.

모든 것이 싸늘해졌다. 대마초를 피워서 생긴 소음이 커지며 머릿속에서 웽웽거렸다. 그녀는 레이첼이 앉아 있는 바로 아래 계단에 가서 앉았다. 그녀는 엄마의 손을 자기 볼에 가져다 눌렀다. 새로 태어나고 있는 주름과 검버섯 사이에서 역시 이제 막 생기기 시작한 힘줄이 푸른색 물의 지류처럼 도드라졌다. 엄마가 늙어가고 있어, 커비는 생각했다. 그것이 어쩐지 플라스틱 조랑말보다 견디기 더 힘들었다.

"겁이 나, 엄마."

"우리 다 그래." 레이첼이 말했다. 그녀가 커비의 머리를 가슴에 안고, 온몸을 비틀며 부들부들 떠는 커비의 등을 쓰다듬었다. "쉬. 괜찮아, 아가야. 다 괜찮아. 그게 바로 큰 비밀이야. 모르겠니? 모든 사람이 두려워한단다. 항상."

하퍼

1987년 3월 28일

처음에는 캐서린, 그러더니 이제는 앨리스였다. 그는 규칙을 깼다. 에타에게 팔찌를 주어서는 결코 안 되었다. 그는 차축이 잭에서 빠져나간 것처럼 제어를 잃고 있는 기분이었다.

단 하나의 이름만이 남아 있었다. 그다음에는 일이 어떻게 될지 그로서는 전혀 알 수 없었다. 그러나 마지막 일은 제대로 해내야 했다. 하기로 되어 있는 대로. 일을 바로잡고, 별자리를 가지런히 만들어놓아야 했다. 더 하우스 안에서는 믿음밖에 없었다. 더 이상의 반항은 안 된다.

그는 억지로 문을 열지 않았다. 그냥 가야 하는 때로 열리게 내버려 두었다. 1987년. 그는 한 초등학교로 가는 길을 찾아서 학부모들과 교사들과 어울리며 섞여 들었다. 교사들은 '우리의 과학 박람회에 오신 것을 환영합니다!'라고 손으로 쓴 현수막을 단 강당에서 전시품 사이를 왔다 갔다 하고 있었다. 그는 종이로 반죽한 화산과, 나무 판 위에 달린 전선과 집게들을 지나쳤다. 전선과 집게를 서로 맞물리면 전구에 불이 들어왔다. 벼룩이 얼마만큼 높이 뛸 수 있는지 보여주고, 제트기의 공기역학을 설명한 포스터도 있었다.

그는 별들의 지도, 진짜 별자리 앞에서 문득 멈추어 섰다. 탁자 앞에 서 있던 조그만 소년이 수줍은 나머지 얌전한 목소리로 카드에 적은 내용을 읽기 시작했다. "별은 불타는 가스로 만들어집니다. 별들은 아주 멀리에 있고, 때로는 그 빛이 우리 지구에 도착할 때쯤에는 이미 죽어 있기도 합니다. 우리가 알지도 못하는 별이 그럴 때도 있습니다. 저는 또 망원경을 가지―"

"입 닥쳐." 그가 말했다. 소년은 금방이라도 울음을 터뜨릴 것 같은 표정을 지었다. 그는 입술을 떨며 올려다보더니 사람들이 많은 곳으로 쏜살같이 달아났다. 하퍼는 그가 달려가는 것을 눈치조차 채지 못했다. 그는 경악에 사로잡혀서 손끝으로 별과 별 사이에 선을 그었다. 북두칠성. 소북두칠성. 큰곰자리. 허리띠와 칼을 찬 오리온. 그러나 점들을 다른 식으로 연결해보면 아주 쉽게 다른 무엇이 될 수도 있었다. 그리고 애초에 누구 맘대로 곰이라고 부르고, 전사라고 부른단 말인가? 아닌 게 아니라 그의 눈에는 단어의 뜻처럼 그림이 보이지도 않았다. 패턴이란 것은 우리가 찾으려고 하기 때문에 생겨난다. 우리는 모든 것이 아무렇게나 되어 있는 공포를 마주할 수 없기 때문에 질서를 잡으려고 시도한다. 그는 그런 깨달음이 들고서 실패했다는 기분을 느꼈다. 그는 마치 이 빌어먹을 온 세계가 더듬더듬 비틀거리는 것처럼, 발밑이 꺼지는 느낌이 들었다.

금발 포니테일을 한 젊은 교사가 그의 팔을 살짝 잡았다. "괜찮으세요?" 그녀가 아이들에게나 할 법한 말투로 친절하게 말을 걸었다.

"아니요." 하퍼가 입을 열었다.

"자녀분의 프로젝트를 찾지 못하시겠어요?" 토실토실한 소년이 코를 킁킁거리며 그녀의 치마를 붙들고 서 있었다. 하퍼는 그 모습의 현실성에 매료되었다. 아이가 소매로 코를 닦고, 짙은 색 섬유에 콧물 자국이 번지는 모습이.

"미샤 페이선입니다." 그가 꿈에서 금방 빠져나오기라도 한 듯 말했다.

"선생님이 그 아이의……?"

"삼촌입니다." 그는 더할 나위 없이 항상 잘 통하는 방법을 동원했다.

"아." 교사가 놀라는 모양을 했다. "미국에 가족이 있는 줄은 몰랐네요." 그녀는 알지 못하겠다는 듯이 그를 잠깐 살폈다. "앞날이 아주 밝은 학생이랍니다. 저 문들 옆에 무대 근처로 가시면 찾으실 수 있을 거예요." 그녀가 손가락으로 가리키면서 그를 도와주었다.

"감사합니다." 하퍼는 말하고 나서 쓸모없는 페티시일 뿐인 별들의 지도에서 가까스로 스스로를 떼어냈다.

미샤는 갈색 피부에 자그마한 소녀로서, 이에 미니어처 철로 같은 철사를 끼고 있었다. 그가 턱을 한데 붙이려고 했던 그 줄과는 달랐다. 아이는 자신도 모르는 듯 발꿈치로 앞뒤를 왔다 갔다 하고 있었다. 그녀 앞에는 화분에 심은 선인장 같은 식물이 있었고, 뒤에는 그가 아무리 조심스럽게 살펴보아도 뜻이 오리무중인 숫자와 색깔들이 있었다.

"안녕하세요! 제 프로젝트를 설명해드릴까요?" 그녀가 온통 반짝반짝 신이 나서 말했다.

"나는 하퍼라고 해." 그가 말했다.

"좋아요!" 그녀가 밝게 말했다. 이런 자기소개는 그녀가 준비한 대본에 없었던 것이었고, 그녀는 당황했다. "저는 미샤이고, 이건 제 프로젝트예요. 어……. 보시다시피 저는 다양한 종류의 토양에 다양한 정도의 산성을 가미해 선인장들을 키웠어요."

"하나는 죽었어."

"맞아요. 저는 어떤 토양 조건은 선인장에게 아주 좋지 않다는 것을 배

왔어요. 결과를 보시다시피 그 내용을 도표에 표시해놓았어요."

"보이는군."

"세로줄은 토양에 든 산성의 정도를 나타내고요. 가로줄은—"

"내 부탁 좀 들어주렴, 미샤."

"어⋯⋯."

"내가 다시 돌아올게. 바로. 최대한 빨리. 하지만 네게는 그렇게 빨리
라고 느껴지지 않을 거야. 하지만 내가 가 있는 동안에 나를 위해서 무슨
일을 좀 해줘야겠어. 아주 중요한 일이야. 빛나는 걸 멈춰서는 안 돼."

"좋아요!" 그녀가 말했다.

더 하우스로 돌아오니 방에 있는 그 모든 오브젝트가 그의 머릿속에서
불이 되어 타오르고 있는 것 같았다. 그는 여전히 궤적을 따라갈 수 있었
지만, 처음으로 그 지도가 아무 데도 가리키고 있지 않다는 것을 알 수
있었다. 지도는 저절로 반으로 접혀 있었다. 그가 빠져나갈 수 없는 올가
미. 유일하게 남은 길은 그것에 굴복하는 것이었다.

하퍼

1993년 6월 12일

그는 1993년 6월 12일 초저녁으로 들어섰다. 날짜가 우체국 창에 붙어 있었다. 캐서린을 죽인 지 고작 사흘밖에 지나지 않았다. 그는 갈 데까지 밀어붙이고 있었다. 미샤 페이션이 어디에 있는지는 이미 알고 있었다. 마지막 남은 토템에 선명하게 새겨져 있었다. 밀크우드 제약.

회사는 시카고의 저 반대쪽, 서쪽 저 깊숙한 곳에 있었다. 기다랗고 땅딸막한 잿빛 건물. 그는 길 건너 쇼핑몰의 피자 가게에 앉아서 치즈가 진득하게 떨어지는 피자를 먹으며, 건물을 보면서 기다렸다. 그리고 토요일 밤에는 주차장이 대체로 텅 빈다는 것을 관찰했다. 경비원이 지루해서 담배를 피우러 계속 바깥에 나오고, 건물 옆의 노란색 쓰레기통에 담배꽁초를 조심스럽게 버리는 모습도 보았다. 건물로 들어가려고 인식 카드를 긁는 것도 보았다.

기다릴 수는 있었다. 그녀가 나올 때까지. 집이나 집으로 가는 길에 그녀를 붙잡는다. 차에 침입할 수도 있다. 주차장에 유일하게 남은 파란색 경차는 입구 바로 곁에 세워져 있었다. 뒷좌석에 숨어 있자. 하지만 그 어느 때보다도 초조했고, 두통이 뇌에서 척추까지 파고들고 있었다. 지금 해야 한다.

피자 가게가 문을 닫는 11시, 그는 경비의 담배 휴식 시간에 맞추어 건물을 한 바퀴 천천히 돌았다.

"몇 신지 여쭤봐도 되겠습니까?" 그는 외투 뒤로 벌써 칼을 휙 펴면서 빠르게 경비에게 다가갔다. 경비는 하퍼가 걸어오는 속도에 놀랐지만, 질문이 너무도 무해하고 별것 아니라서 자동적으로 손목을 내려다봤다. 하퍼는 칼날을 그의 목에 찔러 넣어 근육과 힘줄과 동맥을 찾는 동시에 경비를 돌려세워 피가 자신이 아니라 쓰레기통으로 쏟아지게 했다. 그는 경비의 뒤를 차서 무릎을 꿇렸고, 그 바람에 경비는 쓰레기통들 사이에 고꾸라졌다. 하퍼는 쓰레기통 두 개를 앞으로 끌어내 시체를 감추었다. 그는 경비의 인식 카드를 낚아챘고, 카드에 묻은 피를 경비의 바지로 닦아냈다. 이 일을 다 하는 데 1분도 채 걸리지 않았다. 하퍼가 인식 카드를 긁으려고 유리문을 향해 가는 동안에도 경비는 아직도 약하게 꾸르륵대고 있었다.

그는 빈 건물의 계단을 올라 4층까지 가면서 기억에 있다는 듯이 그 느낌대로 발걸음을 옮겼으며, 잠긴 문들의 대열을 지나쳐 연구실 6호에 이르렀다. 문은 열린 채로 그를 기다리고 있었다. 그녀의 작업대 위에 있는 스탠드 하나가 방을 밝히는 불의 전부였다. 그녀는 그에게 등을 돌리고 서서 크게, 형편없는 실력으로 노래를 부르며 이어폰에서 흘러나오는 깡통 찌그러지는 것 같은 소리에 맞추어 반쯤 춤을 추고 있었다. 이어폰은 히잡 아래 파묻혀 있었다. '올 댓 쉬 원츠'. 그녀는 잎을 빻고, 짓이겨진 잎 약간을 플라스틱 주사기 같은 것으로 빨아들여서 금색 액체가 차 있는 원뿔 모양 튜브에 주입했다.

눈앞에 보이는 상황이 무엇인지 전혀 모르는 채로 간 것은 처음 있는

386

일이었다. "뭐 해요?" 그가 이어폰을 끼고 있어도 들릴 만큼 큰 소리로 물었다. 그녀가 펄쩍 뛰더니 이어폰을 더듬거렸다.

"이런 세상에. 너무 창피하네요. 얼마나 오래 보고 계셨던 거예요? 미치겠네. 건물에 저 혼자만 남아 있는 줄 알았거든요. 어……. 누구세요?"

"새로 온 경비입니다."

"유니폼을 안 입고 계시네요."

"제 사이즈가 없다고 하더군요."

"그래요." 그녀가 뻣뻣하게 고개를 끄덕이며 말했다. "그러니까, 어……. 저는 가뭄을 견뎌내는 담배를 기르는 방법을 살펴보고 있었어요. 스스로 되살아날 수 있다는 꽃에서 뽑은 단백질을 바탕으로요. 이 꽃은 나미비아에서 가져온 거예요. 이 담뱃잎의 유전자에다가 넣은 다음 한 달째 담배를 기르고 있죠. 그리고 이제 제가 찾는 단백질이 있나 확인하는 거예요." 그녀는 원뿔 튜브를 여행 가방 크기의 납작한 회색 기계에 가져가서, 덮개를 열고 트레이에 주입했다. "분석을 위해 분광 광도계에 집어넣는 거예요……." 그녀가 조절 장치를 누르자 기계가 돌아가기 시작했다. "만약 단백질이 성공적으로 생성됐으면 기질이 파란색으로 변할 거예요." 그녀가 기분 좋게 미소를 지어 보였다. "제가 잘 설명했나요? 왜냐하면 다음 주에 고등학교 1학년생들이 견학을 오거든요. 아." 그녀가 칼을 보았다. "당신, 경비 아니군요."

"아니지. 그리고 네가 마지막이야. 나는 끝내야 해. 모르겠어?"

그녀가 그에게 던질 만한 것이 없는지 훑어보며 몸을 움직였고, 그들 사이에 벤치가 놓이게 되었다. 하지만 그가 이미 그녀를 베고 난 다음이었다. 그는 실력이 좋아져 있었다. 그는 해야 할 일을 했다. 그녀의 얼굴을 주먹으로 쳐서 쓰러뜨렸다. 손을 묶는 용도의 철사를 더 하우스에 놓고 왔기 때문에, 그녀의 이어폰 줄로 손목을 묶었다. 그는 그녀가 소리를 지르지 못하게 하려고 그녀의 머리 스카프를 입에다 틀어막았다.

그녀의 소리를 들을 사람은 어쨌거나 아무도 없었고, 그녀가 죽음을 맞이하기까지는 오랜 시간이 걸렸다. 그는 그간 이 일이 가져다주는 즐거움이 부족했던 것을 보상하려고 심혈을 기울였다. 그는 그녀의 창자를 풀어서 그녀를 둘둘 말았다. 장기를 잘라내서 그녀가 램프 불빛 아래서 일하던 작업대에다 올려놓았다. 담뱃잎을 그녀의 비어 있는 속에다 쑤셔 넣어 담배가 그녀의 몸에서 자라 나온 것처럼 보이게 만들었다. 그는 예의 피가수스 배지를 그녀의 연구실 가운에 찔러 넣었다. 그 정도로 충분하기를 희망했다.

그는 여자 화장실로 가서 씻고, 피에 흠뻑 젖은 코트와 셔츠를 여성 위생용품 쓰레기통에 쑤셔 박았다. 그리고 피에 물든 재킷 위에 연구실 가운을 입고 건물을 빠져나갔다. 연구실 가운에는 그녀의 회사 신분증이 달려 있었다. 그는 신분증이 보이지 않도록 뒤집어 놓았다.

일을 다 끝낸 무렵은 새벽 4시였고, 다른 경비가 데스크 뒤에 서 있었다. 그는 영문을 모르겠다는 표정으로 무전기에 대고 말하고 있었다. "말씀드렸잖아요. 남자 화장실은 벌써 확인했다고요. 그가 어디에 있는지 저는—."

"잘 있어요." 하퍼가 그의 곁을 바로 지나치며 명랑하게 말했다.

"좋은 밤 되십시오, 선생님." 정신이 딴 데 가 있던 경비가 연구실 가운과 배지만 보고 습관처럼 인사를 했다. 그러고는 바로 의심이 들었다. 너무도 늦은 시각이었고, 어떻게 그를 알아보지 못할 수가 있었단 말인가? 잭슨은 도대체 어디에 있단 말인가? 다섯 시간 후에 경찰서에 앉아 있을 때 의구심은 참담한 죄책감으로 변해 있었다. 젊은 생물학자의 시체가 발견되고 나서, 제약회사 연구실 보안 카메라를 살펴보다가 살인자를 눈앞에서 보고 지나치게 했다는 사실을 깨달은 것이다.

위층 연구실에서는 파란색 꽃이 원뿔 모양 튜브의 금색 액체를 뚫고 퍼져가고 있었다.

댄

1993년 6월 13일

댄은 그녀의 산발한 머리를 바로 알아보았다. 공항 도착장의 그 난장판에서조차 못 알아보려야 못 알아볼 수가 없는 머리였다. 그는 다시 비행기를 타러 갈까 하고 진지하게 생각했지만, 이미 늦어버렸다. 그녀가 그를 알아보았다. 그녀는 손을 반쯤 들어 올렸다. 거의 무슨 질문처럼 보이는 몸짓이었다.

"알았어, 봤어. 간다, 가." 그가 혼자서 툴툴거리며 컨베이어 벨트를 가리키면서 짐 가방을 들어 올리는 몸짓을 했다. 그녀가 열심히 고개를 주억거리며 무리를 헤치고 그에게 왔다. 마치 커튼을 친 인도의 1인승 가마처럼 차도르를 휘감고 있는 여인, 서로 떨어지지 않으려고 아등바등 붙어 다니는 한 가족, 우울증을 불러일으키는 비만 여행객들의 수. 그는 공항이 멋진 장소라는 생각이 이해가 간 적이 없었다. 그렇게 믿는 사람들은 미니애폴리스에서 세인트폴까지 가는 경로를 타본 일이 없는 사람들이다. 버스를 타도 그보다는 덜 지긋지긋할 것이다. 전망도 버스에서 보는 게 더 낫다. 비행의 유일한 기적은 지루함과 답답함 때문에 서로 목을 조르는 승객이 더 많이 나오지 않는다는 점이다.

커비가 그의 팔꿈치 곁으로 나타났다. "전화했었어요."

"비행기 타고 있었잖아."

"그래요. 호텔 사람이 기자님이 벌써 나갔다고 그랬어요. 죄송해요. 기자님하고 얘기를 해야 했어요. 기다릴 수가 없었어요."

"인내심은 딱히 너의 강점이라고 할 수 없지."

"저 심각해요, 댄."

그는 무겁게 한숨을 내쉬고 남의 가방들이 컨베이어를 타고 천천히 지나가는 것을 바라보았다. "한 이틀 전 그 약쟁이 화가 여자애 얘기 아니야? 흉악한 사건이었으니까 말이야. 하지만 너의 그 자식은 아니야. 경찰이 벌써 그녀의 거래상을 붙잡았어. 헉스터블인가 뭔가 하는 사랑스러운 놈 있잖아."

"헉슬리 스타이더예요. 폭력 전과는 없는 사람이에요."

비닐 커튼 사이로 그의 가방이 마침내 보이고 컨베이어 벨트로 떨어졌다. 그는 가방을 집어 들고 엘 라인을 향해 커비를 재촉했다.

"역사란 어디선가는 시작되는 법이지. 안 그래?"

"여자의 아버지와 얘기해봤어요. 누군가 캐서린을 찾는 전화를 했었다고 했어요."

"당연하지. 나로 말하자면 나를 찾는 전화가 집으로 항상 오던걸? 대부분은 보험 판매원들이지." 그는 CTA 토큰을 찾으려고 지갑을 뒤졌다. 하지만 커비가 먼저 나서서 두 사람분의 토큰을 투입구에 넣었다.

"그녀의 아버지는 그 남자에게서 뭔가 불길한 냄새가 났대요."

"보험 영업사원도 뭔가 불길한 냄새는 나지." 댄이 응수했다. 그녀를 북돋아줄 생각은 없었다.

승객이 벌써 꽉 찬 열차가 대기하고 있었다. 그는 그녀를 좌석에 앉히

고, 문이 닫힌다는 벨이 울리는 동안에 기둥에 기대어 섰다. 그 물건을
손으로 만진다는 것은 끔찍했다. 사람들이 손으로 잡는 난간 종류에는
변기보다 세균이 많다.

"그리고 그녀는 칼에 찔렸어요, 댄. 배는 아니고, 하지만—"

"새 학기 등록했어?"

"네?"

"난 이제 네가 이 거지 같은 얘기를 나한테 다시는 하지 않을 거라는
걸 아니까. 넌 사실상 접근 금지 명령 아래 들어간 거야."

"아 정말 거지 같네. 기자님하고 캐서린 갤러웨이-픽 얘기하러 온 거
아니에요. 유사점이 있기는 하지만, 그리고……."

"듣기 싫어."

"좋아요." 그녀가 차갑게 말했다. "공항에 기자님 만나러 온 건 이거 때
문이에요." 그녀가 백팩을 무릎에 올려놓았다. 다 낡은 검은색에 누구나
들고 다니는 그런 가방. 그녀는 지퍼를 열고 그의 재킷을 꺼냈다.

"여, 나 그거 찾고 있었는데."

"이걸 보여드리고 싶은 게 아니에요."

그녀는 마치 무섭게 피가 묻은 수의라도 되는 듯 재킷을 폈다. 그는 무
슨 증거나 나오나 싶어서 적어도 잠깐은 기다려주었다. 땀자국에 예수
의 얼굴이 찍혀 있다거나. 하지만 재킷에서 나온 것은 어린아이의 장난
감이었다. 플라스틱 말, 다 낡아빠진 말이었다.

"이게 뭐?"

"제가 어렸을 적에 '그놈'이 준 거예요. 전 여섯 살이었어요. 어떻게 그
놈을 알아볼 수 있었겠어요? 어떤 사진을 보기 전까지는 이 조랑말도 기
억을 하지 못했었다고요." 그녀는 확신이 가지 않아서 망설였다. "젠장.

어떻게 이 말을 해야 할지 모르겠네."

"네가 이제껏 나한테 해주었던 말들보다 더할 리야 있을라고. 딴 게 아니라 그 온갖 미친 이론들 말이야, 내 말은." 〈선 타임스〉 회의실에서 그녀가 배신감에 젖어 쓰라린 마음에 그에게 등을 돌리던 때를 말하는 것은 아니었다. 그를 곧장 할퀴고 지나갔으며, 그녀를 생각할 때마다 통증을 남겨둔 그때를 말하는 것이 아니었다. 그리고 그녀를 생각할 때마다란 말하자면 항상을 뜻했다.

"이 이론은 그중에서도 최악이에요. 그래도 들어주셔야 해요."

"참을 수 없이 기다려지는군." 그가 말했다.

그녀가 이론을 펼쳐놓았다. 이 말도 안 되는 조랑말이 어찌어찌 그 제2차 세계대전 여인의 불가능한 야구 카드와 연결되고, 그것이 또 어찌어찌 라이터와 줄리아가 들었을 법하지 않은 카세트와 연결된다는 얘기였다. 그는 치솟는 실망감과 경악을 감추려고 안간힘을 썼다.

"아주 흥미롭군." 그가 조심스럽게 말했다.

"하지 마세요."

"내가 뭘 어쩌는데?"

"저 동정하는 거요."

"이거에 다 합리적인 설명이 있을 거 아냐."

"합리적인 거 좋아하시네요."

"이봐. 계획이 하나 있어. 난 여섯 시간 반 동안 공항과 비행기 안에서 보냈어. 몹시 피곤하다고. 씻지도 못했고. 하지만 내 말하는데 넌 정말로 이 세상에서 내가 이 일을 해줄 유일한 사람이야. 뭐냐 하면 우선 집으로 가서 간단하고 아주 필요한 샤워의 기쁨을 너를 위해서 누려보겠다는 말이야. 그리고 우린 곧장 사무실로 갈 거고, 내가 이 장난감 회사에 전화를 걸어서 해결을 봐줄게."

"제가 벌써 안 해봤을까 봐요?"

"물론 했겠지. 하지만 제대로 된 질문을 하지 않았던 거야." 그가 끈기 있게 말했다. "예를 들어서 이 장난감의 원형이 있느냐? 1974년에 이 장난감을 취급했던 영업사원이 있느냐? 숫자 '1982'가 날짜라기보다는 한정 판매분이나 제조번호를 의미할 가능성도 있느냐?"

그녀는 퍽 오랫동안 발만 내려다보고 있었다. 오늘은 커다랗고 투박한 부츠를 신고 있었다. 끈의 반은 묶지도 않았다. "미친 생각이죠, 그렇죠? 이런."

"전적으로 이해할 수 있어. 이상한 우연의 일치가 있기는 하잖아. 물론 너는 그게 어떻게 된 건지 이치에 닿게 만들어보고 싶겠지. 그리고 이 조랑말에서 뭔가 대단한 게 나올 거라고 매달릴 거야. 그리고 이 장난감의 원형을 가지고 있는 영업사원이 있다면, 바로 그놈한테 연결될 거야. 알겠지? 너 잘했어. 쫄 필요 없어."

"쫄고 있는 사람은 기자님이시잖아요." 그녀가 작고 뻣뻣한 미소를 지어 보였다. 눈까지 도달하지 못한 미소.

"우리가 함께 알아볼 거야." 그가 말했다. 〈선 타임스〉에 도착할 때까지 그는 정말로 그럴 것이라고 믿었다.

하퍼

1993년 6월 13일

하퍼는 그리스 식당의 안쪽에 하얀색 성당과 파란색 호수가 그려진 벽화 아래 앉았다. 팬케이크 몇 개와 바삭바삭하게 구운 베이컨을 앞에 놓고 창으로 지나가는 사람들을 바라보며, 어깨가 굽은 흑인이 신문을 다 읽기를 기다렸다. 그는 여전히 뜨거운 커피를 조심스럽게 홀짝이면서 더 하우스가 이날까지만 그를 허락한 이유가 이것일까 궁금해졌다. 왜냐하면 그는 그 빌어먹을 집에는 다시는 돌아가지 않을 생각이었기 때문이다. 그는 놀랍도록 차분해지는 기분이 들었다. 그는 예전의 삶, 셀 수 없이 많았던 시간의 그 모든 것에서 벗어났다. 그는 이 시대에서 그냥 쉽게 떠돌이로 살 수도 있었다. 설령 복잡하고 미친 것 같고 시끄러운 시대이기는 해도 말이다. 돈을 더 가져올걸 하는 생각도 들었지만, 돈을 벌 방법과 수단은 있었다. 특히 호주머니에 칼을 넣고 다니는 경우에는 말이다.

노인이 마침내 자리에서 일어나 나갔고, 하퍼는 그의 테이블에서 설탕 봉지와 신문을 낚아채 왔다. 신문에 미샤 얘기가 나오기에는 너무 일렀지만, 캐서린의 소식은 있을지도 몰랐다. 그가 일을 마치지 못했다는 것을 깨닫게 해주는 것이 이 물어뜯는 호기심 때문이었다. 그는 이곳에 머물 수도 있지만, 결국은 다른 성좌를 찾을 것이었다. 아니면 자신만의 성좌를 만들어낼 수도 있었다.

그녀의 이름을 보게 된 것은 오로지 〈선 타임스〉가 스포츠 면을 앞으로 해서 접혀 있었기 때문이었다. 진짜 기사도 아니고 시카고 지역의 고등학교 스포츠 관련 상의 목록이었다.

그는 그것을 두 번, 입 모양으로 이름들을 말해보면서 조심스럽게 읽었다. 그 이름들이 제일 위에 너울거리고 있는 음란한 글자들의 비밀을 풀어줄 수 있기라도 하듯이. '커비 마즈라치 작성.'

그는 날짜를 확인해보았다. 오늘 자 신문이었다. 그는 천천히 일어났다. 손이 떨려왔다.

"다 보셨어요?" 목에 늘어진 뚱뚱한 살을 가리려고 턱수염을 기른 남자가 말했다.

"아니요." 하퍼가 으르렁거렸다.

"알았어요, 진정해요. 헤드라인이나 보려고 했더니. 다 보시고 난 다음에요."

그는 식당을 조심스럽게 가로질러 화장실 옆의 공중전화로 갔다. 전화번호부가 지저분한 사슬에 매달려 있었다. 전화번호부에는 단 하나의 마즈라치만 있었다. R. 오크 파크. 어머니일 것이라고 그는 생각했다. 커비가 죽었다고 거짓말한 빌어먹을 년. 그는 이름이 들어 있는 페이지를 뜯어냈다.

문으로 가는데 뚱뚱한 남자가 아까 했던 말과 다르게 신문을 가져간 것이 보였다. 그는 분노로 정신이 나갔다. 그는 성큼성큼 걸어가서 남자의 수염을 잡고 탁자에 그의 이마를 박았다. 그의 머리가 반동에 튀어나

가 뒤로 젖혀졌다. 남자가 손으로 머리를 쥐었다. 코에서 피가 줄줄 흘러
내렸다. 그는 기가 막혀서 투덜거렸다. 그토록 건장한 남자치고는 기이
하게도 고음의 목소리였다. 식당 전체가 고요해지고, 회전문을 밀치고
나가는 하퍼에게로 일제히 눈길이 쏠렸다.

　콧수염을 기른 주방장(희끗희끗하고 벗어져가는 머리를 한 쪽)이 카운터 뒤
에서 나와 소리를 질렀다. "나가! 너 이놈! 나가!"

　하지만 하퍼는 손에 구겨 든 종이에 들어 있는 주소로 이미 가는 중이
었다.

레이첼

1993년 6월 13일

박살 난 창문에서 떨어져 내린 유리 조각들이 현관 바로 앞의 카펫에 널브러져 있었다. 복도 한쪽을 따라 액자 없이 걸려 있는 캔버스들이 적개심에 가득 찬 손에 의해 마구 그어져 있었다. 걸어가면서 벽을 따라 칼을 그은 자국이었다.

주방에는 드가의 발레리나 그림과 고갱의 섬 여자들 그림 복제품이 찬장 문에 기이한 모습으로 나란히 붙어서 바닥에 엎어져 있는 상자들을 무심하게 시치미 떼며 내려다보고 있었다. 상자 속 내용물이 바닥에 다 쏟아져 나와 있었다.

카운터에는 쫙 펼쳐진 사진 앨범이 놓여 있었다. 사진들은 앨범에서 나와 찢어지고 타일 위에 버려져 있었다. 축제 때 하늘에서 뿌리는 오색 종이처럼. 하얀색 수영복을 입고 태양에 눈을 찡그리는 여자의 얼굴이 가지런히 잘려 있었다.

거실에 있는 70년대식 매끈한 원탁이 뒤집힌 거북이처럼 다리를 허공에 들고 자빠져 있었다. 그 위에 있었던 작은 장식품과 미술 책과 잡지들은 바닥에 나동그라졌다. 치마 밑에 종을 숨긴 청동 여인상이 머리가 잘려나간 중국 새 옆에 모로 누워 있었다. 하얀 도자기가 잘려나간 자국이 들쭉날쭉했다. 새의 머리는 흉한 옷을 걸치고 뼈만 남은 어느 젊은 여자의 패션 기사를 멍하니 바라보고 있었다.

소파도 칼로 찢어져 있었다. 난폭하게 그어놓은 칼자국이 합성 내장재와 소파의 뼈대를 드러냈다.

2층 침실 문은 살짝 열려 있었다. 그림 작업대에 검은색 잉크가 쏟아져 종이를 적시며, 으스스하게 호기심 많은 새끼 오리가 곰의 배 안에 든 죽은 너구리의 유해를 조사하는 그림을 지워가고 있었다. 손으로 쓴 글씨 중 일부는 여전히 읽을 수 있었다.

너무 안타까워. 너무 슬퍼.
하지만 난 지금 가진 것으로도 기뻐.

색색의 유리 크리스마스 장식이 창으로 얼룩덜룩 들어오는 햇빛에 천천히 흔들리며 황폐해진 방에 미친 듯이 원을 그리고 있었다.

이웃들은 이 소란이 어떻게 된 일인지 들여다보러 오지 않았다.

커비

1993년 6월 13일

"여," 체트가 보라색 여자가 표지를 장식한 『블랙 오키드』에서 눈을 들고 말했다. "내가 네 수수께끼 야구 카드와 관련해서 정말로, 정말이지 끝내주는 걸 찾았어. 봐봐." 그가 만화책을 옆으로 밀어놓고 1951년 날짜로 된 마이크로 필름에서 프린트한 종이를 꺼내놓았다.

"꽤나 떠들썩한 스캔들을 불러일으켰지. 콩그레스 호텔 옥상에서 뛰어내렸어. 그녀가 죽을 때까지 그녀가 남자라는 걸 아는 사람은 아무도 없었데. 하지만 최고는 그녀가 손에 쥐고 있던 거야." 그가 늘어진 여자의 손을 찍은 사진을 가리켰다. 누군가 그녀에게 덮어둔 코트 아래로 손이 빠져나와 있었다. 그 옆에 둥근 플라스틱 통이 희미하게 나와 있었다. "이거 딱 오늘날에 쓰는 피임약 통같이 생기지 않았어?"

"아니면 비드가 박힌 귀여운 콤팩트 거울이거나." 댄이 체트의 말을 잘랐다. 그는 앤워가 커비의 광기를 부추기는 것은 추호도 바라지 않았다. "자, 좀 쓸모 있는 일을 해봐. 해즈브로에 관해 알아낼 수 있는 정보하고, 그 회사가 조랑말 상품과 장난감 특허를 전반적으로 언제 신청했는지를 찾아서 알려줘."

"흠, 오늘 누구 잠을 잘 못 주무셨나 봐요."

"시차가 문제지." 댄이 툴툴거렸다.

"저기 체트," 커비가 끼어들었다. "1974년 것부터요. 정말 중요한 거예요."

"알았다고, 알았어. 회사 광고부터 시작할게. 근데 그나저나 커비, 방금 웬 특급 미친놈이 널 찾으러 왔는데, 놓쳤네."

"날 찾으러 왔다고요?"

"진짜 사람 잡아먹을 것 같더군. 그렇다고 쿠키 하나 안 가져오고 말이야. 그 사람한테 다음에 올 때는 쿠키 좀 가져오라고 말해줄 수 있겠어? 고칼로리 보상 없이 그 정도의 미친놈을 상대하기는 싫거든."

"어떻게 생겼지?" 댄이 나섰다.

"모르겠어요. 딱 봐도 미친놈이랄까. 옷은 잘 차려입었더군요. 짙은 색 스포츠 코트에다 청바지. 몸은 호리호리했고. 잡아먹을 듯한 파란 눈. 그 고등학교 최고 선수상, 그거에 대해 알고 싶어 했어요. 다리를 좀 절었고."

"제기랄." 댄이 상황을 파악하려고 머리를 굴리면서 내뱉었다. 커비가 더 빨랐다. 어찌 되었거나 4년 동안 그를 기다려오지 않았는가.

"언제 갔어요?" 그녀의 얼굴이 창백해지면서 주근깨가 선명하게 도드라졌다.

"두 사람 뭐예요?"

"빌어먹을, 언제 갔냐고요, 체트?"

"5분 전에."

"커비, 기다려." 댄이 그녀의 팔을 잡았지만 놓쳐버렸다. 그녀는 이미 문 밖을 나가 달리고 있었다. "이런 몹쓸!"

"와, 드라마 왕국이네요. 무슨 일이에요?" 체트가 말했다.

"경찰 불러, 앤워. 앤디 딕스를 찾아, 아니면 이름이 뭐였더라, 아마토를 찾아. 한국인 살인 사건을 맡은 형사 말이야."

"뭐라고 그래요?"

"무슨 말이든 해서 여기 오게 만들어!"

***

커비는 날듯이 계단을 내려가 문을 나갔다. 방향을 잡아야 했고, 그녀는 노스 워배시 쪽으로 달렸다. 그러고는 다리 한가운데 멈추어 서서 사람들 사이에서 '그놈'을 찾아보았다.

오늘 강은 지중해 같은 청록색을 띠고 있었다. 날렵한 이물을 달고 아래를 지쳐처 가는 유람선의 지붕과 정확히 똑같은 색깔이었다. 메가폰을 통해 나오는 쳇소리가 옥수숫대처럼 생긴 쌍둥이 마리나 시티 건물을 가리켰다.

강을 따라서도 관광객들이 어슬렁거리고 있었다. 목에 늘어뜨린 카메라도 카메라지만, 헐렁한 햇빛 가리개 모자와 반바지로도 그들이 관광객들이란 것은 식별할 수 있었다. 양복 소매를 걷어붙인 한 회사원이 난간 옆 빨간색 도리에 앉아서 샌드위치를 먹으며, 먹을 만한 쓰레기 더미를 찾아 가까이 다가오는 갈매기에게 경고의 의미로 발을 휘저었다. 길 건너 보행 신호가 바뀌기를 기다리며 빽빽하게 무리 지어 서 있던 사람들이 신호가 바뀌기가 무섭게 길을 건너며 흐트러졌다. 그 무리에서 딱 한 사람을 찾아내기란 무리였다. 그녀는 눈으로 그들을 건너뛰면서 인종과 성별과 체형별로 세밀하게 가려내기 시작했다. 흑인 남자. 여자. 여자. 뚱뚱한 남자. 헤드폰을 쓴 남자. 긴 머리 남자. 양복 입은 남자. 적갈색 티셔츠를 입은 남자. 또 다른 양복쟁이. 점심시간이 되었나 보았다.

갈색 가죽 재킷. 검은색 와이셔츠. 파란색 점프 슈트. 초록색 줄무늬. 검은색 티셔츠. 검은색 티셔츠. 휠체어. 양복. 그중 누구도 그놈은 아니었다. 그놈은 가버렸다.

"제기이이이이이이일!" 그녀가 하늘에다 대고 소리를 지르는 바람에 샌드위치를 먹던 남자가 깜짝 놀랐다. 갈매기가 꽥꽥 화가 난 소리를 지르며 허공으로 날아올랐다.

124번 버스가 그녀 앞으로 지나가는 통에 시야를 가렸다. 뇌가 리셋되어버리는 것 같았다. 눈 깜짝할 사이에 그녀는 그놈을 알아보았다. 누가 절름거리는 사람 위에 씌워진 것이 아닐까 봐, 야구 모자가 기우뚱하게 흔들거렸다. 그녀는 댄이 부르는 소리를 듣지 못했다. 그녀가 길도 보지 않고 건너는 바람에 황갈색과 하얀색의 택시가 핸들을 확 꺾었다. 기사는 교차로 한중간에 급히 차를 멈추었다. 손은 경적을 계속 누르고 있었고, 창을 내려 그녀에게 욕설을 퍼부어 댔다. 교차로 양쪽에서 안달이 난 경적 소리가 울려 퍼지기 시작했다.

"미쳤어요? 아주 묵사발이 될 뻔했잖아요." 번쩍거리는 바지를 입은 여자가 그녀의 팔을 붙들고 길에서 빼내며 나무랐다.

"놔요!" 커비가 그녀를 밀쳤다. 그녀는 점심시간의 인파를 밀치고 헤치고 나아가며 그를 시야에서 놓치지 않으려고 안간힘을 다했다. 그녀는 유모차를 미는 커플을 치고 지나치며, 어두운 전철 트랙으로 들어갔다. 대낮에 마주친 숨 막힐 듯한 어두움은 당혹스러웠다. 눈이 곧바로 적응했고, 그 짧은 순간에 그녀는 그놈을 놓쳐버렸다.

그녀는 필사적으로 주위를 둘러보며 마음속으로 사람들을 분류하고 버리고 했다. 그러고는 맥도날드의 빨간색 간판이 눈에 들어오면서 그녀의 시선이 위쪽으로 돌아갔다. 건너편 전철로 이어지는 계단이었다.

그의 청바지가 잠깐 스치다가 시야에서 사라지는 찰나였지만, 계단에서 절름거리는 그의 발걸음만큼은 확실히 잡았다.

"이봐요!" 그녀가 외쳤다. 하지만 그녀의 목소리는 차량들의 소음에 묻혀버렸다. 머리 위로 기차가 다가오는 소리가 들렸다. 그녀는 있는 힘을 다해 계단을 뛰어오르고 가로지르고 하면서 주머니를 뒤져 토큰을 찾았다. 결국 그녀는 회전식 입구를 뛰어넘어 버렸고, 플랫폼으로 이어진 계단 두어 개를 돌진해서 무슨 라인인지 보지도 않고 닫히고 있는 기차 문 사이를 비집고 들어갔다.

숨이 턱까지 차올랐다. 그녀는 바닥으로 눈길을 떨어뜨렸다. 혹시 바로 거기에 그가 있을지 모른다는 생각에 너무도 두려워서 눈을 들 수가 없었다. 어서, 그녀는 자신에게 화가 났다. 밥통같이 굴지 말고, 어서. 그녀는 마침내 꿋꿋하게 머리를 들고 칸 안을 훑어보았다. 다른 승객들은 그렇게 뛰어 들어온 그녀를 못 본 척했다. 그녀가 문을 억지로 열고 들어올 때는 쳐다보던 사람들도 마찬가지였다. 파란색 위장 트랙톱을 입은 남자아이가 어린애다운 순전한 자신만만함으로 그녀를 쏘아보았다. 파란색 군인 소년, 그녀는 생각했다. 안도감과 충격이 한꺼번에 몰려오며 하마터면 웃음을 터뜨릴 뻔했다.

'그놈'은 이곳에 없다. 그녀가 잘못 보았을지도 몰랐다. 아니면 그는 다른 기차에 타고 다른 방향으로 가고 있을지도 모른다. 심장이 막무가내로 추락했다. 그녀는 흔들리는 기차를 헤치고 다음 칸을 연결하는 문으로 가다가 기차가 모퉁이를 돌 때 세게 흔들리자 몸을 바로 세우려고 애썼다. 다음 칸으로 가는 문의 아크릴 수지로 만든 창문은 여기저기 긁혀 있었다. 심지어 낙서처럼도 보이지 않았다. 수백 수천 번을 운행하는 동안에 숱한 사람들이 펜과 칼 같은 것으로 임무 수행에 나서 남긴 모양들.

그녀는 다음 칸을 조심스럽게 들여다보고는 곧장 몸을 수그렸다. 그가 문 바로 옆에 손잡이를 붙들고 서 있었다. 그는 모자를 푹 눌러쓰고 있었다. 하지만 그녀는 그의 체형을 알아보았다. 삐뚜름한 어깨, 턱 모양, 일그러진 옆모습. 그 옆모습은 그녀를 등지고 휙휙 지나쳐 가는 건물들의 꼭대기를 내다보고 있었다.

다시 몸을 숙였다. 심장이 로켓처럼 솟구쳤다. 그녀는 가방을 뒤져 댄의 재킷을 꺼내 자기 옆모습을 가렸다. 목에 둘렀던 스카프는 러시아 노파처럼 머리에 동여맸다. 볼품없는 위장이었지만, 가진 것이라고는 그게 전부였다. 그녀는 곁눈질로 그를 볼 만큼만 고개를 돌리고 그가 내릴 때를 엿보았다.

댄

1993년 6월 13일

댄은 랜돌프 스트리트 어디에선가 그녀를 시야에서 놓쳐버렸다. 그는 마음이 공황으로 뻣뻣해지는 것을 느끼며 차들 사이를 뚫고 돌진했다. 차들이 미친 듯이 경적을 울려댔다. 하지만 그런 짓을 하고도 그녀를 따라잡을 수 없었다. 그는 녹색 쓰레기통에 몸을 기댔다. 그 쓰레기통은 과거 시카고의 유물, 부풀린 콘돔같이 생긴 가스등과 마찬가지로 시카고의 유물이었다. 숨이 턱까지 차올랐다. 갈비뼈 안으로 재봉틀이 박음질을 하며 파고드는 듯했고, 빌어먹을 근육질의 격투기 선수에게 가슴에 있는 힘을 다해 훅을 한 방 먹은 기분이었다. 기차가 머리 위로 덜컥거리며 지나갔고, 진동 때문에 충전재가 다 흔들거렸다.

설령 커비가 이곳에 왔다고 해도 지금은 없다.

그는 대충 짐작을 해보고 나서, 옆구리를 쥐고 이 사이로 숨을 내뱉으며 미시간 호 쪽으로 향했다. 한심했다. 그는 공황과 분노에 진절머리가 났다. 어느 골목의 쓰레기 더미 뒤에 죽어 누워 있는 커비를 떠올려 보았다. 어쩌면 그녀 곁을 바로 지나쳤을 수도 있다. 경찰은 그자를 끝내 붙잡지 못하리라. 이 도시에 필요한 것은 주유소처럼 구석구석마다 카메라를 다는 것이다.

제발 하느님, 몸을 잘 돌보겠습니다. 채소도 먹겠습니다. 미사에도 가고 고백성사도 하고 어머니 무덤도 찾아가겠습니다. 몰래 담배 피우는 짓도 하지 않겠습니다. 커비만 괜찮게 해주세요. 이게 만사를 관장하시는 당신에게 너무 무리한 부탁이란 말입니까?

〈선 타임스〉에 돌아와 보니 경찰은 아직도 와 있지 않았다. 체트가 해리슨에게 일어난 일을 설명하다가 열이 올라서 발작을 일으킬 판국이었다. 리치가 들어왔다. 그는 창백하고 넋이 빠진 채로 오늘 아침에 한 여자가 살해되었다고 말해주었다. 웨스트사이드의 한 제약회사 연구실에서 칼에 찔려 죽었다고 했다. 같은 수법인 듯했다. 같은 수법에 더한 짓을 해서 더 안 좋았다. 자세히 들어보니 훨씬 섬뜩했다. 그리고 죽은 약쟁이 여자의 지원 모임에 속한 어떤 여자가 나서서, 다리를 저는 남자가 그녀에 대해 물어봤다는 것을 털어놓았다고도 했다.

아무도 어떻게 받아들여야 할지 몰랐다. 댄은 깨달았다. 커비가 그놈에 대해 빌어먹게도 내내 옳았다는 사실을 말이다. 그는 그 미치광이 변태가 여기까지 와서 그녀를 찾았다는 사실을 믿을 수가 없었다.

그는 길 아래 전자제품 상점에 가서 삐삐를 샀다. 분홍색이었다. 전시 상품이었고 곧바로 쓸 수 있었기 때문에 되는대로 샀다. 그는 체트에게 돌아와 번호를 일러주고, 무슨 소식이든 들으면 호출하라고 단단히 일렀다. 특히 커비에게서 소식이 오면 반드시. 그는 걱정을 내리눌렀다. 뭔가를 해야 걱정도 누그러진다.

그는 차와 몇 가지 물건을 챙기러 집으로 갔다. 그러고는 위커 파크로 차를 몰고 가 그녀의 아파트에 들어갔다.

전보다도 더 엉망이었다. 모든 옷가지가 거실로 이사를 가서 가구마다 걸쳐져 있는 것 같았다. 그는 검은색 의자에 뒤집혀서 걸려 있는 빨간색 팬티에 가던 눈길을 돌렸다.

그녀는 아주 작정하고 형사 놀이를 하고 있었다. 증거 박스의 내용물이 온 사방에 흩어져 있었다. 청소 도구를 넣는 벽장문에는 시카고 지도가 붙어 있었다. 거기에 지난 20년간 일어난 여성 자상 살해 사건이 일어난 장소가 붉은 점으로 표시되어 있었다.

점은 많기도 했다.

그는 테이블 비슷하게 만들어놓은 그것 위에다 파일을 펼쳤다. 깔끔하게 번호를 붙이고 날짜를 붙인 타이프 기록이 원래 뉴스 기사와 클립으로 묶여 있었다. 살해 피해자들의 가족들 파일이었다. 그녀가 찾아내고 인터뷰에 성공한 사람들. 1년 내내 한 일이에요, 그녀가 말했었다. 빈말이 아니었다.

그는 페인트칠한 스툴에 무겁게 주저앉아서 증언을 훑어보았다.

나는 그녀를 '잃어버린' 것이 아니에요. 집 열쇠를 잃어버린 거였어요. 그녀는 잡혀갔어요.

그놈이 잡히면 어떻게 반응할지 매일이고 곰곰이 생각합니다. 그때는 달라지는 거잖아요? 때로는 죽을 때까지 고문을 하고 싶다는 생각을 해요. 다른 때는 그를 용서해야겠다고 생각하기도 하지요. 그게 그놈에게는 더 나쁠 테니까요.

그 사람들은 미래에 대한 내 투자를 훔쳐갔어요. 이상하게 들리는 말인가요?

영화에서는 섹시하게 그려지는 일이죠.

사람이 들을 수 있는 가장 끔찍한 일이지요. 하지만 어느 면으로는 안도감이 들기도 해요. 아이가 하나밖에 없으면, 그런 전화를 받을 일이 다시는 없다는 건 알 테니까요.

하퍼

1993년 6월 13일

하퍼의 머릿속으로 흑색 분노가 쏟아져 내렸다. 그는 신문사에 있던
그 갈색 피부의 애송이를 죽였어야 했다. 창가로 끌고 가 길로 내던져 버
렸어야 했다. 애송이는 그에게 수작을 부렸다. 가지고 놀았다. 턱이 침으
로 범벅이 되고 바지에 똥을 싸는 바보, 정신병원에서 나온 멍한 눈의 바
보처럼 취급하면서 말이다.

그 때문에 자제력과 위트를 잃었고, 이상하게 들릴 질문만 골라서 하
고 말았다. 그녀가 어떻게 아직 살아 있으며 대체 어디에 있단 말인가?,
따위의 질문을 해서는 안 되었다. 그게 아니라 이렇게 물었어야 했다. 그
녀가 사무실에 있다면 그 고등학교 스포츠 상에 관해 얘기해보려고요.
제가 그 상들에 관심이 아주 많습니다. 그녀와 얘기를 할 수 있을까요?
이곳에 있나요?

너무 닦아세웠다. 그는 지루하고 경멸이 담긴 표정을 하다가 놀라면서
경계하는 표정으로 바뀌었다. "경비에게 전화를 걸어서 그녀를 데려다
달라고 해드리죠." 그가 말했고, 하퍼는 그의 말을 아주 잘 알아들었다.

"그러실 필요 없어요. 내가 찾으러 왔다고만 전해주시오. 알았죠? 내

다시 돌아올 테니까." 말을 뱉자마자 얼마나 큰 실수를 했는지 알았다. 너무 큰 실수를 저질렀다는 생각에 길거리에서 시카고 화이트삭스 모자를 사서 얼굴에 푹 눌러썼다. 그 빌어먹을 놈이 경찰을 부를 것이라는 심증이 반쯤 들었기 때문이다. 그는 곧장 전철로 향했다. 더 하우스에 가서 일을 어떻게 할지 궁리해볼 필요가 있었다.

그녀가 겁을 먹으면 찾기가 더 힘들어질 것이다. 그렇다고 해서 분노를 계속 담아두고 있을 길도 없었다. 그는 그녀가 알기를 원했다. 도망가게 놔두자. 숨게 내버려 두자. 예전에 토끼를 구멍에서 파내던 것처럼 그녀를 파낼 것이다. 몸부림을 치고 비명을 질러대는 그녀의 목덜미를 움켜잡고 꺼내서 목을 벨 것이다.

그는 도시가 열차 창 바깥으로 미끄러져가는 광경을 보면서 바지에 손을 넣고 손등으로 자신을 만졌다. 하지만 그가 느끼는 실망감은 주체하지 못할 정도였다. 실의가 그를 무릎 꿇게 했다. 모든 것이 미끄러져 나가고 있다. '그녀' 때문이다. 그녀가 개와 함께 있지 않을 때 잡았어야 했다. 다른 기회들이 없는 것도 아니었다. 다른 기회들도 있었다.

그는 지독하게 외로웠다. 안구 안쪽에서 쌓여가는 압박을 풀기 위해 누군가의 얼굴에 칼이라도 꽂고 싶은 심정이었다. 더 하우스로 돌아가야 한다. 일을 바로잡아야 한다. 그녀를 다시 찾아내서 망쳐놓은 일을 해결해야 한다. 별들은 재편성되어야 한다.

그는 커비를 보지 못했다. 기차에서 내릴 때도 보지 못했다.

커비

1993년 6월 13일

물러나서 경찰을 불렀어야 했다. 그래야 한다는 것을 뼛속 깊숙이 알고 있었다. 그를 발견했다. 그가 어디에 있는지 알고 있다. 하지만 '만약'이 그녀를 물고 늘어졌다. 만약에 이게 어떤 계략이라면? 집은 겉모습만 봐서는 영락없이 버려진 폐가였다. 이 블록에 있는 여러 폐가 중 하나였다. 놈은 미행당하고 있는 것을 알아챘기 때문에 그곳으로 들어갔는지도 모른다. 이 낯선 동네에서 그녀는 딱히 익숙하게 방법을 찾고 할 처지가 아니었다. 그러니까 어딘가에 그가 도사리고서 기다리고 있을지도 모른다는 뜻이었다.

손이 무감각해졌다. 그냥 경찰을 불러, 이 밥통아. 그들이 해결할 문제로 내버려 두라고. 여기 오기까지 공중전화 두 대를 지나쳤잖아. 그래야겠어, 그녀는 생각했다. 하지만 전화는 두 개 다 부서져 있었다. 유리는 박살이 났고, 수화기는 뽑혀 있었다. 그녀는 겨드랑이에 손을 끼우고서 비참하고 덜덜 떨리는 기분으로 나무 아래 서 있었다. 웨스트사이드와는 달리 잉글우드에는 아직 나무가 아주 많았다. 그녀는 그가 자신을 볼 수 없다고 꽤 확신했다. 2층에 있는 깨진 창이 그녀의 눈에도 보이지 않왔기 때문이다. 하지만 아래층 합판을 대어 막은 창문들 틈 사이로 그가 내다볼 수 있는지는 잘 알 수가 없었다. 그리고 이런, 그가 앞 계단에 앉아서 그녀를 기다리고 있다면 어쩔 것인가.

명백하고도 끔찍한 사실이 있었다. 만약 여기서 자리를 뜨면 그를 놓칠 것이라는 점이었다.

젠장, 젠장, 젠장.

"들어가려고요?" 그녀의 어깨 뒤에서 누군가 말했다.

"세상에!" 그녀가 펄쩍 뛰었다. 눈이 살짝 튀어나온 노숙자였다. 튀어나온 눈 때문에 순진해 보이기도 하고, 과하게 호기심이 많아 보이기도 하는 얼굴이었다. 미소를 지으니 반쯤 달아난 이가 드러났고, 다 바랜 크리스크로스 티셔츠를 입고 이 더위에 빨간색 비니를 쓰고 있었다.

"나라면 들어가지 않겠어요. 나도 무슨 집인지 잘 몰랐어요. 그래서 그를 계속 지켜봤죠. 이상한 시간에 들락날락하고 옷도 웃기게 입고 다니는 거예요. 내가 들어가 본 적이 있어요. 바깥에서 보면 알 수가 없는 일이에요. 하지만 안은 근사하게 차려놨다고요. 들어가고 싶어요? 들어가려면 티켓이 필요해요." 그는 구겨진 종잇장을 들고 있었다. 그녀가 그게 돈이라는 것을 알아보기까지 몇 초가 걸렸다. "100달러에 한 장 팔게요. 티켓을 사지 않으면 소용이 없어요. 보이지 않을 거예요."

그녀는 그가 미친 사람이 확실하다는 생각에 마음이 한결 놓였다. "어디로 들어가야 할지 알려주면 20달러를 드릴게요."

그가 마음을 바꾸었다. "안 돼, 안 돼요. 잠깐. 내가 들어가 봤다니까. 좋지 않은 곳이에요. 저주가 씌었다고. 귀신 들린 집이야. 악마의 집이란 말이에요. 들어가 봤자 좋을 거 없어요. 좋은 충고를 해줬으니 나한테 20달러를 주고, 들어가지는 마요. 알았어요?"

"들어가야 해요." 신이 그녀를 보우하사.

지갑에 든 돈은 17달러와 잔돈 몇 개가 다였다. 노숙자는 그다지 기분 좋아 하지는 않았으나, 그녀를 데리고 집을 돌아서 뒤편에 삐뚤삐뚤 나 있는 나무 계단 위로 그녀의 몸을 들어 올려주었다.

"개미 새끼 하나 보지 못할 거예요. 티켓이 없으면 말이에요. 그렇다면 그건 곧 당신이 안전하다는 뜻이겠지. 내가 경고했는데 안 했다고 입 닦지는 마요."

"좀 조용히 해요."

그녀는 댄의 재킷을 이용해서 가시철망을 기어올랐다. 들어오려는 사람들을 막으려고 계단 둘레에 친 철조망이었다. 미안해요, 댄. 철조망에 재킷 소매가 찢겨나갔을 때 그녀는 생각했다. 어쨌거나 기자님은 새 옷이 필요하다고요.

널빤지에서 페인트 부스러기가 벗겨지고 있었다. 계단은 썩어 있었다. 그녀가 조심스럽게 한 발 한 발 내디딜 때마다 삐걱삐걱 신음 소리를 냈다. 1층 창문이 머리에 난 구멍처럼 휑하니 열려 있었다. 창턱에 깨진 유리 조각이 사방팔방이었다. 파편은 더럽고 빗물 자국이 있었다.

"당신이 깬 거예요?" 그녀가 아래 있는 미친 남자에게 소곤거렸다.

"나한테 아무것도 물어보면 안 돼요." 그는 부루퉁했다. "당신 일이지. 안으로 들어가고 싶어 했잖아."

젠장. 집 안은 어두웠다. 하지만 부서진 창을 통해 얼핏 들여다볼 수는 있었다. 약쟁이들이 대대적으로 판을 벌인 흔적이 여실했다. 마룻널은 뜯겨나갔고 파이프들도 같은 신세였다. 벽도 부서져 골조가 드러나 있었다. 저쪽 문 안쪽으로 깨진 사기 변기가 나뒹굴고 있었다. 변기 시트는 누가 뜯어내 갔고, 세면대는 바닥에 떨어져 금이 가 있었다. 이런 곳에 숨어 있다니, 말도 안 될 일이었다. 그녀를 기다리면서 이런 곳에. 그녀는 마음이 떨려서 창가에서 머뭇거렸다. "경찰 좀 불러줄 수 있어요?" 그녀가 소곤거렸다.

"안 됩니다. 아가씨."

"그가 날 죽일 때를 대비해서요." 그녀로서는 마음에 들 리 없었지만 사실에 가까운 말이었다.

"죽은 사람들이 벌써 거기에 있어요." 맬도 소곤거리며 대꾸했다.

"부탁이에요. 경찰한테 여기 주소를 말해줘요."

"좋아요, 좋아!" 그가 손으로 허공을 세차게 갈랐다. 자기가 한 약속에 파리채라도 휘두르는 듯했다. "하지만 난 여기 죽치고 있을 생각은 없어요."

"좋아요." 커비가 숨죽여 말했다. 그녀는 댄의 재킷을 창턱의 깨진 유리들 위에 얹어놓았다. 주머니에 만져지는 것이 있었다. 조랑말, 그녀는 깨달았다. 그녀는 창턱을 뛰어넘어 집 안으로 들어갔다.

커비와 하퍼

1931년 11월 22일

시간은 모든 상처를 치유한다. 상처는 언젠가는 굳는다. 벌어졌던 자리는 다시 붙는다.

창틀을 건너자마자 그녀는 어딘가 다른 곳에 와 있었다. 그녀는 자기가 정말로 미쳐가고 있다고 생각했다.

어쩌면 그동안 내내 죽어가고 있었으며, 일어난 다른 모든 일은 영웅의 서사시, 그녀의 뇌가 만들어낸 최후의 탄성 같은 것이었는지도 모른다. 이것은 개는 목에 철사가 둘러진 채로 나무에 묶여 있고 그녀는 조류보호지에서 피를 다 흘리며 죽어가는 동안에 일어난 일일지도 모른다.

그녀는 아까는 없었던 두꺼운 커튼을 밀어 젖히고 응접실로 들어섰다. 구식이었지만 새것이었다. 벽난로에서 불이 타닥타닥 타고 있었다. 위스키 디캔터가 벽난로와 마주 보고 있는 벨벳 의자 옆 테이블에 놓여 있었다.

그녀가 따라 들어온 남자는 이미 떠나고 없었다. 하퍼는 1980년 9월 주유소 주차장에 어린 커비를 보러 가 있었다. 그는 길을 건너 아이의 목을 붙들고 싶은 마음을 억누르려고 콜라를 홀짝였다. 도넛 가게 바로 앞에서 그녀의 목을 부여잡아 넘어뜨리고 칼로 찌르고, 찌르고 또 찌르고 싶은 마음을 눌러야 했다.

커비는 더 하우스의 2층에서, 아직 죽지 않은 죽은 여자들에게서 빼앗아 온 물건들로 장식한 방을 발견했다. 영원히 죽어가고 있고, 죽기로 표시가 되어 있는 여자들. 그것들은 어른거리며 초점이 맞지 않았다. 그녀에게 속한 물건은 세 개였다. 플라스틱 조랑말. 검은색과 은색의 라이터. 테니스공을 보니 흉터에 통증이 몰려오고 머리가 빙빙 돌았다.

아래층에서 문에 열쇠가 돌아가는 소리가 들렸다. 그녀는 패닉에 빠졌다. 갈 곳이 없었다. 창문을 잡아당겨 보았으나, 꿈쩍도 하지 않았다. 겁에 질린 그녀는 옷장에 들어가 웅크리고 앉아서 생각을 하지 않으려고 애썼다. 비명을 지르지 않으려고 애썼다.

폴란드인 엔지니어가 승리감에 취하고 진짜 술에 취해서 주방을 휘젓고 다니고 있었다. 그의 주머니에 열쇠가 있었지만, 오랫동안은 아니었다. 그의 등 뒤로 문이 열리더니, 1989년 3월 23일로부터 하퍼가 목발을 짚고 들어왔다. 호주머니에는 개가 씹던 테니스공이 들어 있었고, 청바지에 커비의 피가 여전히 흠뻑 묻어 있었다.

그가 바텍을 때려 죽이기까지는 오랜 시간이 걸렸고, 그동안 커비는 방의 옷장에 숨어서 입을 틀어막고 있었다. 바텍이 꽥꽥거리는 소리를 내기 시작하자 그녀는 도저히 참을 수 없었고, 손바닥에다 대고 신음을 쏟아냈다.

그가 목발을 짚고 발을 질질 끌며 하나하나씩 계단을 쿵쿵거리며 올라왔다. 턱, 턱. 이런 일이 그의 과거에 일어났다는 것은 상관이 없었다. 그 과거가 그녀의 현재로 접혀 들어온 게 문제였다. 마치 오리가미처럼.

그가 문지방을 건넜고, 그녀는 피가 나도록 혀를 깨물었다. 입안이 바짝바짝 타고 쇠 맛이 났다. 하지만 그가 바로 앞을 지나가고 있었다.

그녀는 앞으로 몸을 기울여 소리를 들으려고 안간힘을 썼다. 미친 곰이 그녀 곁에서 날뛰고 있었다. 그녀가 내쉬는 숨이었다, 그녀는 깨달았다. 과호흡이 오고 있었다. 조용히 있어야 한다. 꾹꾹 누르고 있어야 한다.

변기 시트가 사기와 닿는 쨍 하는 소리가 분명히 들려왔다. 오줌발 소리. 수도를 틀고 손을 씻는 소리. 그가 낮게 욕설을 내뱉었다. 바스락거리는 소리. 벨트 버클이 타일을 날카롭게 내리치는 소리. 그가 샤워 꼭지를 틀었다. 커튼을 확 젖히면서 커튼 고리가 달그락거렸다.

이거야. 너의 유일한 기회야, 그녀는 생각했다. 욕실로 가서 목발을 들고 그의 머리를 후려쳐야 한다. 그를 기절시킨다. 묶는다. 경찰을 부른다. 하지만 그녀는 그가 반항을 해서 벗어나면 모를까, 그가 다시는 일어서지 못할 때까지 자신이 공격을 멈추지 못할 것임을 알고 있었다. 뇌와 몸 사이의 통로가 돌처럼 굳어버렸다. 옷장 문을 열려고 해도 손이 움직일 생각을 하지 않았다. 움직여, 그녀는 생각했다.

물이 잦아드는 소리가 들렸다. 기회를 잃었다. 그가 욕실에서 나와 깨끗한 옷을 꺼내려 옷장으로 올 것이다. 어쩌면 그에게 달려든다. 그를 밀치고 달린다. 타일은 젖어 있다. 싸울 기회가 있을 것이다.

물이 떨어지는 소리가 다시 들렸다. 파이프가 말썽이었다. 아니면 그가 지금 그녀를 가지고 놀고 있는 것인지도 모른다. 지금이야. 가야 해. 지금. 그녀는 발로 옷장 문을 밀고 황급히 나와서 방을 가로질렀다.

뭔가를 손에 넣어야 했다. 증거 같은 것. 그녀는 선반에서 라이터를 낚아챘다. 정확히 똑같은 것이었다. 그게 어떻게 가능한 일인지 그녀로서는 알 도리가 없었다.

그녀는 복도로 살금살금 나갔다. 욕실 문은 열려 있었다. 흐르는 물 사이로 그가 휘파람을 부는 소리가 들렸다. 달콤하고 명랑한 노래였다. 숨이라도 내쉴 수 있었다면, 울음을 터뜨리고 말았을 것이다. 지금은 숨도 쉴 수 없었다.

그녀는 가장자리에 붙어서 걸었다. 등을 벽지에 딱 붙이고 갔다. 손이 저려올 정도로 라이터를 꼭 쥐었다. 그러고 있다는 것을 스스로도 몰랐다. 그녀는 있는 힘껏 한 발을 더 내디뎠다. 그리고 또 한 발. 지난번 발걸음과 그다지 다르지 않았다. 그리고 또 한 발. 계단 아래층에 뇌가 쏟아져 나와 있는 남자는 생각하지 않으려고 애썼다.

반쯤 내려왔을 때 물소리가 그쳤다. 그녀는 현관으로 내달렸다. 폴란드 사람의 시체를 건너뛰려고 조심할 새도 없이 너무 서두르다가 남자의 팔을 밟았다. 끔찍한 느낌이었다. 그녀의 발 아래 눌린 팔은 몹시 물컹거렸다. 생각하지 마, 생각하지 마, 생각하지 마.

그녀는 걸쇠를 잡았다.

문이 열렸다.

댄

1993년 6월 13일

"여기예요." 핀마크 식품점의 주인이 댄을 뒤쪽 사무실로 안내했다. "제가 발견했을 때 몹시도 흥분한 상태였어요."

문에 달린 창을 통해서 보니, 커비는 등받이 높은 인조 가죽 회전의자에 앉아 있었다. 그 앞에는 베니어판 책상이 있고, 책상 위 벽에는 순수 미술 작품을 인쇄한 달력이 달려 있었다. 지금 보이는 달은 모네의 작품이었다. 아니면 마네거나. 댄은 둘 사이의 차이를 도통 알 수가 없었다. 고급 취향의 인상화였으나, 반대편 벽에 손가락으로 제 젖가슴을 짓이긴 채 오토바이에 앉아 있는 여자의 포스터 때문에 말짱 헛것이 되었다. 그녀는 파리했고, 사라져버리고 싶다는 듯이 잔뜩 웅크리고 있었다. 주먹은 무릎 위에 꼭 쥐고 있었다. 그녀는 전화에 대고 조용조용 얘기를 하고 있었다.

"무사하다니 다행이다, 엄마. 아니야, 오지 마. 진짜야."

"저녁 뉴스에 나올까요?" 식품점 사내가 물었다.

"네?"

"그러니까 뉴스에 나온다면 면도부터 해야 하나 싶어서요. 저를 인터뷰하고 싶다고 하면 말이에요."

"안 되시겠어요?" 댄은 그가 입을 다물지 않으면 때려눕힐 생각이었다.

"그럼, 되죠. 시민의 의무잖아요."

"저분 말씀은 우리 둘만 있게 해달라는 뜻이에요." 커비가 수화기를 내려놓으며 말했다.

"아, 그렇군. 여긴 제 사무실인데요." 그가 발끈했다.

"그래서 저희는 우리끼리 조금만 있게 해주신다면, 너무도 감사를 드리겠다는 말씀입니다." 댄이 그를 밖으로 반쯤 밀어내며 말했다.

"전화 좀 쓰겠다고 간청해야 했다는 거 아세요?" 이번에는 그녀의 목소리가 갈라져 나왔다.

"세상에, 얼마나 걱정했는지 몰라." 그가 안도하면서 그녀의 머리에 입을 맞추었다.

"저도요." 그녀가 미소를 지었다. 하지만 웃는 게 웃는 게 아니었다.

"경찰이 지금 그곳에 가 있어."

"알아요." 그녀가 뻣뻣하게 고개를 끄덕였다. "엄마랑 방금 통화했어요. 그 개자식이 엄마 집에도 쳐들어갔다고요."

"이런, 세상에."

"아주 작살을 냈대요."

"뭘 찾으러?"

"저죠. 하지만 전 기자님과 함께 있었고요. 그리고 레이첼은 옛날 남자 친구를 만나고 있었어요. 집에 와서 난장판이 된 걸 보고서야 알았대요. 여기 오겠다고 안달이에요. 그놈을 잡았는지 알고 싶어 해요."

"누군들 안 그렇겠어. 엄마는 너를 사랑하시잖아."

"지금 감당할 수 있는 일은 아니에요."

"네가 그놈 인상착의를 확인해야 한다는 거 알겠지? 경찰서에 가서 말이야. 할 수 있겠어?"

그녀가 다시 고개를 끄덕였다. 그녀의 곱슬머리가 땀으로 축 늘어져 색이 짙어져 있었다.

"너한테 잘 어울린다." 그가 목덜미에서부터 그녀의 머리칼을 쓸며 놀렸다. "살인자 놈들을 좀 더 쫓아다녀야겠어. 내가 본 중에 최고로 단정해."

"그걸로 끝이 아니잖아요. 재판이 남았으니까."

"그렇지. 재판에 네가 있어야 하지. 하지만 언론의 서커스는 피할 수 있어. 공식 성명을 내고 시카고를 빠져나가는 거야. 캘리포니아에 가본 적 있어?"

"왜 아니에요."

"맞다. 내가 까먹었네."

"까먹으실 만하지요."

"세상에, 걱정했다."

"벌써 말씀하셨잖아요." 이번 미소는 진짜였다. 피곤해 보였지만, 미소는 진짜였다. 그는 막아낼 수가 없었다. 어쩔 도리가 없었다. 그녀에게 키스를 했다. 그녀의 모든 것이 그를 끌어당기고 있었다. 그녀의 입술은 참을 수 없도록 보드랍고 따뜻했다. 그리고 그녀는 반응을 했다.

그녀도 그에게 키스를 했다.

"아." 정육점 주인이 와 있었다.

커비가 손등을 입에다 가져다 대며 눈길을 돌렸다.

"이런, 세상에! 노크도 할 줄 모릅니까?" 댄이 버럭 했다.

"그러니까 흠, 형사님께서 얘기하고 싶어 합니다." 그는 안달이 나서

둘을 번갈아 바라보며, 이 일을 어떻게 하면 TV라는 매체에 맞게 본때 있는 말로 표현할까 생각해내려고 애쓰고 있었다. "저는 그러니까 저, 바깥에 있겠습니다."

커비가 쇄골 사이의 살갗을 꼬집으며 엄지 끝으로 아무 생각 없이 흉터를 문질렀다. "댄." 그녀가 제 이름을 부르는 투에 그는 정신이 혼미해지는 것 같았다.

"말하지 마. 그럴 필요 없어. 제발 하지 마."

"지금은 저도 말할 수 없어요. 알죠?"

"그래, 알아. 미안해. 난 그냥……. 거지 같네." 문장을 제대로 맞추어 말할 수도 없었다. 그 모든 거지 같은 순간들 중에 하필이면 이때.

"그 말이 맞네요." 그녀가 그를 쳐다보지 않고 말했다. "있잖아요. 와주셔서 기뻐요." 그녀가 그의 팔을 툭 쳤다. 스치나 마나 한 주먹이었다. 댄안의 무언가가 그 주먹의 가벼움과 마지막임을 알리는 의미에 쿵 하고 무너졌다.

날카로운 노크 소리가 나기가 무섭게 아마토 형사가 문을 열었다.

"마즈라치 양. 미스터……."

"벨라스케스입니다." 댄은 벽에 기대 팔짱을 끼고서, 자신은 이곳에서 나갈 뜻이 없음을 분명히 했다.

"잡았어요? 어디 있어요?" 커비는 상점의 감시 카메라와 연결된 흑백 화면을 두려움에 빠져 바라보고 있었다.

아마토 형사가 책상 가장자리에 걸터앉았다. 참 친근하게도 구는군, 댄은 생각했다. 지금도 그녀를 진지하게 받아들이지 않는다는 듯하다. 그가 목을 가다듬었다. "그놈 참 대단하군요. 회사에 그런 식으로 찾아가다니 말이에요."

"그리고 그 집은요?"

그는 불편한 기색이었다.

"들어봐요. 스트레스가 이만저만이 아니었어요. 놈을 그렇게 따라가다니, 아주 용감하고도 아주 바보 같은 짓이었어."

"무슨 말씀이세요?"

"놈을 쫓다가 쫓기기가 십상이었잖아. 잘 알지도 못하는 동네면서."

"찾지 못하셨어요?" 그녀가 일어섰다. 얼굴은 창백하고 미친 듯한 화로 물들어 있었다. "주소 드렸잖아요. 제가 그놈을 포장지로 싸서 거지같은 크리스마스트리 아래 놔두는 것까지 바라셨어요?"

"자, 진정해요, 아가씨."

"전 완벽하게 진정했어요." 커비가 외쳤다.

"좋아요, 여러분." 댄이 말했다. "우린 한 팀이에요, 기억하죠?"

"학생이 말한 약쟁이는 찾을 수 없었어요. 경찰이 동네를 돌아다니면서 아직도 묻고 다니고 있어요."

"그 집은요?"

"뭐라고 말해야 할지, 참. 폐가더군. 완전히 폐허야. 파이프도 다 빼내가고, 구리 전선이 덜렁덜렁 내려와 있고, 마룻널까지 떼어갔더군요. 돈이 되는 거면 모조리 다 훔쳐가고, 나머지도 약을 하느라 난장판이 되어 있고. 어린놈들이 거기서 담배를 피우거나 섹스를 했을 수는 있겠지. 2층에서 매트리스를 하나 발견했어요. 하지만 아무도 없었던 건 아주아주 확실해요."

"집 안으로 진짜 들어가기는 하셨던 거죠?" 커비가 진이 빠진 채로 저항했다.

"물론 들어갔죠. 왜 그런 말을 묻죠?"

"그냥 폐허더라 이거고요."

"학생, 참. 학생이 이 일을 받아들이기 어렵다는 거 알아요. 헷갈렸다고 해도 학생 잘못이 아니에요. 정말로 큰 트라우마가 됐을 테니까. 대부분의 사람들은 일을 당하지 않고 멀쩡한 날에도 증인으로서는 아주 형편이 없죠. 그러니 자기를 죽이려고 했던 놈을 본 다음에는 어떻겠어요."

"일을 끝내려고 돌아온 거예요."

"그래서 이제 어떻게 됩니까?" 댄이 물었다.

"집집마다 다닐 겁니다. 우린 이제 인상착의를 가지고 있어요. 그 약쟁이를 찾아서 우리에게 그 집을 설명해줄 수 있기를 바라야겠지요."

"'맞는' 집을 설명해줘야겠지요." 커비가 쓰라리게 말했다. "그러고는요?"

"그놈을 전국 지명수배에 붙였어요. 전국의 모든 경찰에 다 돌렸지요. 찾아내면 잡아들일 겁니다. 학생은 우리가 우리 할 일을 하게 내버려 둬야 해요."

"이제까지 잘도 해오셨으니까 말이죠."

"좀 도와주실 수 없습니까?" 아마토가 댄에게 말했다.

"커비—"

"알았어요." 그녀가 화가 나서 어깨를 으쓱하며 그를 물리쳤다.

"오늘 밤 머물 데 있어요? 경관을 붙여드릴 테니까."

"우리 집에 와서 있으면 됩니다." 아마토의 눈썹이 치켜 올라가는 것을 보고 댄이 얼굴을 붉혔다. "제게 소파 침대가 있어요. 저는 거기서 자면 됩니다. 당연하죠."

"그놈 아직 못 잡았어요? 어디 있는데요?" 레이첼이 이 작은 방으로 파촐리 향수 냄새를 폭풍처럼 퍼뜨리며 들어와서 따졌다. 안절부절못하고 있었다.

"엄마! 오지 말라고 했잖아."

"내가 그놈 눈알을 빼버리겠어. 시카고에 아직 사형 있죠? 내 손으로 전기의자 스위치를 켤 거야." 그녀는 원래가 맹렬하게 과장을 잘하는 사람이었지만, 댄의 눈에 그녀가 폭발 직전인 것이 보였다. 눈이 돌아가 있었고, 손은 부들부들 떨고 있었다. 그녀가 이곳에 있다는 이유만으로 커비도 덩달아 더 뻣뻣해지고 말았다.

"앉으세요, 마즈라치 여사님." 그가 의자로 그녀를 밀며 말했다.

"파리 떼가 벌써 몰려들고 있던데요." 그녀가 댄에게 쏘아붙였다. "가자, 커비. 너 집에 데려가야겠다."

"레이첼!"

미친 여자 한 명을 또 상대해야 하는 상황 앞에, 형사의 입이 가늘게 다물어졌다. "여사님, 집에 가시는 건 좋지 않은 생각이라고 말씀드리고 싶습니다. 그놈이 집에 돌아오지 말라는 법이 없습니다. 오늘 밤에는 호텔에 머무르셔야 합니다. 그리고 상담을 좀 받으세요. 두 분 다 심적인 충격이 큽니다. 쿡 카운티는 응급으로 상담해드리는 사람을 두고 있습니다. 24시간 내내요. 아니면 여기 보세요. 이 번호로 전화를 거세요. 제 친구인데요. 범죄 피해자들에게 아주 많이 상담을 해드린 사람입니다."

"이 짓을 한 개자식은 어쩌고요?" 커비는 화가 나서 제정신이 아니었다.

"그건 저희가 걱정하게 놔두세요. 학생은 엄마를 돌봐드려야지요. 혼자 짊어지고 가려고 하면 안 돼요." 그가 눈살을 찌푸렸다. 그도 이해를 하지 못하는 것은 아니었다. "자, 이제 몽타주 화가를 들여보내겠습니다. 학생이 사진들을 좀 들여다보고 설명을 해주시면 됩니다. 그러고 나서 상담사를 만나고, 호텔에 들어가서 수면제를 좀 드세요. 오늘 밤은 이 일을 생각하지 않는 겁니다. 아셨죠?"

"알았습니다, 형사님." 커비는 마음에도 없이 말했다.

"착하기도 하지." 아마토 역시 지쳐서 마음에도 없이 말했다.

"잘나신 양반이네!" 레이첼이 빈 의자에 몸을 던지며 말했다. "자기가 뭔 줄 아는 거지? 일도 제대로 하지도 못하면서."

"엄마, 엄마 여기 있으면 안 돼. 나만 더 힘들잖아."

"나도 힘들어!"

"그래도 엄마는 경찰한테 조리 있게 맞설 필요가 없잖아. 이 일은 정말로 중요해. 제대로 해야 한단 말이야. 이렇게 빌게. 다 끝나고 나면 내가 전화할게."

"제가 잘 돌보겠습니다, 마즈라치 여사님." 댄이 말했다.

레이첼이 코웃음을 쳤다. "당신 말이야!"

"엄마, 제발."

"데이즈 인이라면 괜찮을 겁니다." 댄이 끼어들었다. "제가 이혼할 때 묵었던 곳이에요. 깨끗하고요. 숙박비도 괜찮습니다. 경관이 시내까지 모셔다 드릴 거예요."

그녀가 수그러졌다. "좋아요, 좋아. 다 끝나고 나면 바로 올 거지?"

"당연하지, 레이첼." 커비가 그녀를 배웅하며 말했다. "부탁인데 걱정하지 마. 좀 이따가 봐요."

레이첼이 나가자 방 안의 분위기가 달라졌다. 댄은 기온이 떨어지는 것이 실제로 느껴졌다. 또 다른 종류의 긴장감이 감돌았다. 엄청난 집중. 댄은 다음에 올 일이 보였다.

"안 돼." 그가 말했다.

"저를 막으시겠다고요?" 커비가 전에 본 적 없이 차갑게 말했다.

"분별을 좀 찾아. 날이 어두워지고 있어. 손전등이 있기를 하나. 아니면 총도 없잖아."

"그래요?"

"그리고 내 차에는 둘 다 있어."

커비는 마음이 놓이며 그 집을 떠난 이래 쥐었던 주먹을 처음으로 풀고 웃었다. 주먹 안에는 검은색과 은색의 라이터를 쥐고 있었다. 아르 데코 디자인의 론슨 드-라이트 프린세스 라이터.

"모조품인가?"

그녀가 머리를 흔들었다.

"증거 보관실에 있었던 건 아닐 테고."

그녀가 다시 고개를 저었다. "그것과 똑같은 거예요. 어떻게 설명을 해야 할지 모르겠어요."

"경찰에게는 보여주지 않았다는 거고?"

"그래봤자 뭐해요? 저도 저를 믿지 못하겠는걸요. 너무나 엉망진창이에요, 댄. 안은 폐허가 아니었어요. 완전히 다른 곳이었다고요. 우리가 갔을 때는 또 다른 곳일까 봐 두려워요."

댄이 라이터를 쥐고 있는 그녀의 손을 쥐었다. "널 믿어, 꼬맹이."

커비와 댄

1993년 6월 13일

그녀는 바짝 긴장한 채로 차 안에 앉아 쉬지 않고 라이터를 만지작거렸다. 찰칵, 찰칵-찰칵-찰칵. 그로서는 그녀를 탓할 수도 없었다. 감당해 낼 수 없을 정도의 압박감이었다. 찰칵. 피할 수 있는 무언가를 향해 몸을 던져보기. 속도가 느린 상태에서의 차 사고. 아주 가볍지만도 않은 사고여야 한다. 고속도로를 가로질러서 열 대쯤 차가 쌓여 있고 헬리콥터가 뜨고 소방차들이 달려오고, 길가에서 사람들이 충격에 흐느끼고 있는 사고. 찰칵. 찰칵. 찰칵.

"그만 좀 둘 수 없어? 아니면 정말로 담배에 불을 붙이기라도 하든지. 나라도 한 대 피우고 싶은데." 그는 레이첼에게 죄책감을 느끼지 않으려고 애썼다. 그녀의 딸을 위험 속에 데려다놓는 것에.

"담배 있어요?" 그녀가 초조하게 말했다.

"앞에 뚜껑 열어봐."

그녀가 뚜껑을 여는데 안에서 쓰레기 더미가 무릎으로 떨어졌다. 갖가지 펜과 앨의 비프 식당에서 가져온 소스, 구겨진 음료수 컵. 그녀는 말보로 라이트 빈 갑을 구겼다.

"없네요. 죄송해요."

"젠장."

"더 가벼운 걸로 암을 유발하는 게 세상에는 많다는 거 아시죠?"

"암이 날 죽일 거라고는 생각 못 해봤네."

"총은 어디 있어요?"

"시트 아래."

"고르지 못한 길에서 쿵 했다가 총이 발사돼서 발목이라도 날리면 어쩌려고 그래요?"

"보통은 거기에 넣어 가지고 다니지 않아."

"지금은 특별한 상황이라 이거죠."

"겁나?"

"제정신이 아니죠. 너무 무서워요, 댄. 하지만 이거예요. 내 일생이 걸린. 선택의 여지는 없어요."

"이제 자유의지로 얘기가 옮아가나?"

"그곳으로 돌아가야 한다는 것 말고는 갖다 붙일 말이 없어요. 경찰이 하지 않겠다면 말이에요."

"'우리'라고 하는 게 좋겠다. 나도 끌어들이고 있으니까."

"끌어들인다는 건 좀 센 말인데요."

"'자경단 노릇'도 센 일이기는 마찬가지야."

"기자님이 나의 로빈이 되어주는 거예요? 노란색 타이츠를 입으시면 볼만하겠어요."

"잠깐만. 배트맨은 당연히 나지. 그러면 로빈은 자동적으로 네가 되는 거고."

"전 언제나 조커가 더 좋았어요."

"왜냐하면 너네 둘이 친척 사이라 그래. 둘 다 머리카락이 아주 가관이
잖아."

"댄?" 그녀가 창밖을 내다보며 말했다. 공터들과 널빤지를 박은 집과
벌어진 쥐덫들 위로 땅거미가 스멀스멀 내리고 있었다. 차창으로 라이
터를 찰칵거리는 그녀의 얼굴이 켜졌다 꺼졌다 했다.

"응?" 그가 부드럽게 대꾸했다.

"로빈은 기자님이에요."

***

커비는 한 골목 쪽으로 길을 가리켰다. 이 동네의 기준으로 보아도 황
폐했다. 그리고 댄은 문득 아마토 형사에게 아주 큰 공감을 느꼈다.

"여기 세워요." 그녀가 말했다. 그는 시동을 끄고 주정뱅이처럼 축 늘
어져 있는 나무 울타리 뒤에 차를 세웠다.

"저기야?" 댄이 폐가들을 내다보며 말했다. 창들은 널빤지로 막혀 있
고, 잡초는 밀림 수준으로 자라 있으며, 쓰레기가 꽃밭을 이룬 곳이었다.
과거의 영광을 숨겨놓은 은둔지이기는커녕 개미 새끼 한 마리라도 얼씬
한 지 아주 오래된 곳임이 분명했다. 그는 의구심을 드러내지 않으려고
애썼다.

"가요." 커비가 차 문을 열고 바깥으로 나갔다.

"잠깐 기다려봐." 그가 차 밖에서 운전석으로 몸을 구부리고, 신발 끈
을 묶는 척하면서 리볼버를 꺼냈다. 댄 웨슨 총이었다. 살 당시에는 이름
때문에 마음이 흡족했다. 베아트리스는 질색을 했다. 그들에게 총을 쓸
일이 생길지도 모른다는 생각에 몸서리를 쳤다.

몸을 펴는데, 차 뒤창으로 쏟아져 들어오는 태양이 불꽃처럼 그의 시야를 가렸다. 하루를 마감하고 퇴장하는 태양이었다. "일요일 아침 11시로 잡을 수는 없었나?"

"얼른요." 커비가 잡초를 헤치고 가며, 집 뒤편으로 올라가는, 다 부서져가는 Z 자 모양의 나무 계단으로 향했다. 그는 지나가는 사람들 눈에 띄지 않게 총을 엉덩이에 찔러 넣었다. 누구의 눈에도 띌 걱정은 할 필요도 없었다. 사위가 얼마나 고요한지, 초조한 기분이 들 정도였다.

그녀는 그의 재킷을 벗어서 계단을 가로막은 가시철망 위에 걸쳐놓았다.

"내가 할게." 그가 말했다. 그는 재킷에 발을 딛고 면도날처럼 날카로운 철망을 밀치며 손을 밀어 그녀를 올려주었다. 그가 힘겹게 그녀의 뒤를 따라 올라갔고, 철사는 압력이 없어지자마자 팽팽한 용수철처럼 다시 튕겨 재킷의 천을 찢어놓았다.

"신경 쓰지 마. 세일할 때 산 거니까. 되는대로 집어서 처음 몸에 맞는 걸로 그냥 산 거야." 그는 자신이 주절거리고 있음을 깨달았다. 그는 스스로를 수다스러운 축이라고 생각해본 적이 없었다. 버려진 집에 무단침입을 할 날이 올 것이라는 생각도 마찬가지로 해본 적이 없었다.

그들은 뒤편 현관에 서 있었다. 창으로 들여다보이는 광경은 미친 듯이 불길했다. 흐릿한 불빛에 모든 것에 초록색 그림자가 드리워 있었고, 쓰레기가 넘쳐났다. 벽을 다 벗겨낸 잔재들이 축제 때 뿌리는 오색 색종이처럼 바닥에 흩어져 있었다.

커비가 창턱에 발을 딛는 사이에 그는 재킷을 다시 걸쳐 입었다. "겁먹지 마요." 그러고는 안으로 들어가서 사라졌다. 문자 그대로 사라졌다. 바로 전에 창틀에 있더니, 바로 다음에 사라져버렸다.

"커비!" 그가 창으로 돌진해 아직까지 기적적으로 그대로 박혀 있는 삐죽삐죽한 유리에 손을 정통으로 내리눌렀다. "이런 거지 같은!" 그녀가 다시 나타나서 그의 팔을 잡아주었다. 그는 반쯤 구르다시피 해서 안으로 들어갔다. 모든 것이 바뀌어 있었다.

그는 경악한 채로 식당에 서 있었다. 뇌진탕에라도 걸렸나 싶게 믿기지가 않았다. 그녀도 그 느낌을 알았다. "어서요." 그녀가 속삭였다.

"그 말 대체 몇 번을 하는 거야." 그가 말했다. 하지만 그의 목소리는 잠기고 어딘가 멀리에서 나는 것 같았다. 그는 눈을 세차게 깜빡거려보았다. 손바닥에서 흐르는 피가 바닥에 뚝뚝 떨어지며 둥근 점을 그렸다. 그는 알아채지도 못했다. 벽난로가 어두운 복도 바닥에 오렌지색 불빛을 일렁이고 있었다. 그녀가 말했던 죽은 남자의 흔적은 없었다. 지난번에 탈출할 때 복도에서 밟았다던 그 남자는 없었다.

"정신 차려요, 댄. 전 기자님이 필요해요."

"이게 뭐야?" 그가 낮은 목소리로 말했다.

"저도 몰라요. 진짜라는 것만 알죠." 그것은 사실이 아니었다. 그녀는 이곳에 오는 내내 스스로도 의심을 품고 있었다. 사람들 말이 다 맞으며, 자신은 망상에 빠진 또라이고, 자신에게 필요한 것은 항정신병 약과 철창 바깥으로 정원이 내다보이는 병원 침상일지도 모른다고 생각했다. 그의 눈에도 보인다니 더없이 마음이 놓였다. "그리고 피 흘리고 계시잖아요. 총은 저한테 주셔야겠어요."

"말도 안 되는 소리. 너는 불안정해." 놀린다고 한 말이었지만, 그녀를 쳐다보고 하지는 않았다. 그는 문양 있는 벽지를 손으로 쓸었다. 진짜인지 알고 싶었다. "그놈이 2층에 있다고 했지?"

"2층에 있었어요. 세 시간 전에요. 기다려요, 댄."

"뭐?" 그가 계단에 발을 올리려다 말고 돌아보았다.

그녀는 주저했다. "전 다시 올라가지 못하겠어요."

"좋아." 그가 말했다. 그러고는 더 단호하게 말했다. "알았어." 댄이 응접실에 들어가는데, 그녀의 갈비뼈가 죄어왔다. 만약 그놈이 응접실에 있다면, 의자에 앉아서 기다리고 있다면 어쩐단 말인가. 하지만 댄은 다시 나왔다. 벽난로에서 무거운 검은색 부지깽이를 들고 나타났다. 그는 권총을 꺼내 그녀에게 내밀었다. "여기 있어. 만약 저 문으로 들어오면 쏴버려."

"우리 그냥 가요." 그것이 더 이상 선택할 수 있는 일이라도 된다는 듯이 그녀가 말했다. 그가 그녀에게 리볼버를 쥐여주었다. 총은 그녀가 생각했던 것보다 무거웠다. 그녀의 손이 미친 듯이 떨리고 있었다.

"모든 출입구를 다 신경 써야 돼. 양손으로 쥐고. 이 총에는 안전장치가 없어. 겨누고 발사해. 나만 쏘지 말아줘. 알았지?"

"거래 성사예요." 그녀가 말했다. 목소리도 떨려 나오고 있었다.

그는 부지깽이를 야구 방망이처럼 쥐고서 계단을 오르기 시작했다. 그녀는 벽에다 어깨를 붙였다. 당구와 비슷하다. 겨누고 공을 칠 때 숨을 내쉬어야 한다. 문제없어, 그녀는 증오를 번득이며 생각했다.

열쇠 구멍에서 열쇠가 긁히는 소리가 났다.

그녀는 문이 열리는 순간에 방아쇠를 잡아당겼다.

그 개자식은 탄환이 문틀을 긁고 지나갈 때 몸을 숙였다. 총알에 나무가 조각조각 쪼개졌다. (총알은 1980년대로 뚫고 나가, 건너편 집의 창문을 꿰뚫고서 성모 마리아의 그림 옆 벽에 가서 박혔다.)

그는 자신에게 가해진 총격에도 동요하지 않았다. "아가야." 그가 말했다. "내가 널 찾고 있었지." 그가 칼을 꺼내 들었다. "네가 이곳에 와 있을 줄은."

그녀는 재장전을 해야 하나, 약실을 채워야 하나, 리볼버를 내려다보았다. 찰나의 시간밖에 없었다. 여섯 발이 들어가는 총. 다섯 발이 남았다. 그녀가 올려다보았을 때 그는 이미 방을 반쯤 가로지르고 있었다. 그가 총을 쏘려는 그녀에게 곧장 달려들었다.

"비켜!"

댄은 있는 힘을 다해 부지깽이를 내리쳤지만, 폭력에 한층 숙련된 하퍼가 부지깽이를 팔뚝으로 막아냈다. 그래도 뼈가 갈라지는 소리는 났다. 그는 고통으로 울부짖으며 댄의 가슴에 칼을 먹였다. 새빨간 액체가 뿌려졌다. 충돌의 여파로 두 남자 다 문으로 밀렸다. 문은 살짝 닫혀만 있었고, 잠겨 있지 않았다. 그들은 함께 쓰러지며 문에 박은 널빤지에 가서 부딪쳐, 다른 시간으로 갔다. 문이 그들 뒤에서 닫혔다.

"댄!" 고박 몇 미터밖에 되지 않는 거리였지만 영원처럼 느껴졌다. 아닌 게 아니라 틀린 생각도 아니었었다. 문을 열었을 때는 그녀가 이곳에 왔던 여름날의 저녁이었다. 그들은 어디에도 보이지 않았다.

댄

1929년 12월 3일

그들은 연인들처럼 서로 부둥켜안고 현관 아래 계단으로 굴러떨어져 춥고 어두운 새벽으로 들어섰다. 눈을 보니 충격이 왔다. 땅바닥에 어찌나 세게 부딪쳤는지 숨이 쉬어지지 않았다. 댄은 사이코를 밀어내려고 무릎으로 딛고 일어섰고, 개처럼 두 손 두 발로 기어서 그와 멀어지려고 했다.

모든 것이 엉망진창이었다. 또다시 다른 어떤 곳이었다. 아까 공터였던 곳에 이제는 벽돌로 지은 창고가 솟아 있었다. 그는 도와달라고 창고 문을 두드려볼까 생각했지만, 문은 육중한 사슬과 더불어 자물쇠가 채워져 있었다. 집들의 창문은 판자로 막혀 있었다. 하지만 페인트는 더 새것이다. 이치에 닿는 게 아무것도 없었다. 30분 전에는 6월이었는데, 눈밭을 뒹굴며 피를 흘리고 있었다.

셔츠가 젖었다. 냉기가 셔츠 사이로 스며 들어왔다. 피가 팔을 타고 흘러내려 손가락 사이로 떨어지며 눈에다가 분홍색 수정체 모양을 만들어놓았다. 그는 이제 피가 어디서 떨어지는지, 갈비뼈 근처에서 떨어지는 것인지, 손에 난 상처에서 떨어지는 것인지도 알 수 없었다. 두 군데 다

감각은 없어져갔지만, 불타는 듯한 느낌은 남아 있었다. 살인자는 난간을 짚고 몸을 일으켰고, 여전히 칼을 쥐고 있었다. 댄은 그 거지 같은 칼에 이미 질려버렸다.

"단념하시지." 남자가 눈 위를 절뚝거리며 댄에게 다가오면서 말했다. 남자는 칼을 가지고 있었고, 댄에게는 아무것도 없었다. 그는 웅크리고 서 손가락으로 눈을 파냈다.

"일을 더 어렵게 만드시겠다?" 남자의 발음이 보통 사람들과는 살짝 달랐다. 옛날식 발음 같기도 했다.

"그녀를 다시 다치게 할 기회는 얻지 못할 거야." 댄이 말했다. 가까워지자 저 개자식이 떨어질 때 입이 박살 난 것이 보였다. 미소를 짓는 그의 이가 붉게 물들어 있었다.

"닫혀야만 하는 세계야."

"도대체 무슨 얘기를 하자는 건지 모르겠군, 이 사람." 댄이 말하며 몸을 끌어 올렸다. "하지만 나를 화나게는 하는군." 그는 옆구리에 느껴지는 통증을 무시하며, 오른발로 체중을 옮기고 서서 투수처럼 와인드업에 들어갔다. 꼭꼭 눌러 만든 눈 덩어리를 포심 패스트볼이라도 던지려는 것처럼 엄지와 쫙 벌린 두 손가락 사이에 그러쥐었다. 그는 무릎을 들어 올리고 엉덩이를 돌리고 팔을 풍차 돌리듯 돌려 다리를 땅에 디디며 눈으로 만든 공을 날렸다. 툭 던지는 정도가 아니라, 스위트 스폿을 맞히도록 공이 날아가는 방향을 맞추고 전력투구를 했다. "망할 자식, 창녀의 새끼!"

눈으로 급조한 공은 노래하듯 거리를 날아갔다. 매드 독 매덕스 자신이 던졌다고 해도 믿을 만한 완벽한 투구가 사이코패스의 얼굴을 강타했다.

살인자는 충격에 뒤로 비틀거리다가, 머리를 털며 눈을 쓸어 없앴다. 시간은 충분했다. 댄은 길을 달려 그에게 가까이 다가갔다. 댄이 그에게 달려들었다. 그는 다시 와인드업에 들어가서 놈의 코에 주먹을 날렸다. 충격이 개자식의 뇌로 곧장 파고들기를 바라면서 낮게 조준했다. 하지만 만약 그게 그렇게 쉬운 일이었다면, 길바닥에서 늘 일어나는 일이 되었으리라. 남자는 주먹에 맞자 턱이 뒤틀렸고, 댄은 자신의 손가락 관절 아래서 그의 광대뼈가 부서지는 것을 느꼈다. 제길, 주먹이 아팠다.

그는 뒤로 물러나 몸을 수그리고, 칼을 허공에 휘두르며 게처럼 옆으로 비틀거리다가 나동그라졌다. 그의 몸이 굴러가며 뭔가 단단한 것에 부딪쳤는지 신발이 날아갔다. 무릎뼈나 사타구니를 부딪쳤으면 좋았을 텐데 아니었다. 허벅지쯤인 것 같았다.

미치광이는 코에서 흐르는 피로 얼굴이 범벅이 돼가는 와중에도 여전히 벙글거리고 있었다. 그의 손에 들린 칼날은 날카로웠다. 칼 생각을 하자 댄은 속이 뒤틀리고 피곤해졌다. 몹시 피곤해졌다. 아니면 피를 많이 흘렸기 때문일 수도 있다. 상처가 얼마나 안 좋은 상태인지 알 수 없었다. 눈에 뿌려진 피의 양으로 봐서는 꽤나 심할 것이라고 그는 추측했다. 댄은 가까스로 발을 딛고 일어섰다. 그는 왜 커비가 집 밖으로 나와 저 개자식을 그냥 쏴버리지 않는지 이해가 가지 않았다.

그는 칼을 쥔 손을 보았다. 저쪽으로 차버릴 수도 있었다. 무슨 쿵푸의 달인이라도 되는 것처럼. 농담도 아니고, 참. 그는 결정을 내렸다. 앞으로 내달려 남자의 부상당한 팔을 붙잡아 비틀고 꺾고 하면서 그가 균형을 잡고 일어서지 못하게 했고, 다른 주먹으로 개자식의 가슴을 쳤다.

그는 놀라서 헉 소리를 내며 숨을 잠깐 멈추었다가 내쉬며 한 발짝 뒤로 물러섰다. 뒷걸음질을 치면서 매달린 댄도 끌고 갔다. 하지만 그는 힘이 더 세고 경험이 풍부했다. 그는 여전히 칼을 들어 댄의 배에 꽂아 갈비뼈까지 쑤셔 넣을 힘이 남아 있었다. 살집 많은 종이가 찢어지는 것 같은 소리가 났다.

댄은 배를 잡고 무너져 내리며 무릎을 꿇었다. 그러고는 모로 쓰러졌다. 얼굴에 닿는 땅바닥은 얼음처럼 차가웠다. 눈 위로 경악할 만큼 많은 피가 번지고 있었다.

"그녀는 더 끔찍하게 죽을 거야." 남자가 끔찍한 미소를 지으며 말했다. 그가 신발로 댄의 갈비뼈를 쿡 찔렀다. 댄은 신음을 토하며 몸을 굴려 뻗었고, 배가 드러났다. 그는 손으로 몸을 가리려고 애썼지만 헛수고였다. 뭔가가 등을 파고들고 있었다. 재킷 주머니에 들어 있던 것. 빌어먹을 조랑말.

상자같이 생긴 구식 차가 모퉁이를 돌면서 헤드라이트가 거리를 환히 휩쓸었다. 떨어지는 눈 부스러기가 헤드라이트 광선에 소용돌이를 쳤다. 댄이 피를 흘려 죽어가고 있는 자리에서 차가 속도를 줄였고, 칼을 든 남자는 있는 힘을 다해 절뚝거리며 집으로 돌아갔다. 지평선에 새벽이 다가오고 있었다.

"도와주세요!" 댄이 차에 대고 소리를 쳤다. 동그란 헤드라이트에서 일렁이며 나오는 빛 때문에 기사의 얼굴이 보이지 않았다. 보이는 것이라고는 모자를 쓴 남자의 실루엣뿐이었다. "저놈을 막아야 해요!"

차가 그의 앞에서 공회전을 했다. 찬 공기 중에 이산화탄소가 뭉게뭉게 뿜어내는 연기와 함께 덜덜거리는 차에서 온기가 새어 나왔다. 갑자기 엔진이 부릉거리더니 바퀴가 돌아가며 얼음 조각과 자갈을 차냈고, 그의 옆으로 비켜갔다. 하마터면 그를 칠 뻔하면서.

"엿 먹으시오!" 댄이 차의 뒤에다 대고 소리를 지르려고 애를 썼다.

"이 엿 같은, 거지 같은!" 하지만 소리는 몰아쉬는 숨 사이로 삐죽삐죽 새어 나올 뿐이었다. 그는 머리를 들어 올려 살인자를 보려고 애썼다. 그는 이미 현관 계단에 올라서서 문으로 다가가고 있었다. 잘 보이지가 않았다. 잘 보이지 않는 것은 몰아치는 눈보라 때문만은 아니었다.

시야가 백내장에 걸린 것처럼 가장자리가 좁혀오며 어둡게 변해갔다. 우물에 빠져, 빛의 홍채가 점점 멀어지고 또 멀어지는 것처럼.

하퍼와 커비

1993년 6월 13일

그는 피로 뒤덮인 채로, 칼과 열쇠를 쥐고 기대감에 미친 듯이 벙긋거리며 발로 문을 찼다. 하지만 그녀가 하고 있는 짓을 보자 웃음기가 사그라졌다. 커비는 방 한가운데 서서 그녀가 끌어다 쌓아놓은 물건들 더미에 라이터 액을 뿌리려고 흔들고 있었다.

그녀는 창에서 커튼을 떼어다가 적셔놓고 그 위에 2층 침실에서 가져온 매트리스를 가져다놓았다. 바닥에는 빈 병들이 아무렇게나 던져져 있었다. 주방에서 가져온 등유, 위스키를 담았던 병들. 의자를 뒤집어 찢어놓아 하얀 속 무더기가 빠져나와 있었다. 축음기는 산산조각 박살이나 있었다. 광택 나는 나뭇조각들과 100달러짜리 지폐와 도박 장부는 찌그러진 황동 나팔에 쑤셔 박혀 있었다. 그녀는 그 방에서 가져올 수 있는 것이라고는 다 가져다놓았다. 나비 날개와 야구 카드와 조랑말과 카세트테이프. 카세트테이프에서 삐져나온 테이프에 장식 달린 팔찌가 엉켜 있었다. 연구실 신분증과 시위용 배지, 토끼 머리핀, 피임약, 인쇄 기계에서 나온 글자 Z. 씹은 자국이 있는 테니스공.

"댄은 어디 있어?" 커비가 말했다. 그녀의 뒤쪽 벽난로에서 나오는 빛이 그녀의 머리를 예언자처럼 빛나게 했다.

"죽었어." 하퍼가 말했다. 1929년 12월의 눈보라가 열린 문 앞에 선 그의 뒤로 몰아쳤다. "뭐 하고 있는 거지?"

"뭐 하고 있는 것 같아?" 그녀가 조롱했다. "너를 기다리는 것밖에는 여기서 아무 할 일도 남겨주지 않아서 말이지."

"꿈도 꾸지 마라!" 커비가 라이터를 켜는데 하퍼가 말했다. 황금색 불꽃이 흔들림 없이 확 일었다. 그녀는 라이터를 무더기에 떨어뜨렸다. 기름 품은 검은 연기가 종이에서 몸을 비틀며 피어올라 주황색 불꽃으로 퍼지기까지는 1초밖에 걸리지 않았다.

그는 격분해서 칼을 들고 그녀에게 달려들었으나, 무언가가 그를 멈추었다.

그는 우당탕탕 바닥에 쓰러지며 열쇠를 떨어뜨렸다. 댄이 무릎을 꿇은 채로 그를 넘어뜨렸고, 팔로는 하퍼의 다리를 꼭 움켜쥐고 있었다. 피가 진하고 검게 웅덩이로 고여가고 있었지만 여전히 살아 있었다. 그는 하퍼의 바지를 잡아끌며 그녀에게 다가가지 못하게 했다. 하퍼가 미친 듯이 그를 발로 찼다. 그의 발길질에 열쇠가 바닥을 날아서 피 속을 지나치더니 문설주에, 더 하우스의 문지방에 딱 가서 멈추었다.

그는 어찌어찌 또 재수 좋게 신발로 댄의 턱을 가격하는 데 성공했다. 댄이 신음을 내뱉으며 놈의 청바지를 붙잡고 있던 손을 놓았다.

풀려난 하퍼는 발을 딛고 일어섰다. 승리를 거두었고, 여전히 칼을 쥐고 있었다. 그는 그녀를 죽이고, 불을 끄고, 일을 이렇게 골치 아프게 만든 그녀의 친구를 도륙할 생각이었다.

그러나 그가 마주친 건 자신에게 총을 겨누고 있는 커비의 시선이었다. 그녀의 뒤로 불꽃이 뜨겁게 타오르고 있었다. 그녀는 무슨 말을 하려

고 입을 벌렸다가 생각을 바꾸었다. 그녀는 천천히 숨을 내쉬며 방아쇠
를 당겼다.

하퍼

1993년 6월 13일

눈이 멀게 번쩍했다. 그는 힘에 밀려 벽으로 빙글빙글 돌아가 부딪쳤다.

그는 검붉은 자국이 번지고 있는 셔츠의 구멍을 만졌다. 처음에는 멍한 느낌이었다. 그다음에 고통이 몰려왔다. 총알이 뚫고 지나간 자리에 있는 모든 신경에 일제히 불이 붙는 느낌이 들었다. 그는 웃으려고 애썼지만, 폐에 피가 차오르면서 호흡이 축축해지고 쌕쌕거리고 있었다. "넌 못 해." 그가 말했다.

"정말?" 하퍼는 그녀가 아름다워 보인다고 생각했다. 입술이 말려 올라가 이를 드러내고 있었고, 눈은 맑고, 머리칼은 후광처럼 보였다. 빛나고 있다.

그녀는 총에서 나는 소리에 반사적으로 눈을 깜빡이며 방아쇠를 당겼다. 그리고 당겼다. 또 당겼다. 그리고 다시 한 번. 약실에서 딸깍 하고 비었다는 소리를 낼 때까지. 마치 그의 생명이 그렇지 않아도 벗겨져가고 있었던 것처럼, 그의 몸에 가해진 폭발의 충격은 어렴풋한 정도인 듯만 했다.

그러더니 그녀는 좌절감에 어쩔 줄 모르고 그에게 총을 던지고서, 무

444

룡을 꿇고 손에다 얼굴을 묻었다.

나를 끝장냈어야지, 이 멍청한 계집아, 그는 생각했다. 그녀에게 다가가려고 했지만 몸이 말을 듣지 않았다.

시야가 엿가락처럼 늘어지며 둔한 각도로 뒤틀려 보였다. 몸이 들어올려져 멀어지고 있는 것처럼, 모든 장면이 그의 아래로 펼쳐지고 있었다.

불꽃이 검은 화학성 연기를 피워 올리며 의자와 커튼과 토템 더미를 낼름낼름 핥고 있는 동안에, 그녀는 어깨를 떨며 그렇게 있었다.

커다란 남자가 눈을 감은 채 침을 세게 꿀꺽 삼키며, 배와 가슴을 움켜쥐고 바닥에 누워 있다. 피가 그의 손가락 사이로 흘러내리고 있었다.

하퍼는 벽에 기대 선 자신을 보았다. 어떻게 자신의 바깥에서 자신을 볼 수 있는가? 그는 천장 높은 곳에 박혀 있는 것처럼 모든 것을 내려다볼 수 있었지만, 저 아래 자신의 얼굴을 한 살덩어리와 묶여 있었다.

하퍼는 하퍼의 다리가 늘어지는 모습을 보았다. 그의 몸이 벽을 타고 미끄러져 내리고 있었다. 뒤통수가 크림색 벽지에 짙은 색 방울과 함께 뇌를 짓이기고 있었다.

그는 연결되어 있던 것이 미끄러지는 것을 느꼈다. 그리고 툭 끊어졌다.

믿을 수가 없어서 울부짖으며 기어 내려오려고 했다. 하지만 무언가를 잡을 손이 그에게는 없었다. 그는 죽었다. 바닥에 널브러진 고깃덩어리였다.

그는 무엇이라도 잡으려고 몸을 늘였다.

그리고 더 하우스를 발견했다.

뼈대 대신에 마룻널을. 살점 대신에 벽을.

그는 도로 돌려놓을 수 있었다. 다시 시작할 수 있었다. 이 일을 없었던 것으로 되돌려놓을 수 있었다. 불길의 연기와 숨을 틀어막는 연기와 울부짖는 분노를.

감염된 것을 소유하는 것은 소유한 것이라고 할 수도 없다.

더 하우스는 언제나 그의 것이었다.

언제나 그였다.

커비

1993년 6월 13일

방이 점점 뜨거워지고 있었다. 연기가 흐느낌 속으로 들어와 폐로 파고들었다. 그냥 이곳에서 죽어버릴 수도 있었다. 눈을 감는다. 다시는 일어나지 않는다. 어렵지 않을 일이었다. 불길에 집어삼켜지기 전에 질식해서 죽을 것이다. 그냥 깊게 숨을 쉬기만 하면 된다. 놓아버리자. 끝난 일이다.

무언가가 그녀의 손을 지치지 않고 건드리고 있었다. 개처럼.

그녀는 눈을 뜨고 싶지 않았지만 떴다. 뜨고서 그녀의 손을 꼭 쥐고 있는 댄을 보았다. 그가 무릎을 꿇고 등을 구부리고 있었다. 그의 손가락이 피로 미끌거렸다.

"조금 도와주겠어?" 그가 거칠게 갈라진 목소리로 말했다.

"세상에." 그녀는 여전히 떨고 울고 기침을 해대고 있었다. 그녀가 그를 팔로 안았고, 그가 움찔했다.

"아야."

"기다려요. 당신 재킷이 필요해요." 그녀는 그의 재킷을 벗기고서 있는 힘을 다해 그의 허리에 난 상처에 묶었다. 다 묶기도 전에 재킷으로 피가 배어 나왔다. 그렇다고 달리 생각할 겨를도 없었다. 그녀는 그의 몸 아래로 팔을 끼고서 들어 올렸다. 너무 무거워서 들 수가 없었다. 그녀의 신발이 그의 피에 미끄러졌다.

"조심해, 제길." 그는 무시무시하게 창백해져 있었다.

"알았어요." 그녀가 말했다. "이렇게 해요." 그녀는 자기 어깨를 둥글게 말고 그의 무게를 등으로 지면서 그를 들어 올려 앞으로 나아갔다. 그들 뒤에서 화염이 타닥거리며 굶주린 듯이 벽에 달려들었다. 벽지가 검어지고 뒤틀어졌고, 연기 줄기가 위로 돌돌 말려 올라갔다.

그리고 하늘도 무심하시지, 그녀는 '그'가 이곳에 있는 것이 여전히 느껴졌다.

그들은 반쯤 기어서, 반쯤 쓰러져서 문가로 다가갔다. 그녀는 위태롭게 균형을 잡고 바깥의 얼음과 눈을 닫아놓고 있는 문을 발로 걷어찼다.

"뭐 하는 거야?"

"집에 가려고요." 그는 그가 팔다리를 짚고 일어나도록 도왔다. "딱 1초만 더 버텨요. 딱 1초만."

"너와의 키스 좋았어." 그의 목소리가 갈라졌다.

"말하지 마요."

"내가 너보다 강한지 난 모르겠어."

"저한테 다시 키스를 하고 싶으시면, 그 입 다물고 죽도록 피나 흘리지 마요." 그녀가 쏘아붙였다.

"알았어요." 그가 약하게 미소를 지으며 숨을 몰아쉬었다. 그리고 더 단호하게 말했다. "알았습니다."

커비는 숨을 한 번 내쉬고, 경찰 사이렌과 불빛들이 번쩍이는 여름밤으로 문을 열고 나왔다.

추신

바텍

1929년 12월 3일

폴란드인 엔지니어는 두 블록 떨어진 곳에 차를 세우고, 시동도 끄지 않은 채로 앉아서 방금 본 장면을 생각했다. 안 좋은 상황이었다는 것은 그도 알았다. 무슨 일인지 확실히 보이지는 않았다. 길바닥 한가운데 쌓인 눈 위로 한 남자가 피를 흘리며 누워 있었다. 충격적인 모습이었다. 그는 하마터면 그를 칠 뻔했다. 그는 길에 집중하고 있지 않았다. 시세로에서 돌아오는 먼 길 내내 기계적으로 핸들을 돌리고 있었다.

그는 약간 취해 있었다. 스스로 인정하는 바였다. 아주 많이 취해 있었다. 도박에서 지기 시작하면 진은 더 술술 들어갔다. 루이스가 밤새, 그리고 아침이 밝아올 무렵까지 부족함 없이 술을 날라주었다. 마지막 동전 한 푼까지 다 잃고 나서도 한참 뒤였다. 거기다가 그에게 외상까지 얹어주었다. 그를 철저하게 가라앉히고도 남을 만큼의 돈이었다. 이제 그는 코웬에게 2,000달러의 빚을 졌다.

더러운 진실은 그가 차는 건져서 돌아올 수 있었다는 것만 해도 운이 좋았다는 점이다. 주말까지 돈을 마련하지 못하면, 일요일 아침 교회에 가기 바로 전에 그들이 차를 가지러 오기로 되어 있었다. 그를 잡으러 오는 것보다는 나았지만, 어쨌거나 다음에는 그의 차례였다. 다이아몬드 루 코웬은 남을 호락호락 봐주는 성격이 아니었다.

이름난 조직폭력배들과 노름을 하다니. 카포네 씨와 사적으로 친분이 있는 인사들과 친구를 먹다니. 도대체 무슨 생각이었는가? 새벽 다섯 시에 피바람이 부는 다툼의 현장 한복판에 끼어들지 않아도 그의 손에는 문젯거리가 한가득이었다.

하지만 그는 흥미가 동했다. 그 폐가에서 거리로 새어 나오는 불빛과 열린 문 사이로 훔쳐본 화려함은 현실의 풍경 같지가 않았다. 돌아가서 도와줘야 해, 그는 생각했다. 아니면 그냥 가서 살펴보기만 해보자. 문제가 심각하다면 경찰이야 언제든지 부를 수 있다.

그는 차를 돌려서 그 집으로 돌아갔다.

열쇠가 현관에, 닫힌 문의 문지방에 눈과 피로 얼룩져서 그를 기다리고 있었다.

"그는 빛나는 소녀들의 얼굴을 보았고, 그들이 어떻게 죽어야만 하는지 알았다. 그의 머릿속에서 고함이 터져 나왔다. *그녀를 죽여. 그녀를 막아.*"

하퍼 커티스는 제1차 세계대전에 참전했다가 돌아온 밑바닥 날품팔이 꾼이다. 그런 그가 어느 날 시비 끝에 살인을 저지르고, 시카고 우범지대를 헤매다가 설명할 수 없는 이유로 '더 하우스'로 발걸음이 이끌린다.

여기서 시간을 여행하는 연쇄살인범이 탄생한다. 더 하우스가 하퍼를 1920년대부터 1990년대 초까지 자유자재로 드나들게 해준다. 조건은? 하퍼가 여행하는 다양한 시기의 다양한 여자들을 죽이는 것이다. 그녀들은 빛난다. 알아보지 못할 도리가 없이. 더 하우스는 하퍼의 머릿속에서 그녀들이 불타오르게 만든다. 그러므로 그녀들은 죽어야만 한다, 반드시.

살인을 저지른 보상으로 더 하우스는 하퍼가 법의 포위망에서 벗어나게 해준다. 하퍼는 가끔 심한 부상을 당하지만, 그건 더 하우스의 잘못이 아니다. 살인 과정에서 어설프게 실수를 반복하는 하퍼 자신의 잘못이다. 어쨌거나 더 하우스는 하퍼가 잡히지 않게 해준다. 당연하다. 시간을 이리 건너뛰고 저리 건너뛰는 자를 무슨 수로 잡는다는 말인가? 그 일을 가능케 해주는 하우스가 있는 한, 그는 안전하다.

마지막 피해자, 더 하우스의 명단 가장 마지막에 있고 하퍼도 더 하우스가 부여한 임무를 받들어 죽였다고 생각한 피해자 커비 마즈라치가 그 참혹한 공격에서 활활 되살아나 반격을 개시하기 전까지는.

결투다. 경찰이 해주지 못하니 피해자인 자신이 나서서 정의를 실현하겠다는 결의로 똘똘 뭉친 커비와, 살인으로써만 존재할 수 있는 하퍼의 결투.

그리고 그녀는 그 어떤 샤이닝 걸스보다도 환하게 빛난다. 빛이 난다. 불타오른다. 죽지 않았기에.

더 하우스의 근원, 더 하우스가 어떻게 하퍼로 하여금 시간 여행을 할 수 있게 해주는지, 이 소설은 설명해주지 않는다. 그저 더 하우스는 샤이닝 걸스가 죽기를 바랄 뿐이며, 그녀들을 죽이는 일을 하퍼가 대신 해주기를 원할 뿐이다.

그렇다. 날품팔이로 생계를 이어가던, 아무도 알아주지 않던, 아무도 자기를 알아주지 않아도 상관없던, 이 세상에 없는 존재나 마찬가지인 하퍼는 살인으로써만 존재한다. 하퍼를 통해서라도 살인을 해야겠다는 더 하우스의 절대로 죽을 수 없는 욕구, 그 욕구를 충실히 실행에 옮기고 있는 하퍼. 이 소녀들은 빛나고 있어, 오로지 살해당하고 싶다는 욕구만으로. 여기에 어떤 동기가 필요할까?

살인을, 사이코패스의 순결하다고까지 할 만한 민낯을 이렇게 생생하

게 그려낸 소설은 드물다. 21세기 들어 최고로 매력적인 살인자, 사이코
패스, 악마를 우리는 보고 있다. 부디 조심하시라.

문은실

샤이닝 걸스

© 로런 뷰커스, 2015

초판 1쇄 인쇄일   2015년 8월 6일
초판 1쇄 발행일   2015년 8월 14일

지은이   로런 뷰커스
옮긴이   문은실
펴낸이   황광수
주간   정은영
책임편집 이지웅
펴낸곳   (주)자음과모음
출판등록 2001년 11월 28일 제313-2001-259호
주소 (04083) 서울시 마포구 성지길 54
전화 편집부 (02)324-2347, 경영지원부 (02)325-6047
팩스 편집부 (02)324-2348, 경영지원부 (02)2648-1311
이메일 munhak@jamobook.com
커뮤니티 cafe.naver.com/cafejamo

ISBN 978-89-544-3173-6 (04840)
      978-89-544-3169-9 (set)

단숨은 (주)자음과모음의 해외문학 분야 브랜드입니다.

이 도서의 국립중앙도서관 출판시도서목록(CIP)은 서지정보유통지원시스템 홈페이지
(http://seoji.nl.go.kr)와 국가자료공동목록시스템(http://www.nl.go.kr/kolisnet)에서
이용하실 수 있습니다.(CIP제어번호: CIP2015021544)